**HEYNE‹**

Ein Verzeichnis aller im
WILHELM HEYNE VERLAG erschienenen
SHADOWRUN™-Bände finden Sie
am Schluss des Bandes.

WEITERE ROMANE VON MARKUS HEITZ:

*Schatten über Ulldart* · 06/9174
*Der Orden der Schwerter* · 06/9175
*Das Zeichen des Dunklen Gottes* · 06/9176
*Unter den Augen Tzulans* · 06/9177
*Die Stimme der Magie* · 06/9178

MARKUS HEITZ

# AETERNITAS

Achtundvierzigster Band
des
**SHADOWRUN™-ZYKLUS**

Originalausgabe

WILHELM HEYNE VERLAG
MÜNCHEN

HEYNE SCIENCE FICTION & FANTASY
Band 06/6148

*Umwelthinweis:*
Dieses Buch wurde auf chlor- und
säurefreiem Papier gedruckt.

2. Auflage

Originalausgabe 07/2003
Redaktion: Ralf Oliver Dürr
Copyright © 2003 by Wizkids LLC/Fantasy Productions
Copyright © 2003 dieser Ausgabe
by Ullstein Heyne List GmbH & Co. KG, München
Der Wilhelm Heyne Verlag ist ein Verlag der
Verlagsgruppe Ullstein Heyne List GmbH & Co. KG.
www.heyne.de
Printed in Germany 2003
Umschlagbild: Jim Burns
Umschlaggestaltung: Nele Schütz Design, München
Satz: Schaber Satz- und Datentechnik, Wels
Druck und Bindung: Elsnerdruck, Berlin

ISBN 3-453-87058-1

# PROLOG

*ADL, Norddeutscher Bund, Göttingen,*
*Campus der Universität, 21. 04. 2058 AD, 01:02 Uhr*

Heribert Lämmle-Strohnsdorf, Wachmann des Verbands Wach- und Schließgesellschaften, schaltete den seitlich an der Tür des Peugeot »Corindon« montierten Suchscheinwerfer ein und richtete den hellen Strahl auf die Hintertür des Gebäudes, das auf seiner Campus-Route lag. Dann nahm er das Fernglas vom Beifahrersitz und betrachtete die Sicherung. Die Anzeige des Magschlosses blinkte warnend und bestätigte den Alarm, der vor wenigen Minuten in der Zentrale eingegangen war.

Er aktivierte das Kehlkopfmikrofon. »Karl, ruf die Bullen an. Wir haben einen Einbruch.«

»Hast du dir die Sache angeschaut? Ich habe keine Lust, schlecht gelaunten Grünträgern zu erklären, dass es wieder ein Fehlalarm war.«

Die Zentrale wollte, dass er aus dem warmen Auto stieg. »Schon gut, ich sehe nach«, meinte Lämmle-Strohnsdorf gereizt. Er stapfte zum Eingang, tippte den Überbrückungscode für das Magschloss ein und checkte, wann sich jemand daran zu schaffen gemacht hatte. Die Einbrecher waren demnach knappe fünf Minuten am Werk. Vorsichtig drückte er die Klinke mit den Fingerspitzen herab. Die Tür schwang auf.

»Karl, es ist wirklich ein Einbruch«, wiederholte er inständig seine Meldung. »Ruf die Polizei. Ich passe so lange auf meinen Arsch auf und versuche, sie nicht zu verscheuchen.« Von drinnen erklang ein gedämpftes Bersten von Holz. *Scheiße! Sie sind noch drin!* »Die Bullen sollen sich beeilen!« Schritt für Schritt zog er sich zurück, die Rechte lag am Griff seiner Fichetti Security 500a.

»Wenn du nicht willst, dass die Grünen dich die nächsten zehn Jahre verarschen, gehst du besser rein und vertrimmst die Studis«, empfahl ihm die Einsatzzentrale. »Der Uni-Präsident wird echt sauer, wenn da etwas wegkommt.«

»Wenn es aber mehrere sind?« Der Wachmann konnte sich für den Gedanken, einer Übermacht gegenüberzustehen, nicht erwärmen.

»Du hast eine schusssichere Weste, einen Elektroschlagstock und eine Pistole«, erinnerte ihn Karl unfreundlich. »Geh rein, Heribert, wenn du deinen Job behalten willst. Du weißt, dass unsere Unterhaltungen aufgezeichnet werden. Wir haben die Aufgabe, die Gebäude zu bewachen und Täter zu …«

»Halt die Fresse.« Lämmle-Strohnsdorf zückte die Fichetti, entsicherte sie und lud durch. »Ich gehe rein.« Der rote Punkt des Ziellasers erwachte.

Vorsichtig setzte er einen Fuß vor den nächsten und schlich die wenigen Stufen hinauf, die ihn in den Korridor im Erdgeschoss der Magischen Fakultät führten. Nach kurzem Lauschen ging er in Richtung des Büros des Dekans, aus dem die Geräusche drangen.

Das Mondlicht sorgte für genügend Helligkeit, sodass er die Taschenlampe rasch ausknipste, um sich nicht zu verraten. Durch den Spalt spähte er ins Innere des Zimmers.

Auf dem Stuhl saß Professor Lutz Diederichs, gefesselt an Armen und Beinen, während zwei Maskierte, ein Mann und eine Frau, die Vitrinen und Schränke rücksichtslos durchstöberten. Ein Dritter stand vor dem Leiter der Fakultät und klebte ein weiteres Pflaster auf seinen nackten Oberkörper.

»An Ihrer Stelle würde ich reden, Professor. Das war schon die dritte falsche Antwort, und somit bekommen Sie das dritte Stimulanspflaster. Ich habe gehört, dass es für Magier wie Sie gewisse Nebenwirkungen haben kann.«

»Fahren Sie zur Hölle!«, sagte Diederichs, die Pupillen stark geweitet. Schweiß stand ihm auf der Stirn. »Es gehört mir. Ich habe es nicht verkauft, da werde ich es Ihnen schon gar nicht überlassen. Man hat mich gewarnt. Solch unverschämte Kreaturen, wie Sie es sind, werden es nicht schaffen, mir den Aufenthaltsort zu entlocken.«

Wortlos nahm der Maskierte ein weiteres Pflaster aus seiner seitlichen Beintasche, entfernte die Schutzfolie und klebte es dem Professor auf den Oberarm. »Vier.«

Diederichs schrie auf und versuchte, sich von den Fesseln zu befreien.

»Heribert, die Bullen sind unterwegs«, dröhnte es in Lämmle-Strohnsdorfs Kopfhörer, und der Wachmann erschrak so sehr, dass er zusammenzuckte und den Lauf der Fichetti gegen die Wand schlug.

Der Maskierte, der den Raum durchsuchte, wirbelte herum und schaute zum Türspalt. Augenblicklich sank der Wachmann zusammen und lag schlafend am Boden.

»Forbes, dear pal, du wirst schlampig«, sagte der Verhörer vorwurfsvoll scheinbar in den leeren Raum.

»Negativ, Sir. Ich hatte ihn die ganze Zeit über im Visier«, kam es beinahe beleidigt über Funk.

»Darüber reden wir später.« Der Mann mit dem rollenden Akzent wandte sich Diederichs zu. »Ich muss Sie um etwas Beeilung bitten, Professor.« Er hielt dem Dekan eine Hand voll Stimulanspflaster unter die Nase. »Das sind die stärksten Präparate, die es derzeit auf dem Markt gibt. Ich schlage vor, Sie denken rasch nach, wo es sich befindet, oder verabschieden sich für immer von Ihrer Magie. Mein Team hat keine Lust, seine Zeit noch länger mit Suchen zu vergeuden.«

Der Leiter der Fakultät begann am ganzen Leib zu zittern. Die Wahl, sein magisches Talent unwiederbringlich gegen ein Artefakt einzutauschen, fiel schwer. Diede-

richs rang mit sich selbst. Schließlich siegte die Selbst-
erhaltung.

»Es steht hinter dem Bücherregal in einem Geheimfach.« Hektisch beschrieb er, wie man den Alarm umging und an die verborgene Vertiefung gelangte.

Die Frau befolgte die Anweisungen, um wenige Sekunden später das in ein schwarzes Samttuch einge-
schlagene rechteckige Objekt in Händen zu halten. Ihr
Partner hockte sich für einen Moment hin, erstarrte und
kehrte wieder ins Bewusstsein zurück. »Das ist sie. Die
astrale Identifizierung verlief positiv, Sir.«

Die Frau wickelte den Gegenstand in ein weiteres
Tuch und verstaute die Beute in ihrem Rucksack.

Der Dritte nickte zum Ausgang. »Abrücken, Team.
Sehr gute Leistung. Forbes?«

»Constables im Anmarsch«, gab der Unsichtbare durch
den Äther seine Beobachtung weiter. »Schneller Rückzug durch die Hintertür, Sir. Ich gebe Ihnen notfalls
Deckung.«

»Affirmative.« Der Anführer winkte den Mann und
die Frau hinaus.

Seine vorletzte Handlung bestand darin, die verbliebenen Stimulanspflaster der Reihe nach zum Aufkleben
vorzubereiten.

»Sie hätten das Kaufangebot nicht abweisen sollen,
Professor. Ich soll Ihnen die schlechtesten Wünsche vom
Interessenten überbringen.« Die dünnen Abdeckungen
waren alle entfernt. »Ich dagegen hoffe das Beste für Sie.
Halten Sie sich wacker.«

Die Klebeflächen kamen in Kontakt mit der bloßen
Haut und setzten ihre Wirkung frei. Der Ausdruck im
Gesicht des Dekans wechselte, seine Wangenmuskula-
tur erschlaffte. Seine plötzlich stumpfen, riesigen Pupillen glotzten ins Nirgendwo.

# I.

*ADL, Freistaat Thüringen, Jena,*
*Friedrich-Schiller-Universität, 22.04.2058 AD, 09:32 Uhr*

Als habe er einen elektrischen Schlag erhalten, fuhr Dr. mag. herm. Wenzislav Scutek zurück, fluchte laut auf Lateinisch und rieb sich die Kuppe des Zeigefingers, mit der er soeben beinahe den Unterarm des Mannes ihm gegenüber berührt hatte. Das aufgebaute Lasermessgerät gab einen Signalton von sich, die Berechnung war erfolgt.

»Und?«, fragte er gepresst, während er nach dem Headset griff und das Mikrofon zurechtbog.

Der Einunddreißigjährige grinste nur breit. »Wie immer.«

»Machen Sie sich nur lustig, Sie Phänomen«, kommentierte der Magieexperte und begann seinen Bericht zu diktieren. »Einmal mehr habe ich mich Xavier Rodin ohne Schutz genähert und musste erfahren, wie schmerzvoll es ist, mit seinem natürlichen Gegen-Magie-Feld in Kontakt zu treten. In Ermangelung eines passenden Ausdrucks nenne ich es weiterhin Gegen-Magie, bis ich einen besseren gefunden habe.« Er schaute auf den Monitor. »Die letzte Messung ist abgeschlossen, die kritische Grenze der Aura liegt ohne starke Beanspruchung des Probanden bei exakt vermessenen 0,979 Millimeter gleichmäßig um einen Körper.« Scutek hielt zögernd inne. »Für den Genitalbereich kann ich es nur vermuten«, fügte er dann hinzu.

»Dabei wird es auch bleiben.« Xavier lachte und stand auf, um sich seine Kleider wieder anzuziehen.

Siebenundachtzig Kilogramm fettfreie Muskelmasse verteilten sich auf 1,83 Meter. Die nackenlangen schwarzen Haare hatte er zu einem Zopf zusammengefasst, über der rechten Augenbraue befanden sich drei Piercings und akzentuierten das Gesicht mit den leicht vorstehenden Wangenknochen zusätzlich.

»Ich würde gerne noch einen Test mit einem Watcher machen«, meldete sich der Dozent, um den Aufbruch zu verhindern. »Bereiten Sie sich schon mal darauf vor, ich hole uns noch einen astralen Beobachter.«

Gehorsam setzte sich der ehemalige Runner, der sich ganz der Friedrich-Schiller-Universität, der renommierten Lehranstalt für Hellsicht und astrale Wahrnehmung, verschrieben hatte. »Sie sind der Boss. Und Sie sind sicher, dass die Watcher keine Schmerzen haben?«

»Hoffen wir es mal.« Scutek rief einen Assistenten zu sich, der das magische Experiment vom Astralraum aus verfolgen sollte.

Scutek befahl den Watcher aus dem Astralraum zu sich. »Igor, zeige dich. Bleib in der Mitte des Raums und pass auf, ob du jemanden siehst.«

Das magische Wesen erschien in der Form einer blauen Kugel mit Sonnenbrille und einem Schnurrbart. »Geht klar.«

Scutek wich einige Schritte zurück und betrachtete den niederen Geist, der in der Luft schwebte und sich dabei langsam um die eigene Achse drehte. Obwohl Xavier nur drei Meter neben Igor stand, nahm es ihn nicht wahr.

Langsam kam der Negamagier auf den Watcher zu. Behutsam hob er die Hände, umfasste den magischen Diener und hielt ihn fest.

Igor wechselte die Farbe, seine Kugelgestalt glomm vor Schreck grellrot auf. »Huch! Ich …« Von einer Sekunde auf die andere war er verschwunden.

»Geflüchtet?«, erkundigte sich der Doktor neugierig bei seinem Assistenten, der aus dem Astralraum zurückkehrte.

»Vernichtet«, korrigierte dieser seinen Vorgesetzten. »Seine Gestalt wurde instabil, seine Energie rapide verringert, bis sie vollständig … absorbiert … umgeleitet … weg war.« Ratlos breitete er die Arme aus.

Scutek diktierte die Aussagen des Assistenten. »Hatten Sie dieses Mal irgendeinen astralen Hinweis auf die Anwesenheit von Herrn Rodin?«, fragte er abschließend. An seiner Betonung hörte Xavier, dass der Doktor förmlich danach lechzte, auch nur das geringste Indiz aufzustöbern.

Wieder musste der Assistent nach Worten suchen. »Nein. Für mich war er ebenso wie für Igor unsichtbar. Ich sah nur den Watcher. Vielleicht so etwas wie … ein Hitzeflimmern? Ein leichtes Kräuseln?«

Die Augen des thaumaturgischen Experten ruhten nachdenklich auf seiner Testperson. »Wissen Sie, dass Sie ein unglaublich gefährlicher Mensch für die magische Welt sind, Herr Rodin? Sie sind wie ein glühendes Messer in einem Stück Eis: für uns unangreifbar, aber vernichtend.«

»Aber nicht doch, Herr Scutek«, wehrte Xavier beschwichtigend ab. »Ich tue keiner Fliege etwas zuleide. Es sei denn, sie setzt sich auf mein Essen.«

»Da habe ich aber Glück. Es ist sehr unwahrscheinlich, dass ich mich auf Ihrem Brot niederlasse«, scherzte der Magier. »Für heute lassen wir es gut sein. Morgen würde ich gerne zur nächsten Stufe übergehen. Mal schauen, was Sie gegen einen Feuerelementar ausrichten. Das interessiert mich brennend.«

»Das Wortspiel habe ich verstanden«, erwiderte der Negamagier und grinste. »Halten Sie schon mal den Feuerlöscher parat. Und ich möchte einen Asbestanzug.« Er nickte den beiden Männern zu und verließ, die schwarze Aktentasche unterm Arm, das Laboratorium, in dem er im Auftrag der Schiller-Universität schon ein Dutzend Versuche durchgeführt hatte.

»Xavier Rodin«, sagte er leise, während er sich in Richtung Ausgang bewegte. Diesen Namen führte er erst seit kurzem, und er klang noch fremd.

Jahrelang war er auf der Straße als »Keimag« unterwegs gewesen, ein Runner, der sich besonders gut gegen Magiebegabte einsetzen ließ. Doch nach einem Run gegen das Forschungslabor von Cyberdynamix in Ingolstadt musste er mit ein paar amerikanischen Leidensgenossen in die UCAS abtauchen.

Seattle, der Zufluchtsort vor der Rache des Kons, hielt ihn nicht. Die sich dort anbahnende Beziehung zu einer Magierin würde zudem niemals gut gehen. Seine Berührungen verursachten ihr körperliche Schmerzen. Feuer und Wasser passten eben nicht zusammen.

Um sich auf andere Gedanken zu bringen, kehrte Keimag in die ADL zurück, verschaffte sich eine gefälschte ID und beschloss, seine Fertigkeit näher zu erforschen.

Vielleicht, so hoffte er insgeheim, entdeckten die Thaumaturgiefachleute einen Weg, wie er seine Fertigkeit beherrschte. Oder los wurde. Die hermetische Magierin ging ihm nicht mehr aus dem Sinn.

Eine tragische Konstellation, dachte er bitter. Besser kann man es sich nicht aussuchen, um ein Leben lang unglücklich zu sein.

Xavier trat hinaus in den Sonnenschein und betrachtete den Campus der Uni, an der er unter strengster Geheimhaltung tätig war.

Nachdem er Scutek bewiesen hatte, dass eine Berührung von ihm ausreichte, einen Fokus zu zerstören, erhielt er einen Lageplan, der ihm zeigte, welche Bereiche er tunlichst zu meiden hatte. Sie verabredeten weitere Schutzmaßnahmen, wie das Anlegen von dicker Kleidung und Handschuhen, um magisch Begabte nicht zu verletzen.

Der Negamagier nutzte seine Freizeit, um sich fortzubilden und die wenigen theoretischen Abhandlungen einzusehen, die es über das Phänomen »Countermagic« beziehungsweise »Gegen-Magie« gab. Die Erscheinung kannte viele Bezeichnungen, von »Gegen-Magie« über »Anti-Magie« bis »Nega-Magie«, »Ars magica immunis« oder »Black magic hole«, je nachdem, wer sich damit beschäftigte und welche Theorie er dazu aufstellte.

Die Ausbeute seiner Forschung war gering. Wenigstens stieß er in den virtuellen Archiven der Weimarer Bibliothek auf einen interessanten Artikel aus dem Jahr 2047, verfasst von einem Professor Matthew Hawkins. Der Ansatz war nicht neu. Es gab Wissenschaftler, die davon ausgingen, dass es einen Gegenpol zur Magie gab. Licht und Dunkel, Leben und Tod, Sauerstoff und Vakuum, Magie und Gegenmagie. Wo eins war, konnte das andere nicht bestehen. Doch ihm gelang es zum ersten Mal, seine Theorie auch zu beweisen.

Xavier setzte sich auf eine Bank unter einer Trauerweide, nahm die ausgedruckten Blätter aus seiner Tasche und las den amerikanischen Aufsatz mit dem Titel »IGRIF – Intelligence-Generated Reality Inversion Field Theory«.

Auf den ersten Blick schien Hawkins ein Spinner zu sein. Er setzte voraus, dass die Legenden von Drachen und Drachentötern der Realität entsprachen und es sich bei den vermeintlichen Fabelwesen um zu früh oder damals schon Erwachte handelte.

»Wie konnte ein Mensch mit einem simplen Schwert einen mächtigen Geschuppten vernichten?«, lautete die durchaus berechtigte Frage. Denn der Drache hätte mehr als eine Gelegenheit gehabt, den angreifenden Sterblichen mit Feuer und Zaubersprüchen ins Jenseits zu befördern.

Hawkins schloss daraus, dass es damals schon Menschen gab, die gegen die Wirkung von Magie immun waren. Die Kollegen bezeichneten ihn als Spinner.

Zwei Jahre später präsentierte der Verspottete den ersten offiziellen »Gegenmagier« der Welt, Miles Freeman. Das »Chicago Thaumaturgical Research Institute« unternahm mehrere Versuche mit Freeman, wobei sich herausstellte, dass das Feld von Antimagie ständig aufrechterhalten wurde, egal ob Freeman schlief, wach war oder sich im künstlichen Koma befand.

Die Dimension dieser Aura variierte, dehnte sich aber niemals mehr als einen Zoll weit von der Hautoberfläche aus. Innerhalb dieses Feldes bestand keinerlei Form von Magie.

Dazu entstanden zwei Meinungen in der Forschung. Eine Minderheit nahm an, dass es sich bei der Nega-Magie um eine Form von magischer Begabung handele, die jegliche andere magische Kraft absorbiere, um sich selbst aufrechtzuerhalten. Anders ausgedrückt: thaumaturgischer Vampirismus.

Die andere Variante unterstellte, dass der Geist eines Negamagiers diese Aura aufrechterhielt. Hawkins Kollege Herasmussen behauptete sogar, dass innerhalb des Fluidums die physikalischen Gesetze des Kosmos so geändert wurden, dass Magie dort nicht existieren könne.

Letzteres belustigte Xavier am meisten. Als physikalische Anomalie könnte er also Mars oder Pluto aus der Bahn werfen, wenn man ihn nahe genug heranbrächte.

Bis 2058 wusste niemand so recht, wie die Antimagie funktionierte. Besser gesagt, ob sie überhaupt existierte. In Österreich stieß ein Forscher im Gebiet um Hall und Hallstein auf die Besonderheit, dass einige Menschen als eine Art Blitzableiter für magische Energien fungierten.

Die jenensischen Resultate aus den bisher unternommenen Versuchen deckten sich mit den Erkenntnissen aus Chicago. Er war für Magier, Elementare und magische Wesen astral nicht zu erkennen. Gleichzeitig wies er eine Immunität gegen Zaubersprüche aller Art auf. Die Magier kämpften dagegen mit Entzug und Erschöpfung, ohne etwas gegen ihn ausrichten zu können. Xavier war der Fleisch gewordene Albtraum für Magische.

Offiziell analysiert wurde das Phänomen kaum. Die Suche nach Probanden gestaltete sich schwierig. Die Negamagier hielten sich bedeckt, seit Freeman auf offener Straße erschossen worden war.

Angeblich, so stand es in einem kleinen Artikel, wollte der Negamagier einen Ausflug in einen Nachtclub unternehmen. Als er unterwegs an einem Geldautomaten Halt machte, lauerten ihm drei Angreifer auf, raubten ihn aus und nieteten ihn um. Auffällig fand Xavier, dass die Ganoven nicht warteten, bis er sich den Stick mit neuen Nuyen gefüllt hatte.

Stimmen wurden laut, die eine Verschwörung aus der magischen Welt annahmen. Erst nach einem Monat, so fand er anhand der Zeitungsartikel heraus, legte sich der Wirbel um Freemans Tod. Die Behörden ermittelten nicht weiter. Dafür fand sich kein Mensch oder Metamensch mehr, der öffentlich behauptete, ähnliche Fertigkeiten zu haben.

Scutek war Anhänger der »Verstand-Theorie«, denn die Vampirismus-Variante hätte konsequenterweise bedeutet, dass Negamagier beständig auf der Suche nach Magiern und magischen Gegenständen sein müssten, um sie zu vernichten und sich deren Magie anzuzeigen.

Vermutlich empfand Scutec diese Vorstellung als beängstigend. Damit wären die Negamagier das Raubtier und das Ende der Nahrungskette, welche die sonst so überlegenen Magier als Imbiss betrachteten. Noch ein Grund für Magische, ihn und Seinesgleichen zu hassen – und zu töten.

Xavier verschwieg dem Mann, dass er das »Absaugen« für sinnvoller hielt. Wenn er sich Zaubersprüchen in den Weg warf oder Magischen aller Gruppierungen physisch zu Leibe rückte, fühlte er sich dabei sehr gut und keinesfalls wie ein genötigter Blitzableiter.

Zwar empfand er in all den Jahren niemals so etwas wie Entzug, doch geriet er niemals wirklich in die Situation, lange ohne einen »Schuss« auskommen zu müssen.

Fokusse, gegnerische Magier, Elementare, sie gaben ihm genügend Energie und dazu noch freiwillig, wenn er an seine Abenteuer als Runner dachte. Wenn nichts dazwischen kam, würde er sich selbst eine Art Diät auferlegen und völlig ohne Magie auskommen. So versuchte er unter Aufsicht von Scutek herauszubekommen, ob er eine neue Form von magischem Vampir oder ein Gedankenkraftgenie war.

Xavier überkam ein mulmiges Gefühl, als er vom Unglück des amerikanischen Negamagiers las. Doch zu diesem Zeitpunkt befand er sich bereits an der Universität, deren Magier ihn mit offenen Armen empfangen hatten und sehr dankbar waren, ein Phänomen wie ihn zu erkunden. Das Geld stimmte ebenfalls, und so musste er sich nicht auf zwielichtige Dinge einlassen, um seinen Lebensunterhalt zu bestreiten.

Der ehemalige Runner erkundete Jena und seine Umgebung, lachte herzlich über den »draco«, eine um 1600 entstandene bizarre Skulptur mit sieben Köpfen, vier Beinen, zwei Armen und vier Schwänzen. Der Anlass für diese Schöpfung war unbekannt. Man vermutete einen Studentenulk. Xavier dachte dabei an Hawkins' Theorie über zu früh Erwachte und die Drachentöter.

Hin und wieder trieb er sich auf den Burgen der Umgebung herum, zum Beispiel auf Burg Kirchberg, die als Ausflugsgaststätte diente und einen sehenswerten Rittersaal beherbergte. Nach Ansicht des Negamagiers gewährte der Ort eine herrliche Aussicht auf die Stadt. Dazu baute das Touristikmanagement das »Weigelsche Haus« wieder auf, das seit 1898 nicht mehr stand und seinen Ruhm dem Basteltrieb eines Mathematikprofessors im 18. Jahrhundert verdankte. Der baute allerlei neumodischen Schnickschnack in sein Haus ein; sogar ein Fahrstuhl und eine Weinleitung vom Keller bis zur obersten Etage sollten darunter gewesen sein.

Im jetzigen Zustand war beides vorhanden, und die Weinsorte konnte man vorher mit einem Drehregler aussuchen. Auch die Heidecksburg und Leuchtenburg besichtigte er, genoss die fürstlichen Galerien, Porzellansammlungen, Waffenarsenale, Spaziergänge im Schlossgarten, Konzerte, literweise Bier in der Burgschänke oder auch mittelalterliche Burgspektakel.

Dabei war es ihm einmal passiert, dass er im angetrunkenen Zustand in einer Rothaarigen die hermetische Magierin aus Seattle zu erkennen glaubte. Das bewies ihm, dass er noch lange nicht über sie hinweg war. Er vermied es, seine Verflossene anzurufen, um das Vergessen zu erleichtern, was nicht recht funktionieren wollte. Ihre Kontaktversuche ließ er unbeantwortet.

Seine Gedanken schweiften schon lange vom Thema der Gegenmagie ab. Er starrte auf die Zeilen, ohne den Sinn wahrzunehmen. Xavier erwachte aus den unliebsamen Erinnerungen. *Nun ist es aber genug mit der Träumerei.* Er richtete sich auf, stopfte die Blätter in die Tasche und erhob sich von der Bank.

Er schlenderte den Braschenweg entlang zur Bushaltestelle. Den Rest des Vormittags würde er im Fitnesscenter verbringen, um sich beim Workout die Erinnerungen aus den Poren zu schwitzen.

Er beobachtete im Vorübergehen, wie ein paar Mitglieder des »Corps Astralia Jenense« in ihrem Burschenschaftshaus verschwanden, Rucksäcke und Beutel mit sich tragend. Vermutlich bereiteten sie irgendeinen Streich vor, um die Hexen in der bevorstehenden Walpurgisnacht zu ärgern. Oder eine Nettigkeit für die Neue Universität Erfurt auszuhecken.

Die Erfurter Thaumaturgieforschung richtete ihr Augenmerk im Gegensatz zur eher technisch orientierten, größtenteils von Zeiss unterhaltenen Schiller-Uni auf die Naturmagie und wurde von den Jenensern als »Medizinhütte« belächelt. Und wenn man schon so recht nahe beieinander lag, blieben kleinere und größere Gemeinheiten nicht aus, wie er erfuhr.

Legendär waren die Auseinandersetzungen im großen Lesesaal der Universalbibliothek zu Weimar oder die magischen Duelle der Burschenschaft. Da es sich um eine nicht schlagende Verbindung handelte, entstanden die Schmisse durch magische Attacken.

Einer der jungen Männer warf ihm einen misstrauischen Blick zu, ehe er im Gebäude verschwand.

*Ich bin mal gespannt, was ich bald zu höre bekomme,* dachte der Negamagier.

Da der Bus bereits an der Haltestelle wartete, verfiel er in einen leichten Trab. Dennoch schaffte er es nicht mehr rechtzeitig und musste sich die Rücklichter anschauen. Xavier nahm es locker und betrachtete den Dauerlauf zu seiner von der Uni bezahlten Wohnung in der Innenstadt als gutes Training.

*ADL, Homburg (SOX), 22. 04. 2058 AD, 10:21 Uhr*

Die drei Gestalten bewegten sich wie routinierte Soldaten durch die Straße. Der Zwerg am Ende der kleinen Gruppe lief rückwärts und achtete auf jede Regung um sich herum. Der blasse Mann an der Spitze hielt das G12a3z locker im Anschlag, während der Ork zusätzlich zu seiner Ausrüstung einen Seesack und einen Rucksack mit sich schleppte.

Alle trugen Schutzmasken, welche die Außenluft filterten, um das Eindringen von strahlenden Partikeln zu verhindern. Zwar war deren vorkommen im Randbereich der Verseuchten Zone eher gering, doch wollte keiner von ihnen das Risiko eingehen. Seit dem GAU in Cattenom zählte das ehemalige Saarland als Sperrgebiet, in dem die Kons die Verwaltung übernommen hatten.

Eine fünf Meter hohe Mauer, eine verminte Todeszone und zahlreiche Abwehrmaßnahmen sollten das Eindringen Fremder in die SOX, wie das Areal genannt wurde, verhindern. Eine Magnetbahn verband die unterirdisch angelegten Forschungseinrichtungen im komplett evakuierten Bundesland und im angrenzenden Frankreich.

Ganz in der Nähe, in Bexbach, befand sich die Anlage von ECC. Das ehemalige Kohlekraftwerk Barbara I war von dem Unternehmen umgebaut worden. Bei einem Run gegen diese Anlage entdeckten Ordog und Michels einen geheimen Höhlengang, der sich an den Schutzvorrichtungen unbemerkt vorbeischlängelte.

Der Einstieg lag an der Grenze der SOX in den Schlangenhöhlen. Heraus kam man in den Schlossberghöhlen, den größten Buntsandsteinhöhlen Europas, deren Geschosse über zwölf Ebenen verteilt waren. Sowohl dem Kontrollrat als auch dem Schmuggelring der Geisterratten blieben diese riesigen Gewölbe verschlossen.

Das verloren gegangene Wissen gedachten der Anführer Ordog, der Zwerg Michels und der Neue im Team, Schibulsky, der als Lastesel fungierte, auszunutzen. Sie unternahmen Raubzüge durch das verlassene Homburg und plünderten die verlassenen Häuser.

Sie mussten sich lediglich vor umherziehenden Glow-Punks, mutierten Critters und der Ghulpopulation hüten. Deshalb entschlossen sie sich, nur bei Tage durch die gespenstisch stille Stadt zu ziehen.

Ordog schaute auf den Stadtplan, den er aus einem Schaukasten gerissen hatte. »Lagerstraße.« Er hob den Kopf und ließ seine braunen Augen mit Kennerblick schweifen.

»Das sieht doch gut aus. Wenn ihr mich fragt, wohnten hier mal reiche Leute.« Die dünnen, schwarzen Haare steckten unter einem Bandana in Stadttarnfarben, das perfekt zur übrigen Kleidung passte. Ein dunkelrotes Tribetattoo auf der rechten Schläfe lugte unter der Kopfbedeckung hervor. Seine unnatürliche Blässe verdankte der Straßensamurai einer Laune der Natur, die ihn aller Pigmente beraubte. Er glich einem Vampir oder Ghul, was in der SOX verheerend war.

Michels hatte das klassische Äußere eines Zwergs, trug seinen Bart aber wegen der Schutzmaske kurz getrimmt.

Der muskulöse Ork Schibulsky kam aus Karlsruhe und gehörte erst seit ein paar Tagen zu den beiden Runnern. Im Saarland aufgewachsen, hörte sich die vom Aussterben bedrohte Mundart, die er pflegte, sehr abenteuerlich an. Weil sie ihn kaum verstanden, beharrten sie darauf, dass er wenigstens versuchte, Hochdeutsch zu sprechen. Ordog hatte ihn verpflichtet, weil er erstens stark war, zweitens über ein recht gutes medizinisches Wissen verfügte und drittens als verschwiegen galt. Niemand sollte von diesem Tunnel erfahren, der vor vielen Jahrhunderten angelegt wurde.

Michels nickte bestätigend, was die anderen nicht sehen konnten. »Ich würde mir gerne die Brauerei anschauen. Wenn wir Glück haben, finden wir noch ein paar Bierfässer, die okay sind.«

»Das war mir klar«, sagte der Ork grinsend.

»Sollte irgendein Bierfass noch in Ordnung sein, haben sie mit Sicherheit gegen das Reinheitsgebot verstoßen«, kommentierte der Anführer. Er wandte sich nach links und öffnete das Gartentürchen, um die Stufen dahinter zu erklimmen. »Und jetzt Obacht.«

Das Trio stürmte die verlassene Villa nach allen Regeln der Kunst. Anschließend durchforsteten sie das

Gebäude vom Keller bis zum Dachboden. Die mitgeführten Metalldetektoren entdeckten jeden noch so verborgenen Tresor.

Ordog fand einen Swimmingpool im Untergeschoss. An den gekachelten Wänden prangten seltsame Schriftzeichen, mit denen er nichts anfangen konnte. Abgebrannte Kerzen standen am Boden verteilt und bildeten ein wirres Muster.

*Glow-Punks,* vermutete der Runner, *die ein abstruses Ritual durchgeführt haben.* Während er am Rand des Bassins entlangging, ergab die Anordnung der Stumpen durch die Veränderung der Perspektive einen Sinn. Sie zeichneten die Konturen eines Drachen nach. *Seltsam, seltsam.*

Er erinnerte sich an den Wortwechsel zwischen seinem Kumpel Sheik, einem hermetischen Magier, der beim Run gegen ECC ums Leben gekommen war, und Michels über den Verbleib des Großen Drachen Feuerschwinge.

Alle Welt ging davon aus, dass er über dem Ärmelkanal nach ein paar Raketentreffern abgestürzt war. Andere behaupteten, er sei in der SOX, in Völklingen, runtergerasselt. Die Schlossberghöhlen wären das perfekte Versteck für einen verletzten Critter.

*Was, wenn er hier gestrandet war und sich auf magische Weise ein paar Gefolgsleute unter den Glow-Punks schuf?* Dann wäre der Weg durch die Höhlenanlagen gefährlicher, als Ordog jemals angenommen hatte. Vorsichtshalber schoss er ein Bild vom Swimmingpool und kehrte ins obere Stockwerk zurück. Er würde jemanden ausquetschen, der sich mit Magie auskannte.

Im Schlafzimmer wurde Michels fündig. Der Zwerg bewies ein beinahe unheimliches Gespür für versteckte Schätze. Schibulsky brachte den Handschweißbrenner zum Einsatz, zerstörte das Schloss und presste mit einem hydraulischen Wagenheber, den er in der Garage gefunden hatte, das letzte bisschen Widerstand aus den Scharnieren des Tresors.

Die Räuber schauten auf Metallschatullen, die einem harten Schlag des Wagenhebers nichts entgegensetzten. Zwei Ordner, eine Perlenkette, vier Brillantmanschettenknöpfe und eine Kollektion Damenringe breiteten sich vor ihnen aus.

»Gute Nase«, lobte Ordog den Zwerg und notierte sich akribisch die Beute, bevor er sie in eine Hartplastikbox steckte und dann im Seesack des Orks verstaute. »Das reicht für heute.«

»Schon? Es ist noch früh am Tag«, wandte Michels enttäuscht ein. »Komm schon, Chef. Wir knacken mindestens noch einen Nobelschuppen.« Er sah dem Gesicht des Anführers an, dass er nicht einwilligen würde. »Und wie wäre es mit dem Besuch der Brauerei?«, versuchte er, eine Alternative anzubieten. »Ein kurzer Blick ins Lager?«

Schibulsky schaute plötzlich sehr durstig.

Der fahle Runner musste grinsen. »Von mir aus, ihr Saufnasen. Aber zügig. Spätestens um vier will ich auf dem Rückweg sein.«

Sie nahmen ihre übliche Formation ein und erreichten unbehelligt den großen Komplex, wo sich die Metamenschen augenblicklich auf die Suche nach ein paar vollen Fässern machten. Ordog sicherte derweil.

Michels und Schibulsky fanden eine kleine Zapfanlage für Wasserkühlung, die sie ebenso mitnahmen wie drei Partyfässer. Offenbar planten sie einen feuchtfröhlichen Abend, vorausgesetzt, das Bier schmeckte noch. Derart schwer beladen, machten sie sich an den steilen Aufstieg den Schlossberg hinauf.

»Ist euch eigentlich uffgefall, dass es keine Hinweise auf die Höhlen gebt?«, keuchte der Ork unter seiner Last und blieb stehen, um sich eine Pause zu gönnen. »Ich war zwar nicht so oft in Homburg unnerwegs wie

22

ihr, aber ich konnte nix sehen, das Werbung machen tut. Ihr?«

Der bleiche Anführer und der Zwerg wechselten grinsend einen Blick. Mundartalarm.

»Stimmt«, bestätigte Michels nachdenklich. »Die haben ihre Attraktion nicht gut verkauft.«

»Oder jemand hat alle Wegweiser abmontiert«, gab Ordog zu bedenken. Er pochte gegen ein Metallrohr. »So wie hier.«

»Wenn das so is«, hakte Schibulsky ein, »muss jo was wahnsinnig Wichtiges in irgendeinem Höhlenraum lagere, das nicht entdeckt werden soll. Welcher Kon würd sich so e Bud entgehen losse? E paar Stahlträger rinn zur Stabilisierung, e Klimaanlach, e feschder Bode, und fertich wär e zwölfstöckisches Labor. Aber kenner nutzt das Ding.«

»Was?«, fragte Ordog irritiert, der kein Wort verstanden hatte.

Der Ork grinste. »Entschuldigung vielmals. Ich meinte, wenn man ein paar Stahlträger, eine Klimaanlage, einen festen Boden montierte, wäre ein zwölfstöckiges Labor bezugsfertig. Aber ich habe keine Anzeichen auf einen Kon gesehen.«

»Danke.« Ordog spielte den Gleichgültigen. »Uns kann's egal sein. Solange das Geheimnis dort bleibt, wo es ist, und uns in Ruhe lässt.«

Das Trio erklomm den Berg und begann den Rückweg durch den schmalen Gang, der sie in einem kleinen Ort namens Schwarzenacker ans Tageslicht brachte. Sie schleppten ihre Beute zum getarnten, aufgemotzten Geländewagen, kontrollierten sich per Geigerzähler auf den Grad einer möglichen Verstrahlung und verstauten die Ausrüstung sowie ihre Beute blickgeschützt.

Wenig später rauschte der Jeep, der über unzählige passive Abschirmungen gegen elektronische Aufspürung verfügte, davon.

*ADL, Pirmasens, Regierungssitz Badisch-Pfalz,*
*22. 04. 2058 AD, 19:49 Uhr*

Brummend erwachte der Durchlaufkühler zum Leben und brachte den Gerstensaft, der aus dem Fass floss, auf angenehme acht Grad. Michels dippte zuerst die Zunge in die goldfarbene, klare Flüssigkeit. Schibulsky betrachtete sein Gesicht ganz genau.

»Es sind keine Flocken drin und schmeckt nicht schlecht«, bemerkte der Zwerg und hielt das Glas so, dass das Licht hindurchschimmerte. »Ein antikes Bier, das nach so vielen Jahren immer noch gut schmeckt. Die Saarländer konnten brauen.«

Der Ork packte den Geigerzähler aus. Erst als die Warnung ausblieb, nickte er seinem Runnerkollegen zu. »Du kannst abpumpen. Nix verstrahlt.«

In einem Zug leerte Michels das Glas. Danach schloss er die Augen und rülpste. »Herb, aber gut«, sagte er, und schon beugte er sich nach vorne, um das Glas ein weiteres Mal zu füllen. Schibulsky protestierte und hielt seinen Humpen zuerst unter den Hahn.

Die drei saßen in der vorübergehenden Bleibe Ordogs, einem nüchtern eingerichteten Pensionszimmer, und feierten den inzwischen vierten Raubzug, der reibungslos über die Bühne gegangen war.

Der bleiche Straßensamurai kümmerte sich derweil um das Verchecken der Ware, die sie aus der SOX erbeutet hatten. Konnte er den Hehler noch etwas bearbeiten, würden für jeden von ihnen stattliche 50000 abfallen. Keine EC allerdings, sondern Mark, die im Alltag immer noch kursierte. Machte 25000 EC, was nicht zu verachten war. Noch ein paar dieser Ausflüge, und die Cybereinbauten, die er seit langem auf den Wunschzettel ans Straßenchristkind schrieb, würden Wirklichkeit werden.

Den Hörer am Ohr und in die Verhandlungen vertieft,

bereitete er mit der freien Hand den Transfer der Bild-datei vor, die er an einen Schamanen namens Kleiner Schattentänzer schicken wollte.

Ordog rechnete zwar nicht damit, dass er eine Ant-wort erhielt, dennoch interessierte es ihn, welche ver-rückten Rituale die Glow-Punks in der SOX durch-zogen. Befand sich tatsächlich ein Magier unter den durchgeknallten Freaks, müssten sie noch vorsichtiger sein. Die Mailfunktion meldete ihm, dass sein elektroni-scher Brief verschickt worden war.

Michels stellte Ordog ein Glas Bier auf den Tisch. Der fahle Runner nickte und trank. An den bitteren Ge-schmack musste er sich erst noch gewöhnen, aber die Würzigkeit überraschte ihn.

Hartnäckig blieb er bei den geforderten 150 000 Mark, aber der Hehler setzte sein Angebot von 136 000 Mark am Ende durch.

»Woher habt ihr eigentlich das Zeug?«, wollte der Schieber wissen. »Nicht dass ich neugierig wäre.«

»Keine Angst. Es wird sich kaum jemand dafür inter-essieren. Alles andere kann dir egal sein.«

»Man wird doch noch mal fragen dürfen«, meinte der Hehler eingeschnappt.

Ordog wusste warum. Der Mann lauerte nur auf einen Hinweis, um seine eigenen Leute auf das leicht zu plündernde Revier anzusetzen.

»Sicher. Bring das Geld zum üblichen Schließfach.« Er legte auf und leerte sein Glas. Auf die Dauer wurde es ihm doch ein wenig zu herb. »Es wird etwas weniger pro Nase«, eröffnete er seinen Mitstreitern. »Er wollte einfach nicht mehr abdrücken.«

Schibulsky betrachtete die Reichtümer. »Gehen wir eben noch einmal«, meinte er. »Ich habe mein Geld auch schon schwiericha verdient.«

»Ich kann dir verraten, dass es auch schon mal *schwie-riger* war«, sagte Michels und spielte damit auf den Run

25

gegen ECC an, bei dem der Ork noch nicht dem Team angehört hatte. »Mit ein bisschen Glück wirst du auch mal gegen die Punks antreten dürfen.« Demonstrativ nahm er sich ein größeres Glas und goss sich erneut ein. »Ich lasse sie dir gerne ganz alleine. Wohlsein!«

Der Zwerg erzählte Schibulsky von den Abenteuern in der Arkologie von ECC und wie sie zwei Kumpel verloren hatten.

Der andere Metamensch füllte sich ständig nach, bis er und Michels völlig betrunken waren und kein deutliches Wort mehr herausbrachten. Als sich Ordog ein neues Bier zapfen wollte, sprühte ihn der Hahn nur an. Das Fass war leer.

»Feierabend, Jungs. Geht nach Hause. Wir treffen uns übermorgen wieder und machen unseren nächsten Ausflug.«

Er schaffte es irgendwie, die Betrunkenen auf die Beine zu hieven, ihnen die Jacken anzuziehen und sie aus der Tür zu befördern. Lallend schwankten sie die Straße hinunter und stürmten das erstbeste Taxi, um sich in ihre Unterkunft bringen zu lassen.

Ordog schaltete die Zapfanlage aus und bereitete sich auf den Schlaf vor. Die Trid-Wiederholungen der unsäglichen Soaps halfen ihm dabei, die notwendige Schwere der Lider zu erreichen, um ins Reich der Träume zu gleiten.

Da meldete sein Laptop die Ankunft einer Botschaft. Das Piepsen riss ihn aus dem Dösen.

Zu müde von der Anstrengung des Marsches und der elenden Tunnelrobberei, beschloss er, auf das Öffnen der Post zu verzichten und die Zeilen erst am kommenden Tag zu lesen. Selbst der Name des Absenders der Nachricht, Kleiner Schattentänzer, schaffte es nicht, den todmüden Mann umzustimmen.

Morgen. Er drehte sich im Sessel etwas zur Seite und schlief weiter.

*ADL, Freistaat Thüringen, Suhl,*
*23. 04. 2058 AD, 08:36 Uhr*

»Sie sind zu früh«, wurde Poolitzer von dem leicht ungehaltenen Elfen Forge begrüßt. »Vereinbart war neun Uhr.« Der Metamensch hatte wenig von dem typischen Äußeren eines *homo sapiens nobilis*, einmal abgesehen von den leicht angespitzten Ohren. Ansonsten wirkte er von der Statur her wie ein Norm mit einem etwas zu schmalen Gesicht.

»Ich weiß, Herr Forge. Ich dachte mir, wir können schon mal mit dem Dreh anfangen. Ich wollte noch nach Weimar in die Bibliothek.« Severin Timur Gospini wackelte mit den schräg ausrasierten Augenbrauen und lächelte gewinnend. Er trug die Haare kurz, auf der linken Seite schwarz, auf der rechten weiß gefärbt, das Kinnbärtchen wies dieselbe farbliche Trennung auf. An diesem Morgen trug er Sonnenkontaktlinsen.

Er brauchte die Auffälligkeit. Es war sein Markenzeichen, und die Quoten liebten ihn dafür. Nur wenn es ein Auftrag unbedingt erforderte, trat er mit einfarbigen Haaren auf Kopf und am Kinn auf. Die Kontaktlinsen nahm er in solchen Fällen ebenfalls raus. Dann erkannte ihn niemand mehr.

Der Reporter von InfoNetworks hatte sich in Jeans und T-Shirt gehüllt, eine leichte Lederjacke schützte ihn vor der frischen Morgenluft. Dank der Turnschuhe bewegte er sich beinahe lautlos. Eine Eigenschaft, die in seinem Beruf mehr als wichtig war.

»Kommen Sie rein«, entschied der Leiter von *Forge's Magiefokusse GmbH*. »Ich bringe Ihnen einen Kaffee und erkläre Ihnen anschließend, was Sie filmen dürfen und was nicht. Es gibt ein paar Geheimnisse, welche die Konkurrenz nicht zu wissen braucht. Der Wettbewerb ist ziemlich hart in Suhl. Aber das werden Sie als Profischnüffler schon herausgefunden haben.«

»Klaro.« Poolitzer folgte dem Elf in die Eingangshalle des Geschäfts, das als das beste in Thüringen, wenn nicht sogar in der ganzen Ost-ADL galt. Deshalb wollte er seinen Beitrag über die Herstellung von Waffenfokussen hier machen. Hinterhofwerkstätten existierten in Suhl genügend.

Forge führte ihn ins Wartezimmer und kehrte nach wenigen Minuten mit zwei Tassen Kaffee zurück.

Währenddessen machte Poolitzer seine Fuchi VX2200C Cybercam scharf. Der Ladezustand der Akkus war einwandfrei, eine CD lag im Minibrenner bereit, der die Bilder sofort auf die Scheibe bannte. Beim Durchlauf des Selbstdiagnoseprogramms meldeten Zoom, Infrarot, Restlichtverstärker, Bildstabilisatoren und Autofokus Betriebsbereitschaft.

Anschließend montierte er die VX an die Portacam-Kopfhalterung. Beim Rundgang durch die Werkstätten würde er das Aufzeichnungsgerät mithilfe einer Cambrille steuern. Er hatte dadurch die Hände frei. Der Reporter überlegte, dann schraubte er ein Objektiv der Brennweite 25 bis 300 Millimeter auf, Makrofähigkeit inklusive. Den Fischaugenadapter brauchte er nicht, er wollte ins Detail gehen. Vorsichtig legte er die Cam auf den Tisch.

»Wieso nennt man Sie eigentlich Poolitzer, Herr Gospini?«, erkundigte sich Forge und schob ihm eine Tasse und die Milch hinüber.

»Hat was mit meiner Vergangenheit in Seattle zu tun. Zuerst war ich Schreiber, weshalb mich alle Poolitzer nannten. Irgendwann drückte mir jemand eine Kamera in die Hand, aber den Namen bin ich nicht mehr los geworden.« Er roch am Kaffee. »Kein echter, was?«

Der Elf schüttelte den Kopf. »Soykaff ist viel bekömmlicher als das andere Zeug.«

Der junge Mann mit der auffälligen Frisur bleckte die Zähne. »Und billiger. Mann, dabei hätten Sie's doch gar nicht nötig zu sparen. Nach allem, was ich über Ihren Umsatz hörte.«

»Meine Bank erzählt mir ganz andere Dinge«, erwiderte Forge. »Glauben Sie nicht alles, was Sie hören. Die Gewinnmarge meines Unternehmens ist äußerst gering, bedingt durch die qualitativ hochwertigen Bestandteile unserer Produkte. Würden wir den vollen Preis knallhart berechnen, müssten unsere Kunden ein halbes Leben lang sparen, bis sie sich einen Waffenfokus leisten könnten.«

»Das Jammern ist das hohe Lied des Kaufmanns«, kommentierte Poolitzer spöttisch.

»Sie haben Recht. Wenn es sich nicht lohnte, würde ich meinen Beruf nicht ausüben«, sagte der Elf lächelnd. »Lassen Sie uns anfangen. Was haben Sie sich denn vorgestellt? Sie werden keine einzige Rezeptur abfilmen, verstanden?«

Poolitzer holte sein Notepad heraus. »Bei einem kleinen Rundgang erklären Sie mir, was magische Waffen …«

»Falsch. Ich stelle Waffenfokusse her«, verbesserte der Elf und dirigierte den Gast in Richtung Ausstellungsraum. Nach einer Überprüfung durch einen Retinascanner und einen Stimmanalysator schwang die Stahltür zur Seite und gewährte Einlass.

Die beiden Männer betraten eine magische Schatzkammer. Hinter dicken Plexiglasscheiben lagerten ein Dutzend Messer, vier Schwerter im japanischen Stil, drei in der Art des europäischen Mittelalters, zwei Äxte und eine Hellebarde.

»Das ist unser Showroom«, erläuterte der Elf. »Die großen Waffen sind in erster Linie Sammlerstücke und werden vermutlich nie verkauft.« Er öffnete einen Kasten und nahm ein Breitschwert hervor. Er hielt es dem Reporter hin. »Versuchen Sie's.«

Vorsichtig umfasste dieser den Griff. Ein besonderes

Gefühl stellte sich jedoch nicht ein. Er zoomte auf die Intarsien am Griff. »Ich kann nichts spüren«, gestand er.

»Das hätte mich auch gewundert.« Forge stellte das Schwert zurück. »Der Legende nach soll die Klinge einmal Georg dem Drachentöter gehört haben. Die Aufgabe eines Waffenfokus ist es, die Kampffertigkeit seines Trägers zu verbessern, was aber nur gelingt, wenn der Benutzer magisch begabt ist. In Ihrem Fall macht es keinen Unterschied, ob Sie mit einem Waffenfokus oder einem gewöhnlichen Schwert kämpfen.«

»Sagenhaft«, gestand der Reporter seine Faszination ein und machte einen Schwenk durch den Raum.

»Jeder Waffenfokus ist außerdem in der Lage, ein erwachtes Wesen hier oder im Astralkampf zu verletzen, und zwar erheblich schwerer, als das eine Standardklinge vermag. Selbst Critters mit der gefürchteten Regenerationsfähigkeit gehen zu Boden.« Forge führte Poolitzer wieder hinaus.

»Heutzutage ist es nicht einfach, jemanden zu finden, der noch Schwerter kauft, um Drachen zu erlegen«, wandte der Reporter ein. »Warum nutzen Sie Ihr Können nicht, um Kugeln zu veredeln? Damit würden Sie ein Vermögen scheffeln.«

Der Elf bugsierte den Besucher in die erste Werkstatt, in der gerade ein Mann mit Laborkittel, Lederschürze und Schutzbrille bei der Arbeit war. Er achtete nicht auf die beiden Störenfriede, sondern konzentrierte sich voll und ganz auf seine Tätigkeit. Die Hitze im Raum war mörderisch.

»Glücklicherweise funktioniert das so nicht. Der Benutzer muss den persönlichen Kontakt zu seiner Waffe haben. Stellen Sie sich mal vor, jeder Kleinkriminelle verfügte über Patronen, die ihr Ziel niemals verfehlen oder die jeden Schutz durchschlagen. Das wünscht sich niemand, nicht einmal wir. Unsere Kunden sind entweder Magiebegabte oder Adepten. Daneben gibt es noch einige weltliche Sammler.«

»Was braucht man denn alles für einen Waffenfokus?«

»Bestandteil eines jeden Waffenfokus ist das Orichalkum. Mein Mitarbeiter stellt gerade eine neue Einheit her.« Der Elf deutete auf den Mann mit der Schutzbrille. »Dazu benötigt man zu gleichen Teilen radikales Kupfer, Gold, Silber und Quecksilber, die Bestandteile werden zusammengefügt und in einer komplizierten, ständig überwachten Prozedur miteinander verbunden, sodass wir die wertvolle goldorangefarbene Legierung gewinnen. Die Herstellung als alchemistischer Vorgang kann nur von magisch begabten sowie speziell ausgebildeten Mitarbeitern durchgeführt werden.«

Poolitzer filmte Forges Mitarbeiter, der sich durch nichts stören ließ. »Heißt es nicht, dass die Priesterkönige des alten Atlantis das Orichalkum entdeckten?«

Forge zuckte mit den Achseln. »Sie dürften das Patent inzwischen verloren haben. Und nun bitte Ruhe. Wir befinden uns im letzten Stadium des Herstellungsprozesses.«

Poolitzer richtete die Linse auf den Alchemisten, der den Schmelztiegel behutsam aus der Esse des Hochofens nahm. Durch dicke Handschuhe geschützt, goss der Mann die goldfarbig glühende, flüssige Legierung in bereitgestellte Formen. Der Inhalt reichte gerade einmal für zwei Miniaturbarren aus. Dennoch schien der Mann sehr zufrieden mit dem Ergebnis zu sein. Eiswasser kühlte das Material ab, stolz präsentierte er Forge und Poolitzer zwei schimmernde Metallstückchen.

»Pro Einheit wiegt es rund zehn Gramm«, erklärte der Elf mit glänzenden Augen. »Auf dem internationalen Markt würde Orichalkum von dieser Qualität mit rund 90 000 Nuyen je Einheit gehandelt, Herr Gospini.«

»Ich sehe schon, das ist sehr aufwendig«, meinte Poolitzer.

Forge drehte den Hochofen ab, und die Hitze ließ augenblicklich nach. »Wir müssen aus allen Metallen die radikale Form herstellen, was jeweils 28 Tage in Anspruch nimmt. Und nicht immer geht alles glatt.«

»Allmählich wird mir klar, dass es mit der Herstellung von Fokussen was Besonderes auf sich hat«, sagte der Reporter. »Okay, wir haben das Orichalkum. Und jetzt?«

»Wir haben die Erfahrung gemacht, dass man die Waffen am besten selbst schmiedet. Die Fachleute nennen den Träger der Fokuskraft Telesma. Darin arbeiten wir das Orichalkum mit ein, anschließend steht die Verzauberung der Waffe an, was wiederum einen Mondumlauf dauern kann. Glücklicherweise verfüge ich über die passende Fokusformel, natürlich ist sie rechtlich geschützt. Wie die Gewinnung von Orichalkum ist auch dieser Prozess exklusiv, das heißt, dass unser Mitarbeiter nichts anderes tun kann, als den Vorgang zu betreuen, astrale Energien in das Telesma zu projizieren, die richtige Formel dabei zu verwenden, den Stand der Gestirne im Auge zu behalten und auch die kleinste Kleinigkeit zu beachten. Die minimalste Abweichung führt zum Scheitern der Verzauberung, und damit ist die Waffe unbrauchbar. Sie könnten sie höchstens als Brotmesser benutzen.«

»Und wenn es geklappt hat?«

»Dann muss der Magier einen gewissen Teil seines Karmas einfließen lassen, um die Energien in der Waffe zu binden. Der Kunde muss ebenfalls einen gewissen Teil dazu beitragen. Es macht die Sache persönlicher.«

Forge lenkte Poolitzer in einen mehrfach gesicherten Bereich, der an einen Lagerraum erinnerte. »Und hier lagern wir unsere Rohstoffe für Fetische und Fokusse, sprich Kräuter, Minerale und Metalle aller Art und in allen Formen. Dazu gesellen sich Knochen, Rasseln, Trommeln, Federn und vieles andere mehr. Es kommt immer darauf an, ob wir es für die hermetische oder die schamanistische Schule herstellen. Unsere besten nicht-magischen Leute bekommen Fetische innerhalb von wenigen Stunden hin. Aber Alchemie und Fokusherstellung kann nur von Magiern fachgerecht betrieben werden.«

Safetüren mit Schlüsselkartenschlitz, Retinascannern und Tastenfeldern gewährleisteten, dass gewisse Materialien nur vom Chef persönlich hervorgeholt werden konnten.

»Sie müssen doch Vorbestellungszeiten von Jahren haben«, wunderte sich der Reporter.

»Ein halbes Jahr wäre bei einer Maßarbeit schon sinnvoll. Aber für weniger Exklusives geht es rascher.«

Poolitzer schaute auf die unzähligen Klappen, hinter denen sich säuberlich geordnet die Ingredienzien verbargen. »Können Sie mir mal was Außergewöhnliches zeigen?«

Der Elf öffnete eine der Stahltüren und holte eine Schale mit getrockneten Blüten hervor. »Das sind Tiger-lilien, die nur an entlegenen Stellen in China und Japan zu finden sind, und natürlich werden diese Orte eifersüchtig gehütet. Es hilft aber alles nichts, wenn ein Fetisch eine solche Zutat benötigt.«

»Was machen Sie denn, wenn so etwas nicht vorrätig ist?«

Die Frage schien ein Thema zu berühren, das dem Metamenschen nicht recht passte. »Es gibt Spezialisten, die exotische Materialien sehr schnell besorgen können. Aber die meisten wollen nicht genannt werden«, wich Forge aus. »Sehen Sie, gelegentlich benötigt ein Fokus eine Zutat, die nicht leicht zu bekommen ist. Beispielsweise einen Liter Blut eines Erwachten Wesens, Drachenzähne oder kostbare Juwelen aus einer bestimmten Mine. Diese Spezialisten riskieren viel und gehen Wege, die nicht einmal Runner nehmen würden. Mehr will ich dazu nicht sagen.«

Die Nase des Reporters juckte unvermittelt.

Er hatte gelernt, dass dieses Zeichen eine große Story bedeutete, die sich in nächster Zeit anbahnte. Jetzt müsste er nur noch an die Adresse eines solchen Typen gelangen. Er verwettete seine VX2200C, dass Forge irgendwo eine Anschrift hatte. »Wie kommt man an diese Leute?«, erkundigte er sich betont beiläufig.

Der Metamensch schenkte ihm ein mitleidiges Lächeln. »Vergessen Sie's. Vergessen Sie, dass ich sie überhaupt erwähnte, und schneiden Sie die Passage aus dem Bericht.«

Poolitzer stellte sich stur. »Und was ist mit der Authentizität?«

»Ich will nicht, dass dieses Zitat von mir gesendet wird, verstanden?« Forge klang sehr verhandlungsunbereit. »Das würde mir mordsmäßige Schwierigkeiten bei meinem Lieferanten einbringen.«

»Schon gut«, gab sich der Reporter einsichtig. »Ich werde es löschen. Geben Sie mir wenigstens einen Tipp, wie ich an so einen Kontakt komme. Kennen Sie vielleicht jemanden, der seine Fokusgeschäfte aufgegeben hat und plaudern würde?«

»Niemand ist derart lebensmüde«, meinte der Elf und deutete auf die Tür. »Der Rundgang ist beendet. Ich muss wieder arbeiten. Haben Sie noch Fragen zur Waffenfokusherstellung, Herr Gospini?«

»Das ist wohl der Rausschmiss, was?«

»Sie haben's erfasst.«

Gemeinsam gingen sie zum Warteraum zurück.

Der Jagdtrieb des Reporters war geweckt, er wollte nicht eher aus dem Gebäude, bis er einen brauchbaren Hinweis auf den Lieferanten des Elfen fand.

Indem er ständig vorgab, Nahaufnahmen vom Hochofen, den Werkzeugen, halb fertigen Waffenfokussen und den Menschen zu machen, schindete er wertvolle Zeit, in der er darüber nachdachte, auf welche

Weise er Kontakt zu einem Spezialisten aufnehmen konnte.

Schließlich verabschiedete Forge sich entnervt und stellte ihm einen Assistenten zur Seite, der die Anweisung erhielt, den Gast nach exakt fünf Minuten an die frische Luft zu setzen.

Der Assistent hatte den Schnüfflertricks Poolitzers nichts entgegenzusetzen. Nachdem er sich mit Plaudereien in das Vertrauen des Mannes geschlichen hatte, gab er vor, auf die Toilette zu müssen. Anschließend, so versicherte er seinem Aufpasser, würde er schnurstracks hinausgehen. Gutgläubig verschwand der Assistent.

Der Reporter lenkte seine Schritte in entgegengesetzter Richtung zu den Werkstätten und suchte nach einem Büro. Er fand einen Raum, in dem die Post sortiert wurde. Da der Computer durch eine Passwortabfrage geschützt war, stöberte er hastig in einer Gitterbox herum, in der stapelweise zusammengefaltete Pakete lagen, die in diesem komprimierten Zustand darauf warteten, irgendwann noch einmal benutzt zu werden.

Die Adresse, über die er am meisten stolperte, lautete »Fitting Company«, die ihren Sitz in London hatte.

*Wer sagt es denn?* Poolitzer grinste, während er die Adresse notierte. *Poolitzer bekommt seine Informationen immer.*

Mitten in seiner Euphorie hörte er Schritte, die sich der Tür näherten. Fluchend sprang er zum Fenster, durch das die Pakete hereingereicht wurden, und kletterte hinaus, um sich auf dem matschigen Hinterhof von *Forge's Magiefokusse GmbH* wiederzufinden.

Schnell zog er den Kopf ein und pirschte sich an der Wand entlang, bis er an einer Tür anlangte.

Ohne zu zögern trat er ein, um nicht gesehen zu werden und sich damit unliebsamen Fragen auszusetzen. Der Schlamm an seinen Sohlen ließ ihn ins Schlingern kommen, und so trudelte er mehr hinein, als dass er ging.

Poolitzer kam vom Regen in die Traufe.

Zwei Männer hockten, tief in Konzentration versunken, an einem Tisch. Vor ihnen stand ein Dolch in einer filigranen Halterung. Auf die Oberfläche des Möbels waren zahlreiche Schriftzeichen gemalt worden, Halbedelsteine lagen in einer besonderen Anordnung in diesem gezeichneten Kreis.

Poolitzer war immer noch ein blutiger Laie in Sachen Fokusproduktion, aber für ihn sah es so aus, als führten sie gerade die Bindung des Fokus durch, die entscheidende Phase in der Herstellung.

Der Reporter wandte sich auf dem Absatz um. Dabei glitt er ein weiteres Mal aus und fing sich im letzten Moment an der Klinke ab. Verzweifelt versuchte er, mit seinen Füßen Halt zu finden. Dabei lösten sich Dreckklumpen von seiner Sohle.

Ein Brocken flog quer durchs Zimmer und klatschte dem rechten Mann schwungvoll ins Auge. Erschrocken sprang der Mann auf und stieß dabei an die Tischkante. Die Dolchhalterung neigte sich zur Seite und kippte um, die zu verzaubernde Waffe glitt heraus. Das lange Messer rutschte mit der glänzenden Spitze voraus und bohrte sich in den Schuh des Kunden. Der folgende Schrei war markerschütternd.

Ein beherzter Sprint über den Hof brachte Poolitzer an eine Einfahrt, durch die in diesem Moment ein Paketdienst tuckerte. Der Reporter presste sich an dem Lkw vorbei und hastete zu seinem Mietwagen.

*Nichts wie weg, bevor sie mir einen Schuldeneintreiberelementar auf den Hals hetzen.* Er wollte Forge zu einem späteren Zeitpunkt anrufen, wenn sich der Waffenfokushersteller wieder beruhigt hatte.

Nach einem Kavalierstart sauste der Isuzu Crazy los in Richtung der Weimarer Zauberbibliothek, die ebenfalls auf der Feature-Liste stand. Zwar glaubte er nicht daran, dass man ihn verfolgte, dennoch warf er gelegentlich einen Blick in den Rückspiegel, insgeheim damit rechnend, dass sich irgendeine magische Kreatur im Fond erhob und ihn mit ihren Klauenhänden erwürgte.

*Shit, ist das peinlich,* fluchte er innerlich. Hoffentlich wurde es nicht zu teuer. Sonst würde seine Haftpflichtversicherung den Beitrag erhöhen. Er wünschte sich, dass Forge ihn nicht zur Kasse bitten würde. Vielleicht hatte ihn keiner der beiden Männer erkannt.

Bis er vor dem Eingang der Weimarer Bibliothek stand, redete er sich tatsächlich ein, dass man ihn für den Vorfall nicht verantwortlich machen konnte. Hätte der Elf Wachgeister aufgestellt, wäre es überhaupt nicht so weit gekommen. Die Sache war abgehakt.

Poolitzer nahm die Kameratasche vom Beifahrersitz und warf die Tür ins Schloss. Schwungvoll erklomm er die Stufen der ehrwürdigen Bibliothek und lenkte die Schritte in Richtung Sekretariat, um sich beim Direktor anzumelden. Dabei fiel sein Blick auf einen Zeitungsausschnitt, der am Schwarzen Brett hing.

»Dekan der Magischen Fakultät Göttingen grausam misshandelt – geistiger Krüppel«, murmelte er die Überschrift vor sich hin und entfernte den Artikel mit einem schnellen Griff, um ihn zu kopieren. Er befand sich immer auf Themensuche.

Die Sekretärin tat ihm den Gefallen, verlangte aber, dass er das Original wieder zurückbrachte. Folgsam kam Poolitzer der Anweisung nach. Anschließend durfte er das Büro von Prof. mag. herm. Magna Vrenschel betreten. Auf ihrem Schild stand zudem der Zusatz »Bibliognostikerin«.

Der Raum war mindestens fünf Meter hoch und bis zur Decke mit Bücherregalen und Aktenschränken gefüllt. Auf dem antiken Eichenschreibtisch stand ein Laptop, dessen moderner Anblick im krassen Widerspruch zur anachronistisch wirkenden Einrichtung stand. Daneben lag ein kabelloses Erfassungsgerät für Balkenkodierungen.

Die Leiterin der Weimarer Bibliothek brütete über einem dicken Folianten. Sie trug einen Geschäftsanzug, und ihre Hände steckten in weißen Stoffhandschuhen. Vor Mund und Nase trug sie einen Atemschutz. Ihr brauner Haarschopf war einer modischen Kurzhaarfrisur unterworfen worden. Poolitzer schätzte sie auf Mitte vierzig.

»Bleiben Sie bitte da stehen, Herr Gospini«, wies sie ihn an, der Mundschutz dämpfte ihre Stimme. »Einen Moment noch.«

Sie tippte etwas in den tragbaren Computer, nahm das Buch vorsichtig in die Hand und legte es zurück in eine Glaskassette, an der ein weiteres Bauteil angeschlossen war. Nachdem sie den Deckel geschlossen hatte, aktivierte sie die Vorrichtung und bedeutete dem Reporter, näher zu kommen.

Vrenschel zog sich die Handschuhe aus und hielt ihm die Rechte hin, mit der Linken entfernte sie den Mundschutz.

»Ich wollte verhindern, dass Sie irgendwelche Bakterien zu nahe an das dreihundert Jahre alte Werk bringen.« Ihr Zeigefinger pochte gegen den durchsichtigen Behälter. »Die antiken Schriften sind sehr empfindlich. Das ist der Grund, warum wir die moderne Elektronik zum Einsatz bringen. Der Prozessor steuert die Miniaturklimaanlage, tötet Keime und hält die Temperatur konstant. Bei anderen wird der Sauerstoff abgesaugt, um den Verfall zu stoppen.« Die Frau deutete auf den Sessel ihr gegenüber. »Aber alles der Reihe nach. Bitte nehmen Sie Platz. Sie interessieren sich für unsere renommierte Weimarer Bibliothek?«

Poolitzer setzte sich. Ihn überkam das Gefühl, als passte sich der Sessel seiner Körperform an.

38

»Genau, Frau Professorin. Ein bisschen was zur Geschichte aus Ihrem Mund, einige alte Bücher in Nahaufnahme, danach wollte ich mir den Lesesaal anschauen.« Er bemerkte ihren wenig erbauten Gesichtsausdruck. »Natürlich in aller Stille. Die Erläuterungen füge ich im Studio hinzu. Könnten Sie mir ein paar Studenten besorgen, die Statements abgeben, warum sie Magie studieren?«

Die Frau schaute auf die Uhr. »Wir könnten für den Abend etwas arrangieren. Und alte Bücher«, sie betonte es sehr vorwurfsvoll, »wie Sie die Schätze nannten, über die wir wachen, haben wir genügend. Ich lasse drei optisch eindrucksvolle Grimoires herauslegen. Mehr als den Buchdeckel werden Sie aber nicht zu sehen bekommen.«

»Ich verstehe. Sie wollen die Formeln hüten.«

»Nein, ich will die Menschen schützen«, antwortete sie sachlich. »Um genau zu sein, möchte ich die Hobbyzauberer davor bewahren, eine böse Überraschung zu erleben, wenn sie es tatsächlich wagten, eine Dämonenbeschwörung durchzuführen.«

»Dämonen?«, echote der junge Reporter ungläubig. »Wirkliche Kreaturen der Hölle?«

»Für das Mittelalter oder die frühe Neuzeit waren es Dämonen. In Wirklichkeit handelt es sich um Beschwörungsriten für Elementare oder niedere Geister. Die Magier der damaligen Zeit wussten es nicht besser. Dämonen, wie man sie aus den schlechten Horrortrids kennt, habe ich noch keine gesehen.« Vrenschel grinste breit. »Im Übrigen hat mich ein Mann angerufen, der Sie sprechen wollte. Er klang nicht sehr begeistert. Sein Name war Forge. Und er hörte sich ein wenig nach Rachedämon an, um bei der Materie zu bleiben.«

Ein tiefes Seufzen kam aus Poolitzers Mund. »Das können Sie laut sagen.« Sein Magen knurrte lautstark. »Haben Sie was zu essen?«

Die Professorin erhob sich. »Kommen Sie, ich zeige Ihnen unsere Mensa. Unterwegs erzähle ich Ihnen von unserer Bibliothek.«

Während sie nebeneinander herschlenderten, berichtete sie von den Anfängen. Rechtzeitig zur Jahrtausendwende beschloss man, dass die beiden Nationalbibliotheken in Frankfurt und Leipzig zu einem einzigen Institut zusammengefasst werden sollten. Die Universalbibliothek entstand. Es bedeutete eine immense Aufgabe, die Millionen von Büchern neu zu katalogisieren, den Bestand zu aktualisieren und dabei nicht den Überblick zu verlieren, wie sich bald herausstellen sollte. Der Umzug war noch lange nicht abgeschlossen.

Vrenschel leitete das Chaos nun seit vier Jahren und schaffte es, das Erfassen durch die Einführung modernster Computer im Verbund mit Magie voranzutreiben. Und dennoch mussten immer wieder Fernleihen aus Frankfurt oder Leipzig durchgeführt werden, weil sich die Bücher nun auf drei anstatt auf zwei Bibliotheken verteilten. Seit ihrer Gründung war es Aufgabe der Bibliothek, alles zu sammeln und zu erwerben, was in deutscher Sprache publiziert wurde. Nicht zu vergessen das Zusammentragen aller okkulten und magischen Schriften oder wenigstens der Abschriften davon. Hieraus entstand eine umfassende Dokumentation esoterischen Wissens über die Jahrhunderte hinweg.

Poolitzer fand die Frau, welche die Schwierigkeiten bei der unvollständigen Zusammenlegung nicht verheimlichte, sehr ehrlich. »Wer erledigt denn das Suchen?«, hakte er nach. »Haben Sie spezielle Recherchemitarbeiter? Büchernarren, die das Sonnenlicht fürchten, weil sie von morgens bis abends durch Regale kriechen?«

»Wir sind einer der größten Sponsoren der Forschungsgruppe Alexandria. Bibliomanie wäre zwar in diesem Fall nicht schlecht, dennoch handelt es sich dabei um wissenschaftlich ausgebildete Personen«, erklärte sie ihm. »Diese Organisation ist verschollenen Bibliotheken und Büchern auf der Spur, um das uralte Wissen und die Traditionen der Völker zu bewahren.«

»Aha.« Innerlich machte er sich einen weiteren Vermerk für eine Folgestory. Diese Alexandriner würden sicherlich einen eigenen Beitrag wert sein. Der Besuch im Osten hatte sich jetzt schon gelohnt. »Haben Sie eine Adresse für mich?«

»Erinnern Sie mich nach den Dreharbeiten noch einmal daran«, bat Vrenschel den Reporter lächelnd. »Ich kann mir denken, dass Sie Interesse an den Leuten haben.«

Sie bogen in die Mensa ein. Die Professorin spendierte dem Reporter einen Fitnesssalat.

Poolitzer fiel sofort auf, dass zwei Fahnen in gegenüberliegenden Ecken des Speisesaals von der Decke hingen, dazu waren jeweils drei Tische mit besonderen Wimpeln gekennzeichnet.

Die Leiterin der Bibliothek bemerkte seine Blicke. »Sie vermuten richtig, Herr Gospini. Dort sitzen die Studenten aus Jena, da drüben die angehenden Magier aus Erfurt. Die Wimpel markieren die Tische der Burschen- und Schwesternschaft.«

»Sorry für meine Offenheit, aber ich finde das echt altmodisch«, bemerkte der Amerikaner, schnappte sich sein Tablett und folgte der Gastgeberin, die in einen abgetrennten Bereich für das Lehrpersonal schritt. Seine auffällige Haarpracht wurde von einigen jungen Leuten neugierig betrachtet.

»Wir nennen das traditionell«, hielt sie belustigt dagegen. »Die Hermetisch-Technischen aus Jena sind sehr … wie könnte man es taktvoll umschreiben …?«

»Versnobbt?«, half Poolitzer wenig diplomatisch und machte sich über seine Mahlzeit her.

»Standesbewusst«, fand sie das bessere Wort dafür.

41

»Damit kollidieren sie zwangsläufig mit den Vertretern der NUE, der Neuen Universität Erfurt.«

Poolitzer schwenkte die Gabel. »Das habe ich auch gehört. In Ihren Lesesälen soll es ordentlich zur Sache gehen?«

»Nicht mehr. Wir haben es durch Schutzgeister in den Griff bekommen. Die Bücher sind viel zu wertvoll, als dass sie durch kindische Auseinandersetzungen zu Schaden kommen dürften.« Vrenschel schob sich ein Salatblatt in den Mund.

Poolitzer prustete los. »Eine Biblioknospikerin nimmt nur Rücksicht auf Bücher, was?«

»Es heißt Bibliognostikerin, was ›Bücherkundige‹ bedeutet. Ich dachte mir, dass Sie mit dem Fremdwort nichts anfangen können. Ein Mensch der modernen Medien, die Sie vertreten, beschäftigt sich wohl kaum näher mit Antiquitäten. Dabei stammen diese Werke aus einer Zeit, in der Papier unglaublich viel Wert besaß.« Sie überlegte. »Meine vorherige Formulierung war nicht ganz glücklich«, gestand die Frau. »Natürlich sorge ich mich auch um das Wohl der jungen Menschen.«

»Jedenfalls, wenn sie sich in Ihren Lesesälen aufhalten.« Er zwinkerte ihr schelmisch zu. »Ich habe das schon verstanden. Gibt es für ›Lesesaal‹ auch so ein nettes Fremdwort mit ›biblio‹?«

»Sie wären erstaunt, wie viele Ausdrücke es mit ›biblio‹ gibt.« Vrenschel organisierte ein Dessert und erledigte einen Anruf, der das Bereitstellen der Grimoires zur Folge hatte. Der Reporter aß sein Tiramisu und erhielt auch noch das Dessert der Professorin.

Gemeinsam gingen sie in den Lesesaal, wo ein Mitarbeiter drei Glaskästen sorgsam auf mit schwarzem Samt ausgelegten Kathedern aufstellte. Poolitzer machte die VX2200C schussbereit, klemmte sich die Kopfhalterung auf den Schädel und legte die Cambrille an.

42

Vrenschel schlenderte die Reihe entlang und erlaubte dem Reporter, die Buchdeckel zu filmen. Die Zuschauer von InfoNetworks würden somit die Einbände von Francis Barretts 1801 entstandenem *The Magus*, der *Grande Grimoire* aus dem 17. Jahrhundert sowie das *Grimoire des Honorius* von Papst Honorius zu sehen bekommen. Die Bucheinbände variierten von schlicht bis pompös.

Vrenschel pochte gegen den Kasten mit der päpstlichen Schrift. »Sie entstand in Rom, wahrscheinlich im Jahr 1629, was ich ganz erstaunlich finde, wenn man bedenkt, dass der Dreißigjährige Krieg tobte, die Hexenverbrennungen einen weiteren Höhepunkt erlebten und die Gegenreformation in vollem Gange war. Ausgerechnet zu einem solchen Zeitpunkt setzt sich ein Papst hin und schreibt eine Grimoire. Finden Sie das nicht auch interessant?« Ihr Gesicht wurde plötzlich jugendlich und spiegelte ihre Begeisterung.

»Was immer Sie sagen, Professorin.« Der junge Amerikaner kannte sich in Geschichte nicht besonders gut aus, schon gar nicht in europäischer. Dieses Wissen rettete einem in den Barrens nicht den Arsch oder sorgte beim Türsteher für freien Eintritt. Weil die Schwarte aber offensichtlich wichtig zu sein schien, zoomte er nahe heran.

»Verzeihen Sie meinen Enthusiasmus, gelegentlich bricht es aus einer Bibliophagin wie mir einfach heraus. Am Rande bemerkt, der Vatikan will das gute Stück zurückhaben. Doch ich denke, hier ist es besser aufgehoben. Es wird von Experten studiert und verstaubt nicht unnütz in den Archiven der katholischen Kirche.«

»Dort müssten diese Alexandriner sicher fündig werden«, vermutete Poolitzer. »Ich schätze, dass die Kleriker einiges an verbotenen Schriften bunkern.«

»Salz in meine Wunden«, stöhnte Vrenschel. Ihre Enttäuschung war echt. »Die Protestanten sind nicht viel besser, was die Herausgabe okkulter Werke angeht. Damit Sie Bescheid wissen, in den evangelischen Landstrichen wurden mehr Hexen verbrannt als in den katholischen. Ich will nicht wissen, welche wertvollen Sammlungen dem Feuer bei dieser Gelegenheit mit übergeben wurden.«

Poolitzer aktivierte den Weißabgleich der Kamera, schaltete ein paar Extras zu und nahm sie ins Visier der Cambrille. »Erzählen Sie mal was über die anderen zwei Bücher.«

Vrenschel tat ihm den Gefallen und erklärte sehr verständlich die Hintergründe der Grimoires. Anschließend erledigte er die Interviews mit den vier Studierenden, zwei aus Jena und zwei aus Erfurt, um das Gleichgewicht zu wahren. Eine erste Sichtung des aufgenommenen Materials stellte ihn zufrieden.

Zu guter Letzt holte er sich die Genehmigung der Leiterin der Bibliothek, den Lesesaal in Betrieb zu dokumentieren.

*Russland, Moskau, 23. 04. 2058 AD, 20:01 Uhr*

Die Elfin neigte den Kopf zuerst nach rechts, dann nach links. Ihre Halswirbel knackten dabei leise und erzeugten einen unnatürlichen Klang. Sie ging mehrmals in die Hocke und sprang in die Höhe, zog dabei die Knie an. Danach dehnte und streckte sie sich ausgiebig, Rumpfbeugen folgten auf Liegestützen, bis sie schließlich auf der Stelle sprintete und sich ein dünner Schweißfilm auf ihrem Gesicht gebildet hatte.

Ein salziger Tropfen rann über die tätowierte glühende Sonne auf ihrer Stirn, deren Flammenkorona waagerecht bis zu den Schläfen reichte. Am Hals wanden sich schwarze Dornenranken bis an den Unterkiefer nach oben. Ihrem deutlich zur Schau getragenen Körperschmuck verdankte Tasmin Felhainir ihren Namen: Tattoo.

Die Elfin steckte ihre fingerlangen, schwarzen Haare mit den dunkelroten Strähnen unter ein Bandana, darüber kam der grau-hellgrün gemaserte Kevlarhelm. Sie überprüfte den Sitz ihrer kugelsicheren Weste und checkte die Ruger Super Warhawk und die Smartverbindung. Routiniert verzurrte sie ein Paar dikotebeschichtete Sai-Gabeln an ihren Oberschenkeln, ein weiteres auf dem Rücken. Dann legte sie die Unterarmschützer an.

Nachdem sie alle Vorbereitungen abgeschlossen hatte, folgte der letzte Teil des Rituals. Sie tauchte Zeige- und Mittelfinger in die Dose mit der schwarzen Farbe und zog sich zwei parallele Striche von der Nase bis zu den Wangen.

»Es geht in fünf Minuten los. Kommst du?«, erkundigte sich ihr Coach über Funk.

Tattoo hieb gegen die Spindtür. Blechern klappte sie zu, das Schloss schnappte ein. Der Laut hallte von den gekachelten Wänden wider.

Im kleinen, außen angebrachten Spiegel bleckte sie die metallenen Reißzähne, die sie sich hatte implantieren lassen. Ihre Hand berührte das Emblem auf ihrer Weste, den schwarzen, zur Faust geballten Panzerhandschuh. ›Keine Gnade!‹

Die Elfin, die wenig von der viel gerühmten betörenden Ausstrahlung ihrer Art vorwies und auch nicht sonderlich hübsch war, wie viele es von einem weiblichen Langohr erwarteten, stieß mehrmals gegen den Schrank, als suchte sie Streit mit dem Möbelstück.

Die leicht modifizierte Adrenalinpumpe erwachte, steigerte ihren Grundumsatz, den Blutzuckerspiegel, die Durchblutung der Bewegungsmuskulatur und der Herzkranzgefäße sowie die Leistung des Kunstherzens. Und ihre Aggressivität.

Aufgeladen wie ein frischer Akku trabte sie aus der Umkleidekabine, die sie als Letzte verließ, und folgte dem mit Plastikwänden gestalteten Gang, bis sie vor einem Tor stand. Mit einem Knurren trat sie die Flügel auf und lief hinaus.

Sofort stand sie inmitten von Scheinwerfern, zwei Mikroskimmer mit hoch sensiblen Kameras umschwirrten sie. Ihr psychopathisches Grinsen wurde rund um den Erdball gesendet, und in einigen deutschen Wohnungen, Kneipen sowie im Heimstadion in Mainz brandete nun mit Sicherheit ohrenbetäubender Jubel auf. Nur wer sich das Sport-Abo beim *Bloody Sports-Channel* leistete, kam in ihren Genuss.

Tattoo riss die Arme hoch, poste, wie man es von ihr erwartete, und reckte den Zeigefinger drohend in Richtung einer Linse. Dann ging sie hinüber zu ihrem Team, den »Black Barons«, eine der Topmannschaften der ADL-Stadtkrieg-Liga.

Insgesamt dreizehn Personen befanden sich in dem vier Meter im Radius umfassenden Kreis, den die Schiedsrichter mit Neongelb auf den Asphalt der Straße gesprüht hatten. Ihre Torzone, die sie mit allen Waffen, die sie zur Verfügung hatten, verteidigen würden. Gepunktet wurde, wenn es den Gegnern gelang, den Ball darin zu platzieren, tot oder lebendig. Lediglich ein Körperteil musste zusammen mit der »Kugel« aufschlagen.

Jeweils vier Scouts, zu denen die Elfin gehörte, und vier Jäger, zwei Brecher, ein Schütze, ein Stürmer und ein Sani ergaben eine Mannschaft.

Außer den lediglich leicht geschützten Scouts waren alle mittelschwer gepanzert. Alle trugen eine Pistole ihrer Wahl mit sich, die Brecher und der motorisierte Stürmer durften sich ein Schrotgewehr, ein Sturmgewehr oder eine Maschinenpistole aussuchen. Der Schütze erhielt ein MG samt Gyrogestell. Der Stürmer, der ebenso wie der

46

Sani den Ball nicht transportieren durfte, fuhr ein beliebiges Motorrad. Im Fall der Black Barons handelte es sich um eine aufgemotzte BMW 1250Ti.

Im Viertelfinalspiel der Mainzer gegen die russische Maschine Moskwa-Mannschaft um den European Champions-Pokal wählten die Vertreter des Internationalen Stadtkrieg-Sportvereins, kurz ISSV, einen Ghettoabschnitt der russischen Metropole als Spielfeld, in dem ohnehin bald einige Bauten der Abrissbirne oder den Sprengmeistern zum Opfer fallen sollten.

Tattoo und die Black Barons nahmen die Aufstellung für das obligatorische Mannschaftsfoto ein, die Drohne schoss mehrere Aufnahmen. Ein ISSV-Schiri näherte sich der Mannschaft. In seinen Händen trug er das »Ei« aus Hartplast, einen Ball mit einem Durchmesser von siebzig Zentimetern und sechshundert Gramm schwer. Die gelbe Leuchtfarbe sorgte dafür, dass man ihn noch aus fünfzig Metern Entfernung erkannte.

Der Mann in der glänzend weißen Vollrüstung reichte Tattoo den Ball. »Hände, Arme, nach Möglichkeit keine Füße«, wiederholte er die knappe Bewegungsregel, die einige im Team schon drei Dutzend Mal gehört hatten. »Sehe ich den Ballträger auf dem Motorrad, bekommt ihr eine Strafe. Alles klar?«

Wie ein Mann nickten die Black Barons.

Der Schiri sprach sich per Funk mit seinen Kollegen ab. Ihre unübersehbar hellen Panzerungen verfügten über zahlreiche Sensoren und Scanner, mit denen sie die Gegend überwachten. Gleichzeitig erhielten sie Informationen von den vielen Drohnen, die im Block umherschwirrten. Zu ihrem Schutz trugen sie Taser der übelsten Sorte mit sich. Einander zu attackieren zog den sofortigen Platzverweis nach sich. Dennoch passierte es dem ein oder anderen im Kampfrausch, dass er einen Schiri aufs Korn nahm. Die 30 000 Volt stellten ihn ruckzuck kalt.

»Erstes Viertel läuft«, ertönte es in den Kopfhörern aller. »Dreißig Minuten ab jetzt.« Die Russen würden ebenfalls mit ihrem Ball starten.

Die Stadtkriegspieler verteilten sich. Absprachen waren in dieser frühen Phase noch nicht notwendig, jeder wusste um seine Aufgabe. Die Taktik war schon lange vorher festgelegt worden. Coach Karajan hatte sie so ausgelegt, dass sie unabhängig von der Umgebung zum Erfolg führen musste.

Jeweils ein Jäger und ein Scout schwärmten als Duo aus, um sich auf die Suche nach dem gegnerischen Torblock zu machen. Die Brecher blieben bei dem Schützen, der den Ball mit sich trug und sich zusammen mit seinen Leibwächtern rasch von Deckung zu Deckung tastete. Man durfte mit dem Ball niemals länger als eine Minute im gleichen Block sein, außer man lag unter Feuer. Ansonsten verhängten die ISSV-Schiedsrichter sofort eine Strafe.

Tattoo war mit dem Jäger Fetch unterwegs und pirschte sich an einen Hauseingang heran, um ins Innere und von dort aufs Dach zu gelangen.

Sie waren sich bewusst, dass ihre Bewegungen und Funksprüche in unzähligen Haushalten rund um den Globus gesehen und kommentiert wurden. Alleine ihr Konterfei war als Poster 89 453-mal im Fanshop verkauft worden. Sie stand bei den Anhängern ganz oben auf der Beliebtheitsskala, und das nicht nur, seit sie einem Erotikmagazin gestattet hatte, sie fast völlig nackt abzulichten. Fetch, so gut seine Erfolgsquote auch war, blieb in ihrem Schatten. Dabei glühte er so sehr darauf, sich zu beweisen.

Sie erklommen die Stufen und stiegen schließlich über eine Luke aufs leicht schräge Dach, nach allen Seiten Ausschau haltend, ob keiner der Russen die gleiche Idee vor ihnen gehabt hatte und die Waffe schussbereit hielt. Eine Nachlässigkeit könnte tödlich sein. Früher gab es kurze Diskussionen, ob man wegen der häufigen Todesfälle letale Munition nicht besser verbieten sollte. Da aber in den UCAS die harte Version gespielt wurde, wollte Europa in nichts nachstehen und verbannte die Gel-Muni schnell wieder.

Fetch tippte ihr auf die Schulter und deutete nach unten. Zwei Scouts von Maschine Moskwa schoben sich vorsichtig die Straße entlang.

Geben wir dem Publikum was zu lachen. Feixend umfasste Tattoo mehrere lockere Ziegel, zog sie heraus und hielt sie über den Rand des Dachs. Ihre Finger öffneten sich, die Geschosse machten sich auf den Weg und trafen den Aufklärer präzise auf den Helm. Das Material platzte auseinander, und der Russe ging zu Boden.

»Team, wir haben die Torzone entdeckt«, meldete sich Oneshot. Der Mannschaftskapitän nannte seinen Standort, somit waren Ball und die restlichen Barons unterwegs. Die Elfin und ihr Jäger befanden sich etwas abseits des Geschehens und würden erst später dazustoßen.

Mit ausladenden Schritten rannte das Duo die Treppen hinunter, um geradewegs dem zweiten Russen in die Arme zu laufen.

Der Gegner verzog vor Aufregung den ersten Schuss und setzte Fetch nur einen Streifschuss in die Schulter, der von der Panzerung abgehalten wurde.

Die modifizierte Adrenalinpumpe gab ihren Stoff frei. Voll gepumpt mit dem Stresshormon, ergriff das Kampffieber Besitz von Tattoo. Während der Jäger durch den Einsatz seiner Ares Predator den Russen hinter die Ecke der Hauswand zwang, sprintete sie an die Mauer und presste sich flach an den Stein.

Fetch stellte das Schießen ein, und der Scout von Maschine Moskwa erschien wieder wie erwartet. Der übermenschlich schnelle Angriff der Elfin überraschte den

Aufklärer, der sich auf einen Shoot-Out eingestellt hatte, derart, dass er ihre Kampfsportattacke nur ungenügend abwehrte. Seine Pistole büßte er bereits nach dem ersten Schlag ein, drei harte Gesichtstreffer und eine gebrochene Nase später lag er verkrümmt auf dem Asphalt. Die in die Rüstung eingewobenen Glühfäden leuchteten als Zeichen der Aufgabe auf.

»Weiter«, befahl sie dem Jäger zufrieden und trabte los. Innerlich stellte sie sich vor, was im Stadion von Mainz nach ihrer Einlage los war.

Fetch lud seine Halbautomatik nach und grinste. Vermutlich dachte er gerade daran, wie sehr er sie für eine Showmacherin hielt. Doch das gehörte zum Stadtkrieg-Business dazu.

Von weitem hörten sie das Dröhnen der Schüsse. Es klang, als sei die Mehrzahl der Teams bei der Torzone der Russen aufeinander getroffen. Ihr eigener Stürmer, ein Norm namens Schlagergott, schloss zu ihnen auf. Sie sprangen auf das Geländemotorrad und ließen sich an den Ort des Geschehens fahren.

Die Russen hatten einen Verteidigungswall um den leuchtenden Kreis gezogen. Die Sturmgewehre der Brecher und das MG des Schützen machten einen Vorstoß zu einer absolut tödlichen Sache. Selbst das so beliebte Passspiel der Scouts konnte erst stattfinden, wenn sie einen der Moskwa-Gewehrträger ausgeschaltet hatten.

Doch die Gegner waren äußerst wachsam.

Sobald ein Mainzer die Nase hervorstreckte, flogen die Projektile in seine Richtung. Zwei Black Barons-Jäger kauerten mit kleineren Verletzungen hinter improvisierten Deckungen und kämpften gegen den Wundschock an. Anubis, wie sich ihr Sani nannte, befand sich auf dem Weg zu den Verletzten, um sie mit drogenähnlichen Substanzen gegen den Schmerz, die Erschöpfung und die Angst voll zu pumpen.

»Zug 22«, kündigte Oneshot per Funk an. Er zählte

50

rückwärts von drei auf null, daraufhin sprangen alle Mainzer aus ihrer Deckung und leerten die Magazine in Richtung der Verteidiger. Mit diesem Brachialüberfall hatte keiner der Russen gerechnet. Einer der beiden Brecher ging nach einer Reihe von Einschlägen zu Boden.

Was nach unkoordinierter Ballerei seitens der Deutschen aussah, stellte in Wirklichkeit ein perfekt eingeübtes Manöver dar. Eine winzige Schneise wurde von dem Blei und den Vollmantelgeschossen ausgespart, durch die der Ballträger im Schutz des stählernen Hagels hetzen musste.

Einer der verletzten Jäger passte das Ei zu Tattoo, die in solchen Fällen für das Punkten zuständig war. Die flinke Elfin hob die Arme, um den Ball zu fangen.

Jemand rempelte sie in diesem Moment leicht zur Seite, und Fetch tauchte neben ihr auf. Seine Finger packten das Gebilde aus Hartplast an ihrer Stelle. »Wünsch mir Glück«, sendete er und spurtete los.

*Dieser Idiot!* Tattoo erkannte nach wenigen Schritten, dass der Jäger nicht weit kommen würde. Der gegnerische Schütze war auf ihn aufmerksam geworden und schaffte es, sich dem Sperrfeuer der Barons zu entziehen. Fetch dagegen bemerkte ihn nicht.

Ihre Ruger Super Warhawk visierte den russischen MG-Schützen an. Die Einschläge in die Panzerung ignorierte der Verteidiger. Sein Ziel war der heranstürmende Jäger, den die Aussicht auf einen lang ersehnten Punkt für die Gefahr blind machte. Der ehrgeizige junge Mann vertraute auf seine Geschwindigkeit.

Gegen die Projektile eines Maschinengewehrs richtete sie freilich nichts aus. Drei Meter vor dem Kreis streckte ihn die Garbe nieder und schickte ihn, aus Oberschenkel und Unterleib blutend, zu Boden.

Der Ball löste sich aus seiner Hand und rollte bis vor die Torzone. Nun blieben den Barons genau zehn Sekunden, sich das Ei zu holen, oder ihr Angriffszug endete.

Es bleibt doch wieder an mir hängen, dachte Tattoo grimmig. Ohne Deckung rannte sie los, feuerte dabei weiter auf den Russen mit dem MG und brachte ihn durch gezielte Schüsse auf die Kniegelenke zu Fall. Als der letzte feindliche Brecher auf die Elfin aufmerksam wurde, war es bereits zu spät. Elegant sprang sie durch sein Feuer, schnappte sich das Ei und errang den ersten Punkt für die Gäste.

»Reguläres Tor! Uhrenstopp«, verkündete ein ISSV-Offizieller augenblicklich. Somit blieben den Mannschaften fünf Minuten Zeit, sich in ihre Torzone zurückzuziehen und die Verletzten zu versorgen.

Die Rettungsmannschaft rückte an und nahm den bewusstlosen Fetch mit. Anubis hatte seine Verwundung als gravierend eingestuft, und Fetch musste im Krankenhaus weiterbehandelt werden. Damit durften die Barons seine Position neu besetzen. Die Gegenseite brachte einen neuen Schützen, die Knie des anderen waren hinüber. Auch er verschwand im Krankenhaus.

»Halt dich zurück«, warnte Oneshot die Aufklärerin, die sich einen Schluck Iso-Getränk nahm. »Die ISSV-Schiris haben überlegt, ob sie dir wegen der Knieschüsse eine Strafe verpassen.« Er legte ein neues Magazin in seine Druckluftarmbrust.

Tattoo zeigte ihm die schimmernden Stahlzähne. »Halb so wild. Die beiden liegen wahrscheinlich im gleichen Zimmer und feiern, während wir uns bekriegen.«

»Nimm einfach den Fuß vom Gas oder schalt die Scheiß-Adrenalinpumpe ab«, empfahl er ihr hart. »Ich will kein Massaker mit den Russen anfangen, verstanden?« Widerstrebend deutete sie ihre Zustimmung an. Der Kapitän klopfte ihr gegen den Helm. »Gute Aktion übrigens. Hat uns die Führung gebracht.«

»Wie immer«, pflichtete der orkische Brecher Andex

bei, während er an ihnen vorbeitrottete, das Schrotgewehr lässig geschultert.

Der Rundruf der ISSV machte sie darauf aufmerksam, dass das Spiel in dreißig Sekunden weiterlief.

»Defense«, rief Bart, der zwergische Schütze, gut gelaunt und schwenkte das gyrogelagerte Maschinengewehr. »Wir machen die Russkies platt! Für Fetch!«

Die Barons grölten ihre Zustimmung und posierten wieder für die Fans, dann ging das Spiel weiter.

Der Angriff von Maschine Moskwa wurde durch Oneshot beendet, als der gegnerische Ballträger durch einen gut gezielten Schuss des Kapitäns das Ei verlor und es den Russen nicht gelang, ihn vor Ablauf der zehn Sekunden aufzunehmen.

Der Ball wurde für »tot« erklärt. Damit hatten die Mainzer die Wahl – entweder sie begannen aus ihrer Torzone eine Angriffsphase, oder die Russen mussten aus ihrer Zone von vorne anfangen, während die Barons ihre Position beibehielten.

Oneshot entschied sich für eine eigene Angriffsphase, da man wusste, wo sich die Torzone des Gegners befand. Die Elfin wurde von Andex begleitet. Sie würde zusammen mit dem Brecher versuchen, von der Seite durch die russische Verteidigung zu stoßen und als Passfängerin zu dienen. Ein mehr als gefährliches Unterfangen, aber Tattoo brauchte diesen Kick. Sonst wäre sie niemals freiwillig auf die Idee gekommen, sich bei einer Stadtkriegmannschaft zu bewerben.

Die Aufklärerin deutete den Block hinab und rannte los. Der Ork und die Elfin bogen in ein baufälliges Haus ein, das nach den Berechnungen Tattoos in der Nähe der Torzone von Maschine Moskwa lag. Wenn es ein Fenster oder eine Hintertür hat, wird es einfach, dachte sie.

Andex setzte sich an die Spitze, das Schrotgewehr im Anschlag. Die Aufklärerin folgte ihm auf den Fuß. Sie huschten lautlos durch die Trümmer, lauschten auf die

Funksprüche und verfolgten das Geschehen wie in einem Hörspiel.

Der Ork betrat das nächste Zimmer, wirbelte herum, duckte sich zur Seite und gab einen Schuss ab. Ehe Tattoo ihm zu Hilfe kommen konnte, entwarnte er. »Mein Fehler. Ich war zu schnell.«

Die Elfin schaute auf die größtenteils verweste Leiche, die zusammengekauert in der Ecke des Zimmers hockte. In der skelettierten Hand hielt sie eine Maschinenpistole. Um sie herum lagen vier weitere, ebenfalls im Zerfall befindliche Tote. Nach dem Schuss von Andex wies eine von ihnen ein großes Loch im Brustkorb auf.

»Fand hier schon mal ein Stadtkriegspiel statt?«, wunderte sie sich.

»Sieht fast so aus, was?« Andex verschwendete keinerlei Zeit mit der Szenerie, sondern warf einen Blick aus dem Fenster. In knapp vier Meter Entfernung befand sich die Torzone der Russen. »Du hattest Recht. Wir sind verdammt nah dran. Und es hat uns auch keiner bemerkt.«

»Oneshot, wir sind in Position«, informierte Tattoo den Kapitän über Funk. »Der Starkbiertrinker und ich bahnen uns einen Weg und warten auf den Pass. Es muss aber schnell gehen. Ich habe keine Lust, vom MG zersägt zu werden.«

»Gib uns noch fünf Minuten«, bat der Kapitän. »Die Russen haben ihre Verteidigung umgestellt. Dice und Schlagergott haben eine Anschuss-Strafe kassiert und müssen bis zum Ende des Zugs unbeweglich stehen bleiben. Das macht uns etwas zu schaffen.«

Die Elfin fluchte. »Gut. Wir warten.«

Der Brecher nickte ihr zu, dass er die Anweisungen des Teamchefs präzise verstanden hatte. Sie stellten sich weiter weg von den Fenstern, damit ein Gegner, der Thermalsichtmodus benutzte, sie nicht durch ihre Körperwärme entdeckte. Andex sicherte.

Die Aufklärerin ging näher an die fünf Leichen heran und drehte den Leichnam zu ihren Füßen mit der Stiefelspitze um. »Was hier wohl los war?«

Der Tote hatte eine Kevlarweste getragen, die dem Verfall trotzte und im Vergleich zu ihm makaber neu aussah. Er trug eine Pistole russischer Fabrikation in der Rechten.

»Hey, das sind die Slums von Moskau. Was wird hier wohl los gewesen sein?«, meinte der Ork gleichgültig. »Er hatte Geld, die anderen wollten es. Er wehrte sich und verreckte zusammen mit den Typen. Das passiert doch jeden Tag irgendwo in einer Gasse. Wir haben ein Spiel …«

Am Fenster huschte ein Schatten vorbei. Der kurze Wechsel der Lichtverhältnisse reichte aus, um die beiden Stadtkriegspieler aufmerksam werden zu lassen. Andex hob das Schrotgewehr.

Der feindliche Scout, unschwer an der leichten Rüstung zu erkennen, stand mit dem Rücken zum Fenster und spähte in die andere Richtung.

Auf Tattoos Signal hin legte ihm der Ork das Gewehr um den Hals und zog ihn einfach durchs Fenster ins Gebäudeinnere. Das Metall um seinen Hals, das den Kehlkopf samt Mikrofon nach hinten drückte, verhinderte einen Schrei. Sofort war die Elfin bei ihnen und holte zu einem Schlag ins Gesicht des Russen aus, um ihn ruhig zu stellen.

Dessen Züge waren rot angelaufen, die Augen starrten voller Panik auf Tattoo. Er deutete immer wieder auf seine Kehle, dann leuchteten die Glühfäden in seiner Panzerung auf. Der Russe hatte aufgegeben.

Augenblicklich ließ ihn Andex los. An dem beinahe widerlichen Geräusch, das beim Versuch des Luftholens erklang, erkannte die Elfin, dass mit dem Gegenüber etwas nichts stimmte.

»Pass auf mich auf«, sagte sie zum Brecher. Sie ent-

55

waffnete den röchelnden Scout, zerrte ihn auf die vordere Straße und schaute auf die Funkfrequenzanzeige des gegnerischen Geräts. Zwei Mikroskimmer umschwirrten sie und sendeten ihre Aktion live. Eine kurze Umstellung an ihrem Sprechgerät, und sie sendete auf der Wellenlänge der Russen.

»Euer Mann braucht den Sani«, sagte sie in perfektem Russisch und fügte die ungefähre Lage des Verletzten hinzu. »Sein Kehlkopf ist vermutlich gebrochen.« Anschließend verschwand sie zurück ins Haus.

Andex machte ein böses Gesicht. »Musste das sein? Wir wollen nicht den Fairness-Pokal gewinnen. Die Russen werden sich denken können, was wir vorhaben, nachdem sie ungefähr wissen, wo wir stecken.« Er spähte aus dem Fenster zur Torzone. Niemand von der Maschine ließ sich blicken.

»Es ist mein Arsch«, meinte die Elfin unfreundlich. »Sorg du dafür, dass der Schütze zu beschäftigt mit Ausweichen ist.«

»Los«, kam die knappe Anweisung Oneshots.

Die Elfin und der Ork sprangen aus dem Fenster und stürmten auf den Neonkreis zu.

Tattoos künstlich verbessertes Herz verwandelte sich in eine Hochgeschwindigkeitspumpe, das Blut rauschte in ihren Ohren. Ihr ganzer Körper steuerte auf das erlösende Gefühl des Touchdowns zu. Nichts würde sie aufhalten, diesen Sinnenrausch zu erhalten, und wenn sie dafür töten müsste, wie es sich für einen der besten Stadtkrieger gehörte. Die PR-taugliche Portion Mitleid hatte sie erst vor wenigen Sekunden bewiesen.

Ein Jäger bemerkte das Duo, visierte sie mit der Pistole an und erhielt im nächsten Moment eine Schrotladung in den rechten Arm, der nicht geschützt war. Schreiend verschwand er in seiner Deckung.

Auf Tattoos Gesicht legte sich ein Leuchten, das Jagdfieber brach aus allen Poren. Sie sprang aus vollem Lauf

auf einen Metallcontainer, rannte auf ihm entlang und blieb vor der Kante abrupt stehen.

Ihre Vermutung bestätigte sich. Der russische Scout, der unter ihr in seinem Versteck lauerte, fiel auf den Kniff herein und schoss zu früh. Damit hatte er seinen Standort verraten.

Sie vergewisserte sich, dass eine Drohne in ihrer Nähe flog. Nun folgte eine Kür-Einlage. Die Elfin hechtete über den Scout, um sich von einem Laternenpfahl abzustoßen und wie ein abprallender Ball gegen den Russen zu springen. Ihre Fußkante traf ihn genau in die Körpermitte und katapultierte ihn rückwärts gegen die Metallwand.

Ehe sein Verstand wieder klar arbeitete, kassierte er zwei Parallelstiche ihrer Sai-Gabeln, die durch die Oberarme drangen und sogar das Blech dahinter durchbohrten. Der Russe hing mit dem Container verbunden fest.

In der Zwischenzeit sorgte der Brecher mit seinem Schrotgewehr dafür, dass sich keiner der Verteidiger in der Gasse blicken ließ. Nur wenige Meter trennten Tattoo von der Torzone. Zu leicht. Der Schütze und dessen MG würden hinter der Ecke auf sie lauern. Da half nur die gute alte Trickkiste. »Zug 26.« Sie nickte Andex zu.

Der Ork ging in die Hocke. Sie nahm Anlauf und hüpfte mit beiden Füßen auf die Schultern des grobschlächtigen Metamenschen. Kaum berührten ihn die Stiefelsohlen, stemmte er sich blitzartig in die Höhe und fungierte für die Aufklärerin der Barons als Sprungbrett.

Der Salto vorwärts brachte sie genau ins Zentrum der russischen Zone. Sie rollte sich ab und suchte mit den Augen nach dem Passwerfer ihres Teams, der ihr das Ei in die Finger werfen sollte. Um sie herum kauerten mehr als sieben Gegner, die nach dieser akrobatischen Einlage auf sie aufmerksam geworden waren.

Doch noch blieb Zeit. Würde sie den Ball nicht gleich

erhalten und punkten, müsste sie den Aufgabeschalter betätigen, oder die Moskwa-Jungs würden sie in Fetzen ballern.

»Pass?!«, brüllte sie aufgeregt über Funk, zog ihre Super Warhawk und schoss nach einem Jäger, der sich gerade um sie kümmern wollte. Er erwiderte das Feuer, die Projektile sirrten an ihr vorbei und wurden zu Querschlägern.

Wie aus dem Nichts flog das Ei heran, hoch über die Köpfe der russischen Verteidigung hinweg, ehe es vor Tattoo aufschlug und in Richtung des Kreismittelpunkts, einem Gullydeckel, rollte.

Es geht doch. Jetzt hatte sie zehn Sekunden, um den Ball zu berühren, was als Touchdown galt. Mit einem Triumphschrei hechtete sie vorwärts.

Plötzlich klappte die Abdeckung des Kanalschachtes in die Höhe, und das Ei verschwand wie ein überdimensionaler Golfball in dem Loch.

»Hey! Scheiße, was soll das?«, protestierte die Elfin erbost. »Time-Out! Schiri!« Sie stand auf und schaute zu einem der ISSV-Offiziellen, der auf einem benachbarten Dach stand. »Das ist ja wohl nicht erlaubt, oder?«

Andex machte sich seiner Wut über den Regelverstoß Luft, indem er sich den nächstbesten Russen am Schlafittchen schnappte, um ihn durchzuschütteln.

Russische und deutsche Stadtkrieger rannten herbei, schrien durcheinander, schubsten sich hin und her. Mehrere kleine Gegenstände flogen aus der Öffnung, kullerten über den Asphalt und zündeten mit einem gleißenden Blitz.

Geblendet taumelte Tattoo zur Seite, rempelte jemanden an und erhielt einen mörderischen Schlag gegen das Visier, der sie aus dem Gleichgewicht brachte und zu Boden schickte. Blind trat sie um sich und fischte ihre zweite Garnitur Sai-Gabeln aus der Rückenhalterung, um damit Angriffe abzublocken. In der nächs-

58

ten Sekunde röhrte über ihr ein Maschinengewehr auf, heiße Patronenhülsen regneten auf sie herab.

»Sind die Russen völlig verrückt geworden?«, keuchte sie verwirrt. Vor ihren Augen tanzten glühende Kreise. Die Blendgranaten hatten ganze Arbeit geleistet.

Um sie herum ballerte jeder los. Die Elfin unterschied den Klang mehrerer Pistolen, Schnellfeuergewehre und das Dauertackern von MGs. Sie robbte, immer noch ihrer Sehkraft beraubt, hinter irgendetwas, von dem die Kugeln mit einem lauten Scheppern abprallten.

Funksprüche mischten sich zur chaotischen Schreierei, alles rief durcheinander. Als Tattoo auf die Frequenz der Gastgeber schaltete, um sich Klarheit zu verschaffen, hörte sie die gleiche Verständnislosigkeit aus den Kommentaren der Spieler heraus. Der »Kommandant«, wie die Russen ihren Kapitän nannten, gab Rückzugsorder, nachdem die »ADLski« scheinbar verrückt geworden waren.

Die Wirkung der Blendgranaten ließ nach. Es reichte aus, um zu sehen, wie der verletzte Baron-Jäger Frisbee seine Aufgabe durch das Aktivieren der Glühfäden signalisierte.

Seinen für sie unsichtbaren Gegner interessierte das wenig. Eine Salve Geschosse brachte ihr Teammitglied zum ungewollten Tanz auf den Zehenspitzen, dann brach er auf die Knie und kippte vornüber. Die Vollmantelprojektile hatten sich auf diese kurze Distanz kaum an der mittelschweren Panzerweste gestört.

Tattoo nahm ihren Revolver und lugte hinter ihrer Deckung hervor. Ein Mann in einer schwarzen Vollrüstung tauschte den Gurt seines MGs aus. Sie zielte auf die Granaten, die an seinem Gürtel baumelten, und drückte zweimal ab. Der Angreifer verschwand in einer roten Explosionswolke.

Ein zweiter Mann drehte sich zu ihr um, und schon hoben sie unsichtbare Kräfte in die Höhe. Sie flog meterweit durch die Luft, krachte gegen ein Hindernis und rutschte zu Boden.

*Magie!*, verstand sie trotz der Benommenheit. *Scheiß-verfluchte Magie.* Der Schmerzeditor trat in Aktion und hielt sie trotz ihrer Verletzungen einsatzbereit. *Ich hasse Magie!* Die Aufklärerin stemmte sich auf, kroch über einen Schutthügel und sah auf das Gewirr, das rund um die Torzone von Maschine Moskwa ausgebrochen war.

Spieler beider Mannschaften lagen am Boden. Drei Typen in Vollrüstungen teilten aus ihren Maschinengewehren in alle Richtungen aus, wo sich etwas bewegte. Drei andere schienen die magische Artillerie zu bilden. Ein heraneilender ISSV-Schiedsrichter verglühte in einem Feuerball.

Die Überlebenden der Stadtkrieg-Teams hatten inzwischen verstanden, dass eine dritte Partei mitmachen wollte. Sie organisierten den Widerstand, der gegen die Magie kaum etwas ausrichtete. Dennoch reichte die Gegenwehr aus, um die Angreifer zu verunsichern. Schließlich traten die Elementare der ISSV in Aktion, die normalerweise dazu da waren, während eines Matches Betrug zu verhindern. Die Unbekannten entschlossen sich zum Rückzug durch den Kanal, zwei von ihnen blieben tot oder verwundet zurück.

*Einen kriege ich.* Tattoo rutschte die Halde hinab und nahm den letzten der Vollrüstungsträger unter Beschuss. Sie zielte auf die Handgelenke und Finger, die wenig gepanzerten Stellen.

Als sie abdrückte, entstand unmittelbar vor ihr eine menschengroße Windhose, die sie packte und wie eine federleichte Puppe zu Boden schmetterte. Mehr bekam sie nicht mehr mit.

*ADL, Freistaat Thüringen, Jena,*
*23. 04. 2058 AD, 09:32 Uhr*

Der Negamagier betrat sein Büro und bemerkte das rot leuchtende Lämpchen des Anrufbeantworters. Das Gerät lag halb verborgen unter einem Stapel Prospekte und hatte sich bislang erfolgreich seiner Aufmerksamkeit entzogen.

Hoffentlich war es nichts Wichtiges. Er tippte seine Geheimkombination ein, um die Anrufe abspielen zu lassen.

»Hier ist der Anschluss von Xavier Rodin. Wenn Sie eine Nachricht für mich haben, so tragen Sie diese innerhalb der nächsten zwanzig Sekunden vor.« Ein Piepston signalisierte, dass die aufgezeichneten Gespräche abgespult wurden.

»Oh, habe ich mich verwählt? Eigentlich wollte ich einen gewissen Keimag sprechen. Ich … ach so, ja, ich bin bescheuert.« Die Anruferin, die zuerst in der ihm vertrauten Seattler Stadtsprache, dann in bemühtem Englisch geredet hatte, drückte eine neue Tastenfolge. Der Anrufbeantworter hielt an.

Die Überraschung gestaltete sich für Xavier perfekt. Die zweite Nummer, welche die Fremde eben eingab, kannten nur ganz wenige Menschen. Diese Dame sollte eigentlich nicht dazugehören. Jemand aus Seattle musste ihr die Zahlenkombination gegeben haben, ohne seine neue Identität zu verraten, denn sie redete ihn mit seinem früheren Runnernamen an. Grübelnd ging er zum zweiten Anrufbeantworter, gab einen Kode ein und rief die Nachricht der Frau ab.

»Hallo. Sie kennen mich nicht, aber eine gemeinsame Freundin, Cauldron, hat mir die Nummer freundlicherweise gegeben und den Trick erklärt. Ich habe einen Auftrag für Sie, der nach Ihren … speziellen Veranlagungen verlangt. Wenn Sie mehr wissen möchten, rufen

Sie mich unter der Nummer, die Sie auf dem Display sehen, zurück. Ach ja, die Bezahlung ist garantiert fünfstellig. Bei Erfolg sollte noch mehr drin sein. Einen Tipp gebe ich Ihnen noch: Es hat etwas mit dem Diebstahl eines magischen Artefakts in ...«

Der Anrufbeantworter schaltete ab, die Zeit war abgelaufen.

Mit einem Schlag kehrte die Vergangenheit zurück, die ihm die Erinnerung an die amerikanische Magierin und die gescheiterte Beziehung brachte.

Er hockte sich an seinen Schreibtisch und schaute hinaus über die Dächer der Stadt.

War er ehrlich zu sich selbst, musste er es eher als »sich anbahnende Beziehung« bezeichnen. Zwar waren sie sich näher gekommen, doch eine ungeschützte Berührung zwischen ihnen reichte aus, um der Hermetischen große Schmerzen zu bereiten. Zudem trauerte sie damals noch um ihren erschossenen Lebensgefährten und fühlte sich keinesfalls auf ein Wagnis vorbereitet, was eine Zukunft mit ihm sicherlich bedeutet hätte.

Ein Negamagier und eine Magierin. Es wäre so, als umspiele Feuer eine Wassersäule, ständig bedroht von dem gefährlichen Nass. Das Wasser konnte nichts dafür, dass es den Flammen den Tod brachte, wollte es nicht einmal. Eine aussichtslose Sache, die verheerend geendet hätte. So war es besser.

Dennoch tat er sich schwer, sie vollständig aufzugeben. Die vage Hoffnung, die Universität Jena würde seine Befähigung erklären können, lebte fort. Was man erklären konnte, war unter Umständen auch beherrschbar.

Cauldron musste zu der Unbekannten Vertrauen gefasst haben. Und zwar so sehr, dass sie die vertrauliche Nummer in der ADL herausrückte. Offenbar dachte sie immer noch, dass er zur Liga der Runner gehörte. Was ihn jedoch verwunderte, war die Tatsache, dass man ihn für einen einfachen Diebstahl anheuern wollte.

In den virtuellen Archiven der Medien ließ er Suchmaschinen auf gut Glück nach Diebstählen von magischen Artefakten suchen. Die Programme landeten mehrere Treffer, die sich jedoch mit länger zurückliegenden Entwendungen beschäftigten. In letzter Zeit schien sich niemand an Artefakten vergriffen zu haben.

Xavier beschloss, die Sache vorerst auf sich beruhen zu lassen und stattdessen einen Abstecher in die Weimarer Bibliothek zu machen.

In der Fernabfrage entdeckte er einen Verweis auf einen interessanten Artikel über Nullzonen in der SOX. Der Aufsatz befand sich jedoch in einer Sammlung, die zur Präsenzbibliothek gehörte. Bis die angeforderte Kopie ihn erreichte, würden bei der tagtäglichen Flut von Anfragen einige Wochen ins Land ziehen.

Kam der Berg nicht zum Prophet, würde der Prophet eben zum Berg gehen, auch wenn ihm Scutek das untersagt hatte.

Nicht zu Unrecht. Die Gefahr, dass seine Antimagie einen Studierenden verletzen oder ein Buch vernichten könnte, bestand durchaus. Genaue Tests über die Auswirkung auf die Gesundheit von Magischen standen noch aus, aber er erinnerte sich sehr gut an das verzerrte Antlitz von Cauldron, als sie sich unbeabsichtigt berührten.

Es würde schon funktionieren. Der Negamagier musste aus seinem Büro, um sich auf andere Gedanken zu bringen, weg von der Erinnerung an die Seattlerin.

Xavier zog sich dicke Kleidung an, streifte die Handschuhe über und machte sich auf den Weg zum Bahnhof, um nach Weimar zu fahren. Den Anruf der Unbekannten mit dem sagenhaften Angebot hatte er bereits vergessen.

Die Fahrt nach Weimar dauerte nicht lange. Bald passierte er den Eingang des Instituts und zeigte seine Zugangsberechtigung für den Lesesaal. Er gab sehr darauf Acht, nicht mit jemandem zusammenzustoßen, lief große Bogen um Menschen und wartete geduldig, bis er allein am Regal war, in dem die gebundenen Ausdrucke der Zeitschriftensammlung »Magia – Theorie und Praxis« aufbewahrt wurden. Sie gab es nur in Printform. Der Verlag verlangte für die Nutzung der Computerchips Unsummen von Geld, die sich Weimar nicht aus den Rippen schneiden konnte.

Dass Xavier keinen Online-Zugriff auf die Daten erhielt, störte ihn nicht weiter. Der Negamagier wollte in Ruhe stöbern, die Atmosphäre um sich herum aufnehmen und die Anwesenheit von Menschen spüren. Es stellte für ihn eine Art Ersatz für den fehlenden Freundeskreis dar.

Er erklomm die Leiter, arbeitete sich bis zum achten Regal hinauf und suchte den passenden Ordner heraus. Mit der Mappe unterm Arm ging er in einen wenig frequentierten Bereich des Saals und versank in den Ausführungen zu Nullzonen.

Schon bald merkte er selbst als Magielaie, dass der Verfasser wie so viele andere nichts anderes als Vermutungen anstellen konnte.

Die SOX war eine radioaktiv kontaminierte Sonderrechtszone und unterstand dem Kontrollrat, der keinerlei Unbefugte im gesperrten Land duldete. Somit war es den Wissenschaftlern, die nicht auf den Konzerngehaltslisten standen, unmöglich, persönliche Erfahrungen zu machen. Die astralen Projektionen schienen sie nicht zufrieden zu stellen.

Natürlich standen die Magischen vor einem zusätzlichen Problem. Wie sollten sie etwas erkunden, was sie nicht sahen? Astral war die SOX unsichtbar, daher ließen sich keinerlei unmittelbaren Resultate durch ma-

64

gische Experimente gewinnen. Nur die Auswirkungen wurden dokumentiert. Jeder Erkenntnis folgten ein Dutzend neue Fragen.

Als Xavier nichts mehr verstand, stellte er den Ordner mit dem Artikel, von dem er sich mehr erhofft hatte, zurück ins Regal. Zwei weitere Literaturhinweise wollte er noch verfolgen.

Am Terminal startete er eine neue Suchanfrage im Rechercheprogramm. Nach einer Stunde wurde er für seine Zähigkeit belohnt. Er bestellte sich den Beitrag auf einem Datenchip, ließ den Computer einen Ausdruck machen und schlenderte zur Ausgabestelle. Das System schützte vor Missbrauch und garantierte, dass der Nutzer keine unendliche Zahl von Blättern verschwendete. Zugleich musste er eine geringe Gebühr für den Datenträger und die Ausdrucke bezahlen.

Hinter dem langen Tresen gaben die Bediensteten die bestellten Artikel aus und prüften die Berechtigung des Auftraggebers anhand der Ausweisnummer. Er wurde aufgerufen und erhielt Chip und Blätter. Der Negamagier verzog sich, nachdem er sich mit einem Imbiss eingedeckt hatte, in seine Ecke und las die Ausführungen zu Inquisitoren.

Der Verfasser, Dr. mag. herm. Volker Berthold, führte in »Das Raubfisch-Prinzip« konsequent die Hawkinssche Theorie von den Drachentötern, den Erwachten Wesen und den Negamagiern in frühester Zeit fort.

Seiner Ansicht nach befanden sich unter den zahlreichen Inquisitoren zur Zeit der großen Hexenverbrennung etliche Gegen-Magier, die sich als immun gegen die magischen Kräfte der Erwachten herausstellten und somit die grausamen Befragungen durchführen konnten. Zahlreiche Zitate wurden aus Verhören angeführt, in denen Hexen den Inquisitor zu verzaubern suchten, an dem »Schutz Gottes« jedoch scheiterten. Der wahrscheinlich, jedenfalls nach Berthold, nichts anderes als Antimagie war. Als Atheist glaubte er nicht an Theurgie.

»Geht man von einem minimalen Wahrheitsgehalt der Aufzeichnungen aus, erlauben sie nach wie vor die Theorie, dass Negamagier und Magier schon früh aufeinander trafen, von Anfang an als Gegner von der Natur geschaffen wurden, um das Gleichgewicht aufrechtzuerhalten«, schrieb der deutsche Thaumaturge. »Ein Negamagier ist demnach ein Hai, ein Jäger, der instinktiv dafür sorgt, dass der Anteil der Magischen nicht überhand nimmt und damit ihre Dominanz über die restliche Menschheit, die sie ohne Zweifel erlangen würden, niemals in vollem Maße eintritt. Ohne die Negamagier und ihre Anstrengungen in der Historie, unter Umständen seit Menschengedenken, befände sich die gesamte Welt unter dem Joch der Magie.«

Xavier lehnte sich zurück und sinnierte über das Gelesene. So hatte er die Sache niemals betrachtet. Schätzungen gingen davon aus, dass von den mehr als sechs Milliarden Menschen ein Prozent über magisches Potenzial verfügte.

›Sechs Millionen Magier quer durch alle Zauber-, Schamanen- und Hexentraditionen‹, überschlug er die Zahl. Die These des Deutschen war nicht ganz von der Hand zu weisen. ›Wer sollte solch begabte Übermenschen aufhalten?‹ Umgekehrt wusste keiner, wie viele Negamagier lebten und wann die Jäger in Überzahl gerieten.

Was ihn persönlich sehr interessierte, war der Umstand, wie es sich mit seiner Negamagie und der Reaktion auf den Einbau von Cyberware verhielt.

Magie reagierte äußerst sensibel auf gravierende Eingriffe dieser Art am Körper. Da man seine Aura aber nicht erkennen konnte, würde er es erst erfahren, wenn ihn nach weiteren Cybermodifikationen ein Feuerball plötzlich in eine lodernde Fackel verwandelte, anstatt wirkungslos an ihm zu verpuffen. Mit den bisherigen Einbauten schien seine Befähigung keinerlei Schwierigkeiten zu haben.

Die beiden Artikel lieferten ihm weitere Puzzlestückchen zu dem rätselhaften Mosaik, das seine Kraft darstellte, ohne zu wissen, wie er sie einsetzen sollte. Die Ernüchterung wuchs mit jedem Artikel, den er las.

»Cyberdynamix-Sicherheit! Beweg dich keinen Millimeter, oder ich verteile deine Rübe im Umkreis von drei Metern«, sagte eine flüsternde Stimme unmittelbar hinter ihm. »Endlich haben wir dich!«

Xavier verkrampfte sich. Es kam zu überraschend für ihn, an diesem Ort mit dem Kopfgeldjäger eines Megakons konfrontiert zu werden, auf dessen Todesliste der Runner mit Sicherheit stand. Er konnte keinen klaren Gedanken fassen.

Der Unbekannte lachte leise. »Entspann dich, Chummer. Ich wollte nur sehen, was du machst«, gluckste er. Schritte wanderten um ihn herum, bis der Sprecher in sein Gesichtsfeld trat. Ein junger Mann mit schwarzweiß gefärbten Haaren grinste ihn frech an. »Ganz schön erschrocken, was? Mit heruntergelassenen Hosen erwischt zu werden ist ein dämliches Gefühl.«

»Poolitzer? Du hirnverbrannter Idiot!«, brach es aus dem Negamagier ärgerlich hervor.

Ein paar Studenten schauten vorwurfsvoll zu ihm hinüber, eine junge Magierin schüttelte den Kopf und schnalzte missbilligend mit der Zunge.

Xavier hob beschwichtigend die Hände, ehe er sich dem Amerikaner zuwandte. Die Hitzewelle, die in ihm hochgeschwappt war und das Adrenalin bis in den kleinen Zeh pumpte, verebbte. Zurück blieb der Ärger, den er auf den Reporter verspürte. »Sehr witzig. Ich hätte dich umbringen können.«

Poolitzer blieb gelassen. »Nö. Erstens hast du keine Wumme dabei, und zweitens gibt es hier genügend

Wachelementare ...« Er stockte, weil ihm die Besonderheit des Mannes einfiel. »Vergiss das mit den Elementaren. Gut, dass du dich unter Kontrolle hattest.« Er
reichte ihm die Hand, und der Negamagier schlug ein.
»Schön, dich zu sehen.« Sein Blick huschte nach rechts
und nach links. »Was macht denn ein Negamagier wie
du mitten zwischen Zauberfuzzis?«

Wieder drehten sich zwei Studierende in ihre Richtung, die Blicke wurden ungehaltener.

»Nicht hier.« Der Deutsche stand auf, nahm Poolitzer
am Ellbogen und führte ihn in Richtung des Korridors,
der sie in ein kleines Café brachte. Sie nahmen sich
einen Kaffee und hockten sich ans Fenster.

»Angst vor Cyberdynamix kannst du nicht haben«,
kommentierte der Reporter und pochte zur Bekräftigung gegen das Glas, »sonst würden wir hier nicht sitzen.«

»Die Bibliothek ist gut gesichert. Außerdem hat der
Konzern andere Probleme, wie ich deinem Bericht entnehmen konnte«, meinte Xavier abschwächend. »Du
kannst es nicht lassen, dich mit den gleichen Leuten
zweimal anzulegen?«

»Zuerst haben wir beide ihnen Ingolstadt zerlegt,
und jetzt dachte ich mir, ich suche sie in der SOX heim.
Es war mir ein großes Vergnügen, diesen Ärschen in
selbige zu treten. Nachdem ich zusammen mit der
Gruppe dort war, mussten sie den Forschungsplex neu
einrichten lassen. Das nenne ich einen Erfolg.« Er prostete dem Negamagier vergnügt zu. »Du schaust also
Schatten-TV?«

»Man muss auf dem Laufenden bleiben, auch wenn
ich nicht aktiv bin. Immerhin weiß ich, dass die anderen
in Seattle Besuch von einem Cyberdynamix-Killer hatten und dein Auto vor nicht allzu langer Zeit in die Luft
flog.«

Poolitzer winkte ab. »Das ist vorbei. Vor Cyberdynamix sind alle Beteiligten sicher. Und um die Gefahr zu vermeiden, mich noch einmal mit einem Kon anzulegen, habe ich mir Storys rund um die Magie ausgesucht«, erklärte er seinen Besuch in Weimar. »Keine Sararileute, keine Messerklauen. Nur feinste Magie. Ich komme gerade aus Suhl, wo ich eine Story über einen Fokusfabrikanten gemacht habe. Hier entsteht eine Dokumentation über die Bibliothek. Anschließend wollte ich mich um einige Leute kümmern, die alten Büchern und Bibliotheken nachstöbern.« Prüfend betrachtete er Xaviers Züge. »Und du? Was tust du hier? Magier erschrecken? Bücher vernichten?«

»Weder noch. Ich lasse mich testen«, antwortete er vage.

Poolitzer hatte sofort verstanden, was er damit meinte. »Ein Versuchskarnickel für die Hokuspokuskasper? Du hast Nerven. Warum das denn?«

Unwohl wich er Poolitzers Blick aus und betrachtete die Studenten im Hof. »Ich will mehr über mich erfahren. Jeder magisch Begabte weiß um die … Funktionsweise von Magie. Oder zumindest ist einiges bekannt. Nur ich stehe reichlich dämlich da. Was mache ich, wenn ich meine Kraft im falschen Moment ausschalte?«

Der Reporter musste lachen. »Vermutlich nichts mehr, wenn der Elementar oder Magier auf Zack ist.« Er schaute sich im Café um. »Haben die eine Ahnung, was du bist? Die müssen doch eine höllische Angst vor dir haben. Da fällt mir noch was ein.« Er biss von seinem Croissant ab, wühlte in seiner Jacke herum und legte die Kopie eines Artikels auf den Tisch. »Hast du davon was gehört?«

Xavier las die Zeilen quer. Es war der Bericht über die Misshandlung, die Unbekannte mit Stimulanspflastern dem Magier Dr. Diederichs zugefügt hatten. Seitdem befand sich der Dozent im Schockzustand, seine Aura leuchtete kaum mehr wahrnehmbar magisch.

Der Hintergrund der Tat blieb für die Ermittler noch im Verborgenen. Die Untersuchung ergab wohl, dass die Täter im Büro etwas gesucht hatten, doch von der Einrichtung fehlte nichts. Somit ging das LKA vorerst von einem magiefeindlichen Beweggrund oder einer persönlichen Racheaktion gegen Diederichs aus. Die Studierenden wurden bereits verhört.

»Seltsam«, meinte der Negamagier und schob das Blatt zurück zu Poolitzer. Seine Gedanken kreisten aus einem unbestimmten Gefühl um den Kom-Anruf aus Seattle. »Wenn man etwas geklaut hätte, könnte ich dir einen Tipp geben. Aber so?«

Diese vage Andeutung reichte dem Journalisten schon aus, um den Story-Instinkt von null auf hundert zu jagen. »Kannst du das ein bisschen näher erläutern?« Seine Nase juckte. Das beinahe untrügliche Zeichen für eine gute Geschichte.

»Du wirst es für dich behalten, was ich dir jetzt sage. Eine unbekannte Frau aus Seattle rief mich an. Sie bot mir einen fünfstelligen Betrag, wenn ich mich am Diebstahl eines magischen Artefakts beteiligen würde. Zumindest glaube ich, dass man mir das anbot. Das fiel mir gerade ein, als ich den Artikel überflog. Kann auch sein, dass ich damit völlig falsch liege. Diederichs wurde ja nichts entwendet.«

Ein Plan wuchs bereits in Poolitzers Gedankenstübchen. Er würde persönlich nach Göttingen fahren und sich den Fall vorknöpfen. »Danach sieht es zumindest aus. Ich werde vor Ort recherchieren«, eröffnete er dem Runner. »Gibt es sonst noch was Neues? Unter Umständen in Sachen Negamagie?«

Xavier schüttelte den Kopf. »Nein. Wenn die Jungs so weit sind oder eine Bombensache entdeckt wird, rufe ich dich an. Das wird Zeiss als Hauptgeldgeber der Uni vermutlich nicht passen, aber wen interessieren schon die Megakons?« Er programmierte die Nummer des Reporters in sein Handgelenk-Kom. »Dafür schuldest du mir dann was.«

»Okay«, willigte Poolitzer ohne zu zögern ein. Das Grinsen und die gute Laune verflogen. »Kann ich dich was Persönliches fragen?«

Der Negamagier nickte vorsichtig und war gespannt, was nun kam.

»Wie hast du es geschafft, von Cauldron loszukommen?«

*Nein, nicht schon wieder.* Xavier atmete tief ein und aus. »Wer hat dir denn erzählt, dass wir eine Beziehung hatten?«

»Erstens spürte ich es schon damals, als ihr euch beim Run kennen lerntet. Zweitens habe ich so meine Quellen«, meinte Poolitzer verschmitzt. »Ich frage deshalb, weil … ich mich gerade in einer ähnlichen Situation befinde und nicht damit klarkomme«, verriet er. »Die Frau, in die ich mich verknallt habe, ist entweder tot oder liegt in einem Versuchslabor von Cyberdynamix.«

»Oh, Scheiße«, flüsterte Xavier ehrlich betroffen. »Und ich dachte, ich hätte Pech.« Er legte dem Journalisten die Hand auf die Schulter. »Das tut mir Leid für dich. Du musst dich damit abfinden. Für Hoffnung ist da kaum Platz.«

»Ich weiß. Das heißt, mein Verstand weiß es.« Poolitzer schlug sich gegen die Brust. »Aber das verdammte Herz kommt nicht darüber hinweg.«

Schwach lächelnd lehnte sich der Deutsche zurück. »Es wird. Meines hat es auch geschafft.« *Hoffentlich erkennt er nicht, dass ich lüge.* »Stürz dich in die Arbeit, um dich abzulenken, aber verdränge es dabei nicht. Erinnere dich an sie, und sag dir immer wieder, dass sie für dich verloren ist. Alles andere wird dich fertigmachen.«

»Als Seelentröster taugst du nicht viel«, meinte Poolitzer gespielt vorwurfsvoll. »Ich weiß, dass du Recht hast. Es ist schwer einzugestehen, dass die Sache verloren ist.« Er erhob sich. »Na, dann werde ich deinen Rat befolgen und mich wieder ans Werk machen. Da warten ein paar Zauberazubis auf mich, die ich interviewen werde. Einer von denen ist eine große Nummer, Herry Töpfer oder so. Eine Nacht im Hotel, danach geht es ab nach Göttingen.«

Xavier stand ebenfalls auf. »Ich werde dich nicht aufhalten. Wenn ich etwas erfahre, rufe ich dich an.« Er nannte ihm seine Adresse.

Gemeinsam schlenderten sie zurück in den Lesesaal, wo man den Reporter bereits erwartete.

Die Männer verabschiedeten sich voneinander und gingen jeder seiner Wege.

# II.

*Russland, Moskau, 24. 04. 2058 AD, 07:31:01 Uhr*

»Moskau. Das Viertelfinale um die European Champions Trophy des ISSV Europa zwischen den Mainzer Black Barons und dem Gastgeber Maschine Moskwa endete gestern in einem Massaker, nachdem unbekannte Angreifer die Torzone der Russen durch einen Abwasserkanal erreichten und beide Teams attackierten. Unter dem Einsatz von Maschinengewehren und Kampfmagiern eröffneten sie das Feuer auf die Spieler sowie ISSV-Vertreter, ehe sie die Flucht ergriffen. Zurück blieben zwei Tote aus den Reihen der Unbekannten sowie fünfzehn tote und acht verwundete Stadtkrieg-Spieler. Die noch nicht identifizierten Angreifer trugen Bekennerschreiben der ›Neuen Liga für Menschlichkeit‹ mit sich, in der sie die Abschaffung des beliebten, jedoch äußerst brutalen Sports aus humanitären Gründen forderten. Die russische Polizei …«

Der Bildschirm wurde schwarz. Scheißdreck. Tattoo saß in ihrem Krankenbett, ihr Unterschenkel steckte in einem Metallkorsett, das den mehrfach gebrochenen Knochen und die eingesetzte Titanplatte fixierte. Sie legte die Fernbedienung auf die Ablage, sank ins Kissen und starrte an die weiße Decke.

Das war der vierte Bericht, den sie an diesem Morgen sah. Jeder Sender, auch die auswärtigen, schien auf die gequirlte Kacke mit der Menschlichkeitsliga hereinzufallen.

Sie hatte noch nichts von einer solchen Organisation gehört. Und auch Andex, der früher aus Jux bei Green-War und den Anti-Imperialistischen Zellen mitgemacht hatte, bis er die Stadtkrieg-Liga für das Austoben seiner

73

Aggressionen entdeckte, hörte von der Gruppe zum ersten Mal.

Der Ork lag ein Zimmer weiter. Ihm hatte ein Magier eine Ladung verpasst, die zu schlimmen Kopfschmerzen und Nasenbluten führte. Wenigstens konnte er die Tasten des Koms an seinem Bett bedienen.

Zu den Glücklichen gehörten außerdem Schlagergott und Dice, die wegen ihrer Strafe zu spät am Ort des Geschehens eintrafen und keinen Kratzer davongetragen hatten. Auch ihr Sani Anubis und der Kapitän Oneshot waren wesentlich glimpflicher als die Aufklärerin davongekommen.

Der Rest der Besten des Black Barons-Teams war tot oder im Begriff zu sterben, wie es Coach Karajan vorhin bei einem Besuch aufgewühlt umschrieb. Maschine Moskwa hatte acht Leute verloren und verzeichnete vier Verletzte, von denen höchstens einer in der Lage sein würde, sich jemals wieder an einem Stadtkriegspiel zu beteiligen.

Der Trainer konnte es ebenso wenig fassen wie die Elfin, bei der die Wut und der Hass auf die Unbekannten die Trauer noch überlagerte. Verfolgt von Kamerateams und den Anrufen aus der Vorstandsetage der Barons, organisierte Karajan den Heimflug und den Transport der Verletzten, ohne genau mitzubekommen, was er alles tat. Jemanden aus der Mannschaft in einem Match zu verlieren, damit kamen die meisten Spieler und Betreuer klar. Verluste in dieser Höhe hatte es noch niemals in der Geschichte der Stadtkrieg-Liga gegeben. Da wirkte es wie ein Schlag ins Gesicht der Freunde und Verwandten, dass die Toten auf das Konto einer Liga für Menschlichkeit gingen.

Tattoo langte nach dem Kom und klingelte Andex an.

»Mir kam eben eine Idee«, begann sie aufgekratzt. »Könnte es sein, dass sich Moskaus Bürgermeister nicht mit der Russenmafia auf Schutzgelder für die Übertragung einigen konnte?«

Der Ork am anderen Ende der Leitung schwieg nachdenklich. »Du meinst, die wollten abkassieren? Vielleicht haben sie auch versucht, die ISSV um eine … Spende zu bitten.« Sie hörte, wie er den Trid abschaltete. »Sag mal, warum willst du das wissen? Ich habe mich vorhin schon gewundert, als du nach der Liga fragtest.«

»Es interessiert mich eben, welche Schweine sieben unserer Leute auf dem Gewissen haben.« Die Aufklärerin versuchte, ihre Zehen des bandagierten Fußes zu bewegen. Es tat sich nichts. Entweder war er von den Ärzten anästhesiert worden, oder die Bänder und Sehen waren zum Teufel. Hoffentlich musste der Unterschenkel nicht ausgetauscht werden. »Ich finde, wir sollten es herausfinden und den Typen stecken, was wir davon halten.«

Der Brecher lachte rau. »Sicher, Langohr. Mal eben gegen die Magier ausziehen, damit wir mit den toten Kollegen im Jenseits Stadtkrieg spielen. Nee, danke. Lass das die Bullen machen.«

»Du hast keinen Mumm, Andex. Sauf dein Bier, und bekomm 'ne Zirrhose!« Tattoo knallte den Hörer wütend auf die Gabel. Sie würde herausfinden, wem sie ihren Krankenhausaufenthalt verdankte.

Eine Schwester kam herein, ein Tablett mit Spritzen und eines mit dem Abendessen balancierend. Sie lächelte die Elfin an und wollte ihr vor dem Essen etwas Blut abnehmen.

Grinsend hielt ihr die Patientin den Arm hin und lachte schallend, als das Gesicht der Frau ratlos wurde. So sehr sie suchte, sie fand keine Adern. Schließlich traf die Nadel auf harten Widerstand. Erschrocken zog die Russin das Instrument heraus. Die Spitze war verbogen.

»Kleiner Scherz«, entschuldigte sich die Aufklärerin

75

der Black Barons kichernd. »Die Dinger sind falsch. Nehmen Sie lieber die Zehen. Da spüre ich momentan sowieso nichts.«

Unsicher erwiderte die Krankenschwester ihr Lächeln, starrte dabei auf die auffälligen Reißzähne des Metamenschen und verschwand ganz schnell aus dem Zimmer, nachdem ihre Arbeit erledigt war.

Tattoo würgte das Essen runter und orderte ein Aufzeichnungsgerät. Ihr Ehrgeiz, etwas über die Unbekannten zu erfahren, war erwacht. Sie verbrachte den restlichen Abend damit, sich durch die Infokanäle zu zappen und alles aufzunehmen, was über die Typen in den Vollrüstungen gebracht wurde. Inzwischen strahlten die Sender lizenziertes ISSV-Bildmaterial aus, das die Drohnen von dem Überfall aufgenommen hatten. Gegen Mitternacht übermannte sie die Anstrengung. Sie schlief bei laufendem Trid und der x-ten Wiederholung ein.

Nach dem Frühstück setzte sie ihre Recherchen fort, bis sie einräumen musste, dass die Unbekannten keinerlei Anhaltspunkte boten. Schwarze Vollrüstungen ohne Abzeichen, Standard-Maschinengewehre und ihre Bewegungen verrieten die Eingespieltheit von Profis. Als sie sich eine Szene anschaute, kamen der Scout Dice und der Stürmer Schlagergott zu Besuch.

Dice, ein Experte im waffenlosen Nahkampf, gehörte ebenfalls zur Elfenrasse, verhielt sich jedoch ähnlich unelfisch. Er war schon mehrfach wegen Glücksspiels verurteilt worden. An einem Würfeltisch kam er nicht vorbei, ohne eine Runde gespielt zu haben. Er wettete auf alles, und natürlich trug er immer Würfel bei sich. Für Unmengen von Geld rasierte ihm ein Coiffeur viele kleine Würfel in die kurzen Haare und färbte sie entsprechend.

Ihr Stürmer Schlagergott wartete mit einer weniger teuren Marotte auf. Er kannte alle deutschen Schlager auswendig und summte sie leise vor sich hin. Wenn der junge Mann mit der braunen Schmalztolle betrunken war, grölte er sie zum Leidwesen des Teams laut heraus. Seine Jacke mit dem Aufdruck »Roy Black lebt« errang Kult-Status bei den Barons-Fans. Ulkigerweise hatte ihn das Gericht bereits zweimal wegen Fahrens ohne gültige Fahrerlaubnis verknackt. Für die Spiele wurde ihm eine Sondergenehmigung ausgestellt.

Schlagergott war zweimal deutscher Meister im Stadt-Cross-Fahren gewesen und überquerte so ziemlich jedes Hindernis, das sich seinem Motorrad in den Weg stellte, wenn er es nicht umschießen konnte.

Beinahe wäre er aus der Mannschaft geflogen, als er wegen illegalen Waffenbesitzes ins Gefängnis wandern sollte. Die Bullen fanden den Raketenwerfer im Kofferraum gar nicht witzig, obwohl der Tollenträger dafür eine sehr gute Erklärung parat hatte. Die Beamten wollten ihm jedoch nicht glauben, dass er einen Drachen aus seinem Vorgarten verscheuchen musste. Irgendjemand musste beim Polizeipräsidenten angerufen und die Sache aus der Welt geschafft haben.

Die Körperverletzung, die in seiner Akte stand, fiel da nicht weiter ins Gewicht. Ein Stadtkriegspieler ohne diesen Eintrag galt in den Fachkreisen nicht sonderlich viel.

»He, Süße«, begrüßte Dice die Aufklärerin. Sie klatschten der Reihe nach ab. »Wie geht's?«

Tattoo deutete an sich hinab. »Bis auf die kaputten Knochen ganz gut. Nach dem Mittagessen bekomme ich eine Schiene, mit der ich laufen kann.«

»Cool.« Schlagergott schaute auf den Bildschirm, und sein Gesicht verfinsterte sich. »Ist das so eine Art sadistische Zusatzleistung für Kassenpatienten, damit sie schneller aus dem Krankenhaus rennen?«, erkundigte er sich und zeigte auf die Bilder. »Mir reicht das, was ich erlebt habe.«

Ihre Leidenschaft kehrte zurück. »Ich will herausfinden, wer dahintersteckt. Ich tippe auf die Russenmafia und nicht bezahlte Schutzgelder.« Sie schaute zu Dice und Schlagergott. »Andere Vorschläge, Jungs?«

Der Stürmer hob die Schultern, die Lederjacke knarrte. »Keine. Ich habe mich auch nicht sonderlich damit beschäftigt.« Er sah den entrüsteten Ausdruck auf dem Gesicht der Elfin. »Hey, ich will nicht, dass du denkst, es sei mir egal. Aber wir haben keine Möglichkeit, etwas herauszufinden.«

Dice verzog den Mund. »Ich wäre schon dabei. Aber wie sollen wir vorgehen? In Moskau kenne ich keine Sau. Da ich kein Russisch spreche, wird es schwierig, auf die Schnelle etwas zu erfahren.« Er steckte die Hände in den Bomberblouson. Seine Finger spielten mit dem Würfelpaar. »Der Coach will übermorgen abreisen, dann sind die Formalitäten erledigt.«

»Wir können uns die Aufzeichnungen zusammen anschauen«, meinte Schlagergott, zog sich einen Hocker heran und machte es sich bequem. »Sechs Augen sehen mehr als zwei, trotz aller Modifikationen.«

Der Elf nahm sich Blatt und Stift, um Auffälligkeiten zu notieren.

Bald standen einige Punkte auf dem Papier, die wenig Mut machten. Die Maschinengewehre, Fabrikate der Marke Goryunov, stammten aus den russischen Beständen zur Zeit der Eurokriege. Massenware, alt und tausendfach auf dem Markt. Die Vollrüstungen gaben ebenfalls nichts her, was sie mit bloßem Auge erkennen konnten.

Also verlegten sie sich auf das, was sie als Stadtkrieger am besten beherrschten. Sie analysierten das Vorgehen der Angreifer. Mehrfach nutzten sie die Funktion des Standbilds und Dice skizzierte die Bewegungen.

»Ehemalige Militärs«, sagte der elfische Scout nach einer halben Stunde überzeugt. Damit erntete er das Kopfnicken des Stürmers. »Außerdem haben sie das

Terrain gekannt.« Mit der Kulispitze deutete er auf die wie eingefroren wirkenden Menschen. »Seht ihr? Sie haben nicht eine Sekunde gezögert, um sich zu orientieren. Sie deckten sich gegenseitig und nahmen die wichtigsten Punkte rund um die Torzone sofort unter Beschuss. Gegen ihre Übermacht hatten wir keine Chance. Bleibt die Frage nach dem Warum.«

»Ein russisches Runner-Team, das sich im Ausgang geirrt hat, wird es wohl kaum sein«, kommentierte die Elfin bissig. Sie favorisierte die Schutzgeld-Variante nach wie vor.

»Und wenn es eine abgekartete Sache des ISSV war? Oder der Inhaber der Übertragungsrechte?«, eröffnete Dice eine neue Perspektive. »Ein Gemetzel, um die Einschaltquoten zu erhöhen, weil jeder auf einen neuen Anschlag der Liga wartet?« Seine Augen leuchteten. »Oder Buchmacher! Man müsste herausfinden, wer auf diesen unerwarteten Ausgang setzte. Da müssen gigantische Quoten zusammengekommen sein, überlegt mal!«

»Das ist das, was ich vorhin meinte. Es wird uns unmöglich sein, innerhalb von wenigen Tagen etwas ohne Connections herauszufinden.« Schlagergott runzelte die Stirn. »Einen Augenblick! Kann es sein, dass sie mehr wollten als nur tilten?« Er nahm sich den Stift des Elfs und spulte eine Szene in Standbildern vorwärts. Die Spitze des Stifts tippte gegen das Glas. »Es sieht so aus, als wollten zwei in die Gasse, aus der Andex und du kamen«, meinte er in Richtung von Tattoo. »Dann tauchten die ISSV-Elementare auf, und sie zogen sich zurück.«

Die Elfin grübelte, ob sie etwas in der schmalen Straße gesehen hatte, was für die Unbekannten interessant gewesen sein könnte. »Ich erinnere mich an nichts Besonderes«, meinte sie nachdenklich. »Häuser, Schutt ...«, sie zögerte, »und Leichen! Andex und ich fanden fünf vermoderte Leichen in einem Haus, auf das die Gasse frontal zulief.«

»Aber ob die von Interesse waren?«, meinte der Stürmer enttäuscht.

»Sie lagen so, als hätten sie sich gegenseitig umgenietet«, fuhr sie fort. »Einer gegen vier.«

»Vielleicht hatte einer von denen was dabei, was die Idioten wollten«, vermutete Dice. »Es wäre zumindest eine einfache Lösung, die wir gleich checken könnten, oder?« Er schaute zu Schlagergott. »Wir fahren vorbei und schauen nach.«

»Kinderspiel«, erwiderte der Stürmer zuversichtlich. »Meine Mühle steht vor dem Krankenhaus.«

Tattoo bremste ihre Teamkollegen mit einem schrillen Pfiff. »Das würde euch so passen, mich im Bett liegen zu lassen. Ihr werdet gefälligst warten, bis ich die Schiene ums Bein trage. Selbstverständlich begleite ich euch. Ihr würdet es alleine gar nicht finden.«

Der Elf und der Mensch wechselten einen schnellen Blick. »Okay«, meinte Dice widerstrebend. »Obwohl du dich besser ausruhen solltest.«

»Hättet ihr wohl gerne.« Sie griente, während sie die Schublade des Nachttischs aufzog und die Warhawk überprüfte. Sollten sie ein weiteres Mal auf die Unbekannten treffen, würde die Begegnung zu ihren Gunsten verlaufen. Die gebrochenen Rippen hinderten sie nicht daran.


Die drei Stadtkrieger standen vor der Absperrung. Ein grünweißes Plastikband bildete die sichtbare Barriere, einige Meter dahinter standen zwei gepanzerte Polizisten, rauchten Zigaretten und unterhielten sich leise. Für die drei Schaulustigen hatten sie kein Auge.

»Ganz prima«, ärgerte sich Stürmer, versenkte die Hände in die Hosentaschen und starrte zu den Wachen. Hinter ihm tickte das heiße Metall des Motorrads leise, ein Hauch von Benzin lag in der Luft. »Jetzt sind wir angeschmiert.«

»Abwarten.« Dice bückte sich und lief unter der Absperrung durch. Sofort nahmen die Polizisten ihre Maschinenpistolen von der Schulter. »Keine Aufregung!«, rief er von weitem. »Ich bin Stadtkriegspieler, Black Barons!« Der Scout hielt seinen Ausweis und seine Lizenz hin. »Wir würden uns gerne umsehen, weil wir bei der Ballerei ein paar persönliche Sachen verloren haben, verstehen Sie?«

Die Wachen blieben skeptisch.

Vorsichtig langte er in die Jacke und nahm zehn Scheine heraus, die ihm wie zufällig aus der Hand glitten und sich am Boden verteilten. »Dürfen wir suchen?«

Die Polizisten lachten wissend. Sie winkten ihn und die anderen beiden näher, überprüften die Ausweise und kümmerten sich darum, dass die Scheine nicht mit dem Wind davongetragen wurden.

Sie gingen die Gasse hinunter und taten so, als würden sie nach etwas Ausschau halten, bis sie vor der Ruine anlangten. Nacheinander verschwanden sie im Inneren und hielten ihre Waffen schussbereit.

Die fünf Leichen lagen noch genau so, wie die Aufklärerin und Andex sie verlassen hatten. Während Tattoo die Umgebung sicherte, zogen sich Dice und Schlagergott Einweghandschuhe über und filzten die Leichen. Der Zustand der sterblichen Überreste beeindruckte keinen der Fledderer.

Sie fanden etwas Geld, Rechnungsbelege, vier Ausweise und Kleinigkeiten. Diese Gegenstände hätten den Angriff mit Sicherheit nicht gerechtfertigt.

Erst als der Stürmer den Eingekesselten untersuchte und auf den Bauch drehte, machte er eine Entdeckung. Ein dünnes, mit Kunststoff ummanteltes Stahlseil verband sein Handgelenk mit dem Griff eines metallenen Aktenkoffers, der unter ihm gelegen hatte.

»Scheint so, als hätte unser Glücksspieler Recht«, meldete er seinen Begleitern und hob zur Bekräftigung den Koffer an. »Sieht wirklich so aus, als hätten die vier einen Kurier weggeballert.« Schlagergott versuchte, die Halterung am Gelenk zu lösen, und hielt kurz darauf die Leichenhand zwischen seinen Fingern. Angewidert warf er sie Boden. »Bäh. Wenigstens kriegen wir so den Koffer.«

Dice nickte zufrieden. »Damit ist die Sache geklärt. Die schweren Jungs sollten sich das Ding schnappen, ehe einer von uns darüber stolperte und es behielt.«

»Was jetzt geschehen ist«, vollendete Tattoo befriedigt. »Dabei hätten sie nur Nervenstärke beweisen und abwarten müssen, bis die Partie zu Ende ging.«

Schlagergott legte ein Ohr horchend an den Deckel. »Ich höre nichts.« Der Tollenträger wog den Koffer schätzend ab. »Rund zehn Kilogramm. Muss ja was irre Wichtiges drin sein, wenn jemand einen solchen Aufstand inszeniert.« Als sein Zeigefinger an dem Rad zur Einstellung des Kodes drehen wollte, schritt die Elfin ein.

»Nein!«, warnte sie ihn. »Lass alles, wie es ist. Wer weiß, welche Sicherungen eingebaut wurden.«

»Wie sollen wir herausfinden, was drin ist?«

Sie strich über das Metall. »Wir nehmen ihn einfach mit nach Mainz«, entschied sie kurzerhand.

Dice und Schlagergott schauten sie entgeistert an.

»Wieso nicht?«, erwiderte sie gereizt. »Mir fällt nichts Besseres ein. Oder ist einer von euch der Meinung, dass wir das Ding den Polizisten geben sollten?«

Ihre Teamkollegen schwiegen.

»Dann sind wir uns einig. Außerdem sollen die Spielverderber ruhig weitersuchen, bis sie schwarz werden.«

Wenn das mal kein Bumerang wird, dachte der Stürmer und beobachtete, wie Tattoo den Koffer in eine halb zerfetzte Plastiktüte stopfte. »Bist du sicher, dass keine Bombe drin ist?«

»Ausschließen kann ich es nicht.« Sie betrachtete den durchlöcherten Kurier. »Sie hätten aber wohl kaum auf ihn geschossen, nehme ich an.«

Da sie es vorzogen, nicht mit dem Koffer gesehen zu werden, machten sie einen Umweg zum Motorrad. Die beiden Stadtkrieger fuhren mit der Maschine zum Hotel, die Elfin nahm ein Taxi zum Krankenhaus.

Die Aufklärerin packte ihre Sachen zusammen, um in die Unterkunft der Black Barons, das Sporthotel Sputnik, umzusiedeln. Bei einem kurzen Abstecher zu Andex, der inzwischen aufrecht sitzen durfte, erzählte sie von den neuen Erkenntnissen. Der Ork brannte beinahe vor Neugier, dennoch blieb ihm keine andere Wahl, als vorerst das Bett zu hüten. Seine Entlassung war rechtzeitig für den Heimflug am morgigen Nachmittag vorgesehen.

Die Stunden bis zum Abflug wurden zu den längsten in Tattoos Leben. Sie hörte den Koffer förmlich schreien, man solle ihn öffnen, am Schloss herumspielen oder ihn mit einem Trennschneider bearbeiten, bis er sein Geheimnis preisgab. Stumm saßen sie, Dice und Schlagergott um den Spind, in dem sie ihre Beute aufbewahrten. Jeder malte sich die unterschiedlichsten Dinge aus, was wohl darin enthalten sein mochte.

Am nächsten Morgen ging es zum Flughafen. Die Stimmung im Mannschaftsbus befand sich auf dem Tiefpunkt. Als Sieger hatten die Barons aus Moskau zurückfliegen wollen – jetzt beschrieb das Wort »Desaster« ihre Lage nicht einmal annähernd.

Coach Karajan gab zudem bekannt, dass das Entscheidungsspiel der deutschen Stadtkrieg-Liga um Platz eins zwischen ihnen und den Centurios Essen in Gefahr geriet. Die Ausfälle rissen enorme Lücken. Die Besten der Mannschaft waren entweder tot oder schwer verletzt. Zwar standen Auswechselspieler zur Verfügung, doch sie würden dem Gegner im alles entscheidenden Ligaspiel wenig entgegenzusetzen haben.

Das Team aus Deutschland wurde an den wartenden Reportern vorbeigeschleust und auf Schleichwegen zur Zollabfertigung gebracht. Tattoo hatte auf dem Weg zum Abfertigungsbüro das Gefühl, der geheimnisvolle Koffer würde immer schwerer und schwerer. Gehorsam stellte sie sich in die Reihe und wartete, bis man ihr Gepäck durchleuchtete.

Als der Behälter auf das Rollband des Röntgengerätes gestellt wurde, schloss sie für einen Moment die Augen. Hoffentlich ist nichts Gefährliches drin, dachte sie. Dann strahlte sie den Beamten gewinnend an.

Der Mann nickte ihr zu und achtete auf den Monitor des Durchleuchtungsapparats. Seine Miene drückte Befremden aus. »Das ist eine Legierung, die unsere Strahlen abweist«, machte er sie ungehalten aufmerksam. »Würden Sie den Koffer bitte aufmachen?«

Sie spielte die Verlegene. »Tut mir Leid, ich habe die Nummer vergessen. Muss sie aus Versehen verstellt haben.«

»Dann machen wir es anders.« Der Zöllner winkte eine Uniformierte herbei. Sie setzte sich, und ihre Lider senkten sich.

Eine Scheiß-Magierin! Nun kam Panik in der Elfin auf. Schlagergotts Gerede von einer Bombe machte sie nervös. Sie schluckte aufgeregt.

Die Frau kehrte aus der astralen Ebene zurück und flüsterte dem Beamten etwas ins Ohr. »Sie hätten mir ruhig sagen können, dass ich mir die Mühe sparen kann«, wandte er sich schroff an die Stadtkriegerin. »Also, was ist da drin? Warum wollen Sie es auf jede mögliche Art verbergen?«

*Sie hat es nicht erkennen können?* »Es ist … mein Handwerkszeug«, log sie. »Meine Pistolen und Sai-Gabeln. Es sind … Spezialanfertigungen. Die Besonderheiten gehen niemanden etwas an, verstehen Sie?« *Glaub es einfach, bitte!* Tattoo bedachte die Magierin mit einem tödlichen Blick. »Berufsgeheimnis.«

»Würden Sie sich bitte beeilen?!«, rief jemand aus der Schlange, die sich weit zurückstaute. »Es kam schon der zweite Aufruf für den Flug.« Vielstimmiges Murren und einige russische Flüche flogen dem Zöllner an den Kopf.

Der Beamte gab dem Druck der Masse nach. Er legte eine Sperrvorrichtung aus Plastikdraht um den Koffer, damit er nicht geöffnet werden konnte, und winkte die Aufklärerin durch.

Um ein Haar wäre sie vor Erleichterung in Ohnmacht gefallen. Sie eilte zur Gangway. Dice, Andex und Schlagergott umringten sie.

»Das war knapp«, raunte der Stürmer, dem der Schweiß aus allen Poren rann. »Wieso hat Olga nichts erkannt?«

»Hieß sie Olga?«, wunderte sich der Ork.

»Russinnen heißen immer Olga«, erklärte Schlagergott gönnerhaft.

Tattoo blinzelte. »Du erwartest von mir, einer Magiehasserin, dass ich dir erkläre, warum sie mit ihrem Hokuspokus nicht in den Koffer sehen konnte?«

»Vergiss es«, winkte Andex ab. »Aber Respekt. Muss ja was unheimlich Wichtiges drin sein, wenn es so abgesichert ist.«

Dice grinste. »Du hast es doch gehört: vergoldete Sai-Gabeln, um stilvoll in der Nase zu bohren, und Ruger Super Warhawks aus Titan, mit der sie die Korken aus den Champagnerflaschen schießt.«

Sie gönnten sich einen harten Drink, bevor das Flugzeug zur Rollbahn steuerte. Die Blinklichter der Flughafenfahrzeuge warfen ihr gelbes Licht in die Kabine, und sie hörten das leise Dröhnen der Triebwerke des Airbus A640, die allmählich warm liefen.

Schlagergott summte eine Schnulze vor sich hin und betrachtete das rege Treiben vor dem kleinen Fenster.

Als er die Särge sah, die gerade eingeladen wurden, hörte er auf. Sein Mund wandelte sich zu einem dünnen Strich.

Andex schabte sich über die schwarzen Bartstoppeln, seine Pupillen hefteten sich auf den Behälter, den die Elfin auf dem Schoß trug.

Tattoo wusste, dass der Brecher den Koffer am liebsten sofort geöffnet hätte. »Du wirst dich noch gedulden müssen«, vertröstete sie ihn. »In ein paar Stunden sind wir zu Hause, dann machen wir uns auf die Socken und suchen einen Spezialisten, der uns das Baby öffnet ...« Ein leises elektronisches Fiepen ertönte. Irritiert schaute sie auf den Behälter. Woher kam das?

Die Stewardess, die in diesem Augenblick an ihrem Sitz entlanglief, blieb stehen. »Oh, entschuldigen Sie bitte. Sie müssen Ihr Kom-Gerät aus Sicherheitsgründen vor dem Start abschalten.«

»Ja, gleich«, versuchte die Elfin, die Flugbegleiterin durch unfreundliches Gehabe zu verscheuchen. Der Ansatz misslang. Das Geräusch endete nicht.

»Ach, das ist ja meins«, sprang Andex ablenkend ein. Er suchte umständlich in allen ihm zur Verfügung stehenden Taschen, bis er auf sein Handgelenk-Kom drückte. Das Fiepen erstarb wie bestellt, obwohl es mit seinem Kom nichts zu tun hatte. »'tschuldigung«, meinte er verlegen. Die Stewardess lief weiter.

Tattoo stöhnte auf und lehnte sich in das Polster. Der Ton erklang erneut. Die Elfin rollte mit den Augen, und wie aus dem Nichts stand die Flugbegleiterin neben ihr.

»Bitte«, sagte sie mit Nachdruck. »Wir werden nicht eher starten, bis alle elektronischen Sendegeräte abgeschaltet sind. Die Verzögerung und daraus entstehende Schadenersatzansprüche leitet die Fluggesellschaft an Sie weiter, wenn ...«

»Ja, verdammt! Ich mach's ja gleich!«, fauchte die Aufklärerin die Frau an, die Adrenalinpumpe aktivierte sich. Die Stewardess fuhr erschrocken zusammen. »Das Ding ist kaputt und lässt sich nicht abschalten, okay? Was soll ich Ihrer Meinung nach tun?«

Das Fiepen wurde lauter.

»Aussteigen?«, schlug die Flugbegleiterin unsicher vor. »Es tut mir Leid, aber ich bestehe darauf, dass Sie …«

»Ja, ja, JA!« Tattoo sprang auf, packte den Behälter und drosch ihn so lange gegen die Kopfstütze, bis der Ton abriss.

»Ich wette zehn Mücken, dass das Ding nicht hochgeht«, raunte Dice dem Stürmer zu. »Bist du dabei?«

»Halt die Fresse!«, stieß der blasse Mann hervor.

Der Tobsuchtsanfall der Elfin ließ nach. Aus dem geschundenen Polsterstück hingen Schaumstoffbrocken heraus, die Fetzen verteilten sich in der ganzen Kabine. »Zufrieden?«, keuchte sie etwas außer Atem, während sie versuchte, die aufputschende Wirkung des Stresshormons in den Griff zu bekommen. Sie sank zurück in den Sessel und stellte den Koffer auf den Boden.

»Danke«, hauchte die Flugbegleiterin und trat den Rückzug an.

Schlagergott presste sich mit geschlossenen Augen in den Sitz.

»Schade. Du hast verloren.« Dice hielt ihm die geöffnete Hand unter die Nase, um seinen Gewinn zu kassieren.

»Tu das meinen Nerven nie wieder an.« Andex atmete hörbar aus und langte nach einem Sixpack Bierdosen.

Sie würde noch viel Spaß mit diesem Teil haben, sinnierte die Aufklärerin. Die Spannung wuchs beständig. *Fast wie an Weihnachten,* verglich sie das Gefühl. Nur wusste sie nicht, ob der Inhalt des Päckchens jemals auf ihrer Wunschliste gestanden hatte.

»Wisst ihr, auf was ich mich freue?«, meinte der El-

87

fenscout amüsiert. Seine Freunde schauten ihn an. »Auf den Zollcheck in der ADL.«

Tattoo wurde eine Spur blasser.

*ADL, Freistaat Thüringen, Jena,*
*Friedrich-Schiller-Universität, 23. 04. 2058 AD, 09:32 Uhr*

Die graublauen Augen von Prof. Prof. mag. herm. Paulinus Beckert wanderten über die unzähligen Bücherrücken und Ordner, in denen zum einen seine Schriften, zum anderen die Arbeiten von Studierenden und Doktoranden aufbewahrt wurden. Unzählige Projekte zur Hellsicht und astralen Wahrnehmung mit mal mehr, mal weniger Sinn. Routinemäßig wurde von jedem Opus ein Ausdruck angefertigt, sollten die Computergedächtnisse und Speicherchips, die im Keller lagerten, aus irgendeinem Grund zu Schaden kommen.

Der Universitätspräsident, Mitglied der Doktor-Faustus-Verbindung, schlenderte zwischen den Hochregalen entlang, um in sein Büro zurückzukehren. Er warf sich in seinen Kunstledersessel, faltete die Hände und betrachtete die Unterlagenstapel in seiner Ablage.

Noch mehr Material aus den Forschungsgruppen, das er sichten und im Senat vorstellen musste. Anschließend würden die Abschriften an den Sponsor-Kon Zeiss gehen.

Bedächtig nahm er die Aufzeichnungen von Doktor Scutek zur Negamagie auf und blätterte darin, ehe er sie auf den Tisch zurückwarf.

Beckert war unzufrieden, mit sich und seiner Situation als Unipräsident. Er hatte sich einst mehr Handlungsspielraum, mehr Freiheiten erhofft. Doch Zeiss legte den Finger auf alle Entscheidungen, die er traf, und gab erst sein Einverständnis, wenn die Berater des Unternehmens ebenfalls zustimmten.

Das lähmte seiner Ansicht nach vieles. Seit anderthalb

Jahren versuchte er, eine andere Politik als sein Vorgänger an dem ehrwürdigen Institut zu betreiben, ohne messbaren Erfolg. Als ihm die Stelle angeboten worden war, hatte er die warnenden Stimmen aus seinem Bekanntenkreis überhört. Inzwischen wusste er, dass sie keinen Unsinn geredet hatten.

Immer das Gleiche. Frustrierend. Der knapp fünfzigjährige initiierte Magier schaltete seinen Computer ein und holte sich die Forschungsergebnisse der letzten zwei Monate auf den Schirm.

Sicher, die Universität lieferte Neues. Aber nicht zum Wohle aller, sondern zum monetären Wohl von Zeiss. Auch das störte ihn. Magische Erkenntnisse, die man im Austausch mit anderen Hochschulen verfeinern könnte, verschwanden in den Panzerschränken des Konzerns.

Beckert schwang mit dem Sessel herum und blickte aus dem Fenster hinaus auf den Campus.

Man müsste die Vorgänge rund um die Magie besser überwachen. Das war sein Lieblingsthema. Es ärgerte ihn, dass jeder kleine Hobbyzauberer seine Gabe anwenden konnte, wie er wollte, oder Erkenntnisse auf Nimmerwiedersehen hinter verschlossener Tür blieben.

Zudem war jeder magisch Begabte seiner Ansicht nach eine Waffe. Er hatte die jahrelange Diskussion über die ständige Meldepflicht für Magier und Schamanen mit großem Interesse verfolgt und war von der negativen Entscheidung des Bundesverfassungsgerichtes sehr enttäuscht. Er sah es genauso wie die Richter, dass die Magie eine persönliche Befähigung sei, die zu den unveräußerlichen Bestandteilen einer Persönlichkeit gehöre. Die von ihm daraus gezogene Konsequenz unterschied sich allerdings drastisch von derjenigen der Kadis. Die Anwendung dieser Befähigung konnte mehr Schaden als eine simple Handfeuerwaffe anrichten. Für eine Pistole, sei sie noch so mickrig, brauchte man bereits einen Waffenschein, und der Besitzer musste sich im Gegensatz zu einem Magier registrieren lassen. Da halfen die Strafverschärfungen bei Delikten im Zusammenhang mit Magie seiner Ansicht nach nichts. Eine echte Kontrollinstanz fehlte. Ein Geheimdienst oder etwas Ähnliches müsste her.

Für seine unverhohlen geäußerten Ansichten erhielt er von einigen Studierenden den wenig schmeichelhaften Spitznamen »Gestapo-Pauli«. Doch solche Schmähungen prallten an dem Universitätspräsidenten ab wie eine Wespe an einer Manabarriere. Die wenigsten verstanden seine Intentionen. Es ging ihm nicht um die totalitäre Überwachung von Schamanen, Hexen und Magiern, sondern um Ordnung und Recht.

Legte man ein entsprechendes Register an, könnte man ein Netzwerk von Spezialisten aufbauen, was für eine allgemeine Forschung unbezahlbar wäre. So jedoch blieben Tausende im Dunkeln, mit deren Hilfe unter Umständen bahnbrechende Erfolge errungen werden könnten. Wie viele Kinder mit dieser Gabe wären nicht in die Schatten des Verbrechens gerutscht, wenn man sie rechtzeitig erkannt und gezielt gefördert hätte? Die Kriminalitätsrate unter den Magiern würde sich im Promillebereich bewegen.

Beckert sah die letzten Ergebnisse des Kollegen Scutek durch, um sich abzulenken.

Eine Viertelstunde später, die Aufzeichnungen über Negamagie zierten unzählige Anmerkungen und Fragezeichen, steckte seine Sekretärin den Kopf herein und brachte die Post des Tages.

Das Bild, das sich ihr bei dieser Gelegenheit bot, war beinahe immer das gleiche. Der Professor saß kerzengerade an seinem schweren Schreibtisch, die graue Haarpracht wurden mit Pomade exakt in der Mitte geteilt und eng an den Schädel gelegt. Unter der dunkelgrauen Weste trug er ein weißes Hemd mit Stehkragen. Es war ein altmodischer und damit schon beinahe wieder zeitgemäßer Anzug, den der Universitätspräsident trug. An seiner rechten Hand befand sich der Siegelring seines Abschlussjahrgangs der Universität Heidelberg.

»Störe ich? Sie haben mein Klopfen nicht gehört, Herr Professor. Ich bräuchte eine Unterschrift.«

Beckert hob den Kopf und lächelte ihr zu. »Liebe Frau Schmitz, kommen Sie herein. Ein wenig Ablenkung, noch dazu eine solch charmante, ist mir jederzeit willkommen.« Er musterte die Mittvierzigerin, die stets Wert auf ihr Äußeres legte. »Was haben wir denn alles in der Post?« Verwundert stellte er fest, dass ihr ein junger Mann in einer Zustelleruniform folgte.

»Der Herr besteht darauf, dass Sie den Empfang persönlich quittieren«, entschuldigte sie dessen Anwesenheit.

»Guten Morgen, Herr Professor«, grüßte der Bote artig und riss sich die Mütze vom Kopf, was Beckert mit Wohlwollen registrierte. Es gab demnach doch noch Anstand unter den jungen Leuten. Der Mann reichte ihm den elektronischen Quittungsblock. »Würden Sie bitte unterschreiben und mir vorher Ihren Ausweis zeigen?«

Eine solches Vorgehen war neu. Misstrauisch blickte der Präsident den Mann an und sondierte oberflächlich seine Gedanken. Er entdeckte jedoch nichts, was auf eine Gemeinheit hindeutete. Der Bote machte seinen Job und war lediglich etwas aufgeregt, weil sein Gegenüber eine hoch angesehene Persönlichkeit war.

Langsam nahm er seine ID-Karte hervor. Der Zusteller führte sie in ein Prüfgerät ein, las die Daten ab und reichte sie ihm wieder. »Vielen Dank. Ihre Unterschrift bitte.«

Beckert kam der Aufforderung nach und erhielt im Gegenzug den Umschlag. Der Bote verneigte sich und verschwand. Schmitz zuckte mit den Achseln, legte den Stapel Briefe in den Eingangsordner und zog sich ebenfalls zurück.

Der hermetische Magier legte den Umschlag auf die Tischplatte und sondierte den Inhalt. Er schien nüchtern und frei von jeglicher Emotion zu sein. Demnach war es ein Behördenbrief.

Neugierig nahm er den Brieföffner zur Hand und schlitzte das Kuvert mit einer akkuraten Bewegung auf. Auf dem Schreiben prangte das Emblem der Bundesregierung der ADL, die Adresse auf dem Bogen nannte eine Straße in Hannover.

»Bei allen Kräften!« Beckert konnte nicht anders, als sich laut zu wundern. Er erinnerte sich, dass er vor einigen Wochen, als er einen besonderen Hass auf die Zustände verspürte, einen Brief an die allgemeine Beschwerdestelle nach Hannover geschrieben hatte, auch wenn ihm diese Überreaktion im Nachhinein eher peinlich war. Sollte das die Antwort sein?

Er überflog das Schreiben, und sein Staunen steigerte sich von Zeile zu Zeile. Man habe seine Beschwerde sowie seine Anregung in Hannover sehr wohl zur Kenntnis genommen. Um sich mit ihm näher zu unterhalten und Vorstellungen auszutauschen, lud man ihn zu einem von ihm frei wählbaren Zeitpunkt in die Bundeshauptstadt zu einem Arbeitstreffen.

Bevor er genau wusste, was er tat, langte er nach dem Kom und tippte die angegebene Nummer ein. Zehn Minuten später stand der Termin mit Herrn Staatssekretär Rüdiger Sandmann im Innenministerium fest. Hotelbuchung und Reisekosten übernahm die Regierung.

Wie in Trance hängte der Unipräsident ein. *Paulinus, das wird eine interessante Erfahrung.* Schnell ließ er seine Sekretärin alle Termine für den nächsten Tag absagen. In aller Frühe würde er in Hannover sein.

»Guten Tag, Professor Beckert. Sie haben das Innenministerium gleich gefunden, wie ich sehe«, sagte der Mann beim Eintreten in das kleine Büro jovial und reichte ihm die Hand. Er war um die vierzig Jahre alt, trug einen Geschäftsanzug, teure Schuhe und eine blau getönte Brille. Seine Züge wirkten sympathisch. »Wir haben miteinander telefoniert. Ich bin Staatssekretär Sandmann.«

»Sehr erfreut«, erwiderte der Universitätspräsident. »Danke, dass Sie sich meine ungeliebten Ideen anhören möchten, auch wenn ich gestehen muss, dass mich Ihre Einladung sehr überraschte.« Er setzte sich wieder, nachdem er beim Erscheinen des Mannes aufgestanden war.

»Aber, aber«, wiegelte Sandmann ab und nahm Platz. »Wir haben zu danken, dass Sie uns Ihre wertvolle Zeit opferten und ohne zu zögern nach Hannover reisten. Um es vorweg zu sagen: Sie haben in Ihrer Beschwerde Punkte angesprochen, mit denen Sie bei einigen Herren offene Türen einrannten.«

»Ach?« Beckert strahlte über das ganze Gesicht. Er nahm eine Liste aus seiner Reisetasche. »Ich habe unterwegs ein paar Notizen gemacht. Wenn Sie Verwendung für einige meiner Vorschläge haben, würde ich mich sehr glücklich schätzen.«

Der Staatssekretär nahm die Blätter wie ein lästiges Geschenk entgegen. »Vielen Dank.« Er fixierte den Professor. »Nun, wie Sie sich vielleicht denken, geht es der Bundesregierung nicht nur um Ihre Ideen. Es werden auch Menschen zur Umsetzung benötigt.«

»Wobei Ihre Absichten an den rechtlichen Grundlagen scheitern«, fügte der Magier verdrießlich an.

Sandmann lächelte verschmitzt. »Angenommen, wir würden gerade an diesen rechtlichen Grundlagen arbeiten, hätten Sie dann Interesse, einer von Ihnen vorgeschlagenen Kontrollinstanz für magische Vorgänge beizutreten? Oder sie sogar zu leiten? Immerhin verfügen Sie als Präsident einer sehr bedeutenden Universität, die sich mit der Materie beschäftigt, über herausragende

Befähigungen.« Der Staatssekretär zählte an seinen Fingern die Eigenschaften auf. »Organisationstalent, meisterhafte Kenntnisse in astraler Wahrnehmung und Hellsicht sowie Wissen und Verbindungen zu Personen, die ähnlich denken wie Sie.«

Der jahrelange Traum schien für Beckert innerhalb weniger Sekunden Wirklichkeit zu werden. Dennoch überrumpelte ihn Sandmanns Angebot.

»Die Besoldung des Behördenleiters entspricht Ihrer Vergütung als Universitätspräsident.« Sandmann legte einen Fuß aufs Knie und wippte in seinem Stuhl vor und zurück. »Bis zur Gründung des fraglichen Amts wird es jedoch noch einige Zeit dauern, sodass Sie sich in aller Ruhe aus dem Universitätsbetrieb zurückziehen könnten. Die Frage, die ich von Ihnen klar beantwortet haben möchte, Professor Beckert, lautet: Wollen Sie?«

Instinktiv nickte der Mann. Das war die Gelegenheit, auf die er immer gewartet hatte.

Der Staatssekretär lächelte noch breiter. »Hervorragend. Wären Sie bereit, sich einer Gedankensondierung zu unterziehen? Verstehen Sie das nicht falsch, Ihre Akte ist einwandfrei. Das Innenministerium will sich lediglich vergewissern, dass Ihre öffentlich geäußerte Meinung zu Ihrer inneren Einstellung passt. Das wäre eine Voraussetzung für den Posten.«

Wieder bewegte sich sein Kopf vor und zurück.

Sandmann rief einen Magier zu sich, der die Sondierung übernahm und nichts Auffälliges feststellen konnte.

Der Staatssekretär schien sichtlich zufrieden. »Ich hatte nicht angenommen, dass wir etwas finden könnten, was Ihrer Berufung als Chef des Bundesamts für Hermetik und Hexerei zuwiderläuft.« Er nahm eine Mappe aus seinem Schreibtisch und schob sie dem Unipräsidenten hinüber. »Darin finden Sie alles Wichtige. Von der Gesetzesvorlage bis zur Gründung und die

Aufgaben des Bundesamts. Machen Sie sich schon mal mit Ihrem neuen Bereich vertraut.« Er zwinkerte ihm aufmunternd zu. »Natürlich darf noch nicht nach draußen dringen, dass wir Sie einsetzen werden, sonst beschweren sich die demokratischen Gremien, wir hätten sie übergangen.«

Beckert gönnte sich einen Schluck Wasser. »Bis wann wird es so weit sein?«

»Anfang nächsten Jahres«, antwortete Sandmann wie aus der Pistole geschossen. »Es wird keine Schwierigkeiten bei den Abstimmungen geben. Wir werden einigen Bedenkenträgern vor Augen führen, was in den letzten Jahren alles durch Magie angerichtet wurde, weil eine Kontrollinstanz fehlte.«

»Ich müsste bereits zum Wintersemester mein Amt niederlegen«, dachte der Professor laut nach. »Welche Garantie erhalte ich von Ihnen, dass alles so kommt, wie Sie es mir eben versprachen?«

»Sie wollen wissen, ob unter Umständen ein anderer an Ihrer Stelle ernannt würde und Sie im Regen stünden? Das kann ich sehr gut verstehen.« Der Staatssekretär zog eine andere Schublade auf. »Aber denken Sie nicht, wir seien auf diese Frage nicht vorbereitet.« Ein Vertrag landete vor dem initiierten Magier. »Wir nehmen Sie ab dem Datum Ihrer Kündigung als Berater des Innenministeriums zu Fragen der Magie in unsere Dienste, womit Ihr Einkommen in dieser Übergangsphase gesichert ist. Sollte sich das Ganze zerschlagen, erhalten Sie eine ordentliche Abfindung.« Sandmann angelte einen Stift aus der Schale und reichte ihn seinem Gegenüber. »Sie bestimmen selbst, ab wann aus Ihnen ein Beamter des Innenministeriums wird.«

Etwas zittrig trug Beckert das Datum 1. Oktober 2058 in das vorgesehene Feld ein, unterzeichnete den Vertrag und schob ihn Sandmann zurück. »Ich freue mich auf meine neuen Aufgaben.« Der Professor packte die Mappe mit den Informationsmaterialien des Ministeriums in seine Tasche. Eine Euphorie machte sich in ihm breit, wie er sie sonst nur von seinen Initiierungen kannte.

Der Staatssekretär reichte dem Magier die Hand. »Und wir freuen uns, einen Mann wie Sie an der Spitze unserer neuen Behörde begrüßen zu dürfen. Behalten Sie das Gehörte für sich, bis wir das Bundesamt so weit haben, arbeiten Sie sich durch die Gesetzesvorschläge, damit Sie zum Jahreswechsel sofort einsteigen können. Der Bundeskanzler und das Innenministerium verlassen sich auf Ihr Können.« Sandmann erhob sich, schaute auf die Uhr und raffte die Verträge an sich, eine Durchschrift ging an den Universitätspräsidenten. »Natürlich lade ich Sie zum Mittagessen ein, wenn Sie uns schon keine Übernachtungskosten verursachen.«

Erfüllt von überschwänglicher Freude, folgte Beckert dem Staatssekretär durch die Flure zum Fahrstuhl. Dabei blätterte er rasch in den Entwürfen des Bundesamts.

»Kann ich Vorschläge machen, wen ich in meinem Stab haben möchte?«, erkundigte er sich in der Kabine des Lifts. Er bemerkte das Grinsen des Begleiters und wurde rot. »Entschuldigen Sie meinen Feuereifer, aber Sie haben mich mit etwas betraut, das die Erfüllung meiner Wünsche bedeutet. Sie verstehen?«

»Ich kann es mir vorstellen. Das bestätigt mir, dass die Wahl die richtige war.« Sie stiegen in der Tiefgarage aus, und Sandmann lenkte ihn zu einem VW Royale. »Machen Sie sich eine Liste, aber sprechen Sie mit niemandem, bis Sie in Amt und Würden sind. Wenn die Leute ihre Bereitschaft signalisieren, werden unsere Spezialisten die Personen genau überprüfen, einverstanden?«

»Sicher«, erwiderte der Professor selig und begab sich in den Fond.

Sandmann stieg ebenfalls ein. »Haben Sie einen speziellen Essenswunsch?«

»Japanisch, wenn es nicht zu teuer kommt?«, schlug er vorsichtig vor.

»Ach was«, winkte der Staatssekretär ab. »Die Steuerzahler sind spendabel.« Er nannte dem Fahrer eine Adresse. Der Royale rollte butterweich an und trug die beiden Männer ihrem Ziel entgegen.

# III.

*ADL, Norddeutscher Bund, Göttingen,*
*Campus der Universität, 24. 04. 2058 AD, 10:02 Uhr*

Poolitzer zog die Handschuhe über und schlüpfte unter dem Absperrband hindurch, das nur noch dort hing, um die Putzfrauen an der Arbeit zu hindern.

Die Spurensicherung hatte ihre Untersuchungen bereits abgeschlossen, dennoch wollte man sich beim LKA den Tatort möglichst lange im ursprünglichen Zustand erhalten. Sollten Fragen entstehen, wäre es sehr ungünstig, wenn die Desinfektionsmittel die Fingerabdrücke, Hautschuppen oder anderen Indizien unbrauchbar gemacht hätten.

Der Reporter störte sich nicht weiter daran. Zielstrebig passierte er das Sekretariat und packte das elektrische Utensil aus, mit dem er in Kombination mit dem passenden Talentsoftchip für die meisten Schlösser unwiderstehlich wurde. So auch in diesem Fall. Über das Vorzimmer gelang ihm der Einstieg in den Raum, in dem die Verbrecher den Dekan misshandelt hatten.

Seine Anfrage beim Pressereferenten des LKA beantwortete man nur ungenau. Klar war nur, dass es sich nach den Aussagen des Wachmannes um mindestens zwei Täter gehandelt hatte. Überrascht zeigten sich die Ermittler von der Tatsache, dass sie den Magier quälten, den Mitarbeiter der Wach- und Schließgesellschaft dagegen nur betäubten.

Dieser Umstand und die Verwüstung des Büros deuteten für den leitenden Beamten der Sonderkommission auf einen persönlichen Rachefeldzug mit einem studentischen Hintergrund hin. Der Wachmann litt unter Amnesie und behauptete, sich an nichts mehr erinnern zu können.

Poolitzer drehte sich auf der Stelle und ließ das Zimmer auf sich wirken. Unordnung, zerschlagene Vitrinen, herausgerissene Schubladen, zerstörte Dekorationsgegenstände.

*Vandalismus oder Suche?*, fragte er sich.

Er setzte sich auf Diederichs' Stuhl und betrachtete die Handschellen und Reste des Klebebands, die vom Möbel herunterbaumelten. Um den Stuhl war ein Kreidekreis gezogen worden, die Fußabdrücke des Dekans existierten als Umrisse.

Behutsam stellte er seine Schuhe in die Konturen und schaute sich aus dieser Lage ein weiteres Mal um. Es sprang ihm nichts Auffälliges ins Auge. Dennoch juckte seine Nase. Er nahm die VX2200C aus dem Futteral und zeichnete das Durcheinander sorgfältig auf.

Vielleicht entdeckte er etwas bei der digitalen Auswertung. Die Vergrößerung und Nachbearbeitung des Materials förderten gelegentlich Schlummerndes zutage.

Die Linse verharrte auf dem Bücherbord. Die Wälzer waren von den Unbekannten nicht angetastet worden und befanden sich alphabetisch geordnet im Regal. Das ließ den Reporter argwöhnisch werden. Er zoomte näher heran.

Sein Unterbewusstsein reagierte schneller als sein Verstand. Der Fokus der Kamera richtete sich auf ein Buch, auf dessen Rücken ein Autor namens »Willbury« stand. Doch die restliche Reihe beinhaltete Autoren mit den Anfangsbuchstaben »F« bis »O«.

Poolitzer grinste. Wenn das keine Spur war. Vor laufender Cybercam ging er zum Holzgestell und zog den Band heraus. »Entweder die Polizei hat schlampig eingeräumt oder der Dekan oder die Verbrecher«, kommentierte er sein Tun. Er blätterte das Buch auf Hin-

99

weise durch, legte es zur Seite und räumte die anderen Exemplare aus, um einen besseren Überblick zu gewinnen.

Bei der Klopfprobe an der dahinter liegenden Wand hörte er einen kleinen, aber feinen Unterschied. »Hier befindet sich allem Anschein nach ein Fach. Schauen wir, ob wir es öffnen können.«

Mit Strichen markierte der Reporter die Abmessungen der Klappe und entdeckte eine Unebenheit unter der Tapete. Der versteckte Druckknopf gab eine Schalttafel mit einem vierstelligen Zahlenfeld frei. Die »2011« leuchtete.

Es könnte eine Falle sein. Entschlossen drückte er die Eingabetaste. Augenblicklich öffnete sich das Fach.

»Verehrte Zuschauer, wir sind eben einem süßen Geheimnis von Dekan Diederichs auf die Spur gekommen«, meinte er erfreut. Er fand eine Schatulle sowie einen Ordner mit persönlichen Unterlagen. Die beiden Gegenstände lagen so in dem Versteck angeordnet, dass man daraus schließen konnte, noch etwas anderes habe sich darin befunden.

Platz genug wäre vorhanden. Der Reporter tastete in dem Fach herum. An dem Latex seiner Handschuhe blieben zwei dünne, schwarze Fäden hängen. Er hielt sie prüfend gegen das Licht und machte die Reißprobe, um mehr über das Material zu erfahren.

»So wie es aussieht, befand sich ein weiteres Objekt in dem Versteck, das die Täter vermutlich mitgenommen haben«, spekulierte er, um seinen Beitrag weiterhin interessant zu halten. »Scheint so, als habe der Gegenstand etwas mit Samt zu tun. Der nächste Schritt im Fall Diederichs, bei dem das LKA eindeutig Hinweise übersah, wird das Interview mit Herrn Lämmle-Strohnsdorf sein, dem heldenhaften Wachmann des VWS, der sich der Übermacht entgegenstellte. Anschließend besuchen wir die Gattin des Dekans. Seien Sie dabei.«

Er schaltete die Kamera aus. Dank seiner jahrelangen Routine verschwand das Gerät mit einem Handgriff in der Tragetasche. Umsichtig trat er den Rückzug an, damit ihn niemand beim Verlassen des Büros entdeckte. Sein Weg führte ihn zuerst ins Hotel, von dort zur örtlichen Zentrale des Verbands Wach- und Schließgesellschaften.

Da ihm niemand eine Auskunft über Lämmle-Strohnsdorf gab, musste er es auf die gute alte Schnüffler-Art machen: abwarten, dranhängen und aufdrängen, notfalls ein paar Scheine zücken. Spätestens nach 500 EC würde sich herausstellen, ob die Amnesie echt war.

Nach drei Stunden im Isuzu Crazy war dem Reporter das Glück hold. Der fragliche Wachmann, den er anhand eines Fotos in der Zeitung identifizierte, kam aus dem Tor und fuhr los. Poolitzer schätzte, dass Lämmle-Strohnsdorf sich in einem Zustand der Übernervosität befand und vermutlich sehr genau auf seine Umgebung achtete. Daher fuhr er in weitem Abstand hinter dem einzigen Zeugen her, bis sie an einem Hochhaus anlangten. Die Karre des Wachmanns steuerte in die Tiefgarageneinfahrt.

*Endstation. Gut gemacht, Gospini,* lobte er sich in Gedanken selbst und nahm die Kameratasche. Wenig später stand er vor der riesigen Klingeltafel, wo die Knöpfe entsprechend den Stockwerken der Bewohner angeordnet waren. Demnach wohnte der Mann in der fünften Etage. Wahllos drückte Poolitzer auf der Tastatur herum, bis ihm jemand öffnete.

Der Lift und somit sein Informant befanden sich auf dem Weg nach oben. Poolitzer spurtete die Treppen hinauf, um vor Lämmle-Strohnsdorf oben zu sein und ihn abzufangen. Das sportliche Wunder gelang ihm.

Er schnaufte dem Wachmann freundlich ins Gesicht, als er aus der Kabine trat. Das normale Sprechen wurde zum Ding der Unmöglichkeit. »Hallo ... Herr ... Schäfle ...«

»Sind Sie ein Perverser?« Die Hand des Mannes wanderte unter die Jacke, und Poolitzer erkannte den Griff eines Tasers.

»He ... Stopp ...«, bat er, um Atem ringend. Er musste sich gegen die Wand lehnen. »Ich ... bin ... Reporter ...«

»Keine Interviews. Ich kann mich an nichts erinnern.« Lämmle-Strohnsdorf ging an ihm vorbei. Der Tonfall reichte Poolitzer, um zu erkennen, dass er belogen wurde.

Ächzend richtete er sich auf. »Warten Sie bitte. Mann, wenn ich weitergehe, kotze ich meine Lunge aus.« Poolitzer kramte in seinem Geldbeutel. »Hier! Ich wüsste ein Mittel gegen Ihre Amnesie. Was halten Sie davon, Herr Schäfle?«

Der Wachmann schloss seine Wohnungstür auf. »Mein Name ist Lämmle-Strohnsdorf. Nicht Schäfle.« Er spähte den Korridor entlang und musterte die drei Hunderter, die der Reporter zwischen den Fingern hielt. »Kommen Sie rein«, sagte er unfreundlich. »Ich hab Ihre Berichte schon mal gesehen. Sie werden doch keine Ruhe geben.«

»Das stimmt hundertprozentig«, gab er ihm grinsend Recht. »Notfalls hätte ich vor Ihrer Tür übernachtet, damit Sie es wissen.«

Zusammen mit dem Zeugen betrat er die kleine Zweizimmerwohnung. Lämmle-Strohnsdorf führte ihn ins Wohnzimmer. »Tausend EC, oder ich sage gar nichts«, verlangte er. »Und Sie werden niemandem verraten, dass Ihre Informationen von mir stammen.«

»Großes Journalistenehrenwort«, verkündete Poolitzer feierlich und zählte nicht weniger würdevoll die Scheine auf den Tisch. »Und nun, bei der Kraft der leuchtenden Farben und magischen Nullen, hinweg mit der Amnesie! Fort, Gedächtnisverlust!«

102

Rasch steckte der Wachmann sie ein. »Ich fühle so etwas wie einen lichten Moment«, schauspielerte er erbärmlich. »Mir fällt was ein. Sie haben den Dekan gefesselt und bis zu den Ohren mit Pflastern zugeklebt. Es waren drei, zwei Männer und eine Frau. Der Kleinere verhörte Diederichs, zwei durchsuchten den Raum. Diederichs sagte, es gehöre ihm. Er habe es nicht verkauft, da werde er es denen schon gar nicht überlassen. Solche Typen würden es nicht schaffen, ihm den Aufenthaltsort zu entlocken.«

Gebannt hing Poolitzer an den Lippen seines Informanten. »Und dann?«, drängelte er.

»Nix. Einer hat mich angeschaut, und schwupp gingen bei mir die Lichter aus.«

»Sie haben keine Ahnung, was der Dekan meinte? Und dafür gebe ich Ihnen tausend Mark? Für diese Büffelscheiße?«, regte er sich künstlich auf. Mit etwas Glück konnte er Lämmle-Strohnsdorf nachträglich Geld aus der Tasche ziehen.

»Aber sicher!«, gab der Wachmann ebenso aufgeregt zurück. »Die Typen sind hoch gefährlich. Wenn die rausbekommen, dass ich mit Ihnen geplaudert habe, machen die mich garantiert bei meiner nächsten Streife platt.«

»Und deshalb haben Sie den Bullen auch nichts gesagt?«, schloss der Seattler aus den Worten.

Sein Informant schaukelte vor und zurück. »Die haben mir kein Geld geboten. Und Sie werden schön für sich behalten, wer Ihnen den Tipp gab.«

»Der ist doch voll für den Arsch«, empörte er sich. »Das kann doch alles Mögliche bedeuten.« Poolitzer schritt zum Ausgang. »Ich werde Sie nicht verpfeifen, keine Sorge. Außerdem sind die Gestalten schon lange verschwunden. Wenn die Sie für gefährlich hielten, glauben Sie, Sie hockten vor mir auf der Couch? Sie wären ein Fleck an der Wand.« Damit verließ er die Wohnung.

103

Auf dem Gang besserte sich seine Laune schlagartig. Er sah sich darin bestätigt, dass die Besucher des Dekans vor einem ganz anderen Hintergrund zu sehen waren als vom LKA bislang angenommen. Die drei Maskierten hatten etwas aus dem Geheimfach des Institutsleiters gestohlen, von dessen Existenz dem Anschein nach nur wenige wissen sollten.

Jetzt wollte er zur Gemahlin fahren und ein wenig mit ihr plaudern. Er stand vor dem Lift und wartete auf die Kabine. Lämmle-Strohnsdorf erwies sich doch als ein Erfolg. Und sein letztes Falschgeld war er auch los geworden.

Am Ende des Korridors wurde eine Tür aufgerissen. Ein wutschnaubender Wachmann erschien, in der Hand hielt er den Taser. »He, stehen bleiben, Betrüger!« Blaue Blitze zuckten zwischen den Nadeln hin und her. Das Gerät war genauso geladen wie sein Besitzer.

*Schon wieder die Treppe,* huschte es Poolitzer durch den Kopf. Er wandte sich um und stürmte die Stufen hinab, dicht gefolgt von seinem geprellten Informanten.

In letzter Sekunde schaffte er es, sich in den Isuzu zu werfen und loszubrettern. Lämmle-Strohnsdorf warf ihm einen Stein nach und tobte wie ein Derwisch vor dem Hochhaus hin und her.

Genüsslich wählte Poolitzer die Nummer der Polizei. »Hören Sie, ich möchte einen Mann wegen Ruhestörung anzeigen. Er benimmt sie wie ein Geistesgestörter und wirft mit Geld um sich. Normal ist das nicht, oder?« Feixend gab er den Beamten die Adresse durch.

»Wir kümmern uns drum«, sagte die Zentrale ihre Unterstützung zu und legte auf.

Lachend bog Poolitzer ab und kutschierte zum Haus des Dekans.


»In meiner Lage bin ich für jede Hilfe dankbar, Herr Gospini, die zur Ergreifung der Täter führt«, gestand ihm Letitia Diederichs mit erstickter Stimme. Schnell stellte sie die Kaffeetasse auf den Tisch, weil das Zittern ihrer Hand zu stark geworden war.

Poolitzer nickte und reichte ihr ein Taschentuch. Sie prustete hinein und hielt es ihm hin. »Ich werde versuchen, mit meinem Bericht einen Beitrag zur Aufklärung des Verbrechens zu leisten.« Er nahm das feuchte Stück recycelten Zellstoffs wieder entgegen und legte es angewidert zu Boden. »Dafür muss ich aber alles wissen, Frau Diederichs.« Seine Augen verengten sich. Er gab sich alle Mühe, seriös und zugleich kompetent auszusehen. »Mehr als das, was Sie der Polizei erzählten, Sie verstehen? Keine Geheimnisse.«

Die etwa fünfzig Jahre alte Frau mit der bemerkenswert abenteuerlichen Frisur und den drei unterschiedlichen Haarfarben kämpfte mit sich. »Ich glaube«, ihre Stimme geriet ins Schwanken, »ich glaube, er hatte eine … Geliebte.« Sie heulte los und warf sich auf die Armlehne. »Verstehen Sie, was das für mich bedeutet, Herr Gospini? Nach siebenundzwanzig Jahren Ehe sucht er sich ein junges Ding, um …« Der Rest ihrer Äußerungen ging in einem Weinkrampf unter.

Poolitzer wartete ein wenig. »Glauben Sie, dass sie dahintersteckt?«, hakte er behutsam ein, suchte nach dem nächsten Taschentuch und reichte ihr schließlich die ganze Packung.

Die Gattin des Dekans schnäuzte sich. »Das müssen Sie die Dame fragen. Wenn Sie herausfinden, wer sie ist. Ich hatte sie zufällig am Kom-Gerät. Sie können sich gerne im Büro meines Mannes umschauen.« Als er aufstehen wollte, hielt sie ihn am Arm fest. »Bitte, Herr Gospini, behalten Sie die Affäre meines Mannes für sich, wenn die Dame nichts mit den Vorkommnissen zu tun hat. Ich will nicht, dass sein Name in den Schmutz gezogen wird. Immerhin ist er der Dekan der magischen Fakultät.« Letitia Diederichs fasste sich allmählich. »Entschuldigen Sie meinen Gefühlsausbruch. Kommen Sie, ich zeige Ihnen die Räumlichkeiten.«

Gemeinsam durchquerten sie das Haus, bis sie vor dem Arbeitszimmer des Doktors standen. Die Frau blieb im Türrahmen stehen. Der Reporter schaute sich vorsichtig um. Dabei verließ er sich auf seine Intuition, die ihn schon zum Wandversteck im Institut geführt hatte.

Die angebliche Geliebte eröffnete eine neue Fährte, mit der er nicht gerechnet hatte. »Besitzt Ihr Mann Gegenstände, die so wertvoll sind, dass man sie besonders schützen müsste?«, erkundigte er sich beiläufig, drehte ein paar Schmierblätter um, suchte nach Kom-Nummern oder anderen Vermerken. »Schmuck? Oder etwas anderes?« Dabei glitten seine Fingerkuppen über die Oberfläche, um Rillen zu ertasten. Nicht selten geschah es, dass sich Geschriebenes auf die Blätter darunter durchdrückte.

»Sie meinen, Anschauungsartefakte der Fakultät?«

»So etwas in der Art«, erwiderte er. »Oder nahm er vielleicht etwas Privates mit, um es den Studierenden zu demonstrieren?«

Letitia verschränkte die Arme unter der Brust. »Eine Sammlung magischer Kunstwerke besaß er nicht, wenn Sie das meinen. Das hätte er sich von seinem Gehalt auch nicht leisten können. Wissen wird einfach zu schlecht bezahlt.«

»Kommt drauf an, für wen man arbeitet.« Poolitzer stöberte im Nummernspeicher des Koms und schaute die gewählten und eingegangenen Ziffernfolgen durch. Alle waren der Frau des Dekans bekannt, somit befand sich die Nummer der vermeintlichen Geliebten nicht darunter. Das wäre auch viel zu einfach gewesen. Er aktivierte den Rechner des Doktors der Magie und fuhr das Mailprogramm hoch.

Im Posteingang fand er nichts, dafür unter der Ablage

»Gelöschtes«. Der Absender lautete »Alexandra«, die Botschaft war eine Bitte um ein Treffen, weil sich »die Sache« nach der »letzten Nacht anders entwickelt hat«.

*Schaut gut aus.* Poolitzer notierte sich die Adresse, schickte sich eine Kopie der Mail und löschte danach alles, um der Polizei keine Anhaltspunkte zu hinterlassen. Er achtete streng darauf, dass die Dekansgemahlin nicht sah, was er tat.

»Nichts«, meinte er bedauernd. »Tja, dann bedanke ich mich für Ihre Mühe.«

Mehr aus einer Eingebung heraus zog er die Schublade auf und entdeckte einen Hefter, auf den mit schwungvoller Handschrift »Zur Ansicht« geschrieben worden war. Jemand hatte darin Zeitungsartikel, sauber nach dem Datum geordnet, eingelegt. Der Zeitraum erstreckte sich über zehn Jahre.

»Waren Sie das?« Er hielt ihr die dünne Mappe hin. Letitia genügte ein einziger Blick, sie schüttelte den Kopf. »Dann nehme ich das auch mit.« Poolitzer schwang sich aus dem Stuhl. »Ich muss mich noch einmal für Ihre Unterstützung bedanken. Vertrauen Sie, was die Geliebte angeht, voll auf meine Diskretion, Frau Diederichs.« Er drückte ihre Hand und lief zum Ausgang. »Sollte die Polizei noch einmal bei Ihnen auftauchen, sagen Sie denen, ich hätte Ihnen nur die üblichen Fragen gestellt und Sie hätten mich dann rausgeworfen, weil ich nur an einer reißerischen Story interessiert gewesen sei.«

»Was Sie hoffentlich nicht sind, Herr Gospini?«, äußerte sie unsicher.

Poolitzer lächelte sie einnehmend an. »Sie können sich auf mich verlassen. Alles, was zur Aufklärung des Falls beiträgt, gebe ich sofort an die Polizei weiter. Wir bekommen die Typen, die Ihrem Mann das angetan haben.« Ein freundliches Nicken, dann ging er zu seinem Wagen.

Weil er großen Hunger verspürte, hielt er vor dem Imbissladen *Dr. Döner* an. Er setzte sich in eine hintere Ecke, um den Eingang im Blickfeld und den Notausgang neben sich zu haben. Dann bestellte er sich eine Portion Döner mit Reis und überbrückte die Wartezeit, indem er sich die Ausdrucke anschaute.

Eine Frau, so schloss er anhand der abgerundeten Schrift, hatte Dr. Diederichs eine nette Sammlung von Kriminalfällen überlassen. Aufgeführt waren unter anderem drei Einbrüche in Museen, geschehen in London, Kairo und Vichy, bei denen die Täter einige wertvolle magische Gegenstände erbeutet hatten. Zwei Ausschnitte beschäftigten sich mit Überfällen auf private Sammler von Kunstwerken in Kuala Lumpur und in Schanghai, das Atelier in der chinesischen Metropole brannte dabei völlig aus. Den Abschluss bildete die knappe Meldung über einen Leichenfund. Das Opfer eines Gewaltverbrechens konnte nicht identifiziert werden.

»Was wollte die Dame dem Dekan damit sagen?«, grübelte er halblaut.

Vermutlich handelte es sich dabei um die gleiche Frau, die Diederichs' Gattin für die Geliebte ihres Mannes hielt. Diese Theorie verwarf Poolitzer schon jetzt. Vielmehr verfestigte sich die Ansicht, dass die Unbekannte dringend mit dem Dekan über das sprechen wollte, das sich zweifelsfrei in dem Geheimtresor in seinem Büro befunden hatte. Leider fand er keine Hinweise auf die geraubten Gegenstände, sonst hätte er einen vagen Anhaltspunkt gehabt, was der Dekan so Wertvolles besaß.

Sein Essen wurde gebracht, und er schaufelte es hinein und las gleichzeitig. Wie es aussah, könnte er einer großen Sache auf der Spur sein, und die wollte er sich von anderen Pressekollegen keinesfalls vor der Nase wegschnappen lassen.

Mit vollem Mund rief er einen Decker an, der gelegentlich für InfoNetworks Recherchen unternahm, und setzte ihn auf die E-Mail-Adresse »Alexandra« an. Poolitzer selbst würde sich an eine genauere Untersuchung der Fälle machen, die sich im Schnellhefter befanden.

Er klappte den Deckel zu und schob sich die Mappe unter den Hintern. Diese Sammlung gab er so schnell nicht mehr her. Der Reporter hob die Augen, um das Geschehen auf der Mattscheibe, die neben der Tür an der Wand installiert war, zu verfolgen.

Zwei Männer betraten in diesem Moment den *Dr. Döner*, schauten sich um und grinsten sich an, als sie Poolitzer entdeckten. Der vordere des Duos winkte ihm zu, hob die Hand und deutete mit dem Zeigefinger auf ihn.

Da niemand hinter ihm saß, wusste Poolitzer, dass nur er gemeint sein konnte. Dummerweise erinnerte er sich nicht daran, den beiden Gestalten jemals begegnet zu sein.

*Ärger im Anmarsch.* Behutsam kaute er zu Ende und schluckte. In der gleich anstehenden Rennerei musste er nach Luft ringen, was mit einem Brocken Döner in der Speiseröhre schlecht funktionierte.

Tief atmete er ein und aus, dann sprang er auf, grabschte sich die Mappe und rannte zum Notausgang.

»Ciao, Kollegen!«, rief er übermütig. Poolitzer drückte die Klinke herab und trat vor, weil er annahm, gleich im Freien zu stehen. Stattdessen kollidierte er hart mit der Tür. Der Notausgang war verschlossen.

»Was ist das denn für eine Scheiße?«, brüllte er, taumelte zurück, prallte gegen einen Tisch und stürzte benommen zusammen mit Tellern und Döner zu Boden. »Ein Notausgang muss immer offen sein!«

Man packte ihn rechts und links unter den Achseln. Expressliftartig beförderten ihn die Helfer in die Höhe und stellten ihn auf die Beine. »Schau an, der Herr Gospini. Hab'n wir Sie endlich.« Einer seiner Verfolger schnarrte mit wienerischem Akzent.

Sein Absatz traf den Mann zu seiner Rechten voll auf den Spann, während sein linker Unterarm nach oben schnellte und dem zweiten Mann die Knöchel auf die Nasenwurzel schmetterte. Die Griffe lockerten sich, derbe Flüche flogen durch die Imbissbude.

Der Reporter riss sich endgültig los. Dieses Mal wählte er den regulären Eingang als Fluchtweg, klemmte dabei jedoch die Mappe mit Artikeln in der zufallenden Glastür ein. *Das darf nicht wahr sein!*

So sehr er zog, die Mappe hatte sich verkeilt und steckte fest. Als er einen der Typen unter die Jacke greifen sah, beschloss er, auf den Schnellhefter zu verzichten und zu seinem Wagen zu rennen.

Der Crazy röhrte los, Poolitzer schoss die Straße hinunter. Im Rückspiegel beobachtete er, wie die beiden Männer auf den Bürgersteig stürmten. Die Blätter wehten lose umher und verteilten sich in der Umgebung.

So schnell er Anhaltspunkte fand, so schnell verlor er sie wieder.


*ADL, Pirmasens, Regierungssitz Badisch-Pfalz,*
*24. 04. 2058 AD, 07:49 Uhr*


»Schamanenscheißdreck«, fluchte Michels, als er die Nachricht von Kleiner Schattentänzer las. Ordog drückte sie ihm in die Hand, kaum dass er die Wohnung betreten hatte. »In unserer Abräumzone führt ein Schamane seltsame Rituale in leeren Swimmingpools durch. Wird das gefährlich für uns?«

Der bleiche Runner tippte sich gegen das Tribetattoo an der Schläfe. »Wenn ich das wüsste. Es heißt, die Gestalten seien hochgradig verrückt und aggressiv.«

»Könnte der Beschreibung nach auch ein Runner

sein«, gluckste Schibulsky. »Oder ein Bulle. Hast du ihm gesagt, wo du das Bild uffgenomm hast?«

Ordog schenkte sich Kaffee ein. »Nein. Sonst hätten wir eine Abordnung von Kreuzrittern hier, die uns bei den nächsten Ausflügen in die SOX begleiten wollten, um den Toxischen alle zu machen. Kleiner Schattentänzer hat sogar gefragt, wo das Bild aufgenommen wurde.«

»Oha!« Michels schwang den Krug und zapfte sich einen Humpen Bier zum Frühstück. »Das muss nicht sein. Die Goldgrube gehört uns.«

»Ich kenn mich nicht besonnerst mit Magieknilchen aus, aber verstehen die das als persönliche Herausforderung, einen toxischer Schamanen zu bekämpfe?«, erkundigte sich der Ork.

»Scheint so. Ich weiß nur, dass sie sehr gefährlich sind. Kleiner Schattentänzer meinte, dass das erklärte Ziel des Typen die Ausweitung der Verseuchung wäre, um seine eigene Macht zu steigern.«

Der Zwerg prüfte den Inhalt des neuen Partyfasses auf Geschmackstauglichkeit. »Da hat er sich das falsche Terrain rausgesucht. Wenn er ins Visier des Kons gerät, kommen ein paar Schwebepanzer angesurrt und bomben ihn samt Swimmingpool bis zum Mond.«

»Warum übernehmen wir den Job nicht?«, schlug Schibulsky vor.

»Ey, Kollege, wir sind keine Samariter«, rügte ihn Michels. »Am Ende bekommt einer von uns was ab.«

Ordog dachte nach. »Schibulsky hat Recht«, stimmte er zwischen zwei Schlucken aus der Tasse zu. Die Augen des Zwergs wurden riesig. »Und bevor du was sagst, denk darüber nach, was abgeht, wenn er uns zuerst erwischt, Michels. Mit runtergelassenen Hosen, zwischen Regalen oder unter Betten, die Hände voller Klunker.«

»Er wird uns wegpusten«, grunzte der Ork.

»Yeah.« Der bleiche Straßensamurai stellte die Tasse auf den Tisch. »Das sehe ich genauso. Also knipsen wir den Psychopathen aus, ehe er und seine Jungs uns erledigen. Anschließend plündert es sich umso leichter.«

»Seine Jungs?«, wiederholte der Kleinere der Metamenschen. »Du meinst, die Glow-Punks arbeiten für ihn?«

»Möglich. Wir werden es herausfinden.«

»Na schön. Ihr habt mich überzeugt.« Der Zwerg rülpste und wischte sich den Schaum vom Bart. »Und wann?«

Ordog deutete lediglich auf die Tür.

*ADL, Homburg (SOX), Lagerstraße,*
*24. 04. 2058 AD, 10:21 Uhr*

Als sie das Haus in dem etwas besseren Viertel erreichten, machte das Trio eine neuerliche Entdeckung. Die Kerzen waren aus dem Swimmingpool verschwunden, die Malereien entfernt worden. Dafür stand ein halbes Dutzend großer Fässer neben dem Bassin, drei davon waren leer, weil jemand ihren Inhalt in das Becken gekippt hatte.

Die rostbraune Flüssigkeit, die den Boden des Beckens knöchelhoch bedeckte, hatte den darin liegenden Körper eines Bikers größtenteils samt der Kleidung zersetzt. Ein weiteres Fass befand sich im Bassin.

»Sieht nach einem Arbeitsunfall aus«, mutmaßte Michels. »Der ist garantiert beim Auskippen reingefallen.«

Schibulsky hielt wie seine beiden Begleiter die Waffe locker im Anschlag. »Ich frag mich, wer da drin plansche soll. Für die Haut ist das bestimmt nicht gut.«

»Toxische Schamanen beschwören ihre Geister bestimmt aus so einer Soße«, mutmaßte Ordog. Er näherte sich den Behältern, die dem Etikett nach aus einem Labor aus Homburg stammten. »Kleiner Schattentänzer hatte Recht. Er legt sich verschiedene Reservoirs an, aus denen er schöpfen kann, wenn eine Quelle versiegt ist.«

»Mh.« Michels überprüfte vorsichtshalber seine Atemmaske. »Fragt sich nur, was er vorhat. Und wo sein Hauptlager ist, aus dem die Fässer stammen.«

Sie hörten das entfernte Brummen von Motoren. Der bleiche Schattenläufer entsicherte das G12. »Fragen wir die Punks.«

Michels ging ins erste Stockwerk, der Ork und der Mann legten sich an den Fenstern im Erdgeschoss auf die Lauer. Sie schraubten die Schalldämpfer auf, um die Gegner über ihren Aufenthaltsort im Unklaren zu lassen.

Sieben Menschen kamen den Weg entlang, vier davon schoben einen kleinen Anhänger mit ebenso vielen Transportbehältern.

»Lasst die Frau ganz links leben, die anderen schalten wir aus«, gab der Samurai kurz Anweisung.

Zwei der Punks mussten mit der Brühe in Kontakt geraten sein. Die Kleidung wies Ätzspuren auf, auch die Haut litt unter der aggressiven Substanz. Chemoschutzanzüge schienen den fünf Männern und zwei Frauen unbekannt zu sein.

Die Zielsicherheit der Runner gab den Punks nicht den Hauch einer Chance. Wie Ordog es befohlen hatte, blieb von der Bande nur eine Person übrig. Die heruntergekommene Frau, die sie zum Verhör auserkoren, erhielt einen Schuss in den Oberschenkel und einen in die Schulter, damit sie weder weglaufen noch zur Waffe greifen konnte. Während Michels und Schibulsky ihn deckten, rannte der Anführer des Teams auf den Rasen, um die Gefangene zu entwaffnen und am Kragen ins Haus zu zerren.

Die Verletzungen hinderten sie nicht daran, die Gruppe wüst zu beschimpfen. »Ich habe keine Angst vor euch!«, schrie sie hysterisch und lachte schrill. »Er hat

113

gesagt, dass ihr kommen werdet, um uns aufzuhalten. Doch ihr schafft es nicht mehr! Alles ist vorbereitet! Wir erringen den Sieg! Die SOX wird uns gehören! Alle werden weichen vor der Macht des Drachen und zu Asche verbrennen!«

*Drachen.* Der Anführer der Plünderer schaute der Glow-Punkerin in die Augen. Sofort wich sie seinem Blick aus. »Was geht hier ab?« Nachdem sie nicht gleich antwortete, trat er gegen ihr verletztes Bein. »Rede!«

Anstatt zu schreien, sprang sie mit einem enormen Kraftakt auf die Füße und attackierte Ordog mit bloßen Händen, als spürte sie ihre Verletzungen nicht. Unter ihren Fingernägeln schnellten kleine Klingen hervor.

Im letzten Moment riss der Mann sein Gewehr hoch, blockte den Angriff ab und schlug mit dem Kolben zu, sodass sie stürzte. Doch die Arme der Frau zuckten nach vorne, im Liegen hieb sie nach den Beinen ihrer Peiniger.

»Gar nichts sage ich euch! Der Drache wird euch vernichten!«, gellte ihr Geschrei durch das Gebäude.

»Da kommen noch mehr von den Gestalten«, meldete Michels von seiner erhöhten Position aus. »Mindestens zwölf.«

Nun wurde es brenzlig. Ordog schlug die Punkerin nieder und eilte zu Schibulsky, der sich am Fenster in Position begeben hatte.

»Nicht gut«, kommentierte der Ork angespannt. »Große Kaliber.«

Da die neu eingetroffenen Gegner unschlüssig vor den Toten standen und sich nicht einig wurden, woher die Schüsse abgefeuert worden waren, blieb dem Trio genügend Zeit, um die Zielabsprache zu halten.

Als sie das Feuer eröffneten, schafften es vier Gegner, sich in Deckung zu werfen. Aus dem Verborgenen heraus erwiderten sie den Beschuss. Ein Querschläger durchbohrte eines der Fässer, ein fingerdicker Strahl der

Flüssigkeit ergoss sich daraufhin in den Anhänger. Ätzende Qualmwolken stiegen auf und trieben auf das Versteck eines der Punks zu. Der Mann hustete los, röchelte und verstummte.

»Lasst bloß die Sauerstoffmasken auf«, warnte Michels sie über Funk. »Das Zeug schmurgelt euch die Lunge weg.«

Derweil ging die Schießerei weiter, bis der Zwerg plötzlich »Deckung!«, schrie.

Im nächsten Augenblick gab es eine gewaltige Explosion, gefolgt von einer weiteren. Die Brühe hatte eine Lache um einen Toten gebildet und die Granaten am Gürtel gezündet, was eine Kettenreaktion auslöste. Die Lösung musste ätzend und hochgradig explosiv sein.

Die Tonnen platzten auseinander und die Flüssigkeit ging als brennender Regen nieder. Sofort entstanden die gefährlichen Wolken.

»Rückzug«, entschied Ordog. »Hinten raus.«

Im Vorbeirennen packte sich der Ork die bewusstlose Punkerin und zerrte sie kurzerhand mit ins Freie. Sie kämpften sich durch das Unterholz den Steilhang des Schlossbergs hinauf, um sich einen besseren Überblick zu verschaffen.

Das Haus stand in Flammen. Dicke Qualmwolken verdunkelten den Himmel und schickten ein unübersehbares Signal an die anderen Punks, die ECC-Ark in Bexbach sowie die Beobachtungseinheiten des Kontrollrats. Keiner der drei Parteien würde froh darüber sein.

Eine dumpfe Detonation ertönte, als die ersten Ausläufer des Feuers den Swimmingpool und die anderen Behälter erreichten.

»Na, glücklicherweise haben wir die Bude schon ausgeräumt«, sagte Michels keuchend. »Kommt eigentlich eine Feuerwehr vorbei oder lassen die es brennen, bis nichts mehr steht?«

»Wahrscheinlich schicken die ein paar Drohne«, erwi-

115

derte Schibulsky. »Ich kann mir nicht vorstellen, dass sie eine Stadt vollständig abbrennen lassen.« Der Ork brachte die Frau mit Aufputschmitteln zu Bewusstsein, um das Verhör fortzusetzen. Aber die Gefangene lachte sie aus und verkündete die Ankunft des Drachen.

Ordog riss ihr einen Talisman vom Hals, der aus einem Stück Horn bestand. Sollte das ein Fragment einer Drachenschuppe sein? Hatten sie so etwas Ähnliches nicht in der Höhle gefunden?

Die Punkerin schaffte es, sich aus seinem Griff zu reißen und den Hang hinunterzurutschen. Sie überschlug sich ein paarmal, knallte mit dem Kopf gegen einen Baum und blieb liegen.

Der Ork sprang ihr hinterher, überprüfte ihren Puls und zuckte mit den Achseln. »Genick im Arsch!«, rief er seinen Runnerkollegen zu. »Das nenne ich Schicksal.«

Auch gut. Hatte er sich eine Kugel gespart. Der fahle Runner rieb das Stück Horn zwischen den Fingern und bemerkte eine Gravur. Es schien so, als müsste er den Kleinen Schattentänzer ein weiteres Mal um Rat fragen.

Gut verborgen beobachteten sie, wie einige ferngesteuerte Löscheinheiten anflogen und sich darauf beschränkten, das Haus kontrolliert abbrennen zu lassen und Wasser auf die angrenzenden Gebäude zu sprühen, um ein Übergreifen der Flammen zu verhindern. Um die Toten und Sterbenden kümmerten sich die Drohnen nicht.

Schibulsky machte die beiden auf einen Punk aufmerksam, der sich die Szenerie aus einiger Entfernung ansah, abrupt wendete und davonfuhr. Sie verfolgten dessen Route mit den Feldstechern, bis sie ihn zwischen den Häuserwänden verloren. Rasch sprangen sie auf und suchten sich eine bessere Position, um die geschliffenen Gläser vor die Augen zu heben und von neuem Ausschau zu halten.

»Da drüben! Auf 14 Uhr!« Michels hatte ihn entdeckt.

»Er fährt zu einem Schwimmbad. Einem Frei- und Hallenbad, wie es aussieht.«

»Vielleicht haben sie da ihre Soße her?« Der Ork spähte zu dem öffentlichen Bad. »Wie viel Liter passe in so ein Schwimmbecke?«

Eine düstere Vision entstand vor Ordogs innerem Auge. »Wir können froh sein, wenn sie nur ein Bassin haben.« Ein Blick auf seine Uhr sagte ihm, dass sie die Erkundung verschieben mussten, wenn sie nicht durch die Nacht laufen wollten. Bei Einbruch der Dunkelheit könnten die Ghule aktiv werden.

Die haben in der Lagerstraße genügend zu fressen, entschied er sich für einen Aufenthalt in Homburg, das keineswegs so menschenleer war, wie es auf den ersten Blick schien. »Wir sehen uns die Sache an und suchen uns ein gut zu verteidigendes Haus. Je eher wir diesen Schamanen tilten, desto schneller haben wir Ruhe. Notfalls werfen wir ein Streichholz in die Bude. Den Rest macht diese Brühe von selbst.«

Das Trio begann den Abstieg in die einstige Kreisstadt.

»Was machen wir eigentlich, wenn der Sack uns Geister auf den Hals hetzt?«, wollte der Größere der zwei Metamenschen wissen.

»So weit wird es nicht kommen«, entgegnete ihr Anführer lakonisch.

»Und wenn doch?«, schaltete sich Michels besorgt ein.

Ordog blieb ihm die Antwort schuldig.


Den Plünderern blieben wenig Auswahlmöglichkeiten, was die Häuser in der Umgebung des Schwimmbads anging. Nach einigen ertragreichen Einbrüchen bezogen sie das oberste Stockwerk eines großen Gebäudes an einem Platz im Stadtzentrum. Den Logos nach musste es sich früher um eine Bank gehandelt haben. Von hier aus überblickte man ganz Homburg.

Einer des Trios lag auf dem Flachdach und spähte zum Bad, zwei behielten die Umgebung im Auge. Ein weiterer Gebäudekomplex mit Turm stand in Richtung Stadtbad, der ebenfalls Deckung bot. Sie wollten die Lage zunächst von hier aus erkunden. Bevor sie nicht wussten, was im Schwimmbad lauerte, zogen sie die Distanz vor.

Mit Einbruch der Nacht wurden sie noch aufmerksamer. Die Stunde der Ghule brach an. Bei Dunkelheit wagten sie sich aus ihren Löchern, um sich Fleisch zu suchen. Nach einer geraumen Zeit sah Schibulsky, wie ein Rudel Leichenfresser durch die Straßen streunte, um sich umzuschauen.

Ordog richtete sein Fernglas mit integriertem Restlichtverstärker auf das Dach eines gegenüberliegenden Hauses. Er meinte, dort eine Silhouette gesehen zu haben. Und wirklich kauerte eine Figur auf dem Kies, richtete eine Kamera auf die Wesen und filmte sie.

Der Straßensamurai nahm das G12 zur Hand und nutzte seine Smartverbindung, um sich den Mann genauer anzusehen. Er trug eine Schutzmaske und eine Stadttarnuniform, neben ihm lag ein leichtes Sturmgewehr der Marke Steyr. Gute Ware. Kon-Abzeichen oder andere Merkmale fehlten. Er machte den Ork auf den Mann aufmerksam.

»Dafür, dass wir uns in 'ner gesperrte Zone befinden, ist verdammt viel los«, knurrte der größere der Metamenschen und grinste. »Ein Ghulspanner? Was es nicht alles gibt. Wahrscheinlich kann man sich im Gitter nackte Leichenfresser von seiner Homepage runterladen. Ganz schön krank.« Der Saarländer hielt inne. »Er hat uns gesehen! Er filmt uns!«

Der Unbekannte bemerkte, dass die beiden Männer nicht zu den Spezies der Goblinisierten gehörten. Durch das Zielfernrohr sah Ordog, wie sich die Augen des Unbekannten vor Schreck weiteten. Dann sprang der Mann auf, nahm das Steyr und rannte zur Dachluke hinter ihm, die offen stand.

»Fragen wir ihn, was er hier macht«, entschied der Anführer, nahm sein Gewehr und rannte zur Treppe. »Michels, du sicherst von oben.«

Schibulsky und Ordog eilten die Stufen hinunter und umrundeten das andere Gebäude. Gerade als sie sich am Hinterausgang trafen, meldete der Zwerg, dass der Mann quer über den Platz rannte.

Die beiden Schattenläufer spurteten um die Wette, wobei der Ork einen knappen Vorsprung erlangte. Vor ihnen hetzte ihr Ziel und huschte um die nächste Ecke. Wieder teilten sie sich auf, um ihn in der Gasse dahinter zu schnappen.

Der Typ versuchte, sich in ein Haus zu flüchten und von dort in die Querstraße zu kommen, wo er von dem dort lauernden Schibulsky bereits erwartet wurde.

Gegenwehr leistete er nicht, sofort hob er die Hände. »Ich kenne meine Rechte, meine Herrn. Sie werden mich sofort nach Eintreffen in der Arkologie Ihrem Vorgesetzten überstellen, damit ich meinen Anwalt einschalte.« Behutsam zückte er einen Ausweis, den sich Ordog näher ansah. »Ich möchte Ihre Namen und Ihre Dienstnummern haben.«

»Volker Trebker, Amtmann, Bundesamt für Umweltschutz?« Der Runner gab dem Mann die scheckkartengroße Identitätskarte zurück. Da der Beamte sie für Kon-Gardisten auf Streife hielt, wollte er diesen Eindruck vorerst nicht zerstören. »Cyberdynamix- Security. Sie haben hier nichts zu suchen, das wissen Sie doch hoffentlich? Sie halten sich illegal hier auf.«

Trebker rümpfte die Nase. »Wie gesagt, ich will mit Ihrem Vorgesetzten sprechen.«

»Da habe ich eine schlechte Neuigkeit für dich. Wir sind Freiberufler, keine Kon-Seelen«, lüftete Ordog kühl die Maskerade.

119

»Was willst du in der SOX?« Schibulsky nahm dem Mann die Waffe sowie die Kameratasche ab und fand außer dem Gerät zahlreiche CDs, einige bereits mit Datum und Drehorten beschriftet. »Warum filmst du Ghule?«

»Aha, so ist das also.« Man sah dem Beamten an, dass er zuerst dachte, seine Lage habe sich verbessert. Dann dämmerte ihm, dass es genau umgekehrt war. »Ähm, ich rate Ihnen, mich laufen zu lassen. Eine Tätlichkeit gegen ein Behördenmitglied hat sehr unangenehme Folgen für Sie.«

»Falls es jemals jemand erfahren sollte«, fügte der Ork düster an. »Wir sollten von der Straße runter«, empfahl er. »Plauschen können wir auch an einem sicheren Ort.«

Sie schleppten den lamentierenden Trebker zu ihrem HQ und schubsten ihn die Treppen hinauf, bis er zusammen mit ihnen oben angelangte. Dort wurde er ein weiteres Mal aufgefordert, seine Anwesenheit zu erklären. Schließlich ergab er sich in sein Schicksal und packte aus.

»Ich überprüfe den Zustand der Zone und die Einhaltung der im Übergabevertrag an die Konzerne vereinbarten Auflagen, was die Dekontaminierung angeht«, verriet er den Runnern. »Das muss natürlich geheim bleiben, sonst würden uns die Kons nur dorthin schicken, wo sie ein bisschen was unternehmen. Ich will aber die Realität. Deshalb schmuggelte ich mich mit den Geisterratten rein.«

»Das ist doch ein guter Job«, lobte der Ork. »Und was is mit den Leichenfressern?«

»Das Bundesamt ist gerade dabei, ein Ghulschutzprogramm in die Wege zu leiten«, erklärte Trebker und erntete fassungsloses Erstaunen.

»Äh … reden wir von den Glatzköpfen mit den bleichen Fressen?«, meinte Schibulsky entgeistert. »Die

Menschenfleisch fressen? Seit wann ist denn so etwas schützenswert?«

»So einfach ist es nun auch wieder nicht. Es handelt sich dabei um unglückliche Lebewesen, die erst durch eine nachträgliche Goblinisierung zu dem wurden, was sie sind«, erklärte der Bundesbeamte geduldig. »Damit steht der Gesetzgeber vor der Problematik, wie er mit den Rechten solcher Opfer verfahren soll. Nicht alle verlieren während des Krankheitsverlaufs ihren Intellekt und ihre Menschlichkeit. Da man schlecht aus einer Masse selektieren kann, wird über ein generelles Schutzprogramm nachgedacht, um die amerikanischen Auswüchse mit Abschussprämien zu ersticken. Parallel dazu wird eine Aufklärungskampagne des Ministeriums gestartet, welche die Bevölkerung sensibilisieren soll. Es ist die alte Sache mit dem Wolf und den Schafen. Ist etwas böse, nur weil es so ist, wie es ist? Ich bin mir sicher, dass die Insekten, die versehentlich von den Schafen beim Weiden gefressen werden, die Schafe für die schlimmeren Tiere halten.«

Michels schnaubte. »Bin gespannt, wie Sie das den Hinterbliebenen schmackhaft machen wollen, deren Tote von den Ghulen verspeist wurden.«

»Und du dokumentierst hier die neue Menschlichkeit von den Glatzen?«, hakte der Ork ein.

»Genau«, bestätigte Trebker. »Es wird Teil des Aufklärungsvideos … sollte es zumindest.« Sein Gesicht wurde nachdenklicher. »Aber bevor ich noch weiterrede, möchte ich wissen, was Sie in der SOX treiben.«

Ordog und Schibulsky tauschten Blicke aus. »Wir jagen einen toxischen Schamanen«, antwortete der Mann knapp. »Haben Sie was bemerkt?«

Trebker klatschte begeistert in die Hände, als habe er von einem Lottogewinn erfahren. »Ich wusste es! Die Ghule verhalten sich nicht typisch.« Mit einem Mal wirkte er sehr erleichtert. »Gott sei Dank, sie stehen unter dessen Kontrolle! Ich dachte schon, ich müsste die Theorien über menschliche Ghule in Zweifel ziehen. Die Auffälligkeiten kann ich somit einer Beeinflussung durch einen Dritten zurechnen.«

»Machen wir einen Kinoabend«, schlug Ordog vor. »Vielleicht entdecken wir was bei den Aufnahmen, was uns weiterbringt.«

Während Schibulsky weiterhin die Umgebung sicherte, hockte der Rest um die Kamera des Beamten herum und sichtete im Schnelldurchlauf die CDs mit dem entstandenen Material. Plötzlich drückte Michels die Taste, um das Standbild einzuschalten. Sein kleiner Finger pochte gegen den Bildschirm und deutete auf eine Gestalt, deren Umrisse sich undeutlich gegen eine graue Wand abhoben. »Da! Wer ist das?«

Trebker näherte sich dem Monitor. »Keine Ahnung«, räumte er ein. »Ich habe das aus Versehen aufgenommen, bei einem Kameraschwenk, wie es aussieht.«

»Wen erkennst du darin?«, fragte der bleiche Anführer.

»Siehst du es nicht?« Vorwurfsvoll schaute ihn Michels an. »Das ist Sheik!« Hastig fummelte er an den Knöpfen herum, um die Gestalt zu vergrößern.

»Scheiße, ja«, entfuhr es Ordog freudig.

»Ein Scheich in der SOX?«, fragte der Amtmann irritiert.

»Kein Scheich. Sheik«, verbesserte ihn der Zwerg gedehnt. »Ein Kumpel, den wir bei einem Run verloren haben. Er scheint es aber geschafft zu haben, aus der Explosion lebend rauszukommen.«

Ordog kehrte in Gedanken zu dem Run gegen die Arkologie von Cyberdynamix in Bexbach zurück, als sie den Magier einbüßten. Sheik hatte zusammen mit dem Ork Bremer ihren Rückzug gedeckt und im Gang unter der Notausstiegsluke gestanden. Dem Gegner gelang trotz allem der Durchbruch. Der erste Schlag eines angreifenden Cyberzombies, das Resultat eines irren Experiments des Kons, reichte aus, um den Magier zu Boden zu schicken. Bremer zündete als letzte Aktion seine verbliebenen Granaten, um den Verfolger zum Teufel zu schicken und seinen Chummern den Rücken freizuhalten.

Der Anführer hörte die Reihe von Detonationen, sah die Feuerlohe aus der Röhre schießen, der er nur knapp entgangen war. Sie hatten angenommen, Sheik sei draufgegangen. Bis jetzt. Die magische Unterstützung kam gegen den Schamanen wie gerufen. Nun galt es, den Vermissten zu finden.

»Wo haben Sie das gefilmt?«

Trebker nahm die CD aus der Kamera. »Das war in Kleinottweiler, Richtung Bexbach«, las er die Beschriftung vor.

»Planänderung«, gab Ordog bekannt und pfiff Schibulsky vom Dach des Gebäudes zurück. Wenige Minuten später brachen sie in Richtung Bexbach auf. Der Bundesbeamte schloss sich ihnen an.

*ADL, Kleinottweiler/Bexbach (SOX),*
*24. 04. 2058 AD, 22:23 Uhr*

Zügig durchkämmten sie den kleinen Ort, bis sie den Sportplatz erreichten und in der angrenzenden Gaststätte Licht brennen sahen. Zwar hatte man die Scheiben mit Pappe abgedunkelt, doch an den Rändern drang ein schmutzig gelber Schimmer nach außen.

Das Trio bereitete den Sturm auf das Gebäude vor. Der Amtmann hielt sich vornehm zurück. Schibulsky spielte den Rammbock und trat die Tür ein, Ordog und Michels folgten ihm.

Ihr verschollener Freund saß im Schneidersitz auf einem Stapel abgewetzter Turnmatten und kritzelte im Schein mehrerer Kerzen etwas in ein Notizbuch. Er bemerkte die Anwesenheit der Männer gar nicht.

Der bleiche Straßensamurai machte einen Schritt nach vorne und prallte gegen eine schützende Barriere. Erst jetzt hob der hermetische Magier den Kopf und musterte die Ankömmlinge.

»Sheik!«, rief Michels. »Alter Wasserpfeifensauger! Mach die Wunderwand aus, und sag deinen Kumpels guten Tag!«

Sheik reagierte nicht, sein Blick flackerte auffällig. »Was hat das zu bedeuten? Wer wagt es, meine Konzentration zu stören?« Sein Körper spannte sich. Einem exzentrischen Schauspieler gleich, schleuderte er Stift und Papier zur Seite. »Euch werde ich es zeigen, ihr räudigen Bastarde!«

»Mach keinen Scheiß!«, meinte Ordog beschwörend. »Wir sind's, Sheik.«

Der Zwerg kniff die Augen zusammen. »Hast du gekifft, du alter Berber? Komm wieder runter, Herr des Haschisch. Ich spendier dir auch 'ne Sonnenbrille.«

Der Straßensamurai schätzte die Situation weitaus gefährlicher ein, als Michels das tat. Es schien, als habe der Magier vergessen, wen er vor sich hatte. Die Pupillen sahen nicht erweitert aus, vielmehr huschten sie unentwegt nach rechts und links ohne dabei ein bestimmtes Ziel zu fixieren.

Notfalls würde er ihn ausknipsen, wenn er meinte, er müsste herumzaubern. Seine Finger fassten das G12.

»Halloo!«, machte Michels gedehnt. »Welchen Balkon bist du jetzt runtergeknallt, dass es dir das Gehirn so zerschossen hat?«

Die Frechheit brachte Sheik ins Bewusstsein zurück. Sein Ausdruck wurde klar. »Michels? Ordog? Selam!« Er breitete die Arme aus und lief den Männern entgegen. »Allen Dschinns des Kosmos sei Dank, ihr habt es überstanden!« Er umarmte seine Freunde, Trebker und Schibulsky erhielten einen herzlichen Handschlag. »Was führt euch in dieses Dorf?« Er lud sie mit einer Handbewegung ein, sich auf die Matten zu setzen.

»Wir haben mitbekommen, dass es dich noch gibt, Turbanwickler«, meinte der Zwerg fröhlich. Er schaute sich in der Halle um. »Kannst du mir sagen, warum du noch immer in der SOX bist?«

Sheik hob das Büchlein in die Luft. »Deswegen.«

»Das kann man auch mitnehmen«, witzelte der Ork.

»Schon, mein Freund der Gewalt«, entgegnete der Araber freundlich und mit seinem unverwechselbaren Akzent, »nicht aber die Nullzonen, die ich bereits erkundet habe.« Sein Blick verklärte sich. »Ich stand inmitten einer solchen Wolke.« Die Stimme wurde höher, er redete wie in Trance. »Umgeben von absoluter Stille, nichts, keine Magie. Ich wechselte in den Astralraum … kein Leben, kein Kontakt … zu …« Er brach ab und starrte an die Decke.

»Ist das normal?«, erkundigte sich Trebker vorsichtig.

»Nicht, wenn er nicht gekifft hat.« Michels näherte sich dem Magier. Der Ork suchte derweil in seinem Notfallkoffer nach einem Stimulans, das er ihm verabreichen konnte, ohne dass es gravierende Auswirkungen auf sein magisches Potential haben würde.

Sheik stieß einen spitzen Angstschrei aus, hob abwehrend die Arme vor den Kopf und fiel hintenüber. Wimmernd rutschte er über die Matten, bis er in einem Winkel landete und sich zusammenkauerte. »Tot«, flüsterte er unter Tränen, das Grauen raubte ihm die Stimme. »Keine Magie. Tot.«

Grummelnd verstaute Schibulsky das Stimulans und kramte ein Beruhigungsmittel hervor. Das Verabreichen gelang ohne Schwierigkeiten. Der Hermetische entkrampfte sich allmählich. Dennoch lag er wie ein eingeschüchtertes Kleinkind in der Ecke.

*So viel zur magischen Unterstützung gegen den Toxischen,* dachte Ordog mürrisch. Anscheinend hatte der Kontakt

125

zu einem absoluten magischen Nullfeld mentale Spuren bei dem Araber hinterlassen. Seinen Geisteszustand würde ein Mediziner mit Sicherheit als labil bezeichnen.

Der Zwerg bückte sich und nahm das Notizbuch an sich. »Schau dir das an«, machte ihn Michels auf das Geschreibsel aufmerksam.

Die Seiten enthielten für sie unverständliche magische Theorien über Astralkraft und Nullzonen, Aufzeichnungen über askennte Phänomene in der SOX, Veränderungen des Astralraumes und Hintergrundgeräusche beim Askennen, was auch immer Sheik damit meinte.

Dann, gut erkennbar anhand des Datums, wurde die Schrift fahriger, die Notizen wurden abgehackter, beinahe wie bei einem Telegramm. Schließlich bestanden die Anmerkungen nur noch aus abstrusen Bildern und wirren Skizzen. Hauptsächlich zeigten sie schwarze Wolken, in die der Araber arkane Zeichen gemalt hatte. Klauen griffen aus ihnen heraus und streckten die Krallen nach dem Kopf eines Männchens aus, das einen Turban trug. Kreuz und quer standen Runen und arabische Buchstaben auf den Blättern, vermutlich magische Formeln.

»Der is fertig«, vermutete der Ork, der ihnen über die Schulter blickte. »Geistig im Eimer.«

Gleichzeitig schauten sie zu der zusammengekauerten Gestalt des Hermetischen, dessen Brust sich regelmäßig hob und senkte. Sheik war eingeschlafen.

»Und jetzt?«, wollte der Bundesbeamte wissen.

»Nicht diese Frage!«, herrschte ihn Michels gereizt an.

»Wir ziehen die Sache durch.« Ordog klappte das Büchlein zusammen und legte es auf den Bauch des Schlafenden. »Als wir eintraten, hat er eine Barriere hochgezogen. Also kann er noch was. Solange er damit den Toxischen beschäftigt und wir eine Chance erhalten, den Typen wegzuballern, reicht es uns aus. Er wird es

126

schaffen.« Er schaute den Ork an. »Bist du fit genug, die erste Wache zu übernehmen?«

Schibulsky nickte und ging wortlos in den zweiten Stock. Ordog, Michels und Trebker suchten sich auf den Turnmatten einen Platz zum Schlafen.

Sheik schien zu träumen. Seine gestammelten Rufe rissen die anderen immer wieder aus dem Schlummer, bis ihn der Ork mit einem weiteren Beruhigungsmittel in Tiefschlaf versetzte.


Der Araber verhielt sich am nächsten Morgen völlig normal, als habe er den Panikanfall am Abend niemals erlitten. Die anderen vier zogen es vor, ihn nicht darauf anzusprechen. Ordog erzählte ihm, dass sie gegen einen toxischen Schamanen antreten wollten, und er erklärte sich sofort bereit, ihnen dabei zu helfen.

Nach einem Frühstück aus den Rationspackungen ihrer Rucksäcke brachen sie auf, um nach Homburg in ihr HQ zurückzukehren. Unterwegs erzählte Sheik, wie es ihm gelungen war, den Granaten und anschließend den Einheiten von Cyberdynamix zu entkommen, indem er nach der Warnung des tödlich verwundeten Bremer in letzter Sekunde eine Barriere hochzog. So entging er der Wirkung der Sprengkörper. Er tarnte sich später als Kon-Gardist; im allgemeinen Durcheinander war ihm die Täuschung gelungen, und zusammen mit einer Prise Magie wurde die Verwandlung perfekt.

»Danach setzte ich mich nach Bexbach ab und entdeckte durch Zufall ein Nullfeld. Das heißt, ich nahm an, dass es sich um ein Nullfeld handelte. Vorher sah ich noch keines«, erzählte er verzückt. »Ich machte Aufzeichnungen und begab mich mehrmals selbst hinein, um das Experiment perfekt zu machen.« Der Araber küsste das Büchlein. »Bei allen toten Oheimen, die Aufzeichnungen sind so unendlich viel wert, dass mich die Doktor-Faustus-Verbindung mit Handkuss aufnehmen wird.« Er packte es weg. »Doch ich muss noch ein paar Versuche durchführen, ehe ich zufrieden bin.«

»Was?«, rief der Zwerg entsetzt. »Du willst dich noch mal in so eine Wolke stellen? So kaputt, wie deine Birne schon ist, wird das zu deiner völligen Verblödung führen. Du wirst im Sand sitzen, kleine Kuchen formen und sie voller Genuss essen.«

Pikiert schaute Sheik auf den kleineren Metamenschen herab. »Hüte deine Zunge, geschätzter Wicht. Mein Verstand ist eine Festung, die sich dem Wahn niemals ergeben wird.«

»Lass dir sagen, dass deine Burg schon ordentlich Sprünge hat und an einigen Stellen eingerissen wurde«, griff Michels die bildhafte Sprache des Arabers auf und klopfte nachdrücklich gegen seinen Helm. »Aber mach, was du willst, Pot-Schmaucher. Jetzt treten wir deinem Arbeitskollegen auf die Finger, bis sie Brei sind.«

»Vergleich einen Schamanen niemals mit einem Hermetischen«, herrschte ihn der Mann an. »Und schon gar nicht mit einem toxischen, einer Pestbeule am makellosen Körper der astralen Kräfte. Rede nicht über Dinge, von denen du nichts weißt, kleiner Mann.«

»Er ist wieder ganz der alte Scheich«, seufzte der Zwerg.

Bald gelangten sie in die Innenstadt, erklommen das mehrgeschossige Haus und begann die Observation des Frei- und Hallenbads.

Gegen Nachmittag verließen sie ihren Beobachtungsposten, um ihr HQ an den östlichen Rand zu verlagern. Die Reste eines vierstöckigen Turms, der einmal zu einem größeren Komplex gehörte, erfüllten ihre Ansprüche ebenso gut. Sie stockten ihre Vorräte in dem kleinen Einkaufsladen mit Dosennahrung auf. Das Verfallsdatum der Konserven war zwar abgelaufen, aber ein wenig Aufkochen half, Keime in der Brühe aus Konservierungsstoffen abzutöten.

Sheik unternahm einen sorgfältigen astralen Rundflug und entdeckte dabei einen toxischen Geist, der seine Runden ums Bad drehte und eine Annäherung verhinderte. Aber auch so konnte er seinen Gefährten einiges berichten.

»Wenn ich die Hintergrundstrahlung richtig eingeordnet habe, dann ist das Gelände um das Bad extrem stark verschmutzt und mit hoch giftigen Stoffen belastet«, erklärte er das Gesehene. »Kein guter Ort für die Natur. Es ist die perfekte Umgebung für den Abschaum, den ihr den Toxischen nennt.«

»Okay, das erklärt, was die drei Pumpen sollen, die ich gesehen habe«, meinte Schibulsky befriedigt. »Damit fördern sie die Flüssigkeit aus dem Boden an die Oberfläche und fluten die Becken.«

»Ein ganz schöner Dreck, den sie da verbuddelt haben«, pflichtete Trebker fachmännisch bei. »Das wird das Bundesamt mächtig interessieren.«

»Hast du so etwas wie einen Drachen gesehen?«, warf Ordog ein, der sich beim Anblick von ein paar vorbeifahrenden Bikern an das Gespräch mit der Punkerin erinnerte.

Sheik schüttelte den Kopf. »Nein, mein blasser Freund. Eine solche Aura wäre mir sofort aufgefallen. Wie kommst du darauf?« Der Anführer erklärte ihm den Grund, dann warf er ihm das Amulett der Frau zu. »Ein Drache in der SOX? Oho!« Der Araber bekam schmale Augen, als er den Talisman betrachtete. »Haben wir so etwas Ähnliches nicht schon einmal gesehen? Es könnte in der Tat aus einer Drachenschuppe gefertigt sein.« Er fuhr über das Zeichen. »Es bedeutet ›Schutz‹. Allerdings ist es schlecht gemacht.«

Der Ork grinste und spuckte aus. »Deshalb hat sie sich das Genick gebrochen.«

»Pst«, sorgte Michels für Aufmerksamkeit und deutete nach vorne. »Da geht was, Leute.«

129

Motorräder und umgearbeitete Fahrzeuge donnerten heran, Glow-Punks sammelten sich vor dem Schwimmbad und schienen auf jemanden zu warten. Den Abzeichen nach handelte es sich um zwei verschiedene Gangs.

Die Dämmerung senkte sich herab, und auch andere Wesen gesellten sich dazu. Ghule kamen wie scheue Tiere aus dem Schutz der Häuser, um sich etwas abseits von den Punks aufzustellen. Ordog zählte rund dreißig.

Der Amtmann filmte das Szenario. »Das ist völlig untypisch«, flüsterte er immer wieder. »So etwas habe ich noch nie gesehen. Und ich erforsche den Manesphagus schon lange.«

Sheik wechselte auf die astrale Ebene und näherte sich vorsichtig der Versammlung. Einige von den Menschen und Leichenfressern leuchteten und trugen einen Fetisch oder einen anderen Gegenstand.

Die beiden getönten Glasflügeltüren des Gebäudes flogen auf. Ein Mann in einem Bademantel trat heraus und riss die Arme nach oben, als er die Menge sah. Sofort jubelte man ihm zu.

Er schlang den Gürtel auseinander, und seine Umhüllung rutschte zu Boden. Der magisch sehr starke Schamane, wie der Araber anhand der Aura erkannte, präsentierte seinen Anhängern einen über und über mit Narben verzierten, sehnigen Körper.

Die Wundmale stammten von Verätzungen, die seine Haut wie braunrosafarbenen, zerknautschten Kaugummi erscheinen ließen. Eine Behaarung fehlte gänzlich, er trug eine Gletscherbrille, und um die Hüften lag eine schwarze Lackunterhose. Die Füße steckten in hohen Lackstiefeln, die Finger und Unterarme waren ebenfalls von einer schwarzen Lackhülle umgeben. Was die Menschen nicht sahen war, dass er sich mit einem Geist und einer Barriere schützte.

»Ich grüße euch, meine Kinder!« Säuselnd und doch kratzend zugleich erschallte seine Stimme. Sheik erkannte, dass der Schamane einen Zauberspruch zur Beeinflussung der Massen initiierte. »Ihr seid gekommen, weil euch die Explosion in der Stadt erschreckte, nicht wahr?« Er jauchzte auf. »Keine Sorge, meine Kinder! Nichts wird den Drachen an seinem Erscheinen hindern. Keine Unfälle, keine Konzerne. Und wenn er zurückgekehrt ist, werden wir die Ungläubigen aus unserem Land werfen, um alleine darin zu herrschen. Ist es nicht so, meine Kinder?«

Die Punks und Ghule johlten.

»Da hast du deinen Grund, warum deine Leichenfresser sich so merkwürdig benehmen«, sagte Schibulsky zu Trebker. »Ich könnte ihn einfach so wegzappen«, wandte er sich zu Ordog. »Ein besseres Ziel hab ich selten gesehen.«

»Sheik?«, erkundigte sich der Anführer. Als der Magier nicht gleich reagierte, versetzte er dem Körper einen leichten Tritt, damit der Araber in seinem astralen Schwebezustand spürte, dass jemand etwas von ihm wollte. »Kann man ihn einfach wegschießen?«

»Nein.« Sheik schüttelte den Kopf, nachdem er in die weltliche Ebene zurückgekehrt war und der Anführer die Frage wiederholt hatte. »Er hat eine Barriere und einen Schutzgeist um sich. Das wird nicht einfach.«

Ordog entschied sich fürs Warten. Sie nutzten die Gelegenheit, um die Menge zu beobachten. Rund hundert Punks und Leichenfresser himmelten den Schamanen mittlerweile an. Zusammen mit dem durch die Giftstoffe veränderten Naturgeist und den magischen Kräften des Toxischen wurde daraus eine Übermacht, gegen die sie sich im offenen Kampf kaum behaupten konnten.

Der Verätzte hielt eine mitreißende Rede, in der er ständig wiederholte, was ihnen der Drache alles bringen würde, wenn er die Macht in der SOX übernahm. Mehrfach fiel nun der Name Feuerschwinge.

Sheik kritzelte mit und notierte sich Details. »Ich dachte, er sei in den Ärmelkanal gestürzt«, sagte er nachdenklich zu Trebker. »Welch Wunder, dass sich ein Großer Drache einen Ort aussucht, an dem die astralen Energien gestört werden. Ich glaube es nicht, bis ich es selbst sehe.« Er sinnierte insgeheim darüber, ob ein derart magischer Critter den Kontakt mit einer Wolke Antimagie überlebte oder ob er augenblicklich dem Wahnsinn anheimfallen würde.

»Und wenn das Vieh wegen der Strahlung in der SOX mutiert ist und inzwischen neun Köpfe bekommen hat?« Michels klang besorgt.

»Beruhige dich, Mann mit den kurzen Beinen«, entgegnete der Magier gönnerhaft. »Es gibt keinen Beweis für die Behauptungen des Toxischen. Kein Drache würde gemeinsame Sache mit einem solchen Schamanen machen.« Er klang wirklich von dem überzeugt, was er sagte.

»Und wenn er verletzt ist?«, warf der Ork zweifelnd ein. »Ich habe gehört, sie hätten ihm ein paar Raketen in den Leib gejagt. Vielleicht ist er in dem Zustand für jede Hilfe dankbar.«

Sie verfielen in Schweigen und beobachteten. Gleichzeitig hing jeder seinen eigenen Theorien nach, die mal mehr, mal weniger düster ausfielen. Aber ans Aufgeben dachte, abgesehen vom Bundesbeamten, keiner.

Die Kundgebung endete, nachdem der Schamane sie alle zu mehr Vorsicht im Umgang mit der Brühe, die er »göttliches Wasser« nannte, ermahnt hatte. Eine Woche sollten sie in ihren Verstecken bleiben, bis die Patrouillen der Kons weniger würden.

Die Ansammlung zerstreute sich. Der Toxische blieb vor den Türen stehen, bis auch der Letzte gegangen war. Dann hüllte er seinen entstellten Körper in den Bademantel, schwang sich auf ein Motorrad und donnerte die Straße hinunter. Der Geist, so verkündete Sheik, folgte ihm.

Als ihr Ziel in der Ferne verschwand, hängte sich der Araber ihm an und verfolgte es bis zum Fuß des Schlossbergs und zu einer Stelle, an der eine schwere Stahltür in den Hang eingelassen war. Eine Barriere hinderte Unbefugte am Eintreten. Der Mann schritt durch sie hindurch und verschwand im Inneren des Berges. Da er das natürliche Material auf astrale Weise nicht durchdringen konnte, kehrte Sheik in seinen Leib zurück und erstattete Bericht.

»Gewölbe und Drachen«, murmelte der Zwerg ausdruckslos. »Das passt.«

Ordog schaute auf die Uhr. »Wir werden uns hinlegen. Morgen nehmen wir uns Stockwerk für Stockwerk die Höhle vor, bis wir wissen, was da drinnen vorgeht.«

Schibulsky verzog das Gesicht. »Hört mal, ich glaub, wir sind an einem Punkt angelangt, wo wir uns überlegen sollten, ob es das wirklich wert ist.« Seine Begleiter schauten ihn verständnislos an. »Wir sollten dem Kon Bescheid geben, dass sich ein Schamane in seinem Gebiet tummelt. Die werden den Kontrollrat informieren, und der knöpft sich den Jungen vor.«

»Dabei entdecken sie den Geheimgang, und unser Feierabendeinkommen ist dahin«, vervollständigte Michels pessimistisch. »Nee, keine gute Idee. Lieber riskiere ich ein bisschen was und staube ab, als dass ich das Paradies aufgebe.«

»Nachdem wir das geklärt haben, könnten wir uns zur Nachtruhe legen«, schlug Sheik müde vor. Michels übernahm freiwillig die erste Schicht.

Ordog rollte sich in seinen Schlafsack ein, das Gewehr griffbereit neben sich. Zweifel über die Durchführung des Vorhabens befielen den Anführer nicht.

Sobald der Toxische tot war, würden die hirnlosen

Marionetten völlig planlos durch die Gegend laufen und sich ohne den Beeinflussungszauber des Schamanen wahrscheinlich bekriegen. Und während die beiden Gangs unter sich klärten, wer die bessere war, würden die Ghule sich die Gelegenheit auf so viel Frischfleisch für die Sippe kaum entgehen lassen und regulierend eingreifen.

Dabei konnte seine Truppe in aller Ruhe abwarten und sich mit den Überlebenden beschäftigen. *Ein guter Plan*, dachte er und schloss die Augen.

*ADL, Freistaat Thüringen, Jena,*
*24. 04. 2058 AD, 08:22 Uhr*

»Bereit?«, fragte Dr. Scutek seine Assistenten, die vor dem Versuchsraum standen. Beide hielten Feuerlöscher parat. »Bereit?«, wiederholte er in das Mikrofon, die Lautsprecher gaben seine Stimme im Innern der Kammer wieder. Xavier, der es sich dort auf einem Stuhl bequem gemacht hatte, hob den Daumen. Er trug einen silberfarbenen Asbestanzug, der seinen Körper vollständig umhüllte. Nur die Hände blieben ausgespart.

Drei Doktoranden begaben sich hinter Scutek auf Liegen und schlossen die Augen, um in den Astralraum zu wechseln und das Experiment von dort aus zu überwachen.

»Purgatorium, geh in das Zimmer, manifestiere und reagiere auf Angriffe aller Art«, befahl er dem mächtigen Elementar, den er zusammen mit einigen Kollegen beschworen hatte.

Ein rot glühendes Flimmern erschien im Versuchsraum. Die Hitze brachte die Luft um die magische Kreatur zum Flirren.

»Sie sind dran, Herr Rodin«, forderte der Thaumaturge ihn auf.

Zum ersten Mal, seit er für die Universität Versuche durchführte, empfand der Negamagier so etwas wie Angst. Natürlich vertraute er auf seine angeborenen Fähigkeiten. Da er jedoch wusste, dass Scutek sich etwas sehr, sehr Starkes für das Experiment aus den Tiefen der arkanen Ebenen holte, schwand seine unerschütterliche Zuversicht. Er war froh, dass er auf dem Asbestanzug bestanden hatte.

Xavier stemmte sich aus dem Sitz und umrundete den Elementar. Zögernd streckte er die Finger aus, um den Kontakt herzustellen. Von der Hitze, mit der Purgatorium sich umgab, spürte er nichts. Bevor seine Kuppe die Kreatur berührte, gab das Wesen ein knisterndes Geräusch von sich.

Die Aufregung sorgte dafür, dass sich das Feld aus Antimagie weiter als die gewöhnlichen 0,979 Millimeter um seinen Körper ausdehnte und seine Kleidung in den Schutz mit einbezog. Diese Kraft wurde vom Elementar bemerkt. Doch er lokalisierte niemanden, den er angreifen konnte.

Xavier ließ nicht locker, sondern versuchte nun, das Wesen zu umfassen. Es brüllte wütend auf, entzog sich seinem Zugriff und flutete den Raum mit Feuer.

Scutek hielt den Atem an. Die dunkelrote Lohe rollte gegen die hitzeresistente Scheibe und raubte ihm sekundenlang die Sicht. Das ganze Zimmer war mit den magischen Flammen ausgefüllt, ein Inferno, das ein ungeschützter Mensch nicht überleben würde.

Als die Heftigkeit der brennenden Wolke nachließ, fehlte von Purgatorium jede Spur. Dafür rang sein Proband nach Atem, weil die Einrichtungsgegenstände Feuer gefangen hatten und die Kammer mit dunklem Qualm füllten. An ein Sauerstoffgerät hatte Xavier nicht gedacht. Die Heftigkeit der magischen Reaktion des Elementars überraschte ihn. Geistesgegenwärtig hatte er sich die bloßen Hände unter die Achselhöhlen geschoben, um sie vor den Flammen zu schützen. Die Haut leuchtete rot wie bei einem Sonnenbrand und schmerzte. Hustend fiel der Mann auf die Knie. Wild gestikulierte er, das Sprechen gelang ihm nicht mehr.

Die beiden Assistenten wollten die Tür öffnen, doch der Thaumaturge hielt sie zurück. Dann betätigte er die Sprechtaste. »Wir sind gleich so weit. Berühren Sie bitte noch einen der brennenden Gegenstände, Herr Rodin. Danach holen wir Sie sofort raus.«

Gespannt schaute er ins Innere, wo sein Proband ungläubig auf die Scheibe starrte. Als Rodin einsah, dass er ohne die geforderte Handlung nicht aus dem verqualmten Gefängnis entlassen wurde, langte er auf die kokelnde Lehne des Stuhls und schrie auf.

»Danke sehr«, meinte Scutek zufrieden und nickte den Gehilfen zu, die den Negamagier in aller Eile aus der Kammer holten.

Hustend taumelte er an die frische Luft. »Was sollte das?«, röchelte er und warf sich entkräftet auf einen Sessel.

»Zeigen Sie Ihre Hand«, bat der Versuchsleiter seinen Probanden wenig mitleidig. Befriedigt registrierte er die Brandblasen und die Wunden auf der geröteten Innenseite. Somit war er für Feuer magischen Ursprungs anfällig. Ohne den Asbestanzug wäre der Mann zu einem Häufchen Asche verbrannt. Er lächelte erleichtert. »Unsere Krankenstation wird sich um die Lappalie kümmern.«

»Verdammte Kacke, was sollte das?« Anklagend hob er die verbrannten Hände in die Luft. »Hätte ich sie mir nicht unter die Achseln geklemmt, könnten Sie meine Fingerknochen sehen! Und da soll ich noch an den Scheißstuhl langen?«

»Es gehörte zum Experiment«, wich Scutek aus.

»Sie hätten mich da drinnen doch nicht ersticken lassen?«, verlangte Xavier zu wissen, während er allmählich wieder Luft bekam. »Sollte ich eine Rauchvergiftung wegen Ihnen kassiert haben, wird es teuer.«

Der Thaumaturge betrachtete den wütenden Mann hochnäsig. »Sie erhalten sehr viel Geld von unserer Universität, Herr Rodin. Da werden Sie die kleine Brandblase in Kauf nehmen müssen.«

Aufgebracht schoss der Negamagier in die Höhe. »Ich meinte damit nicht nur die Brandblase. Ich war länger in dem Raum, als es notwendig war. Sie hätten nicht einmal an den Asbestanzug gedacht! Hatten Sie ein BBQ mit mir vor und warteten auf die Soßen?« Dann begriff er, als er sich die Augenbewegung des Magieexperten in Erinnerung rief. »Es ging Ihnen darum zu sehen, ob ich magisch verletzbar bin?«

»Ja«, bestätigte Scutek teilnahmslos und wandte sich an die drei Magischen, um von ihnen mehr über den Vorgang zu erfahren.

Xavier gefror innerlich. »Wir müssen über die Vereinbarungen noch einmal reden. Ich glaube nicht, dass meine absichtliche Verletzung vorgesehen war.«

Der Thaumaturge wirkte beschäftigt. »Verstehen Sie es als kleinen Bonus Ihrerseits«, merkte er abwesend an. »Für die Wohnung in Jena.«

Blitzartig stand der Schattenläufer neben dem Doktor der hermetischen Magie und fasste seine Rechte. Das Ziehen seiner geschundenen Haut ignorierte er.

Scutek verfiel in spasmische Zuckungen, schleuderte sein Schreibbrett weg, prallte gegen die Konsole und verletzte sich dabei am Kopf. Fast schien es so, als ließe der Negamagier den anderen Mann mittels einer Fernsteuerung hüpfen und alberne Bewegungen machen.

Endlich ließ er Scutek los, der daraufhin in die Arme eines Assistenten taumelte.

»Nehmen Sie das auch als kleinen Bonus«, sagte Xavier düster und stapfte zum Ausgang, um die Krankenstation aufzusuchen.

Der Assistent schleppte den Doktor der Magie zum Stuhl und legte ihn darauf ab. Scutek erholte sich allmählich und nahm sich etwas zu trinken. Sein Gesicht leuchtete auf, während er am Wasserbecher nippte. Die Berührung des Probanden hatte ihm eine Eingebung beschert und eine sehr abenteuerliche Theorie entstehen lassen, die er jedoch in keiner Weise begründen konnte.

»Hat jemand astral beobachtet, was passierte, als er mich berührte?«, erkundigte er sich hoffnungsvoll. Die Helfer verneinten.

Sein Assistent bemerkte die positive Veränderung auf den Zügen seines Chefs und erkundigte sich nach dem Grund.

Scutek nahm sein Diktiergerät. »Wir wissen, dass die Magiefähigkeit weitestgehend vererbt wird, auch wenn die Forschung das verantwortliche Gen, den so genannten Magus-Faktor, noch nicht genau lokalisieren konnte.« Scutek dachte nach, um seine Gedanken zu ordnen. »Ich gehe davon aus, dass Proband Rodin eine Mutation und nichts anderes als ein Magier ist. Mutation gehört zur Evolution. Nur die Wirkungsweise unterscheidet sich wesentlich von dem uns Bekannten. Die Theorie, dass es sich um negative Magie handelt, wird nun von mir aufs Schärfste bestritten. Ebenso wenig gibt es negatives Leben.« Von seiner eigenen Idee ergriffen, sprang er begeistert auf und lief im Kreis herum. Dabei suchte er nach den richtigen Worten. »Er unterscheidet sich deutlich vom Hallstein-Phänomen, da keiner seiner Vorfahren aus Österreich stammt.«

Eine Stunde verging, bis Scutek die passenden Formulierungen fand, und aufgeregt machte er sich daran, weitere Versuche mit seiner Testperson vorzubereiten. Er stand kurz davor, sich in der magischen Forschung einen unsterblichen Namen zu machen.

Xavier verließ die Krankenstation und kehrte mit einer bandagierten Hand nach Hause zurück. Dort angekommen, widerrief er den mit der Hochschule abgeschlossenen Vertrag. Per Mail ging das Schreiben an den Präsidenten Beckert.

*Die können mich mal. Die sind genauso bescheuert wie die Kons.* Lieber verdiente er seinen Zaster beim Schattenlaufen. Ihm fiel der Anruf der Unbekannten ein, die ihm ein Angebot unterbreitet hatte. *Warum länger als notwendig warten?*, entschloss er sich spontan.

Xavier stand auf, notierte sich die Nummer und wählte sie über seinen Computer an.

# IV.

*ADL, Hansestadt Hamburg, 24. 04. 2058 AD, 16:22 Uhr*

Der Negamagier konnte es nicht fassen, dass er am Terminal C des Flughafens der kleinen Weltmetropole stand und darauf wartete, abgeholt zu werden. Noch vor wenigen Stunden hielt er den Kom-Hörer in der Hand, jetzt war er kurz davor, seinen Auftraggeber kennen zu lernen.

*Ein Mann, der weiß, was er will,* schätzte er und trat vom Bordstein zurück, als eine Limousine über den regennassen Asphalt dicht an das Trottoir heranfuhr. Zu seinem Erstaunen hielt die Luxuskarosse vor ihm. Die getönte Scheibe sirrte nach unten, und eine Frau mit dunkelbraunem Lockenschopf schaute heraus.

»Sie sind Rodin?« Die Frau grinste frech. »Ich bin Jeroquee. Cauldron hat mir Ihr Bild gezeigt.«

»Hat sie Ihnen auch gesagt, wie meine Kontonummer lautet?«, seufzte er.

Die Tür öffnete sich. »Steigen Sie ein.«

Xavier kam der Aufforderung nach. Satt fiel die Tür ins Schloss, der Opel Saevio setzte sich in Bewegung.

Jeroquee reichte ihm die Hand. »Hallo, noch einmal ganz offiziell. Kurz zum weiteren Ablauf: Wir fahren zum Hotel Escardor und essen zu Abend. Dabei erklärt Ihnen der Boss, worum es geht.«

»Sind Sie Magierin?«

Sie verneinte, daraufhin schüttelte er ihre Rechte.

»Geben Sie mir mal einen Tipp: Sie erwähnten am Kom einen Diebstahl?«

»Ehrlich? Da muss ich mich falsch ausgedrückt haben.« Jeroquee wurde rot. »Vergessen Sie das. Es ist nichts Kriminelles, wofür man Sie benötigt. Aber bevor ich irgendetwas erzähle, was nicht stimmt, warten Sie lieber, bis der Boss ins Escardor kommt.« Sie musterte ihn neugierig. »So sieht also ein Negamagier aus.«

»Sagen Sie nichts: Sie dachten, ich sei größer?«, seufzte Xavier. »Hat Cauldron vielleicht noch mehr Details über mich erzählt?«

»Keine Angst«, beruhigte die junge Frau aus Seattle ihn. »Sie hat auch nicht direkt gesagt, dass Sie etwas Besonderes sind. Ich habe es aus den Bemerkungen Ihrer Kollegen geschlossen. Sie hat nichts gesagt.«

Außer ihr seine Geheimnummer zu nennen. »Und wie haben Sie sich einen Negamagier vorgestellt?«, hakte er nach.

Jeroquee überlegte, bis sie mit den Achseln zuckte. »Anders eben. Geheimnisvoller.«

Der Deutsche drehte den Spieß um. »Ihnen sieht man auch nicht an, dass Sie eine Frau Schmidt sind.«

»Frau Schmidt? Sie halten mich für eine Vermittlerin? Nein, ich bin … war Ghuljägerin«, verbesserte sie freundlich. »Ich habe lange Zeit davon gelebt, dass ich die Leichenfresser platt machte und die Kopfprämien kassierte. Seit ich für den Chef arbeite, ist das vorbei. Ich bin sozusagen ein Runner mit festem Arbeitsvertrag«, feixte sie.

»Aha. Ich vermute, dass der Auftrag etwas mit meiner besonderen Begabung zu tun hat?«

Die Ghuljägerin nickte. »Aber ehe Sie weiterfragen, ich habe keine Ahnung. Ich sollte nur den Kontakt herstellen.« Wieder färbte sich ihr Gesicht rot, das sichere Indiz, dass sie mehr wusste, als sie sagen durfte. »Wie gesagt, warten Sie auf den Boss.«

»Und wie heißt der Geheimnisvolle?«

»Das wird er Ihnen selbst sagen.«

Xavier druckste bei der nächsten Frage ein wenig herum. »Wie geht es ihr?«

Die Frau verstand gleich, wen er meinte. »Cauldron?

141

Oh, sehr gut.« Jeroquee nahm eine kleine Saftflasche aus der Minibar und reichte sie ihm. »Sie zieht immer noch mit ihren Chummern um die Häuser. Neulich haben sie einen Typen zerlegt, Lugstetter, der ihnen von Cyberdynamix auf den Hals gehetzt worden war. Aber ansonsten gibt es nichts Neues, soweit ich das weiß. Ich bin aber schon ziemlich lange weg von Seattle.«

Enttäuschung machte sich bei dem Negamagier breit. Er hatte gehofft, dass sie Grüße ausrichtete oder vielleicht sogar einen altertümlichen, aber sehr romantischen Brief von der Magierin in der Tasche hatte. Aber außer der Kom-Nummer schien sie nichts weitergegeben zu haben. *Ich Idiot,* schimpfte er mit sich selbst, weil er sich Hoffnungen gemacht hatte.

Er schaute hinaus und betrachtete die Hamburger Häuserfronten, die vorüberhuschten. Seine Begleiterin verstand, dass er nicht in der Stimmung war, sich mit ihr zu unterhalten, und schwieg ebenfalls.

Die Limousine hielt vor dem Escardor, einem Hotel der gehobenen Oberklasse, wie Xavier anhand der Fassade und des ersten Eindrucks der Empfangshalle feststellte. Da er auf so viel Etikette nicht vorbereitet war und Jeans und Turnschuhe nicht passten, musste er sich im hauseigenen Shop eine Abendgarderobe ausleihen.

Jeroquee überließ ihn der Obhut eines »Maitre de Irgendwas«, dessen französischen Titel Xavier unaussprechlich fand, winkte ihm noch einmal knapp zu und fläzte sich auf eine Couch im Eingangsbereich. Ihr Job endete vor den Stufen der höheren Gesellschaftsklasse. Für den Negamagier begann es erst.

Der Maitre geleitete ihn in ein Nebenzimmer. Zwei Kellner wuselten um ihn herum, der eine schenkte ihm Wein, der andere Wasser ein. Ein dritter brachte die Speisekarte und legte sie vor ihn auf den Tisch, um sich sofort wieder zurückzuziehen.

*Tja, und nun?,* dachte er ratlos. Er wusste nur, dass es

sich beim Boss wahrscheinlich um einen Mann handelte, der seine zerstörerische Wirkung auf Magie benötigte. »Abwarten und Wein trinken«, murmelte er und nahm einen Schluck. Das Aroma, das sich auf seiner Zunge entfaltete, gewährte ihm neue Geschmackserlebnisse. Jedenfalls war das kein Fusel.

Nach zehn Minuten steuerte ein seltsames Trio auf seinen Tisch zu. Ein unauffälliger, älterer Mann mit einer Zwickelbrille und einem sehr guten und sehr teuren Geschmack, wenn es um die Wahl des Erscheinungsbilds ging, lief in der Mitte. Er stützte sich auf einen Stock aus schwarzem Holz, der Griff bestand aus einem stilisierten Totenkopf.

Rechts neben ihm lief eine Afrikanerin, die eine Chauffeuruniform trug. Für ihre Größe wirkte sie zu dünn, die Haut schimmerte tiefschwarz. Die stark hervortretenden Wangenknochen machten die Frau, die er auf Mitte zwanzig schätzte, zu einer herben Schönheit. Die gelblichen Augen schaute ihn schon von weitem beinahe feindselig an und spiegelten eine unbestimmte Wildheit wider.

Auf der anderen Seite ging ein Elf, der leise mit dem Mann redete. Er trug einen dunkelgrauen Businessanzug, hatte kurze blonde Haare, eine sehr hohe Stirn und ein Oberlippenbärtchen, wie es die so genannten Dandys meist ausrasierten. Sein linkes Auge stand leicht schief. Das nörgelnde Spitzohr war mit Sicherheit ein Magier, der ihn astral checken wollte und es nicht fasste, dass er unsichtbar blieb.

Anhand des Verhaltens des Maitre erkannte er, dass es sich um seinen Gastgeber und seine Bodyguards handelte. Als sie noch zwei Meter von ihm entfernt waren, erhob er sich. Die Arme ließ er herabhängen. Er hatte es sich abgewöhnt, Fremden die Hand zu geben. Wie schnell konnte die Begrüßung bei einem Magischen unangenehme Folgen haben.

Scheinbar erahnte der Ältere den Grund für die Unhöflichkeit und nickte nur. »Guten Abend, Herr Rodin. Schön, dass Sie Zeit hatten, nach Hamburg zu kommen und sich meinen Vorschlag anzuhören.«

»Sind Sie der Boss?«, erwiderte der Negamagier. »Haben Sie auch einen Namen?«

»Yakub Estefan Zozoria. Ich befasse mich mit Antiquitäten.« Der Mann lächelte. »So viel kann ich Ihnen schon einmal anvertrauen. Es steht für Sie eine nicht unwesentliche Summe bereit, wenn Sie den Auftrag annehmen, den ich Ihnen unterbreiten möchte. Aber das Ganze setzt Verschwiegenheit voraus. Mehr, als es im Runnergeschäft üblich ist. Dazu zähle ich bereits diese Unterredung.« Er wählte einen anderen Wein aus und schaute ihn aus beinahe toten, grünen Augen an. »Wir sollten uns besser kennen lernen. Lassen Sie uns ein bisschen plaudern. Beginnen wir mit einer einfachen Sache. Beispielsweise damit: Was ist der Tod für Sie?«

»Gibt es einen bestimmten Grund, warum Sie ausgerechnet darüber sprechen wollen?«

Der Mann nickte bedächtig. »Die Einstellung zum Tod verrät viel über einen Menschen. Sicherlich, wir könnten über die neuesten Entwicklungen auf dem Aktienmarkt oder den Wert einer Vase aus der Ming-Dynastie sprechen. Tun Sie mir einfach den Gefallen, Herr Rodin. Ich lade Sie zu einer kleinen Philosophiestunde ein.«

*Meine Güte, der ist meschugge.* Xavier dachte nach, wie er den Test bestehen könnte. »Na schön. Der Tod also … medizinisch betrachtet?«, versuchte er einen Ansatz zu finden. »Aussetzen der Atmung, Stillstand des Herzens, Ende der Gehirntätigkeit. Gut, die Reihenfolge kann variieren, wenn die Kugel direkt in den Schädel rauscht«, fügte er lächelnd hinzu.

Zozoria stimmte zu. »Eine nette, knappe Definition. Diese Erkenntnis bringt mich zur nächsten Frage.« Er massierte seinen Handrücken und legte dann die Finger entspannt auf die Sessellehnen. »Warum muss der Mensch sterben, Herr Rodin?«

»Ich würde sagen, dass letztendlich die Kräfte erschöpft sind. Der Abbau der Vitalität ist etwas ganz Natürliches.«

»Falsch!«, widersprach ihm der Antiquitätenhändler. »Gibt es Ihnen nicht zu denken, dass die seelisch-geistige Entwicklung des Menschen nicht unbedingt in demselben Ausmaß von diesem Abnutzungsvorgang betroffen ist? Es gibt körperlich kranke und alte Menschen, die innerlich sehr jung, wach und unverbraucht geblieben sind. Wir sind anders als Tiere und Pflanzen, bei denen Ihre Ansicht stimmt. Es geht nun darum, die körperliche und geistige Kraft aufrechtzuerhalten. Ewig.«

»Leonisation? Ich halte nicht viel davon, zu viel Gott zu spielen. Es ist ganz gut, dass der Mensch nur eine gewisse Zeit lebt.«

»Ein gutes Stichwort. Ich vermute, Sie gehören einer christlichen Konfession an?«

»Ich wurde getauft, wenn Sie das meinen. Protestantisch.«

»Dann wird es Sie überraschen zu hören, dass im Weltentwurf Gottes der Tod tatsächlich ein Eindringling ist. Der letzte Feind des Menschen ist der Tod, heißt es in der Bibel. Ich weiß nicht, wie es Ihnen geht, doch der Tod widerspricht zutiefst meinem ausgeprägten Verlangen nach dem Leben.« Er lehnte sich nach vorne. »Oder würden Sie gerne sterben?«

Der Negamagier verfolgte die Ausführungen seines zukünftigen Auftraggebers nun aufmerksamer. Das Philosophieren lag ihm zwar nicht besonders, doch er vermutete, dass der Mann in eine gewisse Richtung wollte. »Nein«, entgegnete er zögernd. »Nein, wenn ich es mir recht überlege, würde ich gerne noch lange auf der Erde bleiben.«

Zozoria lächelte triumphierend. »Bleiben wir doch ein wenig bei dem Thema. Mancher Zeitgenosse und manche Religion verstehen den Tod als das Tor zum Leben nach dem Tod. Sie sind Runner. Sie stehen mit einem Bein immer im Grab. Glauben Sie daran, dass es hinterher weitergeht?«

Der Negamagier zögerte. »Hinterher? Nach dem Sterben? Na ja, es gibt anschließend so etwas wie ein Jenseits, eine Art große Gemeinschaft.«

»Warum begehen dann nicht alle Menschen Selbstmord, die diesen Vorstellungen vom besseren Leben nach dem Tod anhängen?«

»Äh …?«

»Die Hoffnung auf ein Leben im Jenseits ist meiner Ansicht nach ein raffinierter Schwindel, um die Menschen zu trösten und von den herrschenden Missständen abzulenken. Es kam noch keiner zurück und erzählte uns, wie großartig es nach dem Sterben ist. Den Versprechungen quer durch alle Jenseitsvorstellungen folgte kein einziger Beweis, der mich überzeugte. Fazit: Mit dem Tod ist alles aus.« Zozoria deutete wahllos auf kostspielige Dinge im Raum. »Ich speise gerne gut, ich habe einen gewissen Luxus erreicht, ich kann mir vieles leisten. Und das soll lange so bleiben. Hier weiß ich, was mich erwartet. Am Geld wird es nicht scheitern. Stellen Sie es sich vor, ohne Verfallserscheinungen gesund und ewig zu leben, ewig Dinge zu lernen, Wissen und Können zu perfektionieren, was sonst niemandem vergönnt ist.«

»Dazu müssten Sie den letzten Feind, wie Sie ihn vorhin nannten, erst besiegen«, führte Xavier die seltsame Gedankenkette des Antiquitätenhändlers fort. »Tja, und da scheitern Sie.«

Zozoria atmete langsam aus. »Wir werden sehen«, beließ er es bei einer Andeutung. »Ich sehe, Sie sind mit Ihren Vorstellungen vom Tod ein Gefangener der allge-

146

meinen Meinung, Herr Rodin. Was ich Ihnen nicht weiter nachtrage.«

»Heißt das, Sie wollen mir den Job immer noch anbieten?« Anscheinend hatte er den Test bestanden, obwohl er die beinahe besessene Art des Mannes, über das Ableben zu räsonieren, schon merkwürdig fand. Seiner Ansicht nach hatte Zozoria einfach zu viel Zeit zum Grübeln.

»Sicher. Den Grund, weshalb die Wahl auf Sie fiel, können Sie sich vielleicht denken. Nachdem ich von Ihrer besonderen Begabung hörte, musste ich Sie einfach kennen lernen.«

»Und? Worum geht es?«

Der Inhaber von Antique Enterprises betrachtete Xaviers Gesicht aufmerksam. »Wie ich schon sagte, Ihre Aufgabe setzt eine außergewöhnlich große Bereitschaft voraus, Stillschweigen zu bewahren. Da ich Sie derzeit nicht im vollen Umfang unterrichten möchte, lassen Sie mich einen Test machen.« Er nahm einen schlichten Goldring aus der Rocktasche und legte ihn auf die Mitte des Tisches. Matt schimmerte das Edelmetall auf. Anschließend nahm er ein kleines Samtsäckchen und deponierte das Kleinod darin. »Es ist ein sehr billiger Fokus, und ich möchte, dass Sie sein magisches Potential durch eine Berührung zerstören. Schaffen Sie das?«

Xavier steckte die flache Hand kurz in den Beutel, um den Ring zu berühren. Zozorias Begleiter schien den Vorgang astral überwacht zu haben. Er beugte sich vor und flüsterte dem Mann etwas ins Ohr.

»Kompliment. Sie haben das magische Artefakt in Sekundenbruchteilen vernichtet«, sagte er beglückt zu dem Runner. »Damit kommen wir zur nächsten Stufe unserer Unterredung. Ich möchte von Ihnen lediglich, dass Sie diese Tätigkeit an anderen Objekten wiederholen. Da es Sie nichts angehen soll, worum es sich dabei handelt, werden wir die Dinge in einen Beutel legen. Ich

147

nahm nicht an, dass Sie sich von uns die Augen verbinden lassen wollen.« Xavier nickte ganz leicht. »Sie berühren die Gegenstände, und wir fliegen Sie wieder nach Hause.«

»Ich soll Fokusse zerstören«, fasste Xavier zusammen. Die Enttäuschung über die vermeintliche Leichtigkeit des Auftrags schwang in seinen Worten mit, was Zozoria genau registrierte. »Wie spannend.«

Der Antiquitätenhändler musste lachen. »Sie haben erwartet, dass ich Sie auf einen mysteriösen Run schicke? Sie scheinen sich bei Ihrer momentanen Tätigkeit sehr zu langweilen.«

»Ich mache derzeit im Grunde genau das Gleiche, was ich für Sie tun soll«, seufzte der Negamagier.

Ein Leuchten huschte über das Gesicht des Elfs. Er beugte sich ein weiteres Mal zu seinem Arbeitgeber und raunte ihm einige Sätze zu, die Zozoria knapp, aber unverständlich kommentierte. Schließlich wandte er sich wieder seinem Gast zu.

»Dann werde ich mich bemühen, Ihnen wenigstens mehr Geld zukommen zu lassen als Ihr derzeitiger Brötchengeber. Konkret formuliert: Sie werden magische Barrieren für mich zerstören, und Sie erhalten dafür pro erledigtem Auftrag zehntausend EC. Wie viele Gegenstände wir Ihnen vorlegen werden, wissen wir zurzeit noch nicht, aber gehen Sie davon aus, dass es mindestens fünf sind.«

»Und wo soll das Ganze stattfinden?«

»Ich werde Sie an einen Ort fliegen lassen, an dem es Ihnen nicht an Komfort mangelt«, wich der ältere Mann aus. »Die Gegenstände zu Ihnen zu bringen ist mir zu riskant. Seien Sie versichert, die Gegend ist wunderbar: tief eingeschnittene Täler, Bergquellen, sanfte Bäche, Ruhe und Abgeschiedenheit. Der Zeitpunkt richtet sich ganz nach Ihnen.« Xavier wurde eine Visitenkarte gereicht. »Rufen Sie uns an, und wir schicken Ihnen einen

Jet, wo immer Sie ihn auch haben möchten.« Er lang-
te in eine kleine Tasche und zog eine Uhr mit einem
Sprungdeckel heraus. »Sind wir uns einig geworden,
Herr Rodin?«

Der Negamagier bestätigte den Deal mit einem Grinsen.

»Dann sehen Sie mir bitte nach, dass ich Sie allein las-
sen muss. Geschäfte«, deutete Zozoria an. »Ich schicke
Ihnen Frau Jeroquee herein. Sie wird Ihnen beim Essen
Gesellschaft leisten, wenn Sie möchten.«

»Nur zu«, meinte der Negamagier. Er spielte mit der
Visitenkarte. »Es wird nicht lange dauern, bis Sie von
mir hören, Herr Zozoria«, versprach er. »Sie haben mich
mit der schönen Gegend gelockt, weniger mit dem
Geld. Ferien habe ich dringend nötig.«

Der Antiquitätenhändler machte sich auf den Weg
zum Ausgang. »Schön, dass Sie Ihre Aufgabe als so
wenig belastend betrachten«, verabschiedete er sich.
»Hoffen wir, dass Sie ebenso erfolgreich wie zuversichtlich sind.« Er winkte grüßend und ging zusammen mit
der Afrikanerin und dem Elfen hinaus.

Es dauerte nicht lange, da erschien der Lockenschopf
der ehemaligen Ghuljägerin im Türspalt. »Da bin ich
wieder.« Unsicher trat sie herein und setzte sich. So, wie
sie sich präsentierte, hatte man ihr in der hoteleigenen
Ausleihe ein champagnerfarbenes Abendkleid empfohlen, in das sich ihr Körper perfekt schmiegte. »Der Boss
meinte, ich könnte mit Ihnen einen draufmachen.«

»Solange er bezahlt.« Der Negamagier zwang sich,
die Augen von ihr zu wenden. In diesem Dress war so
ziemlich jedes Körperteil ein Hingucker.

»Er zahlt«, kam es vom Maitre stoisch, in dessen Ge-
folge sich mehrere Kellner mit abgedeckten Tellern befanden. »Bon appetit.«

Während sie sich über die Vorspeise hermachten, beschloss Xavier, mit Jeroquees Hilfe etwas mehr über sei-

149

nen Auftraggeber herauszufinden. »Hat er mit Ihnen auch ein Gespräch über den Tod geführt?«

Die junge Frau wirkte nicht sonderlich verwundert. »Nicht bei unserem ersten Zusammentreffen. Aber später, nachdem klar war, dass ich einen Auftrag erledigen würde, saß ich in seinem Arbeitszimmer und musste ihm darlegen, was ich vom Jenseits erwarte. Das ist anscheinend eine fixe Idee von ihm.«

»Wie ist er sonst so?«

Jeroquee feixte. »Ein echter Menschenfreund. Er handelt mit Antiquitäten und hat einen Fonds gegründet, der mittellose Magiestudierende unterstützt.«

Das Wissen, das sie mit einem Bekannten über Zozoria in Erfahrung gebracht hatte, behielt sie für sich. Weder der Negamagier noch der Boss mussten merken, dass sie von dessen Verwicklungen in Geschäfte mit Artefakten Kenntnis hatte.

Der gebürtige Andorraner besorgte seiner Kundschaft die ältesten magischen Gegenstände und Ingredienzien, die man sich vorstellen konnte, hieß es im Schattennetz. Angeblich gingen verschiedene Diebstähle auf das Konto seiner Handlanger, zu denen sie gehörte. Davon hatte sie bislang noch nichts zu sehen bekommen, denn ihre Abteilung beschäftigte sich mit Harmloserem, wenn auch nicht Astreinem.

»Antiquitäten«, wiederholte der Negamagier nachdenklich. »Sind die mit magischen Schutzfeldern umgeben?«

Energisch legte Jeroquee ihr Besteck auf den Tellerrand. »Hören Sie mal, wenn Sie mehr über Ihren Job wissen wollen, Chummer, fragen Sie den Boss und nicht mich. Ich kenne Ihren Auftrag nicht und würde Ihnen auch nichts erzählen, selbst wenn ich etwas wüsste. War das deutlich?«

»Es war laut«, äußerte Xavier lakonisch. »Was machen Sie für ihn?«

Er erhielt einen vorwurfsvollen Blick. »Sie fragen ja schon wieder. Aber das ist wenigstens etwas, was ich Ihnen sagen kann.« Sie fuhr sich durch die dunkelbraunen Locken. »Ich begleite Kräuterteams.«

»Wie bitte?«

Jeroquee schenkte ihm ein Lächeln. »Angenommen, ein Kunde möchte die gelb-blau getupfte Rapunzelblüte, die unter dem ostöstlichen Wendekreis des Planetoiden Muckefuck wächst, dann recherchiert eine Crew, wo das seltene Pflänzlein gedeiht, und bricht dorthin auf.«

Der Negamagier begriff, was ihr Part dabei war. »Sie sorgen mit Ihren Ballermännern dafür, dass die Pflücker unbehelligt durchs Gemüse robben können.«

Sie zwinkerte ihm als Zustimmung zu.

»So etwas hätte ich auch gerne wieder gemacht«, gestand er unbefriedigt. »Ein bisschen Action.«

»Sie haben das gleiche Problem wie ich«, bemerkte die ehemalige Ghuljägerin wissend. »Wir sind Adrenalinjunkies. Wir brauchen den Kick. Ich wollte es mir anfangs auch nicht eingestehen, aber es ist einfach so.«

»Da stimme ich Ihnen zu.« Er erwiderte ihr Zwinkern. *Was tust du? Flirtest du da gerade?*, wunderte er sich insgeheim. Er fühlte, wie sein Kopf warm wurde. Woher die Verlegenheit stammte, wusste er nicht zu sagen. Vielleicht das schlechte Gewissen, weil er eigentlich dachte, er würde Cauldron in seinem Herzen tragen. Als Mann unterlag er offensichtlich ihren weiblichen Reizen.

Die junge Frau senkte den Blick. »Fragen Sie den Boss bei Gelegenheit, ob Sie mich begleiten dürfen. Nicht dass Sie vor Langeweile umkommen. So ein aufgebrachter Wildhüter in einem Naturschutzpark, der mit einer Wumme die gelb-blau getupfte Rapunzelblüte unter dem ostöstlichen Wendekreis des Planetoiden Muckefuck verteidigt, kann eine echte Herausforderung sein.«

Xavier kostete von dem Wein, den Zozoria bestellt hatte. »Die Idee ist nicht schlecht«, meinte er etwas munterer.

*ADL, Groß-Frankfurt, Mainz-Wiesbaden,*
*24. 04. 2058 AD, 22:03 Uhr*

Tattoo, Andex, Oneshot, Dice und Schlagergott saßen im *Vorspiel*, ihrem erklärten Stammlokal auf der Vergnügungsmeile von »Mawie«, wie der Bezirk Mainz-Wiesbaden auch genannt wurde.

Der Bezirk war der personifizierte Dorian Gray. Während in Wiesbaden die fetten Investmentgeschäfte abgewickelt wurden, hatte sich Mainz seit dem Wiederaufbau nach der Überflutung zu einem Industriestandort der untersten Kategorie mit Arbeitersiedlungen entwickelt. Vom Glanz der ehemaligen Landeshauptstadt von Badisch-Pfalz war nichts mehr geblieben.

Außer Andex waren sie dem Mainzer Morast des Verbrechens entsprungen, das an allen Ecken grassierte. Alle vier liebten das verlotterte Mainz, in dem die Sünde herrschte und man sich alles für Geld kaufen konnte, falls es einem vorher nicht geklaut wurde. Vielleicht bestand das Erfolgsrezept der Black Barons darin, den heimischen Kriminellen eine zweite Chance zu geben. Sie hatten auf der Straße gelernt zu überleben, und die Stadtkrieger brachten ihnen das taktische Vorgehen bei.

Das Geld für die Liga und den Unterhalt des heruntergekommenen Fußballstadions, in dem sie trainierten, brachten die Barons über Spenden auf. Woher die Kohle stammte, wussten die Spieler nicht. Es interessierte sie auch nicht. Dafür gab es das Management. Sie kümmerten sich darum, dass der Ball in die Torzone des Gegners kam.

Von draußen erklang das helle Rattern einer kleinen Maschinenpistole, gefolgt vom tiefen Dröhnen einer schweren Pistole. Ein Projektil knallte gegen die kugelsichere Scheibe.

»Hey, Jupp«, rief der orkische Brecher dem Inhaber zu und deutete auf das Fenster nach draußen, »hast du ein Problem mit den Yaks?«

Jupp stellte das letzte Bierglas auf das Tablett und balancierte es an den Tisch der Stadtkrieger. »Nö, das sind keine Yaks.« Er warf einen flüchtigen Blick hinaus. »Ging auch nicht gegen mich. Der Frosch-Manni zahlt den Russen nichts mehr, und die wollen ihn umstimmen. Das geht schon ein paar Tage so.« Er verteilte die Gläser. »Ein Trupp kommt vorbei, ballert sinnlos auf die Front, um die Kunden zu vergraulen, und rückt wieder ab. Frosch-Manni schießt zurück und trifft nichts.«

Die Elfin klopfte gegen das Glas. »Das war eine gute Investition, Jupp.«

»Verdammt teuer. Zusätzlich beschichtet. Aber alles andere bringt nichts.« Der Wirt zerriss die Rechnung. »Geht auf mich, Leute. Für die Scheiße in Moskau dürft ihr umsonst saufen.«

Sie hoben gleichzeitig die Gläser, prosteten dem Fan-Schal mit dem Aufdruck »The Black Baron reigns« über ihnen zu und leerten sie auf ex. Jupp karrte die nächste Fuhre Freibier an.

Schweigend saßen sie am Tisch, keiner wollte etwas sagen. Egal worüber sie redeten, nichts davon würde sonderlich erfreulich sein.

Schließlich machte Andex den Anfang. »Ist unser Ligaspiel verschoben worden?«, fragte er Mannschaftskapitän Oneshot.

Der elfische Scout schüttelte den Schopf. »Die Centurios haben es abgelehnt.«

»Die Dreckschweine«, fluchte Andex verbittert. »Klar, auf so eine Gelegenheit haben sie nur gewartet. Dann schaffen selbst solche Schwachstecker wie die es, endlich mal den ersten Platz zu belegen.«

Oneshot nahm einen Schluck. »Es kommt noch besser. Die ISSV hat die Begegnung zwischen uns und Maschine Moskwa als Sieg für uns gewertet.«

»Halbfinale? Kacke, wir sind weiter? Wie sollen wir denn gegen die Blood Royals spielen?«, wunderte sich Dice und rieb sich abwesend durch die kurzen Haare. »Nicht dass ich von unseren Ersatzleuten nicht viel halten würde, aber das hier wird richtige Arbeit. Die Engländer sind Asis wie wir.«

»Das schaffen wir in der Besetzung niemals«, meinte Schlagergott bedrückt. »Da stehen wir im Halbfinale der European Champions Trophy und dann so was.«

Das Schweigen kehrte an ihren Tisch zurück. Sie tranken niedergeschlagen, und der aufmerksame Kneipier brachte die dritte Runde.

»Wo ist der Koffer?«, wollte Dice unvermittelt wissen. »Und was machen wir damit?«

Andex schlug Tattoo auf die Schulter. »Dein Auftritt am Flughafen war erstklassig.«

»Scheiße, erinnere mich bloß nicht dran«, knurrte die Aufklärerin, während sie das Glas mit beiden Händen umfasste. Ihre Verletzungen spürte sie kaum mehr, dank Intensivmedizin und Painkillern. »Ich muss mit dem Typen noch essen gehen.«

»Bring ihn doch mit ins *Vorspiel*.« Der Ork feixte. »So etwas hat der Azubi-Zöllner bestimmt noch nicht gesehen.«

»Bist du verrückt? Am Ende denkt der Schnüffler, der Name sei ein Hinweis und will mit mir ins Bett«, begehrte die Elfin auf. »Den schleppe ich an die nächste Soyburgerbude, damit hat sich der Fall.«

»Wie undankbar«, stichelte Dice. »Zuerst machst du den Bubi an, und dann willst du nichts mehr von ihm wissen.«

»Der Koffer ging unkontrolliert durch. Das zählte.«

»Und wo ist er jetzt?«, fragte ihr Teamkollege mit den auffälligen Haaren.

Tattoo warf ihm einen kurzen Blick zu. »Versteckt. Bis uns was eingefallen ist.« Sie schaute in die Gesichter der anderen. »Oder möchte ihn einer von euch zur Aufbewahrung haben?« Abwehrende Gesten und Kopfschütteln waren die Folge. »Dachte ich mir. Hat einer was rausbekommen?«

Oneshot nahm die Rechnungsbelege und vier Ausweise aus einer Tasche, die sie bei den Leichen gefunden hatten. »Die Ausweise stammen von den Angreifern. Der Kurier hatte nichts dabei, was ihn identifizierbar gemacht hätte. Anscheinend verhält es sich mit den Rechnungen ebenso.« Die Quittungen zeugten von Übernachtungen in einem Mittelklassehotel in Moskau sowie einem Flug von Frankfurt in die Hauptstadt Russlands. »Die Ausweise habe ich auch checken lassen. Nichts.«

»Wie, nichts?«, hakte die Elfin ein.

»Nichts. Die Identität der Leute passt nicht zu dem, was sie in Moskau gemacht haben. Angeblich sind das alles unbescholtene Leute, die nicht im Polizeiregister auftauchen, wie ich von dem Decker erfahren habe.«

»Also gefälschte IDs.« Andex winkte nach Jupp, um für Nachschub zu sorgen. »Bleibt uns nur noch, den Koffer aufzumachen.«

Dice legte die Füße auf den Tisch. »Ist aber verdammt gefährlich, auch wenn man prima darauf wetten könnte, was alles passieren kann. Es ist nicht möglich, ihn zu durchleuchten, ein Magiefuzzi konnte seine Rübe auch nicht reinstecken. Jemand hat dafür gesorgt, dass unter keinen Umständen herauskommt, was er da mit sich herumschleppt.«

»Zu gefährlich, zu wertvoll«, zählte Tattoo die Möglichkeiten auf. Sie schaute zufällig auf die Straße und wurde aufmerksam. »Sag mal, Schlagergott, bist du mit deiner neuen Rennmaschine da? Eine blauschwarze BMW Victory?« Der Stürmer nickte. »Du solltest mal nach dem Rechten sehen. Ein Biker interessiert sich dafür.«

Der Mann sprang auf und rannte unter dem Gelächter seiner Mannschaftskollegen zum Ausgang.

»Wenn du uns brauchst, ruf einfach«, brüllte Andex hinterher.

»Wir sollten gleich rausgehen«, empfahl die Elfin, die bemerkte, dass zehn Motorräder anhielten, nachdem Schlagergott auf die Straße getreten war. »Der Ganger ist nicht alleine.«

»Die kommen mir gerade recht«, grummelte der Brecher, leerte sein Bierglas und erhob sich.

Die anderen folgten ihm und traten in dem Moment auf den Bürgersteig, als der Tollenträger den Ganger, der seinen Namen Hellbent sowie das Abzeichen »A666« auf der schweren Lederjacke trug, höflich bat, die »Scheißdreck-Fettgrabscher« von der Victory zu lassen.

Tattoo wusste, dass die Gang die A60 vom Rhein bis zum Mainz-Süd-Kreuz beanspruchte. Sie zählte zu den härtesten und berüchtigtsten Motorradclubs der Umgebung. Das würde ihren Stürmer allerdings nicht interessieren, wenn seine Victory in Gefahr geriet.

»Machen wir ein Rennen. Verlierst du, bekomme ich deine Schleuder«, schlug der Ganger vor.

»Verpiss dich«, erwiderte Schlagergott grinsend.

»Habt ihr eure Ausrüstung dabei?«, fragte Oneshot leise in die Runde. Sein Team bestätigte.

»Ich wette, dass sie abhauen«, schätzte Dice zuversichtlich. »Vier zu eins.«

Hellbents Augen verengten sich zu Schlitzen. »Ich kann es dir auch so wegnehmen, Depp. Wir sind ein paar mehr als ihr.«

»Mehr schon. Aber nicht besser.« Die Elfin legte ihre Hände an die Griffe ihrer Sai-Gabeln, die sie in Halterungen an den Oberschenkeln trug.

»Die kenn ich! Das ist doch das Langohr aus dem Trid«, sagte einer der »A666«-Leute etwas zu laut zu seinem Nachbarn. »Die sind in der Stadtkrieg-Liga.«

Unsicher wechselten die Mitglieder der Bande schnelle Blicke. Keiner von ihnen scheute vor einer Schießerei zurück. Sich mit diesen Profis anzulegen, deren Cyberware vom Allerfeinsten war, könnte jedoch schwer ins Auge gehen.

»Klasse. Jetzt hast du ihnen Angst gemacht«, maulte Andex Tattoo an. »Dabei wollte ich mich gerade abreagieren.«

Hellbent spürte, dass seine Kumpels kaum eingreifen würden, sollte er auf den Gedanken kommen, den wilden Mann zu spielen. Behutsam wich er zurück. »Wer will schon so eine Kacke fahren?«, versuchte er den Kopf aus der Schlinge zu ziehen, damit sein Rückzieher nicht zu offensichtlich wurde.

»Weißt du was?« Schlagergott zückte einen Eddingstift. »Ich gebe dir ein Autogramm, damit du siehst, dass ich dir nicht böse bin.« Die Spitze des Schreibgeräts senkte sich auf den verchromten Tank des Ganger-Motorrads, und nach ein paar ordentlichen Schwüngen stand »Für Hellbent, den Erste-Sahne-Schlagerfan« darauf zu lesen. Zur Krönung zeichnete der Roy-Black-Fan ein großes Herz darunter. Grinsend drückte er die Kappe auf den Stift. »Gern geschehen.«

Hellbent zitterte vor Wut am ganzen Körper, doch er traute sich nicht, sich zu einer Handlung hinreißen zu lassen, die in ein blutiges Gefecht ausartete. Er sprang auf den Sattel, warf den Motor mit einem brutalen Tritt an und schoss mit qualmenden Reifen die Straße hinunter. Seine Kumpel folgten ihm.

Die Stadtkrieger kehrten in ihre Stammkneipe zurück.

Jupp stand in einer kugelsicheren Weste und mit einem AK-97 bewaffnet in der Tür.

»Jupp. Was wird das denn?« Andex betrachtete ihn kritisch. »Stell die Bleispritze weg, und bring uns lieber noch eine Runde. Und komm nie mehr auf den Gedanken, eingreifen zu wollen. Das macht die Sache für uns nur gefährlicher.«

Der Wirt verschwand hinterm Tresen und begann zu zapfen, während sie Platz nahmen.

»Zurück zum Thema«, fuhr Dice fort. »Was machen wir damit?«

»Kennt einer von euch einen Magier, der sein Glück versuchen könnte?«, wollte der Mannschaftskapitän wissen. »Andernfalls schlage ich vor, dass wir uns einen Experten in Sachen Schlösserknacken suchen und ihn vorbereiten, dass der Koffer einige Überraschungen enthält.«

Tattoo blieb skeptisch. »Schätze, wir müssen das größer angehen. Ich will nicht, dass etwas schief geht.« Sie begann mit ihrer Aufzählung. »Wir brauchen einen Sprengstoffexperten, einen Schlossprofi und einen Magier. Wir sollten jedoch nicht allzu viele Außenstehende einbeziehen. Irgendwelchen Typen hat der Koffer schließlich mal gehört. Und wenn diejenigen die Leichen finden und die Moskauer Bullen denen stecken, wer sich im Haus rumgetrieben hat, bekommen wir bald Besuch.«

Andex wählte einen Snack von der Speisekarte und brüllte seinen Wunsch quer durchs *Vorspiel*, ehe er auf ihre Bemerkung antwortete. »Daran habe ich noch gar nicht gedacht. Ich glaube nicht, dass wir da Schwierigkeiten bekommen. Sie werden sich kaum außerhalb ihres Terrains gegen eine ganze Mannschaft stellen wollen.«

»Ich weiß nicht«, wog Oneshot ab. »Sie schreckten nicht davor zurück, sich zwischen die Fronten eines

Stadtkrieg-Spiels zu werfen. Und wir wissen nicht, ob sie aus Russland stammen. Es können genauso gut Söldner gewesen sein.«

Die Erinnerung an die Typen in Vollrüstung sorgte für Unbehagen. »Ist das Ding wirklich sicher?«, wollte Dice wissen.

»So sicher wie die BMW von Schlagergott«, betonte Tattoo. Als habe ein unbekannter Regisseur das Stichwort vernommen, hörten sie draußen eine dumpfe Explosion. Blauschwarze Metallteile, ein Sattel und ein breites Rad mit Zackenprofil prasselten gegen die resistente Scheibe. »Ich wollte sagen, sicherer als die BMW von Schlagergott«, fügte sie trocken hinzu.

»Tattoo und Andex, hinten raus. Der Rest geht mit mir«, befahl ihr Kapitän und zog seine Pistole. »Wir klären die Sache mit den A666-Gestalten jetzt richtig.«

Sechs Minuten später öffnete sich die Tür des *Vorspiel*.

Ein leicht schwitzender Andex winkte dem Wirt zu. »Jupp, zapf mal vier Bier an. Die anderen sind auch gleich so weit. Und mir gibst du gleich eins.« Schnaufend warf er sich auf den Stuhl und goss sich den Gerstensaft in die Kehle.

»Hart?«, erkundigte sich der Kneipier nach dem Verlauf der Streitigkeiten.

Der Ork hob die ausgestreckte Hand und wackelte damit hin und her. »So lala, würde ich sagen. Besseres Training. Die Ganger sind zäh, aber dämlich.«

Die Biere und die restlichen Stadtkrieger trafen gleichzeitig am Tisch ein. Keiner von den fünfen hatte schwere Verletzungen einzustecken, lediglich Dice blutete aus einer Schnittwunde an der rechten Wange. Jupp reichte ihm ein Handtuch.

»Mann, hoffentlich ist die Wunde nicht so tief, dass mir das Bier wieder rausläuft«, meinte er fröhlich und stieß mit seinen Freunden an.

159

Schlagergott zählte die Geldchips, die abgegriffenen Scheine und Kredit-Karten, die er von den Gangern kassiert hatte. Er lieh sich das Kartenlesegerät des Wirts und kontrollierte, ob sie ihm die richtigen Geheimnummern gegeben hatten. »Reicht genau für eine neue Maschine«, schloss er seine Tätigkeit ab.

»Glück für die Jungs, sonst wären wir noch mal rausgegangen und hätten ein paar Organe weggeschnippelt«, sagte der Brecher grimmig. »Jupp, wenn die vorbeikommen und dich wegen der Sache anstinken wollen, ruf uns an. Dann wird es bald keine A666 mehr geben.«

»Man hat es dir richtig angesehen, dass du froh warst, endlich mal Dampf abzulassen.« Dice stieß ihm in die Seite. »Der Meta mit dem stärksten Faustpunch in seiner Klasse hat wieder mit Hingabe ein paar Nasen gebrochen.«

Tattoo klopfte mehrmals auf die Tischplatte. »Genug gealbert. Wir müssen die Angelegenheit mit dem Koffer klären. Ich schlage vor, jeder von uns hört sich um, ob es vertrauenswürdige Experten gibt, die wir bezahlen können. Aber Eile mit Weile. Es rennt uns nichts davon, und wir müssen nebenbei noch zwei wichtige Spiele bestreiten.«

»Was machen wir, wenn die Typen aus Russland uns hier aufstöbern?«, wollte Andex wissen.

Die Elfin bleckte die schimmernden Reißzähne. »Dann schnappen wir sie uns und quetschen sie aus.« Sie hoffte zumindest, dass es ihnen gelingen würde.

Die Erwähnung der anstehenden Entscheidungsspiele ließ die Spieler in stilles Brüten verfallen. Noch immer meldete Coach Karajan keinen Erfolg, wenn es um das Anheuern von guten Nachwuchsspielern ging. Guten Nachwuchsspielern. Die viel versprechenden Youngsters hatten meist einen Vorvertrag mit einem anderen Verein in der Tasche, und mit unterem Durchschnitt konnte sich die angehende Meistermannschaft aus Mainz nicht zufrieden geben.

Dice hob zögerlich die Hand. »Ihr könnt mich gleich schlagen, aber was haltet ihr davon, wenn wir uns selbst nach Ersatz umschauen?« Sein Blick schweifte zum Fenster.

Der Kapitän machte große Augen. »Sag nicht, dass du die A666 fragen willst, ob sie den Black Barons beitreten möchten.«

»Nicht alle, Oneshot«, schwächte der Scout sofort ab. »Nur diejenigen, die sich am längsten gehalten haben. Ein paar waren gar nicht so schlecht. Dem einen habe ich dreimal auf die Fresslatte gehämmert, ehe er zusammenklappte.«

Die anderen Spieler schauten sich an.

»Ein paar liegen noch draußen rum«, stimmte Schlagergott indirekt zu.

Rumpelnd wurden die Stühle zurückgeschoben. Die Stadtkrieger verließen das *Vorspiel*, um die Ganger nach ihrer Meinung über ein Gastspiel bei den Black Barons zu fragen.


*ADL, Freistaat Thüringen, Jena,*
*25. 04. 2058 AD, 09:14 Uhr*

Ungeduldig trommelte Poolitzer gegen die Wand des Kom-Terminals und wartete vergebens, dass der angewählte Gesprächspartner abhob. Keimag, oder besser gesagt Xavier, wie er sich nannte, ging nicht dran. Fluchend würgte er weitere Versuche des Apparats ab. Es ärgerte ihn, dass die kaputte Batterie seines persönlichen Koms ihn zwang, eine Kom-Säule zu benutzen.

*Da braucht man die Leute einmal,* ärgerte er sich übergangslos über die Tatsache, dass der Runner sich nicht meldete. Dann fuhr er eben später zu ihm.

Der Reporter dachte daran, den Deutschen als Leibwächter anzuheuern. Die beiden Gestalten, die ihn im *Dr. Döner* entführen oder sonst was mit ihm machen wollten, würden es mit Sicherheit nicht bei einem Versuch belassen.

Vorsichtshalber schob er sich den Talentchip »Feuerwaffen« in die Buchse und prüfte mit einem verstohlenen Blick unter die Achsel, ob sich die Altmayer immer noch dort befand.

Okay, er war gut gerüstet. Dennoch hasste er Schießereien. Eine Art Technikfluch schaffte es, dass er selbst mit den Chips kaum jemals ins Ziel traf. Sein Doc hatte ihm versichert, dass die Leitungen und das Speichermedium einwandfrei waren.

*Es muss an meinem Pech liegen.* Er seufzte und wandte sich dem Eingang der Expressbahn zu, mit der er zur Universalbibliothek Weimar fahren wollte. Unterwegs notierte er sich alle Einzelheiten aus den Unterlagen des Göttinger Dozenten, an die er sich noch erinnern konnte.

Er wollte versuchen, mehr über die Museumsdiebstähle in London, Kairo und Vichy herauszufinden. Im besten Fall fand er noch etwas über die Einbrüche bei den Sammlern in Kuala Lumpur und in Schanghai. Eine Spur würde sich zweifellos finden, die ihm Aufschluss über den geraubten Gegenstand des Dekans erlaubte. So lautete seine bescheidene Hoffnung.

Nach einer kurzen Unterredung mit Professorin Vrenschel, der »bibliophilen Bibliognostikerin«, durfte er zusammen mit einer Aufsichtsperson die interne Recherche-Datenbank benutzen. Die Leiterin freute sich, bei einem seiner Fälle helfen zu können.

Seine Schlagwortsuche brachte nach kurzer Zeit Erstaunliches zutage. Die Privatsammler hatten Belohnungen ausgesetzt und eine Liste der gestohlenen Gegenstände veröffentlicht, in denen sich eine Übereinstimmung befand, die ebenso knapp wie geheimnisvoll war: »Schatulle/Kassette aus Teakholz, silberne und goldene Intarsien in Form von Sternen, dazu drei Granatsteine auf Vorderseite senkrecht eingearbeitet. Zirka 500 Jahre alt, vorderasiatischer Raum. Seitenkante 50 Zentimeter, 30 Zentimeter breit, 25 Zentimeter tief. Magisch.«

»Können Sie mir das ausdrucken?«, bat Poolitzer die Frau und sandte Mails an die Museen, die keine Listen mit den verschwundenen Objekten ins Gitter stellten. Dabei setzte er nicht seinen Namen, sondern die offizielle Adresse des ehrwürdigen Weimarer Bücherhorts ein. Das verbesserte die Aussichten, dass wenigstens ein Institut antworten würde.

Eine gewisse Ahnung beschlich ihn, dass auch die Museen in Kairo, London und Vichy solche Schatullen vermissten. Traf das zu, wäre die Vermutung legitim, dass Diederichs ebenfalls ein solches Kästchen gestohlen wurde. Nun musste er herausfinden, was es mit der Schatulle auf sich hatte.

»Sie können ruhig nach Hause gehen«, meinte seine Aufpasserin, die sich darauf beschränkte, hinter ihm zu stehen und zuzusehen. Sie hatte sich auch nicht beschwert, als er die Mails mit der Kennung der Bibliothek versah. »Wir rufen Sie in Ihrem Hotel an, sobald die Antworten eingegangen sind. Ich glaube nicht, dass die Museen so schnell sind.«

»Meinen Sie?« Poolitzer musterte die Assistentin, die er auf Mitte dreißig schätzte. Sie hatte mittellange, hellbraune Haare, deren Spitzen schwarz gefärbt waren, braune Augen und einen Leberfleck auf dem rechten Wangenknochen. Sie war in ein helles, luftiges Kleid gehüllt, das bis zu den Knien reichte, am Ansatz des Dekolletés baumelte ein Amulett. Ein Bergkristall, wenn sich der Reporter nicht täuschte, bildete das Zentrum des Schmuckstücks.

»Das ist sehr nett von Ihnen, Frau …?« Er notierte

seine Kom-Nummer auf ein Stück Papier und hielt es ihr hin.

»Otte«, stellte sie sich lächelnd vor. »Wiebke Otte. Ich bin eine Assistentin von Professorin Vrenschel, Herr Gospini.«

»Sie können mich jederzeit anrufen.« Er zwinkerte ihr zu. Scheißfrühling. Da gingen die Hormone mit einem durch. Aber was sollte es. »Kennen Sie sich gut in Weimar aus? Würden Sie einem kulturlosen Amerikaner Ihre Lieblingsplätze zeigen?«

Die Frau verlor weder ihre Fassung noch die Freundlichkeit. »Gerne, Herr Gospini. Wenn Sie es schaffen, innerhalb der nächsten Minuten um mindestens zehn Jahre zu altern«, erwiderte sie seine Anmache. Sie steckte die Ziffernfolge in ihre Handtasche. »Schönen Tag noch.«

»Danke, ich habe verstanden.« Poolitzer musste lachen, obwohl er einen Korb erhalten hatte. Da seine Absichten ohnehin nicht ernst gemeint waren, steckte er den Rückschlag locker weg. »Bis denn. Und vergessen Sie es bloß nicht. Es ist sehr wichtig.« Er nahm den Ausdruck an sich und verließ das Zimmer, um zum Bahnhaltepunkt zurückzukehren. In Jena wollte er Xavier treffen.

Wiebke Otte wartete ein wenig und erteilte dem Computer den Befehl zum Drucken ein weiteres Mal. Die Hilfe kam unerwartet, aber genau zur rechten Zeit.

Anschließend stellte sie die Mailfunktion des Rechners so ein, dass er automatisch die eingelaufenen Antworten aus London, Paris und Vichy an eine zweite Adresse sandte.

Ihre Finger tippten »Alexandra« als Empfängerin ein.

Poolitzer stand vor der Wohnung des Negamagiers und klingelte, bis ihm der Daumen wehtat.

*Prima. Er ist echt nicht da.* Missmutig schlenderte er

den Bürgersteig entlang und machte sich auf den Weg in Richtung Innenstadt, um in einem Café darauf zu warten, dass sich die Assistentin von Vrenschel bei ihm meldete.

Währenddessen telefonierte er über den großen Teich mit Cauldron, um sie nach der Schatulle zu befragen.

Die Hermetische aus seiner Heimatstadt konnte ihm aus dem Stegreif nicht weiterhelfen, versprach aber, sich nach dem Gegenstand umzuhören. »Hast du mit ihm gesprochen?«, erkundigte sie sich nach Xavier. »Geht es ihm gut?«

»Das letzte Mal ja«, meinte der Reporter und betrachtete die Menschen, die in der Fußgängerzone an ihm vorübereilten. »Momentan scheint er unterwegs zu sein. Ich soll dich grüßen«, log er, um zu sehen, wie die Magierin reagierte.

»Danke«, kam es durch den Hörer. »Ich melde mich.« Sie legte auf.

»Schade, schade«, murmelte Poolitzer. Sie wären ein so nettes Paar geworden. Mindestens so nett wie er und Gee Gee, die Schauspielerin, von der er nach dem Run in der SOX nichts mehr gehört hatte.

Erschrocken zuckte er zusammen, als ein Mann klirrend seine Kaffeetasse auf den Tisch stellte und sich neben ihn setzte. Voller Schrecken erkannte er einen der beiden Typen aus dem *Dr. Döner* wieder. Immer passierte ihm so etwas.

»Bleib'n S' ruhig, Herr Gospini«, meinte der Muskel, wienerisch schmähend. »Mach ma uns koa Stress.«

»Okay.« Poolitzer heuchelte Zustimmung und wollte im nächsten Moment aufspringen. Zwei Hände legten sich wie Eisenklammern um seine Schultern und drückten ihn in den Sitz. Logisch, es waren zwei.

»Jetzt sei'n S' holt nett so, Herr Gospini«, schnarrte der Österreicher. »Bleiben S' und spendier'n S' uns wos.« Der Mann winkte den Kellner herbei und orderte zwei Stück Kuchen. »Und jetzt hör'n S' uns zu. Sie hob'n unser'm Mandant'n gar arge Verluste b'schert und ein Leid angeton, für dos er Ausgleich hob'n möcht.«

»Suhl«, sagte der zweite Muskel hinter ihm. »Sie erinnern sich gewiss?«

»Nein, ich erinnere mich nicht«, blaffte der Reporter und sagte sogar die Wahrheit. »Was soll ich denn gemacht haben? Das ist Freiheitsberaubung, was Sie da tun, Chummer.«

»Sie haben die Bindung eines Fokus verhindert und durch Ihr Erscheinen einen Ablauf in Gang gebracht, der dazu führte, dass sich ein Dolch in den Mittelfuß unseres Mandanten bohrte«, erklärte die Stimme ruhig in seinem Rücken. »Das macht für Sie eine Rechnung über 320 000 EC.«

Siedendheiß überlief es Poolitzer. Jetzt erinnerte er sich wirklich daran. So wie es aussah, verlangte Forge Schadenersatz von ihm. Die unvorstellbare Summe besaß er natürlich nicht.

*Denkt der, ich würde mir mit Geld den Hintern abwischen?* »Sportsfreunde, ich bin mitten an einer interessanten Story. Kommt doch in zwei Wochen wieder. Bis dahin treibe ich die Kohle auf. Sagt dem Elf …«

»Wir sind nicht für Herrn Forge hier«, verbesserte ihn die Stimme. »Unser Mandant ist jemand anderes. Und wir sorgen dafür, dass er seine Entschädigung erhält. Wir haben die Ermächtigung, Schuldschreiben anzunehmen, wenn Sie nicht bar zahlen können.«

»Sehr witzig«, schnaubte der junge Mann. »320 000 Mücken. Woher denn, hä?«

»Schau'n S', Herr Gospini, andernfalls sind wir wie die Schatt'n und moch'n Ihnen große Unannehmlichkeit'n. Hob'n S' mich verstand'n?«, schnarrte der Österreicher. Er langte in seine Sakkoinnentasche und legte dem Reporter einen vorbereiteten Schuldschein vor.

»Habe ich eine Wahl?«, erkundigte dieser sich halbherzig und zückte einen Stift.

»Außer döm Dod? Naa«, meinte der Wiener herablassend. »Unterschreib'n S', bitte sehr.«

Da ihm kein anderer Ausweg einfallen wollte, setzte er seinen Namen unter den Schuldschein, der ihn in die Abhängigkeit trieb, ihn aber im Moment im Besitz seiner Organe, seiner Cyberware und seiner restlichen Besitztümer ließ.

Der Österreicher verstaute den Wisch und legte eine Karte vor den Reporter. »Ruf'n S' die Nummer an, wenn S' a bisserl Zeit hob'n. Unser Mandant würd' sich riesig freu'n.« Er erhob sich, nickte dem Reporter zu und verließ zusammen mit seinem Spießgesellen das Café, nicht ohne vorher sein Stück Kuchen mitgenommen zu haben.

»Küss die Hond«, imitierte Poolitzer den Tonfall des Wieners und hob den ausgestreckten Mittelfinger in die Luft.

Nun musste die Story erst recht ein lukrativer Erfolg werden. Wenigstens war er die beiden Armleuchter los, denen er den Verlust der wichtigen Unterlagen zu verdanken hatte.

Richtig erstaunt darüber, in was er schon wieder schlitterte, war er nicht. Schließlich passierte ihm so etwas ständig – was aber keinen rechten Trost bedeutete.

*Andorra, Andorra la Vella, 25. 04. 2058 AD, 18:02 Uhr*

Der Hubschrauber setzte sanft auf. Der Pilot schaltete den Motor aus, die Rotoren über ihnen drehten sich sirrend und erzeugten immer noch einen infernalischen Lärm.

»Okay, ich helfe Ihnen jetzt beim Aussteigen«, hörte Xavier Jeroquees Stimme im Kopfhörer. Mit verbundenen Augen hatte er den Flug vom Airport ins Nirgendwo hinter sich gebracht. Zozoria machte ein großes Geheimnis aus seiner Ferienwohnung oder wo auch immer er sich befand. Mit einem Griff entledigte er sich der Kopfhörer.

Er spürte, wie ihn die ehemalige Ghuljägerin am Arm fasste und ins Freie dirigierte. Unwillkürlich zog er den Kopf ein, obwohl er wusste, dass die langen Metallblätter ihn nicht berühren würden.

»Der Boss hat so von der Umgebung geschwärmt«, brüllte er, um den Krach der Rotoren zu übertönen. »Warum darf ich sie mir nicht anschauen?«

»Erst ins Haus«, wiederholte sie die Anweisung, die der Antiquitätenhändler ihr gegeben hatte. »Da gibt es einen Begrüßungscocktail.«

Mit ihrer Hilfe schaffte er es, die Treppe ohne Sturz zu bewältigen und ins Innere eines Gebäudes zu treten, wie er an dem veränderten Geruch, dem Fußboden und dem Wechsel von Hell zu Dunkel unter seiner Kapuze bemerkte. Eine Tür wurde geschlossen, der Lärm des Hubschraubers drang nun gedämpft herein.

»Sie dürfen Ihren Sichtschutz abnehmen«, erlaubte Zozoria.

Xavier kam der Aufforderung nach. Ein Bediensteter hielt ihm ein Tablett mit einem gefüllten Glas hin.

»Willkommen in meinem bescheidenen Gästehaus in den Bergen von Andorra.«

Der Negamagier drehte sich sofort um, blickte aber nur auf eine massive Wand und eine undurchsichtige Tür. »Davon sehe ich leider nicht viel«, bedauerte er.

»Wir gehen hinten raus«, lud ihn der Antiquitätenhändler zu einem kleinen Rundgang ein. »Für die Dauer Ihres Auftrags ist das Ihre Bleibe. Miss Jeroquee ist ebenfalls hier untergebracht und wird Ihnen gerne Gesellschaft leisten.« Der ältere Mann lief einen Flur entlang und führte ihn in ein Zimmer mit einer riesigen Glasfront.

Das Panorama raubte dem Runner beinahe den Atem. Berghänge, ein Tal mit saftig grünen Wiesen und Schatten spendenden Bäumen, kleine Gärten, ein Bach mit einer Brücke darüber breiteten sich vor ihm aus. Zwischen den Beeten arbeiteten ein paar Gärtner.

Ungefragt öffnete er die Tür ins Freie und trat auf den Balkon hinaus. Dass es so etwas noch gab, hätte er nicht gedacht. Tief inhalierte er die ungewohnt reine Luft.

Zozoria rief etwas in einer unverständlichen Sprache ins Tal. Einer der Männer schnappte sich einen Korb und trabte auf das Gästehaus zu. »Sie müssen unbedingt von dem Gemüse kosten. Es ist eine Neuzüchtung und wächst, sobald der erste Sonnenstrahl auf die Erde fällt.«

Der Arbeiter reichte ihm eine grob gereinigte Karotte. Vorsichtig knabberte Xavier daran. Der Geschmack von natürlich Gewachsenem war ungewohnt, aber nicht schlecht.

»Heute Abend werden Sie eine ganz vorzügliche Gemüsepfanne bekommen.« Sein Gastgeber blickte ihn freundlich an, doch das Grün seiner Augen verbreitete keinerlei Spur von Wärme. »Und Morgen bin ich gespannt, ob Sie Ihrer Aufgabe gerecht werden können.«

»Ich bin zuversichtlich.« Der Negamagier richtete seine Aufmerksamkeit auf die Landschaft. »Haben Sie das anlegen lassen oder sieht ganz Andorra aus wie etwas aus einem BTL-Chip?«

Der Antiquitätenhändler deutete auf das Grün. »Ich habe etwas nachgeholfen. Die Berge, das garantiere ich Ihnen, stammen aber nicht von meinen Gärtnern.« Er wich zurück. »Machen Sie es sich bequem, und genießen Sie den ersten Abend in Andorra. Ich muss noch einige Vorbereitungen treffen.«

Der Negamagier hob die Hand zum Gruß und biss ein Stück Karotte ab. Er hoffte, dass er lange brauchte. Das hier war das Paradies.

Da die Rotoren des Helikopters zum Stillstand gekommen waren, herrschte beängstigende Ruhe um ihn herum. Man hörte ein paar Vögel zwitschern, leise Unterhaltungen der Arbeiter in den Gärten und das Summen von Insekten. Fast schon zu ruhig, wie er fand. Zu natürlich.

Jeroquee stellte sich neben ihn und fischte sich eine Karotte aus dem Korb. Krachend barst die Wurzel zwischen ihren Zähnen. »Nicht übel, was? Für Stadtmenschen wie uns eine echte Erholung. Aber leben wollte ich hier nicht. Nix los.«

»Ich glaube, mir gefällt es hier.« Xavier wandte sich um und kehrte in die Halle zurück, wo er seinen Koffer fand.

»Gehen Sie den Gang runter und dann links«, rief die junge Frau. »Da ist Ihr Schlafzimmer.«

Er folgte ihrem Hinweis und befand sich gleich darauf in einem Raum, in dem in den Barrens eine ganze Orksippe Unterschlupf gefunden hätte.

Neben dem riesigen Bett befand sich eine in den Boden eingelassene Rundbadewanne, die mit kunstvollen Mosaiken verziert worden war. In zwei Nebenräumen fand er Badezimmer und Sauna. Sämtliche Einrichtungsgegenstände wirkten handgemacht und aus natürlichen Materialien hergestellt.

*Wie reich muss ein Mensch sein, um sich so etwas leisten zu können?*, fragte sich der Negamagier fassungslos.

Die Badewanne würde er sofort ausprobieren. Zehn verschiedene Essenzen standen ihm als Zusatz zur Verfügung. Er wählte eine dunkelblaue Flüssigkeit aus, die nach Meer roch. Ohne sich um seine Tasche zu kümmern, legte er die Kleidung ab, warf sie auf den Boden und genoss die entspannende Wirkung eines Bades. Die Anstrengungen der Reise, die Höhenluft, die Wärme ließen ihn eindösen.

Aus dem Dämmerzustand erwachte er schlagartig,

als er die Tür hörte. Seine Hand griff an die Stelle, wo er normalerweise seine Waffe aufbewahrte. Da er sich aber nicht in seinen eigenen vier Wänden befand, hielt er stattdessen eine Flasche Badezusatz in der Hand.

Jeroquee kam herein und entdeckte den Runner in der Wanne. Von Scham und Verlegenheit keine Spur.

»Das war auch das Erste, was ich nach meiner Ankunft gemacht habe«, gestand sie. »Es geht doch nichts über ein warmes Bad.« Sie deutete mit dem Daumen über den Rücken. »Das Essen ist fertig. Wenn Sie Hunger haben, sollten Sie bald aussteigen.« Ihr Blick fiel auf die Flasche. »Was haben Sie denn damit vor?«

»Nichts«, meinte er unwirsch. »Ich … vergessen Sie's einfach.« Er machte Anstalten aufzustehen. Dass Jeroquee noch immer in der Tür stand, störte ihn nicht. Sie würde in ihrem Leben schon mehr als einen nackten Mann gesehen haben. »Ich bin gleich da.«

Die junge Frau nickte und verließ seine Unterkunft.

Den Abend beschlossen sie bei einer hervorragenden Gemüsepfanne und einer Flasche Wein. Richtig redselig wurden sie beide nicht davon, dafür sorgte die Müdigkeit. Sie gingen nach draußen, wickelten sich in Decken und legten sich auf die Liegestühle, um die Sterne zu betrachten. Die Dunkelheit in den Bergen hob die Schönheit der funkelnden Lichter am Himmel hervor.

Würde er sich auf die romantisch-melancholische Stimmung um ihn herum einlassen, kreisten seine Gedanken schneller als er wollte um seine unglückliche Liebe, die Magierin Cauldron. Also grübelte er lieber über seinen Arbeitgeber nach.

Er wandte seinen Kopf, um nach dem Haus zu schauen, in dem Zozoria und seine beiden Leibwächter mit einem Dutzend Dienstboten einen Steinwurf entfernt von ihnen nächtigten.

»Was wissen Sie noch von ihm?«, sagte er, ohne sich Jeroquee zuzuwenden. Als keine Antwort kam, schaute

171

er auf die andere Seite und entdeckte, dass sie eingeschlafen war.

»Tja, dann eben nicht.« Er betrachtete das Haupthaus, hinter dessen Fenstern gelegentlich die Umrisse von Menschen erkennbar wurden. *Was er jetzt wohl gerade tut?*

Xavier bedauerte, dass ihm die Zeit gefehlt hatte, sich näher mit Zozoria zu beschäftigen. Das Schattenland förderte mit Garantie etwas über den Antiquitätenhändler zutage, das mehr verriet als das Offensichtliche. Selten existierten solch reiche Menschen wie er ohne kleine Geheimnisse, die lange welche blieben.

Da stahl sich der Gedanke bei ihm ein, sich im Haupthaus auf eigene Faust umzusehen. Die Tatsache, dass er die Verzauberung von etwas nehmen sollte, ohne zu wissen, worum es sich dabei handelte, bestärkte ihn nur darin.

Ein mächtiges Gähnen brachte ihn dazu, die Kiefer weit auseinander zu reißen. Er verschob den privaten Schattenlauf auf morgen.

Umständlich erhob er sich von der Liege und versuchte, seine Mitbewohnerin aufzuwecken. Als es ihm nicht gelang, trug er sie kurz entschlossen in ihr Zimmer und legte sie ins Bett. Im Halbschlaf legte sie ihm die Arme um den Nacken, und er musste sich mit sanfter Gewalt aus ihrer Umklammerung befreien.

»Da träumt aber jemand nicht ganz jugendfrei, was?«, sagte er leise zum Abschied, ehe er hinausging und die Tür zuzog.

Bevor der kleine Spalt sich schloss, betrachtete er die junge Frau länger, als es seine Absicht gewesen war. Die Sterne gaukelten ihm für einen winzigen Moment vor, es sei Cauldron, die dort lag.

Mit einer seltsam schlechten Laune erwachte der Negamagier am nächsten Morgen, verzichtete auf das Früh-

stück und stapfte zum Anwesen des Antiquitätenhändlers, damit er endlich etwas zu tun bekam. Dabei streifte
er sich Handschuhe über.

Die Ruhe der Berge, die er gestern noch als angenehm
empfunden hatte, störte ihn heute. Es gab nichts, was
ihm Zerstreuung bieten konnte. Keine Geschäfte, keine
Lokale, keine Überfälle. Zeit zum Nachdenken wollte er
jedoch im Moment nicht.

Xavier öffnete die Tür und gelangte in die gänzlich in
Marmor gehaltene Vorhalle, in der sich ein Angestellter
Zozorias befand. »Holla! Sagen Sie, wo finde ich Herrn
Zozoria?«

Der Mann schaute ihn fragend an und zuckte mit den
Achseln. »En que puedo servirle?«

»Wir haben wohl ein kleines Verständigungsproblem,
was?«

»Sind Sie schon wach?«, hörte der Deutsche den Elf
sagen. Die Stimme hallte wider. »Buenos dias.«

Er blickte auf und entdeckte den Metamenschen an
der Brüstung stehend. »Ja. Die Vögel waren lauter als
der Bus, mit dem ich in Jena fahre. Können wir bald mit
der Arbeit beginnen?«

Der persönliche Leibwächter oder Vertraute oder
was auch immer lächelte. »Sie können es kaum erwarten, von hier wegzukommen? Einem Stadtmenschen
wie Ihnen ist die Natur vermutlich unheimlich.« Er lief
den schmalen Rundgang entlang und kam die Treppe
hinunter. »Ich vermute, Señor Zozoria wird in einer
halben Stunde zu uns stoßen. So lange möchten Sie
sich noch gedulden.« Seinen Businessanzug hatte der
Elf, der sich noch immer nicht mit Namen vorstellte,
gegen exquisite Freizeitkleidung getauscht. Wie der
Antiquitätenhändler achtete auch sein Gehilfe auf das
Äußere.

»Sie sind sein persönlicher Sekretär?«, wagte der Negamagier einen Vorstoß.

173

»So könnte man es bezeichnen«, stimmte der Elf zu und nahm die letzten Stufen. »Ignazio Galoña«, holte er das Vorstellen nach, als hätte er die Gedanken des Runners gelesen. »Ich werde Ihnen nicht die Hand geben, woran Sie erkennen können, dass ich ebenfalls zur magischen Zunft gehöre.«

Xavier konnte auf den obligatorischen Händedruck verzichten, ohne sich beleidigt zu fühlen. »Und die Chauffeurin?«

Der Elf machte ein verdutztes Gesicht, dann lachte er auf. »Oh, Sie meinen Rose? Rose Abongi steht auf der gleichen Stufe wie ich, was unser Verhältnis zu Señor Zozoria angeht. Nur ist sie vielseitiger als ich.« Galoña geleitete ihn zu einem Durchgang, der mit einem Retinascanner gesichert war. »Wenn man einen Mann wie Zozoria überall hinbegleitet, muss man verschiedene Talente aufweisen können, um ihm nicht nur den Terminkalender zu verwalten, sondern auch notfalls das Leben zu retten.«

Der Negamagier grinste. »Wurden Sie schon oft gefordert?«

»Selten«, gestand der Metamensch. »Meistens erledigt Señor Zozoria solche Lappalien selbst.«

Sie durchquerten einen Korridor und standen in einem Raum mit einer weiteren Tür. Galoña ließ dem Runner den Vortritt. Außer dem Holztisch und vier Stühlen befand sich nichts in diesem Zimmer. Die Wände zierten magische Schriftzeichen und Symbole.

Ohne zu zögern trat Xavier ein. »Es ist vermutlich besser, wenn ich die Malereien nicht berühre?«, fragte er den Elfen, dessen Gesicht große Verwunderung zeigte. »Was ist? Sollte ich doch nicht reingehen?«

»Es ist nichts«, wiegelte Galoña ab und folgte ihm. »Hier werden Sie später die Objekte präsentiert bekommen. Setzen Sie sich doch bitte.« Wie zuvor hielt er einen Sicherheitsabstand zu dem Negamagier, um nicht versehentlich mit dessen Feld von Antimagie in Berührung zu kommen.

Zozoria erschien auf der Bildfläche, auf seinen Gehstock gestützt. Die grünen Augen glänzten tot wie Glasmurmeln im Licht der gedämpften Deckenfluter. *Wie ein ausgestopftes Tier,* dachte Xavier unwillkürlich.

»Sie sind hoffentlich in bester Verfassung, Herr Rodin?«, begrüßte ihn der Antiquitätenhändler freundlich und schenkte ihm ein Nicken, ehe er sich ihm gegenüber setzte, die Hände auf den Totenkopf legte und sich zurücklehnte. »Es wartet ein schweres Stück Arbeit auf Sie, wie ich Ihnen versprach. Ich bin neugierig, wie Sie Ihre Aufgabe bewältigen. Das Ganze werde ich mir auf einer anderen Ebene anschauen. Seien Sie bitte nicht verwundert, wenn ich gleich in Schweigen verfalle.«

Galoña verstand die Worte als Aufforderung, den ersten der Gegenstände zu bringen. Er verschwand im anderen Zimmer und kehrte mit einem rechteckigen Objekt, das sich in einem Beutel aus dunklem Stoff befand, zurück. Andächtig legte er es vor dem Negamagier ab und trat zurück.

Ungewohnte Nervosität befiel Xavier. Es war das erste Mal, dass er so etwas wie Lampenfieber hatte, stellte er befremdet fest, denn rational betrachtet gab es dafür keinerlei Gründe. Bisher hatte sein vernichtendes Potential noch niemals versagt. Warum sollte es dann ausgerechnet in Andorra damit anfangen?

Er zog sich langsam die Handschuhe aus, rieb die Handflächen aneinander, als müsse er sie besonders aufladen, und näherte die ausgestreckten Finger Zentimeter um Zentimeter der glatten Tuchoberfläche. Sein Puls beschleunigte sich, das verriet ihm das Pochen in den Schläfen. Seine Hände glitten in das Futteral.

Zum ersten Mal gestaltete sich das Zusammentreffen zwischen Magie und Antimagie anders als gewöhnlich.

Seine Fingerkuppen trafen weniger als einen Millimeter vor dem Objekt auf Widerstand.

Xavier runzelte die Stirn und verstärkte den Druck; er legte die flachen Hände auf die unsichtbare Barriere, die sich dehnbar und weich unter seiner Haut anfühlte, einem Silikonpolster nicht unähnlich.

Xavier stand auf und stemmte sein ganzes Körpergewicht gegen die durchsichtige Wand. Er wusste nicht, ob es etwas brachte oder seine Kräfte dadurch verstärkte, vielmehr folgte er einem Gefühl. Seine Handflächen erwärmten sich, und ein leises Knistern ertönte.

Eine Viertelstunde verging, eine weitere verflog, und ihm rann der Schweiß über den Körper. Die Muskeln begannen zu zittern, aber ans Aufgeben dachte er nicht.

Plötzlich verschwand der Widerstand schneller als erwartet, und seine Finger pressten sich auf das Objekt darunter. Das Gefühl, das dabei entstand, erinnerte ihn an Holz. Unter der Wucht begann es zu reißen. Hastig nahm er die Kraft weg.

*Verdammt. Hoffentlich habe ich nichts kaputtgemacht.* »Ich glaube, ich bin fertig«, sagte er beiläufig.

Zozoria kehrte aus dem Astralraum zurück. Die Blicke, die den Negamagier trafen, sprachen für sich. Sie vermittelten Ungläubigkeit, Erstaunen und sogar ein Spur von Angst, wenn man so etwas in dem kalten Grün genau erkennen konnte.

»Meine Hochachtung, Herr Rodin«, sagte der Antiquitätenhändler tief beeindruckt. »Sie haben soeben eine Schranke aus dem Weg geräumt, an der sich eine Gemeinschaft von Thaumaturgen vergeblich versuchte. Ich hätte niemals gedacht, dass Ihre … Fähigkeit eine solche Zerstörung anrichtet.« Galoña deutete seinem Arbeitgeber an, nicht weiterzusprechen. »Sind Sie in der Lage, eine weitere Barriere zu brechen?«, meinte er daraufhin schnell.

Der Runner lauschte in sich hinein. Nichts schien bei

dem Vorgang geschehen zu sein, das seine Kraft in irgendeiner Weise beeinträchtigte. Ganz im Gegenteil, ein Gefühl von Macht durchströmte ihn. Es schien, als habe er etwas lange Angestrebtes soeben glorreich vollendet. Vorsichtshalber betrachtete er seine Handflächen und entdeckte, dass sie knallrot leuchteten. Sie waren stärker durchblutet als gewöhnlich.

Unwillkürlich kam ihm die Vampir-Theorie in den Sinn, wonach sich die Negamagier an der zerstörten Kraft stärkten. Es schien die richtige Theorie zu sein. »Her damit«, forderte er beschwingt.

Galoña näherte sich ihm, streckte die Hand nach dem verhüllten Gegenstand aus und schrie erschrocken auf. Hastig wich er zurück und hielt sich die Rechte, spanische Flüche ausstoßend.

Xavier ahnte sofort, was geschehen war. Die Aura von Antimagie hatte sich nach der Aufladung ausgebreitet und nicht wieder zusammengezogen. Er schob das Objekt an, sodass es schwungvoll über den Tisch glitt und vor dem Antiquitätenhändler landete. »Hier. Damit es sich nicht wiederholt.« Kurz schilderte er seine Theorie von dem erweiterten Kraftfeld, was den Elfen dazu brachte, weiter in Richtung Wand zu gehen.

Zozoria sinnierte. »Dann ist es besser, wenn wir es heute bei dem ersten Versuch belassen. Die anderen Gegenstände werden mit einer Barriere der gleichen Intensität umgeben. Da ich nun weiß, dass Sie es schaffen, müssen wir uns nicht unnötig beeilen.« Er lachte zufrieden. »Ich komme meinem Ziel näher und näher, Herr Rodin«, gestand er freudig und erhob sich. »Ohne Sie wäre mir das nicht vergönnt gewesen. Schon alleine dadurch haben Sie sich das Recht erworben, von mir in nicht allzu ferner Zeit Näheres zu erfahren.«

Sei euphorischer Zustand machte ihn mitteilungsfreudiger, als es seinem persönlichen Sekretär lieb war. Umgehend verhinderte er aufschlussreichere Ausführungen, indem er den Gegenstand aufnahm und ihn seinem Arbeitgeber reichte. »Señor Zozoria, wir wollten uns zur weiteren Untersuchung zurückziehen und Señor Rodin eine Verschnaufpause gewähren. Er sieht etwas mitgenommen aus.«

Der Antiquitätenhändler fuhr zärtlich über das Tuch. »Natürlich. Sie finden hinaus?«, erkundigte er sich bei dem Negamagier und wandte sich zum Ausgang. Xavier nickte. »Entschuldigen Sie uns, aber Sie haben uns durch Ihre Tat nun ebenfalls Arbeit beschert. Schöne Arbeit. Erscheinen Sie morgen wieder zu gleichen Zeit.«

Das Duo verschwand im Korridor, mit etwas Abstand folgte ihnen der Runner, um die Halle zu durchqueren und ins Freie zu treten.

Sein Höhenflug der Gefühle neigte sich mit jedem Schritt mehr, den er auf das Gästehaus tat, einem Absturz zu. *Verdammt, das ist noch nie passiert. Was für eine Scheißmagie war das denn?* Er nahm das Zittern seiner Arme wahr, die Beine wurden gummiweich.

Xavier sackte auf den Stufen zusammen. Schwer atmend zwang er sich, innerlich zur Ruhe zu finden und die drohende Ohnmacht durch kontrolliertes Luftholen abzuwenden. Sein robuster Kreislauf überstand den Belastungstest.

Geschwächt betrat er das Esszimmer, und suchte im Kühlschrank nach den Resten des Abendessens, ohne fündig zu werden. Als ein Bediensteter das Mittagessen brachte, machte er sich gierig darüber her.

Jeroquee, die im T-Shirt auf der Veranda gesessen und die Sonnenstrahlen genossen hatte, betrachtete ihn neugierig. »Nass geschwitzt? Muss ganz schön anstrengend gewesen sein.«

»Und wie«, entgegnete er knapp und ging auf die versteckte Bitte, etwas über den erledigten Job zu erzählen, nicht weiter ein. Erst musste er sich stärken.

Die Finsternis in den Bergen Andorras erleichterte ihm sein Vorhaben. In der Dunkelheit der Nacht schlich sich der Negamagier zum Haupthaus, erklomm die Fassade über ein Fallrohr an der dem Mond abgewandten Seite des Gebäudes und balancierte auf dem schrägen Dach bis zu einer Luke entlang. Hinweise auf Alarmanlagen entdeckte er nicht, die Verriegelung zu öffnen war kinderleicht.

Lautlos glitt er in die Kammer und tastete sich im abgedämpften Schein seiner Taschenlampe zur Tür vor. Bald wandelte er durch die Korridore von Zozorias Stammsitz, vorbei an wehenden Gardinen, an Säulen und Bildern. Antike Waffen hingen an den Wänden, kostbare Gefäße lagerten in exakt temperierten Glasvitrinen, um die alte Bemalung vor Verfall zu schützen.

Die Schätze fanden in Xaviers Augen keinerlei Beachtung. Was er suchte, befand sich in einem Arbeitszimmer oder in einer Bibliothek. Zweimal musste er Bediensteten ausweichen, was keine besondere Herausforderung darstellte, da niemand mit einem Eindringling rechnete.

Nach einer halben Stunde fand er eine private Bibliothek. Mitten auf dem Tisch am Fenster befand sich ein Buch, davor ruhte eine geöffnete Schatulle, die in etwa den Abmessungen entsprach, die der verhüllte Gegenstand gehabt hatte. Da Buch und leeres Kästchen so nebeneinander lagen, nahm er an, dass der Behälter als Aufbewahrungsort diente. Um den Wälzer stapelten sich Notizblätter, drei verschiedenfarbige Stifte lagen umher, mit denen der Schreiber sich unterschiedliche Anmerkungen notiert hatte. Da es sich um eine Fremdsprache handelte, wie Xavier an den für ihn unlesbaren Zeichen erkannte, war es müßig, sich damit aufzuhalten.

Eines stand fest: Zozoria musste sich intensiv mit dem Inhalt beschäftigen. Der Runner beugte sich vor und klappte das Buch zu, um auf den Einband zu schauen.

Die spröden Blätter knirschten warnend ob der Beanspruchung. Eine alte Lederschwarte bildete den Schutzumschlag, wieder stand etwas auf der Vorderseite, das er nicht lesen konnte. Aus einer Eingebung heraus malte er die Zeichen ab.

Als er das Buch wieder öffnete und mit der freien Hand aufs Geratewohl den Berg Notizen durchwühlte, stieß er an eine halb ausgetrunkene Tasse Kaffee. Sie kippelte, entzog sich seinem eiligen Griff und neigte sich zur Seite. Braune Flüssigkeit ergoss sich über die Seite. Die jahrhundertealte Tinte löste sich auf und verwischte.

*Oh, heilige Scheiße!* Warum hatte der Typ die Tasse auch nicht woanders hingestellt. Xavier öffnete ein Fenster, damit es so aussah, als habe ein Luftstoß das Chaos angerichtet. Im Begriff, die Klinke loszulassen, hörte er Schritte, die auf den Eingang zukamen.

Der Negamagier huschte hinter eine Bücherwand und spähte über die Einbände zur Tür, die in diesem Moment aufschwang. Die Deckenlampen flammten auf und beleuchteten die Bibliothek.

Galoña kam aufgeregt herein, lief zielstrebig zum Tisch und erschrak, als er die Bescherung sah. Doch sein entsetzter Gesichtsausdruck veränderte sich allmählich. Beruhigt sank er auf den Stuhl, wischte auf dem Blatt hin und her, ehe er den Folianten zuklappte und schwungvoll in den Mülleimer warf. Spanisch brabbelnd wandte er sich dem Fenster zu, verriegelte es und verließ den Raum.

Musste er das verstehen? Xavier wagte sich hinter seinem Versteck hervor und nahm sich das dicke Buch heraus, das anscheinend von einer Sekunde auf die andere seinen Wert verloren hatte. Er wusste nur nicht, wieso. Der Kaffee musste der Auslöser gewesen sein. Er hatte das Geschriebene entweder vernichtet oder dem Elfen etwas offenbart, was das uralte Werk zu Abfall degradierte.

Xavier beschloss, den Rückweg anzutreten. Immerhin hatte er in Erfahrung gebracht, dass es um ein Kästchen und ein darin enthaltenes Buch ging. Jemand, und das waren weder Zozoria noch Galoña, versuchte, das Buch auf magische Weise vor dem Zugriff anderer zu schützen.

Wenn es sich um den Stein der Weisen handelte, wollte er an den Patentrechten beteiligt werden. Der Negamagier schlich sich hinaus. Er wollte sein Glück in dieser Nacht nicht weiter strapazieren.

Doch sein Orientierungssinn verließ ihn, sodass er tiefer in die Gänge des Hauses drang, anstatt sie zu verlassen.

Am Ambiente erkannte er, dass er sich im privaten Bereich seines Gastgebers befand und ins Allerheiligste vordrang. Gelegentlich passierte er kleine Nischen, in denen Kohlebecken standen und über denen die Luft vor Hitze flirrte. Schließlich stand er in einem Vorraum, von dem drei Türen abgingen. In der Mitte sprudelte ein beinahe orientalisch anmutender Zimmerbrunnen. Durch das Oberlicht fiel der Mondschein silbrig herein und tauchte die Einrichtung in kalte Helligkeit.

An der Tür zu seiner linken prangten mystische Schriftzeichen und Symbole, die er sich grob skizzierte. Von dem Raum dahinter nahm er an, dass es sich um ein Ritualzimmer handelte. Spannend wäre es zu erfahren, welche Rituale dort abgehalten wurden.

*Beim nächsten Besuch,* entschied er. Auch wenn er es sehr mühselig fand, seine Informationen über den Antiquitätenhändler auf diese Weise zusammenzutragen, machte es wenigstens Spaß und bereitete ihm ein wenig von dem schon so lange vermissten Nervenkitzel. Es würden noch einige Nächte dieser Art folgen.

Er schaute in die Höhe. Da Xavier keine Lust verspürte, weiterhin durch das Haus zu stolpern, würde er bequem durch das Fenster entkommen. Vom Dach aus besäße er den perfekten Überblick und fände zu seiner Unterkunft.

Eine Nische erlaubte es ihm, sich breitbeinig hinaufzustemmen. Minuten später lief er vorsichtig auf dem Dach entlang und setzte die Füße so leise wie möglich auf, um die Bewohner nicht durch seine Schritte aufmerksam zu machen. Die groben Ziegel boten seinen Sohlen sehr guten Halt, und er gelangte rasch vorwärts.

An einem großen Dachfenster warf er einen Blick hinein und sah Zozoria in einem geräumigen Bett liegen. Neben ihm kauerte eine kleinere Gestalt auf der Decke, viel zu klein für einen erwachsenen Menschen.

Xavier erlaubte sich ein näheres Hinschauen.

Neben dem Antiquitätenhändler befand sich eine schwarze Löwin. Der Mann legte einen Arm um die Großkatze, und das Tier schmiegte sich dicht an den Menschen. Wie um die perversen Spekulationen zu bestätigen, die dem Schattenläufer bei diesem Anblick durch den Kopf schossen, drehte sich Zozoria etwas zur Seite und küsste die Löwin auf die Schnauze.

Ein Laut des Abscheus rutschte Xavier heraus, und sofort ruckte der Kopf der Raubkatze hoch. Schnell rutschte er nach hinten und sah gerade noch, wie sich die gelben Augen des Tiers zum Fenster hoben.

Er ging weiter und hangelte sich die Regenrinne hinunter. Der Anblick der beiden unterschiedlichen Körper so dicht beieinander ließ ihn schwer los. Ein wenig seltsam fand er das Paarungsverhalten Zozorias schon. Unten angekommen, lief er zurück zum Gästehaus.

*Ziemlich abartig. Na, besser so was als Minderjährige,* entschied er nach längerem Grübeln.

Seitlich von ihm raschelte es im Unterholz.

Er hoffte, dass Löwinnen keine Türen öffnen konnten. Unruhe stieg in ihm auf. *Und wenn sie dressiert ist?*

Als er die nächste Bewegung machte, sprang ein Schatten aus dem Gebüsch und versperrte ihm in geduckter Haltung den Weg zur rettenden Unterkunft. Die Großkatze gab schnurrende Laute von sich.

*Verdammt, Löwinnen können doch Türen öffnen!* Xavier führte nichts, aber auch gar nichts mit sich, mit dem er sich verteidigen könnte. Die Augen des Tiers funkelten im Mondschein, und dem Runner kam eine Idee.

Langsam hob er die Taschenlampe, hielt sie ungefähr auf Augenhöhe des Raubtiers und schaltete sie ein.

Der helle Strahl blendete die empfindlichen, an die Dunkelheit gewöhnten Pupillen der Löwin. Zornig fauchend sprang sie dorthin, wo der Mensch eben noch stand. Die Pranken schlugen ins Leere. Xavier war ausgewichen und rannte los.

Er flog förmlich die Stiegen der Veranda hinauf und schlüpfte in letzter Sekunde ins Innere. Er zog die Schiebetür mit aller Kraft zu. Die Löwin erschien in der gleichen Sekunde, drosch zischend gegen das Glas und wich zurück. Die Beute befand sich in Sicherheit.

Mit klopfendem Herzen sank der Negamagier an der Scheibe herab und lehnte sich an das kühle Material.

Knapper ging es nicht mehr. Weil er dachte, vorhin eine Berührung gespürt zu haben, betrachtete er seine Schuhe. Am rechten Schuh entdeckte er lange Schrammen in der dicken Gummischicht an der Ferse. Etwas höher, und die Sehne wäre Geschichte.

»Meine Güte, machen Sie immer so viel Lärm, wenn Sie von Ihrem Nachtspaziergang zurückkommen?«, nörgelte Jeroquee verschlafen. Sie lag auf der Couch, weil sie vor dem Trid eingedöst war.

»Nur, wenn mich eine Löwin jagt«, gab er ehrlich zurück.

»Unsinn. Die gibt es in den Pyrenäen nicht. Nur in

183

der Savanne«, murmelte die Seattlerin. Sie wandte sich um und sank in den Schlaf zurück, aus dem sie der Deutsche gerissen hatte. »Es kann höchstens ein Wolf gewesen sein«, meinte sie noch schwach.

»Wolf«, schnaubte Xavier und schaute hinaus. Zozoria trieb es mit einer Löwin, die ihn zudem beinahe aufgefressen hätte. Rasch stemmte er sich in die Höhe. Sein Kreislauf bedankte sich dafür mit einem leichten Schwindelanfall, was für ihn ungewohnt war.

Hier gingen einige seltsame Dinge vor sich. Ob es mit der Aktion von heute Mittag zu tun hatte? Er wollte eine zweite Meinung einholen. »Sind Sie noch wach?«

Seufzend stieß sie die Luft aus. »Das ist die Frage, die Millionen von Menschen hassen und Amokläufer hervorbringt«, grummelte sie. »Lassen Sie mich raten: Sie haben Schlafstörungen und sind Sadist?«

Der Negamagier musste lachen. »Nein. Mir ist nur was eingefallen, das mich den ganzen Tag beschäftigt. Angenommen, ein Vampir saugt seinem Opfer das Blut aus, aber das Opfer hat eine Krankheit … bekommt der Vampir diese Krankheit auch?« Er versuchte, einen passenden Vergleich für seine Lage zu finden.

Jeroquee stützte das Kinn auf den Unterarm. »Ich kann mich nicht erinnern, ein Buch gelesen zu haben, in dem das passiert ist«, antwortete sie müde. »Aber der Gedanke gefällt mir. Damit wären Vampire Krankheitsüberträger, so ähnlich wie Ratten.« Ihr benebelter Verstand benötigte etwas Zeit, ehe sie den Hintergrund seiner Frage erfasste. Etwas aufmerksamer geworden, setzte sich auf. »Oh, Sie haben Angst, dass Sie sich was bei Ihrem Job einfangen? Funktioniert das bei Ihnen so? Können Sie nicht … verhüten?«

»Woher wissen Sie, was meine Aufgabe ist?«, hielt er dagegen. »Ich habe Ihnen nicht gesagt, was man von mir erwartet.«

Jeroquee wuschelte in ihren Haaren herum. »Ich

habe nur eins und eins zusammengezählt. Der Boss erzählt mir nichts, aber deshalb muss ich mein Gehirn nicht an der Garderobe abgeben, oder?« Sie schenkte sich etwas Mineralwasser ein. »Sie sind ein Negamagier, der magische Gegenstände entzaubert. Zufällig weiß ich, dass Galoña eine ganze Abordnung von Magiern empfing und sie nach drei Tagen alle wieder abrückten. Ich begleitete sie zum Hubschrauber und hörte zufällig …«

»Zufällig«, nickte Xavier.

»… zufällig«, wiederholte die junge Amerikanerin mit Nachdruck, »wie einer meinte, so eine Barriere habe er noch niemals gesehen. Sie sind so etwas wie eine unwiderstehliche Brechstange, schätze ich.« Sie blinzelte ihn frech an. »Stimmt's?«

»Was ist eigentlich Ihre Aufgabe?«, wollte er stattdessen wissen. »Sie verbringen Ihre Zeit entweder auf der Sonnenliege oder im Whirlpool. Aber einen echten Sinn hat Ihre Beschäftigung nicht. Sollen Sie mich beobachten?« Der Runner betrachtete sie eingehend.

»Wenn ich das tun sollte, wäre ich Ihnen wohl vorhin gefolgt, oder?«, konterte sie. »Ich mache ein paar Tage Urlaub, bevor ich ein Pflückerteam begleite, das ist alles. Der Boss wollte, dass Sie Gesellschaft haben.« Nachdem sie einen Schluck genommen hatte, legte sie den Kopf schief. »Um aufs Thema zurückzukommen, ich weiß nicht, ob ein Vampir krank wird. Funktioniert das so bei Ihnen? Sie entziehen anderen die Magie und nehmen sie auf?«

Xavier ließ sich in den Sessel ihr gegenüber fallen. »Nein, eigentlich nicht. Das heißt, ich weiß es nicht. Die Forschung steckt noch in den Kinderschuhen.«

»Und jetzt machen Sie sich Sorgen?« Die junge Frau nickte verständnisvoll. »Kann doch sein, dass es nur eine leichte Grippe ist oder die Umstellung auf die Höhenluft. Warten Sie's ab. Andernfalls wird Sie der

Boss bestimmt gehen lassen, wenn Sie ihm Ihre Zweifel darlegen.«

Bei diesem Punkt war sich der Negamagier leider nicht mehr so sicher. Zozoria würde auf ihn nicht mehr verzichten wollen. Die Begeisterung, die er in den kalten Augen des Antiquitätenhändlers bemerkt hatte, machten eine vorzeitige Abreise aller Wahrscheinlichkeit nach unmöglich.

»Gibt es eine andere Möglichkeit, das Tal zu verlassen?«, fragte er Jeroquee und fügte rasch hinzu, er wolle unter Umständen wandern.

»Wandern können Sie schon, aber weit kommen Sie nicht«, erklärte sie ihm. »Steilhänge und Schluchten ringsherum machen dieses Tal zu einer ungestörten Idylle.«

*Oder einem perfekten Gefängnis.* »Schade. Ich hätte gerne mehr von den Bergen gesehen. Also ist der Hubschrauber das einzige Mittel, von hier fortzukommen? Ganz schön gewagt.«

»Wie man's nimmt. Gämsen gelingt es gelegentlich, hierher zu kommen. Die Gärtner hassen sie dafür.« Sie stand auf und ging zu ihrem Schlafzimmer. »Nehmen Sie mir's nicht übel, aber ich bin hundemüde.« Sie winkte ihm schlapp zu und verschwand.

Xavier blieb in der Dunkelheit sitzen. Er war in etwas hineingeraten, was sich zu etwas sehr Unangenehmem entwickeln konnte, wenn er nicht Acht gab.

Morgen würde er sich nach einer Waffe umschauen, und wenn es nur ein Küchenmesser war.

# V.

*ADL, Homburg (SOX), 25. 04. 2058 AD, 08:21 Uhr*

»Ich hab überall Sand«, maulte Schibulsky. Es knirschte zwischen seinen Zähnen und Hauern. »Und meine Wumme ist auch ganz verdreckt.«

Michels lachte schadenfroh. »Es hat keiner von dir verlangt, dass du gegen die Wand laufen und die Wumme fallen lassen sollst.«

»Mein Nachtsichtgerät ist krepiert«, verteidigte sich sein Mitstreiter. »Da kann ich nix für, dass ich nada sehen tue. Ich hab eben keine Wunderglubscher wie du.«

Ordog hielt an. »Okay, kurze Pause. Schibulsky macht sein G12 sauber, ich schaue nach seinem Nachtsichtgerät, der Rest hält in der Zwischenzeit die Augen offen. Das gilt auch für unsere Gäste«, sagte er in Richtung von Trebker.

Die Gruppe verteilte sich in der Höhle und sicherte die Zugänge, während der Ork im Licht der Taschenlampe sein Schnellfeuergewehr zerlegte und mit einem Lappen vom feinen Sand befreite. Ein Stockwerk hatten sie bereits durchforstet, ohne auf Spuren von Ghulen, Drachen oder dem toxischen Schamanen gestoßen zu sein. Auch im zweiten Bereich, in dem sie sich gerade befanden, blieb es ruhig. Es schien, als würden sich die Wesen in den unteren Regionen der Buntsandsteinhöhle aufhalten.

Der fahle Anführer des Trupps öffnete die Abdeckung des Nachtsichtgeräts und entdeckte sofort den Grund für die Funktionsstörung: eine ausgelaufene Batterie.

»Du wirst dich auf deine Augen verlassen müssen«, sagte der Runner zu Schibulsky. »Geht das?«

Der Zwerg pfiff kurz, dann warf er dem Ork sein Nachtsichtgerät zu. »Da. Ich brauche es sowieso nicht. Wir Zwerge sind perfekt an das Leben unter Tage angepasst.«

Schibulsky setzte das Sturmgewehr zusammen und lud das Magazin in den Schacht. Es konnte weitergehen.

Schweigend tastete sich die Gruppe vorwärts. Eine Etage tiefer trafen sie auf gemauerte Gänge und ausgebaute Räume, die wohl zur Zeit der Eurokriege als Unterschlupf für die Bevölkerung gedient hatten. Anhand der eingeritzten Jahresdaten erkannten sie, dass die Menschen des 20. Jahrhunderts hier vor den Bomben der Alliierten Schutz gesucht hatten.

»Echt antik«, bemerkte Michels, der gegen einen Stein pochte. »Gute Arbeit.«

»Wenn das ein Zwerg sagt, muss es wohl stimmen«, meinte der Ork, während er vergeblich an der Klinke der nächsten Stahltür rüttelte. Wortlos zückte er den Handschneidbrenner und beseitigte das Schloss fachmännisch, ehe er den Eingang öffnete. »Wahnsinn! Ein Kaufhaus für Terroristen?«

Vermutlich hatten die Ghule hier Ausrüstungsgegenstände zusammengetragen, welche die unterschiedlichsten Abzeichen von Konzernen trugen. Teilrüstungen, verschiedene Gewehre, schwere Waffen für Soldaten wie Mehrfachraketenwerfer, Maschinengewehre und Mörser. Damit konnte man eine stattliche Kleinarmee auf die Beine stellen. Die folgenden Räume beherbergten Munition, Granaten und Sprengstoff.

»Filmen Sie das, Trebker. Los!«, bestand Michels aufgeregt auf den Aufnahmen. »Damit die Typen im Bundesumweltministerium sehen, wie friedlich die Leichenfresser sind. Sie wollen ja nur eine Weltrevolution machen, mehr nicht.«

»Bewiesen ist gar nichts«, widersprach der Bundesbeamte verschnupft. »Das kann ebenso den Rockern gehören wie dieser Schmuggelbande, den Geisterratten. Der Manesphagus in diesem Gebiet steht eindeutig unter dem Einfluss des Mannes, den wir vor dem Schwimmbad sahen«, beharrte er. »Das ist nicht die normale Lebensweise eines Ghuls.«

»Die Revolution der Leichenfresser ist mir scheißegal. Mich würde es nicht stören, wenn sie die Arks der Kons in die Luft jagen«, beschied ihn Ordog kühl. »Aber sie stören mich beim Plündern. Also beeilen wir uns, diesen Schamanen wegzuputzen, bevor er den totalen Krieg in der SOX erklärt und unsere Einnahmequelle zuschaufelt.«

»Das Militärzeugs kann man prima auf der Straße verkloppen«, fügte der Zwerg zufrieden an. Damit lohnte es sich doppelt, die Ghulrevolution zu vereiteln.

Sheik wollte sich gerade zu einem astralen Rundflug bereit machen, als ihre Schritte einen Ghul aufschreckten, der hinter einem Berg von Munitionskisten hervortrat, eine Inventarliste in den Klauen haltend. Die Kreatur stieß einen schrillen Schrei aus und rannte los.

Der Ork legte sofort an, doch der bleiche Anführer drückte den Lauf nach unten. »Granaten, Schibulsky, können hochgehen, wenn eine Kugel darin einschlägt. Schon mal davon gehört?«

Der Hermetische wechselte auf die astrale Ebene, überholte den Leichenfresser, materialisierte vor dem Flüchtenden und schrie ihn an.

Der verängstigte Ghul bog kreischend in einen Mittelgang. Die Gruppe begann mit der Jagd, umgeben von hochexplosiven Stoffen. Letztlich kesselten sie das Wesen ein.

In seiner Not kroch es ein Regal hinauf und bewarf die Angreifer mit gesicherten Handgranaten, was Trebker an den Rand eines Herzinfarkts trieb.

»Du Rotzding!« Michels hob eine der Handgranaten auf und schleuderte sie dem Ghul an den Kopf, der da-

raufhin abstürzte und auf den betonierten Boden klatschte. Dunkles Blut breitete sich unter dem Regungslosen aus.

»Guter Wurf, Michels«, meinte Ordog emotionslos.
»Nimm das nächste Mal aber was weniger Gefährliches.
Einen Backstein.«

Der Zwerg brummte ungnädig und machte sich daran, den Manesphagus zu durchsuchen. Bei diesem Exemplar, das vom Amtmann genauestens vermessen und
gefilmt wurde, fanden sie einen kleinen Anhänger,
eine Hornplatte mit Gravur. Sheik identifizierte es als
Schutz-Rune.

Der Hermetische übernahm von nun an jedes Mal
die Aufklärung. Am späten Nachmittag kam er an den
Rand seiner Leistungsfähigkeit.

»Ich mache noch eine letzte Tour, danach muss ich
aufgeben, Söhne des Mutes«, bereitete er sie vor. »Die
SOX ist für mich sehr anstrengend, gleich einem Gang in
der Wüste bei starkem Sonnenschein.« Sein Geist löste
sich von der stofflichen Hülle, der Körper entspannte
sich. Sheiks magisches Bewusstsein streifte durch die
letzten verbliebenen Räume des dritten Stockwerkes.

Michels vervollständigte die Kartographie des heuti-
gen Tages und zeichnete mittels PC-Griffel penibel die
Gänge und Räume auf seinem Palmtop ein. Sie berat-
schlagten, wie sie in den kommenden Tagen vorgehen
wollten.

Ordog trat auf einen Gegenstand im Sand. Er nahm
sein Messer und legte ihn vollständig frei. »Es sieht aus
wie ein Krokodilzahn«, befand er und hob die Klinge,
auf der er den Zahn balancierte, vor die Augen. *Oder ein
Drachenzahn.* Er schwieg, um die anderen nicht zu beun-
ruhigen.

Die Arbeit nahm ihm Michels ab. »Ein Drachenzahn«,
rief der Zwerg. »Leck mich! Also stimmt die Geschichte
mit Feuerschwinge!«

190

Schibulsky brummte. »Und der Drache hat vor Wut in die Felswand gebissen, damit er hier einen Zahn verliert? Macht keinen Sinn, Kurzer. Hier hätte er nicht mal sein Fuß reinbekommen.«

Der Schrei des Magiers ließ sie herumwirbeln.

Sheik hatte die Augen weit aufgerissen, zitterte am ganzen Leib und stammelte unverständliches Zeug, das vielleicht ein Zauberkundiger, aber gewiss kein normaler Schattenläufer verstand. Bis auf ein Wort: »Draco.«

Das hatte ihm noch gefehlt. Ordog rüttelte den Magier an der Schulter und schickte ihn mit einem harten Faustschlag ins Reich der Träume, als er nicht reagierte.

»Wir kehren an den Ausgangsort zurück«, entschied Ordog. Zwar glaubte er nicht, dass Sheik einen Drachen gesehen hatte, aber er wollte das Risiko vermeiden, mit einem nicht einsatzfähigen Magier an einen toxischen Schamanen zu geraten.

Schibulsky warf sich den Bewusstlosen über die Schulter und rannte los, obwohl es für eine derartige Eile keinerlei Gründe gab. Doch Sheiks panische Reaktion bei seiner Rückkehr aus dem Astralraum trieb sie zu flottem Tempo an. Trebker aktivierte all seine verbliebenen Kräfte, um den Anschluss nicht zu verlieren.

Die Gruppe der Plünderer verbrachte die Nacht in der obersten Etage der Höhle, um nicht bei Nacht durch Homburg laufen zu müssen. Zwar hatte der Schamane Ghule und Glow-Punks zur Ruhe gemahnt, so recht trauen wollte Ordog der Einhaltung aber nicht.

Der Ork hockte neben dem ruhig gestellten Sheik und kontrollierte dessen Körpertemperatur. »39,4 Grad«, meinte er in Richtung des Anführers. »Sie steigt. Trotz der Fieber senkenden Mittel, die ich ihm eingeworfen habe.«

»Und? Welche Gründe hat es?«

Der Ork suchte ein neues Medikament und zog eine

Spritze auf. »Er hat in der SOX lang ohne Schutzkleidung gelebt. Keine Ahnung, was er in der Zwischezeit alles gegessen hat und wie sauber es war. Entweder er hat sich was eingefangen, was ihm seine Eingeweide durcheinander bringt, oder es sind die Auswirkungen von seinen Experimenten in der Nullzone.« Hilflos hob er die Schultern. »Da bin ich überfragt. Keine Ahnung, wie ein Magier auf einen häufigeren Aufenthalt in solchen Feldern reagiert.«

Ordog setzte sich auf die andere Seite des Hermetischen. *Sheik, mach mir bloß keinen Kummer. Wir brauchen dich gegen den Schamanen.* »Wie groß ist die Wahrscheinlichkeit, dass das Gefasel von einem Drachen auf einen Fieberwahn zurückgeht?«

»Bei 39,4 Grad ist man meiner Erfahrung nach noch nicht so weit zu phantasieren«, gab Schibulsky seine Ansicht wieder. »Aber nach dem, was Sheik so alles mitgemacht hat, stehen die Chance für 'nen Dauerknall im Hirn bei ihm nicht schlecht. Wie gesagt, mental dürfte er im Arsch sein. Nimm eine Halluzination an, ausgelöst durch Stress und geistige Inkontinenz.«

Der bleiche Runner beschloss, nicht auf sein ungutes Gefühl zu hören und die Erwähnung eines Drachen als Spinnerei des Magiers abzutun. Er kramte den gesäuberten Zahn, den der Ork gefunden hatte, aus seiner Westentasche. Soll das wirklich von einem Geschuppten stammen? Wenn ja, wie gelangte es in die Höhle? Hat ihn ein Ghul dort als Trophäe versteckt? Nichts wies an dem elfenbeinartigen Stück darauf hin, dass es seinem Besitzer mit Gewalt aus dem Kiefer gebrochen worden wäre. Und schon tauchte das nächste Rätsel auf: »Wieso sollte ein Drache seine Zähne verlieren?«, fragte er gedämpft.

»Weshalb sollte er gemeinsame Sache mit einem Toxischen machen?«, hielt der größere Metamensch dagegen.

»Ich hab's doch schon mal gesagt: Er ist verletzt und wird in einer Umgebung gefangen gehalten, die ihm nicht bekommt«, knüpfte Michels an die schon einmal erwähnte Theorie an.

Augenblicklich packte Ordog den Geigerzähler aus und untersuchte den Zahn. Das Gerät knarrte warnend. Das Material musste hochgradig verstrahlt sein.

»Angenommen, sie haben Feuerschwinge tatsächlich abgeschossen, aber nicht über dem Ärmelkanal, sondern über Cattenom«, informierte er seine Begleiter über seine Gedankengänge. »Stellen wir uns vor, er schmierte ab und krachte mitten in die Kraftwerkruine – reichte die Dosis dann aus, um den Drachen zu kontaminieren und so schwer zu verletzen, dass sein Körper unter den Auswirkungen der Strahlen leidet?«

»Bin ich Drachendokter?« Der Ork kratzte sich am Ohr. »Einen normalen Menschen würde die Radioaktivität zu nix verbrennen. Aber die Viecher sind ein ganz anderes Kaliber.«

Trebker verfolgte das Gespräch sehr aufmerksam. »Sie wollen damit sagen, dass es im Bereich des Möglichen liegt, wir hätten es mit einem toxischen Schamanen *und* einer mittlerweile toxischen Dracoform zu tun?«

»Yeah«, machte Schibulsky. »Mach dich mal bereit, eine Anomalie zu filmen. Oder wir haben Glück, und Sheik ist einfach nur wahnsinnig. Ich halte seinen Ausbruch für eine Halluzination.«

»Pah! Ich kriege meinen neunköpfigen Drachen«, sagte der Zwerg, »ihr werdet schon sehen.«

Der Beamte des Umweltministeriums erschauerte und schwieg. So hatte er sich den Auftrag nicht vorgestellt. Gefährlich war die Sache schon vorher gewesen, doch mittlerweile entpuppte sich das Unternehmen als Projekt für Geistesgestörte. Er würde sich bei nächster Gelegenheit absetzen, beschloss Trebker und versuchte, ein völlig gleichgültiges Gesicht zu machen.

Lieber begab er sich in die Hand eines Kons oder versuchte, auf eigene Faust durch den Tunnel nach Zweibrücken zu gelangen, als weiter mit diesen Irren durch die Höhlen zu stolpern, die am Ende von toxischen Geistern zerfetzt, von Säure zerfressen oder von mutierten Critterwesen in Einzelteile zerlegt werden würden.

Ohne ihn. Er zog sich in eine Ecke der Grotte zurück und gab vor, sich zur Ruhe zu begeben. Das Material, das er über die Ghulpopulation gesammelt hatte, reichte ihm aus, um seine Vorgesetzten auf die Vorgänge aufmerksam zu machen.

Notfalls würde das Bundesumweltministerium den Kontrollrat über die Ereignisse am Rande der SOX in Kenntnis setzen. Das Gremium würde sich darum kümmern. Er erhielt definitiv zu wenig Gehalt, um den Helden zu spielen. Trotz Gefahrenzulage.

Und so kam es, dass sich Trebker aus dem Staub machte, als Michels bei seiner Wache eine Auszeit nahm, um seine Blase zu erleichtern. Sein Verschwinden wurde erst nach mehreren Stunden bemerkt.

*Andorra, Andorra la Vella, 26. 04. 2058 AD, 09:23 Uhr*

Xavier begann mit der bekannten Prozedur und bildete sich ein, die Barriere der zweiten ihm gebrachten Schatulle schneller als am Vortag zu knacken. Weder der Elf noch sein Auftraggeber ließen sich während des Vormittags blicken. Der Negamagier schob es auf die Angst der Zauberer, aus Versehen mit seiner Antimagie in Berührung zu kommen und einen Magieverlust zu riskieren.

Ein Bediensteter übernahm den Job, den in Stoff gehüllten Behälter ins Nebenzimmer zu tragen. Die Nachwirkungen, die ihm gestern im Anschluss an seinen antimagischen Einsatz noch schwer zu schaffen gemacht hatten, blieben aus.

»Wer sagt's denn? Pünktlich zur Mittagszeit fertig geworden«, äußerte Xavier gut gelaunt, nachdem er auf seine Uhr geschaut hatte. Mit einem Handtuch wischte er sich den Schweiß aus dem Gesicht, die salzige Flüssigkeit brannte in den Augen. »Wo ist denn der Boss? El Grande?«

»Perdone, por favor. Die Señores sind beschäftigt«, richtete der Mann mit starkem Akzent aus. »Ich soll Ihnen sagen, sie bedauerten, dass sie Ihren Anstrengungen nicht beiwohnen könnten.«

»Aha.« *Wer's glaubt. Schiss haben sie.* Er ging zur Tür. »Kann es sein, dass ich gestern Nacht eine Löwin gesehen habe?«, meinte er beiläufig. »Ich dachte, Zozoria sammelt nur Antiquitäten?«

Der Bedienstete schien nicht zu verstehen. »No se. Señor Zozoria hat keine Katze. Auch keine große.«

»Esta bien«, bedankte er sich verwundert für die Auskunft. So viel Spanisch hatte er schon gelernt.

Die Neugier wurde so groß, dass er auf eigene Faust Nachforschungen bei den Bediensteten anstellte. Xavier wollte wissen, was ihn in der Nacht am liebsten gefressen hätte.

Eine Löwin, noch dazu eine schwarze, gehörte in den Bergen von Andorra nicht unbedingt zur einheimischen Fauna. Dennoch schien keiner der Leute das Schoßtier des Antiquitätenhändlers gesehen zu haben. Der Deutsche prallte gegen eine Mauer von vorgetäuschtem Unwissen. Sollte ihm die Raubkatze noch einmal begegnen, würde er unter seiner Kleidung ein langes Küchenmesser mit sich führen. Den Rest des Nachmittages verbrachte er schlafend neben Jeroquee auf einer Sonnenliege.

Am späten Nachmittag wurde er ins Haupthaus gebeten, um sich mit dem Besitzer des Anwesens zu treffen. Zozoria und der Elf erwarteten ihn in der Bibliothek, in der er gestern das Malheur mit dem Buch angerichtet hatte. Die nächste, scheinbar identische Ausgabe befand sich vor dem Antiquitätenhändler, achtlos aufgeschlagen, umgeben von Notizblättern und Stiften. Die Gesichter der beiden Männer waren verschlossen. Sie warteten, bis er Platz genommen hatte.

»Herr Rodin, womit habe ich es verdient, dass Sie mein Vertrauen missbrauchen?«, begann Zozoria. Die toten grünen Augen lagen empfindungslos auf dem Antlitz des Negamagiers. »Sie schleichen nachts durch mein Haus und dringen in meine Privatsphäre ein. Sollte das Ihr übliches Geschäftsverhalten als Runner sein, werde ich dafür sorgen, dass Ihnen niemand mehr einen Auftrag erteilt.« Die Hände legten sich auf den Totenkopfknauf des Gehstocks. »Ich erwarte eine Erklärung, Herr Rodin. Und eine Entschuldigung.«

»Was soll ich sagen? Ich war neugierig«, gestand der Negamagier und ging in die Offensive. Der Messergriff, der gegen seinen Rücken drückte, gab ihm ein kleines Gefühl der Sicherheit. »Die Geheimnistuerei um die Kästchen spornte mich an, mehr herausfinden zu wollen. Da ich mir dachte, dass Sie freiwillig nichts sagen würden, schaute ich mich eben selbst um.«

»Und? Wurden Sie fündig?« Zozorias Stimme verriet nichts über seinen Gefühlszustand. »Sind Sie nun schlauer?«

Xavier schaute sich in der Bibliothek um. Bevor er sich selbst mit weiteren Geständnissen belastete, zog er es vor zu schweigen.

»Er war gestern hier«, meldete sich Galoña schneidend zu Wort. »Ich bin mir sicher. Das Fenster stand offen, und die Tasse war über einem Buch ausgekippt. Sie stand so, dass sie ohne fremde Einwirkung nicht umfallen konnte.«

»Vielleicht war es die Löwin?«, machte der Deutsche eine Anspielung auf das Erlebte.

Der Antiquitätenhändler bewegte sich nicht. Wie eine

Statue saß er in seinem Sessel, und gerne hätte der Schattenläufer gewusst, was hinter seiner Stirn vorging. Er hörte das Ticken einer Uhr, ein Nachtvogel sang sein Lied, Bedienstete unterhielten sich vor dem Fenster. Es dauerte lange, bis der Mann sich äußerte.

»Ich habe Ihre Wissbegier unterschätzt«, sagte er langsam. »Ich mache Ihnen nochmals das Angebot, dass ich Ihnen nach Abschluss Ihres Auftrags alles erkläre, wenn Sie auf weitere Erkundungen dieser Art verzichten. Verstehen Sie bitte diese Auflage. Sie könnten unwissentlich magische Gegenstände beschädigen oder vernichten, die einzigartig sind. So viel Geld besitzen Sie nicht, um derartige Verluste ausgleichen zu können. Ich vergebe Ihnen den Einbruch, wenn Sie neben Ihrer Tätigkeit hier einen weiteren Auftrag annehmen, den ich natürlich bezahle.«

»Blümchen pflücken mit Jeroquee?« Der Runner grinste und atmete innerlich auf. Die Dinge schienen sich zum Guten zu wenden.

»Das, was Sie offenbar gut beherrschen: einen Einbruch«, verbesserte Zozoria. »Ihre Eigenschaften machen Sie wie geschaffen für diesen Run. Sie haben es gestern nicht gemerkt, wie ich annehme, aber Sie passierten drei Wachelementare, ohne dass man Sie entdeckte. Auch andere magische Sicherungen, die diese Villa in eine Festung verwandeln, haben Sie überstanden. Daher sind Sie mehr wert als Gold. Sie sind ein Splitter des Steins der Weisen für mich. Da ich jetzt weiß, dass Ihre Neugier ausgeprägt ist, habe ich andere Maßnahmen treffen lassen, um meinen Besitz zu schützen. Halten Sie sich bitte an die Abmachung, Herr Rodin.«

»Ja«, willigte Xavier ein, froh, schlimmeren Konsequenzen entgangen zu sein. »Ich verspreche, dass ich mich gut führen werde. Außerdem will ich nicht von Ihrer schwarzen Hauskatze vernascht werden.« Zozoria zeigte keinerlei Reaktion. »Kann ich jetzt gehen?«

»Naturalmente«, sagte der Elf eisig. Xavier sah ihm an, dass er ihm am liebsten eine Lektion erteilt hätte.

Der Negamagier stand auf. »Dann sehen wir uns morgen wieder?«

Zozoria schüttelte den Kopf. »Ich muss arbeiten, ich bedauere. Aber Sie haben noch drei Barrieren vor sich, ehe wir Sie für Ihren Anschlussjob instruieren werden.«

»Wohin muss ich reisen?«

»Es bringt Sie zurück in Ihre Heimat, in die ADL. Mehr müssen Sie momentan nicht wissen«, sagte Galoña harsch. »Erledigen Sie erst Ihre aktuelle Aufgabe, Señor Rodin!«

Xavier verließ den Raum und wurde von einem Angestellten zur Tür der Villa geleitet. So schwer es ihm fiel, er musste sich an die Auflage halten, wollte er in absehbarer Zeit dem Luxusknast entkommen. Er ärgerte sich noch mehr als zuvor, dass er vor seiner Abreise nicht mehr über seinen Auftraggeber in Erfahrung gebracht hatte.

*Ich könnte Jeroquee betrunken machen und sie aushorchen.* Xavier erinnerte sich daran, dass sie damals etwas über den Diebstahl eines Artefakts auf den Anrufbeantworter gesprochen hatte. Vielleicht war das sein Anschlussjob.

Auf dem Weg zum Gästehaus spürte er die Blicke in seinem Rücken und wandte sich abrupt um. Rose Abongi, die afrikanische Vertraute des Andorraners, stand auf dem Balkon des Hauptgebäudes und starrte ihm hinterher.

Ihre schlanken Hände lagen auf der weißen Marmorbrüstung. Sie trug ein dunkelgrünes Top und passende Radlerhosen. Schweißperlen glänzten im Sonnenlicht. Die Körperhaltung der sportlichen Frau vermittelte Anspannung, gezügelte Kraft und Eleganz. Sie setzte sich eine Sonnenbrille auf und trat vom Geländer zurück.

*Die kann mich auch nicht leiden.* Er seufzte und setzte seinen Weg fort.

»Na? Anschiss für Ihren Ausflug kassiert?«, begrüßte ihn Jeroquee, die sich immer noch in den Strahlen der untergehenden Sonne räkelte und nach einer Decke griff, um sich gegen die aufkommende Kühle zu schützen.

»Wissen Sie was?« Xavier setzte zu einem verbalen Gegenschlag an, schaffte es aber, die Kurve zu bekommen. »Wir beide trinken einen zusammen und erzählen uns, was wir schon so alles erlebt haben.«

Er ging ins Innere und suchte im Kühlschrank nach einer Sektflasche. Triumphierend schwenkte er seinen Fund.

»Was halten Sie davon? Schließlich sind wir Hausgenossen.« *Du wirst mir alles erzählen, was du weißt, Lockenkopf.* Knallend flog der Korken aus der Flasche, schnell schenkte er den Alkohol in Wassergläser. »Stilvoll ist es zwar nicht, aber es kommt auf den Geschmack an«, erklärte er der Seattlerin.

Sie hob ihr Glas, das besser gefüllt als seines war, und stieß mit ihm an. »Das nenne ich mal eine gute Idee. Ich bin Jeroquee und möchte von heute an geduzt werden.«

Klirrend stießen die Gläser zusammen.

*ADL, Freistaat Thüringen, Jena,*
*26. 04. 2058 AD, 09:01 Uhr*

»Ha!«, rief Poolitzer begeistert, als er auf den kleinen Bildschirm seines Palmtops schaute, auf dem eben die Antworten aus London, Kairo und Vichy knapp hintereinander einliefen. Die anderen Gäste im Frühstücksraum des Hotels fuhren zusammen. »'tschuldigung«, rief er volltönend in die Runde. Er grinste, als er die irritierten Blicke sah, und wandte sich den Mails zu, die ihm die Bibliothek in Weimar übermittelt hatte.

Die Briten lehnten eine genaue Aufstellung der gestohlenen Gegenstände ab, weil ihre Versicherung ihnen davon abgeraten hätte, um die Ermittlungen nicht zu erschweren.

»Blöde Minzplätzchenlutscher«, verwünschte er das Londoner Museum.

Mitteilungsfreudiger zeigten sich die Ägypter und die Franzosen. So detailliert wie die bestohlenen Privatsammler drückten sie sich zwar nicht aus, dennoch fand er die Punkte »Schatulle, silberne und goldene Intarsien, Vorderasien, zirka 500 Jahre, magisch« auf beiden Listen. Andere Übereinstimmungen fehlten.

Damit hatte er die Bestätigung, dass die Täter sich in allen Fällen für diese Kassetten interessierten. Bei genauerer Betrachtung drängte sich der Gedanke auf, dass die restlichen Diebstähle nur begangen wurden, um von den eigentlichen Zielen abzulenken.

Was war so Besonderes dran? Der Verstand des Reporters arbeitete fieberhaft. Einen Ansatz hatte er zwar gefunden, aber das brachte ihn nicht weiter. Er entschied, dass Vrenschel ihm helfen könnte. Wenn jemand einen Plan von dem Zauberfirlefanz hatte, dann sie.

Poolitzer fuhr ein weiteres Mal nach Weimar, um die Leiterin der Bibliothek aufzusuchen, wurde aber enttäuscht. Die Professorin befand sich auf einer Dienstreise. Lediglich die persönliche Referentin Otte stand zur Verfügung, richtete man ihm aus. Der Vorzimmerdrache brachte ihn zu einem Raum neben Vrenschels Büro und meldete ihn an.

»Hallo, Herr Gospini«, begrüßte ihn die Frau freundlich, stand auf und reichte ihm die Hand. »Ich habe gesehen, dass die Antworten eingingen. Erstaunlich, wie schnell die Museen reagierten.« Sie trug das helle Kleid von gestern, am Ansatz des Dekolletés baumelte das Amulett mit dem Bergkristall.

»Ja, prima Service.« Poolitzer flegelte sich in einen Sessel. »Tja, weil Sie mir so nett geholfen haben, bin ich schon wieder da. Ich suche einen Gegenstand. Es ist aber kein Buch.«

Die Referentin klickte eine Mail vom Monitor. »Dann wird es schwieriger für uns. Aber vielleicht kann ich Ihnen ein paar gute Nachschlagewerke empfehlen.« Otte fasste die hellbraunen Haare mit den schwarz gefärbten Spitzen im Nacken zusammen und fixierte sie mit einem Haargummi. »Was ist es?«

»Ein Kästchen. Sie waren ja dabei, als ich gestern darauf stieß. Mich würde interessieren, ob immer das gleiche Kästchen gestohlen wurde oder ob es sich dabei um verschiedene Exemplare handelte.« Knapp schilderte er das Aussehen. »Und es ist magisch«, fügte er an.

»Mir sagt es nichts. Aber wir haben schließlich unseren allwissenden Computer.« Die Finger der Frau hackten auf die Tastatur ein. »Es gibt verschiedene Standardwerke, in denen Artefakte aufgelistet sind.« Der Drucker spuckte ein Blatt mit Titeln aus. »Schauen Sie sich nach denen um. Es gibt genügend Online-Anbieter, die auch eine Suche über Beschreibungen durchführen. Aber seien Sie gewarnt: Umsonst wird niemand Ihre Suchanfrage beantworten.« Ihre braune Augen schauten auf den Monitor, während sie den Bildschirm hoch und runter scrollte. »Kann ich sonst noch etwas für Sie tun, Herr Gospini?«

Fasziniert schaute er auf ihren Leberfleck auf der rechten Wange, ehe er sich davon losriss und die Dutzende von Buchtiteln überflog. *Das wird mich ziemlich viel Zeit kosten,* dachte er enttäuscht. »Könnten Sie nicht für mich forschen?«, bettelte er sie an.

»Das könnte ich schon. Aber ich bräuchte die Genehmigung von Professorin Vrenschel«, meinte Otte bedauernd. »Ich muss den Dienstweg einhalten.«

»Und wann kommt sie zurück?«

»In zwei Wochen, schätze ich«, lautete die niederschmetternde Antwort. »Sie ist auf einem Kongress …«

Er schenkte ihr sein charmantestes Lächeln. »Gehen Sie gerne essen? So richtig teuer?«

Die Referentin lachte auf. »Wie nett. Sie versuchen es mit Bestechung und geben mir das Gefühl, unendlich wichtig zu sein. Sie werden Komplimente verteilen, mich in ein Restaurant meiner Wahl ausführen und erwarten, dass ich meine Vorschriften umgehe, richtig?«

Poolitzer wurde in seinem Sessel etwas kleiner. »Ja und? Die meisten Männer haben da ganz andere Hintergedanken. Ich wollte nur eine harmlose Auskunft«, nuschelte er, den Beleidigten spielend.

»Sobald Professorin Vrenschel zurück ist, werde ich sie fragen.« Sie reichte ihm ihre Visitenkarte. »Rufen Sie mich einfach zwischendurch mal an.«

Im Austausch gab er ihr seine Nummer und verließ die Bibliothek. Sie ließ ihn abblitzen. Seine Wirkung auf Frauen war schon mal besser gewesen. Kaum stand er auf den Stufen der Freitreppe, brummte sein Handgelenk-Kom.

InfoNetworks bedachte ihn mit einem aktuellen Feature. Er sollte sofort nach Mainz und einen Beitrag über die Black Barons produzieren. Die Stadtkrieg-Mannschaft, die nach dem Überfall der Liga für Menschlichkeit in Moskau ihre besten Leute eingebüßt hatte, war einen Deal mit einer bekannten Rockergang eingegangen, um sich in den letzten beiden Spielen der Liga über die Runden zu retten. Die deutsche Meisterschaft und die europäische Trophäe standen für die Mainzer auf dem Spiel. Ein Nein des Reporters wollte sein Chef nicht akzeptieren.

*Die andere Sache wird mir nicht wegrennen,* dachte Poolitzer, dem die Ablenkung willkommen war. Er scheute nach der letzten Spurensuche vor weiteren langweiligen Recherchen über das Kästchen zunächst noch zurück. Die Ballerei der Stadtkrieger verschaffte eine kurzweilige Abwechslung, bevor er sich erneut um die Schatulle kümmerte.

»Einverstanden. Ich bin auf dem Weg«, unterrichtete er die Redaktion und fuhr nach Jena, um seine Koffer zu packen.

*ADL, Homburg (SOX), 26. 04. 2058 AD, 05:21 Uhr*

Regentropfen prasselten gegen die grau-weiß-schwarz bemalten Stahlplatten und rannen zu Boden. Das Klirren der Ketten endete, der 500 PS starke Dieselmotor röhrte noch einmal auf und blubberte anschließend gemächlich vor sich hin. Schwarze Abgasschwaden waberten unter dem Rumpf des Lockheed-Chenowth »Defender« hervor. Das Abzeichen zeigte das Emblem von ECC.

Der Turm des leichten Panzers drehte sich, die 20-Millimeter-Kanone und der seitlich montierte Granatwerfer schwenkten auf ihr Ziel ein. Im Takt von zwei Sekunden detonierten die Granaten in achthundert Meter Entfernung, exakt im Zentrum der Hauswand, und verwandelten das Gebäude nach einer Minute in einen einzigen Trümmerhaufen.

Plötzlich sprangen Gestalten hustend aus den benachbarten Ruinen und rannten los, um dem Gefahrenbereich zu entkommen. Die Panzerbesatzung hatte bei ihren Zielübungen eine Ghulsippe aufgestöbert.

Der »Defender« setzte sich mit einem Blitzstart in Bewegung, um die Verfolgung aufzunehmen. Schwarze Bitumenbröckchen wirbelten hinter den Ketten auf, die ihre Abdrücke im Asphalt der Talstraße hinterließen und die Decke aufrissen.

»Hier Pascha eins an alle: Wir haben wieder bewegliche Freiziele. Ich wiederhole, wir haben bewegliche Freiziele«, gab der Kommandant, Friedrich Balent, über Funk weiter. »Wenn ihr mitmachen wollt, kommt vorbei. Das Pack flieht in Richtung Ausfahrt Bruchhof-Sanddorf.«

Umgehend liefen die Bestätigungsmeldungen ein. Immer schneller wurde der tonnenschwere Koloss, die Häuser flogen an ihm vorüber. Mit knapp siebzig Sachen hetzte er die Critter, deren Vorsprung zusammenschmolz.

»Kurs Stadtpark«, befahl der Anführer dem Fahrer. »Wenn die Leichenfresser denken, sie könnten uns entkommen, werden sie sich wundern.« Die Sensoren des leichten Panzers erfassten die Ghule, die kaum mehr eine Chance auf Flucht besaßen.

Die »Aktion Wipe Off« lief seit den Morgenstunden. Ziel war es, die weitere Umgebung rund um die ECC-Ark in Bexbach von den Ghulen und Punks jedweder Art zu säubern oder den Abschaum so sehr zu verschrecken, dass er das Areal von sich aus großräumig umging.

Die neue Leitung in Bexbach wollte reinen Tisch machen und hatte den Kontrollrat über die Truppenbewegungen im Vorfeld informiert. Da die Lage in der SOX angespannter denn je war, könnten umherfahrende Panzerverbände schnell zu einem nicht beabsichtigten Zwischenfall mit anderen Kons führen.

Im Gelände rund um die Bexbacher Ark waren die Ghule erfolgreich vertrieben worden. Nun machten sich die Panzer einen Spaß daraus, ein paar der Leichenfresser abzuschießen oder in den fünfzig Meter breiten Todesstreifen zu jagen.

Zwei weitere »Defender« näherten sich über die Richard-Wagner-Straße und beteiligten sich am Kesseltreiben. Der Schütze an der 20-Millimeter-Kanone eröffnete das Feuer, gedämpft hörte man das Knattern des Geschützes durch die Panzerung und die Kopfhörer. Der kleine Videomonitor zeigte, wie die Hälfte der Sippe unter dem Beschuss auseinander gerissen und nieder-

204

gemäht wurde. Die anderen Ghule sprangen in den flachen See des Parks und tauchten ab.

Der Panzer hielt am Ufer an. *Dynamitfischen,* dachte Balent und grinste fies, während er dem Schützen befahl, mit dem Granatwerfer zu schießen. Fontänen aus Schlamm und brackiger Flüssigkeit spritzten in die Luft. Die Ghule blieben jedoch verschwunden.

»Vorwärts«, befahl der Kommandant im Jagdfieber, »scheuchen wir die Fische an Land.«

Klackend schlossen sich die Abdeckungen der unteren Abgasrohre. Die heißen, giftige Dämpfe wurden umgeleitet und aus einem anderen Schacht nach oben abgeblasen. Das amphibienfähige Fahrzeug rollte ins Wasser. Im Zickzackkurs pflügte es durch die Fluten. Die anderen »Defender« beteiligten sich an der Jagd.

Keine der Besatzungen hatte Skrupel, gegen die Wesen vorzugehen. In den Augen der Sicherheitstruppen waren die Ghule und Punks weniger als Tiere.

Die konzertierte Taktik zwang die Critter, sich aus der trügerischen Sicherheit zu flüchten und ihr Heil in einer aussichtslosen Flucht zu suchen. Auf einer kleinen Anhöhe mit einem Pavillon ereilte sie das stählerne Schicksal. Alle drei 20-Millimeter-Geschütze tackerten los.

Der kleine Unterstand löste sich in seine Bestandteile auf, die Vollmantelprojektile zerfurchten das Erdreich rings um die Ghule, die sich unter der Vielzahl der Einschläge in eine blutende Masse verwandelten.

Zwei der leichten Panzer drehten synchron auf der Stelle, um zurück nach Homburg zu rollen und weitere Nachtwesen zu suchen. Balent wünschte ihnen viel Glück bei der Jagd. Er wollte sich in dem Gelände noch genauer umsehen.

Der Fahrer steuerte den »Defender« näher an die zerfetzten Kadaver heran, pflügte mit Ach und Krach den durchweichten Hügel hinauf und stand vor einem Ge-

bäude, das noch intakt aussah. Die Karte, mit welcher
der Kommandant die Lage verglich, wies es als Stadtbad aus.

»Sir, der Leichenfresser hat ein militärisches Funkgerät«, machte ihn der Schütze aufmerksam, der sich
über die Videokamera die Überreste betrachtete. »Soll
ich es mir mal anschauen?«

»Wozu?« Der Kommandant ließ den »Defender« vor-
rücken. »Er wird es von einem Konvoi gestohlen oder
einem toten Punk abgenommen haben.« Die Mauer verhinderte, dass sie auf die Wiese dahinter schauen konnten. Einen Durchbruch versuchte Balent nicht, die Ketten könnten dabei beschädigt werden.

Sein Überwachungsgerät meldete das Auftauchen von
drei kleinen Objekten im Bereich der Sensoren, die sich
rasch näherten. Ohne dass er etwas sagen musste,
schwenkte der Schütze den Turm in die Richtung, aus
der die Fahrzeuge herannahten.

»Motorrad-Punks, Sir«, meldete der Mann, eine Hand
am Joystick zur Steuerung der Bordwaffen, und zoomte heran. »Sie halten an. Entfernung rund fünfhundert
Meter.« Aufmerksam beobachtete er die Rocker. »Jetzt
fahren sie wieder.«

Die Punks verteilten sich und näherten sich dem »Defender« aus verschiedenen Richtungen.

»Weg mit ihnen«, befahl der Kommandant, der sich
Gedanken darüber machte, warum sich die Ganger auf
einen ungleichen Kampf einließen.

Sein Schütze zerlegte den ersten Kradfahrer samt seiner Maschine in kleinste Teile. Die Explosion, die nach
den Treffern der 20-Millimeter-Kanone erfolgte, fiel
nach der Einschätzung Balents allerdings viel zu heftig
aus. Demnach mussten die Gestalten Sprengkörper mit
sich führen. Und die galten dem Panzer.

»Kontrollierter Rückzug«, hieß die nächste Anweisung an den Fahrer. »Aber rasch. Ich brauche einen pas-

206

senden Feuerwinkel für den Schützen, um die Bastarde zu erwischen.«

Der leichte Panzer fuhr an und wählte seine Route so, dass es dem zweiten Angreifer nicht gelang, sich an den übermächtigen Feind anzupirschen. Ein einziger Volltreffer aus dem Granatwerfer verschmolz Mann und Maschine zu einem unansehnlichen Klumpen aus Chrom und Fleisch.

Vom Dritten fehlte jede Spur. »Auf den Hügel«, befahl Balent beunruhigt, der besseren Übersicht wegen.

Der Motor brüllte auf, der »Defender« wühlte sich das lockere, durchnässte Erdreich hinauf. Die Ketten, die üblicherweise ein probates Fortbewegungsmittel in jedem Terrain darstellten, schaufelten den Mutterboden ab und kamen mit dem schlammigen Untergrund nicht zurande. Die Glieder glitten über den lehmigen Belag, ohne Halt zu finden. Das Gefährt hatte sich eingegraben und saß in Schräglage fest. Der Fahrer hob entschuldigend die Arme.

»Scheiße«, fluchte der Kommandant und funkte die anderen beiden »Defender« an, um ihnen die Lage zu erklären. Dabei verteilte er die G12 an die beiden Männer und wies sie an auszusteigen, um den Punk mit Kugeln einzudecken. Seinen Panzer wollte er nicht verlieren. Das wäre die Krönung der Peinlichkeit.

Er ahnte, dass ihn das eine Kiste Bier für seine Kollegen kosten würde. Regentropfen fielen durch die geöffnete Luke, die Wolken hingen schwarz am Himmel. *Wenigstens hätte die Sonne scheinen können.* Er ärgerte sich darüber, dass er auch noch nass wurde.

Unmittelbar vor dem Ausstieg schaute er auf die Sensoranzeigen. Mitten in der Bewegung erstarrte er. Die Wärmefühler registrierten angeblich zwanzig Individuen, die in unmittelbarer Umgebung des Panzers standen.

Das konnte nicht sein. Vorsichtig hockte er sich an

207

den Videoschirm und bediente den Hebel der Kamera. Er sah seine Leute, die in diesem Moment den heranpreschenden Rocker von der Geländemaschine schossen. Kaum hatten sie den Punk erfolgreich bekämpft, feuerten sie auf neue Angreifer. Hektisch ruckten die Mündungen hin und her und suchten sich neue Ziele.

»Sir, da sind noch mehr Leichenfresser«, meldete der Bordschütze sorgenvoll.

»Kommen Sie zurück in den Panzer«, befahl Balent. »Wir warten, bis die anderen beiden ›Defender‹ eintreffen.«

Hastig sprangen die Männer einer nach dem anderen durch die Luke ins Innere, der Eingang wurde verriegelt. So gut es in der Schräglage ging, würden sie die Bordwaffen des leichten Panzers einsetzen. Doch keiner der Critter wollte ihnen vors Korn laufen.

»Schlaue Biester«, knurrte der Kommandant. Er sendete einen knappen Bericht an die Arkologie.

Ein leichter Schlag war zu hören. Nach und nach wurden es mehr, bis ihnen die Ohren gewaltig dröhnten. Die Ghule trommelten mit irgendwelchen massiven Gegenständen gegen den Stahl, um die Kon-Gardisten im Inneren zu verhöhnen. Der Bildschirm zeigte kreischende Gestalten, gefletschte Zähne und Eisenstangen, die geschwungen wurden.

Abrupt endete das Klopfen. Die Leichenfresser zogen sich zurück, die Wärmesignaturen entfernten sich schnell von dem uneinnehmbaren Gefährt.

Balent hoffte, dass die anderen Panzer heranrollten, lenkte die Kamera nach rechts und links. Ein kleiner Gegenstand rauschte unheimlich schnell heran, einen Abstrahlschweif hinter sich herziehend. Im nächsten Moment traf die Faust eines Giganten den »Defender«.

Wie Puppen flogen die Männer im Inneren durcheinander. Benommen stemmte sich der Kommandant auf. Die Stahlplatten des leichten Panzers zeigten sich resistenter als erwartet.

*Scheiße, woher haben die schwere Waffen?* Er richtete sein Mikrofon. »Hier Pascha eins, wir werden beschossen! Ich wiederhole, wir werden beschossen! Die Ghule verfügen über ...«

Weiter kam er nicht mehr. Die nächste Rakete zischte heran und schlug präzise an der Schwachstelle zwischen Turm und Rumpf ein.

*ADL, Völklingen (SOX), Ares Makrotechnology-Arkologie, 26. 04. 2058 AD, 06:29 Uhr*

Schläfrig schaute Bernard de la Chance auf seinen Piepser, der ihn mit seinen brutalen Tönen aus dem Schlummer gerissen hatte. Seine Anwesenheit wurde dringend im Büro verlangt. »Kontrollratssitzung«, blinkte ihm das elektronische Gerät gehässig ins Gesicht. Das Mitglied des Gremiums sprang auf, warf sich in seinen Anzug und ordnete seine Garderobe mehr schlecht als recht.

*Ich hoffe, die Idioten haben keinen Krieg in der SOX angezettelt,* bat er den Gott der Konzerne inständig. Ein prüfender Blick in den Spiegel reichte ihm als Morgentoilette aus. *Die neuen Panzer sind nämlich noch nicht geliefert.*

Einem ungeschriebenen Gesetz folgend, traf er als Letzter bei der Videokonferenz ein und schaltete die Bildschirmwand ein, die ihm die Gesichter der anderen Unternehmensabgeordneten von Saeder-Krupp, Renraku, AG Chemie, Ruhrmetall, Eastern Star Pharmaceuticals, IFMU und ECC zeigte. Zufrieden bemerkte er, dass niemand so richtig frisch aussah, abgesehen von Major Langner von der MET2000-Truppe.

Der Kontrollrat regierte über die Verseuchte Zone, die offiziell den ADL angehörte, jedoch der direkten Verwaltung des Gremiums unterlag, das sich aus Vertretern der in der SOX ansässigen Unternehmen zusammensetzte. Die MET2000, die ihren Kommandobunker unterirdisch als subterrane Festung angelegt hatten, besaßen als Militärexperten beratende Funktion.

Über alles, was in der SOX geschah, wurde abgestimmt, selbst über den Einsatz der Kontrollratstruppen. Früher entsandte jeder Konzern einen Abgeordneten in die Besprechungen. Inzwischen waren Überlegungen im Gange, die Zahl aufzustocken, einer Art Parlament nicht unähnlich.

De la Chance hielt davon nichts. Es schuf nur künstliche Ungleichgewichte, auch wenn Ares als Big player dabei nicht schlecht abschneiden würde. Darum würde es aber heute Morgen nicht gehen.

»Bonjour«, gähnte er. »Ça va bien, messieurs dames?«

»Guten Morgen. Es gab einen Zwischenfall in Homburg«, erklärte der MET2000-Anführer sachlich. »Fahrzeuge der ECC-Arkologie wurden attackiert und ausgeschaltet.«

»Mon dieu, nicht schon wieder«, brach es aus de la Chance hervor. »Excusez-moi, aber hatten wir nicht vor kurzem erst mit der Arkologie mächtige Schwierigkeiten, nachdem irgendwelche Experimente außer Kontrolle geraten waren? Das trägt nicht unbedingt dazu bei, dass sich die Lage ein wenig entspannt, n'est-ce pas?«

Der Ares-Abgeordnete spielte damit auf die Vorkommnisse an, die sich vor wenigen Wochen in Bexbach ereignet hatten. Informationen über die tatsächlichen Vorkommnisse sickerten kaum bei ECC durch, aber man hörte so einiges. Allem Anschein nach verwüsteten ein Runner-Team und eine Horde wild gewordener Probanden den Plex. Wer die Runner angeheuert hatte und hinter dem Sabotageakt steckte, wusste niemand. Tatsächlich brauchte es vier Transporthubschrauber voller

210

Gardisten, Drohnen und gerüchteweise sogar Magiern, um die Lage in der Ark unter Kontrolle zu bekommen.

»Dieses Mal hat es nichts mit Eindringlingen oder internen Schwierigkeiten zu tun«, meinte der Major in nüchternem Ton, als befände er sich bei einer Manöverbesprechung. Da ihn niemand unterbrach, schien das aktuelle Ereignis voll und ganz in sein Ressort zu fallen. »Vermutlich handelt es sich um eine Glow-Punk-Gemeinschaft, die sich in der ehemaligen Kreisstadt eingenistet hat.«

De la Chance stieß entnervt die Luft aus. »Vielleicht ist am Ende ein verrückter Schamane dabei?«

Rund vier toxische Schamanen trieben ihr Unwesen in der SOX, die aber gar nicht so leicht zu fangen waren. Die kontaminierte Umgebung schien diese Wahnsinnigen anzuziehen. Somit stellte es eine gewisse Routine dar, die Schlupfwinkel zu bombardieren, wenn sie dem Gremium bekannt wurden.

»Das wissen wir noch nicht. Es ist ihnen jedenfalls gelungen, drei leichte Panzer zu knacken«, meldete sich Christina Siege, die neue Leiterin der ECC-Ark, zu Wort. »Die Spuren deuten auf einen Raketenwerferangriff hin. Die ersten Aufnahmen der Aufklärungsdrohnen fanden zudem Überreste von Leichenfressern.«

Kamerabilder wurden eingespielt, die Kettenspuren und verbrannte Erde zeigten.

»Wo ist denn der Panzer? Was hat die Crew gesagt?«, verlangte der Ares-Abgeordnete angesichts der seltsamen Einstellungen zu wissen.

Major Langners Gesicht veränderte sich kaum. »Wir haben sie nicht finden können. Die Punks müssen zwei Panzer mitgenommen haben. Wie unsere Drohnen inzwischen entdeckten, existieren einige Eingänge zu unterirdischen Parkhäusern.«

»Ich möchte, dass der Kontrollrat Homburg säubert«, schaltete sich Siege aufgebracht ein. »Diese Punks sind eine Gefahr für die Arks in der Umgebung. Stellen Sie sich vor, sie unternehmen einen Angriff gegen unsere Einrichtungen. Wer weiß, über welche Waffen dieser Abschaum noch verfügt?« Sie schaute finster drein. »Oder ist da etwas anderes im Spiel?«

De la Chance verstand die paranoide Anmerkung sofort und machte sich einen Vermerk. Die Idee, Punks aufzurüsten und gegen einen anderen Kon aufzustacheln, gefiel ihm. Damit könnte man beispielsweise gegen Saeder-Krupp Krieg führen, ohne in die Schusslinie zu geraten. Aber bei ECC lag der Sachverhalt anders. Niemand interessierte sich wirklich brennend für die Belange des kleinen Kons.

»Beruhigen Sie sich, Frau Siege. Unseren Einschätzungen nach verteidigten sie ihr Territorium«, sagte der MET2000-Befehlshaber. »Auch wir empfehlen, so rasch wie möglich gegen die Bande vorzugehen. Je länger man sie gewähren lässt, desto tiefer gräbt sie sich ein.«

»Alors, bomben wir die Stadt platt?«, schlug der gebürtige Franzose vor. Er wünschte sich einen starken Kaffee, damit sein Verstand erwachte. Und eine Zigarette.

Seine unbedachte Äußerung rief die stürmischen Proteste des Gremiums hervor. Flächenbombardements stünden nicht zur Debatte, die Kollateralschäden müssten so gering wie möglich ausfallen. Nach einer knappen halben Stunde wurde ein Beschluss gefasst. Drohnen sollten zunächst die Straßen durchkämmen, ein Spezialkommando von hundert Mann rückte noch in dieser Stunde mit schwerem Gerät und Hubschraubern von Zweibrücken her aus, um die Rocker aus den Löchern zu treiben und zu bekämpfen. Unter Umständen könnte man die Angelegenheit auf diese Weise regeln. Die Konferenz endete.

Für eine solche *merde* weckten sie ihn früh morgens auf, verwünschte de la Chance den Kontrollrat, rieb sich die Augen und stapfte in sein Sekretariat, um sich einen Kaffee zu kochen. So viel Aufhebens wegen ein paar verlauster Punks.

*ADL, Schlossberghöhlen, Homburg (SOX),*
*26. 04. 2058 AD, 07:09 Uhr*

Sheiks Zustand änderte sich erst in den Morgenstunden, das Fieber verharrte bei 39,6 Grad. Der hermetische Magier machte sich sofort auf die Suche nach Trebker, fand ihn aber nicht. Dafür entdeckte er sehr starke toxische Geister, die aufgeregt über dem Schwimmbad kreisten.

»Was ist nun mit dem Drachen?«, fragte Michels ungeduldig, nachdem Sheiks Bewusstsein zurückkehrte. »War das eine Hallu oder was?«

»Ich sah eine magische Kontur, tief unten im Bauch der Höhle, mein kleiner Freund«, antwortete er vorsichtig. »Sie könnte wirklich einer Dracoform gehören.« Er deutete nach draußen. »Doch es ist etwas anderes im Gange. Ich fühle es.«

»Was denn? Eine Erschütterung der Macht?«, frotzelte der Zwerg.

Ordog präsentierte seinen neuen Plan. »Wir bedienen uns im Waffenlager der Ghule, nehmen das Loch, durch das unser Decker beim ersten Ausflug abgestürzt ist, und kümmern uns um diese Kontur. Ich will den Rücken frei haben, wenn wir den Schamanen wegputzen.«

»Du bist größenwahnsinnig«, befand Schibulsky kopfschüttelnd. »Wir sollten es aufgeben.« Dennoch folgte er ihnen.

Zusammen kehrten sie in das Stockwerk zurück, wo die Knarren der Leichenfresser lagerten, und mussten feststellen, dass einige Regale leer waren. Auch bei den schweren Kalibern fehlten etliche Ausrüstungsgegenstände.

»Haben wir was verpasst?«, wunderte sich der Zwerg und packte Granaten in einen Rucksack. »Die haben mobil gemacht.«

»Dann sollten wir uns beeilen«, erwiderte der fahle Anführer. Noch gab er sein Vorhaben nicht auf. Der Ork hing sich einen Mehrfachraketenwerfer und Ersatzmunition um, Ordog deckte sich ebenfalls ein.

Bis zu den Zähnen bewaffnet, suchten sie die Stelle, an der sie bei ihrem Run gegen ECC ihren Decker Brainman verloren hatten, bevor sie nur einen Fuß in die Arkologie setzen konnten. Wie aus dem Nichts hatte sich der Boden unter dem Mann geöffnet und ihn in ein tiefes Loch fallen lassen.

Sie fanden den Schlund und brachten mehrere Seile an, damit sie alle gleichzeitig nach unten gelangten und ihre Feuerkraft gebündelt einsetzen konnten. Die Schattenläufer rutschten an den Stricken hinab und kamen auf hartem Sand sowie Knochen und weichen Gegenständen auf. Sofort sicherten sie in geduckter Haltung nach allen Seiten.

Michels schaute nach, worauf sie eigentlich standen. Er fand Tierknochen in Hülle und Fülle sowie den arg mitgenommenen Rucksack des Deckers. Dann sah er auch die Reste des Matrixexperten.

»Ey, Schibulsky, nimm sofort deinen Stiefel aus Brainmans Gesicht«, schnauzte er den Ork an. »Das hat er nicht verdient, dass ein Hauer wie du auf seiner Fresse rumtrampelt.«

Der große Samurai ging zur Seite. »Er spürt doch sowieso nix mehr.«

»Na und? Schon mal was von Pietät gehört?«

Ordog betrachtete teilnahmslos die sterblichen Reste des Deckers, der unter dem Gewicht des Orks gelitten hatte. Der hatte es hinter sich. »Sheik, sieh nach, wo wir deinen Drachen finden.«

Der Magier setzte sich auf den Boden und sandte sein

magisches Bewusstsein durch das unterste Stockwerk der Höhlen.

*ADL, Homburg (SOX), 26. 04. 2058 AD, 07:32 Uhr*

»Hierher! Um Gottes willen, hierher! Und nicht schießen, bitte!« Trebker ruderte wild mit den Armen und trat aus dem Hauseingang, in dessen Schatten er sich verborgen hatte. Niemals hätte er gedacht, dass er über den Anblick von Kontrollratstruppen so glücklich sein würde. Der Albtraum war zu Ende.

Die Abteilung, die sich ihm auf dem Marktplatz näherte, bestand aus zwanzig Soldaten und zwei ATT-»Wächter«-Drohnen, hinter ihnen rollten zwei Panzer.

Eine der unbemannten Vektorschubmaschinen näherte sich ihm, das Maschinengewehr richtete sich auf ihn. »Hinlegen«, quakte der Lautsprecher ihn an. »Arme ausstrecken.«

Der Bundesbeamte warf sich zu Boden, zwei Soldaten näherten sich und tasteten ihn ab, die Waffen war er schnell los. Sie stellten ihn auf die Beine und schleppten ihn zur Heckklappe des vorderen Panzers. Nachdem er und seine Ausrüstung in einer Schleuse die Dekontaminationsprozedur über sich hatten ergehen lassen, stand er einem Offizier gegenüber.

»Ich bin Mitarbeiter des Bundesministeriums für Umweltschutz«, stellte er sich vor, Erleichterung und Anspannung zugleich fühlend, »mein Name ist Trebker. Ich hätte gerne mit Ihrem Vorgesetzten gesprochen.«

»Mayer« stand auf dem Namensschild der Vollrüstung, das undurchsichtige Visier verriet nichts über den Menschen, der hinter der Panzerung steckte.

»Sie befinden sich außerhalb Ihres Befugnisbereichs, Herr Trebker. Wir behandeln Sie daher als illegalen Eindringling und setzen Sie vorerst fest, bis der Kontrollrat die Sache geklärt hat«, sagte eine verzerrte Stimme, die unmöglich einem Geschlecht zuzuordnen war. Was der Mann in der Verseuchten Zone wollte, interessierte ihn nicht. »Haben Sie Ghule oder Punks gesehen?«

»Ha!«, stieß der Amtmann erregt aus. »Ich bin denen entkommen! Sie sitzen in den Höhlen, die Ghule und die Rocker, bewaffnet bis an die Zähne. Ihr Anführer ist ein toxischer Schamane, und sie haben einen Drachen, und sie wollen die SOX erobern.«

Der Offizier sagte nichts. Offenbar verarbeitete er die Informationen.

»Höhlen?«, wiederholte er nach Sekunden ungläubig. »Einen Moment.« Er öffnete einen Rundkanal, bei dem alle Einsatzleiter mithören konnten, und bat den Gefangenen, detailliert zu berichten.

Trebker erzählte von seinen Erlebnissen mit den Plünderern, die durch einen geheimen Tunnel in die SOX kamen. Zur Untermauerung seiner Aussagen übergab er die CD mit den Aufnahmen.

Der ranghohe Kon-Gardist, der ihn bis dahin für geisteskrank eingeschätzt hatte, hielt Rücksprache mit der Einsatzleitung. Die Befehle, die sich an ihn und seine Truppe richteten, wunderten ihn nicht. »Können Sie uns den Eingang zu den Höhlen zeigen?«

»Ich soll da noch einmal rein?« Der Beamte war bestürzt.

»Sie sollen ihn uns nur zeigen, Herr Trebker. Den Rest machen wir.«


*ADL, Schlossberghöhlen, Homburg (SOX),*
*26. 04. 2058 AD, 08:03 Uhr*

Ordog hob die Faust, und die Gruppe hielt auf sein Zeichen hin an. Er stand an einem Knick in dem künstlich angelegten Gang und schaute vorsichtig um die Biegung. Sheiks astrale Erkundung brach an dieser Stelle ab, da sich die Hintergrundstrahlung dermaßen verstärkte, dass er keine klaren Bilder sah.

Der Magier stellte sich neben ihn und begriff, was die Hintergrundstrahlung so sehr erhöhte. Aus einem Rohr in der Wand sprudelte die ätzende Flüssigkeit in ein Bassin. Kleinere, in den Sand gezogene Kanäle leiteten die giftige Substanz in weitere Gänge.

Ein feiner Nebelschleier lag in der Höhle. Sie hatten den ätzenden Geruch wegen ihrer Sauerstoffmasken nicht bemerkt. Der Luftanalysator an Ordogs Unterarm blinkte warnend auf und informierte über geringen Sauerstoffgehalt und gefährliche Reizstoffe.

»Sie pumpen nichts in die Höhe, sie verteilen es unterirdisch weiter«, sagte er zu Sheik, der sich noch gut an die Vorrichtungen auf dem Gelände des Stadtbades erinnerte.

»Ich vermute, dass wir nur die Spitze der Düne sehen, meine tapferen Freunde. Der Schamane wird die ganze Stadt mit dem Zeug fluten wollen«, äußerte der Araber.

»Aber warum?«

»Macht.« Der Hermetische betrachtete die schwappende Flüssigkeit, die bald über die Ränder des Beckens zu treten drohte. »Er erweitert das verunreinigte Gebiet unbemerkt und dehnt sich immer weiter aus«, erklärte er. »Der toxische Schamane muss unter allen Umständen vernichtet werden. Je stärker der Grad der Verschmutzung, desto mächtigere Geister kann er heraufbeschwören. Nun wird mir klar, warum ich stark eingeschränkt bin. Ein durch die atomare Strahlung zerrissener Astralraum und eine solche Kloake ergeben eine enorme Hintergrundstrahlung.« Sie zogen sich zu den anderen zurück und beschlossen, die Chemoschutzanzüge anzulegen.

Man sah dem bleichen Runner an, dass ihn etwas beschäftigte. Schließlich rückte er mit der Sprache raus.

»Es hat sich in den letzten Stunden einiges geändert. Sollen wir es trotzdem versuchen, Leute?«, richtete er sich an seine Gruppe. »Das wird verdammt gefährlich. Vieles wird sich nicht planen lassen.« Er wandte sich an Sheik. »Sind die Geister gefährlich, die er beschworen hat?« Der Araber nickte. »Und, was sagt ihr?«

Michels machte den Anfang. »Ich halte nicht viel davon, aussichtslose Sachen anzufangen. Ich bin für einen Rückzug. Lasst uns den Leichenfressern die Bude leer räumen und abhauen. Schade um die verlassenen Häuser. Aber es ist mir zu heiß.«

Der Ork stimmte ihm zu, seine Argumente deckten sich mit denen des kleineren Metamenschen. Damit war die Sache gestorben. Sie wandten sich um, Sheik dagegen bewegte sich nicht.

*Ich habe es geahnt,* fluchte Ordog innerlich. »Was ist?«

»Ich werde mich dem Schamanen in den Weg stellen«, verkündete der Magier mit fester Stimme. »Ich habe das Herz eines Löwen. Im Gegensatz zu euch, Söhne der Feigheit.«

»Kapierst du nicht, Turbanwickler? Es ist für uns eine Nummer zu groß geworden. Lass es die Kons machen. Es ist ihre verdammte Zone.« Der Zwerg stemmte die Hände in die Seiten. »Meinetwegen rufe ich den Kontrollrat selbst an und stecke ihnen, was abgeht.«

»Genau. Wir tarnen unseren Zugangstunnel, und hinterher schauen wir vorbei und machen weiter«, meinte Schibulsky. »In aller Ruhe. Ist das ein Vorschlag?«

»Ich werde dich nicht aufhalten.« Ordog versuchte eine andere Taktik. »Stell dir vor, du gehst bei der Sache drauf, was wird dann aus deinen Erkenntnissen über die Nullzonen? Sie werden für immer verloren sein. Willst du das, bei aller Mühe und den Gefahren, die du eingegangen bist? Löwen wissen, wann sie umkehren sollten.«

Der Araber dachte nach. Der Einwand des Straßensamurais schien ihn zu überzeugen. »Du hast Recht, Meister der Schusswaffen. Meine Erkenntnisse haben Vorrang.« Er schloss zu ihnen auf. »Sollte sich der Kontrollrat aber nicht um diese Bedrohung kümmern, kehre ich zurück.«

»Sicher«, redete ihm Michels erleichtert zu. »Verschwinden wir, bevor sich die Dämpfe durch unsere Anzüge fressen.«

Die Plünderer gelangten an den Aufstiegspunkt. Schibulsky schaute die Röhre hinauf und stöhnte. »Das wird eine ganz schöne Plackerei. Gehen wir außen rum?« Beinahe flehend blickte er durch die Plexiglasscheibe auf den Anführer. »Ich bin nicht der beste Kletterer«, ergänzte er entschuldigend.

»Im Abseilen war er schon immer besser«, stichelte der Zwerg, nahm eines der Taue und hängte sich mit seinem Gewicht daran, um die Festigkeit zu prüfen. »Du hast keine Muckis.«

»Sheik, sieh nach, wie es oben …«, wandte sich der Anführer an den Magier, da rieselte Sand herunter und prasselte leise auf den Gummianzug. Misstrauisch blickte er auf und sah einen menschengroßen, klobigen Schatten auf die Gruppe hinunterstoßen.

Hastig rempelte er den Zwerg zur Seite und hechtete zurück, während der Angreifer sie nur knapp verfehlte und auf den Boden krachte. Feiner Sandstaub wirbelte auf.

»Wo iss'n der hergekommen?« Der Ork trat vorsichtig gegen den Mann in der Vollrüstung. Der Sturz hatte ihn entweder umgebracht oder ihm die Besinnung geraubt. Schibulsky drehte ihn auf den Rücken. »Ein Gardist?«

»Kontrollrat«, korrigierte Ordog, stand auf und klopfte den Sand ab. *Scheint, als hätten sie die Höhlen entdeckt.* Der Mann war an der gleichen Stelle aufgeschlagen wie Brainman vor einigen Wochen. Schlecht, ganz schlecht. Wo einer war, waren mehr.

219

»Der ist bestimmt im Dunklen über das Seil gefallen, Kamerad«, sagte der größere der Metamenschen zum Zwerg.

Wieder schwebte etwas den Schacht hinunter, dieses Mal kontrolliert und langsam.

Michels erkannte das Ding zuerst. »Achtung!«, wies er die anderen an. »ATT-Wächter-Drohne!«

Bevor der Autopilot eine Zielerfassung vornehmen konnte, zerlegte das konzentrierte Gewehrfeuer der Plünderer einen Teil der Panzerung, ohne größeren Schaden anzurichten. Dennoch reichte es aus, das Flugobjekt zum Rückzug zu zwingen.

Die Gruppe zog sich in den Gang zurück, der sie ans Bassin mit der gefährlichen Brühe führte. Schibulsky nahm den Mehrfachraketenwerfer und schoss. Dieses Mal reichte die gehärtete Hülle der Drohne nicht aus. Stark qualmend stürzte sie in den Sand.

»Ich mache dicht!« Der Ork stellte sich genau in die Mitte des Schachts und jagte die verbliebenen drei Raketen kurz hintereinander die senkrechte Röhre hinauf. Die Flammen der Treibladungen beleuchteten den Schützen mit ihrem grellen Licht. Dann eilte er zu ihnen in den Gang.

Noch während er auf sie zurannte, spürten sie die Einschläge und Detonationen. Die Druckwelle setzte sich durch den Tunnel fort und holte Schibulsky von den Beinen, der weiche Sand dämpfte seinen Sturz.

Zusammen mit Felsbrocken fielen Rüstungsteile sowie eine beschädigte Drohne herab und bewiesen, dass der erste Gardist keineswegs alleine gewesen war. Vor diesen Verfolgern brauchten sie keine Angst mehr zu haben.

»Das hast du nur gemacht, damit du nicht klettern musst«, sagte der Zwerg grinsend.

»Jo, du Depp. Das mache ich immer so, wenn ich Lust dazu habe«, gab der Ork beleidigt zurück. »Rakwerfer raus und nix wie druff. Entschuldigung, dass ich uns gerettet habe. Es kommt auch nicht mehr vor.«

Ordog sparte sich eine Erwiderung. Sie konnten von Glück sagen, dass sich durch die Explosionen die Drecksbrühe hinter ihnen nicht entzündet hatte. »Gehen wir«, befahl er und setzte sich an die Spitze.

Sie mussten sich einen anderen Ausgang suchen. Der Wunsch Sheiks, die Konzerne sollten sich mit dem toxischen Schamanen beschäftigen, ging für seinen Geschmack viel zu früh in Erfüllung.

# VI.

*ADL, Groß-Frankfurt, Mainz-Wiesbaden,*
*26. 04. 2058 AD, 14:33 Uhr*

Der Rocker tauchte unter ihrem absichtlich langsam ausgeführten Kehlstoß ab und drosch mit dem Schlagring in die Körpermitte. Die kugelsichere Weste verhinderte eine schwere Verletzung, die Kraft übertrug sich dennoch. Tattoo war mit dem Mann zufrieden.

»Sehr schön, Straight«, lobte die Elfin. »Genug Power hast du. Jetzt musst du noch schneller werden, wenn du lebend aus einem Zweikampf kommen willst. Oder hinterhältiger.«

Das Mitglied der A666-Rocker verzog das Gesicht. »Ich dachte, das reicht aus. Bis jetzt hat es keiner geschafft, mich umzuhauen. Und du warst auch zu langsam.«

Andex prustete los. »Habt ihr das gehört?«, rief er zu Schlagergott, Dice und Oneshot, die ihre Rekruten gerade in der Mangel hatten. Er gönnte sich eine Pause, um sich ein dunkles Starkbier zu genehmigen. »Der Kleine denkt, Tattoo bringt's nicht mehr.«

Straight gefiel die Rolle des Götterstürmers, zeigte seine Oberarmmuskeln und nahm eine Siegerpose sein. »Yeah, ich bin dein Albtraum, Baby«, neckte er die Aufklärerin.

»Gib mir eine zweite Chance, meinen Ruf zu verteidigen«, bat sie lächelnd und zeigte ihre Reißzähne.

»Einverstanden«, willigte der Rocker großspurig ein und nahm eine Kampfhaltung ein. Sein rechter Arm täuschte einen Schlag an, dabei zuckte die Linke mit kurzer Verzögerung nach vorne.

Die Elfin blockte die Finte und die Attacke gleichzeitig. Seine Unterarme schmerzten, als hätte er gegen zwei Stahlträger geschlagen.

»Noch mal«, forderte sie ihn auf. Die Adrenalinpumpe sprang an. »Gib dir Mühe, Straight. Ich geb dir hundert EC, wenn du meinen Oberkörper berührst.«

Mit einem Satz brachte er sich dicht an Tattoo heran und begann mit einer ganzen Serie von Hieben. So sehr er sich bemühte, kurz vor dem Ziel schlug die Elfin die Fäuste zur Seite oder fing den Schlagring ab.

»Ich verbringe eine Nacht mit dir, wenn du es schaffst«, toppte sie ihr Angebot.

Straight schonte seine Arme nicht eine Sekunde. Nun musste sie sich stark konzentrieren, um ein Durchkommen der Angriffe zu verhindern.

Dann legte sie los, zuerst langsam, damit er eine Gelegenheit erhielt, sich zu verteidigen. Als sie aber die Reflexverstärker zur ihrer vollen Entfaltung brachte und die Wirkung des künstlich freigesetzten Stresshormons einsetzte, hagelte es Prügel für Straight. Die Elfin musste sich sehr zusammennehmen, um nicht voll durchzuziehen. Der Brecher und ihre Teamkollegen feuerten sie mit rhythmischem Gegröle an.

»Hoi, zusammen! Sie sind doch Tattoo, oder?«, hörte sie eine fremde Stimme begeistert sagen. »Machen Sie ruhig weiter, ich filme Sie dabei. Sieht schwer nach Hong-Kong-Gefuchtel aus, was Sie da machen. Würden Sie bitte etwas weniger psychopathisch schauen? Das machen wir nur bei einem Match, okay? Sie sollen ja positiv rüberkommen.«

Die Aufklärerin schaute über die Schulter, um nach dem labernden Unbekannten zu sehen. Sie erinnerte sich nicht daran, dass ein Promotion-Shooting für einen Sponsor angesetzt worden war.

»Was wird das?«, verlangte sie von dem jungen Mann mit den schwarz-weiß gefärbten Haaren zu wissen. »Normalerweise fragt man, bevor man dreht.«

Sie fühlte eine feste Berührung durch die Weste hindurch an den Stellen, an denen ihre Brüste saßen, und sah, wie Andex so sehr in Gelächter ausbrach, dass er rücklings zu Boden fiel.

Ganz langsam drehte sie den Kopf nach vorne und blickte an sich herab. Die Hände von Straight lagen bombenfest auf der Schutzkleidung.

*Das darf doch nicht wahr sein.* Ihre Augen wanderten die Arme entlang, bis sie in das geschundene Gesicht des Rockers starrte, in dem ein triumphierendes Grinsen stand.

»Gewonnen«, meinte er nur, ohne die Finger zu bewegen. »War das hinterhältig genug?«

»Der Kampf war zu Ende«, protestierte sie.

»War er nicht«, rief der Ork keuchend.

Ihr ausgestreckter Zeigefinger reckte sich drohend in Richtung des Brechers. »Hör auf mit dem Scheiß.« Die Kuppe zielte auf Straight. »Und du nimmst deine Finger von meinen Paradiesäpfeln, oder du sammelst dir die Grabscher gleich einzeln vom Boden auf«, fauchte sie. Der Ausdruck im Antlitz des jungen Mannes wechselte zu Furcht. »Sofort.« Sporne fuhren aus ihren Unterarmen, der rechte schwebte Millimeter von seiner Nase entfernt. Als sei die Weste glühend heiß, riss er die Handflächen weg. »Und du bist …?«, erkundigte sie sich unfreundlich nach dem Namen des Reporters.

»Severin T. Gospini Poolitzer. Ich bin von InfoNetworks und mache ein Feature über die Black Barons«, stellte er sich jovial vor und hob kurz die Fuchi VX2000C an, als würde das alles entschuldigen. »Geniale Idee, die Rocker anzuheuern. Wie kam's denn dazu?« Die Linse richtete sich auf den Rocker. »Bekommst du das gleiche Gehalt wie Tattoo?«

»Das reicht.« Schlagergott schob sich vor die Kamera. Er unterbrach die Aufnahme, ehe der Mann die Ganger auf dumme Gedanken brachte. »Komm mal einen

Schritt auf die Seite und lass uns Sachen klären.« Hart schloss sich seine Hand um die Schulter des Reporters und zerrte ihn weg. Seine Teamkollegen folgten ihnen, während die Neuen aus den Reihen der »A666« auf Geheiß von Andex zum Schießstand gingen und ihre Treffsicherheit verbesserten.

Dice pflückte den Presseausweis von Poolitzers Jacke und funkte das Sicherheitsteam an der Pforte an, das dazu gedacht war, lästige Groupies abzuhalten. Oder aufdringliche Kameragier, wie solche Journalisten auch genannt wurden.

»So, jetzt noch einmal von vorne«, bat der Stürmer den Journalisten. »Du willst einen Bericht über uns machen? Ohne Dreherlaubnis, wie ich die Sache sehe?«

Der Seattler machte ein unschuldiges Gesicht. »Braucht man die? Ihr seid doch so etwas wie Persönlichkeiten, und da dachte ich, da müsste man nicht fragen.«

Drei Mann des Wachdienstes erschienen.

»Hier, ihr Schnarchnasen«, begrüßte Dice die Aufpasser und warf ihnen die Ausweiskarte des Reporters zu. »Macht euren Job das nächste Mal besser, wenn ihr ihn behalten wollt. Wir haben zwei wichtige Spiele, da brauchen wir momentan keine Schnüffler. Stellt euch mal vor, die Royals hätten ihn geschickt.«

*Oder die Typen aus Russland,* dachte die Elfin, und ihr wurde ganz unwohl bei dem Gedanken.

Poolitzer begriff, dass man ihn als ungebetenen Gast betrachtete, der gleich in hohem Bogen auf die Straße fliegen würde. »InfoNetworks möchte euch doch nur weiter in der Zuschauergunst steigen lassen«, säuselte er mit honigsüßer Stimme. »Ihr seid die unerbittlichen Black Barons, die trotz aller Schicksalsschläge nicht aufgeben und mit allen Mittel versuchen, die deutsche Meisterschaft zu gewinnen und im internationalen Bereich gegen die Royals erfolgreich zu bleiben.« Die schon milder gestimmten Gesichter ließen ihn Mut fassen, doch zu seinem Feature zu kommen. Er legte noch einen nach. »Und das trotz der drohenden Niederlagen und der mehr als schlecht stehenden Karten.« Er merkte an den Reaktionen der Stadtkrieger sofort, dass es zu viel des Guten gewesen war.

»Raus mit ihm«, ordnete Oneshot knapp an und wandte sich um.

»Hallo? Nein, halt. Lasst es mich anders sagen.« Keiner schenkte ihm mehr Beachtung.

Das Kernteam widmete sich dem Training, während die angeheuerten Muskeln unter seine Achseln griffen und ihn in Richtung Ausgang trugen. Dabei zerknüllte einer seine Pressekarte. Eine Minute nach der überhasteten Bemerkung stand er vor dem Tor, das sich mit einem Knall schloss.

*Probiere ich eben was anderes.* Er hob die Kamera. »Info-Networks hat schwere Sicherheitsmängel bei der Kontrolle im Trainingskomplex der Black Barons entdeckt«, kommentierte er die Bilder, die er vom Eingang machte. »Schon im ersten Versuch gelang es mir, bis zu den Spielern vorzudringen, ehe mich die Sicherheitsmannschaft entdeckte und hinauswarf. Wäre ich ein Mitglied der Liga für Menschlichkeit, hätte ich soeben den Rest der Mainzer Stadtkrieger beseitigen können. Ich mache mich auf die Suche nach weiteren Mängeln.«

Poolitzer ließ die Aufnahmetaste los, senkte die Kamera und wechselte die Straßenseite, um das Gebäude in der Totalen einzufangen. Das Trainingscamp der vom Pech verfolgten Mannschaft lag in Mainz, umgeben von den unaufhörlich qualmenden Schwerindustrieanlagen von Saeder-Krupp, AG Chemie und Eurotronics, eingepfercht von erbärmlich instand gesetzten Arbeiterwohnungen.

Seufzend tippte Poolitzer die Nummer seines Chefredakteurs ein und versuchte ihm zu erklären, warum aus dem Feature nichts wurde. Doch das interessierte den

Medienmenschen nicht die Bohne. Der Beitrag wurde verlangt, und wenn er es nicht schaffe, so hörte er es aus dem Lautsprecher schallen, warteten andere freie Mitarbeiter darauf, den Job mit Bravour zu erledigen.

Beide wussten, dass es gelogen war, doch der unfaire Appell an die Schnüfflerehre des Amerikaners fruchtete. »Ja, ist ja gut. Ich bleibe dran.« *Idiot, dämlicher.*

Poolitzer beendete das Gespräch und legte sich eine neue Vorgehensweise zurecht. Er würde sich im Anschluss an das Training an ein Teammitglied der Black Barons hängen und so ein persönliches Tagebuch aus dem restlichen Zeitabschnitt machen. In Verbindung mit Originaltönen der Fans und der Boxerei der aggressiven Elfin würde das was Brauchbares ergeben.

Poolitzer schwang sich in seinen Isuzu, packte einen Cerealienriegel aus, der nach nichts schmeckte, und hielt Ausschau nach einer Dönerbude.

Wo war ein Türke, wenn man einen brauchte? Wären sie damals bei Wien durchgekommen, hätten die Deutschen Döner als Nationalgericht. Er nutzte die Minuten der Warterei, um seine Mails abzurufen.

Sein Decker hatte ihm die Nachricht geschickt, er habe etwas über die Mailadresse »Alexandra« herausgefunden. Es handelte sich dabei um einen anonymen Briefkasten bei einem Provider. Er hatte nichts darin entdeckt, bis auf einen elektronischen Brief, der vor kurzem aus der Weimarer Bibliothek abgeschickt wurde. Poolitzer wollte seinen Augen nicht trauen. *Das sind doch wortwörtlich meine verdammten Informationen!*, erkannte er die Antworten der Museen aus Kairo, London und Vichy wieder.

Damit kam für ihn nur eine Person infrage, die ihn angezapft hatte. Sofort hackte er eine Antwort an den Decker, er solle alles über Wiebke Otte herausfinden. Und zwar *subito.*

Der Kästchen-Fall erhielt damit einen sehr interessanten Aspekt. Ihm stellte sich nun die Frage, ob die Assistentin aus eigenem Antrieb spitzelte, für jemand anderes arbeitete oder ein Dritter sich Zugang zum Weimarer Rechner verschafft hatte. Der Decker würde hoffentlich Näheres in Erfahrung bringen.

Das Tor zum Stadiongelände öffnete sich. Schlagergott, unschwer an der »Roy Black lebt«-Jacke zu erkennen, rauschte auf seinem Motorrad hinaus und drehte das Gas bis zum Anschlag. Ohne Auspuff knatterte die Geländemaschine so laut, dass Poolitzer die Vibrationen durch die Karosserie spürte. An den Stürmer brauchte er sich gar nicht dranzuhängen. Ein Motorrad mit einem solchen Fahrer wäre unmöglich länger als einen Kilometer zu verfolgen.

Nacheinander verließen aufgemotzte Autos unterschiedlicher Fabrikate das Gelände. Die Scheiben waren alle verspiegelt, sodass er sich ein Opfer aufs Geratewohl aussuchen müsste.

Routiniert arretierte er die VX2200C auf dem Armaturenbrett und tarnte die Kamera mit einer Fast-Food-Tüte. Ein kleines Loch erlaubte das perfekte, aber von außen unauffällige Filmen. Er setzte sich die wie eine herkömmliche Sehhilfe gearbeitete Cambrille auf die Nase, mit der er die Fuchi über ein dünnes Kabel bediente, und folgte einem VW Sandstorm.

Es war ein Buggy, wie er ihn aus den Actionfilmen kannte. Damit flitzten Söldner oder Spezialeinheiten wild entschlossen über Dünen oder durch Endzeitszenarien. Im Gegensatz zu den offenen Modellen aus den Trids verfügte dieses Exemplar über eine bunte Hartverschalung. Die Dachluke und der Ringaufsatz für ein MG fehlten dagegen nicht.

Wer immer da drin saß, er hoffte, dass nichts im Wagen lag, das sich dort oben montieren ließ. Poolitzers Crazy setzte sich in Bewegung und folgte dem sehr auffälligen Fahrzeug.

»Wann willst du den Jungen ranlassen?«, fragte Andex, als erkundigte er sich nach der Uhrzeit oder nach den letzten Spielergebnissen.

Tattoo steuerte den Buggy durch die Mainzer Straßen. »Gar nicht«, erwiderte sie knapp.

»Aber du hast es mit Straight vereinbart«, erinnerte sie der Ork hämisch und nahm eine Dose Starkbier aus seiner Jacke. Der Verschluss klackte, dunkler Schaum quoll heraus, sodass der Brecher eilig trinken musste. »Macht keinen guten Eindruck, wenn die Neuen denken, du würdest einen von ihnen verarschen.« Ein kaum unterdrücktes Rülpsen schallte durch den VW. »Wir brauchen sie.«

»Geh du doch mit ihm ins Bett«, fauchte sie. »Du hast ihm beigestanden, Leberaustauschkandidat.« *Bleib ruhig.* Ihr Handgelenk-Kom machte sich bemerkbar. »Ja?«, sagte sie ärgerlich. »Ah, Straight, du bist es. Woher hast du meine Nummer?« Sie lauschte. »Von Andex, aha. Und? Was gibt's?« Der Ork schlug sich auf die Schenkel und schüttete sich aus vor stummem Lachen. »Nein, ich habe heute keine Zeit, um mit dir essen zu gehen.« Die Augen der Elfin traten beinahe aus den Höhlen. »Welche Blumen ich mag?« Sie imitierte Rauschen und schabte mit dem Finger über das Mikrofon. »Sorry, die Verbindung ist schlecht. Ruf mich später noch einmal an.« Sie schaltete das Kom-Gerät ab. Wütende Blicke trafen den Teamkollegen. »Du hast ihm meine Nummer gegeben?«

»Kann doch sein, dass er es wirklich bringt?«, pries er den jungen Rocker an. »Und wenn nicht, rufst du den Typen vom Zoll an, dem du auch noch ein Date schuldest. Stell dich nicht so an. Wettschulden sind …«

Tattoo lenkte den VW ruckartig auf den Bürgersteig und hielt an. »Viel Spaß beim Laufen, Andex«, wünschte sie dem verdutzten Ork. Als er nicht reagierte, schnappte sie ihm seine Bierbüchse aus der Hand und warf sie hinaus auf die Fahrbahn. Protestierend stieg er aus dem Buggy, um den restlichen Inhalt zu retten.

Die Räder des Sandstorm drehten durch und katapultierten das leichte Fahrzeug aus dem Stand zurück auf die Straße.

Andex zeigte ihr feixend den Mittelfinger und leerte seine Bierdose, nachdem er das Mundstück grob vom Straßenstaub gereinigt hatte. Gerade weil sich die Aufklärerin so herrlich darüber ärgerte, machte ihm das Provozieren noch mehr Spaß. Er schwor, dass ihre Adrenalinpumpe kaputt war.

Der Ork hörte hektisches Hupen hinter sich. Im nächsten Moment hatte er das Gefühl, von einem Stier auf die Hörner genommen zu werden. Abwechselnd sah er den Himmel und den Boden, bis er auf dem Asphalt aufschlug.

*Scheiße, da hat mich einer überfahren.* Der Schmerzeditor aktivierte sich und hielt ihm wenigstens die ersten Qualen vom Leib. Vorsichtig tastete er sich im Liegen ab. Es schien alles heil zu sein. Er grinste. Knochenverstärkung rentierte sich.

Andex rollte sich auf den Bauch und drückte sich ab. Federnd kam er auf die Beine, reckte sich und humpelte auf den Bürgersteig zurück.

»Hast du das Nummernschild von dem Idioten gesehen?«, fragte er einen Jugendlichen, der den Vorfall mit offenem Mund verfolgt hatte.

Dessen Zeigefinger deutete nach links.

Den warnenden Hinweis des Jungen begriff er zu spät.

*Ich habe einen Black Baron überfahren!* Eine Welle aus Angst und Kopflosigkeit rollte durch Poolitzer. Der Ork war so unvermittelt auf der Straße stehen geblieben, dass er nicht mehr hatte ausweichen können. *Ist er tot?*

Ein Blick in den Rückspiegel zeigte ihm, dass der Brecher sich eben erhob, als sei nichts gewesen. Erleichtert stieß der Reporter die Luft aus und betete, dass der Stadtkrieger sich nicht das Nummernschild merken konnte.

Da sah er, wie ein zweites Fahrzeug, ein Kleinlaster mit der Aufschrift »Mercurius – Wir kommen durch«, heranbretterte. Es erfasste Andex und fuhr ihn ein weiteres Mal über den Haufen. Dabei brach die kleine Kühlerfigur mit Flügelhelm und Heroldstab ab.

»Oh, shit!«, jammerte Poolitzer und schlug mit dem Kopf auf das Lenkrad. Anhalten wollte er nicht. Man könnte ihn als ersten Unfallfahrer identifizieren.

Wenigstens stoppte der Transporter umgehend. Sein Fahrer stieg aus, um zuerst nach dem Auto, dann nach dem verletzten Ork zu sehen, der scheinbar mit seinen letzten Kräften aus der Rinne auf den rettenden Bürgersteig kroch.

Glücklicherweise bog der Buggy ab. Poolitzer folgte dem VW und verlor das Geschehen hinter ihm aus den Augen.

»Shit, Shit, verfuckter Shit!«, brüllte der Reporter seinen Frust heraus. Wegen ihm war das Stadtkriegteam einen weiteren Mann los. Oder zumindest traf ihn eine gewisse Teilschuld. Nervös kaute er an seinen Fingernägeln. *Er hätte beim ersten Mal wenigstens auf den Bürgersteig fliegen können. Oh, hoffentlich hat mich niemand erkannt. Die bringen mich um! Die benutzen meinen Kopf als Ball!*

Der Sandstorm bog auf eine der breiten Zufahrtstraßen in Richtung Frankfurt-Innenstadt und beschleunigte. Zielsicher suchte sich das Geländefahrzeug den Weg durch das Blechgetümmel. Unweit des Hauptbahnhofs rollten die Fahrzeuge in großzügigem Abstand voneinander die Rampe eines Parkhauses hinauf.

Poolitzer hatte kein Glück mit der Parkplatzsuche und kreiste ziellos auf dem Deck, ohne fündig zu werden. Weil er die Faxen dicke hatte, stellte er den Isuzu

231

einfach seitlich ab, hängte das Schild »Defekt« in die Scheibe, packte die VX in seinen Spezialrucksack mit der Minilinse im Brustriemen, verkabelte sie rasch und hetzte an die Stelle, wo er den Buggy gesehen hatte. Der VW war leer, vom Fahrer fehlte jede Spur.

Allmählich befreite sich sein Hirn von den Ereignissen der letzten Viertelstunde, der Verstand kehrte zurück und versuchte, analytisch zu arbeiten. Auf dem Bahnhofsgelände jemanden zu entdecken wäre ein Ding der Unmöglichkeit.

Poolitzer musste den Typen dazu bringen, noch einmal zum VW zu kommen. Er setzte sich eine Baseballkappe auf, fuhr mit dem Fahrstuhl nach unten und lief zum nächsten Infoschalter. Dort gab er einen Zettel mit dem Nummernschild und dem Hinweis ab, dass der Geländewagen eine Flüssigkeit verlor. Anschließend hetzte er hinauf und legte sich im Schutz eines Pfeilers auf die Lauer.

Es dauerte nicht lange, da scholl sein Hinweis aus den Lautsprechern. Minuten später lief Tattoo aus dem Lift, umrundete ihr Auto und inspizierte die Umgebung nach einer Lache. Weil sie aber nichts finden konnte, machte sie fluchend kehrt und ging in die Kabine zurück.

Also würden die Zuschauer einen Tag mit der Elfin verbringen. Poolitzer flog die Treppen hinunter und schaute bei jeder Etage, ob der Lift anhielt. Keuchend erreichte er das erste Untergeschoss, das sich die Aufklärerin als Ziel gewählt hatte, und blieb ihr auf den Fersen. Sie hielt auf die Eingangskontrollen zu, die jeder Besucher passieren musste, wollte er in den Bahnhof.

Allmählich wurde der Reporter stutzig. *Was in aller Welt will sie denn hier?*

Tattoo zückte ihren Sonderausweis, der ihre Cybereinbauten auflistete und legalisierte, wies die vier bewaffneten Kontrollbeamten auf die Pistole mit Gelmunition hin, die sie bei sich trug, und schritt nach einer Überprüfung ihrer Angaben und einem Retinascan unter der geöffneten Schranke durch.

Sie nahm die Rolltreppe nach unten, die sie vorbei an der Etage mit den U-Bahnen führte, und gelangte in den Teil der Anlage, wo sich das Zentrum des Schienenverkehrs der ganzen Zentral-ADL befand, vom Regionalverkehr bis hin zu Magnetbahnen aus Madrid, London oder Budapest.

Seit der City-Tunnel zu einem Großteil in Betrieb war, mussten die Züge in Richtung Osten nicht mehr um die Stadt herumfahren. Die Grundsanierung des Bahnhofsviertels lief auf Hochtouren und neigte sich dem Ende zu. Während die Züge in wenigen Monaten komplett unterirdisch fuhren, sollte auf dem ehemaligen Bahnhofsplatz ein großes achtstöckiges Bürozentrum mit Einkaufs- und Vergnügungsmeile entstehen, wie die Plakate an den Wänden verkündeten. Natürlich saubere Vergnügungen, nicht solche Sachen wie in MaWie.

Nach zwei weiteren Sicherheitsschleusen befand sie sich in der Zugzone. Es roch nach Elektrizität, Staub, Snacks, Desinfektionsmitteln und menschlichen Ausdünstungen. Auf quadratischen Wandtafeln blinkten die Verbindungen samt Uhrzeit und Gleis auf, Lautsprecherdurchsagen machten auf Ankunft und Abfahrt aufmerksam oder riefen Namen aus.

Die Aufklärerin lenkte ihre Schritte vorbei an der Kofferannahme, wo Fernreisende ihr Gepäck aufgaben, und steuerte auf die meterhohe Wand aus Schließfächern zu. In mehreren Reihen und drei Ebenen standen die schmalen Metallschränke hinter- und übereinander, Laufstege und Aufzüge ermöglichten den Zugang zu den oberen Spinden. Tattoo wollte sich vergewissern, dass mit ihrem Mitbringsel aus Moskau noch alles in Ordnung war. Absichtlich hatte sie sich einen gut einsehbaren Bereich auf der zweiten Ebene ausgesucht. Sie nahm die Treppen und öffnete nach dem Daumenabdruckvergleich das Fach, wo sie voller Erleichterung den Koffer vorfand, an dem immer noch die Handschelle und das Stahlseil baumelten. Sie würde sich nach den Spielen darum kümmern.

Die Elfin fühlte sich plötzlich beobachtet. Einen ähnlichen Eindruck hatte sie auf der Fahrt zum Bahnhof verspürt, hielt es aber für Einbildung. Sie wirbelte herum und schaute von ihrer erhöhten Position auf den Bahnhof hinunter.

Es wimmelte nur so von Reisenden, die zwischen den Schließfächern hin und her liefen, einräumten, ausräumten, Menschen rannten zum Zug oder fielen sich begrüßend in die Arme. Ihre Cyberaugen zoomten wahllos auf die Gesichter der Reisenden, um durch Zufall etwas zu bemerken.

Und sie landete einen Treffer. Ein Gesicht, halb unter dem Schirm einer Baseballkappe verborgen, erkannte sie gleich wieder. *Das Kameragesicht!* Der Sack bespitzelte sie.

Ohne hinzuschauen, drückte sie den Koffer ins Fach zurück, versetzte der Tür einen wütenden Stoß und flankte über das Eisengeländer. Nach einigen schnellen Sprüngen und unfreundlichen Remplern wuchs sie vor dem Reporter in die Höhe.

Der tat so, als würde er sich gerade einen Spind aussuchen, um seinen Rucksack zu verstauen. Sie tippte ihm auf die Schulter.

Mit gespielter Überraschung wandte er sich ihr zu. »Tattoo? Nein, Sie hier? Was machen Sie denn am Bahnhof? Wohin soll es denn so kurz vor den Spielen gehen?« Er deponierte das Gepäck und wollte den Metallschrank schließen. Die Elfin klemmte die Finger dazwischen und riss die Tür wieder auf.

Poolitzer versuchte, sie zuzudrücken, kam gegen die

234

Kraft ihrer künstlichen Arme aber nicht an. »Hey, das ist mein Privatbesitz«, protestierte er, doch die Stadtkriegerin durchwühlte ohne weitere Worte die Tasche und stieß sofort auf die Kamera sowie die Verkabelung. Anklagend hielt sie ihm die Beweise unter die Nase. »Ja und? Ist es einem Reporter verboten, seine Arbeitsutensilien mit sich zu führen?«

»Hast du mich verfolgt, Schnüffler?«, forschte sie gefährlich ruhig. »Überleg dir die Antwort gut.«

»Nein.«

Ihre Rechte knallte gegen den Spind. Die Abdrücke ihrer Knöchel zeichneten sich in dem Blech ab.

»Ich … ich wollte nach … Jena fahren«, log er sie stotternd an. Trotzig hielt er dem Blick ihrer grünen Augen stand.

Ihre Finger öffneten sich. Mit einem klappernden Geräusch prallte die VX2200C auf den Boden, ein paar Plastikteile und das Okular lösten sich durch den Aufprall und hüpften über die Kunstfliesen. Die Füße der Umherlaufenden kickten sie durch die Gegend.

Sofort riss Poolitzer die geschundene Kamera an sich und machte sich auf die Suche nach den verlorenen Teilen, um sie vor weiteren Beschädigungen zu retten. »Sehr nett«, rief er verstimmt aus der Menge. »Das merke ich mir. Das gibt einen ganz, ganz miesen Bericht über die Black Barons!«

*Ruhig*, sagte sie zu sich selbst. Sie schlug ihn nicht. Nicht in aller Öffentlichkeit. Das brachte nur Ärger. Tattoo atmete langsam ein und aus. Sie schaute noch einmal zu dem Schließfach, in dem sich der rätselhafte Koffer befand, und erstarrte. Das Fach stand offen, die Tür schwang sachte nach hinten.

Ein junger Mann entfernte sich sehr schnell, lief die Stufen hinunter und orientierte sich sofort nach links in Richtung des Nordausgangs. Den Koffer, den er trug, kannte sie nur zu gut.

»Hey! Du! Stehen bleiben!«, rief sie und zeigte mit dem Finger auf den Dieb. »Haltet ihn!«

Der Mann rannte los. Die Elfin nahm die Verfolgung auf. *Das Schloss ist vorhin nicht eingerastet.* Sie dachte darüber nach, wie der Dieb in dieser Geschwindigkeit an ihr Fundstück gelangen konnte. Er würde nicht lange im Besitz seiner Beute bleiben.

Die Adrenalinpumpe flutete ihren Körper mit dem Stresshormon, das künstlich verbesserte Herz schlug in ihrer Brust in einer 200er-Pulsfrequenz.

Die Aufklärerin genoss die unerwartete Jagd. Die zahlreichen Menschen bedeuteten eine ungewohnte, aber reizvolle Behinderung, mit der sie bei ihrer Verfolgung fertig werden musste. Sie sprang über Gepäckwagen und kleine Kinder hinweg, drehte und duckte sich, schlüpfte wie ein Aal zwischen den Reisenden hindurch und achtete darauf, niemanden zu berühren. Tattoo nahm es als Spiel, als Trainingsstunde. Die Elfin war sich sicher, den Dieb in wenigen Sekunden zu fassen und windelweich zu prügeln.

Er würde sich wünschen, den Koffer niemals gesehen zu haben. Der Rücken des Diebes kam näher.

Die Angst vor der Elfin verlieh dem Mann Flügel. Das blitzende Gebiss mit den Reißzähnen sorgte für zusätzlichen Ansporn, nicht in ihre Hände und schon gar nicht in ihre Fänge zu geraten. Als er merkte, dass er gegen diese Gegnerin auf diese Weise nicht den Hauch einer Chance hatte, änderte er seine Taktik.


»Heben Sie mal Ihre Quadratlatschen an, Bürger, ja?«, fuhr Poolitzer einen Ork an, der sich versehentlich auf ein Abdeckungsteil der Kamera gestellt hatte. Der Metamensch murmelte etwas von »ungehobelt« und tat dem Reporter den Gefallen. »Danke«, sagte dieser in einem beleidigenden Ton und erhob sich aus seiner gebückten

Position. Klackend rastete das Stück ein, die VX war wieder vollständig.

Schnell hielt er Ausschau nach der Elfin, von deren Drohungen er sich keinesfalls einschüchtern ließ. In einiger Entfernung spurtete sie wie eine Hürdenläuferin durch den Bahnhof. Etliche Meter vor ihr hetzte ein Mann im Vergleich zu ihr sehr unelegant durch die Masse.

»Und wir sind wieder auf Sendung, verehrte Zuschauer«, verkündete er gut gelaunt. Die Kamera hielt er in der Hand und rannte los. Die Bildstabilisatoren sorgten dafür, dass nichts verwackelte.

Dem Verfolgten gelang es, sich zwischen den Reisenden zu verbergen. Poolitzer benötigte einige Zeit, bis er ihn entdeckte. Auch die Stadtkriegerin hatte ihn vorübergehend aus den Augen verloren.

Plötzlich tauchte er auf, verriet sich durch eine schnelle Bewegung, weil er einen Satz machte und in den mittleren Wagen eines abfahrbereiten Zugs sprang. Wenn sich der Reporter nicht sehr täuschte, trug der Typ den Koffer von Tattoo unterm Arm.

»Geschätzte Zuschauer, Sie werden Zeuge, wie Tattoo, die beste Aufklärerin der Liga, einen Dieb stellt«, kommentierte er die Szenerie. »Wird sie es schaffen, ehe der Zug aus dem Bahnhof rollt?«

Von hinten nach vorne klappten die automatischen Türen rumpelnd zu, die automatische Durchsage warnte vor weiterem Zusteigen und gab die Abfahrt des Expresszugs nach Warschau bekannt.

»Nein, sie wird es anscheinend nicht. Aber InfoNetworks schnappt den Räuber«, entschied sich der Reporter vor laufender Kamera für die Mitfahrt. Er stürmte zu dem ersten Waggon und schaffte es gerade noch hineinzuspringen.

Klackend arretierte hinter ihm der Türflügel in der Halterung, mit letzter Anstrengung zog er den Fuß

237

hoch, um sich die Ferse nicht einklemmen zu lassen. Der Boden unter ihm ruckte, Poolitzer taumelte nach vorne. Der Expresszug nach Polen setzte sich in Bewegung und beschleunigte sehr schnell.

Entschuldigungen murmelnd, schob er sich durch die Passagiere der ersten Klasse, die im Begriff waren, ihre Kabinen zu beziehen.

Er musste herausfinden, was sich im Gepäckstück befand, und das nicht nur, weil seine Spürnase einmal mehr juckte. Er wünschte es sich zwar nicht, doch könnte die Elfin in schmutzige Geschäfte verwickelt sein. Weshalb sollte sie sonst so eine Geheimnistuerei betreiben?

Möglichkeiten gab es viele. Von Schmiergeld, damit sie im entscheidenden Meisterschaftsspiel nicht so hart ranging wie sonst, bis hin zu Drogenkurierfahrten für irgendwelche Schmuggler. Schließlich kamen die Stadtkrieger viel herum.

In seiner Reporterfantasie blühten die absonderlichsten Szenarien auf, die alle für Schlagzeilen sorgen würden. Und er wäre der Glückliche, der es herausgefunden hätte. *Ich werde sagen, ich recherchiere schon länger an dem Fall,* überlegte er sich einen Trailer für die Anmoderation.

Den Dieb, der die Elfin bestohlen hatte, würde er nicht erkennen. Wohl aber den Koffer, den er vorhin in Nahaufnahme gefilmt und auf CD gebrannt hatte.

Tattoo wusste, dass es ihr nicht mehr gelingen würde, in den Zug einzusteigen, die Türen schlossen sich bereits. *Showtime.*

Sie sprintete neben dem anfahrenden Zug her, benutzte einen Gepäckwagen als Rampe und drückte sich kraftvoll ab.

Die Elfin segelte durch die Luft, flog schräg über die Köpfe der Reisenden hinweg und landete hart auf dem

Dach des letzten Wagens des Warschau-Express. Ihre künstlichen Finger klammerten sich sofort um einen kleinen Abluftkamin, aus dem Küchengerüche stiegen, während die Antriebslok stetig die Fahrt erhöhte. Der Zug schoss die Röhre entlang, das Licht wurde diffuser, was sie wegen ihrer Cyberaugen nicht weiter störte.

Der Fahrtwind zerrte und riss an ihr. Kleine Rußpartikel aus dem Auspuff des Dieselantriebs peitschten in ihr Gesicht. Die ersten Meter aus dem Bahnhof mussten die Züge mit Dieselantrieb fahren, weil die neuen Oberleitungen für den Strom noch nicht verlegt waren. Das brachte ihre Lunge zwar in den Genuss von krebserregenden Stoffen, verhinderte aber, dass ihr hochgradig verdrahteter Körper einen zufälligen Schlag von mehreren tausend Volt abbekam.

Die Stadtkriegerin wartete, bis die Beschleunigung nicht weiter zunahm, und rutschte langsam ans Ende des Dachs. Vorsichtig hangelte sie sich zur hinteren Durchgangstür hinab und hielt sich an vorstehenden Metallteilen fest, die zur Verbindung zwischen den Waggons gedacht waren. Ihre Füße balancierten auf den öligen Stoßfängern.

Als Tattoo durch das kleine Fenster spähte, entdeckte sie, dass sich an diesem Ende ein Aufenthaltsraum für die Zugbegleiter befand. Erst nach etlichen Schlägen mit dem Unterarmsporn barst das Sicherheitsglas, dann zog sie sich ins Innere. Sie nahm sich etwas Zeit, ihre Klamotten zu richten, ehe sie den Raum verließ und das Abteil betrat. Nur zwei Jungen schauten sie verblüfft an, weil sie keine Uniform trug.

Die Elfin ignorierte sie und suchte eine Kabine nach der anderen mit kritischen Blicken nach dem Dieb ab. Der Stress und das Adrenalin hatten ihre Wut auf den Typen nach dieser Aktion noch gesteigert.

Im zweiten Abteil des zweiten Waggons wurde sie fündig. Der junge Mann schien mit ihrem Auftauchen gerechnet zu haben und reagierte wie ein aufgescheuchtes Reh. Anstatt sich zu ergeben, schnellte er sich aus dem Sessel und rannte los.

»Bleiben Sie mir vom Hals!«, rief er ängstlich. »Der Koffer gehört mir.« Die Zwischentür verkeilte er mit einem entwendeten Schirm.

»Falsch.« Der armselige Versuch stoppte Tattoo nur zwei Sekunden. Weder der Schirm noch die Tür hielten den kybernetischen Armen stand. Der Dieb flitzte los, seine Beute an sich gepresst, um sich vor dem Zugriff zu retten.

Der Elfin war es recht, auch wenn sie das Spiel dieses Mal langweilig fand. Es würde unweigerlich zu ihrem Erfolg führen, denn weiter als bis in den ersten Wagen konnte er nicht rennen. Dennoch zollte sie der Zähigkeit des Räubers Respekt.

Als sie zu einem neuerlichen Sprint ansetzte, rutschte die Sohle ihres Stiefels weg. Die schmierigen Reste von Öl und Fett, die am Schuhwerk hafteten, taten ihre Wirkung. Tattoo stolperte vorwärts, einem Neuling auf Schlittschuhen nicht unähnlich, bis in den nächsten Wagen, legte dort eine Grätsche hin und krachte mit dem Schädel durch eine Abteilscheibe. Die Splitter regneten ins Innere und überschütteten die Insassen mit dem glitzernden Glasschauer.

»Scheiße!« Benommen rutschte die Scoutin nach hinten und plumpste zu Boden. Dafür würde sie ihn fertig machen! Der Schmerzeditor verhinderte, dass sie die Auswirkungen von Schnitten oder Verstauchungen spürte, aber sie hatte gegen die vorübergehende Benommenheit zu kämpfen, welche der Aufprall auslöste.

Ein heranwachsender Ork glotzte durch die Lücke. »Hey, das ist Tattoo!«, schrie er nach hinten. »Das hässliche Spitzohr der Black Barons!« Das lautstarke Aufkreischen aus vielen Kehlen verhieß nichts Gutes.

Während sie sich erhob und die Beule an ihrer Stirn

betastete, drängten sich unvermittelt vierzig Mädchen und Jungen einer Schulklasse vor ihr im Gang, um ein Autogramm zu ergattern. Jetzt gab es kein Entkommen vor den Fans, die offiziell noch gar kein Stadtkriegspiel sehen durften.

Poolitzer verhandelte mit dem Zugbegleiter darüber, warum er nicht die übliche Strafe wegen Schwarzfahrens bezahlen sollte, da er sich ohne gültiges Ticket im Express befand. Die Ausrede, der Automat am Bahnsteig sei defekt gewesen, akzeptierte der Mann nicht. Schließlich versuchte er es auf eine andere Tour.

»Was? Warschau? Ich dachte, das sei der Zug nach Paris!«, rief er mit gespieltem Entsetzen. »Dann will ich an der nächsten Station raus. Das ist die Schuld der Infodame, die hat mich zum falschen Bahnsteig geschickt, Herr Oberschaffner«, redete er auf den Uniformierten ein.

»Na schön. Sie befinden sich im Warschau-Express, Sie sind ein Passagier, Sie zahlen.« Das elektronische Gerät, auf dem er herumtippte, druckte einen Beleg aus. »234 EC. Der nächste Halt ist in Berlin. Da können Sie aussteigen, mein Herr. Dürfte ich um Geld oder Ihre Kreditkarte bitten?«

Mit Labern würde er niemals an dem Typen vorbeikommen, daher bezahlte der Seattler brummelnd. Kaum war per Funk die Deckung der Karte überprüft und die Zahlung erfolgt, erstarb das Interesse des Kontrolleurs an ihm.

Als sich Poolitzer leise schimpfend umdrehte, erkannte er einen erschöpft wirkenden, verschwitzten Mann mit einem sehr bekannten Koffer. Das Stahlseil mit der Handschelle schleifte über den Boden.

»He, Sie!«, rief der Reporter und hob die Kamera. »Poolitzer, InfoNetworks. Lächeln Sie, Sie sind auf Sendung.«

»Kann man denn nicht mal mehr in Ruhe klauen?!«, brach es verzweifelt aus dem Räuber hervor. »Verpiss dich, Schnüffler, oder du bekommst Kopfweh!« Drohend kam er auf den Journalisten zu, den Metallkoffer zum Schlag erhoben.

»Unerhört! Sie Rüpel!«, echauffierte sich eine ältere Dame. »Ich hole den Zugbegleiter!« Ihre Hand wanderte zum Griff für die Notbremse. Im gleichen Moment erschien Tattoos Silhouette in der Tür.

Einen Lidschlag später erhielten achthundert Fahrgäste und alle losen Gegenstände einen Eindruck davon, wie effektiv der Warschau-Express seine Reisegeschwindigkeit von knapp zweihundert Stundenkilometern auf null drosselte.

Das Kreischen der Bremsen und der Aufschrei der Reisenden mischten sich, überall polterte und rumpelte es. Poolitzer verlor das Gleichgewicht und stürzte, der Metallkoffer flog über ihn hinweg. Die Kamera löste sich aus seiner Hand und klapperte davon.

Der Dieb landete auf ihm, was ihm die Luft aus den Lungen trieb. Und weil sich der Druck noch erhöhte, nahm er am Rande der Ohnmacht an, dass die Elfin oben auf lag.

»Runter!«, hechelte er atemlos. »Ich ersticke!« Verzweifelt stemmte er seine Arme gegen die Schultern des Räubers. Gepäckstücke sausten rechts und links an ihm vorbei den Gang hinunter.

Jemand riss den Mann von Poolitzer runter. Keuchend sog der Reporter die Luft ein und trat dem Dieb zwischen die Beine. »Penner!«

Poolitzer schaute hinter sich, um nach dem ominösen Koffer zu sehen. Zu einem Drittel steckte er in der Kabinenwand.

*Wow. Der muss ganz schön schwer sein.* Während die Stadtkriegerin den Räuber trotz des Ruckelns, das durch den bremsenden Express lief, nach Strich und Faden vermöbelte, rutschte Poolitzer zu dem Objekt der Begierde. Doch er hatte die Rechnung ohne den Räuber und Tattoo gemacht.

Als sie sahen, dass ein Dritter sich das Fundstück aneignen wollte, warfen sie sich auf ihn. Ein letztes Rucken brachte weitere Koffer und Kleidungsstücke dazu, aus den Gepäcknetzen zu regnen und die Liegenden zu bedecken.

Poolitzer sah nur noch Dunkelheit. Gelegentlich traf ihn eine harte Faust, dann hörte er die verzweifelten Rufe des Diebs, die abrupt erstarben. Schließlich stand die Bahn.

Benommen wühlte er sich durch die Klamotten und kam zur gleichen Zeit wie die Elfin aus dem Berg zum Vorschein. Vom Räuber sah er nur die Schuhspitzen unter einem Seesack hervorschauen. Er grinste Tattoo an. »Wir haben ihn.«

Die Elfin sah eine Ecke ihres Koffers unter einer Windjacke hervorschimmern und schnappte sich ihn. Gleichzeitig dazu riss eine unsichtbare Macht Poolitzers Handgelenk nach vorne, und er fiel auf den weichen Kleiderberg. Ungläubig betrachtete er seine Rechte, um die bombenfest eine Handschelle lag.

*Shit.* »Mach sie ab«, verlangte er augenblicklich von der Stadtkriegerin.

Zu seinem Entsetzen schüttelte sie ihren schwarzen Schopf. »Nein.« Sie sprang auf die Beine. »Keine Zeit für Erklärungen – wir gehen.« Die Elfin lief zur nächsten Tür und schleifte den lamentierenden Reporter hinter sich her. Sie betätigte die Notentriegelung und sprang ins Freie.

»Nein, warte!«, schrie er entgeistert, doch da war es bereits zu spät. Ungewollt folgte ihr Poolitzer und schaffte es beim Sturz auf den Schotter, sich nichts zu brechen. Seine Kleidung und die Haut an exponierten Stellen litten dagegen sehr. »Du bescheuertes Spitzohr!«, fuhr er sie an. Dass sie ihm körperlich weit überlegen war, spielte derzeit keine Rolle. »Ich hätte mir alle Knochen brechen können!«

Er schaute nach rechts und links. Der Express hatte den Tunnel verlassen und befand sich im Nirgendwo. Um ihn herum gab es einen Wust aus Schienensträngen. Am Horizont sah er die Skyline des Bankenviertels von Frankfurt, die Umgebung erinnerte ihn an eine Trabantenstadt. Rund ein Dutzend weitere Personen standen außerhalb des Zuges. Reisende verlangten nach dem Zugbegleiter, andere nach dem Erste-Hilfe-Koffer.

»Es wäre einfacher, wenn du aufstehst, Schnüffler«, empfahl die Elfin und lief los. »Wir reden später.«

»Nein! Ich ...« Das Seil straffte sich unerbittlich. *Die reißt mir den Arm aus, wenn ich nicht mitkomme.*

Fluchend sprang er auf und stolperte hinter ihr her. Er spielte den Folgsamen bis zu einem Eisenpfosten, der aus der Erde ragte. Schnell schlang er das Kabel einmal herum, um den Druck wegzunehmen. »So. Wir reden jetzt darüber«, forderte er. »Was ist in dem ...«

Der Schlag gegen sein Kinn erfolgte so schnell, dass er keine Chance hatte, der Attacke auszuweichen. Er sah sie nicht einmal kommen.

Sein Kiefer wurde glühend heiß, vor seinen Augen explodierten Milliarden von Sternen, um ihn in absolute Finsternis versinken zu lassen. Poolitzer fiel wie ein nasser Sack zu Boden.

Das hatte gut getan. Tattoos Temperament und das sich nur langsam abbauende Adrenalin waren die Auslöser für den freundlichen Schubs an das Kinn des Seattlers. Ein Schubs, mehr war es nach ihrem Empfinden nicht gewesen. Sie löste den Metalldraht, warf sich den Reporter über die Schulter und setzte ihren Weg fort.

*ADL, Schlossberghöhlen, Homburg (SOX),*
*26. 04. 2058 AD, 14:54 Uhr*

Die Plünderer stießen auf weitere Abzweigungen in dem riesigen Labyrinth. Ohne die astralen Erkundungen des Magiers wäre die Gruppe tagelang durch die Tunnel geirrt.

Sie kamen außerdem an der Unterkunft des Schamanen vorbei, der sich in drei nebeneinander liegenden, aus Backsteinen gemauerten Räumen ein Zuhause eingerichtet hatte. Sie erkannten den Bademantel unter einer riesigen Auswahl wieder, den der Zauberkundige bei der Massenansprache vor den Leichenfressern und den Punks getragen hatte.

Das Mobiliar stammte aus den unterschiedlichsten Haushalten der Umgebung. Chrom war das vorherrschende Element, das im Schein von Neonlampen kalt aufblitzte. In einem in den Boden geschlagenen, improvisierten Bassin bewahrte der Schamane einige Liter der ätzenden rostbraunen Substanz zum persönlichen Gebrauch auf.

Sie setzten ihren Weg fort, bis sie vor einem schweren Stahlschott standen. Nach allen Seiten Ausschau haltend, verließen sie die Schlossberghöhlen, da ein Angriff von mehreren Parteien durchaus möglich war. Sie suchten sich einen geeigneten Platz, um die Chemoschutzanzüge abzulegen und sie gegen die herkömmlichen Atemmasken auszutauschen.

»Ich schlage vor, wir pirschen uns auf die Spitze zurück, steigen ein, suchen unseren Tunnel und verschwinden«, schlug der Zwerg dabei ungehalten vor. »Wenn die Gardisten den Durchgang finden, sprengen sie ihn sofort, und wir sind ordentlich angeschissen.«

»Solle mir nedd erschd noch emol in die Stadt unn unser Schmuck hole?«, regte Schibulsky an, während er sich bemühte, den Raketenwerfer so umzuhängen, dass er ihn schnell einsetzen konnte.

»Bitte? Du hast ihn nicht dabei?«, rief Michels aufgebracht. »Bist du von allen guten Geistern verlassen? Du kannst die Klunker nicht einfach im Haus liegen lassen!«

Der Ork verteidigte sich schmollend. »Jo und? Da isses besser aufgehoben als in deinem Sack, du Überzwerg. Ich hab halt gedenkt, wir kommen zurück, wenn wir den Drachen platt gemacht haben. Wo war dann der überhaupt? Ich hab keinen gesehen.«

Michels tobte. »Der Drache ist mir völlig egal! Wie kann man nur so saudumm sein?«

»Indem man weniger Hirn als du hat«, meinte Schibulsky schnippisch. »Kleiner Mann, wenig Grips.«

Ordog bedeutete beiden, die Klappe zu halten. Auch er wollte die letzten Tage nicht völlig umsonst in der SOX verbracht haben und beschloss, noch einmal in die Nähe des Schwimmbads zu gehen und die Wertgegenstände abzuholen.

Er war sich darüber im Klaren, dass es kein Spaziergang werden würde. Es tat ihm nicht Leid, dass sie bei ihrer ungewollten Erkundung des Erdgeschosses nicht auf die Dracoform gestoßen waren. Er hatte sich gleich gedacht, dass es sich um eine Halluzination des Arabers handelte.

»Wir holen uns die Beute«, befahl er. »Aufpassen, Leute. Es wird nur im Notfall geballert. Ansonsten sind wir lautlos und unsichtbar. Los geht's.«

Sie gingen los.


Sheik warnte sie rechtzeitig vor der Gruppe schwer bewaffneter Ghule, die am helllichten Tag durch die Straße marschierte. Ihre empfindlichen Augen schützten sie mit starken Sonnenbrillen, und die G12, die sie schleppten, sahen sehr neu aus.

Kurze Zeit später fuhren zwei leichte Kampfpanzer des Typs Defender vorüber. Doch anstatt das Feuer auf die Leichenfresser zu eröffnen, wichen die Fahrzeuge den Hindernissen mehr oder weniger elegant aus.

Der hermetische Magier verfolgte sie und betrachtete auf einem Marktplatz, wie die Ghule die Defender mit entkleideten Toten beluden, während mehrere Punks die von den Gardisten erbeuteten Vollrüstungen mit bizarren Runen oder Schriftzügen versahen. Sheik kehrte zurück und benötigte eine Pause.

»Es scheint, als würden sie sich auf einen großen Schlag vorbereiten«, meinte der Anführer der Plünderer. »Zeit, dass wir von hier verschwinden. Der Kontrollrat wird sich den Verlust seiner Truppen nicht bieten lassen.« Besorgt warf er einen Blick auf den Magier. »Was ist? Geht es?«

Sheik nickte müde. »Aber sicher, mein weißhäutiger Kampfgefährte. Es muss.«

Schibulsky half ihm auf die Beine und nutzte die Gelegenheit, um eine oberflächliche Untersuchung vorzunehmen. Die Temperatur war wieder gestiegen, die Pupillen flackerten. Er signalisierte Ordog, dass er mit dem Zustand des Arabers kein bisschen zufrieden war.

*Er muss durchhalten,* bat der Runner unsichtbare Mächte. *Er ist unser einziger magischer Rückhalt.* »Weiter«, erteilte er den Marschbefehl.

Geduckt pirschten sie von Haus zu Haus, robbten durch Ruinen oder überwanden offenes Gelände nacheinander mit Sprints, sich gegenseitig sichernd.

Aus der Entfernung drang gelegentlich das Knattern eines Maschinengewehrs, das von dem tiefen Röhren einer Schnellfeuerkanone und einer dumpfen Detonation beantwortet wurde.

Aus der SOX war unversehens ein Kriegsgebiet geworden, das man am besten unbemerkt durchquerte.

Sie erreichten den Turm, in dem sie ihr zweites Hauptquartier aufgeschlagen hatten, und rückten ein.

Schibulsky fand die Edelsteine und den restlichen Schmuck an der Stelle, an der er sie versteckt hatte, winkte dem Zwerg provozierend zu und packte die Sachen in Ordogs Rucksack. »Jetzt können wir gehen.«

Drei Messerschmitt-Kawasaki Sperber zogen plötzlich dreißig Meter links von ihnen entfernt im Konturflug über die Homburger Dächer und befanden sich etwa auf gleicher Höhe wie die Plünderer.

Sie hielten den Atem an. Schaute einer der Piloten in ihre Richtung, könnten sie ihm zuwinken und als Dank für die Freundlichkeit ein paar Bleikugeln aus den schweren MGs fangen. Zu allem Überfluss verfügte jeder Helikopter über zwei weitere leichte Maschinengewehre und acht Raketenhalterungen an den Stummelflügeln. Mit dieser Feuerkraft konnten sie eine kleine Armee ausrotten.

Die Kampfhubschrauberformation fächerte in einem weiten Halbkreis auseinander und stand still in der Luft. Unter den Stummelflügeln jagten Raketen hervor und schossen zischend auf ihre Ziele in den Straßenschluchten zu. Die Explosionen verrieten, dass die Sperber die von den Punks und Ghulen eroberten leichten Kampfpanzer innerhalb von Sekunden erledigt hatten. Dunkler Qualm stieg zwischen den Häusern empor.

Drei armselige Flugabwehrraketen sausten fauchend auf die Sperber zu. Die elektronische Zielerfassung kämpfte gegen die Störimpulse der ECM-Vorrichtungen der Helikopter.

Zwei der Treibgeschosse unterlagen den elektronischen Schutzmaßnahmen, das dritte ging den eilig abgeworfenen Magnesiumstreifen auf den Leim und bohrte sich außerhalb der Sicht der Runner in die Pflastersteine des Platzes.

»So viel zur Herrschaft über die SOX«, konnte sich

Michels eine zynische Anmerkung nicht verkneifen. »War doch klar, dass der Kontrollrat das nicht duldet.«

»Wir gehen«, befahl Ordog knapp. Er wollte sich nicht als nächste Schießscheibe für die MGs der Sperber anbieten, sobald die Besatzung ihre primären Ziele eliminiert hatte. Anderseits half ihnen das Durcheinander, sich unbemerkt aus der Verseuchten Zone zurückzuziehen.

Der Ork bildete den Schluss des Teams und warf noch einen raschen Blick auf die drei Kampfhubschrauber, deren Maschinengewehre unaufhörlich Garben gen Boden sandten. Seine künstlichen Pupillen wanderten bewundernd über den Rumpf des Helikopters.

*Schönes Ding. Wär eine geile Sache, wenn wir auch so was hätten.* Mit seinen Cyberaugen zoomte er nahe heran. Die Munitionshülsen rieselten zu Hunderten aus der Auswurfluke. Er vermeinte das leise Klingeln zu hören, wenn sie auf den Boden trafen.

Eine starke Windböe stieg von unten auf und drückte die Hülsen auf ihrem Flug zur Seite. Ein Teil der Metallstücke prasselte gegen die Raketenhalterungen, einige sprangen ab und hüpften hinauf bis zur Öffnung der Windkühlung des Antriebs, wo sie angesaugt wurden.

Ein hässliches Knirschen erklang, danach ein Reißen, und der Motor geriet ins Stottern. Immer langsamer drehten sich die Rotoren, der Sperber schmierte mit der Schnauze nach oben ab. Das erste Blatt berührte eine Wand und zersplitterte, aus dem kontrollierten Sinkflug wurde ein jäher Absturz.

Eine gewaltige Explosion ließ die Scheiben der Umgebung bersten. Ein Feuerball stieg in den Himmel, um den herum vier Raketen wirre Muster zogen. Schließlich zischten sie ziellos davon. Die Freund-Feind-Kennung des Leitsystems verhinderte, dass sie sich einen der beiden anderen Hubschrauber aussuchten.

*Das war aber Pech,* dachte der Metamensch enttäuscht.

Selbstverständlich hielt er zu den Truppen des Kontrollrats.

Beim zweiten Helikopter explodierte eines der leichten MGs und zerriss die Aufhängung. Der rechte Stummelflügel verging einen Lidschlag darauf in einem grellen Blitz, dem der Rumpf des Sperbers folgte. Ein Rohrkrepierer im MG musste die Kettenreaktion in der Raketenhalterung ausgelöst haben.

Der brennende Helikopter stürzte wie ein Stein auf die Straße. Die Patronen detonierten aufgrund der großen Hitze und erinnerten Schibulsky an Silvesterkracher. Dann tat sich die Erde unter dem Wrack auf. Der ausbrennende Rahmen stürzte zusammen mit einem großen Stück Asphalt in die Tiefe und rauschte in einen überwölbten Kanal.

Der Ork glaubte nicht mehr an einen Zufall. Der Schamane hetzte vermutlich seinen Naturgeist auf die Angreifer und brachte einen nach dem anderen zur Strecke.

»Ordog, ich glaube, da ist etwas nicht ganz sauber«, funkte der Ork den Anführer an. »Schau dir das mal an.«

Der Straßensamurai kehrte zusammen mit der restlichen Gruppe zurück. Der Araber betrachtete die Vorgänge unter Aufbietung der letzten Kräfte auf astralem Weg.

Der verbliebene Sperber stellte den Beschuss ein. Er zog hoch und überquerte die Absturzstelle, als eine Flammenlohe in die Höhe flackerte, die aufgrund ihrer Ausmaße unmöglich von Faulgasen stammen konnte. Das Feuer umhüllte den Helikopter. Die Hitze röstete die Panzerung sowie die Scheiben, das Material hielt jedoch stand.

Der Luftansaugstutzen des Motors sollte dem dritten Hubschrauber zum Verhängnis werden. Zusammen mit dem Sauerstoff atmete die Öffnung die Flamme förmlich ein. Gierig drängte das Feuer ins Innere des Sperbers und griff um sich. Schmierstoffe und Kerosin gerieten in Brand.

Der Pilot behielt zwar einen kühlen Kopf und lenkte den Helikopter aus dem Inferno, doch das rettete die Besatzung nicht vor dem Untergang. Nach fünfhundert Metern explodierte der Antrieb und riss den Rotor ab. Der letzte Angreifer zerschellte am ehemaligen Rathaus der Stadt.

»Was für eine Show«, entfuhr es dem Zwerg.

»Toxische Stadtgeister, meine Gefährten in schwerer Stunde«, erklärte Sheik gequält und verlangte vom Ork einen schwachen Wachmacher. »Das bedeutet, wir haben es mit zwei der Schamanenbrut zu tun.«

»Da bekommt der Kontrollrat einiges zu tun. Anstatt sich gegenseitig wegzuballern, können sie ihre Spielzeuge an einem gemeinsamen Feind testen.« Michels schaute aufmerksam aus dem Fenster. »Können die uns sehen?«

Der Hermetische wollte antworten, als ein dumpfes Grollen die Erde und den Turm, in dem sie sich befanden, erzittern ließ. Putz löste sich von der Wand, Verstrebungen gaben nach und knallten herab, Staub bröckelte aus sich auftuenden Rissen. Sie hörten deutlich ein allgegenwärtiges Pfeifen, als reibe ein forscher Wind um die Kanten eines Hauses. Kanaldeckel flogen wie Korken aus ihrem angestammten Platz und ritten auf einer Flammenzunge.

»Verdammt!«, rief der Ork, der sich wegen eines lauten Klirrens in seinem Rücken umgewandt hatte. »Das gibt's nicht!«

Hinter der gläsernen Front des Schwimmbads loderten meterhohe Flammen, heißer Brodem und Dampf brachte die Scheiben zum Platzen. Nacheinander zerrissen kleine Detonationen die Pumprohre auf dem Gelände, brennende Flüssigkeit quoll aus den Stummeln und lief in Windeseile aus.

251

Überall in der Stadt brachen nun Feuer aus. Ätzende, rostbraune Qualmwolken schoben sich vor die Sonne und tauchten die ehemalige Kreisstadt in schummriges Licht.

Ihre Theorie hatte sich somit bestätigt. Die Schamanen hatten das gesamte Kanalsystem mit der Brühe geflutet, um die Verseuchung des Areals effektiv voranzutreiben. Der abgestürzte Sperber hatte es geschafft, die Flüssigkeit in Brand zu setzen. Das hatten die Toxischen sicherlich nicht geplant, aber es schadete ihrem Vorhaben kaum. Allerdings würde der Kontrollrat nun über das ganze Ausmaß der Katastrophe auf sehr drastische Art informiert.

Wieder war es Schibulsky, der etwas Neues bemerkte und in einem Anfall von Panik sofort handelte. Er riss den Raketenwerfer von der Schulter und nahm das riesige Ziel ins Visier. Die anderen wurden erst darauf aufmerksam, als das Treibgeschoss kreischend aus dem Lauf jagte.

Die Rakete steuerte auf einen immensen Schatten zu, der sich im Inneren einer Giftwolke abzeichnete. Durch die Bewegungen seiner Schwingen brachte er die Schwaden zum Verwirbeln. Das missgestaltete, von Säure zerfressene und von Strahlung verbrannte Haupt eines Drachen schob sich aus der Wolke, die zahnbewehrten Kiefer weit zum gellenden Schrei auseinander gerissen.

# VII.

*ADL, Groß-Frankfurt, Mainz-Wiesbaden,*
*26. 04. 2058 AD, 18:59 Uhr*

»Du hast ihn umgebracht.«

»Unsinn. Er atmet noch.«

»Das sind bestimmt die letzten Schnaufer.«

»Sein Puls ist stabil, also halt die Klappe. Anubis hat ihn gecheckt und nur gemeint, der Haken wäre ein bisschen zu heftig gewesen.«

»Du und deine scheißkaputte Adrenalinpumpe. Du hast ihm bestimmt den Kiefer gebrochen.«

»Na und? Er filmt ja mit den Fingern, nicht mit dem Kinn.«

»Und wie lange wird er da herumliegen?«

»Bis er wach wird?«

Es trat eine kurze Pause im Dialog zwischen dem Mann und der Frau ein.

»Du hast Recht. Das dauert mir zu lange.«

Eine Plastikhülle wurde aufgerissen, ein Glas zerbrach.

Stechender, intensiver Geruch raste durch Poolitzers Nase und piekste ohne Zwischenstation schmerzhaft wie eine Nadel in seinem Hirn in die Abteilung für stechende Aromen. Hatte er bis dahin die Unterhaltung wie durch eine dicke Wolkendecke gehört, hoben sich jetzt die letzten Schleier von seinem Verstand.

Unwillkürlich riss er die Augen auf, der Kopf zuckte zur Seite, knallte gegen etwas Weiches. Jemand fluchte lautstark.

Der Reporter schaute in das Grün rund um Tattoos Pupillen. Ihre Hand mit der kleinen Ampulle Riechsalz verfolgte ihn weiterhin und zwang ihn, noch mehr von dem unangenehmen Geruch einzuatmen. Sadistisch grinsend zeigte sie ihm dabei ihre Reißzähne. »Guckt mal, wie es sich windet, das Kameragesicht!«

»Ja, quält einen Wehrlosen nur weiter«, beschwerte er sich und stellte fest, dass man ihn auf einen blanken Kneipentisch gelegt hatte. »Sehr rücksichtsvoll, danke.« Behutsam richtete er sich auf. »Ich bin wach, du kannst aufhören.«

Er befand sich tatsächlich in einer Wirtschaft. In einer Ecke sah er einen Fanschal von den Black Barons, auf der Speisekarte stand der Schriftzug »Vorspiel«. Sein Kinn fühlte sich so dick wie ein Ballon an, und als er es vorsichtig betasten wollte, spürte er den Widerstand an seinem rechten Handgelenk.

Es fiel ihm wieder ein: Der Koffer und diese dämliche Fessel. Anklagend hob er den Arm. »Würden die Herrschaften mir das Ding bitte abnehmen? Ist ja nicht meins.«

Der Stürmer mit der »Roy Black lebt«-Jacke schob sich in sein Gesichtsfeld, eine Hand hielt die Nase. Da wusste Poolitzer, was er vorhin im Reflex getroffen hatte. »Unseres auch nicht«, nuschelte der andere. »Macht also keinen Unterschied.«

Der junge Seattler blinzelte verblüfft. »Moment mal. Würde mir jemand erklären, worum es hier geht?«

Die Elfin nickte. »Sicher. Sobald wir es selbst verstanden haben.«

Der Kapitän des Stadtkriegteams trat heran. »Sollen wir ihn einweihen oder gleich versuchen, ob wir das Kabel oder die Handschelle anders abbekommen?«

»Einem Schnüffler was zu erzählen ist schlecht«, gab Schlagergott seine Ablehnung durch die Blume zu verstehen. »Hey, Jupp! Bring uns mal einen Bolzenschneider!«

Der Kneipier kam angeschlurft und reichte dem Stürmer das Werkzeug. Misstrauisch beobachtete Poolitzer, wie der Mann die Schneiden ansetzte und sanft zudrückte. An den hervortretenden Muskelsträngen wurde deutlich, dass der Draht widerstandsfähiger war, als es auf den ersten Blick schien. Nur die Plastikummantelung litt unter der Attacke.

Dann ertönte ein warnendes Piepsen aus dem Koffer.

Tattoo bedeutete dem Stürmer aufzuhören. »Haben wir was ausgelöst?«

»Ausgelöst?«, echote der Reporter entsetzt. »Ist da eine Bombe drin?«

»Keine Ahnung«, entgegnete Oneshot knapp und betrachtete den Metallbehälter argwöhnisch. »Wie Schlagergott sagte, es ist ja nicht unserer.«

»Wäre es nicht einfacher, wir trennen ihm die Hand ab?«, schaltete sich der Stürmer ein. Die stählernen Kiefer des Bolzenschneiders schoben sich auseinander. »Ginge ganz schnell. Und Anubis baut sie ihm nachher wieder dran. Müsste ohne Komplikationen gehen.« Seine Worte erzielten jedoch nicht die beschwichtigende Wirkung, die sich der Stürmer erhoffte. »Natürlich machen wir das bei uns im Behandlungszimmer.«

»Wäre ja noch schöner, mir die Bude mit seinem Blut zu versauen«, brummte Jupp und brachte eine Runde Pils. »Nee, nee, verstümmelt den Typen mal schön bei euch.«

Jetzt reichte es ihm. Poolitzer schnappte sich den Griff des Koffers, um zu flüchten. Kaum machte er den Ansatz der hastigen Bewegung, schon drückten ihn sechs Hände zurück auf den Tisch. Ein Sporn schnappte aus dem Unterarm der Elfin und drückte gegen sein Brustbein.

»Versuch das nicht noch einmal«, warnte sie ihn knurrend. »Wir sind alle sehr angespannt. Da können solche Aktionen rasch in die Hose gehen.«

Überrumpelt lag der junge Mann auf dem Tisch und schaute in die wachsamen Gesichter der Stadtkrieger. Zögernd hob er die Arme. »Ich tue nichts mehr ohne

255

eure Einwilligung. Dafür bleibt meine Hand vorerst da, wo sie ist.« Das Piepsen hörte auf. »Ist das gut oder schlecht?«

Der Elf warf einen Blick in die Runde. »Wir sollten ihn einweihen. Mit seinen Kontakten wird es leichter, mehr über das Ding herauszufinden.«

Seine Teamkollegen gaben ihr Einverständnis. In aller Eile berichtete Tattoo, wie sie in den Besitz des Koffers gekommen waren und dass er gelegentlich elektronische Geräusche von sich gab.

»Als Erstes brauchen wir einen Störsender«, ordnete Poolitzer an. »Ich wette, dass in dem Ding ein Peilsender installiert ist.« Die Stadtkrieger schauten sich vorwurfsvoll an, weil keiner von ihnen auf die Idee gekommen war. »Tja, ich hätte da ein paar gute Verbindungen. Ich bekomme die Exklusivrechte an der Story, und ich bleibe im Spiel, selbst wenn ich die Fessel nicht mehr trage?«, feilschte er.

Seine neuen Geschäftspartner willigten ein.

Sofort tippte er Ordogs Nummer, um ihn um Rat zu fragen. Doch der fahle Straßensamurai, den er bei seinem Run gegen Cyberdynamix in der SOX kennen gelernt hatte, hob nicht ab. Und der Allroundmagieknacker Rodin, der ihm mit seinen Verbindungen zur magischen Uni in Jena hätte behilflich sein können, schien ebenfalls auf Dienstreise zu sein. Wenigstens gelang es ihm, seinem ID-Spürhund die Personalien der Leichen aus dem Moskauer Haus durchzugeben.

Die Black Barons beobachteten ihn gespannt. Das machte ja einen tollen Eindruck vor den Jungs. Er warf ihnen ein Lächeln zu. »Ähm … die sind alle essen«, erklärte er seine vergeblichen Versuche. Wie stand er denn da? In seiner Not wählte er die Frau an, die er um Beistand bitten konnte, ohne dass sie es anschließend hinausposaunte. Zu seiner immensen Erleichterung nahm sie das Gespräch entgegen.

»Hey, super! Hier ist Poolitzer! Schön, dich zu hören. Hast du Zeit? Es ist was Geschäftliches. Ist ein Freiflug drin.« Er begann mit seinen Verhandlungen, die nach einigen Minuten endeten. »Alles erledigt.« Poolitzer grinste über beide Ohren. »Sie packt und kommt. Einer von euch müsste sie morgen am Flughafen in Frankfurt abholen. Ihr Name ist Carmen Peron.«

Die Tür des *Vorspiel* flog auf und unterbrach weitere Erklärungen. Dice stürmte herein.

»Aha, doch nicht tot? Hey, das bringt mir zehn Flocken«, merkte er beim Anblick des Reporters nur an. Mit Kennerblick begutachtete er das grün und gelb angelaufene Kinn. »Gebrochen?« Der Reporter schüttelte den Kopf. »Mist. Dann habe ich wieder zwanzig Piepen verloren.« Der Scout warf sich auf den Stuhl und angelte sich ein Pils vom Tablett. »Ich habe Neuigkeiten von Andex.«

Ein heißer Schauder rann Poolitzers Rückenmark entlang. Den hatte er total vergessen. *Lass ihn überlebt und nicht mein Nummernschild gesehen haben, bitte, o Gott aller Cybercams!*, richtete er ein Stoßgebet gen Himmel.

»Es geht ihm besser. Die Prellungen und die drei Rippenbrüche sind kaum von Belang. Anubis meinte, damit könnte er spielen, wenn er ein Korsett anzieht.«

»Allen Schutzheiligen sei Dank«, atmete der Stürmer auf. »Die Meisterschaft ist nicht völlig verloren.«

»Wer ist Anubis?«, fragte Poolitzer leise dazwischen.

»Unser Sani«, verriet ihm der Kapitän, der die Begeisterung in Dices Bericht angesichts der guten Neuigkeiten vermisste. »Wo ist der Haken?«

»Tja, wie soll ich's sagen? Er sitzt in Untersuchungshaft«, rückte der Aufklärer mit der Wahrheit heraus. »Wegen Körperverletzung und Sachbeschädigung. Er hat dem Fahrer des Fiat mit der Kühlerfigur die Fresse poliert und versucht, dessen Kopf durch die Motorhaube zu rammen. Als die Bullen auftauchten, haben sie ihn gleich einkassiert. Unser Anwalt meinte, er habe alles versucht. Aber die Latte von Vorstrafen hätten den Haftrichter nicht eben milder gestimmt.«

»In Zahlen ausgedrückt?«, verlangte Oneshot, das Schlimmste befürchtend, zu wissen.

Dice senkte das Glas. »Ich hatte auf drei Monate getippt, aber sie wollen ihn für ein halbes Jahr wegsperren. Und den Typen, der ihn zuerst angefahren hat, konnten sie nicht ausfindig machen.«

*Die ganze Mühe für nichts.* Tattoo schloss die Augen und kämpfte gegen den aufsteigenden Wutausbruch. Der Kapitän stöhnte lediglich gequält auf, Dice betrachtete niedergeschlagen seine Schuhe.

Schlagergott hob lasch den Arm. »Jupp, bring uns mal eine Flasche Schnaps.«


*ADL, Schlossberghöhlen, Homburg (SOX),*
*26. 04. 2058 AD, 17:59 Uhr*

Niemanden interessierte, ob die Rakete ihr Ziel traf oder verfehlte. Sie flüchteten ins Treppenhaus des Turmes, hetzten zwei Etagen hinab und blieben auf den Stufen stehen.

»Ein Drache! Das war ein verdammter toxischer Drache!«, schrie Michels aufgeregt und lehnte sich gegen die Wand. »Ich wusste nicht einmal, dass es so etwas gibt! Und jetzt will er uns fressen!«

Ordog gefiel die Entwicklung der Ereignisse überhaupt nicht mehr. Die gesamte Stadt fing Straßenzug um Straßenzug Feuer, und er wusste nicht einmal, wie weit sich die Brühe unterirdisch ausgebreitet hatte. Die Ghule und Punks strebten derweil unter der Führung von zwei verrückten Schamanen die Herrschaft in der SOX an, und ein verstrahlter Drache schwirrte über Homburg und gab den Wahnsinnigen Rückendeckung. Der Kontrollrat würde Jets einsetzen, vermutete er. Sie opferten die Stadt, um sich die Gefahr vom Hals zu schaffen.

Sheik zitterte am ganzen Leib. Der Anblick des riesigen Critterwesens hatte den letzten Rest an mentalem Gleichgewicht zum Kippen gebracht. »Ich habe es doch gewusst«, stammelte er leise. »Ich habe es gewusst!«

Der Anführer der Plünderer berührte den Magier an der Hand. »Mach nicht schlapp, Sheik. Du bist unsere einzige Hoffnung. Mit unseren Wummen machen wir ihn nicht platt, das weißt du.«

Die Augen schauten längst durch Ordog hindurch, der Araber brabbelte in seiner Muttersprache Wörter vor sich hin, die den Straßensamurai an ein Gebet erinnerten. Vorerst konnte er den Hermetischen von der Liste seiner Einsatztruppen streichen.

»Wir müssen weg«, beschied er Michels und dem Ork.

»Sag das dem Vieh da draußen«, murmelte der Zwerg grantig.

»Ich meine das sehr ernst. Sobald sich keiner mehr von den Kon-Truppen meldet, wird der Kontrollrat die Stadt mit einem Bombenteppich eindecken, dass nichts mehr stehen bleibt.« Sicherheitshalber checkte er seine Automatik. Angesichts des zu erwartenden Gegners eine hilflose Handlung. »Wir sind hier überflüssig.«

Demonstrativ verschränkte der kleinere der Metamenschen die Arme. »Ich bin doch nicht wahnsinnig und biete mich Feuerschwinge als Imbiss an.«

»Vielleicht hat er uns nicht gesehen?«, meinte der Ork vorsichtig.

Der Zwerg hob den Kopf. »Sicher. Er wird deine Rakete für ein fliegendes Essstäbchen halten, du verblödeter ... Ach, was reg ich mich auf?« Er tippte Sheik an. »Hey, schau mal nach, wo der Drache ist.« Der Magier reagierte nicht. »Sohn aller Dschinnis?«

»Hab ich es nicht gleich gesagt, dass er einen Kurz-schluss in der Birne hat?«, sagte der Saarländer.

Ordog stellte fest, dass im Leben nichts ohne Risiko war, schon gar nicht in seinem Leben. »Ich gehe nach-schauen«, verabschiedete er sich und lief die letzten Stu-fen hinab. Der Turm verfügte über mehrere Ausgänge. Der bleiche Schattenläufer hoffte auf sein seltenes Glück und traf seine Wahl.

Fortuna war ihm hold. Keine dolchlangen Zähne bohrten sich in seinen Hals, als er nach der obligatori-schen Spiegelprobe seinen Kopf aus der Tür steckte. Das Wesen hatte sich verzogen. Über Funk befahl er seinen Begleitern das Nachrücken.

Doch die beiden vermochten nicht, Sheik auch nur einen Millimeter zu bewegen. Der Magier zog unver-mittelt eine Manabarriere um sich herum und ließ nie-manden an sich heran. Das bedeutete eine unvorherseh-bare Komplikation, die lebensbedrohlich für alle wer-den konnte.

Ordog stand vor der schweren Entscheidung, den Hermetischen im Stich zu lassen oder zu warten, bis der Mann seine Fassung zurückgewann. Den Zeitpunkt, wann das geschah, konnte nicht einmal Schibulsky vor-hersagen. Minuten, Stunden, Tage. Alles wäre bei dem geistig schwer angeschlagenen Sheik möglich.

*Einmal habe ich ihn zurückgelassen. Es wird nicht noch einmal geschehen.* Er trabte zurück in das Gebäude. »Wir warten«, informierte er den Zwerg und den Ork. »Bal-lert mich nicht gleich über den Haufen, wenn ich die Treppe hinaufkomme.«

In der Enge des Treppenhauses machten sie es sich so bequem wie möglich und warteten.

*ADL, Völklingen (SOX), Ares Makrotechnology-Arkologie,*
*26. 04. 2058 AD, 19:09 Uhr*

Bernard de la Chance war dieses Mal besser als vor zwölf Stunden auf die Sitzung des Kontrollrats vorbereitet. Eine große Thermoskanne Kaffee stand neben ihm, seine Sekretärin goss ihm ein und reichte Gebäck. Fettfrei. Er wollte ein paar Kilo abspecken, um einen noch besseren Eindruck zu machen.

»Wir haben genügend Leute verloren«, brachte er seinen Standpunkt zur Lage in der Stadt Homburg zum Ausdruck. »Habe ich nicht gleich gesagt, wir sollten die Fläche bombardieren?«

Wo noch vor einem halben Tag ein Sturm der Entrüstung durch das Gremium gefegt war, herrschte Stille. Die Furchen in den Gesichtern der Repräsentanten hatten sich, so schien es de la Chance, verdoppelt. Niemals zuvor war ein toxischer Schamane zu einem derartigen Problem in der SOX geworden.

»Ich stimme Ihnen sofort zu«, sagte Siege, die ECC-Abgeordnete, entschlossen. Kein Wunder, immerhin befand sich die Arc des beschaulichen Kons in unmittelbarer Nachbarschaft des Orts, über dem sich durch die zahlreichen Brände eine riesige ätzende Wolke gebildet hatte, die nach Westen in Richtung Zentrum der Zone driftete.

»Bevor wir eine Bombe werfen und der ganze Landstrich in Schutt und Asche versinkt, bin ich für die Entnahme von Boden- und Flüssigkeitsproben«, schlug Langner eine professionellere Vorgehensweise vor und schnitt der Frau das Wort ab. »Es scheint, als sei das Areal hochgradig mit dieser brennbaren Substanz kontaminiert. Das Letzte, was wir in diesem Augenblick brauchen, ist eine unkontrollierte Kettenreaktion.« Der Befehlshaber des MET2000-Bunkers blätterte Ausdrucke durch, die vor ihm auf dem Tisch lagen. »Ich habe leider

nur vage Hinweise auf die frühere Benutzung des Geländes in dieser kurzen Zeit sammeln können. Es scheint,
als habe sich in diesem Bereich eine alte Deponie befunden. Weiß jemand mehr?«

Niemand antwortete ihm.

»Das hält uns nur auf«, widersprach Siege nach kurzem Zögern. »Was sollen wir machen, wenn die Punks
zu unserer Anlage ziehen? Dass sie bestens bewaffnet
sind, hat man ja wohl daran erkennen können, dass
sie unsere Truppen völlig vernichtet haben.« Die Frau
räusperte sich. »Noch etwas. Ich bestehe darauf, den
Berg in unsere Präventionsmaßnahmen mit einzube-
ziehen.«

»Ach? Gibt es dafür einen Grund?«, wollte der Ares-
Vertreter wissen. »Es braucht ordentlich Feuerkraft, um
so ein massives Gestein zu zerstören. Ich sehe keinen
Sinn darin.«

Siege hob einen bunten Glanzlichtprospekt vor die
Kamera. »Sie werden Ihre Meinung gleich ändern. Sehen Sie sich das an. Im Zuge unserer Aufräumarbeiten
sind wir vor wenigen Minuten auf die Hinterlassen-
schaften von Dr. Ole Leander gestoßen. Er hat in seinem
Zimmer einen alten Prospekt von den Schlossberghöhlen aufbewahrt. Demnach müssen wir davon ausgehen,
dass der ganze Berg aus Höhlen und Tunneln besteht.
Zwölf Stockwerke. Haben Sie eine Ahnung, wie viele
Ghule und Punks sich darin aufhalten könnten?« Ein
kollektives Raunen ging durch den Raum. »Aus einem
handschriftlichen Vermerk schließen wir, dass es einen
Verbindungstunnel gibt, der aus der Zone führt.«

Langner nickte. »Lassen Sie uns das Material sofort
zukommen. Eine unserer Patrouillen hat einen Eingang
entdeckt – bislang gingen wir aber nur von einer kleineren Höhle aus.«

»Alors, messieurs dames«, sagte de la Chance etwas
spitz. »Da haben wir noch ein wenig Arbeit vor uns,

n'est-ce pas? Wie viele Bomben benötigt man, um einen ausgehöhlten Berg zum Einsturz zu bringen?«

»Geben Sie uns vierundzwanzig Stunden, und meine Leute haben eine Strategie entwickelt und zwei magische Koryphäen einfliegen lassen, um die Gefährlichkeit der Schamanen zu analysieren«, bat der Major. »Es wäre an der Zeit, die Sache in die Hände militärischer Experten zu legen. Ohne die Fakten genau zu kennen, schlage ich Folgendes vor: zuerst die Analyse des Geländes und der Flüssigkeit durch eine Drohne. Danach der Einsatz eines Gasgemischs, um den Gegner zu töten. Anschließend erfolgt die Einebnung des Berges und die damit verbundene Auslöschung der verbliebenen Feinde. Zum Schutz der ECC-Arkologie ziehen wir einen weiträumigen Drohnengürtel um Homburg, damit wir jede Bewegung des Feindes erkennen und umgehend agieren können. Einwände?«

Die Zustimmung erfolgte einstimmig. Bedenken wegen des Gaseinsatzes wurden nicht erhoben.

*Da freut sich jemand aber sehr, endlich auch mal was zu sagen zu haben,* dachte der Ares-Repräsentant, als er das Leuchten in den Augen des Soldaten erkannte. »Bonne chance, Major Langner«, verabschiedete er sich fröhlich aus der Tagung. »Wir sehen uns alle wieder, sobald die Operation beginnt, nehme ich an?«

Die anderen Abgeordneten gaben ihr Einverständnis. De la Chance unterbrach die Verbindung, ließ sich zur Ares-Niederlassung durchstellen und spielte die Aufzeichnung des Meetings ab, um die Kon-Bosse zu informieren. In der Chef-Etage zeigte man sich mit dem vorläufigen Plan von Langner ebenfalls einverstanden.

*ADL, Groß-Frankfurt, Frankfurt,*
*27. 04. 2058 AD, 10:42 Uhr*

Poolitzer schaute aus dem Fenster des *Vorspiel*, weil er eine Bewegung auf der Straße sah. Tattoos Sandstorm hielt an. Die Elfin hatte seinen Job übernommen, den Gast am Flughafen abzuholen. Mit dem Koffer am Handgelenk vermied er es, auf die Straße zu gehen, seit er sich die Aufzeichnung der gnadenlosen Vorgehensweise der Killer aus Moskau angeschaut hatte.

Ein eilig organisierter Störsender verhinderte, dass irgendein Signal aus dem Stahlbehälter zu einem Empfänger gelangte und seinen Aufenthaltsort verriet. Nun warteten sie darauf, dass Carmen Peron mehr erreichte als die Dame am Zoll, der es nicht gelungen war, auf astralem Weg einen Blick ins Innere zu werfen.

Tattoo öffnete die Tür, nickte in die Runde und setzte sich neben Oneshot.

Eine schwarz gekleidete junge Frau in einem dunkelgrauen Cape trat ein. Lange, feuerrote Haare mit orangefarbenen Strähnen hingen ihr etwas wirr ins weiß geschminkte Gesicht, raffiniert gesetzte Kajalstriche betonten die braunen Augen. Die Schnallen an den schwarzen, spitz zulaufenden Schuhen tönten leise. Zahlreiche Ringe zierten ihre Finger, die Hände steckten in einfachen, schwarzen Lackhandschuhen und schleppten zwei Reisekoffer.

»Danke für die Hilfe«, meinte die Magierin schneidend in Richtung der Elfin und setzte die Koffer hart auf den Boden.

»Beschwör doch einen Elementar«, murmelte die Aufklärerin unbeeindruckt und schaute zur Seite. Sie machte aus ihrer Ablehnung von Magischen kein Geheimnis. Wenn die Tussi irgendetwas über den Koffer ausplauderte, half ihr der beste Zauberspruch der Welt nicht. Als würde der Kapitän ihre Gedanken lesen, berührte er sie beruhigend am Oberschenkel.

Poolitzer stand auf und reichte ihr die linke Hand, in der anderen schleppte er den Metallkoffer. »Klasse, dass du gleich hergeflogen bist, Cauldron! Steht Seattle noch?«

»Ein großer Teil davon.« Sie grinste ihn an. »Seit du nicht mehr da bist, fliegen weniger Autos in die Luft.« Die Hermetische betrachtete seinen Koffer. »Ich schlage vor, wir kommen gleich zur Sache. Mein Rückflug geht in knapp acht Stunden, und ich wollte noch einkaufen.« Sie schaute sich um. »Hast du einen weniger belebten Ort als die Kneipe?«

»Sie ist sich ziemlich sicher, etwas ausrichten zu können«, meinte Dice zu Schlagergott. »Wettest du mit?«

Jupp ging zur Tür und verriegelte sie, danach fischte er eine Fernbedienung aus der Tasche. In langsamer Reihenfolge drückte er ein paar Knöpfe. »Die Fenster sind jetzt blickdicht«, verkündete er.

Cauldron hüstelte. »Hier?« Das Stadtkriegerteam und der Reporter nickten gleichzeitig. Murrend setzte sie sich auf einen Stuhl und wechselte auf die Astralebene. Es dauerte nach dem Empfinden der Wartenden sehr lange, bis sie zurückkehrte.

Sie langte nach dem Glas Wasser, das ihr der Wirt in der Zwischenzeit serviert hatte, und trank einen Schluck.

»Das ist sehr gute Arbeit«, erklärte sie. »Es ist nichts Magisches, sondern etwas Organisches, das verhindert, dass man sich das Innenleben anschauen kann.« Die Seattlerin lehnte sich ein wenig zurück. »Erzähl mir alles, was du über den Koffer weißt.«

Viel zu gehorsam, wie Tattoo fand, kam Poolitzer der Aufforderung nach. Am Ende seiner Erzählung war die Hermetische nicht wirklich schlauer, was man gegen

265

diese Anti-Magie-Sicherung unternehmen könnte. Doch immerhin schien sie einer Überlegung nachzuhängen.

»Ich brauche eine Lötlampe«, rief sie Jupp zu, der sich umgehend auf die Suche machte. Cauldron bemerkte die neugierigen Blicke ihrer Auftraggeber. »Ich versuche es mit einem Trick«, führte sie aus. »Vor nicht allzu langer Zeit entwickelten ein paar findige Biologen eine Flüssigkeit, in der sich besondere Mikroorganismen sehr wohl fühlten und sich so stark vermehrten, dass sie für astrale Besucher eine undurchdringbare Barriere bildeten. Alles Organische können wir nicht durchqueren.« Der Wirt reichte ihr die Lötlampe. Cauldron entzündete sie und regulierte die Flamme auf bleistiftdicke Größe. »Allerdings hatten sie einen Schwachpunkt: Sie mochten Hitze nicht besonders.« Sie hielt die blaue Flamme an den Behälter. »Haben wir Glück, dann ist es genau das.«

Der InfoNetworks-Mitarbeiter wurde nervös. »Aber wenn da Sprengstoff drin ist? Und es hat mehrmals gepiepst.«

Leise zischend gab die Flamme ihre Wärme an das Metall des Koffers ab. »Risiko«, befand Cauldron nur. Sie drehte die Gaszufuhr ab. In Windeseile wechselte sie in die astrale Ebene, um nach dem Inhalt zu schauen.

Schon an ihren Mundwinkeln erkannte Poolitzer, bevor die Frau die Augen überhaupt aufschlug, dass ihr dieses Mal ein Erfolg vergönnt war. »Treffer«, sagte sie zufrieden. »Es waren tatsächlich diese Flechten.«

»Und? Was schleppe ich durch die Gegend?«

»Noch nehme ich Wetten entgegen«, schaltete sich Dice ein, wurde aber von Schlagergott durch einen Rempler gemaßregelt.

»Eine Kiste, schätze ich.«

»Wie, schätzen?«, wunderte sich der Reporter. »Du warst doch in dem dämlichen Koffer. Du musst doch gesehen haben, was …«

»Es liegt noch eine magische Barriere um den Gegenstand. Und der sieht aus wie eine Kiste«, erklärte sie ruhig. »Außerdem sind mehrere elektronische Sachen darin installiert, aber nichts, was nach Sprengstoff aussieht.«

»Das wollte ich nur hören.« Tattoos Sporne schnellten aus den verborgenen Hüllen. Die Spitzen setzten an der Vorderseite des Koffers an und wurden schwungvoll einige Zentimeter ins Metall getrieben. Die Kraft der Cyberarme brach das Schloss des Behältnisses einfach auf. Sie klappte den Deckel nach hinten.

Die Stadtkrieger, Poolitzer und Cauldron blickten auf eine Schatulle aus dunkelbraunem, beinahe schwarzem Holz. Silberne und goldene Intarsien waren sternförmig eingelegt, drei herrlich dunkelrote Granatsteine bildeten auf der Vorderseite eine senkrechte Linie.

»Dafür so ein Aufstand?«, rutschte es dem Stürmer heraus, womit er das Schweigen brach. »Eine Kiste für alten Krimskrams?«

»Ich wette, die Steine sind ein Vermögen wert«, schaltete sich der elfische Scout mit dem Wetttick ein.

Der Reporter wusste im Gegensatz zu den anderen sofort, was vor ihnen lag. Und dass die Schwierigkeiten erst richtig begannen. *Zirka fünfhundert Jahre alt, vorderasiatischer Raum. Magisch.* Er dachte an die Beschreibungen, die er von den bestohlenen Museen erhalten hatte.

»Eine so starke Barriere habe ich noch nie gesehen«, murmelte Cauldron abwesend.

»Dann geht es wohl mehr um den Inhalt als um die Steine«, vermutete Tattoo. »Hat jemand eine Ahnung, was das ist?«

Sagte er es oder sagte er es nicht? Poolitzer rang mit sich, während seine Pupillen über den kleinen schwarzen Kasten glitten. Die Dioden am elektronischen Bauteil blinkten hektisch und versuchten anscheinend zu funken, dass das Schloss aufgebrochen worden war.

Dank des Unterbrechers gelang der unhörbare Hilferuf nicht.

Die Magierin tastete den Behälter vorsichtig ab. Ihre professionelle Neugier erwachte von Sekunde zu Sekunde mehr, während die Stadtkrieger untereinander diskutierten, was man mit diesem nächsten Rätsel anstellen sollte.

Poolitzer hatte sich dazu entschlossen, die anderen an seinem Wissen teilhaben zu lassen, weil er sich erhoffte, damit weiterhin an dem Fall dranbleiben zu können. »Ich weiß ungefähr, worum es sich dabei handelt«, sagte er leise, und trotzdem hörten ihn alle. Rasch berichtete er von den Diebstählen in Museen und Privatsammlungen. Den Hinweis auf Diederichs verschwieg er ebenfalls nicht.

Cauldron war sofort Feuer und Flamme. »Ich könnte ein paar Freunde einschalten, die sich mit der Einschätzung von Artefakten bestens auskennen«, bot sie ihre Mitarbeit an. »Ich wäre gerne dabei, wenn es uns gelingen sollte, die Kiste zu öffnen.« Sie betrachtete die Schatulle nachdenklich. »Einfach wird es auf keinen Fall.«

»Teamberatung«, ordnete Oneshot an. Die Black Barons zogen sich ein wenig von den beiden Seattlern zurück und flüsterten miteinander.

Poolitzer nutzte die Gelegenheit und bat Jupp, ihn mit einem Bolzenschneider von seinem ungewollten Armband zu befreien. Grinsend hielt er es der Magierin unter die Nase. »Brauchst du das? Passt gut zu deinem Styling.«

Cauldrons Augen blitzten auf. »Nur weil wir einen Run zusammen hinter uns gebracht haben, heißt das noch lange nicht, dass ich keinen Manablitz auf dich schleudern würde, wenn du mich nervst.« Sie wurde wieder ernst. »Sag mal, hast du was von Xavier gehört? Ich meine, ist er hier oder hat er einen Auftrag?«

»Wolltest du nicht in acht Stunden nach Seattle zurückfliegen?«, stichelte Poolitzer. »Nein, schon gut, ich halte ausnahmsweise meine Klappe. Soweit ich weiß, ist er unterwegs. Jedenfalls geht er weder an die Tür noch ans Kom. Hattet ihr ein Treffen vereinbart?«

Hastig wehrte sie ab. »Nein, nein. Ich wollte nur wissen, ob sich Jeroquee bei ihm gemeldet hat. Sie bat mich um seine Adresse.«

»Jeroquee? Die Kleine, die zusammen mit Piers Ghule durch die Seattler Kanalisation gehetzt hat?« Er hatte damals ihr Feature gedreht, als sie sich für den Tod ihres Mentors an dessen Mörder rächte. »Will sie hier eine Niederlassung eröffnen? Ich hoffe, jemand hat ihr gesagt, dass die Ghule in der ADL den Behörden keine Prämie wert sind.«

»Doch, in Hamburg«, merkte Schlagergott trocken an. »Tausendfünfhundert Steine pro Exemplar. Tot oder lebendig.«

Die Hermetische schaute in die Ecke, in der die Stadtkrieger diskutierten. »Sie ist ausgestiegen und arbeitet jetzt als Runnerin für eine Firma, wenn ich sie richtig verstanden habe. Accessory Company oder so ähnlich.«

Poolitzer horchte auf, einen ähnlichen Namen hatte er schon einmal gehört.

*Wo war das bloß?* Die Eingebung traf ihn Sekunden später, als er sich an seinen Aufenthalt in Suhl erinnerte. »Kann es sein, dass du Fitting Company meinst?«, fragte er nach. Cauldron nickte gelangweilt. »Die liefern ausgewählte Fokus- und Fetischbestandteile an Werkstätten. Ist ja witzig. Über das Unternehmen wollte ich einen Bericht machen. Gut zu wissen, dass ich jetzt an der Quelle sitze.«

Da Xavier nicht da war, unterstellte er dem Runner, sich nach einem Gespräch mit der Seattlerin der Fitting Company angeschlossen zu haben. *Vielleicht hatte er genug davon, Versuchstier für die Magier zu sein,* grübelte er. Schleierhaft war dem Reporter nur, was ein Unternehmen, das sich auf magische Artefakte spezialisiert hatte, mit einem Negamagier wollte, dessen Berührung ausreichte, um den besten Fetisch völlig nutzlos werden zu lassen. Oder er lag mit seinen Vermutungen völlig falsch, und sein Bekannter saß irgendwo unter Palmen und genehmigte sich eine Auszeit.

Die Black Barons kehrten zu den beiden zurück. »Wir haben in zwei Tagen unser Halbfinale gegen die Blood Royals«, sagte der elfische Mannschaftsführer. »Bis dahin werden wir uns auf unsere letzten Trainingseinheiten mit den Anfängern der A666-Truppe konzentrieren. Wir nehmen das Kästchen mit in unser Stadion, wo sich Cauldron an der Barriere versuchen kann.« Oneshot wartete auf eine bestätigende Geste, und die Hermetische nickte zustimmend. »Sobald wir das Spiel hinter uns haben, kümmern wir uns um diese Sache. Bis dahin habt ihr beide freie Hand. Aber neue Leute werden nur nach Absprache mit uns hinzugezogen, und die Schatulle bleibt auf unserem Gelände. Poolitzer, du wartest mit der Berichterstattung, bis alles geklärt ist. Dafür bekommst du die Exklusivrechte. Einverstanden?«

»Aber naturalemente«, winkte der Reporter ab. »Wenn es zu meinem Vorteil ist, kann ich schweigen wie ein Fisch.«

»Dann bringen wir das Baby in unsere vier Wände.« Schlagergott packte die Kassette in seinen Rucksack. »Mich hält keiner auf.«

Die Gruppe machte sich abmarschbereit. Tattoo musste die Magierin wohl oder übel in ihrem Sandstorm mitnehmen, da alle anderen keinen Platz mehr hatten.

»Wartet nicht auf mich«, rief Poolitzer. »Ich muss mein Auto aus dem Parkhaus abholen.« *Und in die Werkstatt bringen, um die Spuren des Unfalls zu beseitigen.* Er winkte sich ein Taxi herbei und verschwand.

Cauldron schleppte ihr Gepäck zum Buggy, während die Aufklärerin den Motor anließ und ungeduldig aufs

270

Lenkrad trommelte. Sie hörte das angestrengte Schnaufen der Magierin sehr wohl. Für sie wäre es ein Leichtes gewesen, die Koffer zu verstauen. Doch sie rührte sich nicht aus dem Sitz. Stattdessen spielte sie mit dem Gaspedal.

Ruckartig öffnete sich die Beifahrertür, die Magierin schwang sich hinein und schlug die Tür lautstark ins Schloss. »Danke für die Hilfe«, sagte sie bissig. »Und dass du nicht ohne mich gefahren bist.«

Ohne Erwiderung startete Tattoo durch und fädelte sich in den Verkehr ein. Sobald der Geländewagen länger als eine halbe Minute warten musste, betätigte sie die Dreiklangfanfare, als könnten die Töne eine Schneise für ihren Wagen fräsen. Einmal war sie kurz davor, aus dem Fahrzeug zu springen und einen Fahrer aus dem Auto zu zerren, weil der ihr den Mittelfinger zeigte. Cauldron hielt sie zurück und erntete einen mörderischen Blick.

»Fass mich nicht noch einmal an«, warnte die Aufklärerin gefährlich leise. »Du gehörst nicht zum Team, also lass deine lackierten Fingernägel von meinem Arm.«

»Schon gut«, antwortete Caulderon sanft und zog ihre Hand zurück. »Habe ich dir irgendetwas getan oder bist du immer schlecht gelaunt?«

Das hatte ja kommen müssen. Die Elfin setzte den Blinker und zog einen Lidschlag später auf eine andere Spur. Ein Lkw blendete auf und hupte. »Es ist nichts gegen dich. Nur gegen deine Art.«

»Meine Art?«, wunderte sich die Rothaarige.

»Ich hasse Magier«, fügte die Stadtkriegerin hinzu. »Jede Form von Magie. Sie macht Menschen überheblich.«

Die Seattlerin beobachtete sie aus dem Augenwinkel. »Wenn dem so wäre, könnte man annehmen, dass auch du zu meiner Art gehörst. Ich halte dich ebenfalls für arrogant.«

»Schön, dass wir das geklärt haben.« Tattoo bog ab und steuerte den Sandstorm durch das Mainzer Industriegebiet.

Eine ganze Weile hielt es Cauldron aus, nicht nach dem Grund für den Hass zu fragen. Doch die Neugier überwog. »Warum kannst du Magische nicht leiden? Oder ist es nur eine Marotte für die Stadtkrieg-Liga?«

Tattoos Kom-Gerät piepte. »Ja? Nein, Straight, ich habe keine Zeit, mit dir essen zu gehen«, meinte sie entnervt. »Wir können gleich eine Runde trainieren. Ich bin in zehn Minuten im Stadion.« Sie unterbrach das Gespräch.

»Und?«, bohrte Cauldron unerbittlich nach und sammelte sich vorsichtshalber, um notfalls eine Barriere errichten zu können. Einen Schlag mit den Spornen wollte sie sich nicht einfangen.

»Es gibt keinen Grund«, knurrte die Aufklärerin der Black Barons und drosch auf die Hupe ein. »Nimm einfach hin, dass wir keine Freundinnen werden.«

Sie lenkte den Geländewagen halb auf den Bürgersteig, um dem Stau auszuweichen, schoss über eine Kreuzung und stand schließlich vor dem Tor zum Trainingsgelände der Stadtkrieg-Mannschaft. Rasant parkte sie den Sandstorm ein und sprang hinaus.

Die Welt war voller Verrückter. Kopfschüttelnd begann Cauldron damit, ihre Koffer von der Ladefläche zu zerren und sich nach Schlagergott zu erkundigen. Sie wollte das Kästchen sofort näher unter die magische Lupe nehmen, ein paar Elementare beschwören und sich an das Brechen der Barriere machen. So schwer würde es schon nicht sein.

Auf dem Weg zur Unterkunft der Spieler wanderten ihre Gedanken zu Xavier. In einer merkwürdigen Mischung aus Angst und Vorfreude hatte sie gehofft, den Negamagier zu sehen. Einfach ein paar Worte wechseln, mehr hätte sie gar nicht gewollt. Dennoch fürchtete sie sich davor, dass alte Wunden wieder aufgerissen wurden.

Ein Spieler der Black Barons verließ in dem Moment die Umkleidekabine, als sie den Raum betreten wollte. Er geleitete sie zu Schlagergott, der gerade seine Spiel-Maschine überprüfte und ein paar Schrauben am Firmpoint nachzog, auf dem das leichte MG montiert werden würde.

»Das erspart mir einen Weg«, sagte der Mann freundlich. »Kommen Sie, ich zeige Ihnen, wo Sie ungestört an dem Ding herumfummeln können.« Der andere Spieler grinste dreckig, weil er die Situation missverstand. »Sie wissen, was man spätestens in fünf Minuten von uns denken wird?«, meinte der Stürmer, während er sich die Hände abrieb, ihre Koffer nahm und die Magierin in ein Nebengebäude führte.

»Verwechslungen machen das Leben interessant«, bemerkte sie.

Sie betraten die Unterkunft, in der die Sicherheitsabteilung ihren Sitz hatte. »Sie können das gute Stück gleich rausholen. Ich weiß, dass Sie es wahrscheinlich kaum erwarten können, es in die Finger zu bekommen«, sagte er im Vorbeigehen. Die Wachleute feixten.

Cauldron lachte. »Das macht Ihnen Spaß, nicht wahr?«

Schlagergott summte ein Lied, das sie nicht kannte, und gab sich unschuldig. »Merken Sie sich die Kombination«, riet der junge Mann ihr und tippte eine Zahlenfolge auf einem schmalen Ziffernblock neben der Tür. Widerstandslos öffnete sie sich. »Hier werden die Wertsachen gelagert. Jeder Spieler besitzt ein eigenes Fach. Und hier stehen die richtig wichtigen Auszeichnungen.«

»Wollen Sie damit andeuten, dass sich die Barons untereinander beklauen?«

»Dafür haben wir die Fans. Oder die Putzhilfen. Oder Fans, die sich als Putzhilfen tarnen.« Der Stürmer grins-

273

te sie an und öffnete mit der gleichen Nummer ein freies Fach. Er nahm die Schatulle heraus und legte sie auf den Tisch. »Brauchen Sie sonst noch was?«

»Danke. Es reicht, wenn ich hier drinnen ein bisschen Feuer machen darf«, erwiderte Cauldron und packte ihre Utensilien aus. Sie rückte den Tisch zur Seite und begann, einen Kreis auf den Boden zu malen. »Sorgen Sie dafür, dass der Feuermelder ausgeschaltet wird.« Schlagergott verstand ihre Bitte nicht. »Ich wurde einmal nass, weil ich einen Feuerelementar in einem Hotel beschwor und der Melder etwas empfindlich reagierte. Das möchte ich vermeiden. Meine Garderobe würde das Wasser nicht gut vertragen.«

Der Stadtkrieger musste nun ebenfalls lachen. »Jeder Beruf hat seine Tücken. Dann mal viel Spaß bei den Versuchen.«

Er verschwand und setzte die Wachmannschaft über die Sonderwünsche der Magierin in Kenntnis.

Fassungslos schaute Poolitzer auf den Automaten, der die Parkgebühren anzeigte, die er bezahlen sollte. »Fünfzig EC? Nachtzuschlag?«, schrie er den grauen Kasten an, als ließe der mit sich handeln. Fluchend bezahlte er die geforderte Summe und trat zum Abschied gegen das Gehäuse.

Seine Laune erhielt einen weiteren Dämpfer, als sein Isuzu Crazy nicht mehr dort stand, wo er ihn abgestellt hatte. Dachte er zunächst, er befände sich in der falschen Etage, wurde es aber recht schnell zur Gewissheit, dass sein Auto entwendet worden war. Der Reporter fuhr mit dem Fahrstuhl zum Aufsichtsbüro und beschwerte sich lautstark beim Angestellten des Verbands der Wach- und Schließgesellschaft, der ihm seelenruhig zuhörte und dabei alle vier Sekunden an seinem Kaffee schlürfte.

»Sagen Sie mir mal das Kennzeichen«, verlangte er

gutmütig. Verdutzt nannte Poolitzer die Nummer, der Wachmann gab die Zahlen ein. »Dachte ich es mir doch. Der ist abgeschleppt worden.«

»Bitte?«

Der Mann drehte den Monitor so, dass der Reporter die Meldung und ein Foto des Wagens sehen konnte. »Der Isuzu stand im absoluten Halteverbot. Da hat ihn mein Kollege entfernen lassen«, erklärte er bedächtig. Er reichte ihm eine Überweisung. »Füllen Sie die aus, oder sagen Sie mir Ihre Kreditkartennummer, dann regeln wir das gleich jetzt.«

»Was? Was regeln?«

»Die Strafe für Parken im absoluten Halteverbot«, erklärte der Wachmann mit einer Engelsgeduld. »Das macht zweihundert EC.«

Poolitzer war der Ohnmacht nahe. Er wühlte in seiner Tasche, bis er das Ticket fand und es auf den Tresen knallte. »Hier, Kumpel. Ich habe eben fünfzig Mäuse fürs Parken bezahlt, und da wollen Sie mir noch was fürs Abschleppen berechnen?«

»Nein, nur fürs falsche Parken. Das Abschleppunternehmen schreibt Ihnen eine eigene Rechnung«, stellte der Aufpasser höflich fest. »Wenn Sie möchten, ziehe ich Ihnen die Zeit nach dem Abschleppen vom Ticketpreis ab. Sie müssen natürlich nur so lange zahlen, wie Sie auch bei uns geparkt haben.«

Er wollte nach der Quittung greifen, da schnappte der Reporter den Wisch. »Nein. Sie können mich mal! Auf die fünfzig EC scheiße ich, ich scheiße auch auf die zweihundert EC, und auf das Abschleppunternehmen scheiße ich erst recht!«

Wütend stürmte er hinaus und stellte sich in den Regen. Während er langsam, aber sicher durchnässt wurde, kühlte sich sein Gemüt ab. Er hatte die Kamera noch im Wagen. Was machte er, wenn sie den Bock verschrotteten, falls er nicht zahlte?

Kleinlaut kehrte er zur Aufsicht zurück, die ihm seinen Ausbruch nicht übel nahm. »Irgendwann gewöhnt man sich dran«, meinte der Mann locker.

Zähneknirschend überwies Poolitzer den Betrag und erhielt dafür eine Beschreibung der Straße, in der man seinen Wagen abgestellt hatte.

Nach einem strammen Fußmarsch von fünfzehn Minuten stand der Reporter vor dem Isuzu. Eine sorgsam auf Plastikfolie gedruckte Rechnung des Abschleppunternehmens über 120 EC klemmte unter dem Scheibenwischer.

*Ich hasse Frankfurt,* dachte er frustriert und steckte den Zahlungshinweis in die Manteltasche. Immerhin hatte er sein Fahrzeug wieder, und dieser Umstand brachte ihm ein bisschen Freude, die sich steigerte, als er endlich im Wagen saß und sich von der Heißluft und den Ventilatoren die Kleidung trocknen ließ.

Er startete den Crazy und setzte ihn in Bewegung. Per Auskunft suchte er sich eine nahe gelegene Werkstatt aus, die kleinere Reparaturen sofort durchführte. Die Karosserie musste so schnell wie möglich instand gesetzt werden.

Der Werkstattleiter versicherte ihm, dass innerhalb von einer Stunde nichts mehr vom Schaden zu sehen sei. Was allerdings 250 EC koste. Plus Ersatzteile.

»Wenn das so weitergeht, kaufe ich mir ein Jahresabo für die städtischen Verkehrsmittel«, sagte Poolitzer und nutzte die Warterei, um sich etwas zu essen zu gönnen.

Einen Döner, vier Tee und einen Raki später fuhr er im frisch restaurierten Isuzu in Richtung MaWie. Er aktivierte den Autopiloten und las die in seiner Abwesenheit auf seinem Palmtop eingetroffene Nachricht seines ID-Spions, den er auf Wiebke Otte angesetzt hatte.

Ihre Vita wies keine Besonderheit auf, in den deutschen Schatten kannte sie niemand. Interessanterweise gehörte sie der »Forschungsgruppe Alexandria« an, die

Vrenschel bereits erwähnt hatte. Sie war die zweite Präsidentin.

*Das waren die Leute, die auf der Suche nach alten Büchern und Büchereien sind,* erinnerte er sich. Warum interessiert sie sich für ein Kästchen? Nachdenklich schaute er aus dem Seitenfenster. War in dem Kästchen ein Buch? Bespitzelte sie ihn deshalb? Wenn Cauldron nicht weiterkam, würde er mit der attraktiven Dame ein Gespräch führen und sie mit seinem Wissen konfrontieren, um auf diesem Weg mehr zu erfahren.

Völlig in seine Überlegungen versunken, übersah er um ein Haar, dass sein Informant noch mehr Arbeit geleistet hatte. In einer zweiten Nachricht informierte er über die Identitäten der Leichen aus Moskau. Es handelte sich dabei um keinesfalls auffällige Personen: zwei Studierende, eine hatte sich für Archäologie und Arabisch, der andere für Theologie, Latein, Griechisch und Hebräisch eingeschrieben. Die Dritte im Bunde war eine Angestellte in einer Online-Bücherei. Als Letzten hatte es einen Doktoranden der Mittelalterlichen Geschichte erwischt.

Diese Konstellation brachte Poolitzer bei allem Elend zum Lachen. Die Scheinidentitäten waren zum Schieflachen. Zuerst wollte er nichts weiter auf die IDs der Toten geben, als ihm die geisteswissenschaftliche Verknüpfung doch sonderbar erschien. Ein Gespräch kostete ja fast nichts.

Die Kom-Nummern der Leute ermittelte er innerhalb weniger Minuten. Seine Kontrollanrufe förderten Erstaunliches zutage. Der Doktorand befand sich laut seines Anrufbeantworters in Urlaub, der Ehegatte der Bücherei-Angestellten suchte seine Frau schon seit zwei Wochen vergeblich. Die beiden Studierenden waren in ihren Wohnheimen nicht auffindbar.

Die Nase des InfoNetworks-Mitarbeiters juckte. *Sollten es die echten Personen sein, die in der Ruine vergam-*

*meln?* Verwundert schaute er noch einmal auf die Berufe. *Was brächte sie dazu, sich mit einem unbekannten Kurier in einem heruntergekommenen Haus in Moskau anzulegen?*

Daraus folgerte er, dass sie um die Fracht des Mannes wussten. Und dass sie das gleiche Ziel verfolgten: das Kästchen. Alle vier besaßen das Wissen, um Altertümern auf die Spur zu kommen und sie zu enträtseln.

Enthielt diese Schatulle wirklich ein Buch oder eine Schriftrolle, und waren die armen Gestalten von der Projektgruppe Alexandria losgeschickt worden? Demnach handelte es sich um sehr altes, verlorenes Schriftgut. Oder sie arbeiteten auf eigene Faust.

Ihm war nur schleierhaft, weshalb die Schatulle so unvermittelt ins Zentrum der Aufmerksamkeit gerückt war. All die Jahre über lagen die Kästchen in Museen, verschlossen und fast unbemerkt von der Öffentlichkeit. Jetzt begann eine regelrechte Jagd.

Seiner Einschätzung nach befanden sich noch zu viele Vermutungen in seinen Gedanken. Er würde das Gespräch mit Otte früher führen, als er geplant hatte. Konfrontierte er sie mit dem Tod ihrer Mitarbeiter, hoffte er auf eine verräterische Reaktion der Frau.

Das wollte er aber nur tun, wenn ihn ein paar von den Black Barons begleiteten. *Wer weiß, was die Biblio-Tante mit mir alles anstellen würde.*

Auf dem Weg zum Stadion kam er am Stammlokal des Mainzer Teams vorbei. Was ihm sofort ins Auge stach, war der lange Riss in der Panzerglasscheibe, auf die Jupp so stolz war.

Tektonische Verschiebungen, schätzte Poolitzer. Vermutlich hatte sich die Erde ein wenig geschüttelt, bedingt durch von der Mainzer Schwerindustrie verursachte Erschütterungen.

Und dann stellte er nach wenigen Metern fest, dass sich keine einzige Hure auf der Straße herumtrieb.

278

Schließlich entdeckte er das, was ihn zum abrupten Bremsen veranlasste. Die Kamera und die CamBrille flogen ihm beinahe von selbst in die Hand. Poolitzers reißerische Medienseele tat einen Freudensprung.

Vor dem *Sündenpfuhl* von Frosch-Manni lagen vier Gestalten, eine davon kroch unter Aufbietung aller Kräfte in Richtung eines zusammengeschossenen Ford Americar. Seine Kollegen, das zeigte ein Zoom mit der Fuchi VX2200C, würden mit den Verletzungen nichts mehr unternehmen.

»Action. Werte Zuschauer. InfoNetworks ist offenbar als erstes Medium am Tatort einer Schießerei. Wir erleben eine Premiere in der Halbwelt von Mainz-Wiesbaden. Frosch-Manni hat zum ersten Mal getroffen und den russischen Geldeintreibern drastisch erklärt, dass er wirklich nicht gewillt ist, Schutzgeld zu zahlen.« Er schwenkte nach rechts und links die menschenleere Straße hinunter. »Weder von der Polizei noch von Bu-MoNa ist eine Spur zu sehen …«

Poolitzer stockte. Die zahlreichen Einschüsse in der Wand und die leeren Hülsen auf der Straße, gut zehn Meter von den Schwerverletzten entfernt, zerstörten seine Ansicht, dass Frosch-Manni der Exekutor der Russen gewesen war.

»Und es könnte sein, dass sich eine dritte Partei in den Streit einmischte«, fuhr er fort. »Warten wir ab, was die Spezialisten der Polizei sagen. InfoNetworks wird die Gesetzeshüter befragen, sobald sie eintreffen. Falls sie eintreffen«, fügte er nach einer kleinen Pause hinzu. »Schnitt.«

Er wollte lieber bei Jupp warten, denn es würde einen Grund geben, warum sich noch keiner im Freien blicken ließ. Unter Umständen lauerten die Psychopathen in irgendwelchen Hauseingängen und hofften auf neue Zielscheiben.

Der Reporter setzte den Isuzu zurück und parkte vor

dem *Vorspiel*. In geduckter Haltung lief er die Stufen hoch, sich ärgernd, dass er den Helm nicht griffbereit auf der Rückbank liegen hatte. Zwar würden die Kevlarschichten einen direkten Treffer aus einem Gewehr nicht aufhalten, aber gegen kleine Pistolenkaliber erwiesen sie sich als durchaus effektiv.

Erleichtert betrat er den Schankraum. »Hey, Jupp! Was war denn da draußen los? Komm her und gib Info-Networks ein Interview.«

Vom Wirt war nichts zu sehen. Jupp war sicher im Lager und suchte Schnapsflaschen. Poolitzer trat hinter den Tresen und zapfte sich ein Altbier, das er mit an den Tisch nahm, um sich das beschädigte Fenster genauer anzusehen.

»Was ist denn hier passiert?«, rief er laut durchs Lokal und nippte am Bier. »Wolltest du jemanden rausschmeißen und hast vergessen aufzumachen?« Er hörte, dass sich schwere Schritte aus dem hinteren Bereich näherten. Prüfend musterte er den Riss. »Betreibt einer von den Kons heimlich Untertageabbau? Sind das Grubenschäden?«

Er nahm einen langen Zug und entdeckte beim Absetzen den Metallkoffer auf dem Tisch. »Verschick den lieber. Am besten nach Ulan-Bator.« Spielerisch nahm er den Frequenzstörer in die Hand und wog ihn ab. Die Schritte des Kneipiers näherten sich der Durchgangstür des Lagers. »Die Dinger werden immer leichter, was? Ich frage mich, wie lange die Batterien halten.« Das Kontrolllämpchen leuchtete nicht mehr, wie seine Inspektion ergab. »Schau an. Damit hat sich meine Frage wohl erübrigt, was, Jupp? Du solltest schleunigst neue Powerzellen einlegen.« Er wandte sich um und hob das elektronische Gerät. »Sonst bekommst du noch …«

Keine vier Meter von ihm entfernt stand ein Typ in einer stadttarnfarbenen Teilrüstung, das leichte Maschinengewehr in einer Gyrohalterung eingespannt. Kopf und Gesicht lagen unter einem gleichfarbigen Helm verborgen. »Besuch?«, ergänzte sein Gegenüber mit elektronisch verzerrter Stimme.

Poolitzer schluckte schwer. »Action«, sagte er leise, um die VX einzuschalten. Gehorsam begann die Kamera mit der Aufzeichnung.

»Wo ist das Kästchen?«, wollte der mit Akzent sprechende Mann wissen.

»Was denn für ein Kästchen?«

Die Mündung des MG richtete sich auf die Brust des Reporters. »Sie haben sicherlich etwas damit zu tun, sonst wüssten Sie kaum über den Koffer Bescheid. Möchten Sie weiterhin die Kamera dort behalten, wo sie sich im Moment befindet? Dann sagen Sie mir lieber, wo unser Eigentum ist.«

»Gehören Sie zu denen, die das Spiel der Black Barons sabotiert haben?« Poolitzer wunderte sich einmal mehr über seine eigene Unverfrorenheit und verfluchte sie gleichzeitig. »Und warum haben Sie die Jungs draußen umgelegt?«

»Sind Sie Rechts- oder Linkshänder?«

»Äh, tut das was zur Sache?«

»Ich kann Ihnen auch in beide Hände schießen, wenn Sie nicht sofort antworten. Mir tut das nicht so weh wie Ihnen. Wo ist das Kästchen?«

Die Tür des *Vorspiel* wurde ruckartig nach außen gezogen. Der angeschossene MaWie-Kriminelle hatte es tatsächlich geschafft, sich mit seinen Verletzungen bis hierher zu schleppen. Ansatzlos hob er seine halbautomatische Schrotflinte und feuerte los. Die Projektile klatschten dem Gepanzerten gegen die Brust und brachten ihn nach dem ersten Einschlag zum Taumeln, beim dritten fiel er wie ein fettes Insekt zu Boden. Sein MG röhrte im Sturz auf.

Die Stahlgeschosse zogen eine gerade Linie den Boden entlang, bis sie den Angeschossenen erreichten und

281

ihn durchsiebten. Der Mainzer Ganove fiel nach hinten um und rührte sich nicht mehr.

Während der Gepanzerte sich aufstemmte, sprang Poolitzer über den Toten und flüchtete sich in seinen Crazy. Genau das hatte er dringend gebraucht. Kaum startete er den Motor und rauschte nach einem Blitzstart die Straße hinab, sah er den Gepanzerten im Rückspiegel auftauchen.

Die Vollmantelgeschosse schlugen beängstigend präzise ins Heck des Autos ein. Das bisschen Blech und Plastik bot kaum Widerstand. Die Frontscheibe barst, das Armaturenbrett wurde gelöchert. Dem Umstand, dass er seine kugelsichere Weste um den Sitz gehängt hatte, verdankte der Reporter vermutlich sein Leben.

Er bog in die nächste Seitengasse, um dem Kugelhagel des vollautomatischen Gewehrs zu entkommen. Kaum gab ihm der Gegner die Verschnaufpause, rief er voller Panik die Stadtkrieger an, um sie in Kenntnis zu setzen.

»O nein! Sie verfolgen mich!«, rief er ins Kom, da sich zwei Pkws an seine Reifen hingen. »Was soll ich machen?«

»Fahr Richtung Mainz Süd-Kreuz A60«, wies Schlagergott ihn an. »Wir holen dich raus.«

Cauldron bestaunte im Astralraum die Barriere, die Unbekannte um die Kiste gelegt hatten. Sie war so angebracht worden, dass sie kaum wahrnehmbar wie ein hauchdünner Schutzfilm über dem dunklen Holz lag. Damit war es möglich, die Schatulle anzufassen, jegliche Beschädigung des natürlichen Materials würde dagegen misslingen.

Sie betrachtete das Elementarwesen, das sie zu ihrer Unterstützung gerufen hatte. Vorsichtshalber zog sie ein Schutzfeld um sich. Die Hermetische befahl ihm, die Barriere zu überwinden.

Die rot glühende Feuerkugel näherte sich der Kiste, flammende Fangarme streckten sich aus ihrem Inneren hervor. Behutsam betastete der Elementar die Barriere, fokussierte seine Energien und setzte die magischen Kräfte schlagartig frei.

Ein gewaltiger Blitz zuckte auf, und Cauldron schloss geblendet die Augen. Im nächsten Moment fegte eine Druckwelle über sie hinweg und wirbelte sie umher. Schreiend vor Schmerz zog sie sich aus dem Astralraum zurück und fand sich in einer Ecke des kleinen Zimmers wieder.

Neben ihr lagen die geborstenen Überreste des Tischs, die stark versengt waren. Selbst die schweren Schließfächerschränke waren von ihrem angestammten Platz verrückt worden. Die Lackierung warf Blasen, der blanke Stahl darunter hatte sich schwarz gefärbt. Die Trophäen der Mannschaft waren zu unansehnlichen, blubbernden Metallklumpen verschmolzen. Die Mauern strahlten eine immense Hitze ab.

Friedlich lag das Kästchen in der Mitte des hermetischen Kreises, als sei es nicht für die Katastrophe verantwortlich, die sich eben ereignet hatte. Ohne ihre eigene Barriere wäre sie zu einem Häufchen Asche geworden.

*Bei allen Geistern!* Cauldron stand auf und kontrollierte den Astralraum auf den Verbleib des Feuerelementars. Es fand sich keine Spur von dem Geist. Die Barriere der Schatulle schillerte freundlich und verriet nichts über ihre verheerende Wirkung, die sie freisetzen konnte.

Nicht auszudenken, wenn sich weitere Nichtmagische in dem Raum befunden hätten. In dem Fall hätten sich die Black Barons aus der Liga verabschieden können. Zitternd stakste sie zur Tür und öffnete sie, um sich ein Glas Wasser zu holen.

Die beiden Wachleute sahen sie an, warfen einen

Blick ins Zimmer und erhoben sich wie in Zeitlupe von ihren Bürostühlen. »Was haben Sie gemacht?«, erkundigte sich einer irritiert.

»Feuer«, antwortete sie lakonisch und nahm sich eine Dose Mineralwasser aus dem Kühlschrank. Sie rechnete damit, dass die Flüssigkeit verdampfte, als sie ihre Lippen daran setzte. Sie brauchte eine kleine Pause.

Die Seattlerin ließ sich auf die Liege fallen und schloss die Lider. Nach einem kurzen Nickerchen wollte sie es ein weiteres Mal versuchen.

*Ich hätte nicht gedacht, dass der Bock so schnell werden kann.* Poolitzer stand mit beiden Füßen auf dem Gaspedal und flog auf den Zubringer der A60. Die elektronische Anzeige meldete erreichte neunzig Stundenkilometer. Rücksichtslos scherte er unmittelbar vor der Schnauze eines Sattelschleppers auf die Schnellstraße ein, um sich aus der Schusslinie zu bringen.

»Geht's noch?«, erkundigte sich Schlagergott übers Kom.

»Keine Ahnung! Ich hab schon lang nicht mehr«, keifte er gereizt in Richtung der Freisprechanlage.

»Ich meinte deine Schatten.«

»Mann, die hängen mir gleich im Auspuff! Wo bleibt ihr denn? So was will der beste Stürmer der Stadtkrieg-Liga sein.«

»Obacht, Kollege«, meinte der Mann warnend. »Erstens bin ich der Beste, zweitens sind wir gleich da. Beschreib mir noch mal die Fahrzeuge.«

Einer der Verfolger rauschte auf der Standspur heran. »Das ist ganz einfach. Es ist die einzige Karre, die auf der rechten Seite überholt«, rief er schäumend. »Funktioniert das mit dem Abdrängen eigentlich?«

»Probier's«, riet ihm der Stadtkrieger.

Der Reporter riss das Lenkrad herum und rammte

den Wagen seiner Gegner, ohne dass dieser ins Schleudern geriet. Dafür büßte er den Außenspiegel und Teile des Lacks ein. Wenigstens geriet der Schütze, der auf der Rückbank saß und gerade eine MP hob, aus dem Gleichgewicht.

»Es klappt nicht!« Poolitzer näherte sich einem Nervenzusammenbruch. Zu allem Überfluss erschien der zweite Wagen auf der linken Seite. Einer Presse nicht unähnlich, nahmen sie ihn in die Mitte. »Sie haben mich eingekeilt! Die wollen mich garantiert entern!«

»Hau auf die Bremsen!«, befahl ihm Schlagergott ruhig. »Aber schau erst in den Rückspiegel …«

Mehr hörte Poolitzer nicht mehr. In seiner Panik gehorchte er den gefunkten Anweisungen blind. Seine Fußsohlen schnellten vom Gas und pressten sich mit aller Gewalt auf das mittlere Pedal.

Seine Verfolger lösten sich schabend von dem Isuzu und nahmen das letzte bisschen Lackierung dabei mit. Mit dieser kamikazehaften Abwehrvariante rechneten sie nicht, da sie den nachfolgenden Verkehr bei ihrer Aktion berücksichtigt hatten.

Poolitzer nicht. Der Lkw, ein ScaniaSC 500 Magni, rauschte auf den Kleinwagen und schob ihn vor sich her, genau zwischen die beiden Verfolger zurück.

*Verschissener Kackmist!* Der Seattler kämpfte mit dem bockenden Fahrzeug, das gegen den Härtetest rebellierte. Seinen Protest zeigte das Fahrzeug, indem es mehr und mehr Teile seiner Verkleidung verlor. Die schweren Räder des Sattelschleppers zermalmten den abgefallenen Kotflügel zu kleinen Stücken. Laut dröhnte das Signalhorn des Straßengiganten, der nicht gewillt schien, seine Geschwindigkeit zu verringern.

»Verpisst euch! Ich halte nicht an!«, hörte er den Fahrer hinter sich. Offenbar vermutete er einen Trick, um ihn zum Stehen zu bringen und die Ladung zu klauen. Autobahnpiraten nutzten alle Finten, um an Ware zu gelangen. »Wenn du nicht gleich auf die Seite eierst, mach ich dich platt!«

Die Motorleistung des Isuzu ließ beständig nach. Die Kolben röchelten ein letztes Mal auf, dann glühten rote Warnlampen auf dem Armaturenbrett.

Aus. Hastig drückte Poolitzer die Kupplung und nahm den Gang raus. Nun bewegte er sich allein durch die Schubkraft des Scanias über die Autobahn. *Das überlebe ich nicht,* jammerte er im Stillen. *Das wird mein letzter Beitrag!*

»Hier kommt die Kavallerie!«, quäkte der Lautsprecher seines Koms. Eine BMW 1250Ti röhrte an dem merkwürdig anzuschauenden Gebilde vorbei. Der Fahrer trug eine Jacke mit der Aufschrift »Roy Black lebt«. Schlagergott tippte sich an den Helm, nahm eine Einkaufstüte aus der Tanktasche und warf sie nach dem rechten Verfolger.

Der prall gefüllte Beutel platzte. Schwarze Flüssigkeit schwappte auf die Frontscheibe und verteilte sich durch den Fahrtwind über das ganze Glas.

Der Fahrer schaltete zwar den Wischer ein, aber die schmierige Konsistenz verhinderte eine Verbesserung der Sicht. Eine Hand voll Nägel sorgte dafür, dass die Limousine trudelte, gegen die Mittelleitplanke knallte und sich mehrmals um die eigene Achse drehte. Den nachfolgenden Fahrzeugen gelang das Kunststück, nicht in den havarierten Pkw zu donnern.

Das zweite Auto machte einen Satz nach vorne. Die Angreifer erkannten, dass der Stadtkrieger eine wesentlich größere Gefahr bedeutete, und eröffneten das Feuer.

Schlagergott duckte sich flach an seine Maschine, kreuzte nach rechts und links. Plötzlich ließ er sich zurückfallen und befand sich eine Sekunde später neben dem Auto. Er warf einen kleinen Gegenstand durch die Scheibe, woraufhin es grell blitzte. Schlagartig füllte sich der Innenraum mit gelbem Rauch. Der Pkw verringerte abrupt die Geschwindigkeit, zog nach links und schnitt die Spur des Stürmers.

Poolitzer hielt den Atem an. Der Black Baron drückte sich ein weiteres Mal auf seine Geländemaschine und zog das Vorderrad in die Höhe. Gleichzeitig gab er Gas, federte schwungvoll nach oben und riss die BMW in die Luft. Genau berechnet setzte das Antriebsrad auf dem Heck des unter ihm hindurchschlitternden Fahrzeugs auf und gab ihm neuen Schub nach vorne.

Während die Gegner die Metallplanken durchbrachen und in einer gewaltigen Staubwolke in einem Feld verschwanden, landete Schlagergott die 1250Ti butterweich auf dem Asphalt. Den erhobenen Daumen reckte er in Richtung der Kamera.

Der Kutscher des Trucks sah ein, dass es niemanden um seine Ladung ging. Behutsam drosselte er sein Tempo und schob den Isuzu auf den Standstreifen. Mit wackelnden Knien stieg der Reporter aus dem Schrotthaufen.

»Das war eine Wahnsinnsshow!« Der Fernfahrer kletterte aus dem Führerhaus des Scania und zückte einen Notizblock, den er Schlagergott hinhielt. »Kann ich ein Autogramm haben?«

Poolitzer sah sich um. »Wo sind eigentlich die anderen? Haben die sich verfahren?«

Schlagergott, lässig auf dem Motorrad sitzend, einen Arm auf den Helm gestützt, hielt in seiner Plauderei mit dem Trucker inne. »Welche anderen?«

»Die anderen Black Barons?«

»Nein. Die kommen nicht. Habe ich dir nicht ausgereicht?«

»Du sagtest aber ›wir‹.«

»Damit meinte ich meine Maschine und mich«, erklärte der Stürmer grinsend. »Die anderen sind beim Training. Du weißt, dass wir bald ein wichtiges Spiel haben.«

»Das geht natürlich vor«, stimmte ihm der Fernfahrer zu. »Hey, ich halte euch die Daumen.« Er erklomm seinen SC500, hupte einmal und reihte sich in den nur noch spärlich fließenden Verkehr ein. Dort, wo es den ersten Verfolgerwagen erwischt hatte, war es zu einem Stau gekommen.

»Danke, Kumpel!« Der Mainzer winkte dem Lkw hinterher, ehe er sich den Helm überstülpte. »Such deine wichtigsten Sachen raus, damit wir von hier wegkommen. Die Bullen sind aufgetaucht.«

Poolitzer zwinkerte entgeistert. »Du bist alleine? Wegen des Trainings? Was, wenn es dich erwischt hätte? Was, wenn es mich erwischt hätte, hä?!«

»Hat es aber nicht.« Die Vorwürfe prallten an seinem wagemutigen Retter ab. Fast schien er beleidigt, dass der Seattler überhaupt an ihm gezweifelt hatte. »Los jetzt. Ich will nach Jupp sehen.«

Eilig raffte der Reporter Palmtop, Kamera und Kom an sich, die Schlagergott in der Tanktasche verstaute. »Fahr schon mal los. Ich warte auf die Polizei. Die werden meine Aussage brauchen. Sie finden sowieso heraus, dass es mein Auto ist. Wir sehen uns später im Stadion.«

Der Stadtkrieger nickte und fuhr davon. Tief atmend kehrte Poolitzer zum demontierten Crazy zurück. Traurig betrachtete er das Wrack.

»Du hast mich heute vierhundertsiebzig EC gekostet. Und für was? Damit du als moderne Skulptur auf dem Standstreifen endest«, sagte er und trat frustriert gegen die Motorhaube. Natürlich verletzte er sich dabei. Die Delle, die sein Fuß hinterließ, erinnerte ihn an ein hämisches Grinsen.

# VIII.

*ADL, Homburg (SOX), 27. 04. 2058 AD, 18:21 Uhr*

Zwei leise elektronische Töne erklangen. Schibulsky schaute auf die Uhr, hob einen kleinen Käfer und warf ihn in Sheiks Richtung. Eine Armlänge vom Magier entfernt prallte das Insekt gegen ein unsichtbares Hindernis und fiel zu Boden. Der Ork, der dieses Ritual alle Viertelstunde durchführte, seufzte und suchte sich eine bequemere Sitzposition.

»Hält er die Barriere immer noch aufrecht?«, fragte ihn Ordog über Funk.

»Ja«, meinte der Metamensch frustriert. »Es hat sich nix getan. Wie sieht's draußen aus?«

»Die Brände haben sich ausgeweitet«, erklärte der Anführer der Plünderer, der zusammen mit Michels auf dem Dach des Gebäudes lag und nach allen Seiten sicherte. »Die ersten Feuer brennen außerhalb des Stadtgebiets. Die Brühe kommt unterirdisch gut vorwärts.« Ordog nahm das Fernglas zur Hand und kontrollierte die Umgebung. Anhand der rostbraunen Qualmwolken erkannte er sofort, wo sich etwas Neues tat. »Teilweise hat sie alte Bachläufe geflutet.«

Eine Drohne hatte vor rund sechs Stunden seine Neugier geweckt. Es handelte sich um einen Mikroskimmer, der durch die Straßen flitzte und im Krater des abgestürzten Hubschraubers verschwand. Nach einer Weile erschien er im Sichtfeld des fahlen Runners, der verdutzt beobachtete, wie die Hoverdrohne mithilfe eines schwenkbaren Bohrers die Seitenwand löcherte und eine Probe von dem Erdreich nahm. Anschließend huschte der Skimmer aus der Röhre, stoppte mitten auf dem freien Platz und wiederholte die Vorgehensweise. Dann surrte er davon.

»Ach ja. Sie haben Dreck eingesammelt«, meldete er an den Ork. »Wahrscheinlich, um sie auf die Kontaminierung zu untersuchen.«

»Aber warum?«, rätselte der Zwerg. »Wollen sie sich mitten im Krieg schon mal an die Entgiftung des Geländes machen? Da wären die Kons besser als ihr Ruf. Und daran glaube ich nicht.«

»Sie wollen wohl herausfinden, wo die Belastung der Erde so gering ist, dass sie für den Toxischen nicht als Beschwörungsgrund für seine Geister genutzt werden kann, ihr Unwissendsten der Unwissenden«, meldete sich höchst unerwartet Sheik zu Wort. Der Magier war aus seiner Lethargie erwacht.

Lautstark stieß Schibulsky die Luft aus. »Ei, das werd ja mol Zeit. Können wir jetzt gehen?«

»Sheik, lass Schibulsky deine Körpertemperatur und deinen Kreislauf überprüfen«, ordnete Ordog vorsorglich an. »Wenn wir aufbrechen, werden wir auf deine Einsatzbereitschaft angewiesen sein. Schaffst du das? Was macht dein Kopf?« Währenddessen zogen sich er und der Zwerg vorsichtig vom Dach zurück und kamen das Treppenhaus hinunter.

»Meinem Kopf geht es gut«, meinte der Hermetische überschwänglich. »Ich fühle mich, als hätte ich in den Höhlen der vierzig Räuber genächtigt und sieben mal sieben Tage in seidenen Betten geschlafen.«

Der Ork brummte. »Er ist immer noch bescheuert. Aber seine Vitalwerte sind einwandfrei. Kein Fieber, kein hoher Puls. Nur die Augen leuchten etwas komisch«, flüsterte er in sein Mikro und schirmte es mit der Hand ab, damit der Magier seine Einschätzung nicht vernahm. »Völlig normal für einen Verrückten.«

Die Gruppe schloss sich auf der zweiten Etage zusammen. Der Araber grinste breit und beschäftigte sich mit neuerlichen Eintragungen in sein Notizbuch. Ob sie dieses Mal mehr Sinn ergaben als jene, die Ordog auf den letzten Seiten gesehen hatte, erkannte er von seiner Position aus nicht. Strahlend verstaute er die Kladde.

»Sheik, bist du in der Lage, einen astralen Erkundungsflug zu unternehmen?« Ordog legte ihm die Hand auf die Schulter. »Wir müssen wissen, wo der Drache ist und wo sich die Ghule herumtreiben.«

Der Hermetische lächelte. »So es die kosmischen Energien zulassen, mein weißer Freund. Sie mögen den Ort, an dem wir uns befinden, nicht mehr. Sie zürnen ihm. Sie haben sich vor dem herrschenden Chaos zurückgezogen und schicken ihre Verbündeten, um die Schamanen und den Drachen zu töten. Aus unversöhnlichen Feinden wurden für dieses eine Mal Freunde.«

»Und woher weißt du das?«, meinte der Ork, dem der Araber unheimlich wurde.

Sheiks Blick richtete sich sanft auf das grobschlächtige Antlitz Schibulskys. »Sie haben es mir gesagt, Sohn der Angst. Sie haben zu mir gesprochen, während sich mein Verstand von den Schrecken erholte.«

Ordog suchte den Blick des Magischen. Von wegen Verstand. Er war völlig hinüber. »Würdest du mal versuchen zu tun, was die kosmischen Energien dir zugestehen wollen?«, bat er eindringlich. »Die möchten bestimmt nicht, dass du draufgehst.«

»Ähm, er hat von Verbündeten gesprochen«, erinnerte Michels. »Turbanwickler, wer soll denn anrücken, um die Toxischen zu killen?«

»Die Fresser der Magie«, erwiderte Sheik entrückt. »Sie kommen alle! Und zwar schon bald. Sie sammeln sich und verbinden sich zu einem großen Fressen und kommen mit vernichtender Gewalt über die verseuchte Stadt.« Er hockte sich hin und schloss die Augen.

Schibulsky bückte sich und hob eine Kellerassel auf, um sie sanft in Richtung des Arabers zu schleudern. Das Insekt traf den Magier auf der Brust. »Okay. Er ist noch da.«

Michels zerrte Ordog zu sich herunter. »Das geht schief, wenn wir ihm vertrauen. Es tut mir verdammt Leid um den Knaben, aber die Nullzonen haben ihm den Hirnkasten formatiert und nur Wahn übrig gelassen. Wir können ihm nicht trauen.«

Ruhig schaute er dem Zwerg ins Gesicht. »Wir werden ihn mitnehmen. Wir beide haben ihn schon einmal im Stich gelassen, erinnere dich. Das sind wir ihm schuldig. Von mir aus kann er auch Schwierigkeiten machen, aber zuerst werden wir es alle zusammen versuchen. Hast du Einwände?«

»Einen ganzen Sack voll. Was soll's.« Michels senkte den Blick. »Glaub jetzt nicht, dass ich kneifen will, aber die Stadt ist ein einziger Irrsinn: Ghule, Drachen, Punks, Gardisten, brennende Flüssigkeit, Drohnen …«

»Das schaffen wir. Mit ihm.« Der Schattenläufer deutete auf Sheik. *Hoffentlich.*

Der Araber kehrte in ihre Ebene zurück. »Ich kann fast nichts sehen. Die Toxischen haben ein Meer an Verschmutzung angerichtet. Weder von ihnen noch von dem Drachen habe ich etwas entdeckt. Aber zwei Hermetische sind hier gewesen. Sie suchten ebenfalls etwas.«

»Kon-Magier!«, schrie Michels heraus. »Sie bekämpfen Feuer mit Feuer.«

Es gab einen lauten Knall, als die Schallmauer durchbrochen wurde. Danach hörten sie das Rauschen von nahen Triebwerken.

Fünf Kampfjets des Typs Federated Boeing Lightning 4000 zischten über Homburg und drehten elegant ab. Sie stammten mit Sicherheit aus Ramstein, einem der größten Luftwaffenstützpunkte der MET2000.

»Das war nur ein Orientierungsflug«, vermutete der Anführer. »Wir gehen. Sofort!« Noch war Ordog schleierhaft, was sie mit ihren Raketen angreifen wollten.

»Lasst uns in die Höhlen gehen!«, riet Michels. »Wir müssen es nur bis zu unserem Durchgang schaffen, und schon sind wir weg.«

Der bleiche Straßensamurai war kurz davor, dem Zwerg zuzustimmen. »Nein«, entschied er dann zur Überraschung seiner Gefährten. »Wenn die Jets loslegen, werden sich die Ghule in den Berg zurückziehen. Dann sitzen wir in der Falle. Wir suchen uns einen anderen Weg.«

»Du willst durch den Todesstreifen?«, entgegnete der Zwerg entsetzt.

»Wenn ihr euch unbedingt durch eine Horde schwer bewaffneter Leichenfresser und Punks ballern wollt, nur zu.«

Sheik nickte ihm freundlich zu. »Ich komme mit dir, Freund in der Not.«

Damit war die Diskussion erledigt. Die Plünderer verließen das schützende Gebäude und trabten los. Sie hielten Ausschau nach einem größeren Fahrzeug, das sie schneller durch die unsicheren Straßen bringen würde.

Das Donnern der Jettriebwerke schwoll an, die Spezialisten für Bodenziele kehrten zurück. Schibulsky verfolgte einen der Lightning 4000, der eine enge Kurve flog und sich für einen Tiefflug vorbereitete, mit dem Fernglas.

»Ich sag's euch nur ungern, aber die haben keine Raketen angeschnallt«, gab er seine Entdeckung weiter. »Das sieht aus wie eine Bombe.«

Ordog hatte es befürchtet. Nachdem der Kontrollrat mit seinen Säuberungsversuchen keinen Erfolg erzielt hatte, griff er zum letzten Mittel: Er vernichtete die Stadt, um sich alle Gefahrenquellen vom Leib zu schaffen.

293

Zwei Kampfjets zischten über ihren Standort. Ungefähr fünfzig Meter hinter ihnen schlug ein Sprengkörper in das oberste Stockwerk ihres ehemaligen Hauptquartiers ein und zerriss drei Etagen. Hastig warfen sie sich in Deckung, um nicht von den umherfliegenden Trümmern getroffen zu werden.

Die nächste Bombe brachte den Bau zum Einsturz. Graue Staubwolken vernebelten den Platz. Ihre Atemmasken verhinderten, dass die feinen Dreckpartikel in Mund, Augen und Nase gelangten.

Den unerwarteten Sichtschutz wollte der Anführer nutzen. »Los!«, befahl er seinen Leuten. »Wir rennen« zu der Tiefgarage. Da ist es sicherer als im Freien!«

Kaum hetzten sie die Stufen zur ersten Etage hinab, erschütterte ein gewaltiger Schlag das Gebäude. Die Wände des Treppenhauses durchzogen Risse, handgroße Betonstücke platzen ab und fielen zu Boden.

Ordog trieb sie vorwärts. Auf der zweiten Ebene stießen die Plünderer unvermittelt auf eine Gruppe, die sich ebenfalls in den Schutz der Tiefgarage begeben hatte. Die Attacke durch den Kontrollrat machte Ghule und Menschen trotzdem nicht zu Freunden, daher eröffnete der bleiche Anführer ohne zu zögern das Feuer auf die Leichenfresser.

Eine gezielte Salve streckte drei der goblinisierten Wesen zu Boden. Ordog dachte an das Ghulschutzprogramm, von dem der Bundesbeamte erzählt hatte. Er hechtete hinter einen Pfeiler, um sich vor den gegnerischen Projektilen in Sicherheit zu bringen, die in seine Richtung sirrten. Schließlich setzte Sheik Magie ein, und zwei Granaten von Michels beseitigten den letzten Widerstandswillen.

Drei Überlebende suchten kreischend das Weite. Ordog unterband deren weitere Flucht durch präzise Treffer. Er konnte es nicht zulassen, dass sie ihre Artgenossen auf die Gruppe aufmerksam machten und im Rudel über sie herfielen. Sie wären sicher dankbar für jeden Feind, an dem sie ihre Wut auslassen könnten.

Schibulsky verband sich die Streifschüsse, die er in die Schulter erhalten hatte, eine notdürftig von Sheik verzurrte Kompresse stoppte die Blutung am robusten Orkschädel. Ein Querschläger hatte dem Metamenschen den Helm durchlöchert und dabei eine Schramme an der linken Schläfe hinterlassen.

Knurrend setzte sich Schibulsky eine Injektion mit einem Kreislaufmittel, um den physischen Schock zu bekämpfen. »Ich werde nicht zusammenklappen«, beruhigte er Ordog. »Der Kopf brummt ein wenig, aber das geht. Meine Gehirnerschütterung kuriere ich daheim mit'm Bier aus.«

»Wo nichts ist, kann nichts erschüttert werden.« Der Zwerg grinste frech. »Komm schon, Grünhaut. Hoch mit dir. Selbst der pfälzische Wüstensohn ist zäher als du.«

Schibulsky runzelte die Stirn. »Warte mal, Kurzer.« Er wischte Michels mit einer Patronenhülse etwas Gel von seiner Kleidung. Da er einen Verdacht hegte, schmierte er es auf den Boden und hielt ein Feuerzeug daran. Die klebrige Substanz entzündete sich sofort. »Wir hatten ganz schön Glück«, informierte er die anderen. »Die haben nicht nur Bomben abgeworfen, sondern auch Brandgel.«

»Was ist das, mein grünhäutiger Freund?« Der Araber näherte sich dem kleinen Feuer, das sich langsam, aber beständig in den Bodenbelag einfraß.

»Früher haben sie Napalm dazu gesagt. Inzwischen haben sie die Mischung verbessert. Ist schwer zu behandeln. Frisst sich durch bis auf die Knochen.«

Michels starrte auf die Flamme. »Feuer mit Feuer«, wiederholte er entsetzt. Sofort schlüpfte er aus der besudelten Jacke.

Der Dauerbeschuss mit Raketen und Bomben brachte

immer mehr Teile des Parkhauses zum Einsturz, sodass sie sich nach einer kurzen Pause zum Weitergehen entschlossen. Unterirdisch suchten sie einen Weg, der sie aus Homburg bringen sollte. Sie wollten nicht zusammen mit der todgeweihten Stadt untergehen.

*Andorra, Andorra la Vella, 28. 04. 2058 AD, 19:23 Uhr*

Xavier staunte nicht schlecht. In seiner Unterkunft lagen Folien mit Gebäudeplänen und genau eingezeichneten Routen auf dem Schreibtisch.

*Aha. Ich soll mich vorbereiten.* Er hielt die Ausdrucke gegen das Licht. Dabei spiegelte sich eine dunkle Gestalt auf dem dünnen Plastik, die hinter der Tür auf seine Rückkehr gewartet haben musste. Da Jeroquee sich in der Küche aufhielt, konnte sie es nicht sein.

Er langte an den Gürtel, als wolle er sich die Hose hochziehen. Stattdessen fasste er unter das Hemd und zog das Küchenmesser. Dabei wirbelte er um die eigene Achse und warf die Folien nach der Gestalt.

»Sind Sie nervös?«, konstatierte Rose Abongi gelassen und betrachtete die umhersegelnden Plastikblätter. Sie trug unauffällige Straßenkleidung und Turnschuhe, ihr Freizeitlook, den er von ihr nicht gewohnt war. Ihre Finger steckten in dicken, über den Knöcheln gepolsterten Handschuhen. »Wer sollte Ihnen auf diesem Gelände etwas tun?«

»Warum sollte mir jemand in meinem Zimmer auflauern?«, konterte er, ohne dass er sich dabei entspannte. »War das ein Test?«

»Nein, Herr Rodin.« Sie stützte ihren rechten Fuß auf den Stuhl und lehnte sich nach vorne. »Der kommt jetzt.« Ihr Bein katapultierte das Möbelstück gegen den Negamagier.

Er wich zur Seite und fing es auf. Als er den Stuhl jedoch gegen Zozorias Vertraute einsetzen wollte, um sie damit einzukeilen, hatte sie ihren Platz längst verlassen.

Ihr Tritt traf den abgelenkten Deutschen seitlich, unterhalb des Rippenbogens. Aufkeuchend flog Xavier gegen den Kaminsims, das Messer klirrte zu Boden. »Aha. Sie wollen eine Schlägerei, ja?«, stellte er gepresst fest.

Die Afrikanerin nickte knapp. »Ich bestehe darauf.«

»Dann will ich mal nicht so sein.« Endlich erhielt er eine Möglichkeit, sich körperlich zu betätigen. Dass er sich mit einer Frau prügelte, störte ihn nicht weiter, zumal es sich bei Abongi sicherlich nicht um eine Anfängerin handelte.

Dennoch wunderte er sich darüber. Er hatte die attraktive Afrikanerin eher in die Sparte der Magischen eingeordnet, musste aber feststellen, dass sie sich ihrer Haut sehr gut zu wehren wusste. In der Folge aus rasanten Angriffen und nicht weniger schnellen Paraden sowie Ausweichbewegungen beschlich ihn der Eindruck, dass ausschließlich er Treffer einsteckte. Abongi verstand es, jeder Berührung auszuweichen. Dafür strafte sie einige Patzer seinerseits mit Missachtung und nutzte die sich auftuenden Lücken nicht richtig aus.

Sie spielte mit ihm, wie eine Katze mit einer Maus. So begriff er das raubtierhafte Lächeln und die Belustigung in den Augen der Frau. Der Negamagier machte einen Schritt zurück und senkte die Arme. Er wollte der Katze den Spaß an ihrem Treiben vermiesen.

Bewusst parierte er ihren nächsten Angriff nur halbherzig, um lediglich den größten Teil des Schwungs wegzunehmen. Die gepolsterten Knöchel knallten dennoch gegen seine Körpermitte. Xavier klappte zusammen und täuschte den Zusammenbruch vor.

Die Afrikanerin näherte sich vorsichtig, um nach ihm zu sehen. Er verbarg sein Grinsen und seine Vorfreude, so gut es ging. Mit einer kreiselnden Bewegung zog er ihr die Beine unterm Leib weg und warf sich auf sie.

Sie rollten sich über den Boden, bis ihnen die eingelassene Badewanne zum Verhängnis wurde. Schräg schlitterten beide hinein. Dabei verrutschte ihr T-Shirt, sodass seine rechte Hand ihre nackte, dunkelbraune Haut berührte.

Abongi schrie gequält auf. Der Laut ging in ein heiseres, gefährliches Fauchen über. Er spürte, wie ihr Körper unter ihm rasend schnell an Masse verlor, sich verformte und eine andere Gestalt annahm. Daher glitt er noch weiter auf die sich verändernde Frau. Seine Finger ertasteten plötzlich glattes Fell.

Ein weiteres kehliges Schnauben erklang unmittelbar neben seinem Ohr. Eine blauschwarz gefärbte Löwin wand sich unter ihm heraus und brachte sich mit einem eleganten Satz vor seinem Zugriff in Sicherheit. Leise zischend streifte das Tier hin und her und ließ den Negamagier nicht mehr aus den Augen.

Verblüfft setzte sich Xavier, nahm das T-Shirt und einen Schuh, um besser zu begreifen, was er eben erlebte. *Eine Gestaltwandlerin?*

Die Löwin strich zum Paravent und zog sich hinter die dünne Holzwand zurück. Ein letztes Zucken des Schweifs, und sie verschwand.

Jeroquee stürmte ins Bad, das Unterteil einer Stehlampe in den Händen. Sie entdeckte den Runner in der leeren Wanne. »Du musst Wasser hineinlaufen lassen, wenn du dich waschen möchtest.« Die einstige Ghuljägerin musterte die Kleider. »Es dürfte nicht ganz deine Größe sein.«

»Es sind meine«, sagte Abongi hinter dem Paravent. Die Vertraute des Antiquitätenhändlers trat hinter dem Sichtschutz hervor. Ihren nackten Körper hatte sie in einen Bademantel gehüllt.

»Oh!« Jeroquee machte große Augen, als sie die Afrikanerin sah. Mit einem solchen Zusammentreffen hatte sie nicht in ihren Träumen gerechnet. »Da habe ich die Vorbereitungen für eine … engere Zusammenarbeit gestört, was? Tut mir Leid.« Sie wandte sich auf dem Absatz um und verließ fluchtartig das Bad.

Abongi blieb stehen und fischte sich das T-Shirt mit ihren Zehen aus den Händen des Negamagiers. »Reichen Sie mir auch die anderen Sachen?«, bat sie ihn. »Würden Sie mein Geheimnis für sich behalten?«

Xavier kam ihrer Aufforderung nach. Die Ungläubigkeit war einer gewissen Faszination gewichen. Er starrte sie an und bewegte sich dabei wie in Zeitlupe.

»Das mache ich«, antwortete er schließlich, »wenn Sie mir sagen, was Sie in jener Nacht wollten. Sie stellten mich im Garten, und es sah ganz danach aus, als wollten Sie mich verspeisen.«

Rose suchte ihren weißen Slip und bedeutete dem Schattenläufer, sich umzudrehen. Er tat es, konnte aber nicht verhindern, dass er sie im Spiegel betrachtete.

Die Figur, die unter dem herabgleitenden Bademantel zum Vorschein trat, hätte sie spielend auf das Titelblatt des Männermagazins *Divine Bodies* gebracht. Für einen Moment dachte er daran, das kalte Wasser aufzudrehen, um sich abzukühlen.

Als seine Augen über die Spiegelung ihres dunklen Körpers streiften, entdeckte er eine auffällige Tätowierung auf Herzhöhe. Ein aufwendig gestochener, silberner fünfzackiger Stern zierte die Stelle, im mittleren Freiraum des Pentagramms prangten die Initialen »A.A.«.

*Was es wohl bedeuten mag? Das hintere A steht für Abongi, aber das vordere? Ein geheimer zweiter Vorname?*, sinnierte er, bedauernd, dass der attraktive Körper Stück für Stück unter Stoff verschwand. *Oder ihr Tiername?*

»Sie können sich umdrehen«, erlaubte sie ihm.

Beinahe wäre ihm ein verräterisches »Ich weiß« herausgerutscht. »Und? Was wollten Sie in der Nacht?«

Sie setzte sich auf den Rand der Badewanne und zog ihre Schuhe an. »Ehrlich gesagt, ich wusste es nicht. Mein Temperament ging mit mir durch«, gestand sie. »Ich war wütend auf Sie, weil Sie uns nachspionierten und mich in meiner wahren Gestalt sahen. Es ist ein Geheimnis, das Yakub und ich hüten. Dabei soll es auch bleiben. Von mir wird er nicht erfahren, dass Sie uns beobachteten. Ich erspare Ihnen weitere Scherereien, dafür halten Sie den Mund«, schlug sie ihm vor. »Yakub ist höllisch eifersüchtig.«

»Von mir aus«, willigte er ein. »Dieser Galoña wartet nur darauf, mich verprügeln zu lassen.« Er fixierte ihre unergründlichen Augen. »War der Test nur gespielt, damit Sie mich verprügeln können?«

Rose bleckte die Zähne, ihre verlängerten Eckfänge wurden sichtbar. »Nein, der war echt. Ich musste herausfinden, wie gut Sie als Nahkämpfer sind. Sie werden sich womöglich mit ein paar Wachleuten schlagen müssen. Für einen kaum vercyberten Menschen sind Sie nicht schlecht.« Sie stand auf. »Lassen Sie uns die Pläne betrachten, ich erkläre Ihnen die Details.« Die Afrikanerin langte in die Tasche und warf ihm einen Datenträger zu. »Schauen Sie sich das Schriftliche nachher an.«

»Habe ich Sie verletzt?«, erkundigte er sich nach ihrem Zustand. »Meine Antimagie hat doch hoffentlich nichts Schlimmes angerichtet?«

»Nein, ich glaube nicht. Es tat nur sehr weh«, schwächte sie ab. »So etwas will ich nicht noch einmal erleben.«

»Wird nicht wieder vorkommen«, versprach er und bedauerte es zugleich. Zusammen gingen sie in den anderen Raum, in dem die Spuren ihres Kampfs noch sichtbar waren.

Abongi erläuterte die drei Wege, die ihm bei seinem

Einbruch zur Verfügung standen, und sagte, dass es dazu keine Alternative gab. Auf den ersten Metern würde er von einem Spezialistenteam begleitet, das sich um die Sicherungsmaßnahmen kümmerte. Ab einem bestimmten Zeitpunkt müsste er alleine weiter vordringen, da der Bereich ausschließlich von Elementaren gesichert wurde.

»Sie werden die Barrieren durchbrechen, sich die Schatulle nehmen und damit flüchten. Das Team gibt Ihnen Rückendeckung. Egal, was geschieht, Sie müssen die Schatulle abliefern«, schärfte sie ihm ein. »In zwei Tagen geht es los. Rechnen Sie unterwegs mit allem.«

Xaviers Aufregung wuchs. Endlich bot sich eine Abwechslung vom Alltagstrott. »Kenne ich jemanden aus dem Team?«

Die Afrikanerin dachte einen Moment nach. »Außer Jeroquee wahrscheinlich nicht. Es sind bewährte ausländische Runner, genauso wie Sie. Profis eben.«

»Oh! Sie kommt mit? Gut.« Xavier sah die Pläne durch. »Es fehlt eine Beschriftung«, merkte er an. »Was ist das für ein Gebäude?«

Rose stand auf. »Das werden Sie sehen, wenn Sie drinnen sind«, entgegnete sie ausweichend. »Sie sind unser Aladin. Sie gehen rein in die Höhle, bringen uns die Wunderlampe und kehren zurück. Dafür bekommen Sie eine Belohnung in Höhe von dreißigtausend Nuyen. Ich instruiere Ihre Partnerin. Lernen Sie die Pläne auswendig. Bei Ihrem Run haben Sie keine Zeit für eine Verschnaufpause. Schlafen Sie gut.« Sie hob eine Aktentasche auf und schritt auf die Tür zu.

»Wie lautet eigentlich Ihr zweiter Vorname?«, rief er ihr hinterher.

Verwirrt schaute sie über die Schulter. »Wie kommen Sie darauf?«

»Wegen der Tätowierung.« Zu spät fiel ihm ein, dass er sie eigentlich nicht hätte sehen dürfen. »Ich konnte nichts dafür. Es spiegelte sich ... im ... Spiegel«, erklärte er sofort, die Hitze schoss ihm in den Kopf.

Roses Kiefermuskulatur arbeitete. »Ach so. Im Spiegel. Es ist ein Schutzsymbol. Das erste A steht für Amaryllis.« Sie ging rasch hinaus.

*Ich Vollidiot. Ein absoluter Anfängerfehler,* ärgerte er sich über seinen Versprecher. Amaryllis Abongi. Wie lustig. Xavier schaltete den in den Schreibtisch integrierten Computer an, fuhr den Bildschirm aus der Platte und klappte die Abdeckung der Tastatur zurück. Den Rest der Nacht wollte er damit verbringen, sich jede Kleinigkeit einzuprägen.

Die Freude über die neue Herausforderung wurde getrübt, da er nicht genau wusste, worauf er sich einließ. Dafür ergab sich die Gelegenheit, sich abzusetzen und unterzutauchen, was ihm mitten im andorranischen Gebirge unmöglich war.

Die Gefahr, dass Zozoria plötzlich beschloss, ihn in aller Ruhe nach getaner Arbeit aus dem Verkehr zu ziehen, ohne etwas bezahlen zu müssen, existierte in seiner Schattenläuferfantasie durchaus. Er wäre nicht der erste Runner, der mit dem Tod bezahlt wurde.

Es klopfte. Jeroquee streckte ihren Lockenkopf durch die Tür.

»Hey, ich habe gehört, wir beide gehen auf Achse. Wow, ich bin in die Oberklasse von Antique Enterprises aufgestiegen«, verkündete sie übermütig und lief zu ihm an den Tisch. Sie inspizierte seine Pläne und die Anweisungen, dann nickte sie. »Das hat mir Abongi auch gegeben.« Die junge Seattlerin schaute ihm in die Augen. »Was macht das Gehirn? Hast du unser Besäufnis gut überstanden?«

»Ja, aber normalerweise vertrage ich viel mehr«, verteidigte er sein Einschlafen beim Kampftrinken. Damit war sein Vorhaben, sie über Zozoria auszuquetschen, vorerst gestorben. »Wusstest du, dass Abongi noch einen zweiten Vornamen hat?« Er kicherte. »Stell dir vor, sie heißt Amaryllis.«

»Wie diese Belladonnalilie?«, wunderte sich die ehemalige Ghuljägerin. »Wie seid ihr denn darauf gekommen?«

»Sie hat eine Tätowierung, hier«, er tippte zur Verdeutlichung mit der Hand auf die Brust, »einen silbernen Stern mit Initialen drin. Amaryllis Abongi.«

Ihre Augenbrauen wanderten in die Höhe. »Chummer, dann musst du Röntgenaugen haben, oder sie hat für dich den Bademantel gelüpft.« Sie grinste dreckig.

»Sehr komisch.« Er verplapperte sich schon wieder, registrierte er verärgert.

Plötzlich legte sich ihre Stirn in Falten. »Nein, das sind bestimmt nicht ihre Initialen. Ich habe die Buchstaben schon mal woanders gesehen. Im Haus vom Chef, und der Ort hatte so gar nichts mit der schwarzen Perle zu tun.« Sie schüttelte ihre Locken, als wollte sie den Gedanken vertreiben. »Egal. Wie kommst du mit der Überwindung der Barriere voran?«

»Morgen ist die letzte an der Reihe«, antwortete er offen. »Ich kam schneller voran, als ich dachte. Entweder die Schutzfelder werden schwächer oder meine Kräfte stärker.«

Besorgt betrachtete sie sein Gesicht. »Und? Spürst du irgendwelche Veränderungen?«

»Weil wir vor kurzem über Vampire und Krankheiten sprachen? Ich merke nichts.«

»Okay.« Jeroquee neigte leicht den Kopf. »Wäre nämlich schade um dich, Xavier.« Sie berührte ihn am Arm und ging hinaus.

Verwirrt saß er auf seinem Stuhl. Wenigstens eine, die ihn mochte. Er ging hinüber ins Bad, um sich etwas anzuschauen, an das ihn eine Bemerkung der Seattlerin erinnert hatte.

Eingeklemmt hinter dem Spiegel bewahrte er die

Skizzen auf, die er sich von den Symbolen auf den Türen gemacht hatte. Aufmerksam betrachtete er die Zeichnung und entdeckte dabei das doppelte A.

»Guter Versuch, Rose«, murmelte er. Was auch immer das Kürzel bedeutete, es spielte eine nicht unbedeutende Rolle beim Rätsel um die Bücher. Sie gehörte offenbar zu einem Kreis von Menschen, die sich der Erkundung der Schriftzeichen verschworen hatten. Wie Zozoria und Galoña.

Sein Auftrag außerhalb von Andorra la Vella brachte einen weiteren Vorteil. Sein Komgerät würde endlich wieder betriebsbereit sein. Ihm fiel sofort jemand ein, der ihm helfen würde. Poolitzer fand bestimmt ein paar Sachen heraus.

Augenblicklich verwarf er den Gedanken. Der Reporter würde sich sofort auf seine Fährte setzen, wenn er es nicht schon getan hatte. Xavier erinnerte sich schwach an ihre Begegnung in der Bibliothek. Er wusste, dass er dem Bekannten von dem Anruf erzählt hatte, bei dem man ihn für den Diebstahl eines Artefakts anheuern wollte.

Das könnte unter Umständen zum Problem werden.

*Ja. Ich gehe jede Wette ein, dass er schon nachgeforscht hat,* dachte er. Dem Seattler mit dem lockeren Mundwerk traute er zu, inzwischen mehr erfahren zu haben. Hoffentlich erwartete er ihn nicht schon beim Einbruch, um ein Interview zu führen.

In seiner Vorstellung rannte er mit der Schatulle unterm Arm zum Fluchtwagen, während Poolitzer neben ihm herhechelte und Fragen stellte. Er betete, dass der Schnüffler nichts fand. Er redete sich ein, dass er ihm im Grunde keinerlei echte Anhaltspunkte geliefert hatte. Es gab Hunderte von Artefakten, die man stehlen konnte. Warum sollte er ausgerechnet dort auftauchen, wo Xavier und sein Team einstiegen?

Auf seiner Checkliste stand der Anruf bei Poolitzer

nun ganz oben. Nicht, um Erkundigungen einzuziehen, sondern um sich zu vergewissern, dass der Amerikaner nicht an der gleichen Sache dran war wie er.

*Das wäre ein Ding.* Seufzend scrollte er die Seite weiter und prägte sich die Route des zweiten Weges ein.

*ADL, Homburg (SOX), 28. 04. 2058 AD, 01:27 Uhr*

Der unterirdische Weg aus dem Inferno über ihnen verlangte den Plünderern alles ab. Wenn sie auf einen Kanal stießen, der nicht eingebrochen war, brannte in ihm die von den Schamanen freigesetzte Flüssigkeit lichterloh. Die Hitze machte die Röhren zu einem Backofen und brachte selbst beständigstes Material zum Schmelzen. An solchen Stellen gab es kein Durchkommen.

An die Oberfläche wagten sie sich nicht mehr zurück. Die Kampfjets setzten ihre Angriffe unvermindert fort. Dabei flogen sie den Geräuschen nach zu schließen in konzentrischen Kreisen und trieben die Ghule und Punks bis in das Zentrum und den Schlossberg zurück.

Die Jets mussten Bomberverstärkung aus Ramstein erhalten haben. Es war der MET-Söldnertruppe ein Leichtes, die Transportmaschinen, die normalerweise Luftlandeeinheiten absetzen, für ein Bombardement umzurüsten. Als die Jets nicht attackiert wurden, gab der Kommandobunker grünes Licht für die schwerfälligeren Cargoflugzeuge. Damit wäre die Kreisstadt bis zum Morgengrauen nichts weiter als ein Trümmerhaufen. Selbst Drachen und Schamanen würden gegen dieses Kaliber nichts ausrichten, fand das Trio.

Sie orientierten sich neu und wählten einen Abwasserschacht, der sie unter einer breiten Ausfallstraße auf ein Dorf namens Limbach zuführte. Dort wollten sie aussteigen und einen Weg durch den Todesstreifen suchen.

Unterwegs trafen sie Trebker wieder. Der Bundesbeamte erzählte ihnen, dass er sich beim Austreten in den Höhlen verlaufen hätte und Gardisten in die Arme gelaufen sei. Nachdem die Einheit vernichtet worden war, suchte er sich seinen eigenen Weg aus dem Inferno und kroch in die Tunnel. Sie erlaubten ihm, sich ihnen anzuschließen. Verstärkung konnten sie dringend gebrauchen.

Das Team schaffte es gegen alle Erwartungen, einen Weg aus der sterbenden Stadt zu finden. Kurz vor der Brücke, die über ein kleines Gewässer nach Limbach führte, kletterten sie ins Freie.

Die Lightning 4000-Jets zogen im Tiefflug über das brennende Homburg, um nach Zielen Ausschau zu halten, die dem Bombardement entkommen waren und zu flüchten versuchten. Trebker packte die Kamera aus und filmte.

Der rostbraune Qualm der toxischen Flüssigkeit mischte sich mit dem Schwarz der Brandbomben. Die gigantische Rauchsäule würde kilometerweit zu sehen sein und den Menschen in der Nachbarschaft zur SOX einige Fragen aufgeben.

Die Erde unter ihren Füßen zitterte. Das Beben hatte sein Epizentrum mitten in Homburg, dort waren die Bewegungen noch heftiger, wie die Schattenläufer erkannten. Ein Hotel am Schlossberg brach zusammen, rutschte den Hang hinunter und zerstörte die darunter liegenden Häuser. Keiner der Männer glaubte daran, dass die Gewalt eine natürliche Ursache hatte.

Sheik wechselte in den Astralraum, um nachzuschauen, was sich in der Stadt abspielte. Der Araber erkundete vorsichtig die Parallelebene und entdeckte sofort, wer der Urheber der Katastrophe war, die über Homburg hereinbrach.

Zwei hermetische Magier warteten in aller Seelenruhe. Sie dirigierten gewaltige Erdelementare und wiesen sie an, Homburg mit anhaltenden Wellen einzudecken. Eine Erschütterung jagte die nächste.

Die letzten Gebäude brachen zusammen. Stahlträger hielten sich wacker gegen das Schütteln, ihre Fundamente waren zu solide gegossen. Wie mahnende Finger ragten sie aus den Überresten.

Sheik sah die Kampfjets herandonnern und auf die letzten aufgescheuchten Ghule oder Punks schießen, die es nicht mehr bis in den sicheren Schlossberg geschafft hatten. Sheiks Freunde schauten derweil zum in Rauch gehüllten Berg. Der vorderste der Kampfjets löste ohne Vorwarnung seinen Schleudersitz aus, und der Pilot ritt samt Sessel auf dem winzigen Feuerstrahl in die Höhe. Seine Maschine geriet außer Kontrolle, trudelte nach links und rammte den nächsten Lightning. Wie Dominosteine schubsten sie sich gegenseitig an und vergingen in einem gewaltigen Feuerball, rauchende Überreste regneten zu Boden. Die beiden verbliebenen Jets zogen sofort die Nasen nach oben.

Ein alter Bekannter meldete sich zurück. Aus einer dichten Wolke tauchte das verätzte, von Säure und Strahlung gezeichnete Haupt des Großen Drachen auf.

Eine der Maschinen hielt genau darauf zu. In Todesangst löste der Pilot alle Bordwaffen aus, über die der Lightning verfügte. Vier Raketen lösten sich unter den Tragflächen und schossen auf das nahe Ziel zu, vor dem Lauf entstand ein nicht enden wollendes Mündungsfeuer.

Bevor sie den aufbrüllenden Drachen erreichten, detonierten sie an einer unsichtbaren Wand. Sekunden danach krachte der Jet gegen das Hindernis. Der Drache hatte sich mit einer Barriere geschützt. Ein weiteres hämisches Kreischen des Critterwesens erfüllte die Luft, und es zog sich in den Schutz des Qualms zurück.

»Zweifelt noch irgendwer an der Existenz des Drachen?«, fragte Michels mit belegter Stimme. Die fassungslosen Gesichter von Ordog und Schibulsky sprachen Bände.

Der Pilot des letzten Jets sollte sich nicht lange über sein Glück freuen. Aus einem halben Dutzend verborgener Öffnungen des Berges zischten unzählige Flugabwehrgeschosse und folgten unbeirrbar dem Abgasstrahl des Lightnings.

Drei raketengetriebene Sprengkörper fanden ihr Ziel, und der Jet wurde in kleine Fetzen zerrissen. Dazu hörte man das triumphierende Brüllen der Dracoform aus dem Rauch.

»So macht ein Drache«, stellte der größere Metamensch fest. »Verdammt laut.«

Trebker schirmte die Augen gegen das grelle Licht ab. Endlich gab er auf. »Was für ein Drache?«, meinte er zaghaft. Drei Köpfe zuckten in seine Richtung. »Ich habe nichts gesehen«, erklärte er bestimmt. »Nur die idiotische Aktion der Jets. Vermutlich haben die Schamanen nachgeholfen.«

»Haben Sie das Brüllen nicht gehört?«, setzte der Zwerg nach.

»Der Triebwerke, meinen Sie?«

»Nee, das Geplärr vom Drachen«, machte ihn der Ork auf die Verwechslung aufmerksam.

»Da müssen Sie einer kollektiven Halluzination zum Opfer gefallen sein.« Der Bundesbeamte stellte die Kamera auf das Brückengeländer und lud das Steyr durch. »Was ist mit Ihrem Freund? Der Magier …«

Sheiks Lider flatterten. Ein Ächzen kam aus seinem Mund, dann sank er zur Seite.

Sofort kniete Schibulsky neben ihm, um den Puls zu überprüfen. »Sauschwach.« Er gab Ordog hastige Anweisungen, welche Medikamente er benötigte, um den Kreislauf zu stabilisieren. Das wurde allmählich zu

308

einem medizinischen Eiertanz, denn nicht jede Substanz war für einen Magier geeignet.

Sheik nahm wahr, dass sich der Ork um seinen Leib kümmerte. Sein Geist hing halb gefangen zwischen den beiden Parallelwelten. Die Ausläufer der Nullzone hüllten seinen menschlichen Körper vom Kopf bis zur Taille ein und behinderten seine Rückkehr.

Der Araber entschloss sich zu einem letzten Versuch. Seine Freunde mussten seinen Leib nach vorne schleppen, raus aus den Mägen der Magievernichter, damit er Geist und Körper zusammenbrachte. Eine astrale Projektion gelang ihm nicht. *Ihr Mächte des Kosmos, helft mir.*

Sheik flüsterte »tragen«, sein Arm zuckte schwach und wies die Straße hinunter.

*ADL, Groß-Frankfurt, MaWie, 28. 04. 2058 AD, 00:22 Uhr*

Müde und genervt stieg Poolitzer vor dem Trainingsstadion der Black Barons aus dem Taxi und bezahlte den Fahrer. Den ramponierten Stahlkoffer klemmte er sich unter den Arm. Auf dem Nachhauseweg hatte er einen Umweg zu Jupps Kneipe gemacht und es geschafft, den Transportbehälter der Schatulle an sich zu bringen. Und das, obwohl die Bullen noch mit der Spurensuche beschäftigt waren. Ein echtes Beweismittel im aktuellen Fall war es ohnehin nicht.

Die LKA-Abteilung hielt bei seiner Vernehmung mehr Fragen zu seiner Autobahneskapade parat, als er sich vorstellte. Da die Beamten sehr hartnäckig waren und nicht locker ließen, ahnte der Reporter, dass sie sich mit seiner Aussage, er wüsste von nichts und es handele sich sicherlich um die üblichen Autobahnräuber, nicht zufrieden geben würden. Dann erfuhr er, weshalb.

Die beiden Insassen aus dem ersten Crashfahrzeug waren zwar eingeklemmt, eröffneten aber sofort das Feuer auf die Polizei, als diese sich näherte. Ein SEK-

Kommando und ein Kampfmagier setzten dem Widerstand ein Ende.

Zu Poolitzers Beunruhigung teilte ihm einer der Fahnder mit, dass sich zwei Passagiere des anderen Autos auf der Flucht befanden. Zeugen hatten beobachtet, wie sie aus dem Wrack kletterten und sich vom Schrotthaufen entfernten. Ihren verletzten und eingekeilten Fahrer erschossen sie vorher. Damit wurde für ihn zur Gewissheit, dass die Killer aus Moskau die Spur bis ins *Vorspiel* verfolgt hatten.

Auch wenn die Beamten den Druck auf den Reporter mit geschickten Fragen erhöhten – er war gewieft genug, sich nicht zu widersprechen. Daher blieb ihnen nichts anderes übrig, als ihn nach Hause gehen zu lassen. Während der Fahrt zurück nach Mainz ertappte er sich dabei, dass er ständig aus dem Heckfenster schaute.

Vor dem Stadion kramte er seine Keykarte für den Isuzu aus der Tasche. Der Autoverleihservice hatte sie ihm zur Erinnerung geschenkt und die Kaution von eintausend Mark einbehalten. Tja, die brauchte er nicht mehr. Seufzend warf er sie in einen Gully.

Die Kamera oberhalb des Eingangs surrte herum, und seine Identität wurde überprüft. Er ging sofort in die Mannschaftsquartiere der Spieler. Die Warnung mussten alle erhalten. Und zwar sofort.

Wegen der intensiven Schulung der A666-Aushilfen übernachteten die Barons im Stadion. In einzelnen Zimmern leuchtete noch Licht. Poolitzer bemerkte den intensiven Brandgeruch, als er über den Hof ging.

Der Einfachheit halber rief er Tattoo an. Er war sich sicher, dass sie ihn nicht ausstehen konnte. Deshalb machte es nichts aus, wenn er bei ihr noch unbeliebter wurde. Sie hob sofort ab. »Hi, ich bin's. Hat euch Schlagergott in Kenntnis gesetzt? Die Russen sind hier.«

»Komm ins Seitengebäude«, wies sie ihn an.

Kurze Zeit später fand er sich bei ihr, Cauldron, One-shot und Schlagergott wieder, die eine konspirative Sitzung abhielten. In aller Kürze berichtete er, was er bei der Polizei erfahren hatte. Dann rückte er damit heraus, dass Otte sich für seine Nachforschungen interessierte und die Projektgruppe Alexandria in irgendeiner Weise involviert war.

»Mit den Russen scheint sie aber nicht in Verbindung zu stehen«, schloss er seinen Bericht. »Sie hat vier ihrer Leute in Moskau verloren, als sie den Kurier stellten.«

»Dann heißen die Toten wirklich so?« Oneshot machte große Augen. »Hätten wir die Spur verfolgt, wären wir schneller an die Lösung gelangt.«

»Was hat es mit dieser Projektgruppe auf sich«, erkundigte sich die Hermetische.

Rasch erklärte der Reporter, was er wusste, und räumte ein, noch nicht weiter nachgeforscht zu haben.

Die Informationen schienen Cauldron vorerst auszureichen. »In der Schatulle wird sich ein Buch befinden, das so kostbar ist, dass jemand Einbrüche organisiert und vor handfester Gewalt nicht zurückschreckt.« Sie schaute in die Runde. »Ich könnte ein paar Fotos machen und sie einem Chummer schicken, der sich mit Artefakten auskennt. Bevor ich noch ein Zimmer in die Luft jage, wäre das der bessere Weg, oder?«

»Was?« Poolitzer blickte sie überrascht an.

»Die Barriere reagiert ausgesprochen heftig auf Versuche, sie aufzubrechen«, meinte sie rasch. »Ich werde es auf einen dritten Versuch nicht ankommen lassen, nachdem der zweite mich beinahe das Leben kostete. Die Flammen haben das Zimmer … in Mitleidenschaft gezogen.«

»Wow.« Der junge Seattler war beeindruckt. *Wie gut, dass ich nicht zum Filmen dabei war.*

»Das Foto können wir uns sparen«, sagte Tattoo. »Nach dem Spiel knöpfen wir uns Otte vor. Wenn wir sie freundlich bitten, gibt sie uns sicherlich ein paar Hinweise. Sie weiß ohnehin mehr oder weniger Bescheid. Damit vermeiden wir, dass wir neue Interessenten in den UCAS aufschrecken.« Sie schaute verächtlich zu Cauldron. »Angenommen, das Ding ist wirklich wertvoll, dann wimmelt es bald von Amis.«

»Meine Informanten arbeiten gut«, kommentierte sie patzig. »Sie verraten nichts.«

Die Elfin stieß die Luft aus, sagte aber nichts. Stattdessen wandte sie sich an Oneshot. Der Kapitän der Black Barons stimmte der Aufklärerin zu. »Einverstanden. Die Sicherheitsteams an den Eingängen werden verstärkt. Oder hat jemand andere Vorschläge?«

Nachdem er nichts als Schweigen hörte, nickte er in die Runde und verließ den Raum. Die übrigen Stadtkrieger folgten ihm, sodass Cauldron mit Poolitzer alleine zurückblieb.

»Kann man sich der Schatulle nähern, ohne dass sie einen zu Asche verbrennt?«, erkundigte er sich. »Ich würde sie gerne aus verschiedenen Einstellungen filmen.« Bittend schaute er sie an. »Nur zehn Minuten.«

Seufzend stand sie auf. »Komm mit, Snoop.«

»Klasse! Danke!« Er nahm die Tasche mit der Fuchi VX2200C und folgte der Frau ein Stockwerk höher.

Sie betraten den Raum. Inmitten eines mit Kreide gemalten Kreises lag das Artefakt. Poolitzer montierte die Portacam- und die Cambrille, nahm den Fund von allen Seiten auf und brannte die Daten auf Mini-CD. Schließlich legte er sich neben der Kassette auf den Boden, um in die Makroansicht zu wechseln. Jede Kleinigkeit hielt er fest.

*Zu schade, dass man die Astralscheiße nicht sichtbar machen kann,* bedauerte er. Es wäre der Renner, wenn die Zuschauer die Barrieren sähen.

»Hat sich Xavier bei dir gemeldet?«, fragte sie beiläufig. »Bei mir geht nur der Anrufbeantworter dran.«

»Er wird einen neuen Job an Land gezogen haben«, antwortete Poolitzer abwesend, da er sich auf die Aufnahmen konzentrierte. »Es wird ihm gereicht haben, das Antimagie-Versuchskaninchen zu sein. Vor kurzem hat ihn eine Frau aus Seattle angerufen und gefragt, ob er beim Diebstahl eines Artefakts mitmachen wolle. Da hat er bestimmt zugegriffen.« Noch während er den Satz zu Ende formulierte, machte es in seinem Hirn ›klick‹. Die Schlüsse hätte er schon viel früher ziehen müssen. Er hob ruckartig den Kopf und verstand beim Anblick der Magierin, dass sie die gleiche Eingebung gehabt hatte.

»Das kann kein Zufall sein, oder?« Poolitzer zählte an den Fingern auf, was ihm durch den Verstand huschte. »Wir haben einen Negamagier, der sich am Diebstahl eines Artefakts beteiligen soll. Mit seinen Kräften kann er jede Barriere überwinden. Er wäre für die Typen, die die Schatullen geklaut haben, pures Gold wert!«

»Und die Frau aus Seattle war Jeroquee. Seine Nummer hat sie von mir«, vollendete die Hermetische langsam. »Und sie arbeitet seit neuestem für die Fitting Company.«

»Die wiederum auf exklusive Zutaten für Fokusse und Fetische spezialisiert ist. Die beschaffen garantiert auch andere Sachen«, spann er den Faden aufgeregt weiter und rieb sich die juckende Nase. »Ha! Wir haben's! Okay, nehmen wir an, dass ein Unbekannter das Unternehmen mit der Beschaffung der Artefakte beauftragt hat. Damit haben wir unseren Gegenspieler, der verantwortlich für die Morde in Moskau ist!«

»Du solltest herausfinden, was es mit dem Unternehmen auf sich hat«, regte die junge Frau an. »Ich will die schlechten Geister des Kosmos nicht heraufbeschwören, doch es scheint mir, als würde sich etwas Größeres anbahnen.«

Poolitzer kramte ein Taschentuch hervor und schnäuzte sich herzhaft. »Du liegst wahrscheinlich genau richtig. Ich setze meine Quellen gleich drauf an. Mal sehen, ob sich noch etwas mehr Licht in die Sache bringen lässt. Wir müssen herausfinden, wie viele es von diesen Kisten insgesamt gibt.«

Das Jagdfieber machte ihm schwer zu schaffen. Am liebsten wäre er sofort zu Otte gefahren, doch er beherrschte sich und verzichtete auf einen Alleingang. Er bemerkte Cauldrons ernstes Gesicht. »Was ist?«

Die Seattlerin senkte den Blick. »Weißt du, was das unter Umständen bedeutet?«

»Äh, wir bekommen Ärger?«, schätzte er. »Für mich ist das nichts Neues«, schwächte er großspurig ab.

»Das meinte ich nicht«, unterbrach sie ihn leise.

»Xavier!«, fiel es Poolitzer wie Schuppen von den Augen. Dämlicher hätte es nicht laufen können. »Ach was, vergiss es. Es ist ja nur eine Theorie. Er kann alles Mögliche machen.« Ausnahmsweise hoffte er, dass sie sich irrten.

Cauldron schenkte ihm ein schwaches Lächeln. »Warten wir's ab.« Sie wandte sich um und verließ den Raum. »Nicht berühren«, erinnerte sie ihn an die Gefährlichkeit des Artefakts.

*So verrückt bin ich nicht,* antwortete er stumm. Andererseits würde es sich im Bericht gut machen, wenn er es schaffte, das Auslösen der Barriere auf CD zu bannen. Er brauchte dazu eine feuersichere Box für die Fuchi VX, aber dass die Magierin sich für ihn nochmals in Lebensgefahr begab, daran hegte er erhebliche Zweifel. Vielleicht retuschierte er was rein. Dürfte einfacher sein.

Poolitzer filmte die glitzernden Edelsteine ein letztes Mal, schritt zur Metalltür und zog sie hinter sich zu. Nur wenige Zentimeter trennten Rahmen und Türkante, da zischte es im Lagerraum auf. Eine Druckwelle

314

fegte die Tür wuchtig ins Schloss, heißer Wind schoss durch den Spalt.

Erschrocken zuckte Poolitzer zusammen. *Shit, was war das denn?* Die automatische Verriegelung verhinderte, dass er umkehrte und einen vorsichtigen Blick ins Zimmer warf.

Als er sein Ohr gegen den Stahl legte, um zu lauschen, zog er es hastig zurück. Das Metall hatte sich stark erhitzt.

*Fuck! Die Barriere wurde ausgelöst!* Er war sich keiner Schuld bewusst. Das bedeutete, dass sich jemand auf magischem Weg für das Stück interessierte und sich im Raum befand.

»Cauldron!«, brüllte er alarmiert und rannte hinter der Hermetischen her.

*ADL, Groß-Frankfurt, MaWie, 28. 04. 2058 AD, 00:59 Uhr*

Tattoo, Oneshot, Schlagergott und Dice, Sicherheitsleute sowie Cauldron stürmten die Treppe ins zweite Stockwerk hinauf, wo sie ein aufgeregter Poolitzer schon erwartete. Die Kamera saß auf der Kopfhalterung, die Cambrille befand sich auf seinem Nasenrücken.

»Wo wart ihr denn so lange?«, sagte er vorwurfsvoll. In seinen Händen hielt er einen Wasserbecher, unaufhörlich lief er zwischen dem Spender und der Metalltür hin und her. Vor dem Eingang bildete sich eine kleine Lache. Schweiß rann von seiner Stirn. »Du hast zurückgerufen, du wärst gleich hier! Mann, der Stahl schmilzt gleich durch! Mach was!«

Eine schwüle Hitze herrschte im Obergeschoss, und der Lack auf der Metalltür blätterte.

»Was hast du angerichtet?«, fuhr ihn die Hermetische an. »Hast du die Schatulle angefasst?« Sie wollte seine lahmen Ausreden gar nicht hören, sie musste rasch handeln. Die junge Frau setzte sich auf einen

Hocker und konzentrierte sich auf den Übergang in den Astralraum.

Ein Leuchtfeuer begrüßte sie, kaum dass sie die Wahrnehmungsebene wechselte, das so hell brannte, als stünde der Astralraum in Flammen. Es schimmerte durch die toten Wände des Zimmers hindurch und machte die einzelnen Steine hinter der verputzten Mauer sichtbar.

Diesem Snoop sollte man die Finger brechen, damit er nichts mehr anfassen konnte, ärgerte sie sich über Poolitzer. Und ein wenig über sich, dass sie ihn wider besseren Wissens mit der Schatulle allein gelassen hatte.

Sie flog auf die Wand zu und schaute vorsichtig in das dahinter liegende Zimmer. Der Anblick fesselte sie.

Ein Luftelementar umkreiste die Kassette wie ein hungriger Löwe seine Beute, die sich aber heftig zur Wehr setzte. Wann immer er die Barriere attackierte, löste der Abwehrschirm einen magischen Energiestoß aus und flutete den Raum mit Feuer.

Dem Geist tat es nichts, doch das Wesen schien der imposante Anblick zu beeindrucken. Anscheinend versuchte es, die Barriere so lange zu reizen, bis die Energien geschwunden waren.

*Hervorragend. Bei allen Kräften, das fehlte gerade noch. Ein Spielkind.* Cauldron bereitete sich auf das Bannen des Elementars vor, den sie noch nicht bemerkt hatte. Zuvor schaute sie sich um, ob irgendjemand in ihrer Umgebung war, der den Geist lenkte.

Als sie das neugierige Wesen genauer betrachtete, um sich einen Eindruck von dessen Stärke zu verschaffen, brach Nervosität aus. Wie seine Aura verriet, war es nicht das Schwächste.

In dem Moment entschied sich der Luftelementar, mit aller Gewalt nach der Schatulle zu greifen. War es vorher ein neugieriges Tippen mit der Fingerspitze, wurde nun ein gieriges Raffen daraus.

Die Barriere entlud eine neue Verteidigungsvorrichtung. Oszillierende Fäden schossen aus der Schutzsphäre, legten sich um den Elementar und zogen ihn unnachgiebig näher. Die Aura des Geistwesens flackerte und wurde rasch schwächer. Mit einem letzten Kraftakt riss es sich los und zog sich in eine Ecke zurück.

Cauldron kannte kein Mitleid. Während der Elementar sich vom Schrecken zu erholen versuchte, setzte sie ihren Bannspruch ein, um dem verwundeten Wesen den Todesstoß zu versetzen. Sein Aufbäumen glich dem kraftlosen Versuch eines Ertrinkenden, einer Riesenwelle Widerstand zu leisten. Es bedurfte nur geringer Anstrengung ihrer Bannkunst, um das Wesen zu vernichten.

Augenblicklich erlosch das Leuchten der Barriere. Im Astralraum sah man der Schatulle zwar eine magische Eigenschaft an, aber die Ausmaße, die sie annehmen konnte, wurden in keiner Weise ersichtlich.

*Die perfekte Falle.* Mit noch größerem Respekt als vorher zog sie sich aus der Astralebene zurück.

Die Magierin öffnete die Augen. »Okay, keine Gefahr mehr.« Sie erhob sich, ging zum Eingang und betätigte die Nummer des Türöffners. Zwar summte es, der Durchgang blieb jedoch verschlossen. Die Hitze im Inneren musste das Schloss beschädigt haben.

»Scheißmagie«, murmelte Tattoo so laut, dass sie keiner überhören konnte. Sie ließ sich ein Brecheisen bringen und hebelte die Tür mit der übermenschlichen Kraft ihrer Cyberarme auf. Die Elfin nickte zur Seattlerin. »Es ist offen.« Sie machte deutlich, dass sie keinen Fuß in den Raum setzte, ehe die Magische nicht selbst mit gutem Beispiel voranging.

Cauldron zog eine Barriere hoch und betrat das Zimmer, das durch die Flammen steriler als jedes Krankenzimmer geworden war. Von den Tapeten war nichts mehr übrig geblieben, selbst der Putz war von der

Wand gefallen. Der nackte Stein lag unter einer dünnen, schwarzen Schicht. Die Lampen hingen an verschmorten Kabeln von der Decke, geschmolzenes Material troff zu Boden. Lediglich die Kreidestriche des magischen Kreises hatten ihre weiße Farbe behalten.

Die junge Magierin wagte es, näher an das Artefakt heranzugehen und es in Augenschein zu nehmen. Sie ließ ihre Barriere fallen, hielt sie aber parat, sollte ein Angriff durch die Abwehrmechanismen der Schatulle erfolgen. Ihr ausgestreckter Arm näherte sich dem Objekt.

»Halt!«, rief der Reporter entsetzt vom Eingang her.

Ihre Hand hielt inne. »Was ist?«

»Könntest du dich ein wenig zur Seite drehen, damit ich es besser filmen kann?«

Ohne weiter auf seine Bitte einzugehen, setzte sie die Bewegung fort. Einige der Stadtkrieger lachten schadenfroh.

*Die Mächte seien mit mir.* Ihre Fingerkuppen berührten die Oberfläche des Kästchens. Nichts geschah. Cauldron stieß erleichtert die Luft aus. »Alles in Ordnung«, versicherte sie, nahm das Artefakt in die Hand und drehte sich um.

Nun sah sie, dass der Reporter ganz nach hinten in der Reihe der Schaulustigen gedrängt worden war. »Was sollen wir damit tun? Es kommt mir so vor, als würde es Geister anziehen.«

»Ich habe den Koffer«, stieß Poolitzer hervor. Er deutete mit dem Zeigefinger hinter sich und meinte damit das Versammlungszimmer. »Er steht in der Ecke, samt Funkfrequenzstörer und frischen Batterien.«

Cauldron wandte sich an die Stadtkrieger. »Ich schlage vor, wir deponieren die Schatulle im Koffer. Zumindest, bis das Spiel vorbei ist. Ich sorge für eine zusätzliche Sicherung. Ein paar Watcher sollten als magische Alarmanlage genügen.«

318

Tattoo nickte nachdenklich. »Morgen ist der letzte Trainingstag, um den A666-Typen letzte Tipps zu geben. Schwingt euch in die Federn und betet, dass die Royals übermorgen einen schlechten Tag haben.«

In einer kleinen Prozession zogen sie in den Raum, in dem Poolitzer den metallbeschlagenen Koffer aufbewahrte. Cauldron deponierte die Kassette feierlich darin und verschloss ihn, soweit es die Beschädigung, die beim gewaltsamen Öffnen entstanden war, zuließ. Anschließend brachte sie den Koffer zurück in den verwüsteten Lagerraum. Zwei Watcher sorgten dafür, dass sie umgehend über Veränderungen informiert werden würde.

# IX.

*ADL, Homburg (SOX), 28. 04. 2058 AD, 02:59 Uhr*

»Was will er?«, sagte Michels ratlos. »Wir sollen ihn die Straße …«

»Los.« Ordog und Schibulsky hoben den Magier an und schleppten ihn über den Asphalt, um seinem Wunsch nachzukommen. Sheik erwachte nach ein paar Metern aus seiner Benommenheit und gab ihnen zu verstehen, dass sie ihn loslassen könnten. Die Rückkehr in seinen Körper war ihm gelungen. Er lehnte erschöpft an der Brüstung der Brücke, fummelte mit zitternden Händen sein Notizbuch hervor und kritzelte. Irgendwann setzte er sich auf den Boden, Stift und Papier glitten herab. Starr richteten sich seine Augen ins Nirgendwo, seine Lippen bewegten sich lautlos.

Während ihr Anführer noch grübelte, wie man sich am besten vom Krisenherd entfernte, hörten sie aus weiter Entfernung das gedämpfte Brummen von leistungsstarken Triebwerken. *Was zum Teufel kommt jetzt?*, fragte sich Ordog ein wenig bang. Für seinen Geschmack erlebten sie genug. Es reichte.

Auf der Kuppe des Schlossbergs stoben Sandfontänen meterhoch auf, die Ruinen der Hohenburg stürzten zusammen, Bäume fielen um. Es war das Ende der uralten Gesteinserhebung und der darauf befindlichen Burgruine, die der bereits toten Stadt einst ihren Namen gab.

Nach einer knapp fünfminütigen Abwurforgie brach die imposante Erhebung in sich zusammen, weitere heftige Explosionen im Inneren verstärkten die Vernichtung des einstigen Wahrzeichens. Die Kuppe sank nach unten und tauchte in die immense, rotbraune Staubwolke ein, als versänke sie in einem Meer.

Das wirbelnde Gesteinsmehl mischte sich mit dem ätzenden Qualm der Brände. Zwar löschte das tonnenweise herabfallende Geröll die Feuer in der näheren Umgebung, dennoch wälzten sich gefährliche Rauchwolken unaufhaltsam auf das Team zu.

»Zeit zu gehen«, befahl Ordog und deutete auf die ersten Häuser Limbachs, unmittelbar hinter der Brücke. »Dort warten wir, bis der Sandsturm vorbei ist.«

Michels nahm den Araber wie ein kleines Kind an der Hand. Folgsam trottete Sheik hinter dem Zwerg her, die freie Rechte umklammerte sein Notizbuch und den Stift.

Der fahle Straßensamurai schaute unterwegs über die Schulter und musterte den Magier. Wenn es ein bisschen Gerechtigkeit auf der Welt gab, erholte er sich hoffentlich bald wieder.

Sie schlossen die Tür in dem Moment hinter sich, als der Wind die ersten Schwaden über die Brücke und auf das Dorf zutrieb.


*ADL, Freistaat Thüringen, Weimar,*
*30.04.2058 AD, 10:25 Uhr*

»Schatulle aus Teakholz, silberne und goldene Intarsien in Form von Sternen, dazu drei Granatsteine auf der Vorderseite senkrecht eingearbeitet. Zirka fünfhundert Jahre alt, vorderasiatischer Raum.« Poolitzer richtete sich ein wenig vom Schreibtisch auf, über den er sich eben gebeugt hatte, und fügte ein »Magisch« hinzu.

Wiebke Otte lächelte ihn unverbindlich an, die Linke lag auf dem Bergkristall ihres Amuletts. »Ist so etwas nicht aus den Museen verschwunden, die Sie vor kurzem kontaktierten?«

Er machte eine gewichtige Miene. *Mal schauen, ob dich das aus der Reserve lockt.* »Zwei junge Männer, einer studierte Archäologie und Arabisch, der andere Theologie, Latein, Griechisch und Hebräisch. Eine Angestellte in einer Online-Bücherei, ein Doktorand der Mittelalterlichen Geschichte«, sagte er betont langsam und ließ das Braun um ihre Pupillen nicht aus den Augen. »Alle vier lagen tot in einem Moskauer Slumviertel. Was sagt Ihnen das, Frau Vizepräsidentin der Projektgruppe Alexandria?«

Die Frau mit den hellbraunen Haaren sog erschrocken die Luft ein. »Tot?«, wisperte sie. »Sie sind … tot?« Sie bedeckte den Mund mit ihrer rechten Hand, der Schock über die Neuigkeit nahm sie sichtlich mit. »Wie konnte das passieren? Sie waren …«, flüsterte sie. Ihr Blick glitt durch den Reporter hindurch. Offenbar ging sie in Gedanken die Planung durch, die Unvorhergesehenes zunichte gemacht hatte.

Poolitzer tat es Leid, dass er Otte in den Gefühlsabgrund gestoßen hatte. Andererseits bestätigte ihre Reaktion, dass sie mehr wusste. In seiner Reporterneugier war er ohne das Wissen der Stadtkrieger nach Weimar gereist, um die Recherchen zu beschleunigen. Nicht zuletzt spielte die Angst vor dem Eingreifen der beiden russischen Attentäter, die nach wie vor frei herumliefen, eine große Rolle.

Otte erholte sich langsam von den Auswirkungen der unvermittelten Unglücksbotschaft. Sie ordnete bebend ihr knielanges, bordeauxfarbenes Kleid und zwang sich zu einer ruhigen Atmung.

Poolitzer goss ihr ein Glas Wasser ein und reichte es ihr. »Schluss mit dem Versteckspiel, Frau Otte«, sagte er sanft. »Wenn wir uns gegenseitig helfen, erreichen wir das Beste.« Auch wenn er keinen blassen Schimmer hatte, worum es hier ging.

Die Vizepräsidentin der Alexandriner nippte an dem Glas. »Wie haben Sie herausgefunden, dass sie gestorben sind?«, verlangte sie zu wissen.

»Einige Leute, die ich kenne, sind zufällig auf sie gestoßen«, erklärte er ausweichend. »Die Leichen befinden sich immer noch an dem Ort. Ich kann Ihnen sagen, wo das ist, um für eine Überführung in die ADL zu sorgen.« Er nahm die Kamera auf und legte sie in den Schoß. »Übrigens, ich wusste bis eben nicht, dass sie Ihretwegen in Moskau waren. Ich vermutete es, Sie haben es mir bestätigt. Und Sie wissen mehr, Frau Otte. Ich bin hinter der Story her und muss die Hintergründe kennen. Eine Hand wäscht die andere. Steht unser Deal?«

Es traf ihn ein entrüsteter Blick. »Was für ein Mensch sind Sie, Herr Gospini?«

»Ich bin kein Mensch. Ich bin Reporter.« Er grinste frech. »Und weil ich der beste bin, muss ich abscheulich sein, um an meine Informationen zu kommen. Hätten Sie mir gleich gesagt, dass Sie etwas von der Schatulle wissen, wären wir von Anfang an gleichberechtigte Partner gewesen.«

»Es geht dabei um mehr als nur Ihre Story. Dass Menschen starben, berührt Sie nicht sonderlich, oder?« Otte funkelte ihn wütend an. So sehr sie die Einstellung des Reporters hasste, so sehr war sie auf seine Informationen angewiesen. »Was wollen Sie wissen?«, gab sie klein bei.

Er drückte heimlich auf den manuellen Aufnahmeknopf der VX2200C. »Was ist in dem Kästchen? Was macht den Inhalt so interessant für Ihre Projektgruppe und andere, dass sie über Leichen gehen?«

Sie spielte mit einer Strähne und betrachtete die schwarz gefärbten Spitzen der dunkelblonden Haare. Anscheinend wog sie ab, was sie vor dem Reporter ausbreiten durfte und was nicht. »Versprechen Sie mir, dass ich den Bericht vorher sehe und Sie Änderungen vornehmen, falls etwas davon nicht an die Öffentlichkeit gelangen soll?«

Seine Finger kreuzten sich automatisch. So weit kam es noch, dass sich die Pressefreiheit etwas anderem beugte. »Aber sicher, Frau Otte. Legen Sie los.«

»Haben Sie etwas vom ILP gehört?«

»Dem was?«

»Index librorum prohibitorum. Die Liste der Verbotenen Bücher«, tat ihm Otte den Gefallen, den lateinischen Ausdruck sofort zu übersetzen. »Dieses geheime Verzeichnis enthält magische Bücher, die so gefährlich sind, dass sie niemals in die Hände von schlechten Personen geraten dürfen. Die darin aufgezeichneten Formeln sind zu gefährlich für den Magier selbst oder beherbergen solche Macht, dass sie einen einzelnen Menschen zu überlegen machen würden«, gab sie dem Seattler einen Schnellkurs. »Die ehrwürdige Doktor-Faustus-Verbindung ist verantwortlich für die Selektierung.«

Poolitzers Nase juckte. Eine großartige Story! »Klingt unheimlich spannend. Dann ist also dieses gefährliche Werk in der Kiste?«

Sie nickte halbherzig. Um ein Haar hätte der Reporter vor Freude aufgejauchzt. Doch der Glückszustand erhielt sofort einen Dämpfer. »Wir vermuten es.«

»Würden Sie bitte die Zusammenhänge erklären?«, bat er seufzend. »Ich kenne mich leider in der Magieszene nicht so gut aus. Worum geht es? Klartext, bitte.«

»Es geht um ein legendäres Buch namens ›Aeternitas‹. Manche Aufzeichnungen berichten davon. Glaubt man den Erzählungen, handelt es sich um aramäisch-lateinisch-griechisches Werk, das Beschwörungsformeln und Ritualangaben enthält. Damit wird der Zauberer so mächtig, dass er Elementare herbeirufen kann. Opfert er diese astralen Wesen wiederum auf spezielle Weise und fängt diese Energien in einem Fokus auf, schreckt er mit diesem Amulett den Tod ab.«

Poolitzer blinzelte. »Sie nehmen mich auf den Arm.«

»So steht es zumindest in einer Schriftrolle«, räumte Otte ein. »Aeternitas. Ewigkeit. Ewiges Leben.«

»Wie soll ich mir einen Talisman vorstellen, der den Sensenmann in die Flucht schlägt?« Poolitzer musste lachen. »Nee, jetzt mal ehrlich. Das sind Ammenmärchen, die Sie mir erzählen! Was ist wirklich drin? Und warum gibt es mehrere von den Dingern?«

»Ich muss Sie enttäuschen. Es ist der einzige Hinweis auf den Inhalt. Angeblich wurden mehrere Schatullen angefertigt, um das Geheimnis der Unsterblichkeit zu bewahren. Nur eines davon beinhaltet die korrekte Formel, alle anderen Exemplare weisen Fehler auf, sagt die Legende. Die magische Versiegelung soll dazu führen, dass nur der Beste an das Mysterium gelangt und den gerechten Lohn für seine Nachforschungen erhält.« Bedauernd zuckte sie mit den Schultern. »Mehr haben wir nicht herausfinden können. Übrigens nahm keiner der gelehrten Welt diese Mär ernst. Sie haben Recht, wenn Sie über die Vorstellung lachen, der Tod ließe sich von einem Amulett vertreiben.«

»Das setzte doch voraus, dass man den Tod magisch beeinflussen könnte?«, grübelte der Reporter laienhaft. »So ein Unsinn. Und dafür gingen Ihre Leute drauf?«

Ihre Unterkiefer mahlten gefährlich. »Vorsicht, Herr Gospini. Mehr Respekt. Die Menschen starben, um vielleicht eine Katastrophe zu verhindern, wie sie noch niemals auf der Erde stattfand.«

»Tatsächlich? Ich könnte Ihnen hundert Ereignisse aufzählen, die schlimmer sind als die Unsterblichkeit eines Einzelnen«, meinte er. »Wo ist das Problem? Soweit ich weiß, ist diese Barriere undurchdringbar.«

»Wir dachten ebenso wie Sie. Die Kassetten galten als nette Exponate oder Sammlerstücke, deren Wert darin bestand, dass die Barriere den Inhalt in den Bereich der Legende rückte.« Sie füllte das Glas und ging zum Fenster. »Beim ersten Diebstahl dachten wir uns nichts dabei. Manche ereigneten sich schon vor Jahrzehnten. Doch in den letzten Jahren trat eine Häufung auf, die wir anfangs mit einem Lächeln, später mit Schrecken registrierten. Jemand hatte die Jagd auf ›Aeternitas‹ eröffnet. Anfangs hinkten wir hinterher. Dass es auf die Liste der verbotenen Bücher gesetzt wurde, war eine Formsache, die uns die Arbeit erleichtern sollte. Ein Trugschluss.«

»Sie forschten nach und fanden heraus, dass sich Professor Diederichs ebenfalls im Besitz einer Schatulle befand«, fuhr Poolitzer für sie fort. »Sie nahmen Kontakt unter dem Decknamen Alexandra auf und informierten ihn über die Gefährlichkeit der Schatulle.«

Otte wandte sich um. »Wir waren sogar vor den Konkurrenten beim Professor, der sich aber nicht überzeugen lassen wollte. Als wir beschlossen, ihn mit dem Hinweis auf den Index zur Herausgabe zu zwingen, schlugen die Räuber zu. In Moskau waren wir dichter dran. Es gelang uns, einen Besitzer ausfindig zu machen und ihm ein Kaufangebot zu unterbreiten. Doch vor Ort informierte uns der Sammler, dass er sein Exemplar aus Geldnot an einen weiteren Interessenten veräußert hatte. Unsere Gruppe wollte den Käufer abfangen. Das war die letzte Mitteilung des Teams.« Ihre Stimme brach. »Der Versuch hat sie das Leben gekostet.« Zitternd leerte sie das Glas.

Warum stahl jemand abergläubischen Schrott, sinnierte Poolitzer. »Lassen Sie uns gemeinsam überlegen. Da jemand die Schatullen klaut, muss er sie öffnen können«, vermutete der Seattler und gab der Vizepräsidentin Gelegenheit, sich zu fangen. »Und er wird daher wissen, was sich wirklich darin befindet. Da der Typ über Leichen geht, muss es etwas Mächtiges sein.«

»Das meinte ich damit, als ich von einer Katastrophe sprach«, sagte Otte eindringlich. »Möglich, dass sich nichts darin befindet. Möglich wäre aber auch, dass finsterste Geheimnisse darin verborgen liegen.«

»Die Büchse der Pandorra? Werden Sie nicht albern. Wenn man mit dem Amulett den Tod abschrecken kann, meinte der Schreiber damit einfach nur, dass man die

Menschheit von jeglicher Seuche befreit. Nie wieder Aids, Krebs, Vitas und der ganze Mist. Ein cleverer, rücksichtsloser Geschäftsmann wäre in der Lage, sich mit der Not der Menschheit ein Vermögen zu erwirtschaften.« So oder so, die Geschichte setzte einen weiteren Stein auf seinem Weg zum unsterblichen Reporter-Ruhm. Er würde sich anstrengen, dass es ein Happyend gab. »Wie viele Kisten gibt es eigentlich, und wer ist unser Gegner?«

Die Frau kehrte an den Schreibtisch zurück, ihre Mundwinkel hoben sich ein wenig. »Schön, dass Sie uns unterstützen möchten.«

»Ich gehe davon aus, dass Sie die Guten sind«, erklärte Poolitzer seine Großzügigkeit. »Sollte unser Feind aber eine Frau sein, besser aussehen als Sie und mir versprechen, mindestens eine Nacht mit mir zu verbringen, wechsle ich die Seiten.« Er grinste breit. »Nur als Warnung.«

»Ja, das dachte ich mir.« Otte tippte etwas in ihren PC, anschließend drehte sie ihm den Flachbildmonitor zu. »Den Überlieferungen zufolge sollten es sieben Behälter sein. Sechs wurden bereits gestohlen. Der Aufbewahrungsort der siebten Kassette ist unbekannt.«

Poolitzers Zuversicht sank. »Shit. Die Wahrscheinlichkeit ist demnach hoch, dass sich die richtige Kassette bereits in deren Besitz befindet.« Ein wenig Kopfrechnen brachte ihm eine neue Erkenntnis. Er schlug sich an die Stirn. Kein Wunder, dass ihr Gegenspieler es riskierte, in ein Stadtkrieg-Spiel einzugreifen. Ausgerechnet die Black Barons besaßen die wichtigste Schatulle.

»Wer sich die Schatullen aneignet, wissen wir leider nicht. Anhaltspunkte existieren nicht. Es kann eine Gruppe, es kann ein Einzelner sein. Wir müssen uns darauf beschränken, schneller zu sein und die letzte Schatulle in Sicherheit zu bringen.« Ihre braunen Augen ruhten forschend auf seinem Gesicht. »Sagen Sie mal, wenn Sie die Leichen und den toten Kurier fanden, wo war dann der Koffer, von dem unser Team berichtete?« Die Alexandrinerin erkannte an seiner Reaktion, dass er etwas zu verheimlichen versuchte. »Hat ihn die russische Polizei?« Die Finger der rechten Hand legten sich auf den Bergkristall. »Sie versprachen, mir alles zu sagen. Erinnern Sie sich, wir arbeiten gemeinsam!«

Der Seattler flegelte sich in seinen Stuhl. »Ich weiß nicht, ob ich Ihnen trauen soll, Frau Otte.«

Ihre Miene verhärtete sich. »Dafür sind Sie sehr wagemutig. Ohne Rückendeckung nach Weimar zu reisen könnte sich als sehr töricht erweisen.«

»Eine Drohung? Nicht doch. Woher wollen Sie wissen, dass ich allein bin?« Ein Unwohlsein breitete sich in ihm aus. *Habe ich sie unterschätzt? Vielleicht ist sie nicht so harmlos, wie sie tut?*

»Auf magischem Wege steht Ihnen niemand bei, da bin ich mir sicher«, sagte sie ihm auf den Kopf zu. »Die Sicherheitskameras zeigten mir niemanden, der Sie begleitete. Folglich säßen Sie in der Patsche, würde ich Ihnen Übles wollen.«

»Okay, dann trage ich eben einen versteckten Sprengstoffgürtel?«

Otte schüttelte den Kopf. »Dem ist aber nicht so. Begreifen Sie endlich: Nur die Projektgruppe Alexandria kann Ihnen helfen. Sind Sie im Besitz einer Schatulle, stecken Sie in unvorstellbaren Schwierigkeiten, Herr Gospini! Unsere Toten sollten Ihnen eine Warnung sein.«

»Ich weiß, wo sie ist«, räumte er zögerlich ein. »Einige andere Leute haben noch ein Mitspracherecht. Ich muss sie erst fragen, was mit der Kassette geschieht.« Er stand auf und wollte sich zurückziehen, solange Otte es noch zuließ. »Ich kann Ihnen für nichts garantieren. Ich werde denen zwar alles erzählen, was Sie mir über die Hintergründe darlegten. Aber ob sie das überzeugt?«

Die Vizepräsidentin stand auf und geleitete ihn zur Tür. »Sagen Sie ihnen, es sei eine Belohnung drin. Der Anreiz von zehntausend EC sollte ausreichen?«

Poolitzer bezweifelte das ernsthaft. Allein die Werbeverträge brachten einem Stadtkrieger sackweise Asche. Da bedeuteten zehntausend Mücken eine Auffrischung der Portokasse, mehr aber auch nicht. »Ähm, an Ihrer Stelle würde ich an ihr Verantwortungsgefühl appellieren«, riet er ihr.

Sie öffnete ihm die Tür und brachte ihn bis ins Foyer. »Wer immer die Schatulle haben möchte, Sie und ihre Freunde besitzen die vorletzte ...«

»Die letzte«, verbesserte der Seattler leise.

»Nein, die vorletzte. Bevor Sie mir eröffneten, dass Sie die sechste besitzen, wähnte ich das Exemplar in den Händen unseres Gegenspielers. Eines haben Sie, eines liegt an einem Ort verborgen, den hoffentlich niemand findet. Auch wenn ich inzwischen nicht mehr daran glaube.«

»Ich rufe Sie an«, entgegnete der InfoNetworks-Mitarbeiter ausweichend. Er nickte und verließ hastig die Bibliothek, hüpfte die Stufen hinunter und ging in Richtung Bushaltestelle.

Die Alexandrinerin schaute ihm nicht lange nach. Eilig lief sie in ihr Büro zurück und rief einen Watcher herbei, den sie auf den Seattler ansetzte. Sorgsam inspizierte sie anschließend den Stuhl und den Boden, bis sie sich bückte und zufrieden ein gefärbtes Haar vom Schopf des Reporters aufhob. Sorgsam legte sie es in einen Briefumschlag.

*ADL, Freistaat Thüringen, Jena,*
*30. 04. 2058 AD, 14:32 Uhr*

Poolitzers Neugier sorgte dafür, dass er einmal mehr kurz davor stand, eine Straftat zu begehen. Nachdem er unterwegs vergeblich versucht hatte, den Negamagier zu erreichen und nur den Anrufbeantworter zu hören bekam, wollte er zu Xaviers Wohnung fahren und sich dort umschauen.

Der Besuch könnte ihm die Gewissheit bringen, dass der deutsche Runner für seine aktuellsten Gegner arbeitete. Diese Klarheit brächte nur bis zu einem gewissen Grad Befriedigung, aber immerhin hörte dann das Stochern im Nebel auf.

Der Reporter stand vor dem Eingang des Gebäudes, in dem mehrere Parteien wohnten. Sein schlechtes Gewissen rang mit dem journalistischen Recherchedrang. Ottes Worte, die in seinem Gedächtnis nachklangen, erleichterten ihm die Entscheidung, sich als Einbrecher zu versuchen.

*Es ist rein geschäftlich,* redete er sich ein, als er den Fuß über die Schwelle setzte. *Er wird nicht einmal merken, dass ich da war. Und wenn doch, mache ich ihn darauf aufmerksam, dass ich für die Guten arbeite.*

Anhand des Klingelschilds identifizierte er die Etage und machte sich daran, die Treppen zu erklimmen. Schnaufend erreichte er das zehnte Stockwerk, schaute sich nach Überwachungskameras um und ging durch den Korridor, als wohnte er hier.

Leise summend packte er ein Gerät zum Magschloss-knacken aus, stöpselte sich die Talentsoft-Zylinder in die Buchse und machte sich an die Arbeit. Sekunden darauf stand er in Xaviers Behausung.

Fast leere Schränke und Schubladen wertete er als sichere Indizien dafür, dass der Negamagier für längere Zeit verreist war. Schreibkram entdeckte er nirgends, nicht einmal Ordner, Datenträger, Chips oder einen PC. Das erschien ihm merkwürdig.

Im Schrank mit den Bedienungsanleitungen für das Trideo, die Soundanlage und alle Küchengeräte stolperte er über den Kontrollausdruck eines Mietvertrags, mit dem Xavier ein kleines Büro in der Innenstadt angemietet hatte. Ortswechsel.

Nach einer neuerlichen Fahrt mit dem Jenenser öffentlichen Nahverkehr wiederholte er das Spiel mit dem Magschloss an der Bürotür. Besonders gekennzeichnet war sie nicht. Alleine die Beschreibung des Mietvertrags diente ihm als Orientierung. Nichts wies am Eingang auf einen Mieter hin, der Halter für eine Beschriftung war leer. Im Flur befanden sich weitere Büros, zahlreiche kleine Unternehmen richteten darin ihren Unterschlupf ein.

Dieses Mal benötigte der elektronische Dietrich wesentlich länger. Poolitzer fürchtete, dass die Polizei oder ein Wachdienst anrückten, um ihn einzubuchten. Doch das Warten lohnte sich. Nach fast zwei Minuten klackte es, die Verriegelungsautomatik hatte sich überlisten lassen.

Der Reporter huschte mit klopfendem Herz hinein. Aufgeregt machte er sich ans Stöbern und hörte gleichzeitig den Anrufbeantworter ab. Dabei stieß er auf den Anruf Jeroquees. Einen Beweis, dass der Negamagier ihr Angebot angenommen hatte, stellte es nicht dar.

Sein Armband-Kom vibrierte. Nach kurzem Überlegen nahm er das Gespräch entgegen. Der Gesprächspartner überraschte ihn.

»Keimag? Ich meine, Xavier? So ein Zufall.« Sofort schaute er sich um, ob er eine Kamera übersehen hatte und ihn der Negamagier am Kom zur Rede stellen wollte. »Was treibst du so? Die Leute in Jena machen sich schon Sorgen, und ich habe dir den Anrufbeantworter voll getextet.« Die Verbindung war schlecht, die

Stimme des Runners hörte er mehr als ein Krächzen zwischen immensen Störgeräuschen. »Sag mal, die Sache mit dem Artefakt, von der du mir in der Bibliothek erzähltest – hast du den Auftrag angenommen?«

»Nein. Ich mache momentan was anderes«, kam die Antwort wie aus der Pistole geschossen, als habe der Negamagier nur darauf gewartet. »Ich bin mit ein paar Profis auf der Jagd nach einem wichtigen Typen. Er ist Schamane und hat ein paar von denen mit einem Feuerball geröstet. Ich soll das in London regeln.«

Poolitzer glaubte kein Wort. Nicht dass er Beweise für eine Lüge besaß. Es war die Schwingung in der Stimme des Deutschen, diese Unsicherheit, die er von unzähligen Interviews her kannte. Mochte die Leitung noch so schlecht sein, täuschen ließ er sich nicht.

»Aha. Lastet dich das mehr aus, wie Versuchskarnickel zu sein? Hey, ich habe gehört, dass Jeroquee jetzt für die Fitting Company arbeitet.« Gespannt lauschte er.

Mit einem Mal wurde die Verbindung besser. Im Hintergrund hörte er eine Lautsprecherdurchsage, auf Deutsch mit thüringischem Akzent.

Xavier lachte nervös. »Das ist ja interessant. Würde man der Kleinen gar nicht zutrauen, wenn man sie so sieht.«

*Gotcha!* »Ach? Hast du sie mal getroffen?«, hakte er ein. »Vor kurzem kanntest du nämlich nicht mal ihren Namen.« Während er auf die Antwort wartete, drückte er die Konferenzschaltung-Funktion seines Kom-Geräts und wählte die Nummer, die der Anrufbeantworter beim Anruf Jeroquees eingeblendet hatte. Er musste lachen, als er hörte, wie im Hintergrund ein Kom-Gerät klingelte.

»Hallo?«, meldete sich die ehemalige Ghuljägerin etwas ungehalten.

»Hallo, Jeroquee«, grüßte Poolitzer und zwang sich,

sein Gelächter zu unterdrücken. »Sag Xavier guten Tag.«

Stille. Er konnte sich bildlich vorstellen, wie sich die beiden gegenseitig anschauten und nachdachten, wie sie aus der Situation herauskamen. »Ihr arbeitet beide für die Fitting Company, stimmt's?«

Ein synchrones Seufzen ertönte. »Ich gebe dir einen Rat, Linse«, sagte der Negamagier, der sehr, sehr müde klang. »Wenn du dich derzeit mit einer Sache beschäftigen solltest, in deren Mittelpunkt ein Kästchen steht, geh in Deckung und such die eine andere Story.«

»Hey, komm schon. Gib dir einen Ruck und sag wenigstens, für wen ihr die Schatullen einsammelt«, versuchte Poolitzer zu feilschen. »Ich sage niemandem, dass du mit drin hängst oder dass ich die Infos von dir habe.«

»Sehr witzig. Ich kann dir nur verraten, dass es eine Nummer zu groß für dich ist. Selbst für einen Kon-Schreck wie dich«, blieb der Runner eisern. »Bleib in den nächsten vierundzwanzig Stunden, wo du bist, und rühr dich nicht vom Fleck. Jeroquee und ich würden nicht auf dich ballern. Die anderen schon.«

»Seit neuestem zähle ich Mainzer Stadtkrieger zu meinen Freunden, keine Sorge. Dann ruf mich wenigstens an, wenn der Bruch gelaufen ist«, schlug der Seattler vor. »Aus Gefälligkeit. Ich möchte nur meine Geschichte vervollständigen, okay?«

»Mal schauen. Ich muss jetzt …« Xavier beendete ohne Vorwarnung das Gespräch.

Poolitzer tänzelte übermütig auf der Stelle. Er, Severin T. Gospini, war der größte Schnüffler von allen!

Schwungvoll warf er sich in Xaviers Sessel und telefonierte mit seinen Kontakten, die er drängte, mehr über die Fitting Company herauszufinden, und das innerhalb kürzester Zeit. Hinter der legalen Fassade eines Zubehörhandels liefen andere, krumme Geschäfte, über die man in den Schatten unter Umständen Bescheid wusste.

Das nächste ehrgeizige Ziel bildete sich in seinem Unterbewusstsein. Da er wusste, dass sich innerhalb der nächsten vierundzwanzig Stunden der Einbruch ereignen sollte und er eindeutig eine Durchsage mit thüringischem Zungenschlag vernommen hatte, lag es im Bereich des Möglichen, dass sich die siebte Schatulle gar nicht so weit entfernt von ihm befinden mochte. Er könnte dabei sein und die Geschehnisse dokumentieren.

Sogleich kamen ihm Zweifel. Fände er das Zielobjekt des Negamagiers und Jeroquees heraus, müsste er angesichts der Brisanz des Gegenstandes eingreifen. Auf die Unterstützung der Black Barons brauchte er nicht zu hoffen. Das Team bestritt an diesem Abend das Spiel gegen die Blood Royals. Cauldron müsste bei ihrer Kassette bleiben, um sie vor Geistern, russischen Messerklauen und anderen Langfingern zu beschützen. Damit stand er ohne Verbündete da.

Die Bullen in Kenntnis zu setzen schied aus. Seine guten Bekannten endeten bei deren Eingreifen für alle Ewigkeit im Knast, und das wollte er nicht verschulden.

Die Alexandriner kamen ebenfalls nicht infrage. Sie schienen nicht die begnadetsten Kämpfer zu sein. Selbst in der Überzahl wie in Moskau zogen sie den Kürzeren. Außerdem war fraglich, wie viele Helfer Otte auf die Schnelle zusammentrommeln konnte.

Bevor es an die Taktik ging, musste er erst herausfinden, wo sich die letzte verbliebene Schatulle befinden könnte. Die Suche nach der Nadel im Heuhaufen begann. Und je mehr er darüber nachdachte, desto größer wurden die Zweifel, dass er es schaffte.

Das energische Klopfen an der Tür erschreckte ihn. *Shit, hat mich jemand gesehen?* Da er hörte, wie das Schloss summte und entriegelt wurde, suchte er sich schnell ein Versteck. Er wollte der Putzfrau oder dem

Hausverwalter nicht begegnen und Fragen beantworten müssen. In letzter Sekunde verschwand er im unteren Fach des Büroschranks. Ein Spalt erlaubte es ihm, nach dem unerwarteten Besuch zu schauen.

Es war nicht die Putzfrau. Zwei kräftige Männer in unauffälliger Kleidung und langen Frühlingsmänteln betraten Xaviers Büro. Irritierend fand der Reporter die Tatsache, dass sie Sturmhauben über dem Gesicht und leichte Handschuhe trugen. Als sie sich leise in einer ihm unverständlichen Sprache unterhielten, wurden seine schlimmsten Befürchtungen wahr: Die beiden flüchtigen Russen hatten ihn gefunden.

Beide holten Kurzvarianten des AK-97 unter ihren Mänteln hervor und hielten sie locker, doch nicht weniger feuerbereit im Hüftanschlag. Klobige Schalldämpfer verhinderten, dass eine Exekution mehr Lärm als notwendig verursachte.

Während einer das Büro systematisch durchforstete, bezog der zweite Stellung an der Tür und verhinderte jeden Ausbruchsversuch, den er in seiner Verzweiflung sofort unternommen hätte. Seine hartnäckigen Jäger gaben ihm dazu keine Gelegenheit.

Fieberhaft dachte Poolitzer darüber nach, wie er sich seinem drohenden Schicksal entzog. In einem Anfall von Heldenmut entschied er sich zu aktivem Widerstand, da jeder Fluchtversuch aussichtslos war.

Eine Mossberg wäre gut. Aber leider lag sie in Seattle. Ganz vorsichtig zog er seine Pistole, lud sie durch und entsicherte sie. Den Lauf richtete er genau auf die Höhe, in der sich das Gesicht des Russen befinden würde. Er traute sich nicht, die Talentsoft »Schusswaffen« gegen das Schlösserknacken auszutauschen. Das Ziel war auf die Distanz kaum zu verfehlen.

Die Tür wurde nach hinten geschoben, und sofort drückte Poolitzer ab. Die Kugel sirrte knapp an der Sohle eines Turnschuhs vorbei.

*Verfehlt! Ich habe ihn verfehlt!* Jetzt half nur noch Geistesgegenwart. Er warf die Waffe nach draußen und hielt die Hände halb aus seinem Versteck, um zu zeigen, dass er keine weitere Waffen mehr besaß.

»Nicht schießen!«, rief er laut. »Wenn ihr die Kiste haben wollt, müsst ihr mich leben lassen, Iwans!«

Der Turnschuh wurde plötzlich riesig groß und traf den Reporter mehrfach am Oberkörper und am Kopf. Der Russe trat nach ihm wie nach Ungeziefer. »Ey, ich bin doch keine Kakerlake!« Benommen kippte er aus dem Schrank. Sofort richtete sich die Mündung der AK auf seine Nasenwurzel.

»Aufstehen!«, hörte er den gutturalen Befehl.

Benommen stemmte er sich in die Höhe, schwankend stand er vor dem Kleineren der beiden Russen.

Sein Gegenüber richtete einige Sätze in seiner Heimatsprache an den Begleiter und erhielt umgehend Antwort. »Gut, wir nehmen dich mit. Jemand wird sich kümmern um dich«, teilte er Poolitzer die gemeinsame Entscheidung mit. Dabei richtete er seine ungeteilte Aufmerksamkeit allein auf den Reporter.

Der zweite Russe senkte plötzlich den Kopf und schaute auf seine Arme, die zitternd den Lauf der Automatik hoben. Kaum stand das Gewehr senkrecht, ruckte der Oberkörper in der Hüfte herum, bis die Waffe genau auf seinen Mitstreiter zielte.

Aus dem geschlossenen Mund drang ein schwacher Laut. Was immer der Mann machte, er tat es nicht freiwillig.

Das verzweifelte Gewinsel weckte das Misstrauen seines Komplizen. Als er den Kopf zur Seite drehte, trafen ihn die ersten Projektile in den Unterleib. Die Einschüsse wanderten nach oben, bis sie den Hals erreichten. Erst mit der letzten Patrone endete der Angriff.

Der mehrfach Getroffene stürzte tot zu Boden. Im gleichen Moment setzte bei dem Schützen die Sprachfähigkeit wieder ein. Er redete laut mit sich selbst, blickte zum Reporter und schaute wieder auf seine Arme. Dabei wechselte er umständlich das Magazin des russischen Sturmgewehrs. Die Bewegungen machten einen marionettenhaften Eindruck.

Poolitzer sprang hinter den Schreibtisch in Deckung. Die Pistole lag unendliche Meter von ihm entfernt. *Shit, was wird das für eine Komödie? Die Iwans entsorgen sich gegenseitig?*

Das AK schoss eine kurze Salve, danach fielen ein schwerer Körper und etwas Metallisches auf den Teppich. Vorsichtig schielte der Reporter um die Ecke. Der Mann lag in seinem eigenen Blut, vom Kopf war nicht mehr viel übrig.

Schuldgefühle kamen für den Selbstmord nicht infrage. Jemand hatte seine magischen Finger im Spiel, um ihm den Hintern zu retten.

*Cauldron!* Eilig wählte er ihre Kom-Nummer. Nebenbei begann er, die Leichen zu durchsuchen. »Hei, Grufti! Wieder zurück aus dem Astralraum? Das war zwar nicht nett, dass du mich bespitzelt hast«, begrüßte er sie munter. »Aber weil du mir das Leben gerettet hast, verzeihe ich dir, großzügig wie ich bin.«

»Wovon redest du, Snoop?«, erkundigte sich die Magierin überrascht. »Was meinst du damit?«

Poolitzers Heiterkeit verschwand augenblicklich. »Würdest du bitte astral nach Jena kommen?«, flüsterte er in das Komgerät. »Ich glaube, ich bin magisch verwanzt worden. Und ich wäre meinen Aufpasser sehr gerne los, ehe ein Zauberer beschließt, mich wegzuhexen!«

»Keine Angst. Das macht niemand außer mir.« Ihre Stimme verriet nicht, ob sie es ernst meinte oder nicht. »Wo bist du genau?«

»In Xaviers Büro.« Er nannte die Adresse. »Findest du das?«

»Bleib, wo du bist«, entgegnete sie knapp und beendete das Gespräch.

Xavier untersuchte die Fundstücke der beiden Russen, fand aber außer ein paar Tickets für den Nahverkehr nichts, anhand dessen er mehr über die Killer erfuhr. Nun, da er sich beobachtet wähnte, vermeinte er die unsichtbaren Blicke eines Unbekannten aus dem Astralraum auf sich zu spüren. Beim leisesten Geräusch würde er sich auf den Boden werfen, auch wenn ihn das nicht vor einem Manaball retten würde.

Nach zehn Minuten entstand die astrale Projektion der Seattlerin vor ihm, was ihm beinahe einen Herzinfarkt bescherte. Cauldron nahm das Erschrecken mit Wonne wahr. »Es war nichts Besonderes«, erklärte sie ihm. »Ein Watcher hing an dir, den ich entsorgt habe. Jetzt würde ich aber gerne wissen, was du in Jena machst, Snoop. Hatten wir nicht vereinbart, auf Sonderaktionen zu verzichten?« Sie deutete auf die Toten. »Wer war das, und wer hat dir diesmal den Hintern gerettet?«

»Das waren die beiden Russen, die nach dem Unfall getürmt sind. Und da du mich nicht bespitzelt hast, wird es wohl Otte gewesen sein«, sinnierte er. »Die Vizepräsidentin der Alexandriner.«

Im Gesicht der Magierin regte sich nichts. »Erzähl mir am besten alles von vorne«, schlug sie vor. Ihr Unterton sorgte dafür, dass Poolitzer der Aufforderung augenblicklich gehorchte. Vorsichtshalber verschwieg er ihr, dass Xavier und Jeroquee zum zweiten Team gehörten, das innerhalb der nächsten vierundzwanzig Stunden auf Beutezug aus war.

Cauldron legte die Stirn in Falten. »Man sollte dich an die Kette legen. Ich denke gerade über einen permanenten Spruch nach. Aber zuerst verschwinden wir von hier, falls der Beschwörer des Watchers doch noch auftauchen sollte, um nach seinem Bluthund zu schauen.«

»Und was machen wir jetzt?«, wollte er kleinlaut wissen. »Meinst du, wir finden heraus, wo sie einsteigen? Nur Otte kann beurteilen, wo das sein könnte. Und ich weiß nicht, ob ich die noch mal besuchen möchte, ehe ich mit den Black Barons gesprochen habe.«

»Du fährst nach Mainz zurück«, entschied die Hermetische nach längerem Überlegen. »Wir beide könnten gegen das Team sowieso nichts ausrichten, oder?« Zudem könnte Xavier bei ihnen sein. Gegen ihn anzutreten wäre das Letzte, was sie wollte. Er nickte bestätigend. »Also beschränken wir uns darauf, selbst hinter das Geheimnis von ›Aeternitas‹ zu kommen.« Sie feixte, als sie sein unglückliches Gesicht sah. »Keine Sorge, ich bin astral bei dir. Ich werde dein magischer Schutzgeist sein.«

Erleichtert atmete er auf. »Danke. Bei Schießereien bin ich schon schlecht, aber gegen Magie kann ich gar nichts machen. Nicht wie Xavier.« Er merkte sofort, dass er einen Fehler begangen hatte.

»Was?«, fragte sie abwesend. »Entschuldige, ich habe dir nicht zugehört.«

Die Magierin reagierte nicht auf den Namen des Negamagiers. Offensichtlich war sie mit ihren Gedanken noch bei dem Buch, das ewiges Leben verleihen sollte.

»Vergiss es«, sagte er sofort. »Ich meinte nur, gut, dass du bei mir bist.« Er bekam gerade noch mal die Kurve. Er ging zur Tür und spähte durch den Spion nach draußen. Der Korridor war frei. »Hauen wir ab.«

Ihre astrale Projektion verschwand, und Cauldron glitt vollständig zurück in den Astralraum.

*ADL, Groß-Frankfurt, Gallusviertel,*
*30. 04. 2058 AD, 19:41 Uhr*

Beim Halbfinale der ISSV European Champions Trophy nahmen sich die Black Barons im Match gegen die Blood Royals das Heimrecht. Die Wahl des Komitees fiel auf ein heruntergekommenes Karree im Gallusviertel, das ohnehin bald der Abrissbirne weichen sollte. Die letzten Hausbesetzer, zwei Orksippen und vier zwielichtige Gestalten, denen man die Kriminalität aus den Augen triefen sah, verschwanden nach der ersten Warnung der ISSV. Die Offiziellen mussten nicht einmal von Schlagstock, Tränengas oder der Schusswaffe Gebrauch machen. Die Absperrung war schnell hochgezogen, das Spielfeld rasch präpariert.

Vor den mobilen Umkleidekabinen warteten die Übertragungsdrohnen darauf, dass sich die Spieler zeigten, um die ersten Bilder in die Welt zu senden. Vermutlich flimmerten zur Überbrückung der restlichen blutlosen Minuten gerade die besten Szenen aus den Begegnungen beider Mannschaften über die Mattscheiben.

Kommentatoren analysierten die Strategien der Kontrahenten, Werbespots machten den Zuschauern Fan-Artikel schmackhaft, ein nicht zu vernachlässigender Aspekt bei der Finanzierung der Liga.

Die Stadtkrieger beschäftigten sich unterdessen mit den Vorbereitungen auf den Gegner. Manche meditierten, andere lauschten Musik, ein paar machten sich gegenseitig durch Sprüche Mut. Vor allem die Neulinge aus den Reihen der A666-Rockergang benötigten markige Sprüche, um sich anzufeuern.

»Sie haben Angst.« Oneshot drückte behutsam die Tür seines Spinds zu, nachdem er seine Druckluftarmbrust herausgenommen hatte.

Tattoo, die nur mit einem Handtuch bekleidet auf einer Liege ruhte und sich massieren ließ, drehte den

Kopf zu dem Kapitän. »Wundert dich das? Wie hast du dich vor deinem ersten Spiel gefühlt?«

Der Elf überprüfte das Magazin mit den Stahlbolzen, ohne sie anzuschauen. »Genauso wie heute«, antwortete er nach einer Weile. »Keine Angst. Eher Sorge, ob ich es mit meiner Taktik schaffe, dass möglichst alle lebend nach Hause kommen.« Nun wandte er sein ernstes Gesicht doch in ihre Richtung. »Heute wird es mir nicht gelingen.« Unnötig hinzuzufügen, wen er damit meinte.

»Skrupel?«, sagte die Elfin erstaunt und schickte ihren Masseur weg. »Was ist denn mit dir los?« Sie schlang das Handtuch um die Hüfte und ging zu ihrem Schrank. Die lüsternen Blicke der A666-Stadtkriegazubis ignorierte sie.

Der Kapitän der Black Barons legte die Stirn in Falten. »Nein, Skrupel ist der falsche Ausdruck. Wir haben ihnen gesagt, was auf sie zukommt. Ich hätte mir nur gewünscht, sie ein bisschen besser vorzubereiten.«

Sie ließ das Handtuch fallen. Ihre Tätowierungen wirkten durch ihr Muskelspiel beinahe lebendig. Nacheinander zog sie ihre Unterwäsche und die Stadttarn-Uniform an, immer beobachtet von geifernden Rockern.

Die Elfin deutete mit dem Daumen über die Schulter. »Sie ballern den ganzen Tag und überfallen andere Leute. Jetzt dürfen sie es, ohne Angst vor den Bullen haben zu müssen. Nur mit dem Unterschied, dass es sich nicht um Omas handelt.«

»Eben«, stimmte der Elf zu, lehnte sich gegen seine Spindtür und stemmte das rechte Bein dagegen. »Wenn die Hälfte von ihnen überlebt, haben wir Glück. Ich will keinen Wipe-Out erleben.«

Tattoo legte die Spezialpanzerung an. »Jetzt verstehe ich dich endlich. Du machst dir Sorgen um die Trophy, nicht um die Leute.«

Energisch zurrte sie die Riemen der Weste fest und testete den Aufgabe-Schalter. Sofort leuchteten die eingewobenen Glühfäden im schussfesten Material auf. Würde sie das in einer regulären Partie tun, dürfte sie nicht mehr angegriffen werden, aber selbst in diesem Spielzug auch nichts mehr tun. Die Aufklärerin war stolz darauf, dass sie diese Option noch niemals benutzt hatte.

Oneshot schaute befremdet. »Natürlich. Was hast du denn gedacht?«

»Schon gut, Kapitän. Wir knacken die Blood Royals.« Sie ging in Kampfstellung. »Los, schlag mich.«

Kaum hatte sie die Worte ausgesprochen, landete die flache Hand Oneshots auf ihrer Wange. Tattoo schnaubte und stieß den Elf zurück, der sie seinerseits zurückschubste, dass sie gegen den Metallschrank knallte. Er setzte nach, gab ihr einen wilden Kuss und biss ihr dabei die Unterlippe blutig.

»Viel Glück«, raunte er. Mit einem schnellen Satz sprang er zurück.

Die Adrenalinpumpe aktivierte sich und puschte die Scoutin innerhalb von Sekunden auf doppelte Leistung. Ganz langsam wischte sie sich die Bluttropfen ab und betrachtete sie fasziniert. Jetzt konnte es losgehen!

Animalisch grinsend und die modifizierten Reißzähne fletschend, trabte sie zum Durchgang, der sie in die Stadtkriegzone führte. Dabei schlug sie immer wieder mit den Fäusten gegen Spinde oder die Wand.

Der Rest des Teams folgte ihr. Die A666-Ganger, die sie vorhin noch angestarrt hatten, rückten ein Stück weiter weg.

Der elfische Kapitän bildete den Schluss und klatschte die Neulinge ab, um sie aufzumuntern. Diejenigen, in deren Augen er eine Spur Unsicherheit erkannte, strich er in Gedanken bereits von der Liste derer, die sich nach dem Spiel unter der Dusche versammeln würden. Ohne Glauben an sich selbst lebte man beim Stadtkrieg nicht lange.

*ADL, Herzogtum Sachsen, Leipzig-Halle,*
*30. 04. 2058 AD, 20:31 Uhr*

Archibald Jones gähnte leise und schaute auf seine Uhr. *Er müsste bald kommen.* Die Printausgabe der Tageszeitung *Leipziger Herold* lag unangetastet vor ihm. Vom Fensterplatz des Cafés *Herzogenstolz* hatte er einen sehr schönen Blick zur Thomaskirche. Im Schein der untergehenden Sonne leuchteten die Gargoyle und anderen Steinfiguren auf dem Turm des Gotteshauses.

Die ganze Szenerie gefiel dem Briten, und die hervorragende Stellung der Aristokratie sprach seiner Ansicht nach sehr für die ADL. Oder zumindest für das Herzogtum Sachsen. Der Plex Leipzig-Halle besaß zwar einen gewissen Sonderstatus, dennoch herrschte ein Hauch von Adel, der sich seine Privilegien mit den Reichen aus den Kon-Etagen teilen musste.

Der Kellner hatte ihn mit Kennerblick als Touristen identifiziert und ihm den Rat gegeben, sich heute nicht in die Nähe von bestimmten Plätzen zu begeben, die er ihm sogar freundlicherweise notierte. Es sei Walpurgisnacht, da machten die Stadthexen die Straßen unsicher. Und wenn man als unbedarfter Mensch gar in einen der Clubs eingeladen würde, in denen sich Gruftis und andere schwarz gekleidete Goths aufhielten, könne man sehr schnell Spielball der Hexenmagie werden.

Jones bedankte sich artig für die Warnung. Von dem Kellner aufmerksam gemacht, entdeckte er auf der Straße tatsächlich umherstreifende Männer und Frauen in dunklem Lack und Leder. Silber war die vorrangige Farbe ihrer Accessoires, manche trugen mehr Piercings im Gesicht wie Haare auf dem Kopf, die Frisuren wirkten mitunter abenteuerlich.

In seinem Fremdenführer über Leipzig fand er den Hinweis auf die ausgeprägte Gothic-Szene, die sich seit mehr als sechzig Jahren in der Stadt hielt und mehr oder weniger verborgen ihre Marotten pflegte.

Jones beobachtete eine junge Frau, die ein mehr als aufreizendes Kleid trug. Viel Spitzen, Mieder und stofffreie Zonen machten sie zu einem Hingucker. In nicht ganz jugendfreie Gedanken versunken, hob er seine Kaffeetasse und führte sie an die Lippen.

Ein Stuhl wurde am Tisch neben ihm zurückgezogen, ein breit gebauter Mann setzte sich.

Sofort war der Kellner heran und nahm die Bestellung auf. Dabei schaute der Neunankömmling zufällig auf seinen Tisch. »Kann ich mal einen Blick in den Fremdenführer werfen, Sir?«, erkundigte er sich höflich. Jones reichte ihm die Broschüre.

Der Mann blätterte darin herum und schaute sich scheinbar zufällig irgendwelche Seiten an, ehe er das Büchlein zurückgab. Er trank aus, zahlte und verschwand.

Was für einen nichts ahnenden Beobachter eine völlig normale Szene darstellte, war in Wirklichkeit die Instruktion über den abendlichen Treffpunkt der Gruppe. Im Zeitalter von Elektronik, Matrix und Verschlüsselungssystemen vertraute Jones auf den einfachen Zahlencode. Der Leser kombinierte die Seitenzahl mit der bestimmten Wortzahl, wie Seite 213 und Wort 11, und schon ergab ein harmloser Fremdenführer den perfekten Nachrichtenträger. Ohne das passende Werk und vor allem das Wissen um die richtigen Zahlen nicht zu entschlüsseln. Und mit dem Auftauchen von Forbes war der Letzte aus dem Team eingeweiht. Der Run konnte starten.

Im Gegensatz zu den Russen bildete ihr Kommando die bislang erfolgreichste Gruppe, die im Auftrag eines Mr. Smith rund um die Welt reiste und sich Artefakte unter den Nagel riss. An diesem Abend fühlte sich der Anführer jedoch zum ersten Mal weniger ausgeglichen als sonst. Smith hatte ihnen zwei Neue zugeteilt, die sich nicht mit dem Prozedere im Team auskannten und deren Fähigkeiten er nicht einschätzen konnte.

Alles Sträuben nützte nichts, der Auftraggeber bestand darauf. Und ihm kam die Ehre zu, die beiden aus dem Hotel abzuholen, in dem sie als »Herr und Frau Nielsen« abgestiegen waren. Wenn etwas schief ginge, würde es an denen liegen.

Jones beglich seine Rechnung und gab noch ein paar Cent Trinkgeld.

»Geben Sie auf sich Acht, Sir«, riet ihm der Kellner noch einmal eindringlich.

»Sie sind sehr aufmerksam, danke. Ich werde Ihren Rat beherzigen.« Er packte den Reiseführer in den riesigen Rucksack und trat hinaus.

Gemächlich schlenderte der Brite die Straße entlang und schaute abschließend zu den steinernen Figuren auf der Thomaskirche. Für einen kurzen Moment dachte er, dass sich eine der Gargoylen bewegt hätte. Nein, das bildete er sich nur ein. Es war Walpurgisnacht, nicht Halloween.

Er suchte die entsprechende Passage aus dem Fremdenführer heraus. Ihr Plan basierte zu einem Teil auf diesem seit dem Mittelalter verankerten Volksglauben, dass unzählige Hexen auf dem Blocksberg zusammenkamen, um zu feiern und tanzen. Auch in Leipzig würden Hexensabbate begangen werden.

Dabei kam der Auslöser des Festes aus seiner Heimat Großbritannien. Der Name stammte von der heiligen Walpurgis oder auch Walburga ab. Die englische Nonne kam im Jahre 750 nach Deutschland und gründete hier eine Ordensgemeinschaft. Ihr war der erste Maitag gewidmet, um die Schmach des heidnischen Treibens in der Nacht des 30. April auszumerzen. *Das wird von den Hexen niemand wissen,* urteilte er abfällig.

Nach einer halben Stunde Fußmarsch befand er sich

in einer Seitenstraße, gegenüber der Absteige *Allerlei*, eine der wohl billigsten Übernachtungsmöglichkeiten in der Leipziger Innenstadt. Die beiden Personen, die er abholen sollte, standen unschlüssig an der Straße und warteten darauf, dass etwas geschah.

Jones aktivierte sein implantiertes Funkgerät. »MacRay, Bericht.«

»Keine Verfolger, Sir. Sie sind sauber«, kam es sofort. »Nur mit dem Mann stimmt etwas nicht. Ich kann ihn astral nicht askennen.«

»Hat er sich maskiert?«

»Negativ, Sir. Er ist nicht da«, stellte der Schamane aus seinem Versteck heraus richtig. »Jetzt verstehe ich, weshalb wir sie mitnehmen sollen.«

Der Teamchef pfiff leise. »Okay, MacRay. Over.« Er näherte sich der Frau und dem Mann. »Guten Abend, Lady und Gentleman«, sagte er leise. »Ich habe zwei Tickets für die Operette ›Paukenschlag‹. Sind Sie daran interessiert?«, begann er die vereinbarte Losung.

»Hey, das klingt wie ein Schotte«, sagte die Locken-haarige begeistert und hörte sich dabei sehr ameri-kanisch an. Einen Hauch von Stadtsprache konnte sie nicht verbergen.

»Ja, wir würden gerne mitgehen. Für uns kommt aber nur Parkett infrage«, antwortete der Deutsche korrekt. Ungehaltenheit schwang in seiner Stimme. »Und wir möchten danach hinter die Bühne. Der Hauptdarsteller Albert soll sehr gut sein.«

»Dann folgen Sie mir, ich bringe Sie zum Ticketver-kauf. Der Online-Modus ist leider ausgefallen.« Jones lief los.

Jeroquee betrachtete den Kontaktmann. Nichts an ihm machte ihn zu einem auffälligen Zeitgenossen. Kein Schmuck, keine Ohrringe, kein Anzeichen von Indivi-dualität. Der Typ gehörte zu dem Schlag Menschen mit einem Allerweltsgesicht, das man sah und vergaß. Seine kurzen dunkelblonden Haare wurden größtenteils von einer Kappe verborgen, eine Allzweckwetterjacke schützte vor Wind und Regen, der aus grauen Wolken drohte.

Die Seattlerin hatte dem knappen Dialog gelauscht. Die Wortwahl stimmte perfekt. Dennoch blieb sie misstrauisch genug, um eine Hand an der verborgenen Ruger Super Warhawk am Gürtelholster zu haben. In weiser Voraussicht hatte sie das Futter ihrer Manteltasche aufgeschlitzt, um die Waffe jederzeit ziehen zu können.

Der vermeintliche Schotte führte sie in die Seitengasse, öffnete eine Hintertür und schritt durch einen langen, dunklen Gang. Anschließend stiegen sie über eine provisorische Treppe in den zweiten Stock.

Es roch nach Staub, Bohnerwachs und altem Holz. Ein zerschlissenes, fleckiges Tuch verhängte eine breite Glasfront, ein Loch im Stoff erlaubte einen Blick hinaus. Davor stand ein Dreibein, auf dem ein hoch auflösendes Fernglas montiert war.

»Sie haben uns ausspioniert«, meinte Xavier überrascht.

»Sagen wir, ich habe mir einen ausgiebigen Blick auf Sie gegönnt«, meinte Jones. Dass er sie seit dem Bahnhof observierte, band er ihnen nicht auf Nase. Er mochte es nicht, mit Unbekannten zu arbeiten, daher schaute er sich solche Leute gerne vorher an. »Gehört zum Geschäft. Und da Sie nicht einmal die Vorhänge zuzogen, machten Sie es mir recht einfach. Ich musste die technischen Spielereien nicht mal auspacken.« Er zog einen schweren Vorhang vor das Fenster, ehe er das Deckenlicht anknipste. »Willkommen in meiner Einsatzzentrale.« Vorsichtig setzte er den Rucksack ab. »Sie befinden sich in einem ehemaligen Bürogebäude, das demnächst umgebaut werden soll.«

Die Möblierung bestand aus umgedrehten Kisten und alten Schreibtischen. Ein paar Getränkedosen und

Essensverpackungen lagen auf den Holzimitatdielen umher.

Der Negamagier blickte sich im nahezu leeren Raum um. »In den Filmen, die ich gesehen habe, hängen normalerweise Karten an den Wänden. Ich finde es ziemlich kahl für ein HQ.«

Jones öffnete eine Kiste und nahm drei Dosen Cola heraus. Er reichte sie an die beiden Runner. »Warten Sie's ab.« Er warf einen Blick auf seine Armbanduhr. »In einer knappen Viertelstunde sind wir vollzählig. Sie kennen die Gebäudepläne hoffentlich auswendig?«

»Ich träume sogar schon davon«, gestand Xavier. »Worum geht es?«

Der Anführer leckte einen Tropfen des Erfrischungsgetränks vom Weißblech ab. »Sie wurden über unser eigentliches Ziel nicht in Kenntnis gesetzt?« Dieses Mal sprach er in reinstem Oxford-Englisch, und Jeroquee hob erstaunt den Kopf. »Nein, ich bin kein Schotte. Nur manchmal klinge ich gerne wie einer. Sie sind aus Seattle, wie ich höre?« Die ehemalige Ghuljägerin nickte. »Selbst wenn ich es vorher nicht gewusst hätte, ich registriere so etwas. Man kann Leute dazu bringen, das Falsche anzunehmen.«

»Haben Sie sich auch schon mal getäuscht?«, konnte sich Jeroquee die Frage nicht verkneifen.

»Zweimal«, räumte Jones ein. »Es kommt aber sehr selten vor.« Er lächelte sie an. »Seien Sie bitte nicht zu nervös und schießen Sie jetzt nicht. Ich weiß, dass Sie die Hand an Ihrer Super Warhawk haben.«

Eine Sekunde darauf wurde die Tür geöffnet. Herein traten ein ziemlich breit gebauter, kahlköpfiger Mann, eine Frau mit kurzen schwarzen Haaren und ein Elf mit spitzen Ohren. Sie alle waren etwa im Alter des Negamagiers. In ihren Händen trugen sie Sporttaschen, ihre Kleider passten hervorragend zum unauffälligen Stil ihres Anführers.

»Das sind Forbes, Marble und MacRay«, stellte Jones das restliche Team vor. »Forbes ist Scharfschütze, Marble ist Allrounderin und Elektronikspezialistin, MacRay die magische Seite unseres Kleeblattes.« Die drei nickten Jeroquee und Xavier nicht sonderlich freundlich zu, wie der Deutsche bemerkte. »Bei Ihrem Gastspiel handelt es sich um ein Novum«, unterstrich der Brite. »Wir machen nur deshalb eine Ausnahme, weil Mr. Nielsen bei diesem Run von einmaliger Bedeutung ist.« Warum sie die ehemalige Ghuljägerin mitschleppten, darüber machte der Engländer keine Andeutung.

Ein militärisch kurzes Zeichen, und das Trio verteilte sich um den Tisch. Jones nahm einen Laptop aus seinem Rucksack und aktivierte das Gerät. Nach einer Reihe von Passwortabfragen leuchtete die Außenaufnahme eines Klosters auf.

»Das ist das Paulinerkloster, das vor fünfhundert Jahren in Leipzig gegründet wurde«, erklärte der Brite.

Kaum sah der Negamagier das Gebäude, machte er große Augen. Er kannte das Kloster und die dort angesiedelte Bibliothek. Im Rahmen seiner Recherche über negative Magie surfte er des Öfteren über deren Server im »Magik-Net« herum, stöberte im »Nature Wizardry« oder »Scientific Sorcerer«. Er wusste, dass ihre Bestände auf rund 4,5 Millionen Bände geschätzt wurden. Historische Werke aus mehreren aufgelösten Klöstern lagerten in den Regalen. Dass sich eine der Schatullen mit dem geheimnisvollen Buch ausgerechnet hierher verirrt hatte, wunderte ihn nicht.

Allerdings galt die »Bibliotheca Albertina« in den Sonderbereichen als derart magisch gesichert, dass niemand hineingelangte. Watcher und Elementargeister überwachten die Gänge.

Jetzt verstand Xavier, weshalb sie ihn brauchten. Nur er wäre in der Lage, die magischen Wesen ungesehen zu passieren.

Jones tippte gegen den Monitor. »Ladys and Gentlemen, unser Ziel.« Ein Tastendruck, und ein Gebäudeplan zeigte alle Stockwerke in 3-D-Ansicht. »Wir alle kennen die Wege. Mein Squad«, der Brite betonte das Wort besonders, »sorgt dafür, dass wir ungesehen durch den einfach gesicherten Bereich gelangen. Die Sicherheitsanlagen dort sind eine machbare Herausforderung. Ab einem gewissen Punkt sind Sie beide auf sich allein gestellt. Ab dieser Tür«, er betätigte einen Knopf und der Plan vergrößerte sich, »müssen Sie sehen, wie Sie durchkommen. Wir halten Ihnen den Rücken frei. Die Überwachungszentrale der Bibliothek wird schätzungsweise nach vier Minuten merken, dass die Kameras nicht einwandfrei funktionieren. Spätestens ab diesem Zeitpunkt sollten Sie auf dem Rückweg sein.«

Jeroquee fuhr sich durch ihre braunen Locken. »Ehrlich gesagt, ich komme mir ein wenig überflüssig dabei vor«, gestand sie. »Mir ist nicht ganz klar, was ich bei Xavier soll.«

»Sie werden sich um verschlossene Türen und alles andere Reale kümmern, das sich ihm in den Weg stellt«, erläuterte der Brite. »Da wir draußen beschäftigt sind und niemanden entbehren können, wollte ihn Mr. Nielsen nicht allein wissen. Eine Sicherheitsmaßnahme, damit er ankommt.«

*Ich bin ein verdammter Kugelfang,* dachte die Seattlerin gereizt. Eine Zielscheibe für die Elementare und Magier.

MacRay, ein junger Mann mit lebhaften grünen Augen, warf einen langen Blick auf den Deutschen. Die magische Neugier brach durch. »Können Sie mir sagen, wie Sie das machen, dass Sie im Astralraum nicht sichtbar sind?«

Xavier hob entschuldigend die Schultern. »Nein, kann ich nicht. Es ist eine angeborene Fähigkeit.« Dabei beließ er es. »Sie sollten mich nicht berühren«, warnte er ihn vorsichtshalber. »Kann sein, dass ich Sie verletze oder einen Ihrer Fokusse beschädige.«

MacRay nickte beeindruckt. »Also gut, ich werd's mir merken.«

Der Teamleiter bat um Aufmerksamkeit und erläuterte rasch die Vorgehensweise. Er hatte Goth-Kleidung besorgt, damit sie in der Walpurgisnacht nicht weiter beachtet würden, wenn sie in dunklen Ecken herumstünden.

Zügig legten sie die schwarze Kleidung an. Unter den weiten schwarzen Mänteln ließen sich die Kevlarwesten und die restlichen Waffen hervorragend verbergen. Marble schminkte sie alle nach der Vorlage aus einem Grufti-Magazin.

»Genug gesprochen. Lasst Taten folgen«, sagte Forbes getragen, der mit seiner Maskerade mehr als unheimlich wirkte. Er trug den Rucksack des britischen Squads mit den übrigen Utensilien wie ECM-Geräte, elektronisches Spielzeug und C-12 Plastiksprengstoff, falls der Türöffner klemmte. Der Negamagier und die Seattlerin erhielten jeweils eine kleine Taschenversion des Einbruchpäckchens.

Sie verließen das Gebäude und stiegen in einen in der Nachbarschaft geparkten VW-Transporter. Der erste Teil des Runs begann.

# X.

*ADL, Groß-Frankfurt, Gallusviertel,*
*30. 04. 2058 AD, 20:45 Uhr*

Der Rundkick der Elfin gegen das Kinn des für eine Sekunde unaufmerksamen Schützen in der Torzone beförderte den Mann ins Reich der Besinnungslosigkeit, aufwachen würde er im »Kopfweh-Land«. Stocksteif fiel er zu Boden, die Bedrohung durch das MG war somit ausgeschaltet.

Neben einer Kiste sprang ein weiterer Royal hoch und feuerte. Blitzschnell ließ sie sich fallen, die Kugeln der MP sirrten über sie hinweg. Wie ein Breakdancer drehte sie sich am Boden, federte in die Höhe und schlug dem Angreifer die Maschinenpistole aus der Hand. »Und jetzt?«, grollte sie erregt. Das Adrenalin brachte sie an den Rand der Ekstase. Im Angesicht des Todes fühlte sie sich lebendiger denn je.

Er machte einen Satz zurück und zog ein Nun-Chaku. Die Stadtkriegerin parierte die wirbelnden Stöcke souverän mit ihren Sai-Gabeln, bis es ihr gelang, die Spitze in ein Kettenglied zu schieben und die Waffe des Gegners zu blockieren. Ihre zweite Sai-Gabel schlug mit voller Wucht gegen das Visier des Helms, das sofort Risse zeigte. Die Spitze bohrte sich genau in die Lücke am Halsansatz der Weste und perforierte die Lunge des Gegners. Ein harter Fußtritt gegen die Brust schleuderte den Verletzten zurück und auf die Erde.

»Sag gute Nacht!« Im Kampfrausch wollte sie nachsetzen, als die Leuchtfäden in der gegnerischen Weste aufglühten. Der Mann hatte aufgegeben und wurde somit unangreifbar.

Sie musste sich schwer beherrschen, ihre Spieße nicht

dennoch in seinem Leib zu versenken. Zwei Sekunden lang schwankte sie. Ihr bebender Schatten mit den erhobenen Waffen fiel drohend auf den Royal, bis die Vernunft die verlockende Stimme des Stresshormons niederrang.

Aus einer Nebenstraße rannte der feindliche Sani herbei und schaute nach dem Verteidiger, aus dessen Wunde Blut lief. Ächzend rang der Liegende nach Luft.

Die Elfin gab dem Publikum, was es sehen wollte. Genüsslich leckte sie das Rot von ihrer Stichwaffe und zeigte triumphierend die Stahlzähne.

»Achtung, Tattoo. Ein Neuling kommt zu dir. Wir haben ihn bis zur Ecke gedeckt, danach musst du übernehmen«, hörte sie Oneshots Stimme per Funk. »Wir können in Führung gehen.«

Am Ende der Gasse erschien der angekündigte Azubi ihres Teams. Und er trug tatsächlich den Ball! Sein Humpeln rührte von einer tiefen Schnittwunde am Unterschenkel, die ihn stark verlangsamte. Der Mainzer hatte es irgendwie geschafft, sich die Murmel zu schnappen und die Torzone zu erreichen.

»Okay, guter Job! Und jetzt pass hier rüber, verdammt!«, brüllte Tattoo ihrem verunsicherten Jäger zu, der unschwer erkennbar aus den Reihen der A666-Rocker stammte.

Zwei gegnerische Scouts tauchten auf und rannten auf ihn zu. Da ihnen die Munition ausgegangen war, schwangen sie ihre Katanas.

Tattoo realisierte wütend, dass sie zu weit entfernt stand. Ihre Waffe hatte keinen Schuss mehr, MG und MP durfte sie aufgrund des Reglements nicht einsetzen. Sie war zum Zuschauen verdammt.

*Das kann doch nicht wahr sein!* »Scheiße, wirf endlich, du Idiot!« Sie reckte die Hände. »Los!«

Das Gefuchtel der Scouts beeindruckte den Jungen nachhaltig. Entmutigt wich er zurück und klammerte sich an das Ei, als würde es ihn vor weiterem Schaden bewahren. Dabei bedeutete der Besitz des Balls das sichere Aus, wenn es einer der Gegner bemerkte.

Natürlich bemerkten es die Blood Royals, dazu leuchtete die Markierungsfarbe einfach zu gut.

Der ohnehin angeschlagene Black Baron hieb mit seiner dornenbesetzten Handkeule verzweifelt nach den Attackierenden, erlitt jedoch Sekunden darauf durch die Schneiden der Scouts einen Treffer, ehe er an den Aufgabeknopf gelangte. Der rot gefärbte Ball rollte über den Asphalt, wo er eine schmale Spur zog.

Einer der Royals deutete auf die Uhr, um ihr zu zeigen, dass sie zehn Sekunden hatte, den Ball aufzuheben. Der zweite winkte der Elfin hämisch zu.

Neun …

Der neue Elektroantrieb der getunten Ti1250-Geländemaschine Schlagergotts bewährte sich. Er hatte darauf bestanden, einen Hybridmotor einzubauen, um im Notfall auf Schleichfahrt gehen zu können und für Überraschung zu sorgen. Das gelang ihm hervorragend.

Acht …

Wie aus dem Nichts surrte die BMW um die Ecke, und bevor die beiden Scouts etwas unternahmen, röhrte das montierte G12 auf. Die Projektile schickten die Feinde lädiert auf die Straße. Ihre Aufgabesignale leuchteten synchron auf.

Sieben … sechs …

»Bleib, wo du bist«, lautete die Anweisung an Tattoo. Der Stürmer aktivierte den leistungsfähigeren Benzinmotor und raste mit Vollgas auf den Ball zu.

Fünf … vier …

Kurz bevor er den Ball überfuhr, bremste er abrupt und ließ das Hinterrad herumschwenken. Das Gummi traf das Ei perfekt. Das runde Hartplast hob ab und segelte durch die Luft.

Drei … zwei …

Die Aufklärerin fing den Ball in der neunten Sekunde der Aufnahme-Frist und schaffte das kleine Wunder, die Black Barons kurz vor Ende des zweiten Viertels gegen die favorisierten Blood Royals in Führung zu bringen.

Schlagergott hob den Daumen. Die Elfin erwiderte die Geste.

*ADL, Herzogtum Sachsen, Leipzig-Halle,*
*30. 04. 2058 AD, 21:31 Uhr*

Marble schnalzte ungehalten mit der Zunge, lötete ein paar Kontakte neu zusammen und korrigierte zum dritten Mal die Verkabelung. »Gleich hab ich's, Sir«, flüsterte sie.

MacRay überwachte das Squad aus dem Astralraum heraus, um vor Watchern und patrouillierenden Elementaren zu warnen. Die anderen standen zusammen, schirmten die Elektronikspezialistin ab und gaben vor, Leipziger Gruftis zu sein, die sich mit Alkohol auf die bevorstehende Walpurgisnacht einstimmten. Die Weinflasche, die dabei kreiste, enthielt Traubensaft.

»Affirmative.« Die Britin schnaubte zufrieden, stopfte den Kabelsalat zurück in die Öffnung und klemmte die Abdeckung davor. »Abgeklemmt und überbrückt, Sir«, berichtete die Frau. Die Kamera über ihnen zeigte nur noch das Standbild, der Alarm an der Tür war auf »Aus« geschaltet.

Jones öffnete die Tür und huschte in den Seitentrakt des Paulinerklosters. Die anderen folgten ihm, den Schluss bildete der Keltenschamane.

Sie standen in einem verlassenen, dunklen Kreuzgang, vor ihnen lag ein kleiner quadratischer Hof mit einem Springbrunnen und einem winzigen Kräutergarten.

»Vielleicht wäre da was für die Fitting Company dabei?«, meinte Jeroquee zu Xavier. »Sollen wir dem

Chef einen Gefallen tun und heilige Kräuter mitbringen?«

»Es reicht, wenn Sie Ihrem Chef die Kassette bringen«, sagte der Anführer leise. »Seien Sie ruhig.«

Die größeren Waffen wurden ausgepackt und innerhalb von Sekunden einsatzbereit gemacht. Die Briten arbeiteten ausschließlich mit nicht tödlicher Munition. Für Wetwork waren sie nicht bezahlt worden, also hatten sie keinerlei Gründe, jemanden zu erschießen. Zudem wirkte es sich strafmildernd aus, sollten sie geschnappt werden.

Sie zogen sich Sturmhauben über die weiß geschminkten Gesichter, um nicht unnötig Aufmerksamkeit zu erregen. Im Kloster kam es darauf an, nicht gesehen zu werden. Da bislang nichts schief gegangen war, wählten sie Route eins, die etwas länger war, aber weniger Hindernisse aufwies.

Marble hatte sich zudem ein elektronisches Gerät ähnlich einer Smartbrille aufgezogen. Es arbeitete mit verschiedenen Sichtmodi, wechselte durch verschiedene spektrale Ebenen und reagierte auf Temperaturschwankungen. Optimal, um Laserschranken und Kältezonen zu entdecken. Solche Kältezonen waren der neuste Schrei. Sobald sich die Temperatur eines künstlich gekühlten Raums veränderte, wozu schon eine Katze ausreichte, wurde Alarm ausgelöst.

Sie rechneten in dieser Zone noch nicht mit Hochtechnologie, wollten das Risiko aber weitgehend ausschließen. Die ersten Videokameras stellten kein Hindernis dar, sie wiesen tote Winkel auf, die die Truppe geschickt nutzte. Da der Trakt in erster Linie von Studierenden genutzt wurde und keinerlei Geheimnisse beherbergte, sparte der Dekan hier mit Sicherheitsvorrichtungen.

Das änderte sich nach zehn Minuten. Sie schickten sich an, den ersten der besser bewachten Bereiche zu durchqueren.

MacRay musste sie nun öfter vor Watchern warnen. Zwei Elementare tricksten sie ebenfalls aus, wobei Marbles Hitzesensor sie in letzter Sekunde vor einem der Feuerwesen warnte. Zwar konnte man nicht das Flimmern, dafür aber die Wärme des Geistes sehr deutlich erkennen.

Mit klopfendem Herzen drückte sich Jeroquee an die Buntsandsteinquader. *Ich habe anscheinend immer noch nicht die Profession gefunden, die mir liegt,* dachte sie reumütig. Wie gerne wäre sie jetzt in ihrem Appartement in Seattle Downtown, umgeben von wohlriechendem, warmem Wasser in ihrer riesigen Badewanne, dazu ein Glas Sekt und ein schöner Film. Doch der kleine Kick-Sucher in ihrem Hinterkopf applaudierte begeistert. Im Grunde wollte sie keinen langweiligen Job.

»Weiter«, befahl Jones und pirschte den Korridor entlang.

Vor einem PC-Terminal, das zur Buchrecherche diente, hielt das Team an. Marble entfernte die Metallverkleidung, kappte ein paar Kabel und verband die Enden mit einer schwarzen Box aus ihrem Rucksack. Sie aktivierte den einfachen Computer, ihre Finger flogen über die Tastatur. Statusmeldungen, die für ein Terminal sicherlich nicht gängig waren, flimmerten auf.

»Affirmative, Sir«, sagte die junge Britin nach einer Weile. »Sie haben die Recherche-Funktion mit dem zentralen System gekoppelt, um die Suchbegriffe der Studierenden besser kontrollieren zu können. Das spart mir Arbeit. Ich initiiere die Übernahme.« Sie verfiel in Schweigen, während die Kuppen in rasender Geschwindigkeit auf die Tastatur herabstießen.

Der Magier befand sich im Astralraum, Forbes spähte in die Dunkelheit, sein Sturmgewehr im Anschlag. Jones lehnte nachlässig an der Wand, seine Waffe locker vor dem Körper haltend.

Marble erwachte aus ihrer Starre. »Affirmative, Sir.

Ich habe Zugriff auf die Kameras und Sicherheitssysteme. Wenn es einen Sicherheitsrigger gibt, ist er derzeit nicht an seinem Platz.« Sie stockte. »Alles ruhig.«

Der Brite nickte Xavier und Jeroquee zu. »Das Ehepaar Nielsen sollte nun schleunigst dafür sorgen, dass wir die Schatulle kriegen. Wir halten die Stellung. Notfalls schicke ich Ihnen Forbes.«

Der Negamagier und die Seattlerin nickten gleichzeitig und eilten davon. Den Weg kannten sie aufgrund ihrer Vorbereitungen wie im Schlaf. Sie wagten es nicht, sich unterwegs zu unterhalten.

Drei Minuten später bogen sie um eine Ecke, hinter der die erste Haupttür auf sie wartete, aber zu Jeroquees Verblüffung standen sie vor einer massiven Wand. In Gedanken ging sie die zurückgelegte Route durch, konnte sich aber an keinerlei Fehler erinnern. Auch ihr Begleiter hatte nicht ein einziges Mal gezögert. Jemand musste Umbauten vorgenommen haben, von denen Zozoria, als er die Pläne des Paulinerklosters für den Run organisierte, nichts wusste.

*Fuck!* Unsicher schaute sie zu Xavier. »Und jetzt?«

*ADL, Groß-Frankfurt, Gallusviertel,*
*30. 04. 2058 AD, 21:31 Uhr*

Der Masseur walkte Tattoos Rücken mit aller Gewalt durch, um die Muskeln zu lockern, ließ davon ab und knetete die Oberschenkel durch. Die Elfin gönnte sich derweil einen Schluck zur Erfrischung und entspannte sich vollkommen.

Coach Karajan tigerte durch die Umkleide der Black Barons und beendete seine anfeuernde Rede an die Mannschaft mit den Worten »Sie werden schwächer!« und meinte damit die Blood Royals.

Davon hatte leider niemand etwas gespürt. Ganz im Gegenteil. Der von Tattoo ausgeschaltete Schütze war durch einen Troll ersetzt worden, mit dem sie sich im dritten Viertel anlegen mussten. Ein Troggy und ein MG, das hatte gerade noch gefehlt.

Dice hing angeschlagen in den Seilen und bekam von einem Sani gerade die Fleischwunde an seinem Schussarm zugetackert, eine Lage Panzertape stabilisierte die Konstruktion. Zwar würde er weitermachen, doch viel reißen würde er nicht mehr. So ziemlich alle Profis der Mainzer hatten sich Blessuren geholt, außer ihr, Oneshot und Schlagergott.

Drei der A666-Rocker lagen bereits auf Eis, bis die Vertreter der Organbank angekommen waren, um die noch verwertbaren Organe zu entnehmen. Das sorgte bei den Stadtkrieg-Azubis nicht gerade für eine optimistische Stimmung.

Zwar weigerte sich die Aufklärerin, das Halbfinale bereits vor dem dritten Viertel abzuschreiben, aber unvoreingenommen betrachtet war die Niederlage unausweichlich. Die Briten würden alles daransetzen, den Ausgleich zu schaffen und in Führung zu gehen. Wie sie gehört hatte, traten in wenigen Minuten nur Orks gegen sie an.

Oneshot schien ihre Gedanken zu lesen. Das Antlitz des Elfs verhieß nichts Gutes, als er zu ihr schlenderte und sich neben sie hockte. »Deine Einschätzung?«

»Willst du sie wirklich hören?«

Der Kapitän nickte. »Du musst es nicht sagen, ich denke das Gleiche. Wir sollten uns festlegen, was wichtiger ist: die Liga-Meisterschaft oder die Trophy.«

Tattoo warf einen Blick auf die Uhr, sprang auf und legte ihre Panzerweste ab. »Bei der Trophy sind wir noch lange nicht im Endspiel und würden spätestens dort den Kürzeren ziehen.« Sie schaute dem Elf in die Augen und schluckte. »Wir sollten das Handtuch werfen, ehe wir auch den letzten Rest der Stammbesetzung verlieren.« Ihre Hand deutete in Richtung Dice und des Stürmers. »Damit wäre die Meisterschaft ebenfalls passé.«

Plötzlich flammte Scheinwerferlicht auf und tauchte die beiden in Helligkeit. »Geschätzte Zuschauer, hier sind Sie Zeuge, was die Profis kurz vor dem Aufmarsch in das dritte Viertel bereden«, hörten sie Poolitzer sagen, der den Tonfall eines Marktschreiers imitierte. »Nur mit mir sind Sie so nah, so direkt, so live am Geschehen.«

Die Aufklärerin wandte sich langsam zur Kamera. »Schön, dass du da bist«, sagte sie ohne Freude in der Stimme. Sie warf das verschwitzte Handtuch über den Kopf des Reporters. »Film das, und stör uns nicht weiter, Linse. Wir haben Wichtiges zu bereden.«

»Darf ich das behalten?«, kam es gedämpft unter dem feuchten Stoff hervor. »Das lasse ich sofort einschweißen, und später versteigere ich es. Fans bezahlen unendlich viel Kies dafür, kann ich mir vorstellen.« Er riss sich den Blickschutz herunter. Unerbittlich richtete er das Objektiv auf die beiden Spieler. »Also, wie ist die Stimmung bei den Sympathieträgern Nummer eins in den ADL?«

Plötzlich hatte er die Kamera nicht mehr in der Hand und fand sich im großen Wäschekübel wieder, umgeben von blutigen T-Shirts und stinkenden Socken. Schimpfend kletterte er aus dem Behälter, das Gelächter der Stadtkrieger begrüßte ihn.

»Sehr komisch«, äffte er ihre Heiterkeit übertrieben nach. »Wo ist meine Kamera, Tattoo?«

Die Elfin deutete nach oben. Die VX2200 baumelte an der Decke, unerreichbar für Poolitzer.

»Elende Spielverderber«, grummelte er, während er eine Bank heranzog, um mit deren Hilfe nach der Kamera zu klauben.

Oneshot winkte den Coach zu sich, und flüsternd besprachen sie sich mit der Elfin, wie der Seattler bei seiner Bergungsaktion aus dem Augenwinkel sah.

360

Die Rückfahrt aus Weimar hatte länger gedauert als geplant, dennoch traf er rechtzeitig ein, um das Feature über die Black Barons fortzusetzen. Im Gegensatz zu anderen Reportern durfte er sich zwischen den Barons frei bewegen, was er dem gemeinsamen Interesse an der Schatulle verdankte. Zudem sahen ihn einige der Spieler bereits als Maskottchen an. Die DeMeKo besaß die Übertragungsrechte der Spiele, nicht aber die Rechte an Features. Damit stand ihm die Hintertür für seinen Bericht offen.

Ein beherzter Sprung brachte ihm die geliebte VX2200 zurück. *Wieder auf Sendung,* freute er sich und setzte sich die Portacam-Halterung auf.

In diesem Moment ließ Coach Karajan abstimmen, ob man das Viertelfinale mit Blick auf die Chance auf die Meisterschaft freiwillig aufgeben sollte. Überrumpelt schwenkte Poolitzer über die erhobenen Arme der Stadtkrieger, die sich schweren Herzens zum Rückzug aus dem Kampf um die Trophy entschieden. Anschließend ging Karajan hinaus, um die Gründe vor einer offiziellen ISSV-Kamera zu erläutern.

»Eine so bittere Niederlage mussten die Black Barons noch nie einstecken. Taktisches K.o.«, kommentierte Poolitzer für die Zuschauer und zoomte auf die niedergeschlagenen Gesichter der Kämpfer. »Hut ab vor der Entscheidung. Hoffen wir, dass das Team bei der deutschen Meisterschaft besser abschneidet.« Er schaltete das Gerät ab und zog sich die Kopfhalterung herunter. Aus weiter Entfernung hörte man den gedämpften Jubel der Blood Royals.

*ADL, Herzogtum Sachsen, Leipzig-Halle,*
*30. 04. 2058 AD, 22:00 Uhr*

»Ihr steht auf einer druckempfindlichen Platte«, informierte sie Jones über Kopfhörer. »Marble kann den
Alarm nur unterdrücken, wenn ihr ihn nicht ständig
von neuem auslöst. Dazu müsst ihr da weg!«

Die Seattlerin fluchte. »Wir stehen hier vor einer
Wand, Jones. Wir haben die falschen Pläne ...«

»Was redest du da?«, unterbrach sie Xavier erstaunt.
»Los, kümmere dich um das Schloss.«

Die ehemalige Ghuljägerin unterbrach die Verbindung
zu dem Briten. »Äh, sind meine Augen kaputt oder
deine? Wie soll ich denn eine Mauer überbrücken? Hat
der Stein irgendwo Anschlüsse für einen Magschlossknacker?«

Xavier kam ein Verdacht. Er trat nach vorn und
streckte die Hand aus. Sein antimagisches Feld machte
kurzen Prozess mit der Verzauberung. Sofort wandelte
sich die Mauer für Jeroquee in eine Tür. »'tschuldigung.
Ich hab nicht gesehen, dass jemand eine Illusion darauf
sprach. Und, siehst du sie jetzt?«

»Ja.« Nun entdeckte sie den Eingang samt Schloss.
Das konnte noch heiter werden. Hätten die Magier eine
Fallgrube mit einem Scheinboden versehen, wäre sie die
Glückliche, die im wahrsten Sinne des Wortes auf den
Trick hereinfiel.

Nicht ganz bei der Sache begann sie, sich mit der
Sperrvorrichtung zu beschäftigen. Dennoch setzte sie
die Elektronik schachmatt, die Riegel fuhren ein und
gaben den Weg frei.

»Hat sich das geklärt?«, erkundigte sich der Anführer.

»Alles in Ordnung«, beruhigte der Negamagier und
zog die Tür auf.

Eine Flammenzunge schoss augenblicklich heraus und
hüllte den Deutschen vollständig ein. Schreiend wich

Jeroquee vor der Hitze zurück und wandte sich ab, um das Gesicht zu schützen. Die Feuerwolke waberte nach oben und verpuffte. Es wurde wieder dunkel im Gang. Jemand tippte ihr auf die Schulter.

»Was war jetzt?«, fragte der Negamagier neugierig. »Ist was passiert?«

Die junge Seattlerin rang keuchend nach Atem. »Was? Das Feuer ...« Sie begriff, dass sie schon wieder einer Illusion auf den Leim gegangen war. »Scheiße, das macht ... mein Herz auf Dauer ... nicht mit.« Sie konzentrierte sich, und der Puls regulierte sich auf ein Normalmaß. »Ich setze keinen Fuß in diese Magiehölle.«

»Du musst.«

»Nein.«

»Sei nicht so stur. Du kennst dich mit Elektronik aus, ich nicht«, machte er sie aufmerksam. »Du hast keine Wahl, wenn du den Run nicht platzen lassen willst. Zozoria ist dein Boss, du wirst es ihm also selbst erklären, warum er die Kiste nicht bekommt.« Er machte Anstalten, sich umzudrehen und zurückzugehen.

Die lebhafte Vorstellung, dem von seinem Ziel besessenen Magier das Scheitern der Mission verkünden zu müssen, zog. Jeroquee raffte sich auf.

»Ja, ja, schon gut«, pfiff sie ihn zurück. »Lass uns die Schatulle klauen.« Sie ging vorsichtig zur Tür und schaute in den dahinter liegenden Raum. Dieses Mal blieb alles ruhig. »Wir sollten unbedingt ›Ich sehe was, was du nicht siehst‹ spielen«, sagte sie über die Schulter und wich zur Seite, um ihn vorgehen zu lassen. »Und ›men first‹. Ausnahmsweise.«

Grinsend schritt er an ihr vorbei.

»Oh, heiliger Shit«, raunte sie. Sie wollte sofort an einen anderen Ort.

*ADL, Kirkel-Limbach (SOX), 30. 04. 2058 AD, 21:59 Uhr*

Von weitem hielt man sie für Glow-Punks, so abgerissen und mitgenommen sahen Ordog und sein Plünderer-team inzwischen aus. Zwei Tage lang wagten sie sich nicht aus ihrem Kellerversteck und pflegten ihre Blessuren, die sie sich beim Marsch durch die Tunnel einge-fangen hatten.

In der Umgebung von Homburg wimmelte es nur so von Kontrollrat-Gardisten und Drohnen. Ein ganzer Jagdtrupp, schwer gepanzert und noch schwerer be-waffnet, durchkämmte die kleine Ortschaft, und bevor sie das Runner-Team fanden, trafen die Soldaten auf eine Ghulsippe, die sie erledigen konnten. Zwar ent-deckten sie auch die Plünderer und lieferten sich ein Feuergefecht mit ihnen, doch die Leichenfresser hatten ihnen vorher so schwer zugesetzt, dass die Gardisten unterlagen.

Dafür kassierten Schibulsky, Ordog und Trebker böse Verletzungen. Schuld waren die Projektile der Gegner und herabstürzende Trümmer des Gebäudes, in dem sie sich verschanzten. Die Ziegel und Dachsparren hagelten vor allem auf den Ork nieder, nachdem die Druckwelle einer Granate die Katastrophe auslöste.

Danach wurde es ruhig in Limbach, die Aktion war abgeschlossen und offensichtlich erfolgreich, wie man an der Stille erkannte. Keine Bomber, keine Hubschrau-ber. Todesstille.

Ordogs Bein schmerzte höllisch, wenn er den Scha-denskompensator probehalber ausschaltete. Die Wunde im Oberschenkel pochte. Alle medizinische Kunst Schi-bulskys blieb nur ein Provisorium, die Verletzten muss-ten so schnell wie möglich in ein Krankenhaus.

Trebkers Halstreffer, die kaum geheilten Frakturen des Orks und seine Schrammen schrien nach einem Arzt, sterilen Räumen und intensiver Pflege. Doch ehe sie ihr müdes Haupt auf ein kuscheliges Kissen legten, mussten sie ihre angeschossenen Hintern aus der SOX bringen.

Mit Schrecken dachte der Anführer an die immensen Kosten, welche die Schattenklinik veranschlagen würde. Dazu addierten sich das Checken der Cyberware und mögliche Reparaturen oder Neuverdrahtungen, die Ausgaben für eine Dekontaminierung und Blutwäsche fügten sich nahtlos an.

*Am Ende werde wir drauflegen,* fluchte er niedergeschlagen und rieb über seinen Rucksack, in dem er den Schmuck aufbewahrte. Hoffentlich reichte das aus. »Ich schaue nach, ob die Luft rein ist«, erklärte er dem dösenden Schibulsky. Der Bundesbeamte und Sheik schliefen aneinander gelehnt, Michels Schnarchen klang mehr nach Grunzen und Schmatzen.

Mit zusammengebissenen Zähnen humpelte er die Treppe hinauf, kroch aus dem Keller und stieg ins halb zerstörte Dachgeschoss. Er wählte das Zimmer, das nach dem Einsturz noch intakt geblieben war.

Eine dicke, rötliche Staubschicht lag auf dem schrägen Fenster, die Reste des pulverisierten Schlossbergs, die der Wind im Umland verteilte.

Der fahle Straßensamurai legte seine Ersatzatemmaske an und öffnete die verglaste Luke. Die Feuer in der Ebene brannten nur noch leicht. Die Qualmwolken waren verschwunden, nichts mehr störte den Blick auf das grauschwarze Trümmerfeld. Von seiner Position aus wirkte die Ebene wie ein riesiger betonierter Platz, einem Flughafen sehr ähnlich. Der Bombenhagel hatte aus der Stadt ein Flachland gemacht, das vermutlich höher kontaminiert war als alle Giftmüllhalden der Welt zusammen. Die Altlasten und die Chemikalien der Sprengkörper, die Unmengen an explodierter Munition in den Schlossberghöhlen sorgten dafür, dass sich in den nächsten Jahren in diesem Bereich der SOX kein

Leben entwickelte. Nicht einmal mutiertes, wie es an anderen Stellen der verseuchten Zone der Fall war.

Angesichts dieser Ödnis kam Ordog eine Idee, wie sie an Geld gelangten. Nicht umsonst kannte er Poolitzer, der sich nach dem gemeinsamen Run gegen die ECC-Arkologie in einen anderen Teil der ADL abgesetzt hatte. Für solche Aufnahmen, direkt aus dem Sperrgebiet, würde er jede Menge Schotter abdrücken.

Er hinkte in das Versteck und holte das kleine Aufzeichnungsgerät. Mit dem letzten Rest Batteriepower machte er einen Schwenk über die postapokalyptische Szenerie. Das sollte Poolitzer ein paar Tausender wert sein. Die CD verstaute er bei Trebkers Datenträgern. Aus reiner Neugier überprüfte er die bisherigen Aufzeichnungen und entdeckte, dass auch das Bombardement des Berges auf CD gespeichert war.

Seine Begleiter erwachten nach und nach aus dem leichten Schlummer. In aller Kürze unterrichtete er sie darüber, auf welchem Weg er die SOX verlassen wollte.

Ihr Unternehmen würde erst am fünfzig Meter breiten Todesstreifen gefährlich werden, wenn es darum ging, das Minenfeld zu durchqueren und anschließend über die Mauer zu klettern.

Der Araber hockte daneben und kritzelte irgendwelche Zeichen in sein zerfleddertes Notizbuch. Dabei brummte er unverständliche Worte vor sich hin. Sein Äußeres war ebenso ungepflegt wie das der übrigen Runner, in den braunen Augen spiegelten sich abwechselnd Wahn und Leere.

Der Ork betrachtete ihn mitleidig. »Schade um den lieben Kerl.«

Der Zwerg klopfte ihm auf den Rücken. »Hey, Turbanwickler. Sag was.«

Trebker richtete sich vorsichtig auf und legte eine Hand dabei auf den Verband, damit er nicht verrutschte. »Um einen Aufenthalt in der Psychiatrie kommt er nicht herum. Seine Angehörigen werden für ihn sorgen müssen.«

Michels schüttelte den Kopf, Staub rieselte aus seinen Haaren. »Er hat keine Angehörigen. Der Kiffscheich hat sicher davon geträumt, ein kleiner Ölmulti zu sein. Aber er war's eben nicht.«

»Was wird dann aus ihm?«, wollte der Ork wissen. »Soll er sich irgendwo hinhocken und warten, bis er von allein tot umfällt?«

»Lasst uns erst mal aus der SOX verschwinden«, unterband Ordog jede weitere Gedankenspielerei.

Sie brachen auf. Die Invalidentruppe schleppte sich die Straße entlang und folgte dem grauen Asphaltband in Richtung Einöd.

Es wurde ein beschwerlicher Marsch. Hin und wieder warfen sie sich ins hohe Gras, um patrouillierenden Jagddrohnen zu entgehen. Auch die vorbeidonnernden Spähpanzer der Marke Wolf II schenkten ihnen keinerlei Beachtung. Die Plünderer wurden nach dem vielen Pech, das sie in den letzten Tagen heimgesucht hatte, nun von persönlichen Schutzengeln begleitet.

Gegen zwei Uhr erreichten sie die gerodete Zone. Ein Elektrozaun verhinderte, dass Tiere in den verminten Bereich liefen und die Sprengfallen auslösten. Drehbare Kameras mit Bewegungssensoren hingen etwa alle fünfzig Meter an den Pfosten. Schilder mit dem Aufdruck »Vorsicht! Minen!« und lachende Totenköpfe warnten, über die Absperrung zu steigen.

Wachtürme sahen sie keine. Dafür zischte eine Ares Sentinel der P-Serie in unregelmäßigen Abständen auf einer Laufschiene vorbei, die knapp unterhalb der fünf Meter hohen Mauerspitze installiert war. Ein leises Rauschen machte die Ausbrecher kurz vorher auf das Auftauchen der Drohne aufmerksam. Ihr Mini-Geschützturm trug ein leichtes Maschinengewehr.

»Hat jemand einen Vorschlag, wie wir das schaffen?«,

regte er die Gruppe zum Nachdenken an. »Und komm mir keiner mit dem Seiltrick. Ich habe kein so langes dabei.«

»Wir könnten ein paar Ghule suchen und sie durch ein Loch im Zaun jagen, damit wir wissen, wo die Minen liegen«, schlug der Zwerg vor, was ihm einen strafenden Blick des Bundesbeamten bescherte.

»Klauen wir uns doch einfach einen Panzer von den Gardisten, die durch die Gegend fahren«, toppte der Ork Michels' Vorschlag. »Wir müssen uns nur gut anschleichen und die Mannschaft bei ihrer Pinkelpause überraschen.«

»Können Sie so ein Ding fahren?«, fragte Trebker erstaunt.

Schibulsky verneinte. »So schwer kann's nicht sein. Gas, Lenker und immer der Nase nach«, meinte er zuversichtlich. »Was soll dann einen Panzer schon aufhalten?«

Ordogs Augen glitten den Waldrand entlang bis zu einer Stelle, an der das Gehölz ganz nah am Zaun stand. Ihm kam eine Idee.

Kurz darauf wurde der Stamm der Tanne von mehreren Detonationen durchgeschüttelt. Langsam neigte sich der Baum zur Seite und kippte genau auf den Todesstreifen.

»Timber!«, schallte es durch den Wald.

Das tonnenschwere Holz drückte den Elektrozaun mit Leichtigkeit zusammen und schlug auf dem gerodeten Gebiet auf. Die Spitze berührte noch nicht den Boden, da zerfetzten gleich fünf Sprengladungen den Stamm an verschiedenen Stellen. Splitter flogen davon, die Tanne wurde in mehrere Teile gerissen. Dort, wo sie aufschlugen, aktivierten sie die nächsten Sprengfallen. Es roch sehr intensiv nach frischem Harz.

»Timber!«, rief Michels ein weiteres Mal, der flach am

Boden lag und von dort aus nach der Sentinel-Drohne Ausschau hielt.

Der nächste Baum fiel in den Todesstreifen, direkt neben den ersten. Das Schauspiel wiederholte sich.

Ordog band die nächsten Handgranaten um den Stamm der dritten Tanne. Seine Begleiter sprangen in Deckung, Sheik wurde auf den Waldboden gedrückt, ein gezielter Schuss brachte die Handgranaten zum Hochgehen. Wie gehofft rumpelte der Baum in das verminte Areal.

Und dieses Mal tat sich nichts mehr. Die Bäume hatten alle Sprengfallen in diesem Bereich ausgelöst.

»Seid vorsichtig. Einer geht hinter dem anderen. Kann sein, dass nicht alle Minen hochgegangen sind.« Der Straßensamurai sprang auf und setzte sich an die Spitze.

Unsicher balancierte er über den Holzstamm der dritten Tanne. Sein Unterschenkelknochen beschwerte sich mit Dauerschmerz gegen die ständige Beanspruchung, eine Entzündung kündigte sich an. Obwohl er dreimal von der Rinde abrutschte und auf die Erde trat, geschah ihm nichts. Erleichtert stand er am Fuß der fünf Meter hohen Mauer und suchte das Stahlseil heraus.

Nach Trebker folgte Schibulsky, den Schluss bildeten Michels und der Araber. Sie hatten die Hälfte der Strecke zurückgelegt, als die Sentinel heranrauschte und sofort das Feuer auf die beiden eröffnete.

Der Zwerg ging das Risiko ein, sich neben der Tanne in den Staub zu werfen. Das dicke Holz gewährte ein wenig Schutz vor den Projektilen. Sheik wanderte auf dem Stamm weiter und kritzelte in seinem Buch herum. Weil er nicht auf den Untergrund achtete, verlor er den Halt und stürzte. Dem Ausrutscher verdankte er sein Leben. Kugeln pfiffen über ihn hinweg.

Die Sensoren der Drohne hatten sich auf den Zwerg und den Magier eingestellt, die Gruppe an der Mauer ignorierte sie vorerst. Die Sentinel schnurrte an ihrer Schiene entlang und suchte sich eine bessere Schussposition.

Michels entdeckte unmittelbar neben seiner Hand den Rand einer Mine. Wenn das mal kein Hinweis war. Sofort zückte er sein Messer und stocherte in der Erde herum, bis er die Sprengfalle gelockert hatte.

Er legte sie frei und betete dabei, dass sie über keinen Erschütterungssensor verfügte. Der warnende Zuruf Ordogs hielt ihn in letzter Sekunde davon ab, die Tretmine anzuheben. Am Boden des Konstrukts befand sich ein Draht, der in der Erde verankert war. *Eine zweite Reißleine,* schauderte der kleine Metamensch, während er die Sicherung kappte.

»Lenkt sie ab!«, rief er zu seinen Freunden. »Ich werfe das Ding!«

Trebker und Ordog feuerten auf die Drohne. Der Autopilot registrierte sie jetzt als weitere Gefahrenquelle. Das leichte MG schwenkte herum und visierte die schutzlosen Runner an.

Michels schnellte hinter seiner Deckung hervor, sprang zurück auf den Stamm und lief näher an die Sentinel heran.

Der künstliche Hundeverstand der Drohne geriet in Prioritätsprobleme. Das alte Ziel war wieder aufgetaucht, die neuen Ziele durften ebenfalls nicht vernachlässigt werden. Als die Mündung in Richtung des Zwergs schwenkte, war er auf fast zehn Meter heran.

»Runter!«, schrie er und schleuderte die Mine wie eine Frisbee-Scheibe. Dann hechtete er ebenfalls zurück. Die Sprengfalle segelte eiernd auf die Drohne zu.

Der Zwerg hatte sich verschätzt. Die Mine flog über die Sentinel hinweg, verfing sich im Stacheldraht und bahnte sich langsam ihren Weg durch die scharfen Metallhaken, bis sie mit dem Auslöser auf die Mauer prallte. Es gab einen lauten Knall, als die Mine

370

detonierte und die Drohne mit Schrapnellen überschüttete.

Abgetrennte Stücke der Panzerung kreiselten davon,
an einigen Stellen durchschlugen die Fragmente die
Verschalung und beschädigten die Elektronik. Das MG
deutete wie ein schlappes Stück Schlauch auf den
Boden.

»Jemand verletzt?,« erkundigte sich Ordog bei seinen
Leuten und schaute zu seinen Begleitern.

»Hier«, meinte Trebker schwach. Die Mauer hinter
ihm war voller Blut. Ein scharfkantiges Metallstück von
der Drohnenpanzerung steckte darin. In der nächsten
Sekunde kippte er vornüber und stürzte wie ein Sack
um. Im Rücken klaffte ein großes Loch.

Schibulsky musste sich nicht einmal bücken, um nach
dem Puls des Mannes zu sehen. Eine solche Verletzung
überlebte niemand, zumal er so viel Blut verloren hatte.

Michels kniff die Mundwinkel zusammen. »Scheiße.«

»Ich hätte es ihm gegönnt, nach Hause zu kommen.«
Ordog nahm seinen Ausweis an sich und suchte die
CDs aus dem zerfetzten Rucksack des Bundesbeamten.
Hastig verstaute er sie und begann das Kabel hinaufzu-
klettern. »Weiter. Wir sind bald in der Freiheit.«

Oben angekommen, sicherte er sich und ließ den
Leichnam des Bundesbeamten am Restseil festknoten.
Er nutzte die sterblichen Überreste des Mannes, um sie
über den Monofilamentdraht zu legen und die scharfen
Stränge niederzudrücken.

Michels und Schibulsky setzten derweil zwei anrü-
ckende Aufklärungsdrohnen außer Gefecht. Nun würde
es nur noch Minuten dauern, bis Gardisten auftauchten.

Verbissen verrichtete der bleiche Runner seine Arbeit,
bis er sich auf die Mauerspitze schwang und einen
Rundumblick wagte.

Michels hangelte sich hinauf, und zu zweit zogen sie
Sheik nach oben und setzten ihn auf der anderen Seite

wieder ab. Somit war der Araber der Erste des Teams, der sich in Freiheit befand, und dem es am gleichgültigsten war.

Keuchend zerrten sie den Ork die Wand hinauf, um ihn gleich wieder auf ADL-Boden abzuseilen. Der Zwerg ließ sich auf die Erde gleiten.

Das Stehen auf Trebkers Leiche wurde allmählich zu einer wackeligen Angelegenheit. Als sich Ordog bereitmachte, als Letzter aus der SOX zu flüchten, verabschiedeten sich die bislang fleißigen Schutzengel von dem Anführer.

Nicht nur, dass er ausglitt, nein, er stürzte sogar rückwärts.

*ADL, Herzogtum Sachsen, Leipzig-Halle,*
*30. 04. 2058 AD, 22:04 Uhr*

Sie spielten wirklich »Ich sehe was, was du nicht siehst«. Jeroquee stellte fest, dass ein gewöhnlicher Einbrecher in den heiligen Hallen der Bibliotheca Albertina den Verstand verloren hätte.

Doch Xavier machte Illusionen und magische Fallen durch eine simple Berührung zunichte. Zielsicher bewegte er sich vorwärts, bis sie vor der letzten Tür standen. Danach müsste sie warten. Dahinter lauerten mehrere Elementare, wie sie aus den Plänen wusste.

Die Seattlerin bediente den Magschlossknacker, wünschte Xavier viel Glück und zog sich in den Korridor zurück. Dort wartete sie mit gezogener Waffe auf die Rückkehr des Negamagiers.

Jones mahnte zu einer größeren Geschwindigkeit. Offenbar bemerkte jemand, dass mit dem Sicherheitssystem etwas nicht stimmte, und aktivierte eine Sicherheitsabfrage.

Xavier wartete, bis das grüne Lämpchen an dem elektronischen Dietrich aufleuchtete. Ein mulmiges Gefühl beschlich ihn. Zwar vertraute er seinen Fähigkeiten, allerdings reichte es aus, dass ein Elementar nur auf die Idee kommen musste, einen Schrank auf ihn fallen zu lassen, und schon wäre seine Antimagie-Befähigung für die Katz.

*Hoffen wir, dass sie nicht ausgerechnet heute darauf kommen,* bat er die Schicksalsgöttin.

Xavier betrat den nächsten Raum, der wie die anderen Zimmer vor Büchern überquoll. Die Archivierung war in vollem Gange, wie er an den umherliegenden Exemplaren und Karteikästen bemerkte. Dennoch schätzte er die Zeitspanne auf mehrere Jahre, bis alle Werke erfasst waren.

Aufmerksam schaute er sich um, dann erstarrte er. Ein Mann, um die fünfzig und sehr altertümlich gekleidet, saß vier Meter von ihm entfernt in einem Sessel und schmökerte in der Ausgabe »Die Wurzeln des Übels«. Unmittelbar neben ihm befand sich die vorletzte der Kassetten.

Klackend fiel die Tür ins Schloss, der Leser hob erstaunt den Kopf. Leere Augenhöhlen richteten sich auf den Eingang.

Plötzlich verschwand der Mann, nur um neben Xavier zu erscheinen. Seine Aufmerksamkeit richtete sich nicht auf den Eindringling, sondern auf die Tasche, die der Negamagier an seiner Seite trug. Vorsichtig tippte er dagegen.

Xavier erkannte, dass es sich bei dem Aufpasser um ein magisches Wesen handelte, das nicht ihn, dafür aber die Tasche sah, an die er gar nicht gedacht hatte. Seine Aura von Antimagie baute sich nur ausladend auf, wenn er attackiert wurde. Im Normalzustand leistete sie nicht mehr, wie sie unbedingt musste, machte nur ihn samt Kleidung unsichtbar. Jedenfalls erregte die schwebende Tasche die Neugier des Wesens.

Jetzt musste er auf seine angeborene Fähigkeit vertrauen. Er fasste blitzschnell zu und nahm den Kopf des Mannes in beide Hände.

Der Angegriffene brüllte seine Schmerzen heraus, fasste nach den Fingern des Negamagiers und verstärkte sein Geheul. Die Berührung bereitete ihm qualvolle Schmerzen. Einen Lidschlag später verging der Aufpasser.

Der Schrei war gehört worden. Hüter tauchten auf, huschten wie ein aufgescheuchter Bienenschwarm zwischen den Regalen entlang und machten sich auf die Suche nach dem Eindringling. Zu dem Zeitpunkt hatte der Runner den verräterischen Behälter längst abgelegt.

Einer der niederen Geister stieß mit ihm zusammen. Die Antimagie absorbierte ihn augenblicklich. Der Dekan der Bibliothek musste mit dem Besuch gerechnet und sehr genau gewusst haben, worauf es die Einbrecher absahen. Die plötzlich flimmernde Luft um die Schatulle warnte ihn, dass sich Elementare zum Schutz des Artefakts positionierten, während die Watcher verzweifelt versuchten, den Dieb aufzuspüren.

Er holte tief Luft und schritt an den Tisch heran. Da es nicht möglich war, an den magischen Buchwärtern vorbeizugreifen, berührte er das Flirren, um den Elementar zum Rückzug zu zwingen.

Seine Hand traf auf leichten Widerstand, der abrupt verschwand. Geschwind legte er seine Hände an die Schatulle und brach die Barriere auf. Der Vorgang nahm einige Sekunden in Anspruch.

Um ihn herum tobten die Watcher und schrien immer mehr herbei. Die Elementare attackierten ihn mit Sicherheit, dennoch spürte er nichts von ihren Angriffen. Solange sie dabei auf Magie vertrauten, befand er sich, so paradox es klang, in Sicherheit.

Endlich schwand der letzte Rest der Schutzsphäre um die Kassette. Hastig klappte er sie auf und langte hinein. Das Buch klemmte er sich unter die kugelsichere Weste und rannte zum Ausgang, was etliche niedere Geistwesen das Leben kostete.

»Sie haben das Buch, wie ich annehme, Mr. Nielsen?«, meldete sich der Brite. Im Hintergrund vernahm Xavier ein angestrengtes Atmen und leises Ploppen von schallgedämpften Waffen. »Bei uns sind einige Gentlemen aufgetaucht, die uns gerne an die frische Luft befördern möchten. Ich schlage daher vor, wir folgen ihrer Aufforderung. Beeilen Sie sich!«

Das ließ sich der Runner nicht zweimal sagen. Nichts hielt ihn bei seiner Flucht auf. Die Verwirrung der magischen Verteidiger stellte einen enormen Vorteil dar.

Jeroquee kauerte mit ihrer Waffe im Anschlag neben der ersten Tür und atmete sichtlich auf, als Xavier auftauchte. »Mann, endlich! Hier war ein kleiner …«

»Keine Zeit«, keuchte er und hetzte weiter. Sie deckte den Rückzug.

Jones und sein Squad verteidigten ihre Stellung am Terminal. Marble hatte sich inzwischen ausgeklinkt und zum Gewehr gegriffen, Jones und Forbes feuerten die Korridore hinab, um die Wachen auf Abstand zu halten. MacRay errichtete eine Barriere und dirigierte einen Geist gegen einen Wachelementar, der die Schutzhülle der britischen Runner attackierte.

Der Negamagier löste das feindliche Wesen durch eine flüchtige Berührung auf. »Wir können gehen«, sagte er und grinste den Schamanen an.

»Wo ist die Schatulle?«, verlangte ihr Anführer zu wissen.

Xavier deutete auf die ausgebeulte Weste. »Sie sollten mich gut schützen, sonst hat das Werk bald hässliche Löcher.«

Der Rückzug gelang nur, weil sie den Negamagier auf ihrer Seite hatten. MacRay wäre niemals imstande gewesen, die magischen Attacken abzuschmettern und die anstürmenden Elementare zu bannen. Immer wieder warf der Keltenschamane Xavier einen fassungslosen Blick zu, weil er nicht verstand, wie dieser arbeitete.

Sie schossen sich den Weg durch die Hand voll Leute vom Wachdienst bis zum Auto frei, wo der Negamagier noch einmal ausstieg, um einen letzten Elementar zu eliminieren, der sich am Tank zu schaffen machte. Kurz darauf brauste der VW-Transporter durch das nächtliche Leipzig.

Peinlich berührt stand Xavier eine Stunde später im Zimmer seines Hotels und schaute auf den verschwitzten Einband des gestohlenen Buchs. Bei der überstürzten Flucht hatte sein Schweiß unter der Kevlarweste dem Folianten Flecken beschert und, das war das Schlimmste an der Sache, die Schrift verwischt.

»Hast du Zozorias Nummer?«, fragte er die ehemalige Ghuljägerin mit belegter Stimme. »Ich muss ihm was beichten. Besser, er regt sich jetzt auf und hat sich bis zu unserer Ankunft an Galoña abreagiert, als dass er mir aus Rache in den Fuß schießt.«

Vorwitzig kam sie heran und entdeckte das Malheur. »Oh, das ist aber gar nicht gut.« Sie tippte eine Nummer in ihr Kom-Gerät und hielt ihm den Arm hin. »Da. Gestehe dem Meister«, grinste sie. »Sag ihm, dass der Inhalt unbeschädigt geblieben ist.«

Galoña meldete sich, dem er das Problem gleich schilderte. »Ich habe gehört, dass Ihr Einsatz erfolgreich verlief«, erwiderte der spanische Elf kühl. »Die Nachrichten sind voll mit Ihnen. Meinen Glückwunsch. Was das … Malheur angeht: Wenn Sie den Einband schon ruinierten, würden Sie bitte Seite 21 aufschlagen und sich die Kapitelüberschrift genau ansehen. Entdecken Sie dort einen leichten Blaustich?« Er kam der Aufforderung nach, bemerkte aber nichts. »Machen Sie Ihren Finger nass und reiben Sie leicht darüber.«

»Sie wollen mich doch nicht bei Zozoria reinreißen?«

376

Der Elf lachte. »Nein, gewiss nicht, Señor.«

Xavier folgte der Anweisung. Die Fingerkuppe färbte sich bläulich. Als er das dem Vertrauten des Antiquitätenhändlers berichtete, ließ er ihn noch weitere, scheinbar sinnlose Tests vollführen. Sein Gesprächspartner war dennoch zufrieden. »Gracias, Señor. Sie haben mit hoher Wahrscheinlichkeit eine Fälschung gestohlen. Machen Sie damit, was Sie möchten. Wir melden uns später, um Ihnen neue Anweisungen zu geben.« Der Elf legte auf.

Jeroquee und der Negamagier schauten sich an. »Das ist ja großartig. Da macht man sich so viel Mühe, und alles nur für eine Fälschung?«, platzte es aus der jungen Frau heraus. Wütend trat sie gegen das Buch. »Verdammt, dafür sind mir beinahe die Locken weggebrannt.«

»Tja, so ist das im Leben.« Xavier fühlte sich seit dem Einsatz im Paulinerkloster euphorisch. Er schob diese Hochstimmung auf die Menge an absorbierter Magie. »Ich …« Sein Handgelenk-Kom vibrierte. »Ja?«, meldete er sich verwundert.

»Hey, Exorzist. Weißt du eigentlich, für wen du arbeitest?«, sagte eine bekannte Stimme am anderen Ende der Leitung.

Die Seattlerin ging zur Zimmertür und ließ Jones herein, der ebenfalls telefonierte.

»Poolitzer?«, entfuhr es dem Negamagier verblüfft. »Ich habe dir doch gesagt, du sollst das Schnüffeln sein lassen.« Schnell drehte er sich von seiner Begleiterin und dem Briten weg.

»Ja, klar. Einen besseren Weg, mich auf eine Fährte zu setzen, gibt es beinahe nicht mehr«, entgegnete der Info-Networks-Mitarbeiter gut gelaunt. Dafür sank Xaviers Stimmung rapide. »Okay, nur damit du weißt, worauf du dich eingelassen hast: Die Süße und du, ihr arbeitet für eine Tochterfirma von Antique Enterprises, die wiederum einem Yakub Estefan Zozoria gehört«, ratterte Poolitzer sein Wissen herunter. »Meine Quellen haben mir gesteckt, dass er alles besorgt, was magisch ist, und wenn es die Eier eines Drachen sind.«

»Und? Wo liegt das Problem?«

»Los, gib mir einen Tipp, wer ›Aeternitas‹ haben möchte. Ich weiß, dass du heute Nacht im Paulinerkloster warst, alter Magierschreck. Nur du kommst in eine derartige Magiebude unbeschadet rein und raus.« Er schwieg. »Du bist doch unbeschadet?«, hakte er nach.

*Aeternitas?* »Du meinst das Buch?«

»Nein, ich meine die Schokoriegel. Natürlich meine ich das Buch«, entgegnete Poolitzer genervt. »Wer möchte denn unsterblich werden? Irgendein Kon-Mann? Ein Politiker? Eine Schauspielerin? Möchte sich Maria Mercurial das Geld für ihre Zellkur sparen?«

»Unsterblich?«, brach es aus Xavier hervor.

»Warum wiederholst du alles? Das Buch ist wahrscheinlich so etwas wie ein Heilmittel für alle Krankheiten und auch gegen das Altern.«

Mit einem schnellen Blick vergewisserte sich der Negamagier, dass Jones und die Ghuljägerin weit genug weg standen. Ihm fielen die Worte des Andorraners zum Thema Sterben und Tod ein. Jetzt ergab das alles einen Sinn. Zozoria dachte wirklich, er könnte ewig leben. Xavier ging zum Fenster und senkte seine Stimme. »Ich kann es dir nicht sagen.« Der Empfang wurde sehr schlecht, der Akku verreckte. »Scheiße!« Er drehte sich um. »Kann einer von euch mir sein Kom leihen?«

Jeroquee borgte ihm ihres. »Was will denn der Snoop von dir?«

Der Brite beobachtete ihn misstrauisch.

»Erzähle ich dir später«, wehrte er ab und kehrte ans Fenster zurück. Schnell wählte er die Nummer des Reporters. »Wo steckst du?«

»Warum? Willst du mir ein Interview geben?« Poolitzer war sofort Feuer und Flamme. »Cool.« Im Hintergrund hörte man viele Stimmen, die durcheinander redeten. »Habt ihr das Richtige schon gefunden? Und hast du Lust, bei den Black Barons als Gastspieler mitzumachen? Oder Jeroquee? Die suchen dringend gute Leute. Oder frag mal einen von den Typen, die euch begleitet haben.«

»Du redest zu viel«, fiel ihm der Negamagier ins Wort. »Nein, wir sind noch nicht am Ziel, und nein, ich spiele nicht Stadtkrieg. Ich bin doch kein Psychopath.« Jones trat näher und bedeutete ihm, dass er auflegen solle. »Ich melde mich wieder. Deine Informationen sind sehr interessant. Aber lass die Finger davon. Das ist eine ehrliche Warnung.« Er beendete das Gespräch und löschte die Nummer aus dem Kurzspeicher, ehe er Jeroquee das Kom zurückreichte.

Der Brite lächelte. »Mr. Smith hat mich eben angerufen und gebeten, einen weiteren Auftrag durchzuführen. Es geht um die letzte Schatulle. Der Einsatz eines anderen Teams hat nicht zum Erfolg geführt, also vollenden wir die Sache. Wie es aussieht, hat eine Stadtkriegmannschaft etwas mit der letzten Kassette zu tun.«

*Nein, bitte nicht,* flehte Xavier innerlich und bemühte sich, nach außen keine Reaktion zu zeigen.

»Es sind die Black Barons.« Er schaute abwechselnd auf die Frau und den Mann. »Wissen Sie, wie man am schnellsten von hier nach Mainz kommt?« Sie zuckten beide mit den Achseln. »Na, wir reden morgen. Bis dahin habe ich mehr in Erfahrung gebracht. Gute Nacht.« Jones verließ den Raum.

»Scheiße, verdammte!«, zischte der Negamagier und warf sich aufs Bett. Jetzt musste er auch noch gegen Stadtkrieger antreten, um die Schatulle zu bekommen. Natürlich würde das Spektakel von Poolitzer in Szene gesetzt werden.

»Was ist?«, erkundigte sich Jeroquee aufmerksam.

Er kreuzte die Arme hinter dem Kopf und starrte an die Decke. »Wenn wir Pech haben, müssen wir Poolitzer auf die Fresse hauen.«

»Wieso Poolitzer? Es ging doch eben um Stadtkrieger. Hey, das sind harte Jungs. In Seattle heißt es Urban Brawl.« Sie verstand nicht, was er mit diesen Andeutungen meinte. »Kannst du in verständlichen Sätzen reden oder muss man den Sinn erahnen?«

»Der Schnüffler ist zurzeit bei den Black Barons und bei denen vermutet Zozoria offensichtlich die letzte Schatulle. Ich hätte es mir denken können, dass Poolitzer sich um solche Storys reißt. Und ich Idiot gebe ihm auch noch einen Tipp.« Er blickte Jeroquee an. »Wusstest du eigentlich, dass Zozoria ein harter Knochen ist?«

»Wer wüsste das besser als ich?«

»Ach? Geht es genauer? Kannst du in verständlichen Sätzen reden, oder muss man den Sinn erahnen?«, benutzte er ihre Wortwahl.

Den Rest des Abends verbrachten sie damit, ihre Wissensstände anzupassen. Sie berichtete von Aufträgen, er von den Ausflügen in Zozorias Villa.

Was sich daraus ergab, brachte sie beide zu der Überzeugung, diesen Mann niemals zum Feind haben zu wollen und ihn auch niemals zu hintergehen. Vor dem kommenden Run gegen die Black Barons wollten sie aus fadenscheinigen Gründen aussteigen, um Interessenkonflikte zu vermeiden.

*ADL, bei Homburg-Beeden (SOX),*
*30. 04. 2058 AD, 23:59 Uhr*

Ordog spürte, dass er das Gleichgewicht verlor und sich nach hinten neigte. Innerhalb von Sekundenbruchteilen ging sein Verstand verschiedene Optionen durch, um den drohenden Sturz aus fünf Metern Höhe in ein Minenfeld zu verhindern.

Griff er in den Monofilamentdraht, verlor er seine Finger. Warf er sich stattdessen nach vorne, würde er sich mit Sicherheit mindestens einen Knochen brechen. Ein unkontrollierter Aufschlag könnte das Rückgrat in Mitleidenschaft ziehen. Tat er gar nichts und ließ sich rückwärts fallen, blühte ihm das gleiche Schicksal, zumal sich der Stamm einer Tanne nicht eignete, den Aufprall abzumildern. Die Äste und Zweige spießten ihn auf.

Der Runner riskierte den Sturz und griff im Fallen nach den Trageriemen des Rucksacks, den sie dem toten Trebker gelassen hatten, um dem messerscharfen Monofilamentgeflecht etwas mehr Widerstand entgegenzusetzen. Seine Finger fassten die Gurte und klammerten sich fest. Durch die Belastung rutschte der Leichnam ab, ehe sich die Reste der Teilpanzerung im Monofilament verfingen und ein weiteres Abgleiten verhinderten.

Trebkers Blut rann am Gurt entlang und lief über seine Hände. Der Kopf des Mannes befand sich genau vor seinen Augen, die gebrochenen Pupillen starrten ihn an. Wäre Ordog ein zartbesaiteter Mensch gewesen, hätte ihm der Anblick sicher zu schaffen gemacht.

»Hey, Ordog«, hörte er Michels besorgt rufen, »bist du gefallen?«

»Nein«, antwortete er gepresst und zog sich behutsam an den Riemen hinauf. »Ich bin auf dem Weg.«

Das knatternde Rotorengeräusch eines Hubschraubers näherte sich beständig ihrer Position. Nun konnte der bleiche Straßensamurai keine Rücksicht mehr nehmen. Entweder er schaffte es, zusammen mit den anderen im pfälzischen Wald zu verschwinden, oder er würde gleich von der Minigun des Helikopters durchlöchert.

*Sorry, Trebker, dass wir so mit dir umgehen. Aber du rettest mein Leben.* Keuchend glitt er über die Leiche, schnitt sich in seiner Hast mehrfach am Draht und kas-

381

sierte eine böse Wunde am Oberarm. Das reißende Geräusch hinter ihm stammte von seinem eigenen Rucksack, der an einen Monofilamentstrang geriet.

Irgendwie schnappte er sich das Stahlseil und rutschte daran herab. Ein Ruck, und das Kabel löste sich. So schnell es ging, liefen sie in den schützenden Wald.

Als der Messerschmitt-Kawasaki Sperber die Stelle überflog, von der die Drohnen einen Kampf gemeldet hatten, fanden die Kameras lediglich eine übel zugerichtete Leiche auf der Mauer und drei umgestürzte Tannen im Minenfeld.

»Zentrale, hier Sparrow Hawk 17. Die Drohnen haben ihre Arbeit verrichtet, der Ausbruchsversuch wurde verhindert«, meldete der Bordingenieur an sein Hauptquartier. »Wir brauchen ein Reparaturteam für Abschnitt 218. Das Minenfeld muss neu bestückt und der Zaun instand gesetzt werden.«

»Roger«, bestätigte die Einsatzzentrale. »Sichern Sie die Zone, bis die benötigten Leute erschienen sind, Sparrow Hawk 17. Sehen Sie nach, ob sich Nachzügler im Wald verstecken. Over.«

»Roger und Over.«

Dem Piloten fiel etwas Glitzerndes inmitten des Stacheldrahts auf. Der Scheinwerfer am Rumpf des Kampfhubschraubers erwachte und tauchte die Leiche in gleißendes Licht. Neben ihr lagen funkelnde Schmuckstücke. Ein Diadem baumelte im Monofilamentdraht und wurde durch den Rotorenwind hin und her geweht.

Der Bordingenieur winkte ab. »Wir kommen eh nicht ran. Lass es die anderen einsammeln.«

Das Licht erlosch. Der Sperber neigte sich mit der Schnauze nach vorn und begann, das dicht bewachsene Areal auf der Seite der SOX mit seinen Ortungsgeräten abzusuchen.

# XI.

*ADL, Groß-Frankfurt, MaWie, 01. 05. 2058 AD, 10:21 Uhr*

Die Nachricht über das verschobene Meisterschaftsspiel der deutschen Stadtkrieg-Liga verbreitete sich wie ein Lauffeuer unter den Black Barons. Die Abschlussgegner um den ersten Platz in den ADL, die Centurios Essen, hatten eine Verlegung um drei Wochen von sich aus angeboten, um sich später nicht anhören zu müssen, sie hätten die Schwäche der Mainzer unsportlich ausgenutzt.

Coach Karajan gewährte den Spielern zwei Tage Urlaub. Die Verwundeten wurden mit Hochdruck behandelt, damit sie in einer Woche am regulären Training und in drei Wochen am entscheidenden Spiel teilnehmen konnten. Eine Woche lang durften sich zudem Freiwillige bei den Black Barons melden, die sie als Kämpfer unterstützen wollten. Das Match gegen die Blood Royals hatte den Bestand sehr ausgedünnt. Tauglicher Ersatz tat Not.

Nach einem langen Schlaf und einem ausgiebigen Frühstück saßen Tattoo sowie der eiserne Kern der Stadtkrieger mit Poolitzer und Cauldron zusammen. Der Reporter berichtete ihnen, was er von Otte erfahren hatte und dass mit dem spektakulären Einbruch in die Bibliotheca Albertina »ihre« Schatulle die letzte darstellte, die sich nicht im Besitz der Diebe befand. Das Gespräch mit Xavier behielt er vorerst für sich. »Da diese Leute aber nicht auf den Kopf gefallen sind, werden sie ihr Glück noch einmal probieren«, sagte er abschließend. »Wenn sie eins und eins zusammenzählen, können sie sich denken, dass ihr das Buch habt.«

Die Spieler schauten sich an. »Die Meisterschaft ist das Ereignis, auf das wir hingearbeitet haben«, legte Oneshot seine Sicht der Dinge dar. »Sie hat Vorrang vor allem anderen. Selbst wenn Aeternitas unbezahlbar wäre, für mich ist der Pokal das Wichtigste. Die anderen sehen das genauso.« Die anderen Stadtkrieger nickten ohne zu zögern.

Dice schaltete sich ein. »Das Problem ist, dass wir mit dem Ding nichts anfangen können. Es liegt in seiner Box, niemand von uns bekommt sie auf. Dafür wird ein Fitting-Company-Team nach dem anderen hereingestürmt kommen und versuchen, die Schatulle zu klauen.«

»Also sollten wir sie uns vom Hals schaffen, oder?« Schlagergott organisierte eine Runde Getränke aus dem Kühlschrank und verteilte die Dosen. »Ich schlage vor, wir verscheuern das Buch an den Typen, der es unbedingt haben will. Als Schmerzensgeld für die Scheiße, die in Moskau passiert ist, setze ich mindestens fünf Millionen Nuyen an. Die zahlen wir anteilig an die Familien und Verletzten aus.« Zischend öffnete er die Dose. »Andere Ideen?«

»Ich höre wohl nicht recht?«, stutzte Poolitzer ehrlich überrascht.

Oneshots Gesicht verfinsterte sich. »Das Buch ist eine Störquelle. Noch mehr Ablenkung vor dem Endspiel können sich die Black Barons nicht leisten. Ist das verständlich?«

»Aber ihr wolltet doch Rache haben?«, erinnerte sie der InfoNetworks-Mitarbeiter. »Versteht mich richtig, ich will euch nicht zu Aktionen anstacheln, auf die ihr keinen Bock habt«, schob er sofort nach.

»Es ist der falsche Zeitpunkt«, meinte die Elfin kurz angebunden.

»Keine Sorge, der kriegt noch was auf die Fresse«, beschwichtigte der Stürmer. »In der saisonfreien Zeit können wir uns den Typen immer noch bei einem Privatbesuch vorknöpfen. Zuerst bitten wir ihn zur Kasse, danach gibt's was auf die Fresse.«

Für den Kapitän war die Sache damit erledigt. »Hast du die Nummer von dieser Firma?«, fragte er den Reporter.

So einfach wollte der Reporter es Zozoria und seinen Handlangern nicht machen. Der Appell von Otte lag ihm immer noch in den Ohren. Sollte sich wirklich ein Allheilmittel gegen Krankheiten in Aeternitas verbergen, musste es in die Hände derer gelangen können, die es zum Überleben brauchten, und nicht ausschließlich den Reichen vorbehalten bleiben.

»Leute, wir machen das anders«, schlug er ihnen vor. »Ich bringe es zusammen mit einer kleinen Barons-Eskorte an einen sicheren Ort, bis das Endspiel gelaufen ist, und dann bringen wir die Sache ordentlich zu Ende, wie es sich gehört.«

»Was heißt das?«, verlangte Dice zu wissen. »Bekommen wir das Geld für die Verletzten und die Angehörigen der Toten auch sicher?«

»Ähm …«, Poolitzer geriet ins Schwimmen. »Wir können doch so etwas wie eine Vorvereinbarung mit der Fitting Company abschließen. Fünf Millionen jetzt, die uns auf alle Fälle gehören, und fünf bei der Übergabe. Bei der verhaut ihr dann die Gestalten nach Strich und Faden.«

»Was du natürlich filmst«, fügte Dice hinzu.

»Logisch.« Er breitete die Arme aus. »Bin ich zum Spaß hier? Habe ich umsonst auf mich schießen und mich beinahe von der Straße drängen lassen? Nee, das wird ordentlich ausgeschlachtet.«

Er war sich sehr wohl im Klaren darüber, dass es ihm weitere Feinde schaffen würde, wenn er eine so große Firma wie Antique Enterprises in den Schmutz zog und sie mit dem Raub der Kassetten in Verbindung brachte.

*Aber ist das nicht das Schöne am Snoop-Dasein?*, dachte er und grinste innerlich.

Mit ein wenig Glück machte er das BKA auf Zozorias Machenschaften aufmerksam und legte ihm das Handwerk. Er würde es als Erfolg sehen, wenn der egozentrische Andorraner sich seine Existenz neu aufbauen müsste.

Parallel dazu entstanden das Feature über die Black Barons und der Bericht über ein legendäres Werk, das Unsterblichkeit versprach. Die Kasse würde klingeln. Er hätte nie gedacht, dass sich so große Geschichten daraus entwickelten.

Cauldron verfolgte das Gespräch schweigend. »Dürfte ich erfahren, wo du das Artefakt unterbringen möchtest?«, warf sie ein. »Besitzt du eine Festung?«

Mit dieser Frage hatte er gerechnet. »Beinahe. Ich dachte an die Universalbibliothek in Weimar. Wir nehmen uns die Alexandriner als Verbündete ins Boot. Die haben sehr gute Beziehungen zur Doktor-Faustus-Verbindung und organisieren bestimmt dutzendweise Magier, die das Buch beschützen. Wenn diese Professoren das Buch schon auf die verbotene Liste gesetzt haben, sollen sie gefälligst was unternehmen, damit es auch wirklich niemand in die Finger bekommt.« Gespannt wartete er auf eine Reaktion. Da meldete sich sein Kom-Gerät. »Entschuldigt mich«, meinte er und trat ein paar Schritte zur Seite. »Poolitzer?«

»Ich bin's«, meldete sich eine rauchige Stimme. »Interessiert an der SOX?«

Es dauerte ein paar Sekunden, bis er die Stimme einem Gesicht zuordnen konnte. »Das ist ja eine Überraschung. Der Vampir!«, lachte er freundlich. »Ordog, wie geht's?«

»Scheiße. Verletzt, müde, pleite«, erhielt er die ehrliche Antwort. »Ich brauche dringend Geld und hätte Aufnahmen aus der Zone zu bieten.«

»Hm, die dürften nicht sonderlich spannend sein, es sei denn, du hättest einen Kon bei einem Prototyp-Test gefilmt. Seit wann filmst du eigentlich?«

»Hast du die Nachrichten aus Badisch-Pfalz verfolgt?«

Poolitzer setzte sich. »Nimm's mir nicht übel, Ordog, aber ich habe so viel um die Ohren, dass ich nicht noch Glotze schauen kann. Was war los?«

»Ich habe die Erklärung für die riesige Rauchwolke in der Nähe von Zweibrücken. Der Kontrollrat hat Homburg und den Schlossberg platt gemacht, um zwei toxische Schamanen wegzuputzen. Reicht das, um dich neugierig zu machen?«

Die Nase des Reporters juckte. Vier Knallerthemen! Er liebte die ADL. »Klar macht mich das heiß.«

»Einhunderttausend EC.«

»Oh, stolzer Preis. Komm einfach ins Trainingslager der Black Barons in Mainz. Ich sehe mir die Aufnahmen an und sage dir, was sie wirklich wert sind.«

Ordog hustete gequält. »Ich bin im Moment nicht gut zu Fuß«, krächzte er.

»Brauchst du einen Doc? Ich habe Zugriff auf die besten Weißkittel, die du dir vorstellen kannst. Alles legal.« Er hielt die Hand über die Sprechmuschel und zwinkerte den Stadtkriegern zu. »Ich kaufe euch gerade einen guten Mann ein«, sagte er zu Oneshot. Er nahm die Hand wieder weg. »Hör zu, wenn du mit dem Preis runter gehst, schicke ich dir ein Taxi und lege dafür die medizinische Behandlung gratis oben drauf.«

»Wir sind vier. Die müssten auch mit«, feilschte der bleiche Straßensamurai kraftlos.

»Okay. Wie gesagt, wir verrechnen das mit dem Preis für die Aufnahmen. Gib mir deine Adresse.« Poolitzer notierte sich die Straße. »Ich schicke jemanden hin. Bis dann.« Strahlend wandte er sich zu den Black Barons. »Soeben hat sich einer der härtesten Hunde auf den

387

Weg zu euch gemacht, um sich die Meisterschale zu holen«, versprach er den Spielern. »Ordog ist ein Killer. Der macht für Geld alles. Wie ich ihn verstanden habe, braucht er das zurzeit dringend.«

Die anderen schauten wenig überzeugt, würden sich aber von der Qualität der angepriesenen Messerklaue gerne überzeugen lassen.

Als Nächstes rief er den Negamagier an, um sich die Nummer eines Verhandlungspartners wegen der Schatulle geben zu lassen. Nach einem weiteren Kom-Gespräch stand der Deal mit dem Unbekannten. Innerhalb der nächsten vierundzwanzig Stunden würden fünf Millionen Nuyen auf ein Zweitkonto des Reporters auflaufen, in drei Wochen sollte die Übergabe stattfinden. Bis dahin vereinbarten beide Seiten, nichts zu unternehmen. Der Umstand, dass sich der Unbekannte auf ein solch windiges Geschäft einließ, bewies ihm, dass dem Mann viel an dem Buch lag. Wie schön, dass er es niemals bekommen würde.

Poolitzer fühlte sich fast schon wie ein Manager, weniger wie ein Berichterstatter. *Irgendwo werde ich mir ein Stück Honorar abschneiden,* beschloss er. Für seine Mühen. Und das Risiko. Immerhin wussten die Gegenspieler, wer er war. Gefahrenzuschlag hielt er für durchaus angebracht. »Sieg auf der ganzen Linie«, verkündete Poolitzer laut. »Und jetzt bringen wir Aeternitas nach Weimar.«


*ADL, Freistaat Thüringen, Weimar, Universalbibliothek,*
*01. 05. 2058 AD, 19:14 Uhr*

Schwungvoll betrat der InfoNetworks-Mitarbeiter das Büro von Dr. Otte. Die VX2200C trug er dabei wie eine Krone auf seinen schwarz-weißen Haaren, um die Übergabe an die Hermetische für die Nachwelt zu bannen. Er stellte den Rucksack auf ihren Schreibtisch, packte die Schatulle vorsichtig aus und stellte sie auf die Arbeitsplatte.

»Bitte sehr, einmal Aeternitas in original Schutzatmosphäre.« Er zückte ein Blatt Papier und nahm sich einen Stift. »Bitte quittieren Sie den Empfang, Dr. Otte. Sonst reißen mir die Black Barons den Kopf ab. Ich brauche einen Nachweis, dass ich Ihnen diese Kostbarkeit überlassen habe.« Er deutete mit dem Kugelschreiber auf das vorbereitete Formular. »Sehen Sie? Ich habe die Projektgruppe Alexandria als Empfänger eingetragen.«

Die stellvertretende Vizepräsidentin glitt in den Astralraum und betrachtete sein Mitbringsel. Er sagte die Wahrheit. Sie öffnete die Augen und schenkte ihm ein hinreißendes Lächeln. »Sie sind ein echtes Wunder, Herr Gospini«, lobte sie ihn. Mit viel Elan setzte sie ihre Unterschrift darunter. Poolitzers Kamera hielt die Unterzeichnung fest. »Vielen Dank für Ihre Kooperation.«

Er schaltete die Fuchi aus und verstaute die Quittung unter seiner dünnen Panzerweste, die er durch einen weiten Pulli verbarg. Während des Transports wollte er auf alles vorbereitet sein. »Gern geschehen. Wenn es auch weiterhin unklar bleiben wird, was es mit dem Buch auf sich hat.«

»Besser so, als dass es einem skrupellosen Sammler in die Hände fällt«, resümierte die Frau, die an diesem Tag ein weites Kleid trug. Sie wirkte sehr glücklich. »Ich kann Ihnen gar nicht sagen, was es für unsere Projektgruppe bedeutet. Nach den vielen Rückschlägen doch zum Erfolg gelangt zu sein ist einfach ... großartig.« Otte stand auf und ließ sich aus Überschwänglichkeit dazu hinreißen, dem Reporter einen Kuss zu geben. Ihre Lippen waren weich und warm. Das, was er von ihrem Körper in die Hand bekam, fühlte sich gut an.

Während er sich noch über das Prickeln freute, das sein Rückgrat entlangrieselte, trat sie an einen Beistelltisch und öffnete eine Flasche Sekt. Der Korken ploppte aus dem Hals, sie füllte zwei Gläser. »Darauf stoßen wir an.«

»Wollen Sie das gute Stück nicht erst in Sicherheit bringen, Dr. Otte?«, erkundigte er sich, noch leicht verwirrt von der beinahe schon intimen Berührung der Alexandrinerin, die er als unnahbar eingeschätzt hatte.

»Nennen Sie mich Wiebke«, erlaubte sie ihm in ihrer Hochstimmung und reichte ihm den Sekt. Klirrend stießen die Gläser zusammen. »Ich habe alles arrangiert. Nachdem Sie Ihre Ankunft ankündigten, haben wir zusätzliche Barrieren errichtet. Aeternitas ist sicher.« Ihr Blick glitt an ihm hinab. »Und was machen Sie nun …?«

»Oh, mein Vorname ist Severin«, erklärte er schnell. »Ich bringe zuerst die Geschichte über die Stadtkriegmannschaft in Mainz zu Ende, dann habe ich noch ein heißes Eisen im Feuer.« Er nippte an seinem Glas. »Und natürlich wird diese Aeternitas-Sache abgeschlossen. Wir wollen den Hintermann enttarnen, nicht wahr?«

Sie setzte sich auf den Schreibtisch. »Nur deshalb haben wir Ihrem … deinem Vorschlag zugestimmt. Bis zur Übergabe habe ich einige Magier zur Unterstützung organisiert. Die Doktor-Faustus-Verbindung ist sehr daran interessiert, den Auftraggeber zu finden.«

Es tat dem Seattler fast Leid, dass er sie auf den Boden der harten Geschäftswelt zurückholen musste. »Wiebke, du meintest, dass du den Überbringern einen Finderlohn in Höhe von zehntausend EC zahlst. Es sind insgesamt fünf Stadtkrieger, die auf ihre Entschädigung warten.«

Sie nahm es ihm keinesfalls übel. »Gewiss doch. Abmachung ist Abmachung.« Die Alexandrinerin drehte sich um und suchte einen Scheck heraus, der ihre Unterschrift trug. Ohne zu zögern setzte sie die Zahl »50 000« ein. Hastig schaltete er die Fuchi ab, als sie sich umdrehte und den Scheck hinhielt.

»Es mag altmodisch sein, seine Geschäfte so abzuwickeln, aber ich habe im Moment keinen Ebbie da«, entschuldigte sie sich. »Der Scheck ist natürlich gedeckt.« Sie lächelte ihn himmlisch an.

»Vielen Dank.« Er verstaute die Zahlungsanweisung ebenfalls unter seiner Panzerweste.

»Ruf mich an«, verabschiedete sie ihn.

»Was?« Es roch nach einer Verabredung. Cupido war auf seiner Seite.

»Ruf mich an, wenn dein Team so weit ist«, präzisierte sie. »Damit wir einen Plan zur fingierten Übergabe ausarbeiten.«

»Ach so«, erwiderte er enttäuscht. »Ich dachte schon, du wolltest dich mit mir verabreden.«

Sie warf ihm einen schelmischen Blick über den Rand des Glases hinweg zu, den er deuten konnte, wie er wollte.

Um ein Haar hätte er noch ein weiteres Anliegen vergessen. Er schlug sich gegen die Stirn, um die Bilder von Brüsten und Unterwäsche aus dem Schädel zu bekommen. »Noch eine Frage. Eine gute Bekannte von mir ist hermetische Magierin aus Seattle. Sie hat von der riesigen Bibliothek gehört und würde gerne die drei Wochen nutzen, um zu schmökern, wenn du es erlaubst.«

»Sie ist nicht zufällig hier, um aufzupassen, dass wir nichts mit Aeternitas anstellen, was unserer Vereinbarung widerspricht?«, vermutete Otte. Auch wenn Poolitzer vehement den Kopf schüttelte, ganz so falsch lag sie damit nicht. Dennoch ging sie auf die Frage ein. »Kein Problem. Wir stellen ihr ein Zimmer in unserem Gästetrakt zur Verfügung. Sie erhält einen Bibliotheksausweis und kann sich nach Lust und Laune umschauen.«

Der Reporter strahlte sie an. »Das ist sehr nett, Wiebke.« Nun machte er einen Schritt auf sie zu und drückte ihr einen Kuss auf die Lippen. Länger, als es sich für ein Dankeschön gehörte.

Die Vizepräsidentin der Projektgruppe ließ ihn gewähren, scheinbar gefiel es ihr.

*Ich bin ein Womenizer!* Er löste sich von ihr. »Sehr nett«, wiederholte Poolitzer breit grinsend. »Ich schicke Cauldron gleich rein. Das ist ihr … Künstlername. In Wirklichkeit heißt sie Carmen Peron.«

Otte richtete ihre Kleidung und nahm einen Schluck Sekt. »Nur zu!« Sie winkte ihm zum Abschied und wartete darauf, dass die Hermetische eintrat.

Nach einer kurzen, sehr oberflächlichen Unterhaltung hatte sie alles Notwendige mit ihr geregelt. Eine Assistentin zeigte der Seattlerin, wo sie ihre Sachen unterbringen konnte.

Die Alexandrinerin nahm Platz und schaute auf die Kassette, deretwegen einige Mitglieder ihrer Organisation gestorben waren. In Gedanken schweifte Wiebke jedoch zu dem frechen Reporter, den sie eigentlich gar nicht an sich hatte heranlassen wollen.

Das Draufgängerische imponierte ihr ein wenig. Mehr als diese beiden Küsse würde der Amerikaner aber nicht von ihr erhalten. Oder vielleicht höchstens eine kleine Affäre für zwischendurch. Sie räumte der Bewahrung von Aeternitas Vorrang ein.

Ihr Plan stand fest. Sie würde die Schatulle in einem Koffer in einem besonders gesicherten Raum des Lesesaals verstauen. Die Anzahl der Elementare, die dazu dienten, Reibereien zwischen den Studierenden aus Erfurt und Jena zu verhindern, unterband jeden Versuch, das Artefakt zu entwenden. Der Sicherheitsdienst würde vorsichtshalber verstärkt werden.

In aller Ruhe suchte sie einen passenden Koffer, um die kleine Kiste unauffällig zu transportieren.

Die Gegensprechanlage erwachte zum Leben. »Dr.

Otte, Sie erwarten Besuch«, kündigte die Vorzimmer-
dame an. »Professor Beckert ist soeben eingetroffen.«

»Nur herein mit ihm«, gab sie gelöst zur Antwort. Demonstrativ rückte sie die Schatulle in die Mitte ihres
Schreibtischs, wobei sie darauf achtete, dass das Licht
dramaturgisch perfekt auf das Holz fiel.

Der Professor betrat den Raum, und mit ihm hielt ein
anderes Jahrhundert Einzug. Bislang hatte sie den Präsidenten der Jenenser Universität nur zweimal getroffen,
aber auch damals trug er den altertümlichen Anzug
und die dunkelgraue Weste mit dem weißen Stehkra-
genhemd darunter. Unverrückbar lagen die grauen
Haare am Kopf an, die Pomade glänzte leicht, der Mit-
telscheitel saß exakt in der Mitte.

»Schön, Sie zu sehen, Frau Doktorin.« Er streckte ihr
die rechte Hand entgegen. Sein polierter Siegelring funkelte im Licht und blendete sie einen Moment. »Ah, und
da haben wir das besondere Stück.«

Die Alexandrinerin wurde durchgeschüttelt, ihre Finger lösten sich, und sie bot dem Professor den Platz vor
ihrem Schreibtisch an. Ihre Linke legte sich auf das
Kästchen, als wollte sie zeigen, wem das Artefakt gehörte. »So ist es. Ich bekam es vor einer knappen halben
Stunde und informierte selbstverständlich die Gesellschaft.«

»Selbstverständlich. Gestatten Sie, dass ich einen kurzen Blick darauf werfe?« Er wartete höflich, bis sie
nickte, und verschwand für mehrere Minuten im Astralraum. »Äußerst bemerkenswert«, resümierte er zufrieden. »Wie ich sehe, ist die Barriere noch intakt. Wenn wir uns nicht verrechnet haben, stellt diese
Schatulle die letzte und wahrscheinlich das Original
dar?«

Die Magierin pochte gegen das Holz. »In der Tat, Professor. Sobald wir den Drahtzieher hinter der Angelegenheit ermittelt haben, wird es vollständig in die

Obhut der Gesellschaft übergehen. Wir brauchen es ein letztes Mal als Köder, um den Raubfisch zu fangen.«

Beckert deutete eine Verbeugung an. »Meine Hochachtung vor Ihnen und Ihrem Team, Frau Doktorin. Wie haben Sie das gedeichselt, wo doch alles so sehr nach einem Fiasko aussah?« Er nahm sich ein frisches Glas und schenkte sich von dem Sekt ein. »Sie feierten bereits ein wenig.«

»Der Anlass bot sich an, Professor«, meinte sie beschwingt.

Seine graublauen Augen ruhten auf ihrem Gesicht. »Würden Sie mir den Gefallen tun und mich in aller Kürze auf den neuesten Stand bringen? Der Auftrag der Gesellschaft, mich der Thematik anzunehmen, erreichte mich etwas überraschend, muss ich gestehen. Ich kenne nur die Legenden, die sich darum ranken.«

»Aber gerne.« Otte stellte ihr Glas ab und gab in kurzen Worten wieder, was sie und Poolitzer beredet hatten. Sie erzählte auch, dass sie annahmen, es sei dem Auftraggeber gelungen, die Barrieren zu öffnen, obwohl alle Versuche in der Vergangenheit gescheitert waren. »Es müssen demnach sehr mächtige Magier hinter den Diebstählen stecken«, schloss sie daraus.

Beckert horchte auf. Spontan fiel ihm noch jemand ein, der ein solches Wunder vollbringen konnte. Das Forschungsobjekt von Dr. Scutek, diese Anomalie der magischen Gesetze. *Wie hieß er noch gleich?*, versuchte er sich an den Namen des Deutschen zu erinnern. »Kein Wunder, da es doch um das ewige Leben geht, nicht wahr?«, meinte er. »Oder was auch immer es mit dem Buch auf sich hat.«

»Vielleicht sind wir bald klüger«, stellte sie in Aussicht. »Ein Mitglied unserer Projektgruppe meldete vor nicht allzu langer Zeit den Fund einer arg beschädigten Schriftrolle, datiert auf den Anfang des 18. Jahrhunderts. Sie stammt aus Byzanz beziehungsweise Istanbul.

Weil ihm ein Sammler berichtete, er habe etwas über Aeternitas, ging er auf den Handel ein. Die Restaurierungsarbeiten schreiten gut voran. Wie es aussieht, haben wir die Abschrift einer sehr alten Anmerkung zum eigentlichen Aeternitas aus dem 16. Jahrhundert.«

»Und bis wann glauben Sie, ein Ergebnis vorlegen zu können?«

Die Doktorin der magischen Künste schaute auf die Schatulle. »Das ist sehr schwer zu beurteilen. Wir müssen schonend mit dem Pergament umgehen, es ist stark verblasst. Die Schrift ist ein Mischmasch aus Lateinisch und Griechisch, einige Brocken Arabisch sind ebenfalls enthalten.«

Beckert stellte sein Getränk ab. »Ich will die Abschrift sehen.«

Verwundert hob sie den Blick. »Das kommt ein wenig überraschend. Ich weiß nicht, ob ich die Erlaubnis von …« Sie schaute in die graublauen Augen, die keinerlei Widerspruch duldeten. »Es wird schon gehen«, willigte sie sanft ein. »Folgen Sie mir.«

Schweigend machten sie sich auf den Weg und passierten mehrere Räume und Treppen, ehe sie in den Restaurierungswerkstätten der Bibliothek anlangten. Sie legten die vorgeschriebenen Schutzanzüge an, gingen durch die Schleuse und begaben sich an den Arbeitsplatz, wo das jahrhundertealte Pergament gerade mit unterschiedlichen Konservierungsmethoden behandelt wurde. Der Spezialist grüßte kurz und konzentrierte sich weiterhin auf seine Tätigkeit.

Der zweifache Professor setzte sich auf den Hocker neben ihm. Otte entschuldigte sich nach einer Weile. Sie wollte sich um die Unterbringung des Artefakts kümmern.

»Ich komme gleich nach«, versprach Beckert und hob die Hand. Danach schaute er dem Konservator über die Schulter, um seine Handgriffe zu beobachten.

Die Schriftzeichen wurden allmählich und nur vereinzelt sichtbar. Der Mann streute geduldig Substanzen auf
die spröde Oberfläche, kehrte sie mit einem feinen Pin-
sel ab, besprühte das Pergament, wartete geduldig, bis
es getrocknet war, und streute wieder etwas anderes
darüber. Wenn sich eine Veränderung einstellen sollte,
bewegte sie sich im My-Bereich.

Für den Unipräsidenten sah es nicht sehr effektiv aus.
Enttäuschung machte sich breit, dem Geheimnis von
Aeternitas nicht rascher auf die Spur zu kommen.

Wieder gingen Dinge vor, die von einer Institution
kontrolliert werden müssten. Was, wenn es sich wirklich um ein Allheilmittel handelte? Er würde Sandmann
kontaktieren, sobald er mehr über den wahren Inhalt des Buches herausfand. »Sagen Sie, geht das nicht
schneller?«, verlangte er ungeduldig von dem Spezialisten zu wissen.

»Im Prinzip schon, Herr Professor. Mit aggressiveren
Mitteln könnte man die Reste der Tinte schneller sichtbar machen. Dafür würde das Pergament nach kurzer
Zeit zerstört werden, man hätte also gar nichts davon«,
erklärte der Konservator ruhig. Sanft führte er seine Ins-
trumente, mit der Linken deutete er auf eines von vielen Sprayfläschchen. »Damit ginge es sehr schnell. Dann
bräuchten Sie aber eine Kamera, um die Schrift zu foto-
grafieren. Das Pergament löste sich innerhalb von Minuten auf, wie ein Vampir im Sonnenlicht. Das soll ja
nicht passieren.«

Ein böses Lächeln stahl sich in Beckerts Züge. »Natürlich nicht.« Er fixierte den Behälter.

Als der Mann die Sprayflasche erneut aufnahm und
die Pumpe betätigen wollte, löste sich die Sprühvorrich-
tung vom kleinen Tank. Die Dose fiel so unglücklich,
dass sich der gesamte Inhalt über die Seite ergoss und
sie von oben bis unten tränkte.

»Scheiße!«, fluchte der Konservator und stürmte los,

um einen Fotoapparat zu suchen. Alles andere, als ein Bild zu schießen, war zwecklos. Die Chemikalien wirkten bereits.

Die geschwungene Handschrift eines Menschen, der vor mehr als 300 Jahren diesen Brief aufgesetzt hatte, erschien sehr deutlich:

»*Verehrter Richard,*
*Ihr seid noch nicht lange in unserer kleinen Gemeinschaft, daher sende ich Euch die klärenden Worte, auf dass Ihr zu den Wissenden gehört.*

*Ihr hörtet von Aeternitas und habt von der lebensverlängernden Wirkung vernommen, die man seinen Zeilen nachsagt. Doch nicht ewiges Leben wird der Lohn jener sein, die sich den Ritualen unterziehen.*

*Wir fürchten, dass ein mächtiges Wesen, zu dem die Araber Dschinn sagen, aus seinem Gefängnis heraufbeschworen und befreit wird. Es soll einst von Zauberern wegen seiner Stärke und seiner Grausamkeit gebannt worden sein. Ein Anhänger dieses Dschinns fand einen Weg, die Barriere zu brechen. Doch er allein war zu schwach. So schrieb er alles nieder.*

*Sein listiges Werk nannte er Aeternitas, um andere, die nach ewigem Leben streben, dazu zu bringen, den Geist zu befreien, anstatt sich unsterblich zu machen. Er gab das Buch in eine Kiste und versah es mit einem Zauber. Die Feinde …*«

An dieser Stelle begann bereits die Zersetzung des Pergaments. Schnell las Beckert weiter, die Übersetzung fiel ihm recht leicht, die arabischen Worte bremsten ihn kaum.

»*Unsere kleine Gemeinschaft besitzt kein sicheres Wissen darüber, ob so etwas möglich ist. Dennoch gibt es Menschen, die für die Rückkehr des Dschinns alles unterneh-*

*men. So haben wir Vorkehrungen getroffen und die Scha-
tullen in die Welt getragen. Mögen sie ihren Zweck erfüllen und falsche Fährten legen. Eine sende ich Euch.*

*Bringt sie nach Venedig, benehmt Euch dabei geheimnis-
voll und weckt die Aufmerksamkeit derer, die den Dschinn
befreien wollen. Sie sollen immer gezwungen sein, uns zu
folgen und uns doch nie einzuholen.*

*Ihr seid ein Staffelläufer für die gute Sache, verehrter
Richard. Tragt den Stab, bis Ihr ihn an einen von den Uns-
rigen weitergeben könnt. Verteidigt die Schatulle wie Euer
Leben! Das Geheimnis um Aeternitas soll niemals ...«*

Das Pergament zersetzte sich. Beckert schaute nach
dem Spezialisten, der mit der Kamera vom anderen
Ende des Labors angerannt kam. Der Schutzanzug behinderte ihn beim Laufen. Er rutschte aus und musste
sich abfangen, um nicht zu stürzen. Dabei knallte der
Fotoapparat auf einen Tisch. Die Linse zerbrach in tausend Splitter. »Scheiße noch mal!«

Trotz zerstörter Optik hielt er drauf und drückte
mehrfach den Auslöser. Von Pergament und Schrift war
zu diesem Zeitpunkt kaum mehr etwas zu sehen.

Voller Hoffnung schaute der Konservator auf den
Professor. »Haben Sie etwas entziffern können? Die Otte
bringt mich sonst um.«

Der Präsident der Friedrich-Schiller-Universität schüttelte sein graues Haupt. Hoffentlich reichten seine margi-
nalen schauspielerischen Fähigkeiten aus, den Mann zu
täuschen. »Nein, bedaure. Die Otte wird Sie wohl umbringen.« Er machte sich auf, das Labor zu verlassen.

Aeternitas beherbergte etwas Unfreundliches, unter
Umständen etwas sehr Gefährliches, da war er sich absolut sicher.

*Das Buch muss einer staatlichen Kontrolle zugeführt wer-
den,* lautete seine logische Schlussfolgerung. *Ich will der
letzte Staffelläufer sein.*

Während er die Treppen hinaufging, um Otte von dem Rückschlag zu berichten, führte er mit Sandmann vom Bundesinnenministerium ein schnelles Kom-Gespräch.

*ADL, Freistaat Thüringen, Weimar, Universalbibliothek, 01. 05. 2058 AD, 21:48 Uhr*

»Das Ei ist im Horst«, meldete Forbes an den Anführer des britischen Runner-Teams. »MacRay sagt, es seien zu viele Adler um das Nest. Keine Chance für die Falken. Roger.«

»Well«, meinte Jones mehr zu sich selbst als zu seinem Scharfschützen. »Es sieht so aus, als ob wir Geduld bräuchten, oder, Forbes?«

»Affirmative, Sir«, bestätigte der Engländer. »Ich sitze hier gut. Meine Thermoskanne ist noch voll.«

»Jones an alle: Wir bleiben in Position, bis sich eine Gelegenheit ergibt. Over.«

Der Brite schaute auf seine verschiedenen Überwachungsmonitore, auf denen unterschiedliche Ansichten des Bibliotheksgeländes flimmerten. Er selbst saß ungefähr fünfhundert Meter von dem Gebäude entfernt in einem Miettransporter, den sie in eine mobile Spionagezentrale umgebaut hatten.

Zugegebenermaßen boten sich unendlich viele Möglichkeiten, um die Kassette ungesehen hinauszuschmuggeln. Da der Reporter die Schatulle aber an Otte übergeben hatte und sie offensichtlich planten, aus der Übergabe eine Falle zu machen, glaubte der Anführer nicht, dass sie Aeternitas aus der hervorragend gesicherten Bibliothek fortbringen würden.

Er musste grinsen. Alle Absicherungen durch Watcher, Elementare und Barrieren änderten nichts an der Tatsache, dass man dank eines Laserrichtmikrofons Gespräche beinahe ohne Qualitätsverlust belauschen konnte.

Mit ein wenig Softwarebearbeitung lieferte das Band einen glasklaren Mitschnitt der Unterhaltung zwischen dem Snoop und der Alexandrinerin. Sogar die Küsse waren dem elektronischen Lauscher nicht verborgen geblieben.

Observation war zu seiner Zeit beim MI5 sein Spezialgebiet. Es war ihm und seinem Squad ein Leichtes, die Umgebung mit Minilinsen zu bestücken. Als Spaziergänger getarnt gelangten sie beinahe überall hin, sogar in den Eingangsbereich der Bücherei. Ihre künstlichen Augen und Ohren hafteten beinahe überall, sogar auf der Toilette. Zwei kleinere bewegliche Wanzen befanden sich im Standby-Modus, um durch Lüftungsschächte zu klettern.

Es war seinen Leuten nicht entgangen, dass Xavier Rodin in Leipzig mit dem Reporter in seinem Hotelzimmer telefonierte. Zwar hatte er nichts davon gehört, aber die Kamera gegenüber zeichnete auf, welche Nummer der Deutsche in das Kom-Gerät tippte. Einen Testanruf später wusste Jones Bescheid. Es hatte den Anschein, als verschöben sich seine Prioritäten. Das Virus der Unbeständigkeit sprang auch auf die Amerikanerin über, wenn er sich nicht völlig täuschte.

Zusammen mit Gospini traf eine Magierin in Weimar ein, wie MacRay die Frau anhand ihrer Aura identifizierte. Eine Initiierte. Sie blieb in der Bibliothek und sorgte offenbar für zusätzlichen Schutz.

Seine von Mr. Smith zugeteilten Aushilfsarbeiter hatten wissende Blicke getauscht, als sie die Großaufnahme der Hermetischen auf den Bildschirmen sahen, und vereinbarten per Blickkontakt, nichts weiter zur Identität zu sagen. Später stellte sich heraus, dass ihr Name Carmen Peron beziehungsweise Cauldron lautete. Seine Bedenken wegen Jeroquee und Rodin lagen mit Sicherheit schon zusammen mit dem elektronischen Bericht auf dem Schreibtisch seines Auftraggebers.

400

Doch damit war die Party nicht zu Ende. Zu allem Überfluss war vor einer Stunde der Unipräsident hereinspaziert, der sich im Namen einer Doktor-Faustus-Verbindung einmischte und mit Otte über die Zukunft des Artefakts verhandelte. In der Stimme MacRays hörte er zum ersten Mal Unsicherheit angesichts der magisch hochpotenten Gegner, die ihnen gegenüberstanden.

Die Anzahl der involvierten Parteien gefiel Jones ebenfalls nicht. Wenigstens verzog sich die Bande der Stadtkrieger gleich wieder, samt dem Snooper. Dennoch, im offenen Kampf würde sein Squad gnadenlos untergehen. Also blieb ihnen nur der Hinterhalt. Damit kannte er sich bestens aus. Die Leute der Bibliothek vertrauten der Magie zu sehr. Seiner Ansicht nach ein Fehler, den er zu seinem Vorteil nutzen wollte.

»Achtung, Sir. Beckert kommt raus«, machte ihn Marble aufmerksam. »Er telefoniert. Over.«

Die entsprechende Kamera wurde aktiviert, ein Mikrofon in die Richtung geschwenkt.

Seine Augen wurden beim Gehörten immer größer. Der Universitätspräsident holte sich Anweisungen von einem Typen namens Sandmann. Es klang nicht so, als handelte es sich dabei um einen Privatmann. Mehrfach fiel der Begriff »Bundesinnenministerium«.

*Innenministerium?* »MacRay, folge ihm. Marble, du gehst in seine Wohnung und siehst nach, was für ein Spiel er spielt.«

»Roger, Sir«, meldete der Magier.

»Affirmative, Sir«, bestätigte auch die Allrounderin.

»Wenn du reinkommst, verwanze seine Bude. Over.« Der Brite summte ein englisches Volkslied und änderte die Routine, in der die Bilder auf den Monitoren umsprangen.

*ADL, Freistaat Thüringen, Weimar,*
*01. 05. 2058 AD, 19:58 Uhr*

»Wir würden gerne aussteigen, Herr Zozoria, bitte«, bat Xavier eindringlich am Kom den Andorraner, sie aus seinen Diensten zu entlassen. Unruhig lief er durchs Zimmer der schäbigen Pension, in der sie sich eingemietet hatten. »Es ist … eine Spur zu persönlich geworden.«

»Erklären Sie das bitte genauer, Herr Rodin«, hörte er die freundliche Stimme seines Bosses. »Sie verstehen, dass Sie kein x-beliebiger Runner sind, den ich auf die Schnelle austauschen kann. Dank Ihrer Eigenschaften sind Sie unverzichtbar für mein Vorhaben. Miss Jeroquee kann gehen, wenn sie möchte.«

»Ich will aber nicht mehr!«, rief er laut. Jeroquee legte warnend den Zeigefinger vor die Lippen. »Lassen Sie mich aussteigen, Herr Zozoria«, wiederholte er sein Anliegen flehend. »Es ist plötzlich jemand auf der anderen Seite dabei, den ich … sehr gut kenne.« Mehr wollte er nicht sagen, doch seine flehenden Worte verrieten selbst dem Empathielosesten, was Sache war.

»Ah, ich verstehe. Das Gefühl.« Der Andorraner lachte gönnerhaft. »Sind Sie ein Anfänger, Herr Rodin?«

»Hören Sie auf damit. Ich habe Ihnen gute Dienste geleistet.«

»Eben«, kam es sofort. »Und es fehlt mir nur noch eine letzte Schatulle, dann habe ich mein Ziel erreicht, und Sie können tun und lassen, was Sie wollen. Vorher kann ich Sie nicht aus dem Team abziehen. Doppeltes Honorar?«

»Nein! Dann gehe ich eben, ohne Sie noch einmal zu fragen.«

»Seien Sie kein Narr. Wollen Sie einen Mann wie mich zum Feind haben? Ich finde Sie«, drohte Zozoria. »Und wenn ich Sie nicht aufstöbere, dann Ihre Freunde. Ich fange bei Mister Gospini an und höre bei Miss Cauldron auf.«

Dem Negamagier verschlug es die Sprache. Er sah die toten grünen Augen seines Auftraggebers vor sich und traute ihm alles zu. Zozoria wusste Bescheid. *O mein Gott, er weiß alles!* Ihm lief es eiskalt über den Rücken. »Wenn Sie Cauldron nur ein Haar krümmen, dann …«

»Dann?«, provozierte der Antiquitätenhändler lauernd. »Na, womit wollen Sie mich einschüchtern?«

»Mache ich aus Ihrer Bettlöwin einen Bettvorleger«, versprach er grimmig. »Ich kenne Ihr Geheimnis. Mal sehen, wie es einer Gestaltwandlerin ergeht, wenn sie von einem Negamagier gevögelt wird!«

Am anderen Ende der Leitung herrschte Eisesstille. Die ehemalige Ghuljägerin schaute ihn erschrocken an. Der Verdacht keimte in ihm auf, einen Schritt zu weit gegangen zu sein.

Er räusperte sich. »Na, was ist, Zozoria? Lassen Sie mich gehen?«

Der Andorraner blieb unerbittlich. »Ich will das Buch, Herr Rodin. Wird es mir von Jones gebracht, vergesse ich das, was Sie eben sagten. Erhalte ich es nicht, sind Sie und alle, die Sie kennen, Freiwild. Die Jäger suche ich persönlich aus.« Sein Ton senkte sich eine Nuance. »Sollten Sie sich jemals in der Nähe meiner Chauffeurin zeigen, breche ich Ihnen alle Knochen. Und jetzt scheren Sie sich hinaus, um mir das Buch zu besorgen!« Die Leitung erstarb.

Jeroquee wippte nervös mit den Beinen. »Die Verhandlungen verliefen nicht gut?«

Er senkte die Hand, die das Kom-Gerät hielt. »Ich muss es tun«, seufzte er verzweifelt. »Du kannst aussteigen, meinte Zozoria. Ich geb dir einen Rat: Tu es.«

Als sie das ablehnte, überraschte es ihn nicht sonderlich. »Nein, Xavier. Ich habe dich reingeritten, ich bleibe bis zum Schluss.«

*ADL, Freistaat Thüringen, Weimar, Universalbibliothek,*
*01. 05. 2058 AD, 22:07 Uhr*

Eine persönliche Nachricht erschien auf dem Display von Jones' Kom-Gerät. Sie stammte von Mr. Smith und bezog sich auf Jeroquee und den Deutschen.

Die soeben erhaltenen Instruktionen kamen seinen Absichten sehr entgegen.

Rasch informierte er sein Squad.

*ADL, Völklingen (SOX), Ares Makrotechnology-Arkologie,*
*02. 05. 2058 AD, 09:29 Uhr*

Die letzten Bilder zeigten eine völlig zerstörte Stadt und einen bis auf wenige Felsbrocken eingeebneten Berg.

»Hier haben wir die Erklärung, was sich in der SOX ereignete, verehrte Zuschauerinnen und Zuschauer und liebe Lebensformen«, sagte eine Stimme, die Bernard de la Chance sowie der gesamte Kontrollrat bereits von einer anderen unangenehmen Berichterstattung her kannten. Es war der gleiche Reporter, der in die ECC-Arkologie eingedrungen war und über die interessanten Forschungen von Cyberdynamix und DrakenSys berichtet hatte.

Wie er dieses Mal an die Aufnahmen gelangt war, entzog sich seiner Vorstellungskraft. Die improvisierte Brücke aus Tannen, die quer durchs Minenfeld der Todeszone verlegt worden war, machte es wahrscheinlich, dass der Tote auf der Mauer nicht allein gewesen war. Die Gardisten hatten geschlampt.

»Gerade einmal zehn Kilometer von Zweibrücken entfernt wartete der Kontrollrat mit fast allen erdenklichen Mitteln auf, um die beiden toxischen Schamanen zu vernichten. Gerüchte über das Auftauchen eines toxischen Drachen, mehrmals fiel der Name Feuerschwinge, haben sich bislang nicht bewahrheitet. Trotzdem wird sich der Kontrollrat von der Bundesregierung die Frage gefallen lassen müssen, ob die totale Zerstörung einer Stadt samt Infrastruktur notwendig war«, hörte er den Off-Kommentar.

Die Kamera brachte eine Vergrößerung der rostroten Rauchschwaden, die den Himmel verdunkelten. »Giftige Inhaltsstoffe in der Wolke, die über bewohnte Gebiete zog, sind anzunehmen. Überlegen Sie mal, verehrte Lebensformen, was da runterkam und was verbrannt ist. Soweit mir bekannt ist, wurde die Bevölkerung in den Städten Pirmasens und Kaiserslautern nicht gewarnt, die Telekoms in den Stadtverwaltungen liefen wegen der Vielzahl der Anrufe von besorgten Bürgern heiß. Meine Recherchen ergaben, dass sich Menschen mit Atembeschwerden, Kopfschmerzen und Nasenbluten in verschiedenen Krankenhäusern oder bei ihren Hausärzten meldeten. Die medizinischen Untersuchungen werden ergeben, ob diese Beschwerden mit der Wolke zusammenhängen. Wenn das so ist, kann der Kontrollrat schon mal den Geldbeutel zücken. Leute, nehmt euch einen Anwalt! Holt des Letzte aus den Kons raus!«

Mit diesem Appell endete die Berichterstattung. Die Monitore zeigten die Gesichter der übrigen Mitglieder des Kontrollrats, in denen sich mehr oder weniger Betroffenheit abzeichnete.

»Alors, was sagen wir dazu?«, erkundigte sich der Ares-Vertreter. Da niemand etwas sagen wollte, begann er mit seiner Einschätzung. »Ich finde, wir sind noch sehr gut weggekommen. Immerhin haben wir zwei toxische Schamanen eliminiert. Und das mit der kleinen Rauchwolke, mon dieu, abstreiten können wir es schwerlich.. Schieben wir es einfach auf unvorhersehbare Winde. Einverstanden, messieurs dames?«

»Klingt plausibel«, stimmte Christina Siege, die Leiterin der ECC-Ark, zu. Trotz allem war sie sehr beruhigt über den Umstand, dass ihrem Labor keine Gefahr mehr drohte. »Interessanter fände ich zu erfahren, wie es dem Reporter gelungen ist, wieder lebend herauszukommen.«

Major Langner, Kopf der MET2000-Truppe im unterirdischen Bunker in der SOX, kaute hektisch auf seinem Kaugummi. »Er kam durchs Höhlensystem des Schlossbergs rein, über das Sie uns zu spät in Kenntnis setzten. Nach dem Bombardement dürfte es unmöglich gewesen sein, diesen Gang zu nutzen. Wir vermuten, dass er und seine Begleiter es waren, die den Weg durch die Todeszone genommen haben«, erklärte er zerknirscht. »Die Patrouille hielt sich an den Befehl, nur die SOX zu kontrollieren. So konnte er wahrscheinlich entkommen. Bei der Leiche handelte es sich um einen gewissen Volker Trebker, Amtmann beim Bundesamt für Umweltschutz. Welchen Auftrag er verfolgte, wissen wir nicht.«

*Merde. Jetzt kontrollieren sie uns schon heimlich, ob wir uns an die Auflagen halten,* ärgerte sich de la Chance. »Ich bin dafür, dass wir die Kontrollen an der Mauer verstärken und die Bäume entlang der Todeszone fällen, damit nicht noch jemand auf diese großartige Idee kommt«, forderte er. Einstimmig wurde sein Vorschlag angenommen. »Bon, was ist mit dem Drachen?«

Der MET2000-Söldner musste lachen. »Da kann ich Sie beruhigen. Wir haben nichts entdecken können. Auch unsere Magier spürten keinerlei Anzeichen für eine Dracoform auf. Unsere Experten nehmen an, dass es sich um eine Illusion handelte, um die Ghule und Punks zu beeindrucken. Momentan können wir das Areal aber nicht überprüfen, da sich dort eine Nullzone befindet. Noch Fragen?«

»Sind die Schamanen wirklich ausgelöscht?«, wollte Siege wissen. »Wir haben die leidvolle Erfahrung gemacht, dass dieses Ungeziefer äußerst hartnäckig sein kann.«

»Meine Dame, wenn nicht zufällig jemand einen Atomschutzbunker in Homburg gebaut hat, in dem sich die beiden Herren verkrochen haben, stehen die Chancen sehr gut, dass kein Lebewesen unsere Abwürfe überlebt hat. Gebäudekomplexe, in denen wir derartige Sonderbauten vermuteten, haben wir mit Panzer brechenden Uranbomben eingedeckt«, erklärte Langner nüchtern. »Spezielle Drohnen sind im Einsatz, um nach Leben zu suchen und es zu vernichten. Sobald die Nullzonen verschwunden sind, machen sich die Magier auf den Weg, um letzte Zweifel zu beseitigen. Ich versichere Ihnen, dass die Gefahr ausgeschaltet wurde.«

»Uranbomben?«, wiederholte der Ares-Abgeordnete. »Strahlen die nicht?«

»Als käme es darauf in der SOX an«, meinte Langner unbeeindruckt und erntete damit das Gelächter des Kontrollrates.

Die Videokonferenz wurde beendet. Der Major goss sich einen Schluck Cola ein. Die Operation »Nontoxic« verlief einwandfrei, bis auf den Verlust der Kampfjets und Hubschrauber, die den Kräften der Schamanen unterlagen. Die Verluste bei den Kon-Gardisten betrachtete er als bedauerlich, sie hielten sich allerdings in Grenzen.

Dass Feuerschwinge in die Ruinen von Völklingen abgestürzt war, wollte er de la Chance nicht auf die Nase binden. Ares hätte ihre Ark unter diesem Vorwand in eine Festung verwandelt und noch mehr Truppen in die SOX gekarrt. Das wollte die MET nicht.

Kurz überflog er die Liste der unterschiedlichen Bombentypen, welche die Kreisstadt nach und nach eingeäschert hatten. Er hatte damit gerechnet, dass ihn jemand aus den Reihen der kleineren Kons fragte, warum das Bombardement so lange dauerte. »Logistische Schwierigkeiten«, hätte er geantwortet, was zu einem gewissen Teil der Wahrheit entsprach.

Die MET2000-Anteilseigner Ares und Ruhrmetall brauchten teilweise sehr lange, bis sie ihre Bomben-Neuentwicklungen zum Luftwaffenstützpunkt nach Ramstein transportierten. Die beiden Kons nutzten die sich bietende Gelegenheit zum Test. Die Effekte der Einschläge wurden von koneigenen Ingenieuren, die in den Flugzeugen saßen, genauestens vermessen und aufgezeichnet.

Dabei mussten die Flüge so gestaffelt werden, dass immer nur ein Kon beim Abwurf zum Zug kam, um unverfälschte und vor allem geheime Ergebnisse zu erhalten. Den ersten Stimmen nach schienen die Entwickler der Sprengkörper zufrieden zu sein.

Der Major verfolgte die Aufrüstung mit gemischten Gefühlen. Die Auseinandersetzungen zwischen den Großkonzernen schaukelten sich auf und drohten zu einem handfesten Krieg zu werden.

Kopfschüttelnd blickte er auf die Typenbezeichnungen, die ihm ein aufmerksamer MET2000-Offizier der Flugsicherung notiert hatte. Ihm war es gleichgültig, ob sie die Dinger auf die Arks warfen. Sein Kommandobunker hielt einiges aus.

Er griff nach dem Kom und rief seinen Stab zu einer Besprechung, um restriktivere Kontrollen entlang der SOX-Mauer einzuführen. Selbst das gelegentliche Wegschauen, wenn ein T-Bird der Schmuggler seine Route nach Luxemburg flog, hatte ab jetzt ein Ende. Gerüchteweise nahmen einige der Posten für eine Pinkelpause zur rechten Zeit Geld. Nun nicht mehr.

Er blickte auf seine Uhr. Alles, was ab 10.00 MEZ ohne Berechtigung in der Zone auftauchte, galt als Ziel.

*ADL, Groß-Frankfurt, MaWie, 02. 05. 2058 AD, 09:36 Uhr*

InfoNetworks beendete den Sonderbericht über die Ereignisse am Rande der SOX. Poolitzer, der sich im Aufenthaltsraum der Black Barons niedergelassen hatte, leerte einen Kaffee nach dem anderen und stellte sich lebhaft vor, wie seine Kollegen heuschreckenartig in Zweibrücken einfallen würden, immer auf der Suche nach angeblichen Augenzeugen und Kon-Gardisten, die gegen eine Prämie vielleicht etwas ausplauderten, wenn man ihre Stimme und ihr Konterfei verzerrte.

Doch den großen Coup hatte er gelandet. Niemand würde seine Bilder, die ihm Ordog verkauft hatte, überbieten können. Unter den gegenwärtigen Umständen käme nicht einmal mehr eine Maus durch die Todeszone in die SOX. Sein Sender kündigte derweil eine Stellungnahme des Gremiums zu den Vorkommnissen an, die gegen elf Uhr gesendet werden sollte.

Mit diesem Film machte er sich endgültig einen Namen in den ADL, der Verkauf der Rechte und die Beteiligung an der weiteren Nutzung der Bilder durch andere Sender beförderte sein Konto aus den roten Zahlen. Sein Credo lautete »Sparen«, um Forge seinen Schuldschein abkaufen zu können, ehe der Wisch in die Hände von zwielichtigen Typen geriet. Dennoch würde er Ordog als Lieferanten der Aufnahmen eine stattliche Summe davon abgeben.

*Schön gemacht, Severin.* Er stand auf verließ das Refugium, den gepanzerten Rucksack mit der Kamera auf dem Rücken, und besuchte die Krankenstation der Stadtkrieger, wo der reichlich zerrupfte Ordog und seine Mitstreiter verarztet wurden.

Dr. Anubis stand im Vorraum und beschäftigte sich mit den erhöhten Strahlenwerten des Trios, wie er Poolitzer erläuterte. Bis zum Spiel wären die drei Plünderer wieder einsatzbereit. Ob und wie sich die Radioaktivität langfristig auswirkte, beantwortete er nur ausweichend.

Poolitzer betrat den Raum. Vorsichtshalber lagen die Patienten jeweils unter einem Sauerstoffzelt. »Na, ihr Atomkerne?«, grüßte er taktvoll wie immer. »Was macht die Strahlung?«

»Alles normal«, erwiderte Schibulsky, der die Frage des Seattlers offenbar ernst nahm.

Der Zwerg packte seine Haare und zog daran. »Fest. So schlimm kann es nicht sein.«

Der InfoNetworks-Mitarbeiter zog sich einen Stuhl heran. »Ich will euch nichts vormachen, Jungs. Anubis hat von Becquerel so viel Ahnung wie eine Kuh vom Stricken. Es wird dauern, bis wir jemanden gefunden haben, der euch dazu mehr sagen kann. Bis dahin schluckt ihr fleißig Jod und werdet gesund, damit ihr gegen die Centurios Essen auflaufen könnt.«

Michels wirkte von der Vorstellung nicht sehr begeistert, und auch Ordog quoll die Zufriedenheit nicht aus den Poren. Aber Abmachung war Abmachung. Da der Reporter sie wirklich aus Zweibrücken hatte abholen und sicher unterbringen lassen, würden sie ihren Teil des Deals erfüllen.

*Wo ist schon der Unterschied zu meinem sonstigen Alltag?*, überlegte er. Er würde keinem der Centurios vorher Stoff verchecken, ehe es zu einer Schießerei ausartete, wie er es von der Straße her kannte. Es musste sofort geballert werden. Das machte es einfacher. »Wir sind dabei, wenn wir vorher nicht vor Strahlung durchbrennen«, sagte er angestrengt. »Wo sind unsere Sachen?«

Poolitzer wand sich. »Ähm, die haben so gestrahlt, dass man sie entsorgt hat, wie mir Anubis erklärte. Ich muss los. Das Feature über die Barons wartet.« Er verabschiedete sich.

Michels und Schibulsky stritten sich leise darüber,

welche Position sie im Meisterschaftsspiel einnehmen würden. Der Zwerg wollte als Schütze in die Verteidigung, der Ork wünschte sich einen Einsatz als Scout, was ihm den Spott des Kleineren einbrachte.

Ordogs Blicke ruhten auf dem regungslosen Sheik. Er sagte gar nichts mehr, aß und trank mechanisch und kritzelte ständig in seinem Buch herum. Seinen Verstand musste er in der SOX gelassen haben.

Es war ungerecht. *Mitgebracht hab ich dich, aber zu welchem Preis?* Frustriert schloss er die Augen und versuchte einzuschlafen. Dösend bemerkte er, wie ein OP-Team anrückte und den Ork mitnahm. Zwei Stunden später kam er unters Messer.

*ADL, Freistaat Thüringen, Weimar, Universalbibliothek, 09. 05. 2058 AD, 22:07 Uhr*

Herry Töpfer säbelte an seinem Steak herum, das sich seiner Ansicht nach ein wenig zäh gestaltete. Zwar gewöhnte man sich als Studierender im dritten Semester an der Schiller-Uni schnell an weniger gutes Essen, doch heute musste der Koch geschlafen haben. Weimar war eben nicht Jena.

Er blickte über den Rand seiner runden Brille zu seinem Tischnachbarn und höhergradigen Burschenschaftskamerad des »Corps Astralia Jenense«, Timo Harlander. Der Kommilitone kaute das Fleisch angestrengt, dann spuckte er es aus.

»Der Weimarer Maître de cuisine sollte dringend eine Fortbildung besuchen«, kommentierte Töpfer pikiert.

»Das müssen die NUE-Deppen in der Küche abgegeben haben«, meinte Harlander undeutlich. »Wetten, dass das ein krepiertes Vieh aus ihrem Krypto-Zoo ist?« Angewidert schob er seinen Teller von sich.

In diesem Moment lockerte sich die Fahne mit dem Aufdruck »Universitas Schiller« über ihren Köpfen in ihrer Halterung, flutschte aus dem Haken und krachte mitten auf den Tisch. Der Stoff bedeckte alle Sitzenden; der Burschenschaftswimpel, das Hoheitszeichen schlechthin, wurde geknickt.

Von der anderen Seite der voll besetzten Mensa schallte das spöttische Gelächter der Studierenden der Neuen Universität Erfurt herüber. Klatschen brandete auf, man schlug mit dem Besteck gegen die Teller, als die Rivalen vom Unfall heimgesucht wurden.

Wütend wühlte sich Töpfer aus der Fahne. »Haltet die Klappe, ihr mentalen Niedrigflur-Magier!«, brüllte er hinüber. »Sonst …«

Der Schall seiner drohenden Worte bewirkte Sonderbares. Die Standarte der NUE löste sich von der Wand, kurz darauf waren etliche der Erfurter zugedeckt. Einer bekam die Stange gegen den Schädel und blieb benommen liegen.

Jetzt gab es auf der Seite der Jenenser kein Halten mehr, doppelt so laut lachte man über das Malheur der ungeliebten Uni. »Medizinhütte!« und »Blumenkinder« wurde skandiert, um sie mit ihrem naturmedizinischen Ansatz zu verhöhnen.

Plötzlich flogen Teller von rechts nach links, erste Zaubersprüche wurden gerufen. Laut hallte der Ausruf »Corps Astralia Jenense« als Kampfschrei durch die Mensa. Mit einer Schlägerei gab man sich nicht zufrieden. Die Gelegenheit bot sich, ihre Gegner mit dem Erlernten zu beeindrucken.

Als die Luft zu flimmern begann und kleinere Geister auftauchten, wurde der Frau an der Essensausgabe klar, dass wieder eine Schlacht zwischen den Studierenden ausbrach. Sie duckte sich hinter den Tresen, um nicht von umherschwirrenden Steaks, Soße oder Kartoffeln getroffen zu werden, und tastete nach dem Kom, um die Bibliotheksleitung zu informieren.

Beckert zuckte im Lesesaal zusammen und erwachte aus dem leichten Schlummer. Von draußen erklang lautstarker Tumult, und selbst die diszipliniertesten Studenten rannten hinaus, um nach dem Grund für das Durcheinander zu schauen. Sogar die Angestellten der Buchausgabe liefen los. Ein solches Spektakel hatte es seit Monaten nicht mehr gegeben.

Der Professor ließ sich nichts anmerken, wechselte auf die Astralebene und registrierte zufrieden, dass er, zwei Wachelementare und drei Hüter der Bibliothek allein waren. Sein Ablenkungsmanöver funktionierte.

Ohne zu zögern rief er seine eigenen vier Geister herbei und schickte sie gegen die Aufpasser in den Kampf. Beckert selbst vernichtete die überraschten Hüter, die seinem Können nichts entgegenzusetzen hatten. Als der Kampf endete, verfügte er über zwei Elementare, die er auf Abruf parat hielt, während er in die normale Ebene zurückkehrte.

Seelenruhig ging er an die Stelle, wo Otte Aeternitas deponierte, nahm sich die Schatulle, um sie in seine Aktentasche zu stecken, und bewegte sich auf den Ausgang zu.

Im Türrahmen stieß er mit einer Frau zusammen, die ihm auch in einer finsteren Nacht in einer Leipziger Seitengasse hätte begegnen können. Mitte zwanzig, schwarz gekleidet, weiß geschminkt, feuerrote Haare, Silberschmuck und stark betonte Augen machten ihre Erscheinung für ihn als strikt konservativen Menschen zu einer unschönen Begegnung. Bestellzettel regneten zu Boden.

»Verzeihen Sie, ich war in Eile«, besaß sie wenigstens die Höflichkeit, sich für ihr Ungestüm zu entschuldigen. »Sie sind doch der Leiter der Schiller-Uni? Ihre Studierenden laufen gerade Amok.« Ihre Hand mit den schwarz lackierten Fingernägeln deutete auf die Mensa. »Besser, Sie reden mal ein Wörtchen mit denen.«

»Vielen Dank.« Er deutete eine Verbeugung an. »Ich war gerade im Begriff, nach dem Rechten zu sehen.« Schon drückte er sich an ihr vorbei, der Flügel der Schwingtür klappte zu.

*Seltsamer Kerl,* wunderte sie sich. Cauldron ging in die Hocke, sammelte die Zettel ein und schaute zur verwaisten Buchausgabe. »Hallo?« Sie wanderte an der Theke entlang und spähte nach hinten, um einen der Bediensteten ausfindig zu machen.

Dabei sah sie aus den Augenwinkeln, dass eine dunkle Gestalt die Treppen der Bibliothek hinunterstürmte. Es war Beckert.

*Hier stimmt doch was nicht.* Misstrauisch geworden, überprüfte sie die Stelle, wo die Kassette mit dem Buch aufbewahrt wurde. Natürlich fehlte sie.

Der Professor fühlte sich allen magischen Herausforderungen gewachsen, aber er war ein verdammt schlechter Schauspieler.

Vorzutäuschen, er habe die Schrift auf dem Pergament im Labor nicht lesen können, kostete ihn enorme Anstrengung. Und das Zusammentreffen mit dieser Schreckensgestalt im Lesesaal brachte sein Herz zum Wummern. Ein oder zwei Sekunden früher, dann hätte sie ihn beim Stehlen erwischt. Wahrscheinlich prangte in großen Lettern auf seiner Stirn, dass er verantwortlich für das Chaos in der Mensa war.

Ein VW-Transporter stand auf der gegenüberliegenden Straßenseite. Die Truppe, die ihm Sandmann versprochen hatte, hielt sich an den Zeitplan. Als Beckert sich dem Fahrzeug näherte, startete der Motor.

Schabend öffnete sich die breite Seitentür. Eine Frau mit Sonnenbrille sprang aus dem Inneren und kam auf ihn zu. »Professor Beckert, mein Name ist Gretchen, Innenministerium, persönliche Mitarbeiterin von Herrn Sandmann«, stellte sie sich vor.

»Persönlich? Sie waren damals beim Essen gar nicht dabei.« Noch machte er keinerlei Anstalten, die Tasche mit dem wertvollen Inhalt zu überreichen. »Tausend Störche …«

»… toben turmwärts«, vollendete sie die vereinbarte Losung. »Sie sind etwas aufgeregt, Professor?« Sie winkte ab. »Wir haben aus dem Rückraum für Ihren Schutz gesorgt. Wenn Sie mich oder die anderen Mitarbeiter gesehen hätten, wären wir schlecht.« Sie streckte die Hand aus. »Die Tasche, bitte.«

Ihre Erklärung machte Sinn. Erleichtert händigte er den Koffer aus. Damit war das gute Stück in Sicherheit und er die Bürde los. »Sie hätten gerne mitgegessen. Es ist sicher kein leichter Beruf, uns beim Kaviaressen zuzuschauen.«

Anstatt auf seine Frage zu antworten, schaute sie unvermittelt über seine Schulter. »Gehört die Dame zu Ihnen oder bedeutet das Schwierigkeiten?«

Beckert folgte ihrem Blick und entdeckte die schwarz gekleidete Frau, die aus dem Haupteingang trat. »Schwierigkeiten«, entschied er. Die naseweise Person würde er nach ihrem Tod zum Sündenbock für den Verlust machen. Seine beiden Elementare glitten aus dem Astralraum. »Ich kümmere mich darum.«

»Um Ihre Frage zu beantworten, nein, es ist kein leichter Beruf«, sagte die Frau hinter ihm. »Aber Ihnen zuzuschauen war einfach. Ich mache mir nichts aus Kaviar.«

Sofort wirbelte er herum und schnappte nach dem Griff des Koffers. Gleichzeitig befahl er einem Geist den Angriff gegen den Transporter.

Beim japanischen Essen mit Sandmann hatte er vieles zu sich genommen, aber gewiss keinen Kaviar. Er verabscheute die schwarzen Fischeier. Das hätte Gretchen wissen müssen, wenn sie wirklich dabei gewesen wäre. Folglich betrachtete er sie als Feindin.

Den zweiten Elementar hetzte er auf die andere Frau.

415

»Das Ehepaar Nielsen sofort in den Einsatz!«, befahl Jones mit mühsam beherrschter Stimme, als er sah, dass sich die Dinge nicht ganz so entwickelten, wie er sich das vorgestellt hatte. »Bringen Sie mir die Tasche!«

Kaum hatten der Negamagier und Jeroquee den rückwärtigen Bereich verlassen, da zog MacRay eine Barriere um den Transporter, um ihn gegen die Attacken des Elementars zu schützen.

Marble hatte weniger Glück, sie stand außerhalb. Ein Schlag des manifestierten Geistes brachte sie zum Abheben. Sie flog über den VW, trudelte mehrere Meter durch die Luft und prallte auf die Wiese, wo sie sich mehrfach überschlug. Zwar versuchte die Britin, sich in die Höhe zu stemmen, brach aber zusammen.

»Forbes?«

»Negative, Sir«, meldete der Scharfschütze. »Er hat einen Schild aktiviert. Die Kugeln kommen nicht durch, Sir.«

Das ansonsten britisch-stoische Blut des Squadleiters geriet in Wallung. Der Negamagier wurde damit zur entscheidenden Figur.

Für Xavier trat das ein, was er unter allen Umständen hatte verhindern wollen. Er musste sich beteiligen, und Cauldron stand in unmittelbarer Nähe.

*Bitte, bleib vernünftig,* schickte er der Hermetischen eine gedankliche Botschaft, die sie aber kaum empfangen würde. Er umrundete den Transporter und sah, wie Jones' Allrounderin in hohem Bogen davongeschleudert wurde. Das Flimmern wandte sich Jeroquee zu. Ihn übersah der Elementar wie immer und würde seine Ignoranz gleich fürchterlich bereuen.

Mit ausgebreiteten Armen warf sich der Runner gegen das Flirren. Xavier spürte, wie sich der Geist gegen die Schmerzen zur Wehr setzen wollte, gab aber wenig später auf.

Der Negamagier rannte auf Beckert zu, den er vom Sehen kannte, und hob die geballte Faust schlagbereit. Mehr brauchte er nicht, um an den Koffer zu gelangen.

Der Präsident der Friedrich-Schiller-Universität wurde zu sehr von seinem unvermittelten Auftauchen und dem Umstand überrascht, dass der Mann einfach durch seinen Schild lief. Beckert erinnerte sich an das Bild, das er von dem Angreifer in Scuteks Akte gesehen hatte. Alle direkten Sprüche würden an der Anomalie verpuffen. Er musste über Bande spielen, um ihn aufzuhalten.

*Was zum Teufel ist das?* Jeroquee spürte, wie etwas von ihrem Körper Besitz ergriff.

Sie fühlte sich wie eine Marionette und musste hilflos zusehen, wie ihre Hände unter ihren Sicherheitsmantel langten, um die beiden Browning MaxPower zu ziehen. Sie konzentrierte sich mit aller Macht auf ihre Arme. Sie versuchte, die Muskulatur an der Kontraktion zu hindern. Für einen winzigen Moment dachte sie, sie bewegten sich langsamer, unterlag aber einer Täuschung.

Die beiden Browning ruckten in die Höhe. Kimme und Korn der Waffen legten sich in einer gerade Linie auf den Rücken des Negamagiers.

*Streng dich an!*, peitschte sie sich an, der Schweiß rann ihr T-Shirt entlang. Ihre Arme zitterten, doch senken ließen sie sich nicht. Die Zeigefinger krümmten sich. Ein verzweifelter Schrei stieg aus ihrer Kehle.

Dem Negamagier blieb keine Zeit mehr, auf irgendeinen Zuruf zu reagieren. Zuerst musste der Unipräsident ausgeschaltet werden. Aus vollem Lauf hieb er dem zurückweichenden Beckert die Knöchel mitten auf die Nase. Kraft und Antimagie wirkten gleichzeitig, die Schmerzen verdoppelten sich.

Schreiend fiel der Professor auf die Knie, da traf ihn der Stiefel Xaviers schwungvoll in den Schritt. Den

Schutzreflex des Attackierten, sich nach vorne zu beugen und die empfindliche Stelle zu schützen, nutzte der Runner, um das Kinn mit seinem Knie kollidieren zu lassen. Ein zweiter Faustschlag schickte Beckert bewusstlos auf den Rasen. Die Finger des Gelehrten gaben den Griff der Tasche frei.

Als sich der Negamagier nach der Tasche bückte, erhob sich der Behälter in die Luft und flog auf Cauldron zu. Die Seattlerin hatte ihren Angreifer offensichtlich in die Flucht geschlagen und kümmerte sich zu seinem Entsetzen um die Sicherung des Artefakts.

»Die Tasche, Herr Nielsen«, befahl Jones ihm unnachgiebig per Funk. »Machen Sie schon. Es ist nur irgendeine Magierin.«

»Nein, ist es nicht«, gab er halblaut zurück.

Ein Wachmann trat aus dem Gebäude und zog seine Pistole. Mehr unternahm er nicht mehr, sondern klappte einfach zusammen. Jones, der sich als Scharfschütze eine versteckte Position gesucht hatte, passte auf.

»Wir halten Ihnen den Rücken frei. Und die Front, wie Sie sehen«, meinte der Brite ungeduldig. »Nehmen Sie sich endlich die Schatulle! Wir müssen weg!«

*Das geht nicht gut,* befiel ihn eine dunkle Vorahnung. Er lief auf die Magierin zu.

Mit jedem Schritt, den er tat, kehrte ein wenig von dem Gefühl, das er seit Monaten erfolgreich zu bekämpfen glaubte, zurück. Er sah ihr blasses Gesicht und verfluchte sein Schicksal, das ihn zu einer Nullzone auf zwei Beinen machte, das ihn und die Hermetische zudem in Gegner wider Willen verwandelte.

»Hallo, Cauldron«, grüßte er sie heiser.

»Hi, Keimag … Xavier«, erwiderte sie. Ihr zurückhaltendes Lächeln war echt. Trotz der Umstände freute sie sich, ihn wiederzusehen. »Du weißt, dass ich dir Aeternitas nicht überlassen kann«, sagte die Seattlerin leise, aber fest. Die junge Frau wandte sich zum Gehen.

»Du musst. Du kannst nichts gegen mich machen.« Er griff durch ihre Barriere und hielt den Koffer fest.

Cauldron drehte sich langsam um und richtete die Mündung einer Hold-Out auf seinen Kopf. »Magisch nicht. Ballistisch schon«, stellte sie richtig. Sie funkelte ihn an. »Bitte geh!«

Xavier schaute ihr in die Augen. »Deine Barriere ist zusammengebrochen. Meine Begleiter haben einen Scharfschützen«, flüsterte er. Dabei stellte er sich so, dass sich sein Körper als Schutzschild vor ihrem befand. »Wenn sie es bemerken, stirbst du wie der Wachmann dort auf den Stufen.« Dass die Engländer nur Gel-Munition benutzten, wusste sie hoffentlich nicht, sonst wäre sein Bluff wirkungslos.

Ihr Zeigefinger zuckte leicht. »Ich werde abdrücken.«

Jeroquee schloss zu ihnen auf, in den Händen die schweren Pistolen haltend. »Gib ihm das Ding, Cauldron. Du weißt nicht, warum er es tut«, beschwor sie ihre Bekannte. »Es geht um das Leben vieler Menschen.«

Die Hermetische schaute eine winzige Sekunde zu der ehemaligen Ghuljägerin hinüber.

*Sorry.* Der Negamagier tauchte unter dem Lauf der Secura weg und berührte seine ehemalige Geliebte ganz leicht im Gesicht. Sie schrie auf und stolperte rückwärts.

Blitzschnell setzte Jeroquee nach und betäubte sie mit einem gezielten Schlag in den Nacken. »Auf mich kann sie ruhig sauer sein«, erklärte sie dem verblüfften Runner. »Komm, bringen wir den Einsatz zu Ende und erklären es ihr hinterher. Ich gebe ihr auch einen Freischlag, wenn sie möchte.«

»Ich warne dich. Cauldron nimmt das Angebot an«, sagte Xavier erleichtert. Er schnappte sich Beckerts Tasche. Sie liefen nebeneinander zum Transporter.

»Holen Sie die Schatulle aus der Tasche. Mr. Smith möchte sicher sein, dass wir nicht auf eine Fälschung reingefallen sind«, wies Jones ihn auf halber Strecke an. »Niemand kennt das Artefakt so gut wie Sie.«

Xavier packte die prächtig gearbeitete Kassette mit den Intarsien aus. Die Barriere wehrte sich zäh gegen seine Gabe, bis auch sie wie die sechs vorherigen barst. Es wurde immer leichter, empfand er.

»Sie ist es.« Zur Bestätigung schlug er den Deckel auf und schaute auf das Buch. »Das Original von Aeternitas.« Bald lag es in den Händen eines menschenverachtenden Scheusals. Es fiel ihm nichts ein, wie er das verhindern konnte. Wütend klappte er die Schatulle zu.

MacRay erschien in der breiten Tür des VW-Transporters und hob die Hände wie ein Passfänger beim Football. »Geben Sie her. Ich kümmere mich darum«, verlangte er.

Xavier warf es ihm zu. Beim nächsten Schritt, den er machte, flog ihm ein großes Insekt gegen die Stirn. Eine Biene oder eine Hummel hatte sich wohl ein wenig in ihrer Strecke verschätzt. Die Härte des Aufpralls überraschte ihn, sein Kopf brummte.

Er wollte wedeln, um das Tier zu verscheuchen, ehe es ihn stach. Zu seiner Verwunderung hingen die Arme wie totes Fleisch herab, reagierten nicht auf die Impulse des Hirns. *Wieso …*

Seine Beine knickten unter ihm weg. Das Licht der Sonne wurde greller, blendete seine Pupillen und steigerte sich zu absolutem, reinem Weiß, in dem die Umgebung verschwand. Mehr nahm er nicht mehr wahr.

Jeroquee bemerkte, dass Xavier unvermittelt anhielt, still stand und schräg nach links kippte, ohne auch nur den Versuch zu unternehmen, sich abzufangen.

»Xavier, was ist?«, rief sie besorgt und zuckte nach vorn, um ihn zu greifen.

Ein Windstoß wirbelte um ihr Ohr, etwas rauschte gefährlich sirrend an ihren Locken vorüber. »Fuck! Forbes,

Sie sollten uns decken!« Die ehemalige Ghuljägerin zog eine ihrer Pistolen und drehte sich zur Bibliothek, weil sie vermutete, ein zweiter Wachmann sei aufgetaucht.

Als die Kugeln gleich mehrfach in ihren Rücken einschlugen, erkannte sie ihren Irrtum. Getroffen sank sie zu Boden.

Der Scharfschütze sprang aus seiner Deckung, schnappte sich Marble und sprintete zum Transporter, der sofort beschleunigte und die Straße mit Höchstgeschwindigkeit hinunterdonnerte.

»Forbes, mein Freund. Du warst schon mal sicherer«, bemerkte der Squadleiter spitz, der das Gaspedal bis zum Bodenblech durchdrückte.

Der Mann entgegnete nichts, wechselte die Präzisionswaffe gegen ein MG, um auf alles vorbereitet zu sein. MacRay kümmerte sich um Marble, die einige Knochenbrüche im Brustkorb aufwies.

Jones schaute in den Rückspiegel. Sie wurden nicht verfolgt. Nur noch eine kurze Übergabe, und die Operation »Aeternitas« fand für sein Squad ein gutes Ende.

Um das Ehepaar Nielsen tat es ihm ein wenig Leid, gerade weil der Mann so etwas wie ein Unikat darstellte. Aber Anweisung blieb Anweisung, kam sie auch noch so überraschend. Da Mr. Smith in beiden Fällen die Wetwork-Tarife bezahlte, stand der Auftragserledigung nichts mehr im Weg.

Cauldron schüttelte die Benommenheit ab, ihr Nacken fühlte sich taub und geschwollen an. Noch immer hatte sie Schwierigkeiten, ihre Umgebung deutlich zu sehen. Ihr Hirn kämpfte mit den Nachwirkungen der Erschütterung.

Die Hermetische nahm ihre Secura und rappelte sich mühsam auf. Sie taumelte an den Straßenrand, wo zwei Menschen abseits von Beckert halb übereinander am Boden lagen. In weiter Entfernung sah sie den VW-

Transporter abbiegen. Allein der Versuch, einen Zauber-spruch hinterherzuschicken, verursachte ihr Schwindel-gefühle.

Ihr Blick klärte sich allmählich. Sie erkannte die bei-den Personen, die am Boden lagen. Die Frau musste Jeroquee sein, und der Mann …

»Xavier!«, schrie sie schockiert. Cauldron näherte sich den beiden und hörte, wie hinter ihr die Türen der Uni-versalbibliothek aufflogen. Leute strömten heraus, je-mand rief nach einem Krankenwagen.

Neben den beiden ging sie auf die Knie. Sanft zog sie die Lockenhaarige vom Runner runter. Ihre Kleidung wies mehrere Einschusslöcher auf, Blut sickerte hervor. Rasch fühlte sie nach dem Puls. Er war zu schwach, als dass sie ihn mit bloßen Fingern ertasten konnte. Da sie auf den ersten Blick keine Verletzung an Xavier ent-deckte, kümmerte sie sich zuerst um Jeroquee.

Unter Aufbietung ihrer letzten Kräfte begann sie, die Wunden der ehemaligen Ghuljägerin auf magischem Weg zu behandeln, bis sie eine drohende Ohnmacht davor warnte, zu viel zu wollen. Wenigstens stoppte sie die Blutung, bis der Notarzt eintraf.

Noch mit den Auswirkungen des magischen Entzugs ringend, dachte sie nicht darüber nach, als sie sich Xa-vier zuwandte und ihm liebevoll etwas Dreck aus dem Gesicht wischte. Ihre Finger berührten seine Haut.

Die übliche Reaktion, das schmerzhafte Reißen in ih-rem Inneren, blieb aus. Keine Antimagie oder was auch immer von dem Mann normalerweise ausging, bestrafte sie für die Nachlässigkeit.

Rote Flüssigkeit quoll unter dem Schmutz hervor und trat aus einem bleistiftdicken Loch exakt in der Mitte der Stirn aus, das sie wegen der Schmutzschicht zuerst nicht entdeckt hatte.

*Nein!* In Gedanken verschmolzen die Züge von Xa-vier und Bullet, ihrem ehemaligen Verlobten, der bei einem Run erschossen worden war. Sie hatte ihn damals nicht retten können. Genau das schien sich grausam zu wiederholen.

Zitternd beugte sie sich vor und küsste ihn, dabei aktivierte sie unter Tränen ihre magischen Heilkräfte. Der verzweifelte Versuch der Magierin, stärker als die Erschöpfung sein zu wollen, endete in ihrer Ohnmacht. Cauldrons Lippen lösten sich von denen Xaviers. Sie kippte entkräftet zur Seite.

Die salzigen Tropfen rannen über das Gesicht des Negamagiers und funkelten im Licht der Straßenlaterne diamantgleich auf. Im Gras mischten sich die flüssigen Perlen mit seinem dunklen Blut.

# XII.

*ADL, Groß-Frankfurt, MaWie, 22. 05. 2058 AD, 16:21 Uhr*

Das Vorprogramm zur deutschen Stadtkriegmeister-schaft bot den Fans der Black Barons auf der Bühne vor der Riesenleinwand eine monumentale Show, die beinahe an amerikanische Verhältnisse heranreichte. Nachwuchsbands aus Mainz rockten, dann dröhnten Techno-Klänge aus den Boxen des ehemaligen Fußballstadions, das die Stadtkrieger als Übungsarena benutzten. Zwischendurch traten Go-go-Girls auf, um die Menge, die sich zu Tausenden versammelt hatte, noch einmal anzuheizen. Das Management war bestrebt, die Anhänger des Teams im Vorfeld so einzustimmen, dass selbst eine Niederlage als Gewinn gewertet wurde und es nur zu kleinen Ausschreitungen kam.

Poolitzer stand am Rand der Masse und richtete die Linse auf die Menge. »Das sind wahre Fans, verehrte Zuschauerinnen und Zuschauer. Sie kommen hierher, um gemeinsam den erhofften Sieg der Mannschaft zu feiern. An eine Niederlage denkt hier niemand.«

Der Reporter zoomte auf einen besonders wabbelnden Bauch und animierte eine junge Dame, sich in die Arme der Männer zu wagen. Grinsend filmte er ihre hüpfenden Körperteile. Eine Bierdusche machte ihr weißes T-Shirt durchsichtig.

Der InfoNetworks-Mitarbeiter hob den Daumen. *Titten, Bier und blanke Ärsche,* sinnierte er über den Titel des Beitrags. Das war die andere Seite seines Jobs. Neben den Themen-Knallern musste auch Routine für weniger intelligente Zuschauer erledigt werden.

Er streifte durch die Menge, filmte ein paar knutschende Pärchen und kehrte in den Aufenthaltsraum zurück, um die Aufnahmen per Modem an die Redaktion zu senden. Sie würden in die laufende Berichterstattung eingebaut werden. Poolitzer schaute auf die Uhr.

Zeit, sich auf die Socken zu machen. Er schlenderte hinaus, gab einem Kollegen, der für ihn weiterfilmte, ein paar Tipps und ging zum Auto. Minuten später setzte der Autopilot das Gefährt in Gang.

Dem Reporter blieb auf der Fahrt nach Essen Gelegenheit, die dramatischen Ereignisse der letzten Tage Revue passieren zu lassen.

Nach dem Raub der letzten Schatulle behauptete Beckert allen Ernstes, er sei von den fremden Runnern erpresst worden, ihnen das Artefakt zu beschaffen. Eine Geistessondierung brachte nichts, was ihn einer Lüge überführte. Da er aber zweifacher Professor der Magie und an einer Uni mit dem Schwerpunkt Hellsicht dozierte, galt diese Prüfung nicht viel. Wenigstens hatte der Präsident seinen sofortigen Rücktritt eingereicht. Beckert räumte gerade sein Büro auf.

Seine wahren Beweggründe blieben im Dunkeln. Selbst Vrenschel, die Beckert recht gut kannte und über die Vorkommnisse während ihrer Abwesenheit entsetzt war, vermochte es sich nicht zu erklären. Ob die Leichen von vier Unbekannten in der Nähe der Universalbibliothek, wie in der Zeitung zu lesen stand, mit Aeternitas in Verbindung standen, darüber konnte der Reporter nur spekulieren.

Parallel zum Verschwinden des Buchs wurden die überwiesenen fünf Millionen Nuyen von Poolitzers kleinem Geheimkonto retransferiert. Zwar hatte er das Geld umgeschichtet, doch der vom Auftraggeber angeheuerte Decker musste Sicherheitslücken entdeckt haben. Bis auf eine kleine Summe von 50 000 Nuyen waren er und die Stadtkrieger den Reichtum wieder los, den sie nach dem Meisterschaftsspiel an die Opfer aus Moskau und deren Hinterbliebenen zahlen wollten.

Diese schlechten Nachrichten machten es für die Eingeweihten der Black Barons nicht einfacher, sich auf das entscheidende Spiel gegen die Centurios einzustimmen. Doch es schürte den Hass auf den Drahtzieher ungemein. Wenn sie einen Weg fanden, dieses Gefühl im Kampf umzusetzen, würden sie die Essener mit einem Wipe-Out besiegen, nicht nach Punkten.

Allmählich machte er sich große Sorgen um Cauldron. Seit jenem Tag in Weimar wurde sie nicht mehr gesehen.

Ein Notarztwagen holte die sterblichen Überreste Xaviers und die schwer verwundete Jeroquee ab und brachte sie ins nächste Krankenhaus. Verständlicherweise verweigerte das Unternehmen jegliche Auskünfte über Kunden und verwies auf die Datenschutzbestimmungen.

Jeroquee kontaktierte ihn bald nach der Schießerei. Sie hatte das Gefecht dank Cauldrons Eingreifen überstanden und genas im Weimarer Zentralkrankenhaus von den letzten Wehwehchen.

Cauldron und Xavier blieben verschollen. Also setzte der Reporter einen befreundeten Kommissar aus Pirmasens, Spengler, auf die Sache an. Vielleicht fand er mit seinen Kontakten mehr heraus. Die Seattlerin selbst meldete sich nicht. Ihr Kom-Gerät verwies darauf, dass die Nutzerin nicht zu erreichen sei.

Wie sie den Tod des deutschen Runners verarbeitete, konnte er nur vermuten. Die Alexandrinerin berichtete davon, dass die Hermetische den Toten geküsst und die Nutzung der astralen Energien sie so sehr geschwächt hatte, dass sie das Bewusstsein verlor. Der Kuss deutete darauf hin, dass sie ihn ebenso wenig vergessen hatte wie er sie.

Poolitzer blickte aus dem Fenster und schaute zu den Wolken, aus denen erste Tropfen regneten. *Hoffentlich hat sie nicht vor, sich im Jenseits mit ihren beiden Lieben zu vereinen,* bangte er ein wenig. Wie viele Verluste hielt ihre Seele aus?

Das Grau um ihn herum deprimierte ihn, zumal die Erinnerungen an seine eigene unglückliche Liebe aufzusteigen drohten. Ein weiterer Nachteil seines Jobs und dem eines Runners: Man lernte Leute schnell kennen und sah sie fast genauso schnell sterben.

Eilig schaltete er das Radio ein und tippte so lange auf die »Search«-Taste, bis er eine Übertragung der großen ISSV-Party in Berlin fand. Das lenkte ab und stimmte ihn auf seine Arbeit ein. Hängende Mundwinkel brachten keinen Interviewpartner zum Lachen oder Plaudern. *Lockerheit, Stimmung, Severin,* feuerte er sich selbst an und fixierte sein Gesicht im Rückspiegel. Er sah sehr müde aus.

Im Handschuhfach entdeckte er ein paar »Hallo-Wach-Pillen«, eine Mischung aus Traubenzucker, Koffein und Guarana. Ohne zu zögern warf er sich welche ein und überprüfte zum dutzendsten Mal sein Kamera-Equipment.

Auch wenn der Stadtkrieg um die ADL-Meisterschaft ein wichtiges Ereignis darstellte, das der ISSV international sendete, echter Spaß wollte sich nicht bei Poolitzer einstellen.

*ADL, Nordrhein-Ruhr-Plex, Essen, Karnap-Altenessen, 22. 05. 2058 AD, 18:41 Uhr*

Die Centurios hatten sich geweigert, das Endspiel in Berlin, dem Sitz der ISSV, auszutragen und verwiesen auf die schwierige Lage der einstigen bundesrepublikanischen Hauptstadt. Die Berliner verfolgten das Spektakel daher im großen ISSV-Stadion, in dem ansonsten Arena-Stadtkrieg für Jugendliche mit Tennisballgewehren veranstaltet wurde.

Am Vortag des Spiels herrschte Aufregung in »Klein-Babel«, wie das Gebiet wegen seines Ausländeranteils von 99 Prozent in Altenessen bis nach Katernberg genannt wurde. Als die ISSV-Beauftragten ein besonders heruntergekommenes Viertel als Zone für die Stadtkriegsmeisterschaft festlegen wollten, kam es zu kleineren Tumulten und Handgreiflichkeiten mit den Anwohnern.

Die Flüche und Drohungen prasselten in Griechisch, Türkisch, Italienisch und verschiedenen osteuropäischen Sprachen auf die Offiziellen ein, etliche Orks und Trolle bauten sich drohend um die Diskutierenden auf. Erst als Saeder-Krupp vier Mannschaftstransporter mit Hightechschlägern schickte und zehn Drohnen im Formationsflug über die Köpfe schrappten, verließen die Anwohner das Areal. Die Vorbereitungen liefen ungestört weiter, sowohl in der Zone als auch knapp einen Tag später in den Umkleidekabinen.

Coach Karajan verzichtete auf eine Ansprache. Jeder im Team war sich der Bedeutung des Matchs gegen die hoch favorisierten Centurios mit dem mächtigen Saeder-Krupp-Kon im Rücken im Klaren.

Das Team der Black Barons dagegen galt bei den Buchmachern als geschwächt und deutlich unterlegen, auch was die Spieleffizienz anging. Da wichtige Stammspieler bereits in Moskau ausgefallen waren oder im Knast saßen und das Team mit Neulingen aufgestockt wurde, unterstellten die Experten den Mainzern, nicht in ihren Rhythmus zu finden, mit dem sie sich erfolgreich in der Liga nach oben gespielt hatten.

Tattoo studierte zusammen mit den anderen Aufklärern die Blaupausen und Luftbilder des verwinkelten Viertels, in dem sich jeder berufen gefühlt hatte, mal da einen Balkon anzubringen, mal dort einen Anbau vorzunehmen und mal hier ein Geschoss aufzusetzen. Das machte es sehr unübersichtlich und verdammt schwierig, den Gegner bei seinem Angriff ausfindig zu machen. Ihre Torzone würden sie im ersten Viertel in einem Hinterhof platzieren, den ihr Schütze notfalls alleine halten konnte.

Ihr Blick schweifte zur Seite, wo Ordog auf der Bank

lag, die Beine aufgestützt, die Augen auf das Plastikdach ihrer Umkleide gerichtet. Das Demovideo, das Poolitzer von ihm und Michels aus der SOX zeigte, überzeugte sie von der Abgebrühtheit des Straßensamurais, nicht aber von den echten Teamfähigkeiten, die man im Stadtkrieg benötigte. Er war Zweckgemeinschaften gewohnt. Seine Gleichgültigkeit bestätigte ihre Vermutung.

Dice wurde ebenfalls aufmerksam. »Hey, Newcomer. Sag Bescheid, wenn wir zu laut reden und dich beim Schlafen stören. Ich weiß, die Teambesprechung nervt. Bleib einfach liegen, wir gehen gleich raus.«

Ordog reagierte auf den provozierenden Anschiss durch den Scout nicht.

»Dice macht keine Witze«, schaltete sich der Kapitän ein. »Es wäre gut, wenn du dir die Pläne anschaust, damit wir dich später nicht durch die Gassen lenken müssen. Sie sind sehr verworren.«

Der fahle Straßensamurai blieb, wo er war. »Ich habe sie mir angeschaut.«

Michels und Schibulsky tauschten viel sagende Blicke aus. Der Zwerg bekam wirklich das MG zugestanden, nur der Wunsch des Orks, den sie in »Cybulski« umtauften, erfüllte sich nicht ganz. Mit seiner Aufstellung als Brecher und der Schrotflinte schien er aber ganz glücklich zu sein.

»Wenn wir wegen dir das Ei nicht in den Kreis kriegen, Kumpel, stehst du auf der Liste der bedrohten Arten«, fauchte die Elfin ihn an. Ihre Gereiztheit stieg von Minute zu Minute. Ein wenig künstliche Aufregung kam gerade recht.

»Schieb dir einen rein, Spitzohr, und entspann dich«, empfahl er gelangweilt.

»Was?« Ihre Sporne zischten aus den Halterungen.

»Schokoriegel«, gab Michels den Worten feixend einen unverfänglicheren Sinn. »Er meinte, du sollst dir einen Schokoriegel in den Mund schieben.«

»Ruhe!«, befahl Coach Karajan. Dem bleichen Neuzugang schenkte er ein geringschätziges Kopfschütteln. »Konzentriert euch, es geht gleich los.« Er streckte seine Hand aus, alle anderen legten die ihren drauf. »Die Gegner sind gut!«, brüllte er.

»Wir sind besser«, schrien die Black Barons zurück. Die Arme flogen in die Luft, man klatschte sich gegenseitig ab, es wurde geschubst und geboxt, Helme stießen gegeneinander. Sogar Michels und Cybulski ließen sich mitreißen.

Oneshot begann mit dem Aufmarsch und stellte sich als Erster ins Rampenlicht der Übertragungsdrohnen. In den Stadien Essen, Berlin und Mainz musste nun die Hölle losbrechen. Vor den Trideos wurden mit Sicherheit Fähnchen geschwenkt.

Lediglich Ordog beteiligte sich nicht an dem Ritual. Seelenruhig nahm er sein G12 in die Linke und wackelte an der klobigen Plastikschnecke, die er anstelle des Magazins nutzte und in der einhundert Schuss lagerten. Solche gewundenen Spezialmagazine benutzten Militärs, wenn sie wussten, dass es mal wieder länger dauerte. Danach prüfte er den Sitz der Altmayr am rechten Oberschenkelholster und montierte ein langes Bajonett unter den Lauf des Gewehrs. Ein zweites Messer mit Griffschutz hing jederzeit erreichbar auf der Vorderseite seiner Weste.

Er setzte sich eine Sonnenbrille auf. Ordog glaubte, seit der Behandlung gegen die Strahlungsauswirkung lichtempfindlicher geworden zu sein. Der Arzt nannte es eine Sinnestäuschung. Alle drei wiesen erhöhte Strahlungswerte auf. Die verabreichten Medikamente dienten zur Vorsorge.

Die getroffene Abmachung lautete »Behandlung gegen Spiel«. An der medizinischen Versorgung hatte er nichts auszusetzen, daher würde er sich in den nächsten Minuten voll einbringen. Seine Taktik wich jedoch von jener der Black Barons ab.

430

Er verließ die Kabine als Letzter, schaute noch mal zum Plan der Spielzone und trabte hinaus. Während ihn die Drohnen umschwirrten und sein markantes, asch-fahles Gesicht mit dem dunkelroten Tribetattoo auf der rechten Schläfe groß in Szene setzten, rief er sich alle guten Sniper-Positionen ins Gedächtnis.

»Es ist wieder Kriiiiiiiiieg!«, hörte er den offiziellen Startschuss in seinem Kopfhörer.

Oneshot warf Cybulski den Ball zu, die Aufklärer der Black Barons schwärmten aus. Michels verschanzte sich hinter einem Stahlcontainer und behielt die Durchfahrt im Auge.

Der Straßensamurai lief, das Sturmgewehr lässig ge-schultert, eine Zeit lang hinter den Jägern her, dann bog er in eine Seitengasse ab und erklomm eine Feuerleiter.

Straight, der hoffnungsvolle Stadtkrieg-Novize aus den Reihen der A666-Rocker, fand die Torzone der Centurios und die dort lauernden Verteidiger. Die Vollmantelge-schosse des leichten Maschinengewehrs des Schützen verwandelte die Schulter des jungen Gangers zu einer blutenden Masse. Wenigstens schaffte er es, die Position des Gegners vor seiner Ohnmacht durchzugeben. Anubis machte sich sofort auf den Weg, um erste Hilfe zu leisten.

Das Angriffsteam der Essener musste den Weg durch die Häuser gewählt haben und nutzte den Schutz der Hinterhöfe, die der Spielerzone italienisches Flair verlie-hen. Schlagergott übernahm die Rolle der Patrouille, ohne jedoch auf Widerstand zu stoßen.

Tattoo kam zusammen mit Cybulski, Oneshot, Dice und einem anderen Jäger namens Heitor gut vorwärts. Die restlichen Barons streiften umher, um das Ballteam der Centurios abzufangen. Noch zwei Quergassen und einmal rechts, und sie stünden kurz vor dem ersten Punkt für ihr Team. Das hieß, wenn es ihnen gelänge, die Verteidigung auszuschalten, was nicht leicht sein würde.

Saeder-Krupp stopfte sein Team stets mit bester Cyberware voll, und gerade vor dem Endspiel wurden zahlreiche Modifikationen an den Spitzenspielern vorgenommen, das war ein offenes Geheimnis. Insofern kam die dreiwöchige Pause auch dem Gegner zugute.

Oneshot deutete auf den Jäger und dann nach oben. Heitor stürmte in das nächste Haus hinein, um auf das Dach zu gelangen und die Lage von oben zu checken.

»Okay, hier ist …«, meldete er sich nach einer Weile. Eine Reihe von schnellen Schüssen, dem tiefen Klang nach handelte es sich um ein Schrotgewehr aus nächster Nähe, unterbrachen seinen Bericht.

Zwei Sekunden später fiel er seinen Teamkollegen vor die Füße. Die eingewobenen Glühfäden flackerten heftig, ehe sie ganz erloschen. Der Aufschlag aus zehn Metern Höhe musste die Batterie beschädigt und einen Kurzschluss ausgelöst haben. Ihr Sani konnte sich den Weg sparen. Heitor hatte weder die Einschüsse noch den Sturz überlebt.

»Die Centurios wollen echten Krieg«, raunte Dice wütend.

»Es geht um die Meisterschaft, also erwartet keine Fairness«, warnte ihr Kapitän kalt. »Aufs Dach.« Sie stürmten die Treppe hinauf.

Tattoos Adrenalinpumpe stachelte sie an. Während ihre Jungs ihr Deckung gaben, hechtete sie von Kamin zu Kamin, bis sie unvermittelt neben dem feindlichen Brecher auftauchte und ihn mit ihren Sai-Gabeln attackierte.

Er parierte die unnatürlich schnell hagelnden Schläge mit dem Gewehr. Bald flogen Splitter des Plastikkolbens davon. Sie achtete genau darauf, ihn nicht sofort kampfunfähig zu machen, sondern trieb ihn rückwärts auf den Rand des Daches zu.

Der mörderische Ausdruck in ihren Augen warnte ihn. Angst keimte in ihm auf, seine Hand näherte sich dem Aufgabeschalter.

Die Elfin kam ihm zuvor. Mit der rechten Waffe durchbohrte sie den Unterarm und hielt ihn fest. Die beiden brutalen Tritte gegen den Oberkörper und der abschließende Ellbogenschlag ihres Cyberarmes genau unter das Kinn hoben den Mann in die Luft.

Sein Becken prallte gegen die halbhohe Mauer, der Torso bekam Übergewicht. Schreiend verschwand der Essener in der Tiefe.

»Das war für Heitor!« Tattoo fletschte das Stahlgebiss in Richtung einer der vielen Drohnen und leckte das Blut von der Sai-Gabel.

Anschließend setzten sie ihren Sturm fort, um keine Strafe wegen unzureichender Offensive zu kassieren.


Poolitzer erreichte keuchend die Kabine der Mainzer Mannschaft und warf sich in einen Sessel. *Scheiße, zu spät.*

Er hatte nicht damit gerechnet, dass sich die Fans der Centurios rund um die Stadtkriegszone versammelten, um das Team anzufeuern. Das führte zu elend langen Staus auf den ohnehin schmalen Straßen Klein-Babels. Letztlich ließ er das Auto stehen und rannte hierher.

Durstig vergriff er sich an den bereitgestellten Getränken und schnappte sich ein paar Schnittchen, die er sich in den Mund schob. Kauend schaute er zur Monitorwand, auf der Coach Karajan die Schlacht um die Meisterschaft verfolgte. Eben wiederholte der ISSV-Sender Tattoos Kampf gegen den Essener in Superzeitlupe. Selten hatte man pure Todesfurcht so genau gesehen wie in den Pupillen des Centurios.

*Shit, ist die Elfin meschugge.* Der Reporter setzte sich neben ihn und reichte ihm eine Dose. Automatisch schaltete er seine Fuchi an und richtete die Linse auf den Trainer der Barons. »Wie läuft's?«

»Durchwachsen«, meinte Karajan zerstreut. »Ziemlicher Gleichstand, was die Verluste angeht.«

Die Kameras blendeten ein größeres Gefecht ein.

Das Ballteam der Essener war auf das Abfangkommando der Mainzer gestoßen. Sogar die beiden Stürmer beteiligten sich an dem Geballere. Auf beiden Seiten fielen Spieler zu Boden und blieben verwundet liegen.

Der Coach und Poolitzer sprangen auf, wobei der Seattler die Kamera auf das Gesicht des Trainers hielt. Emotionen machten sich bei einer Meisterschaft einfach perfekt.

Die Centurios beförderten einen ihrer Scouts auf dem Motorradsattel aus der Schusszone. Am Ende der Gasse sprang er ab und hielt die Hände in die Höhe und deutete Fangbereitschaft an. Einen Lidschlag später segelte der Ball über die Helme der Black Barons genau in die Handschuhe des Gegners, der hastig in Deckung sprang.

Schlagergott startete durch und machte sich an die Verfolgung, während der Rest sich weiterhin dem Feuerkampf hingab. Vor allem die A666-Rocker ließen nicht locker und wollten sich beweisen.

Karajan warf die Dose wütend auf den Boden. »Verdammte Kacke! Lasst euch doch nicht provozieren!«, schrie er die Bildschirme an, als könnten sie seine Anweisungen an seine Mannschaft übertragen. »Punkten sollt ihr, nicht schießen!« Er bemerkte, dass ihn Poolitzer bei seinem Ausbruch filmte. »Mach das Ding aus, bevor ich es dir dahin schiebe, wo die Sonne niemals scheint.«

»Okay, okay«, beruhigte der Reporter ihn und aktivierte seine eingebaute Kamera. Niemand gab Severin T. Gospini Regieanweisungen.

Ordog zog den Stecher des G12 zweimal nach hinten, wechselte das Ziel und jagte eine weitere Kugeldublette in einen Centurio. Das Gasventil federte den ohnehin schwachen Rückstoß ab, Smartverbindung und die Vergrößerungsfunktion seiner Cyberaugen ergänzten sich perfekt. Alle vier Projektile streckten die Gegner nieder. Die Treffer in die Knie oder Unterschenkel garantierten, dass sich seine Ziele an diesem Spiel nicht mehr beteiligen würden.

Der Straßensamurai kroch rückwärts und suchte sich die nächste Scharfschützenposition, von der aus er eine der Straßen überblickte, die in die eigene Torzone führten. Er legte den Lauf auf die Fensterbank und drückte den Kolben fest an die Schulter. Die Mündung wurde zwischen den beiden Blumenkästen regelrecht unsichtbar, die Gardine verbarg seinen Kopf perfekt. Das Knattern eines Motorrads warnte ihn vor dem anrückenden gegnerischen Stürmer.

Kaum rollte der Centurio um die Ecke, holten ihn zwei Treffer in die Brustpanzerung von seiner Kiste. Der verletzte Gegner wälzte sich hinter einen Mauervorsprung, die Geländemaschine stürzte um und tuckerte im Leerlauf vor sich hin.

Im Zwei-Sekunden-Rhythmus beschoss er die Maschine, deren Motor nach dem achten Treffer abrupt erstarb. Der Stürmer gab lieber das Zweirad auf, als sich dem Kugelhagel auszusetzen.

Viel zu spät sah er, wie sich eine riesige Gestalt vom Balkon auf der anderen Seite löste und mit einem gewaltigen Sprung genau auf sein Fenster zuhielt. Er schaffte es gerade noch, sich nach hinten zu werfen, als sein Besucher durch die Öffnung brach.

Der Fensterrahmen krachte aus der Halterung, Staub und Splitter wirbelten umher, ein Glasregen überschüttete den bleichen Runner. Das Gewehr entglitt ihm und klapperte außerhalb seiner Reichweite.

Aus dem grauen Nebelschleier zuckte ein Blitz hervor – so zumindest wirkte es auf den überraschten Ordog. Als der vermeintliche Blitz rasend schnell näher kam, erkannte er die mehrfach gezackte Klinge einer

435

wuchtigen Axt, wie sie nur von einem Troll geführt werden konnte.

Ein Albtraum trat aus dem Dunst: rund drei Meter groß, Kunstmuskulatur am warzigen Leib, Dermalpanzerung und ein ungeschlachter Schädel aus Chrom. Nur die Gesichtspartie war fleischig, alles andere bestand aus funkelndem, poliertem Metall. Was er zuerst für gegelte Haare hielt, entpuppte sich bei genauem Hinsehen als fingerlange Eisenspitzen. Auf der Stirn prangten zwei dreißig Zentimeter lange stählerne Rammhörner.

Den Hieb erahnte der am Boden kauernde Ordog mehr, als dass er ihn sah. Es gelang ihm, in letzter Sekunde die Beine zu spreizen. Die Schneide der modifizierten Wallacher Kampfaxt fuhr wenige Zentimeter vor seinem Schritt in den Laminatboden.

*Keine Panik*, redete er sich ein. Wie von selbst sprang die Altmayr in seine Hand, das Vollgeschoss verließ den Lauf und traf den Troll, der die Axt kinderleicht aus dem zerschlissenen Kunstparkett riss, genau ins Knie. Der Gegner schrie nicht einmal.

Ordog rollte sich zur Seite und tauchte nach dem G12. Es reichte aus, um es in letzter Sekunde schützend vor den Oberkörper zu halten. Das dumpfe Pfeifen der Axt warnte ihn rechtzeitig.

Die Schneide traf mit einem hässlichen Geräusch in Höhe des Abzugs gegen das Gewehr. Der Stahl der automatischen Waffe knickte leicht ein, die dikotebeschichtete Klinge wurde durch die Kraft seines Gegners einige Zentimeter in den Stahl getrieben.

Er taumelte zurück, die Linke verlor den Halt. Der Lauf des G12 klatschte Ordog gegen den Unterkiefer, das Bajonett verfehlte ihn um wenige Zentimeter. Sterne tanzten vor seinen Augen.

Seine Reflexbeschleuniger nützten ihm in diesem Fall wenig. Wieder schoss die Klinge auf ihn herab, erwischte ihn aber nur mit der flachen Seite.

Der Arsch spielte Golf mit ihm. Er hob ab und krachte durch das zweite, geschlossene Fenster im Zimmer. Sein Sturz wurde durch die Markise eines Gemüseladens abgefangen.

Schon tauchte in der Öffnung über ihm der blinkende Chromschädel mit dem bisschen Fleisch auf. Der Troll grinste höhnisch und schwang sich mit beiden Füßen voran nach draußen. Auf den genagelten Sohlen, die auf Ordogs Unterleib zielten, stand »Chrome Bean«.

Jetzt erlaubte sich Ordog etwas Panik. Sie beflügelte ihn, sich aus der Landezone der tödlichen Quadratlatschen zu bringen. Das Gewicht des Centurios würde ihm ansonsten alle Gedärme aus dem Leib quellen lassen.

Der Markisenstoff riss beim Aufprall des Trolls. Der fahle Samurai zückte sein Messer und rammte es bis zum Anschlag in den neben ihm auftauchenden unterschenkeldicken Oberarm des Gegners.

Brüllend fuhr der Troll in die Höhe, Ordog sprang ebenfalls auf die Beine. Er unterschätzte die Reichweite des Metamenschen, dessen Pranke ihn im Nacken zu fassen bekam und ihn einfach festhielt. Die Schneide der Wallacher tauchte langsam neben ihm auf. Chrome Bean nahm Maß.

Röchelnd schaute er nach dem ISSV-Offiziellen, der keine Anstalten machte, dem Trolltreiben Einhalt zu gebieten. Im Kampf um die international ausgestrahlte Meisterschaft und Einschaltquoten war anscheinend alles erlaubt.

Bevor er in zwei Teilen auf der Straße aufschlug, betätigte er den Aufgabeschalter seiner Rüstung. Stolz war eine schöne Sache, wenn man ihn sich leisten konnte. Sofort stellte ihn der Centurio auf den Boden und klopfte ihm freundschaftlich auf den Helm.

Da erscholl die Durchsage, dass die Essener soeben ihren ersten Punkt erzielt hatten.

Frustriert saßen die Mainzer Spieler im Ruheraum. Ihr engagierter Kampf gegen die übermächtigen Essener brachte ihnen nicht die erhofften Früchte, sondern nur Tote und Verwundete. Lustlos schütteten sie aufputschende Getränke in sich hinein und kauten Traubenzuckerriegel. Anubis lief durch die Reihen und injizierte ihnen gerade noch legale Stimulansmittel. Die illegalen Sachen bewahrte er in einer geheimen Seitentasche seines Koffers auf, um sie im Notfall einsetzen zu können.

»Poolitzer, mach die Kamera aus«, befahl ihm der Coach. Der Reporter hob den Daumen. »Ich habe gehört, dass es keine Spielunterbrechung oder Strafen wegen unnötiger Härte geben wird«, eröffnete er den Black Barons. »Nach Ansicht der ISSV soll es im Meisterschaftsspiel entsprechend hart zugehen. Einige von uns haben bereits zu spüren bekommen, was ich meine.« Seine Augen richteten sich auf Ordog, der sich gerade ein neues G12 nahm und die Smartverbindung überprüfte. »Wir liegen mit einem Punkt zurück, was uns aber nicht stören darf, Barons! Wir holen uns den Titel!«, feuerte er sie enthusiastisch an. Er schaute auf die Uhr. »Okay, in fünf Minuten geht es ins zweite Viertel. Unsere Torzone wird nicht verlegt, dafür wird die Verteidigung etwas besser aufpassen. Michels mache ich keine Vorwürfe, er hat zwei Mann ausgeschaltet. Aber der Dritte hätte von einem Brecher abgefangen werden müssen.«

»Ich war beschäftigt. Der Troll wollte meinen Arsch«, erklärte der bleiche Straßensamurai wortkarg und erntete damit das Gelächter der A666-Ganger.

Tattoo kam zu ihm. »Dein Arsch gehört mir, wenn du noch mal pennst, Kumpel«, drohte sie ihm leise. »Du hast nicht aufgepasst und Tontaubenschießen gemacht, anstatt zu spielen. Dein Zwerg hatte Glück, dass ihn keiner der Essener getroffen hat.«

»Weißt du was, Spitzohr? Ich schick dir den Troll vorbei.« Ordog hielt ihrem Killerblick stand. Nach dem Kampf mit Chrome Bean, den die Centurios als Scout gesetzt hatten, schockte ihn nichts mehr.

Ihre Hand schnellte in die Höhe und wollte nach dem Kragen seiner Weste greifen. Er schlug ihren Arm mit dem Gewehr zur Seite, die Bajonettspitze lag plötzlich an ihrem ungeschützten Hals. »Mach mich nicht an«, sagte er gefährlich ruhig. »Ich kämpfe auf meine Weise.«

Die anderen Aufklärer zogen die kurz vor dem Explodieren stehende Tattoo nach hinten weg und redeten beruhigend auf sie ein.

Oneshot schaute zu dem bleichen Menschen, eine Augenbraue hob sich, er sagte aber nichts. Wäre die Aufklärerin in der nächsten Sekunde ausgerastet, hätte der fahle Brecher sie nicht lange aufhalten können, dafür schätzte er ihre Verdrahtung und ihr Können als zu überlegen ein. Aber dass jemand sie überrumpelt hatte, das brachte sie aus der Fassung.

Einige Rocker gaben ihm durch Gesten zu verstehen, dass sie seine Aktion cool fanden. Er schaute auf sein Sturmgewehr, nahm sich das nächste Schneckenmagazin und arretierte es in der Schachthalterung, danach zog er die Spannschrauben an.

Poolitzer beschränkte sich auf lautlose Anwesenheit und heimliches Filmen. Testosteron lag in der Luft, und da sich im Moment keine Gelegenheit für eine schnelle Nummer bot, staute es sich in Aggressionen auf. Ein Fragen stellender Reporter bedeutete ein prima Ventil, daher machte er sich klein und unscheinbar, um nichts zu provozieren. Die kleine Einlage von Ordog und Tattoo ließen ihn noch vorsichtiger sein.

Doc Anubis schaute bei dem fahlen Samurai vorbei und verpasste ihm eine Ladung »Schmerz-weg« und »Muskel-dicker«, wie er die Mittel nannte, angereichert mit »Happyness«. Das nächste Viertel konnte beginnen.

Grinsend und erfüllt mit unerklärlich guter Laune betrat Ordog das Schlachtfeld.

*ADL, Freistaat Sachsen, Nebra,*
*09. 05. 2058 AD, 22:07 Uhr*

Der behandelnde Arzt in der Notaufnahme hatte unmittelbar nach der Einlieferung in das BuMoNa-Vertragskrankenhaus in Weimar die Verlegung des Reanimierten empfohlen und ihn zusammen mit seiner Begleiterin, die für die Behandlungskosten aufkam, nach Sachsen in die Mercenario-Klinik überstellen lassen. Dort sei man auf die Behandlung von solch schweren Fällen spezialisiert.

Das Krankenhaus in der Nähe von Nebra, idyllisch an der Unstrut gelegen, mit seiner hervorragenden chirurgischen Abteilung galt als einer der Hauptanlaufpunkte für im Einsatz verletzte Söldner. Davon gab es in Sachsen mehr als genug.

Offiziell als Überfallopfer deklariert, hinderte das sächsische Ärzteteam nichts daran, sich um den Mann zu kümmern. Eine Überprüfung seiner ID ergab, dass keinerlei Anklagepunkte gegen Xavier Rodin vorlagen. Weder existierte ein Haftbefehl, noch gab es unbezahlte Strafzettel.

Der Mann war von einer Kugel schräg in die Stirn getroffen worden. Die Fragmente des zersplitterten Projektils wurden in einer mehrstündigen Operation von den Medizinern entfernt. Das geschah alles noch in den frühen Morgenstunden des 10. Mai.

Nun war sein Körper allein auf seine eigene Genesungskraft angewiesen, jeder Versuch von magischer Behandlung scheiterte. Die Zaubersprüche glitten wirkungslos an dem Patienten ab. Seitdem lag der Mann in einem künstlichen Koma.

Cauldron schlief im angrenzenden Zimmer. Zwischen-

440

durch kaufte sie sich ein paar neue Kleider zum Wechseln und verbrachte sonst jede Minute am Lager des Mannes, den man vor lauter Schläuchen und Kabeln kaum mehr erkannte.

Gelegentlich blätterte sie in dem OP-Bericht, ohne den Wortlaut des medizinischen Fachchinesisch zu verstehen, bis ihr ein Arzt erläuterte, womit der Negamagier rechnen musste, sollte er sich jemals von der Verletzung erholen.

Ein Splitter hatte den Stirnlappen der Großhirnrinde, der in enger Beziehung zur Persönlichkeitsstruktur stand, beschädigt. Die Teile des Kleinhirns, die für den richtigen Ablauf aller Körperbewegungen verantwortlich waren, hatten ebenfalls gelitten. Ein weiterer Splitter war in die »Formatio reticularis« eingedrungen, das dichte Netzwerk von Schaltneuronen, die unter anderem die Aufmerksamkeit ein- und ausschalten sowie den Schlaf-Wach-Rhythmus steuerten. Was letztendlich auf Dauer beschädigt blieb, zeigte sich erst, wenn sie den Patienten aus dem Heilschlaf weckten, was frühestens nach einem Monat geschehen würde.

Cauldron unterdrückte ein Gähnen und ging zum Fenster, um auf den ruhig dahinziehenden Fluss zu schauen. Der Anblick des strömenden Wassers beruhigte sie, steigerte ihre Müdigkeit und brachte sie zum Entschluss, sich ins Bett zu legen. Sie hatte für heute genug gewacht.

Sie nahm ihr Kom-Gerät und tippte kurz entschlossen die Nummer von Poolitzer. Auf seinem Anrufbeantworter hinterließ sie die Nachricht, dass sich niemand Sorgen um sie oder Xavier machen musste. Mehr wollte sie nicht sagen. Sie mochte niemanden anderen um sich haben, schon gar nicht den aufdringlichen Snoop samt Kamera.

Die Magierin strich liebevoll über die Decke, unter der sich die Beine ihres Geliebten abzeichneten. *Wem soll ich dieses Mal Rache schwören?*, dachte sie verbittert und zog innerlich Parallelen zu Bullets Schicksal.

Der Mörder ihres Verlobten war zwar tot, doch nicht sie hatte diese Tat vollbracht. Andere, Außenstehende, richteten den Killer und ahndeten Bullets Tod. Der Umstand verschaffte ihr Befriedigung, es aber nicht selbst getan zu haben hinterließ einen faden Nachgeschmack.

Wieder hing ein Mann, der ihr nahe stand, zwischen Leben und Tod. Zuerst hatte sie Jeroquee dafür hassen wollen, dass sie Xavier in den verhängnisvollen Run gezogen hatte, danach sich, weil sie der Ghuljägerin seine Nummer gegeben hatte. Ihr Grimm richtete sich nun gegen den Schützen und letztlich gegen den Auftraggeber, bis sie sich eingestand, dass sie im Moment nichts ausrichten konnte.

Niedergeschlagen verließ sie den Raum und löschte das Licht.

*ADL, Nordrhein-Ruhr-Plex, Essen, Karnap-Altenessen, 22. 05. 2058 AD, 22:41 Uhr*

Das dritte Viertel begann. Beide Seiten mussten Ersatzspieler für Totalausfälle einwechseln, die verletzten Leute hielten sich dank schmerzstillender Drogen auf den Beinen und stellten sich ein weiteres Mal dem Feind.

Nach der hitzigen Schießerei im ersten Drittel erhielten die Stadtkrieger eine Standpauke von ihren Coachs, sich nicht auf so etwas einzulassen. Infolgedessen beherrschten die schnellen Spielzüge wieder die Szene.

Tattoo, Oneshot und Schibulski war es zu verdanken, dass die Black Barons mit den Essenern gleichzogen. Michels und Ordog verteidigten die eigene Torzone so gut es ging. Aber Chrome Bean und seine Begleiter waren durch nichts aufzuhalten. Beide Teams hatten fünf Punkte auf dem Konto.

Die Fans der Nahkampf-Sequenzen kamen nun voll auf ihre Kosten. Blutige Szenen reihten sich dank der allgegenwärtigen Drohnen fast lückenlos aneinander. Die Schiedsrichter griffen selten regulierend ein und verhängten nur in Ausnahmefällen Strafen.

Nach dem Ballverlust der Centurios knapp vor der Barons-Torzone entschieden die Mainzer, dass der Gegner wieder aus seiner eigenen Torzone heraus anfangen musste, während sie ihre Positionen beibehielten. In dieser kurzen Unterbrechung brachten Helfer Verletzte zu Erste-Hilfe-Stationen. Anubis behandelte kleinere Wunden, andere verteilten Ersatzmunition sowie Erfrischungen an die Spieler.

In Oneshots linkem Arm steckten ein paar Schrotkügelchen, die erst nach dem Spiel entfernt werden sollten. Tattoos Helm fehlte nach einem Treffer mit einer Keule das Visier, Dice büßte zwei seiner Stiftzähne und seine bis dahin gerade Nase ein. Kleinigkeiten im Vergleich zu perforierten Bauchdecken und durchschossenen Arterien.

Lediglich Ordog wirkte auf unheimliche Art unverletzt. Ausgerechnet ihm hatten die Stadtkriegspieler am meisten einen Streifschuss oder eine andere Blessur gewünscht.

Er zog seine effiziente Taktik des lauernden Scharfschützen eiskalt durch und führte die Abschussliste der Barons an, beförderte bislang zehn der Essener ins Spielaus, darunter vier Centurios, die als Starspieler galten. Der beste Reflexbeschleuniger nützte nichts, wenn die Kugel aus dem Hinterhalt abgefeuert wurde. »Sechster Sinn« als Cyberware gab es noch nicht.

Die Mannschaft von Saeder-Krupp verfolgte nach dem Anpfiff eines neuen Spielzugs eine veränderte Taktik. Dem aufgeregten Funkspruch eines Azubi-Scouts zufolge hatte sich das Trollmonster den Ball genommen. Eine breite Angriffsfront von zehn Mann walzte auf die

Torzone der Mainzer zu. Noch bevor er sich auf Geheiß von Oneshot zurückziehen konnte, setzte Geballere ein, ihr Scout verstummte. Anubis sprang auf und rannte los.

Der Elf schaute seine besten Spieler an. »Einschätzungen?«

»Wipe-Out«, sagte Dice sofort. »Sie wollen uns platt machen. Die Angriffswelle ist nur Ablenkungsstrategie, um sich keine Strafe einzuhandeln. Hätten wir die Ausrüstung der Centurios, würden wir es auch versuchen, oder?« Er klemmte sich den Ball unter den Arm. »Ich wette, dass wir sie nach Punkten schlagen. Hundert Flocken.«

Tattoo schlug ein. »Ich wette zweihundert dagegen, dass wir den Wipe-Out machen«, raunte sie erregt und drückte mit dem Finger in die Schnittwunde in ihrem Gesicht. Der Schmerz versetzte ihrer Adrenalinpumpe einen neuerlichen Tritt und flutete sie mit dem Stresshormon. Das Kunstherz schaltete einen Gang hoch.

Ihr kleiner, aber feiner Angriffstrupp setzte sich in Bewegung.


Bei den Essenern sprach sich herum, dass die Barons einen Scharfschützen zum Einsatz brachten, der vor der Torzone lauerte. Das führte dazu, dass zwei Scouts über die Dächer kamen und unvermittelt hinter Ordog auftauchten.

Der Besuch überraschte ihn zwar, was aber nicht bedeutete, dass sie ihn überwältigten. Den Schuss in den Arm steckte er weg und revanchierte sich mit einer Salve aus dem G12, das die leichte Panzerung des ersten Aufklärers locker durchschlug. Röchelnd sank er um.

Der zweite Centurio musste der gewesen sein, der Tattoo bereits zu schaffen gemacht hatte. Er ging mit zwei unterarmlangen Eisenstäben in den Nahkampf, jeweils ein Ende der metallenen Stöcke war zusätzlich verstärkt.

Zuerst verlor der bleiche Brecher sein Sturmgewehr, danach seinen Helm. Die wirbelnden Kampfstäbe ließen ihn nicht einmal an seine Zweitwaffe am Oberschenkel kommen und wurden zusehend zum Gesundheitsproblem.

Ordog improvisierte. Er packte die Stehlampe zu seiner Rechten, drosch damit auf den Gegner ein und trieb ihn in die Küche. Dort schleuderte er alle herumstehenden Küchengeräte nach dem Essener, angefangen bei einem Mixer bis hin zum Dosenöffner. Da der »Centurio« mit der Abwehr beschäftigt war, nutzte der Straßensamurai die Gelegenheit, die Altmayr zu ziehen. Blitzschnell tauchte der Kontrahent hinter dem mannsgroßen Kühlschrank ab.

*Das bringt dir auch nichts.* Ein gewaltiger Sprung katapultierte den Barons-Stadtkrieger gegen das Gerät. Der Schrank rutschte nach hinten und keilte den Centurio ein. Rechts und links standen die Arme mit den Stäben heraus.

Ordog umrundete das Hindernis und richtete die stattliche Mündung der kurzläufigen Schrotflinte auf den Kopf des Esseners. »Na? Was jetzt?«

Dessen Mundwinkel hingen bis zum Boden. Wüst schimpfend betätigte er den Aufgabeschalter.

Der Runner trabte zurück in das Zimmer, wo er sein Sturmgewehr verloren hatte. Der Funkverstärker in seinem Helm hatte durch den Schlag gelitten und leitete nur Rauschen auf die Kopfhörer weiter. Es ging auch so. Auf diese Weise musste er sich keine dämlichen Befehle mehr anhören. Grinsend stülpte er sich den Kopfschutz über und spähte aus dem Fenster.

Wie er an dem nahen Gewehrfeuer erkannte, waren Michels und zwei andere Brecher damit beschäftigt, die angreifenden Centurios abzuwehren. Vor der Toreinfahrt warteten ein Troll als Ballträger und sein Aufpasser darauf, dass sich die Lage im Hof zugunsten der Essener entwickelte.

445

Ordog duckte sich herab, kroch an das geöffnete Balkonfenster heran und legte auf die Gegner an. Vorsichtshalber pumpte er vier Geschosse in die Knie des Trolls, der schreiend den Ball fallen ließ und zu Boden ging. Sein Aufpasser schnappte sich schneller als erwartet das Ei und sprintete aus dem Hof. Ordogs Salve, die in Erwartung des Spielzugs genau auf die Einfahrt gerichtet war, prasselte wirkungslos in die Mauer. Der Centurio hatte ihn überlistet.

Da er es sich durchaus zutraute, gegen einen einzelnen Essener zu bestehen, flankte er über das Geländer des kleinen Vorbaus, rutschte an der Straßenlaterne nach unten und machte sich an die Verfolgung des Ballträgers. Kurz vor der Hofeinfahrt hielt er an und warf einen Blick hinein.

Das Kopfsteinpflaster lag voller Verwundeter. Vereinzelt glühten die Fäden als Zeichen der Aufgabe, in manchen Fällen hatte es mancher nicht mehr geschafft, den rettenden Knopf zu drücken. Undeutlich erkannte er Michels und Schibulski unter den Liegenden. *Oh, Scheiße.* Er musste schlucken.

Dann trat die erschütternd imposante Silhouette von Chrome Bean in die Einfahrt und winkte, da er den Mainzer wohl für jemanden aus seinem Team hielt. »Los, Knatter. Kannst kommen. Steht keiner mehr.«

Ordog riss die Waffe hoch. Der Lauf seines G12 richtete sich auf den Stahlschädel des Trolls. In der Hoffnung, die kleine mit Fleisch versehene Partie des verdrahteten und aufgepowerten Centurios zu erwischen, gab er mehrere Einzelschüsse ab.

Chrome Bean hob augenblicklich die breite Klinge der Wallacher schützend vor das Gesicht und stürmte gebückt auf Ordog zu. »Ey, du bist nicht Knatter!«

Gegen einen solchen Gegner ließ er sich nicht noch einmal auf einen Nahkampf ein. Der fahle Samurai drehte sich um und legte einen Sprint ein, wie er ihn selten in seinem Leben geschafft hatte.

Tattoo und das restliche Angriffsteam der Barons waren nicht mit dem Pulk der Centurios zusammengetroffen, sondern standen kurz vor dem Areal, in dem die Essener bis vorhin noch ihre Torzone platziert hatten. Eine MG-Garbe zur Begrüßung bestätigte ihnen, dass sie richtig waren.

Dice erklomm trotz des geschwollenen Gesichts, das vom gebrochenen Kiefer stammte, die Fassade und checkte die Lage von oben. Oneshot und die Elfin nahmen die unteren Fenster des Gebäudes, um sich einigermaßen gedeckt in Richtung auf den neonfarbenen Kreis zu bewegen.

Neben ihr federte ein Gegner aus seiner Deckung und brüllte sie an. Ihr rechter Arm mit der Super Warhawk wies sofort auf das Ziel. Ihr Zeigefinger krümmte sich bereits, als sie erkannte, dass es sich um den gegnerischen Sani handelte. Ein Angriff auf ihn bedeutete ihr sofortiges Ausscheiden. Sie zog den Lauf gerade noch zur Seite, die Kugel jagte statt gegen seine Bauchpanzerung in die Tapete.

Der Arzt grinste.

»Du blöder Hund! Das war Absicht«, schrie sie ihn wütend an. *Dafür schnappe ich mir euren Schützen.* Sie schlich weiter und hörte, wie Oneshot sich ein Gefecht mit einem feindlichen Verteidiger lieferte. Der Kapitän der Mainzer und der Centurio beförderten sich gegenseitig aus dem Match.

Tattoo rief Schlagergott zu Hilfe und warnte ihn vor dem MG-Schützen. Das verstand der Stürmer jedoch als Herausforderung an seine fahrerische Geschicklichkeit. Nach nicht ganz zwanzig Sekunden tauchte er auf. Sie sah seinen Helm am Fenster vorüberhuschen. Offenbar nutzte er den Elektroantrieb.

»Warte auf uns!«, wies sie ihn an.

»Zu spät. Er hat mich gesehen«, meldete der Roy-Black-Fan schnell atmend. »Kommt nach.«

Sein G12 und das MG des Schützen röhrten gleichzeitig auf, dann hörte sie, wie das Motorrad mit etwas kollidierte.

Die Elfin trat ans Fenster und spähte in die Seitengasse, wo der gegnerische MG-Schütze rücklings auf der Erde lag, begraben von der schweren Maschine Schlagergotts.

Der am Unterschenkel angeschossene Stürmer kauerte direkt unter ihrem Fenster, seine entsicherte Pistole mit beiden Händen umklammernd. »Mein Motorrad ist einfach umwerfend«, meinte der junge Mann nur, ständig auf der Suche nach dem letzten Gegner. »Hast du den Ball?«

Die Elfin lachte und glitt aus dem Fenster. »Sicher. Ich geh dann mal punkten. Pass auf meinen Hintern auf. Und ballere nicht sofort. Riskiere es, ein wenig zu …«

Ihr Rat erfolgte zu spät. Als der schreiende Sani um die Ecke sprang und so tat, als würde er angreifen, bewegten sich Schlagergotts Arme nach oben. Die Pistole schickte ein Projektil auf die Reise. Die Kugel traf den Sani in den Oberarm.

Wegen des eindeutigen Regelverstoßes mussten die ISSV-Offiziellen eingreifen. Per Fernbedienung aktivierten sich die elektronischen Schaltkreise, das Neolux™-Gewebe in der Rüstung des Stürmers verkündete in neongelber Farbe die Strafe »Abschuss«. Damit wurde Schlagergott zur Bewegungslosigkeit verdammt, bis ihn eine bewaffnete ISSV-Eskorte abholte. Würde er nur mit dem Finger wackeln, versetzte ihm eine Ahndungssicherung nach einem zehnsekündigen Countdown über Funk einen moderaten Elektroschock.

Natürlich veränderte er seine Haltung und wollte gegen den unfairen Trick des gegnerischen Arztes aufbegehren. Selbst die Startzählung des E-Schocks brachte ihn nicht zur Raison.

Darum konnte sich Tattoo nicht kümmern. Sie musste die Pille in den Kreis befördern und den Mainzer Stadtkriegern endlich den Vorsprung holen. Die Elfin kroch hinter dem Container entlang und bereitete sich auf den Spurt vor.

Da stockte ihr der Atem. Der Kreis war verschwunden. Die Centurios hatten ihre Torzone verlagert und nur so getan, als würden sie das Areal beschützen. Diesen Schreck musste sie erst einmal verdauen.

Währenddessen brach Schlagergott unter den elektrischen Energien zusammen und lag zuckend auf der Straße.

Wie aus dem Nichts tauchte der zweite gegnerische Brecher am anderen Ende der Gasse auf und eröffnete das Feuer aus seiner MP. Fluchend rutschte sie zurück. Beständig trommelten die Geschosse gegen ihre Deckung. »Dice, zu mir. Torzone«, funkte sie ihn an. »Ich bin in Schwierigkeiten.«

Nichts.

»Dice?«

Das bedeutete, dass auch dieser Aufklärer ausgeschieden war.

*Na schön. Ihr kämpft unfair, dann kämpfen wir auch unfair.* Beim nächsten Beschuss schrie sie gellend auf, taumelte hinter dem Container hervor und fiel. Dabei öffnete sie die Finger, damit der Ball und die Pistole davonflogen. Das würde die Abschusssimulation perfekt machen. Innerlich zählte sie von zehn rückwärts, damit sie das Ei rechtzeitig aufnehmen konnte und der Ball nicht als tot erklärt wurde.

Der Centurio rannte los. Sein Ziel war die feindliche Pille.

Die scheinbar Verletzte sprang auf die Beine. Ein rascher Griff, und die Sai-Gabeln befanden sich in ihren Händen.

Abrupt hielt der Essener an. Die MP schwenkte auf die heranstürmende Elfin, die aus vollem Lauf zur Seite sprang, sich von der Wand abdrückte und zu einem Rundkick ansetzte. Das war der Moment, wo die Regie wieder auf Zeitlupe schalten musste, um die Aktion besser nachvollziehbar zu machen.

Die Stahlkappe ihres Kampfstiefels durchstieß das Plexiglas des Visiers. Die Wucht ihres Tritts, in den sie ihr ganzes Gewicht legte, schleuderte den Brecher davon. Mit blutüberströmtem Gesicht blieb er liegen. Hastig verstaute sie die Stichwaffen, nahm Ball und Pistole an sich und trabte los.

Irgendwo in der Nähe musste die Torzone der Centurios sein. Alleine würde sie etwas länger brauchen, bis sie ans Ziel gelangte. Da sich keiner mehr auf ihre Funksprüche meldete, nahm sie an, dass die Essener den Rest der Barons ausgeschaltet hatten. Somit entschieden ihre geistige und körperliche Verfassung sowie ihr Können, ob die Mainzer Stadtkrieger einen Punkt machten oder durch einen Wipe-Out die Meisterschaft verloren.

Ein paar Häuserblocks entfernt entspann sich ein bizarres Wettrennen. Ordog hatte den Ballträger der Centurios genau vor sich und schoss im Laufen nach dem Scout, der es aber immer irgendwie in letzter Sekunde schaffte, entweder hinter einer Mauer zu verschwinden oder einen derartigen Haken zu schlagen, dass ihn die Kugeln verfehlten.

Schließlich warf der bleiche Straßensamurai das G12 mit dem klobigen Magazin weg, denn allmählich wurde es ihm zu schwer. Die Altmayr musste genügen, um den Essener zu stoppen.

Nicht allzu weit hinter ihm hetzte Chrome Bean, der zwar gefährlich, aber nicht sonderlich gut zu Fuß war.

Schätzungsweise fünfhundert Kilo oder mehr machten sich schon bemerkbar.

Und so rannten sie hintereinander her. Keiner schaffte es, den anderen einzuholen.

Zu allem Elend musste Ordog zwischendurch lachen, weil er sich die tobenden Stadien und die Bilder lebhaft vorstellen konnte, die gerade über die Riesenleinwände und Bildschirme auf der ganzen Welt flimmerten. Stadtkrieg machte mehr Spaß, als er angenommen hatte. Oder waren das die verdammten Substanzen, die ihm Anubis gegeben hatte?

Eine schlanke Gestalt sprang aus einem Seiteneingang, die neonfarbene Pille unter den Arm geklemmt. Der Farbe der Rüstung und dem Emblem nach handelte es sich um Tattoo.

Die Elfin setzte sich knapp hinter den Läufer der Centurios. Ihre folgende Aktion bewies, dass sie mehr Humor besaß, als Ordog ihr zugetraut hatte: Sie holte aus und warf dem Gegner den Ball mit Wucht an den Kopf, dass er zu Fall kam.

»Schnapp dir unser Ei!«, rief sie dem Straßensamurai zu und attackierte den liegenden Essener, der ihr den Stiefel in den Unterleib trat. Ihre Ablenkung nutzte der Scout, um aufzuspringen und sein Schwert zu ziehen. Er legte sich den Ball vor die Füße und schirmte ihn mit der langen Klinge ab. Da die Zehn-Sekunden-Regelung für die Ballaufnahme im Kampf nicht galt, konnte er es sich erlauben, das Ei abzulegen. Sollte es der Elfin jedoch gelingen, es aufzunehmen, würde es zu einer neuen Spielphase kommen.

Ordog hetzte an ihnen vorbei und krallte sich den Barons-Ball. Mit der anderen Hand visierte er den Unterschenkel des anrollenden Trolls an, der sich mit schwingender Axt auf ihn stürzte. Der erste Treffer der kurzläufigen Schrotflinte saß, und dennoch war er nicht zufrieden damit.

451

*Falsches Magazin!*, durchfuhr es ihn. Der Runner beschloss, seinen Schutzengel ein weiteres Mal zu testen. Er öffnete alle seine Munitionstaschen und forschte darin herum, bis er das markierte Magazin fand. Schnell tauschte er die Plastikstreifen mit den Patronen aus, lud die Altmayr durch und schoss auf das Knie von Chrome Bean.

Der Troll schwang seine Axt wie einen Baseballschläger gegen das heranfliegende Projektil. Knallend barst das Explosivgeschoss und hinterließ einen schwarzen Fleck auf der Klinge.

Der riesige Scout war heran und stieß mit dem Stiel senkrecht nach vorne. Der Dorn am Ende der Axthalterung rammte sich in Ordogs Panzerjacke. Chrome Beans Muskulatur schwoll an und stemmte den Menschen in die Höhe, als wäre er ein Ballen Stroh.

Innerhalb weniger Sekunden befand sich der Runner in fünf Metern Höhe, der Wind pfiff ihm um die Ohren. Er erinnerte sich, dass er so etwas Ähnliches schon einmal erlebt hatte. Als kleiner Junge hatte er einmal einen Überschlag mit einer Schiffschaukel geschafft, gleich würde es kopfüber abwärts gehen.

Weder ließ er den Ball fallen, noch trennte er sich von der Schrotflinte. Stattdessen nutzte er die Gelegenheit zum Schuss, auch wenn er sich gefährlich nahe am Wirkungsbereich der Spezialmunition befand.

Als der blitzende Chromschädel des Metamenschen unter ihm vorüberglitt, drückte er ab und feuerte zweimal auf den massiven Kopf. Ein Geschoss schlug in die Schulterpanzerung. Das zweite landete im erhofften Ziel, das trotz Smartverbindung unter diesen Umständen alles andere als leicht zu treffen war.

Schon küsste er die Erde. Die Wirbelsäule wurde durch den Aufprall gestaucht, ein stechender Schmerz fuhr sein Rückgrat entlang. Er klappte wie ein Taschenmesser zusammen und stürzte nach links.

*Ich fühle meine Beine nicht mehr,* registrierte er verwundert. Erst als er sich stark konzentrierte und sein Gehirn die Beinmuskulatur praktisch anschrie zu gehorchen, regte sich sein Unterleib ab der Hüfte abwärts wieder. Er musste sich aber nicht die Mühe machen, selbst aufzustehen. Chrome Bean half ihm gerne.

Tattoo drehte sich leicht zur Seite, das Schwert verfehlte die Kevlarweste um Haaresbreite. Ihre Sai-Gabeln schnellten in die Höhe und klemmten die Klinge mit den Seitenhaken ein. Da sie die Waffe arretiert hatte und der Centurio nicht so clever war, den Griff loszulassen und sie mit den Fäusten oder seinen Dolchen anzugreifen, verpasste sie ihm einen Kick nach dem anderen in die Körpermitte, bis er sich übergeben musste. Endlich lösten sich seine Finger. Er sprang zurück und zückte sein Kurzschwert.

Die Elfin fletschte die Zähne. »So ist es gut. Wehr dich, Junge.« Sie wetzte die schmalen Klingen ihrer Waffen und begann ihre Angriffsserie, die in der versuchten Aufgabe ihres Gegners endete. Wieder blockierte sie den Arm, als er nach dem Schalter tastete. Voller Kampfgier warf sie die Sai-Gabeln weg und stürzte sich in eine mörderische Schlägerei.

Der Essener aktivierte seine Sporne und glaubte, nun eine Chance gegen die Aufklärerin zu haben. Nach dem ersten Handkantenschlag ihrer Cyberhand, der ihm den Unterarm brach, fiel er zu Boden. Er wollte nicht mehr kämpfen und schaffte das Kunststück, die Neolux-Fäden zum Leuchten zu bringen.

Wütend beugte sich Tattoo über ihn und brüllte ihm ihre Frustration ins Gesicht. Dann hob sie ihre schmalen Stichwaffen sowie das herrenlose lange Schwert auf und hetzte zu Ordog, der wie ein Kind im Griff des letzten Centurio hing, aus dessen Nacken Blut sprudelte. Noch immer umklammerte er den Ball.

»Ich ... hab ... noch ... fünf«, krächzte der bleiche Straßensamurai, weil ihm die Hand des Trolls die Luft abdrückte. Sein Arm mit der Altmayr richtete sich geradewegs auf das Gesicht des Esseners. »Lass mich los ...«

Groß erschien die Schneide der Wallacher vor seinen Augen, die sein gesamtes Sichtfeld ausfüllte. Als er wieder mehr sah, fehlte die Schrotflinte. Und dummerweise auch seine Hand.

Schmerzen spürte er nicht. Darüber musste Ordog laut lachen, denn er fand es unheimlich komisch, seine Finger am Boden liegen zu sehen.

»Nix haste mehr«, griente Chrome Bean. »Los, gib auf. Oder ich schmeiß dich hoch und teil dich in der Luft in zwei Hälften.«

Tattoo sprang wie ein Derwisch heran und rammte dem abgelenkten Troll das Katana in den Rücken. Ihre Kraft reichte aus, um die Schneide zu zwei Dritteln etwa auf Höhe der Nieren in den breiten Körper zu bohren. Ehe sie zu einem weiteren Hieb ausholte, warf der Metamensch sein erstes Opfer weg und wandte sich der neuen Bedrohung zu.

Ordog fiel in den Staub. Der Ball entglitt seinen Fingern und rollte zum Ball der Centurios. Das fand er wieder unglaublich lustig. Ein Kichern bahnte sich an.

Sofort war Anubis an seiner Seite und verarztete den Stumpf, indem er den Arm abband und die offene Stelle desinfizierte. Danach hob er das abgetrennte Körperglied auf und packte es in den Behälter mit Eis.

»Willst du deine Alte oder eine Mechanische? Oder sollen wir dir eine Neue züchten?«, fragte er und tippte auf seinem Unterarmpalmtop herum. Abwartend schaute er in das Gesicht des Stadtkriegers. Als Antwort bekam er einen hysterischen Lachanfall. »Dann entscheide ich für dich. Schlaf dich aus, Junge.«

Der Sani gab dem Verletzten ein Betäubungsmittel

und verfolgte, wie der Kampf der Aufklärerin gegen den Troll verlief. So oder so, in den nächsten Sekunden gab es einen Meisterschaftstitel durch Wipe-Out.

Es sah seltsam aus. Der Troll und die Elfin rannten los, um sich die Pillen ihres Teams zu greifen und als neue Ballträger gewertet zu werden. Danach ließen sie die Bälle gleichzeitig fallen und eröffneten den alles entscheidenden Zweikampf. Da beide jetzt dem Reglement entsprechend Ballträger waren und sich in einer Auseinandersetzung befanden, galt die Zehn-Sekunden-Aufnahmeregelung nicht. Sie konnten sich voll auf das Gefecht konzentrieren.

Die Elfin umkreiste den Essener wie einen verwundeten Stier. Sie kannte die Schwachstelle. Die breite rote Bahn auf dem Rücken des Trolls hatte sie auf die offene Stelle im Nacken aufmerksam gemacht. Das Explosivgeschoss leistete die Vorarbeit, den Rest erledigte sie.

Chrome Bean schwang die Axt mit enormer Behändigkeit und stand ihrer Schnelligkeit kaum nach. Sie tauchte unter den Schlägen weg, bekam aber keine Gelegenheit, die scharfen Enden ihrer Waffen in Körperstellen zu stoßen, bei denen ein Treffer letal wirkte. Der Troll fiel auf keine ihrer Finten rein. Um sie herum schwebten ein Dutzend Drohnen, vier ISSV-Offizielle wachten darüber, dass bei diesem Zweikampf alles mit rechten Dingen zuging. Zu viel hing davon ab, als dass man ein Auge zudrückte, wie das bisher geschehen war.

Fieberhaft überlegte Tattoo, wie sie die Anwesenheit der Schiris zu ihrem Vorteil nutzen konnte. Wenn sie Chrome Bean dazu brachte, einen von den Aufpassern oder Anubis anzugreifen, war er aus dem Match und die Black Barons waren deutscher Meister.

Doch das entspräche nicht ihrem persönlichen Stil. Am liebsten würde sie an der Kehle des Trolls hängen und so lange zubeißen, bis er aufgab oder verblutete. Die Elfin wusste aber zu gut, dass sie den Versuch nicht überleben würde. Blieb nur der waidwunde Nacken des riesigen Cyborggeschöpfs.

*Sehen wir, ob das Universum der Meinung ist, dass wir die Meisterschaft gewinnen sollen,* dachte sie und rannte in den Troll hinein. Im letzten Moment warf sie sich auf die Erde und rutschte zwischen seinen Beinen hindurch.

Sie sprang auf, packte den Griff des Katanas und riss ihn mit aller Kraft nach links. Ein Spalt klaffte in der Weste des Scouts, die Schneide hatte sich durch das Material und mit Sicherheit auch durch das Gewebe des Metamenschen geschnitten.

Kreischend drehte sich Chrome Bean um und hieb nach Tattoo. Eine der gezackten Schneiden erwischte sie in der Seite und fügte ihr eine üble Wunde zu. Knapp schrammte das geschliffene Metall über ihre Rippen, ohne sie jedoch zu brechen. Warmes Blut strömte aus der Wunde, tränkte ihr T-Shirt und die Weste und sickerte an ihrem Körper herab.

Den Schwung, den ihr die Axt verpasste, setzte sie in einer spontanen Anlaufbewegung fort. Gelang ihr der nächste akrobatische Zug nicht, nähmen die Centurios den Pokal in Empfang.

Ihre schnellen Schritte erzeugten das notwendige Tempo, um der Hiebwaffe zu entgehen. Der Troll drehte sich jetzt wesentlich langsamer als vorher. Die Verletzungen, die bei normalen Spezies seiner Art sofort zum Tod führten, sowie der Blutverlust zeigten bei ihm erst langsam Wirkung.

Die Wallacher surrte knapp an ihr vorbei und prallte vernehmbar auf den Asphalt. Tattoo drückte sich ab, fasste mit einer Hand den Laternenmast und schwang sich daran mit einer schwungvollen Drehung wieder in den Rücken ihres Feindes. Ihr rechter Fuß nutzte den aus der Rückseite herausragenden Griff des Katanas als

456

Trittbrett. Schon flog sie an ihm empor, krallte sich in seiner Weste fest, während sie mit den Knien auf seinen breiten Schultern landete.

Ohne zu zögern attackierte sie die offene Stelle in seinem Nacken. Die erste Sai-Gabel drang tief in das Fleisch ein. Im Hals des massigen Orks wirkte sie klein wie eine Akupunkturnadel.

Chrome Bean schrie auf. Die Axt fiel zu Boden, die Hand schnellte nach oben und fasste ihren Kopf. Seine Finger umspannten den Helm wie einen Schraubstock und drückten zu. Das Material knirschte gefährlich.

Sie klammerte sich an eines der metallenen Rammhörner an seiner Stirn. »Die Gegner sind gut«, rief sie in eine Kamera. Die Spitze der zweiten Stichwaffe glänzte matt auf, als die Elfin sie hoch in die Luft reckte und mit aller Gewalt ins Genick bohrte. Ein Ruck lief durch Chrome Beans Leib. »Aber die Black Barons sind besser!«

Der Gigant der Centurios stürzte. Das Wipe-Out für die Mainzer und das Wunder, mit dem keiner der Experten gerechnet hatte, waren geschafft.

Tattoo sprang von dem fallenden Gegner und rollte sich über die Schulter ab. Sie erinnerte an eine stolze Stierkämpferin, als sie neben dem besiegten Troll mit den beiden Hörnern stand und sich mit letzter Kraft auf den zittrigen Beinen hielt. Sie verzichtete sogar darauf, eine Sai-Gabel aus dem Essener zu ziehen und dessen Lebenssaft abzulecken.

Die Elfin wollte nur noch ihre Wunden versorgt wissen, feiern, sich ein paar Männer nehmen und danach zwei Tage lang schlafen. Vielleicht würde sie zur Feier des Tages Straight ranlassen, wenn er dazu in der Lage wäre.

# XIII.

*ADL, Groß-Frankfurt, MaWie, 23. 05. 2058 AD, 12:03 Uhr*

Die letzten Alkoholleichen lagen am frühen Morgen noch zwischen leeren Bierbechern, Plastikfolien und Chipstüten, als die ersten Fans schon wieder in das ehemalige Fußballstadion strömten.

Gegen Mittag passte keine Maus mehr auf den Sportplatz, die Ränge und Tribünen, die begeisterten Fans warteten auf die Ankunft des erfolgreichen Stadtkrieg-Teams. Die Black Barons, die Gossenkrieger, hatten es der gesamten Liga gezeigt und mit ihrem Sieg den letzten Spöttern das Maul gestopft. Selbst wer ansonsten wenig für den Sport übrig hatte, kam in die Arena, um an der ausgelassenen Stimmung teilzuhaben.

Ein Meer aus silber-schwarzen Schals begrüßte die Mannschaft, die Flaggen mit dem Symbol der Barons, dem geballten schwarzen Panzerhandschuh, wehten überall.

Fünfzigtausend Menschen, Trolle, Elfen und Zwerge stimmten Lieder an, eine Woge nach der anderen lief durch die Ränge. Als die Namen der Spieler ausgerufen wurden und die Betreffenden einzeln auf die riesige Bühne kamen, dröhnten Applaus und Getrommel, dass es beinahe beängstigend laut wurde.

Natürlich stellte sich Tattoo erst am Ende den Massen. Der Stadionlautsprecher kam nicht gegen den begeisterten Aufschrei an, der bei den ersten Buchstaben ihres Namens durch die Arena brandete.

Die Elfin schaute über die rasende Menge, die sie frenetisch feierte und »Tattoo« skandierte. Sie bleckte die Zähne und riss die Arme mit dem Pokal hoch. Die Geräuschkulisse schwoll an.

458

Coach Karajan nahm sich das Mikrofon und bedeutete den Fans, etwas leiser zu sein. »Was soll ich noch großartig sagen? Wir sind Meister.« Pfiffe, Jubel und Fahnenschwenken waren die Antwort. Der Trainer wartete, bis sich die Begeisterung legte. »Aber wir sollten jene nicht vergessen, die im Krankenhaus liegen oder die ihren Einsatz mit dem Leben bezahlt haben.« Er nannte die Namen der Toten, die auf dem Schlachtfeld geblieben waren, und führte sogar die gegnerischen Verluste auf. »Wir gedenken ihrer im Stillen.«

Schlagartig wurde es im Stadion leise. Poolitzer, der sich mit seiner Fuchi eine unauffällige Position auf der Bühne gesucht hatte, bekam eine Gänsehaut. Der Wechsel wirkte gespenstisch. Er hoffte, dass seine VX2200C diese Stimmung genauso einfing, wie er es sich vorstellte.

Eine Minute lang hielt das Schweigen in der Arena an, ehe Karajan das Mikrofon an die Lippen hob. »Danke.« Er räusperte sich und wischte verstohlen eine Träne der Rührung aus den Augenwinkeln. Der Reporter zoomte näher heran. »Und nun lassen wir es richtig krachen, Leute!«, rief er. »Die Gegner waren gut …«

»Die Black Barons sind besser!«, schallte es tausendfach zurück. Sofort setzte das Toben der Menge wieder ein, die Lieder anstimmte und die Mannschaft feierte. Nach einer halben Stunde mischten sich die Black Barons unters Volk, ließen sich auf die Schulter klopfen und schrieben sich die Finger wund.

Einzig Ordog setzte sich von dem Treiben ab. Natürlich freute er sich über den Sieg, auch wenn ihn das vorübergehend die Hand gekostet hatte. Ein Spezialistenteam setzte sie ihm unmittelbar nach dem Spiel wieder an, sein Arm befand sich in einer Aluschiene, um das angenähte Körperteil ruhig zu stellen und das Wachstum zu fördern. Aber es war nicht sein Ding, sich zwischen so vielen Menschen zu bewegen. Außerdem wollte er nach Sheik sehen.

Im Vorbeigehen kritzelte er ungelenk einige Autogramme auf T-Shirts und schaffte es endlich, hinter die Absperrung zu kommen, wo Sicherheitsbeamte den VIP-Bereich abschirmten. Kurz darauf stand er in der Krankenstation vor einem leeren Bett, in dem der Araber zuvor gelegen hatte. Ansonsten befanden sich hier nur noch einige Leichtverletzte des letzten Spiels.

Verdutzt schaute er auf die zerknüllten Laken. »Hat einer mitbekommen, wo der Typ hin ist?«, erkundigte er sich bei den Stadtkriegern. Die sagten ihm, dass das Bett bereits seit ihrer Ankunft leer gewesen sei. *Er wird doch nicht mit wirrem Kopf im OP-Hemd durch die Gegend laufen?*

Er rief bei der Pforte an, um sich nach dem Verbleib des Magiers zu erkundigen. Die Antwort versetzte ihn in Erstaunen.

Ein Wagen mit vier dunkelhäutigen Männern sei vorgefahren, die sich als Verwandte von Ali Reza Abolhassan, Sheiks echten Namen, auswiesen. Einer von ihnen präsentierte zudem einen Diplomatenpass. Nachdem ihre IDs überprüft worden waren, nahmen sie den Hermetischen mit. Es sei eine Botschaft hinterlassen worden, falls sich jemand nach seinem Verbleib erkundigte.

Ordog ging zur Pforte und nahm das Kuvert in Empfang. Eine Karte fiel heraus, auf der einige Dankesworte geschrieben standen. Man kümmere sich um den »verloren geglaubten Bruder« selbst und führe ihn den besten Spezialisten zu. Sollte sich sein Zustand bessern und Sheik Ali Reza Abolhassan selbst Kontakt aufnehmen wollen, werde das geschehen. Ansonsten seien Nachforschungen jeder Art zwecklos.

Der bleiche Straßensamurai trommelte Schibulski und Michels zusammen und las ihnen die Worte vor. Beide zierten dekorative Verbände. Die oberflächlichen Verletzungen trugen sie aus der Abwehrschlacht gegen Ende des dritten Drittels davon.

»Sheik ist ein echter Scheich?« Der Zwerg zwinkerte ungläubig. »Dann hat die Geschichte des Turbanwicklers also doch gestimmt? Dabei dachte ich wirklich, er sei waschechter Karlsruher«, sagte er kopfschüttelnd. »Na, das ist eine Story.«

»Die InfoNetworks gerne aufzeichnet«, freute sich Poolitzer von der Tür her. »Hey, Chummers. Ist ja hoch interessant, was ihr da gerade beplauscht.«

»Gell?« Schibulski nickte begeistert. »Nur schade, dass er nix von seinem Titel hat. Aber vielleicht hat die Verwandtschaft genug Kohle, sein Hirn wieder hinzubiegen.«

»Da kann man gespannt sein, ob sich Sheik wieder meldet«, meinte der Reporter. »Ihr ruft mich an, wenn er das tut?«

»Sicher, Linse«, log Ordog und drehte ihm den Rücken zu. »Wir rufen dich doch immer an.«

Der Seattler hörte schon am Unterton, dass ihn keiner des Trios kontaktieren würde. Er würde es schon mitbekommen. An der Eingangskontrolle organisierte er sich die überprüften IDs der vier Araber, damit er etwas in der Hand hatte. Den restlichen Nachmittag verbrachte er damit, Fans und Spieler zu interviewen. Er schnitt das Material grob zurecht und schickte es an InfoNetworks.

Der Sender verzeichnete seit seiner Mitarbeit eine Zuschauersteigerung um vier Prozent, die Beträge für Werbeminuten konnten locker angehoben werden. Daraufhin schraubte Poolitzer seine Honorarforderungen in die Höhe, und der Sender zahlte sein Entgelt mittlerweile ohne Lamentieren oder Feilschen.

Abends fuhr er zum Bahnhof, um Jeroquee vom Zug aus Weimar abzuholen. Die ehemalige Ghuljägerin erwartete ihn bereits. Sie machte auf ihn einen körperlich fitten Eindruck. Wenn ihn seine Beobachtungsgabe nicht sehr täuschte, zählte er einige Falten im ansprechenden Gesicht der Seattlerin.

»Hallo, Snoop«, grüßte sie ihn und lächelte schwach. »Gibt's was Neues?«

Er nahm ihre Koffer und brachte sie zum Ausgang. »Pass auf deinen Rucksack auf. Hier gibt es Langfinger«, warnte er sie und erinnerte sich, wie Tattoo den Aktenkofferdieb spektakulär verfolgt hatte. »Geht's dir gut?«

»Die Ärzte waren super. Ich könnte Bäume ausreißen. Oder Andorranern den Kopf von der Schulter schießen«, erwiderte sie grimmig.

Poolitzer horchte auf. »Wieso Andorranern? Waren die Typen vor der Bibliothek von dort?« Da erinnerte er sich, dass Zozoria aus dem Zwergstaat stammte. »Steckt der Chef von Antique Enterprises etwa persönlich dahinter?«

»Ich erkläre es dir unterwegs«, bot sie ihm an. »Ein Interview. Aber nur, wenn du mich hinterher verfremdest. Immerhin bin ich in die Bibliotheca Albertina eingebrochen.«

»Kein Problem«, erklärte er sich sofort einverstanden. Die Nase juckte.

Weil aus ihrem Geständnis hervorging, dass Zozoria auch das Team nach Moskau geschickt hatte, das für die Ausfälle bei den Stadtkriegern verantwortlich war, musste sie vor Tattoo, Oneshot, Dice und Schlagergott die Geschichte ein weiteres Mal erzählen. Auch Ordog und seine beiden Kumpel gesellten sich hinzu und lauschten der jungen Frau aufmerksam.

Die Neuigkeiten lieferten den Black Barons endlich einen Schuldigen, den sie zur Verantwortung ziehen konnten. Die Sache hatte allerdings zwei Haken: Erstens wussten sie nicht, wo sich der Andorraner aufhielt. Zweitens bräuchten sie ohne die Unterstützung durch hervorragende Magier gar nicht in ein Flugzeug zu steigen. Zozoria und seine Hermetischen zauberten ihnen schneller das Gehirn vor die Füße, als sie den Abzug ihrer Knarren betätigen konnten.

In Poolitzers grauen Zellen entstand ein Plan. Das Stadtkrieg-Team interessierte sich nur für Rache, die Alexandriner hingegen wollten Aeternitas zurück und beherbergten mit Sicherheit einige gute Zauberkundige in ihren Reihen oder verfügten über entsprechende Kontakte. Otte hatte damals die »Doktor-Faustus-Verbindung« erwähnt.

Dieser Allianz aus Magie und Feuerkraft räumte er Chancen ein, Zozoria zur Strecke zu bringen. Er und seine geliebte Kamera wären unstrittig bei diesem Spektakel dabei. Er hielt seinen Plan für recht passabel. Und den Aufenthaltsort fänden sie auch noch heraus. Es wurde Zeit, die anderen einzuweihen.

Der Reporter klatschte in die Hände. »Hört mal her. Ich hätte einen Vorschlag zu machen.«

*ADL, Freistaat Sachsen, Nebra, 09. 06. 2058 AD, 07:02 Uhr*

Ein lauter, undeutlicher Schrei weckte Cauldron. Sie war in Xaviers Zimmer eingeschlafen und hatte die Nacht unfreiwillig auf dem Stuhl neben seinem Bett verbracht. Der furchtsame Schrei riss sie aus dem Schlaf, erschrocken hob sie den Kopf. Ihre Augen schauten in das verängstigte Grünbraun des Negamagiers.

»Xavier«, stammelte sie fassungslos vor Freude und drückte sofort den Alarmknopf, der das Personal herbeirief.

Ohne sich Gedanken über die Auswirkungen der Berührung zu machen, fasste sie seine Hand und spürte ein leichtes Kribbeln, als seien ihre Finger taub. Es stellte keinen Vergleich zu den Schmerzen dar, die sie von früheren Berührungen kannte. Der Negamagier hatte offenbar als Auswirkung seines Ausflugs ins Reich des Todes und der Reanimation den Großteil seiner zerstörerischen Kräfte verloren. »Sch, sch, ich bin bei dir«, sagte die Hermetische beruhigend.

Er drehte den Kopf beim Klang ihrer Stimme. Ein vorsichtiges Lächeln zeigte sich auf seinem Gesicht.

Schwungvoll öffnete sich die Tür, das Ärzteteam kam ins Zimmer und kümmerte sich um den erwachten Patienten. Rasch wurden die Schläuche und Infusionen entfernt, erste Reflextests durchgeführt.

Xavier schien mit dem turbulenten Geschehen um ihn herum überfordert zu sein. Die Magierin nahm seine Hand und redete beruhigend auf ihn ein. Schließlich befanden sich nur noch der Oberarzt und sie mit Xavier im Raum. Der Negamagier entspannte sich sichtlich.

»Willkommen zurück, Herr Rodin«, grüßte ihn der Mediziner freundlich. »Das Sprechen wird Ihnen anfangs noch schwer fallen, daher nicken Sie, wenn Sie mich verstehen.« Zögernd ruckte der Kopf auf und ab. »Sehr schön. Wir werden in den nächsten Stunden herausfinden, welche bleibenden Schäden Ihre Verletzungen nach sich gezogen haben. Aber da Sie mich verstehen, bin ich zuversichtlich, dass wir alles mit der Zeit in den Griff bekommen. Ich schicke Ihnen gleich unsere netten Assistentinnen, die sich mit Ihnen beschäftigen.« Er schaute zu Cauldron. »Und Sie müssten so lange das Zimmer verlassen, um Herrn Rodin nicht abzulenken. Gehen Sie in aller Ruhe frühstücken. Wir rufen Sie, wenn wir fertig sind.«

Widerwillig erhob sie sich, aber dem Arzt zu widersprechen war albern und führte zu nichts. Xavier hielt sie fest. Seine Lippen bewegten sich lautlos.

»Warte.« Die Magierin beugte sich über ihn, die langen, feuerroten Haare kitzelten sein Gesicht. »Versuch es noch einmal.«

»Ich … liebe … dich«, flüsterte er angestrengt.

Eine warme Woge durchlief sie. Schmetterlinge flatterten in ihrem Bauch, und die Glückshormone versetzten sie in kindliche Freude. Sie küsste seine spröden Lippen und nahm das Kribbeln gerne in Kauf.

Am Abend saßen sie wieder zusammen und sprachen über die Ergebnisse der Untersuchungen und Experimente. Die Hirnverletzungen führten dazu, dass sein rechter Arm und seine rechte Schulter unbeweglich blieben und das rechte Bein nur mit größter Konzentration gehorchte. Xavier bewegte sich wie jemand, dem der Straßendoc eine schlechte Prothese verpasst hatte.

Das Sprechen bereitete ihm unendliche Mühe, jedes Wort brauchte einige Zeit, bis es über die Lippen kam. Persönlichkeitsveränderungen wurden nicht diagnostiziert, auch Cauldron fiel nichts auf. Abgesehen von der nachvollziehbaren Depression, die ihm die neue Situation bescherte, benahm er sich wie immer.

An die Ereignisse in Weimar erinnerte er sich nur schwach. Dafür wusste er sehr genau, wem er den Mordanschlag verdankte. Die Hinterhältigkeit des einstigen Auftraggebers, dessen Skrupellosigkeit ihn hätte warnen müssen, versetzte ihn in Rage. Er wollte sich gerne dafür revanchieren, dass Zozoria einen Krüppel aus ihm gemacht hatte. Voll ohnmächtigen Hasses ballte er die Linke.

Die Seattlerin ahnte, was in ihm vorging. »Sicher gibt es Methoden, die beschädigten Nervenbahnen im Zerebrum mit elektronischen Teilen zu überbrücken«, machte sie ihm Mut. »Ich rede mit dem Arzt.«

Er nahm ein Palmtop und tippte die Antwort ein. »Das kann sein. Aber dennoch soll Zozoria dafür büßen!!!!«, stand auf dem Display.

»Zozoria? Tut mir Leid, ich verstehe nicht. Was hat er damit zu tun?«

Daraufhin begann er in den kleinen Computer zu hacken und erklärte im Schnellverfahren, was alles zu seinem Kopfschuss geführt hatte. Dabei erwähnte er auch die Initialen, die er entdeckt hatte.

Das sagte der Magierin etwas. »Kein Wunder, dass er so besessen von dem Unsterblichkeitsgedanken ist«, be-

465

fand sie. »Die beiden Buchstaben stehen für den Zirkel ›Astrum Argentum‹, wenn ich mich richtig entsinne. Sie gehören zum Hermetischen Orden der Goldenen Dämmerung, bei uns in den UCAS als ›Golden Dawn‹ bekannt«, erklärte sie nachdenklich. »Ihr Ziel ist es, Unsterblichkeit zu erlangen, und dabei heiligt der Zweck die Mittel. Ein Buch wie Aeternitas ist für sie der Stein der Weisen. Sie schließen sich in Zirkeln zusammen, eine Ansammlung von eingeweihten Egozentrikern, die nur sich im Kopf haben. Keiner von meinen Bekannten wollte etwas mit denen zu tun haben.« Sie küsste seine Hand. »Wenn wir dem in den Hintern treten wollen, haben wir uns was Großes vorgenommen.« *Zu groß,* dachte sie, sprach es aber nicht aus, um ihm die Illusion zu lassen. Vorerst.

»Wo ist Jeroquee?«, schrieb er. »Ruf sie an und frag, wie es ihr geht.«

Cauldron erreichte die einstige Ghuljägerin tatsächlich, die sich vor Freude gar nicht mehr beruhigen wollte. Die beiden Frauen vereinbarten ein Treffen in Mainz, um alles Weitere zu besprechen. Anscheinend sannen noch andere Opfer Zozorias danach, sich an dem Antiquitätenhändler zu rächen.

Sorgenvoll betrachtete sie die schmaler gewordenen Gesichtszüge ihres Geliebten. »Hältst du es für eine gute Idee, dass wir nach Mainz reisen?«

»Was soll ich noch hier?«, erwiderte er. »Besser wird es nicht mehr …« Wegen seiner Aufregung vertippte er sich ständig und musste die Korrekturtaste betätigen.

Mit einem wütenden Aufstöhnen warf er den Palmtop vom Tisch und stützte die Stirn auf die Linke. Die Verzweiflung übermannte ihn, heiße Tränen rannen seine Wangen hinab. Ein Wrack, mehr war er nicht.

Die hermetische Magierin umrundete den Tisch. Sie stellte sich vor ihn. Liebevoll barg sie seinen Kopf in ihren Armen und presste ihn an sich. Auch sie weinte.

Heimlich, um ihn mit ihrer Traurigkeit nicht zusätzlich zu bekümmern.

*Andorra, Andorra la Vella, 02. 07. 2058 AD, 23:05 Uhr*

Der Lärm der Rotoren schreckte die ruhenden Ziegen auf und scheuchte die Tiere die steilen Berghänge hinauf. Ein breiter Schatten flog über die mondbeschienene Wiese hinweg, dann war der Mil Mi-32 schon an ihnen vorbei.

Der russische Transporthubschrauber stammte aus den 2035er Jahren, die robuste Fabrikation machte ihn aber zu einem Dauerbrenner im Frachtgeschäft. Notfalls baute man sich die Ersatzteile selbst. So einfach konstruierte man in Russland, das erzählte zumindest der Pilot seinen Passagieren vor dem Start.

Der Großraumhelikopter knatterte seinem Ziel entgegen, das dieses Mal abseits seiner sonstigen Route lag. Auch die rund dreißig Personen im Rumpf gehörten nicht zu den Kunden, die üblicherweise per Pauschalflug von Paris nach London oder von Hamburg nach Warschau wollten. Mit dem Gepäck wären sie an jeder Grenzkontrolle verhaftet worden.

Da sich die Russian Icarus aber prinzipiell nicht für die Vorhaben der Kunden interessierte, sondern nur gewünschte Ziele ansteuerte, scherte sich der Pilot nicht weiter um seine Passagiere, die jedem Wachmann den Angstschweiß auf die Stirn getrieben hätten.

Drei Dutzend bis an die Zähne bewaffnete Menschen, Trolle, Orks und Elfen hockten im hinteren Bereich. Die mit den weniger dicken Knarren und der noch stärkeren Panzerung gehörten in die Kategorie »Magische«. Wem auch immer der Besuch der Streitmacht galt, demjenigen wünschte der Pilot, dass er entweder auf die Gäste vorbereitet oder nicht zu Hause war.

Der Mil Mi-32 sackte nach unten weg und folgte den

Konturen des Gebirges. Cauldron machte große Augen und konzentrierte sich darauf, sich nicht zu übergeben. Einem flauen Magen bescherten die schnellen Manöver bei hoher Geschwindigkeit eine Härteprobe nach der anderen. Auch von anderen Sitzen hörte sie Würgen. Das Rattern der Rotoren drang laut in die Kabine und machte eine Unterhaltung entweder nur schreiend oder via Funk möglich.

»Eintreffen T minus zehn Minuten«, gab der Pilot die geschätzte Ankunftszeit durch.

Zwei der Magier, die ihnen Otte über verschwiegene Kanäle besorgt hatte, wechselten in den Astralraum, um die magische Umgebung zu überprüfen. Die Watcher, mit deren Hilfe man Zozorias Anwesen ausfindig gemacht hatte, meldeten sich seit geraumer Zeit nicht mehr. Grund genug, sich äußerst vorsichtig an das Grundstück heranzubewegen.

Im Bauch des Hubschraubers saßen ausgewählte Vertreter der Black Barons sowie eine Abordnung der Alexandriner. Nicht ganz freiwillig beteiligte sich Prof. Beckert an dem Unternehmen, nachdem ihm die Doktor-Faustus-Verbindung diese Gelegenheit zur Rehabilitierung angeboten hatte. Das wussten sie vom Reporter, der wiederum von der Vizepräsidentin der Alexandriner einen schadenfrohen Tipp erhalten hatte.

Sie waren über Spanien nach Andorra unterwegs und hatten sich von einer spanischen Stadtkriegmannschaft, den Madrid Matadores, die Ausrüstung besorgen lassen. So vermied man jeden Ärger am Zoll. Die Solidarität unter den Mannschaften, wenn es um Persönliches ging, überwand alle Grenzen. Und niemand verstand die Barons besser als die stolzen spanischen Stadtkrieger.

Poolitzer hockte ein wenig verloren zwischen den Kampfmaschinen und wunderte sich zwischen seinen Brechattacken insgeheim, wie er diese Sache zuerst vorschlagen konnte und dann auch noch mitging. *Ich hätte allen eine kleine Kamera auf der Schulter installieren sollen,* befand er, als der Mil Mi-32 sich in die Kurve legte und dicht an einer Steilwand entlangbrauste.

Poolitzer klammerte sich fest und schaute zur nächsten in der »Riege der Freiwilligen«, wie er sie nannte. Dazu gehörten außer dem Professor auch Cauldron, Xavier und Jeroquee. Er filmte die blassen Gesichter und fühlte sich dabei an einen Actionstreifen erinnert. Gedanklich wählte er bereits die passende Hintergrundmusik zu seinem Beitrag aus.

Ordog starrte in seine Richtung. Ob er ihn anschaute oder an ihm vorbei zu Tattoo, wusste der Reporter nicht. Der Runner mit der Hautpigmentstörung legte die Sonnenbrille wegen seiner angeblich gestiegenen Lichtempfindlichkeit nicht mehr ab. Auf alle Fälle erhöhte es den Coolness-Faktor ganz erheblich. *Er wird sich doch nicht in die Elfin verguckt haben?,* wunderte sich Poolitzer.

Da in seinen Zügen nichts zu lesen war, blieb es bei seinen wagemutigen Vermutungen bezüglich der Gefühle zur Aufklärerin der Barons. Immerhin hatte sie ihm das Leben gerettet, was sie aber als Teamverhalten bezeichnete. Da er aus eigener Erfahrung wusste, wie Ordog es hasste, bei anderen in der Schuld zu stehen, würde er bestimmt versuchen, diese Verpflichtung so schnell wie möglich abzulegen.

Das wäre vielleicht ein Pärchen. Er zoomte auf ihn, schwenkte herum und holte sich das sehr unelfische Gesicht von Tattoo nahe heran. *Die Psychopathen der ADL hätten zwei neue Götter.* Sie hatte die Augen geschlossen und schien zu schlafen. »Verehrte Zuschauer, so sehen abgebrühte Stadtkriegerinnen aus. Das ist der Unter…«

Da schnappte sie sich ruckartig eine Kotztüte und übergab sich schallend.

»Schnitt«, meinte Poolitzer nur leidend. Die Szene

würde er entfernen und für private Partyabende aufbe-
wahren. Aus Sympathie erbrach er sich ebenfalls.

Die beiden Magier kehrten von ihrem Erkundungsflug zurück und berichteten Oneshot, der die Aktion
»Revenge & Recovery« leitete.

Demnach hatte sich so etwas wie ein astrales Erdbe-
ben auf dem Grundstück ereignet. Die Hintergrundstrahlung, von der die ersten Watcher nichts berichtet
hatten, war enorm.

Es liefen auch weniger Menschen als erwartet umher. Dafür gab es reichlich Tote und jede Menge Fokusse, teils zerstört, teils aktiv, die ungesichert in der
Umgebung lagen. Ihrer Einschätzung nach musste bei
einem Beschwörungsversuch einiges schief gegangen
sein. Näher wagten sie sich aus taktischen Gründen
nicht heran, um den Überraschungseffekt nicht zu ge-
fährden.

Oneshot stellte die Entwicklung nicht wirklich zufrieden. »Wir gehen direkt rein«, entschied er und informierte den Piloten über die geänderten Pläne.

Jeroquee erinnerte sich daran, dass sie Zozoria einst
viele magische Anhänger verkauft hatte. Sie stammten
aus der Hinterlassenschaft von Vater und Sohn Seg, die
sie in der Seattler Kanalisation getötet hatte. *Dafür hat
er sie gebraucht! Um seine Zirkel-Kumpel magisch aufzu-
powern. Scheint ihnen aber nichts gebracht zu haben,* dachte
sie voller Schadenfreude.

»Bitte festhalten«, empfahl der Pilot rasch, und schon
zog er den Mil Mi-32 in die Höhe. Eine Flugabwehr-
rakete zog unter dem Rumpf durch und rauschte in
die wenige Meter entfernte Bergwand. Der Explosionsdruck schüttelte den Frachthubschrauber ordentlich
durch, bis der Pilot ihn im Griff hatte.

»Automatisches System«, meldete der Mann knapp.
»Hat eine Freund-Feind-Kennung gesendet, auf die nicht
die richtige Antwort von uns kam. Kriege ich hin.«

Darauf wollte sich Oneshot nicht verlassen. Er schickte die beiden Magier wieder los, welche die nächsten Raketen weit vor dem Einschlag ins Heck der Maschine zur Detonation brachten. Ein dritter überprüfte, welche Reaktionen in Zozorias Unterschlupf erfolgten. Entdecken konnte er nichts.

Das Licht im Innenraum sprang von Grün auf Rot. »Ankunft in T minus 120 Sekunden«, gab der Pilot durch. »Danke, dass Sie mit Russian Icarus geflogen sind. Ihr Rückflug steht in T minus jederzeit bereit. Auf Wiedersehen.«

Schibulski und Michels warfen sich aufmunternde Blicke zu. Beide hatten sich leichte Maschinengewehre ausgesucht.

Der Mil Mi-32 landete im Schutz einer Felsnadel auf der Kuppe über der weitläufigen Bergwiese. Nach dem Kampfruf der Barons schwangen sich die Angreifer aus dem Rumpf des stählernen Vogels, formierten sich zu den vorher eingeteilten beiden Teams und begannen den Sturm auf Zozorias Anwesen.

Der Pilot ließ die Rotoren im Leerlauf kreisen und packte seinen Mitternachtsimbiss aus.

Gruppe Blau bestand unter anderem aus Ordog, Michels, Schibulski und Tattoo sowie Poolitzer, Jeroquee, Cauldron und Xavier. Beckert schloss sich ihnen ebenfalls an. Das Team traf zuerst auf Widerstand.

Bei den Verteidigern handelte es sich um halbwegs gut ausgebildete Muskeln, die aus den Fenstern des Haupthauses heraus den Beschuss mit Maschinengewehren eröffneten.

Für die Stadtkrieger stellten sie eine willkommene Herausforderung dar. Es dauerte nicht lange, und die ersten Nahkämpfer waren im Schutz des eigenen Deckungsfeuers bis an die Mauer heran und infiltrierten das Gebäude. Ordog und Tattoo bildeten eine der Spit-

zen, Michels und Schibulski räumten in den Nachbar-
zimmern auf.

Am Ende lagen acht Lohnmesserklauen tot auf den
teuren Mahagoni-Dielen. Niemand der Blauen wurde
ernsthaft verletzt, kleinere Streifschüsse zählten sie inzwischen nicht mehr. Anubis stoppte die leichten Blutungen in einer ruhigen Minute. Poolitzer filmte unun-
terbrochen.

Ihre Gruppe durchkämmte das Haus von oben nach
unten. Die Lähmung des Negamagiers bremste ihr Vor-
wärtskommen, dafür kannte er sich in dem Gebäude
einigermaßen aus.

Währenddessen nahm Gruppe Rot ein Nebengebäude nach dem anderen ein. Während sich im Haupthaus nichts rührte, musste sich das zweite Team sowohl
mit Samurais als auch mit Magiern herumschlagen. Die
Alexandriner sorgten für die magische Ausgeglichen-
heit, die Stadtkrieger unter der Führung von Oneshot
eliminierten einen Gegner nach dem anderen und
schreckten nicht vor dem Einsatz von Granatwerfern
zurück. Die Gegner erhielten eingedenk der Toten in
Moskau nicht den Hauch einer Chance.

Das erste Team war auf eine Barriere gestoßen.
»Scheißmagie«, fluchte die Elfin. »Das macht alles nur
unsinnig kompliziert.«

Xavier trat nach vorne und legte seine Hand gegen
die unsichtbare Blockade. Seine eigenen Energien benötigten seinem Empfinden nach unendlich lange, bis
die Barriere in sich zusammenbrach. Schließlich stand
es ihnen frei, die Tür zu öffnen.

Cauldron setzte zwei Watcher als Aufklärer ein. Sie
berichteten von einem Gang und einer starken magischen Sicherung vor einer weiterführenden Tür.

»Vorwärts!«, peitschte Tattoo die Gruppe an und setzte sich an die Spitze.

Ehe sie sich mit der reich verzierten Tür beschäftigten, kontrollierten sie alle zehn Räume, die unmittelbar in den Korridor mündeten. Es handelte sich um Gästezimmer, in denen verschiedene Kleidungsstücke, Toilettenartikel, persönliche Unterlagen und andere Gegenstände in Schränken und Koffern lagerten. Offenbar waren sie auf den Gästetrakt gestoßen.

Xavier fühlte sich dazu berufen, seine Fähigkeiten einzusetzen, damit Cauldron und Beckert ihre eigenen Kräfte für eine wichtigere Sache aufsparten. Seine Linke legte sich gegen den Widerstand, sanft presste er dagegen.

Etwas für ihn Erstmaliges ereignete sich: Die Barriere konterte seinen Angriff und fügte ihm körperliche Schmerzen zu.

Er keuchte auf und knickte ein. Zum ersten Mal in seinem Leben kapitulierte er vor etwas Magischem. Schwindel breitete sich aus, einen flüchtigen Moment dachte er, er verlöre das Bewusstsein. Zutiefst ernüchtert lehnte er an der Wand. Welchen Wert besaß er, wenn er nicht einmal als Magievernichter taugte?

Anubis überprüfte seinen Kreislauf und spritzte ihm ein stabilisierendes Mittel.

Gemeinsam attackierten die Magierin aus Seattle und der ehemalige Präsident der Friedrich-Schiller-Universität das Hindernis, beharkten sie so lange mit Angriffssprüchen, bis sie verging. Kaum brach die Barriere zusammen, manifestierten sich zwei Erdelementare mitten in der Gruppe.

Beckert und Cauldron wandten der Teakholztür den Rücken zu, um ihren Begleitern beizustehen. Der Eingang hinter ihnen öffnete sich lautlos.

Die beiden Magier waren so mit dem Angriff gegen die Elementare beschäftigt, dass sie die Gefahr in ihrem Rücken nicht realisierten. Xavier bemerkte das Auftauchen des neuen Feindes.

Die hagere männliche Gestalt in der Tür identifizierte er als Galoña, der seinen Anzug gegen eine Robe eingetauscht hatte. Verkrustetes Blut haftete an seinem Hals und unterhalb der Nase. Irgendetwas hatte ihn angeschlagen.

Da er den spanischen Elf als hochmagisch und somit brandgefährlich einstufte, drückte er sich von der Wand ab und wollte ihm einen Kinnhaken verpassen. Seine Faust knallte gegen eine Barriere. Das wäre früher nicht passiert. Er war beinahe wirkungslos geworden. Xavier brüllte, um auf den Vertrauten Zozorias aufmerksam zu machen. Ein magisches Duell entspann sich zwischen dem spanischen Elfen und ihren eigenen Zauberern.

»Los, mir nach«, meinte Michels zu Cybulski und deutete auf das am nächsten liegende Gästezimmer. »Wir nehmen den Umweg. Sichere mich.«

Im Gästezimmer langte er in seinen Rucksack und pappte einen Klumpen C12 an die Wand, die an die Kammer grenzte. Er verschob den Schrank, und der Ork verkeilte auf seine Anweisung hin das Bettgestell so, dass das massive Möbelstück fest an das Mauerwerk gepresst wurde. Seine Konstruktion sollte dazu dienen, den Explosionsdruck zu lenken, sofern das durch einen Schrank möglich war.

Sie rannten hinaus in den Gang, wo Cauldron und Beckert einen erbitterten Zweikampf mit dem gegnerischen Spitzohr austrugen.

Der Zwerg zündete die Ladung nach einer kurzen Warnung an die eigenen Leute. Der Plastiksprengstoff detonierte ohrenbetäubend, die Druckwelle erwischte den Spanier unvorbereitet und fegte ihn aus dem Türrahmen. Somit hatten die beiden Runner ungewollt erreicht, dass der Eingang frei wurde.

Die Black Barons und ihre Verbündeten stürmten in den dahinter liegenden Saal, der offenbar als Zeremonialraum diente. In der Mitte befand sich ein in Stein gemeißeltes, riesiges Pentagramm. Nach der restlichen Ausstattung hätte sich jede magische Hochschule die Finger geleckt, im hinteren Bereich standen alchemistische Vorrichtungen, wie sie Poolitzer aus Suhl kannte. Er zählte vier Leichen, drei Frauen und ein Mann, die alle identische Roben trugen.

Während er sich noch einen Überblick verschaffte, drangen die Black Barons auf Galoña ein, der sich soeben mit blutendem Schädel vom Marmorboden erhob und etliche Geschosse der Stadtkrieger einstecken musste. Er brach ächzend zusammen und verwandelte sich beim Angriff von Cauldrons Feuerelementar in eine Fackel, da ihn die Schmerzen an der Konzentration für einen Verteidigungszauber hinderten. Zozorias Vertrauter schmurgelte zusammen.

»Das nenne ich Overkill«, kommentierte der Reporter. »Und da es ihn erwischt hat, besaß er das Amulett gegen den Tod eindeutig nicht.«

»Sucht das Buch«, gab Tattoo die neue Anweisung. Die vorgefundenen Leichen bluteten aus Mund, Nase und Ohren, was Beckert zu der Annahme veranlasste, dass die Magier entweder an den Folgen magischer Erschöpfung oder an einem Angriffszauber starben, der das Hirn der Betroffenen zum Dampfen brachte. Die Suche blieb erfolglos. Aeternitas befand sich nicht in diesem Raum.

Die Außengruppe meldete, dass sie sich ein anhaltendes Gefecht mit einer zähen Söldnertruppe lieferte, die irgendwo auf dem Gelände einen Scharfschützen postiert hatte. Oneshot warnte sie davor, nach draußen zu gehen, bevor sie den Sniper ausgeschaltet hatten. Angesichts der magischen Überlegenheit müsste das Problem innerhalb von Minuten erledigt sein.

Jeroquee und der Negamagier wussten sofort, um wen es sich dabei handelte. Die Briten machten die Ge-

gend unsicher. Vor allem mit Forbes würde Oneshot
noch viel Spaß haben.

Die magische Abteilung ihrer Gruppe vernichtete die
Barriere vor der nächsten Tür. Xavier hielt sich am Ende
des Angriffsteams auf, da er seinem Empfinden nach
vorne mehr im Weg stand als nützte.

Die Anführerin des Stoßtrupps wurde vom Jagdfieber
getrieben und stieß den Eingang auf. Sie fand ein geräu-
miges Zimmer, eine Art Ruheraum. Nur die darin war-
tende Kreatur war der Entspannung abträglich. Auf
dem Bett lag eine schwarze Löwin und fauchte sie an.

»Na, komm schon, Pussy!« Tattoo fletschte ihre künstlichen Reißzähne und provozierte das Tier zum Angriff.
»Schau, meine sind länger als deine.«

Die Löwin sprang sie an und biss in den angebotenen
linken Unterarm. Ein wütendes Maunzen erklang, als
das Gebiss keinen Knochen durchtrennte, sondern am
Stahl scheiterte. Der rechte Sporn der Elfin fuhr aus der
Halterung, die Faust schlug zu.

»Nicht! Das ist eine Gestaltwandlerin«, rief der Negamagier. »Sie weiß bestimmt, wo sich Zozoria aufhält.«

Die Aufklärerin reagierte vorbildlich. Die Metall-
spitze schnappte kurz vor dem Aufprall auf die empfindliche Nase der Raubkatze zurück. Die Löwin gab
den Arm benommen frei, ein Fetzen Kunsthaut verfing
sich zwischen den abgebrochenen Fangzähnen. Fauchend versuchte sie zu flüchten, aber die Elfin packte
den Schweif der Raubkatze und zog sie wie an einer
Leine zurück. Wieder versuchte die Löwin einen Angriff.

Elegant wich Tattoo zur Seite, die Handkante traf das
springende Tier exakt in den Nacken. Der verblüffte
Schibulski, der hinter der Elfin gestanden hatte, fing das
ohnmächtige Tier auf und stand reichlich überrascht
im Türrahmen. »Sieh an! Eine große schwarze Mieze-
katze.«

Poolitzer drängelte sich nach vorne, auch Xavier rückte vor. »Ja«, sagte er nach einer Weile, als er im Fell herumstrich und die Tätowierung, das doppelte A, auf dem Rücken fand. »Das ist die Geliebte des Andorraners.«

»Anubis«, sagte Tattoo über die Schulter, »mach sie wach.«

Der Sani injizierte nach kurzem Überlegen ein Mittel, das dem Verstand der Löwin einen Kick verpasste. Ein halbes Dutzend Mündungen richtete sich auf ihren Kopf.

»Verwandle dich in einen Menschen, wenn du das kannst«, verlangte die Elfin gefährlich leise. »Sofort.«

Aus dem Tier wurde Rose Abongi, die sich das Laken vom Bett zerrte, um ihre Blößen zu bedecken. Sie schwieg und beschränkte sich darauf, die Eindringlinge anzublitzen.

»Geil«, meinte der Ork beeindruckt. »Kannst du auch ein anderes Viech nachmachen oder nur eine Löwin?«

Michels schnalzte mit der Zunge. »Mann, Schibulski. Halt die Fresse.«

»Wo ist Zozoria?«, verlangte Xavier zu wissen und streckte die Hand aus, als wolle er sie berühren.

Da sie von seinen reduzierten Kräften nichts wusste, rutschte sie sofort von ihm weg. »Ich weiß es nicht«, giftete sie. »Er hat gesagt, es sei etwas bei der Beschwörung misslungen, und ich solle auf ihn oder Ignazio warten. Ich sei hier sicherer als draußen.«

»Was ist erschienen?«, fragte Beckert aufgeregt dazwischen.

»Ich bin seit zwei Stunden in diesem Zimmer. Ich habe nichts gesehen«, wiederholte sie stur.

Poolitzer freute sich, dass er alles im Kasten hatte. Aber der Einwurf des Professors machte ihn stutzig. Beinahe klang es für ihn so, als wisse der Magier mehr, als er zugab. Otte hatte ihm von dem Missgeschick in der Restaurierungswerkstatt berichtet, bei dem eine entscheidende Schriftrolle zu Aeternitas in Beckerts Anwesenheit vernichtet worden war. Poolitzer fand den Gelehrten verdächtig.

Der Sani schickte die Geliebte Zozorias mit einem starken Beruhigungsmittel schlafen, der Ork durfte sie aufs Bett legen und langte ordentlich hin. Die Gruppe stand etwas ratlos um das Bett.

Da rief sie das Außenteam nach draußen. Die letzten Widerständler hätten sich verbarrikadiert und eine Barriere um die Hütte gezogen. Alle Magischen würden im Freien benötigt.

Sie suchten unter Führung Xaviers den Weg nach oben. Die Teams näherten sich von allen Seiten dem Gästehaus, das Jeroquee und Xavier bekannt war. Vor nicht allzu langer Zeit verbrachten sie darin einige sehr angenehme Tage. Jetzt diente es als letztes Widerstandsnest.

Raketen zischten gegen die Barriere, ohne sie zu knacken. Die Stadtkrieger mussten wohl oder übel den Alexandrinern das Feld überlassen.

Die Magier schickten Elementare gegen die unsichtbare Barriere. Die Luft war erfüllt von Zischen, es roch nach Ozon wie nach einem Blitzeinschlag.

Ordog kümmerte sich nicht um den tobenden Kampf der Zauberkundigen, sondern beobachtete die Umgebung im Rücken der Belagerer. Seine elektronischen Augen schalteten um auf Thermalsicht und zeigten zwei Wärmequellen, die die steile Wiese zum Hubschrauber hinaufstiegen.

Er tippte Tattoo auf die Schulter. »Hat sich jemand abgemeldet, um zum Helikopter zu gehen?« Sie schüttelte den Kopf. »Dann haben wir ein Problem, um das wir uns schnell kümmern sollten.«

Die Stadtkriegerin blickte in die angegebene Richtung und sah zwei Gestalten hinter der Felsnadel verschwinden. Auch Jeroquee wurde aufmerksam. Sie nahm ein

Fernglas und erkannte die breite Statur von Forbes und Jones.

»Kümmere dich darum«, sagte die Elfin zum fahlen Straßensamurai. »Die brauchen sowieso noch länger, bis sie die Barriere aufbrechen.«

Ordog hetzte davon, gefolgt von Cybulski und Michels. Jeroquee schloss sich ihnen an. Sie hatte eine Rechnung mit den Briten zu begleichen.

Die vier rannten von Deckung zu Deckung und gaben sich alle Mühe, einigermaßen leise zu sein. Ihre Geschwindigkeit wurde durch die sperrige Ausrüstung gedrosselt, die Gyrohalterungen der MGs, die Rucksäcke mit der Munition und die Rüstungen addierten sich zu einem stattlichen Gewicht. Als sie hörten, dass die Rotorblätter des Mil Mi-32 ihre Drehzahl erhöhten, aktivierten sie die letzten Kraftreserven.

Ordogs Thermalsicht warnte ihn vor einem Gegner, der rechts von ihnen auf einem Felsen kauerte.

»Zwei Uhr, Deckung!«, rief er und warf sich hinter einen Stein. Michels' kleine Statur verschwand hinter einem Granitbrocken. Jeroquee warf sich flach auf den Boden und schlängelte sich zu Ordogs Deckung.

Ein leises, ploppendes Geräusch erklang. Dann hörten sie, wie ein kleiner metallischer Gegenstand leise klingelnd über Fels hopste, bis er im Gras aufschlug.

Ein schwerer Körper prallte hinter der jungen Frau auf den Boden. Die ehemalige Ghuljägerin schaute hinter sich.

Es hatte den Ork erwischt. Er lag auf dem Rücken, die Arme seitlich von sich gestreckt. Forbes' Scharfschützengewehr forderte ein weiteres Opfer.

Ordog kroch zu dem Getroffenen und zerrte ihn am Fuß hinter das Granitstück. »Michels, sieh nach ihm.«

Mit fliegenden Fingern löste er das MG aus der Gyrohalterung und trennte den Munitionsgurt ab. Anderthalb Meter Patronen standen ihm zur Verfügung. Vorsichtig spähte er über den Rand der Deckung. Die Wärmequelle war verschwunden.

Der bleiche Samurai sprintete die restlichen Meter der Wiese hinauf, die Seattlerin folgte ihm leicht versetzt. Sie erreichten das kleine Plateau in dem Moment, als sich die Räder des Frachthubschraubers von der Erde lösten und der Rumpf sich in die Lüfte schwang. Der Wind der Rotoren drückte das Gras nieder und zerrte an der Kleidung der beiden Runner. Aus der geöffneten Seitenluke baumelte ein Seil. Jeroquee erkannte Jones' Gesicht im Cockpit.

»Ihr Schweine!« Ordog kniete sich ab, nahm das Maschinengewehr in den Anschlag und feuerte Salve um Salve auf den startenden Helikopter ab.

Die Panzerung verhinderte, dass sich ein Geschoss durch die Schnauze der Maschine in den Körper des Briten bohrte. Allerdings zeigte der Dauerbeschuss an anderer Stelle erste Auswirkungen: Das Glas bekam Risse. Die Aussicht, die Gegner doch erwischen zu können, machte den Deutschen blind für andere Gefahren. Schuss um Schuss setzte er auf den Schwachpunkt, um den Piloten auszuschalten.

Jeroquee konnte den Sinn des Seils noch immer nicht begreifen. Es sei denn, Jones wollte jemanden nachträglich an Bord nehmen. Sie nahm ihr Sturmgewehr fester und sicherte die Umgebung.

Ihre Vorsicht wurde belohnt. Forbes tauchte hinter einem Felsvorsprung auf. Der lange Lauf seines Scharfschützengewehrs schwenkte hoch. Der Brite schaute durch sein Zielfernrohr. Er visierte sie an.

Jeroquees Smartverbindung und die Vergrößerungsfunktion machten aus seinem Kopf ein leichtes Ziel. *Bye, Forbes, mein Freund,* grüßte sie ihn gedanklich. Für Xavier und sie. Ihre Kugel durchschlug die Zielvorrichtung des Briten und setzte ihren Flug in gerader Linie fort. Der Mann brach tödlich getroffen zusammen. Im

gleichen Moment bewegten sich die Sehnen an Forbes'
Schusshand.

Sekunden verstrichen. Sie wunderte sich, warum sie
immer noch stand. Normalerweise bedeutete sie für den
geübten Schützen ein leichtes Ziel.

Die Schüsse von Ordogs MG wurden unregelmäßig,
bis sie ganz endeten. Sie wirbelte herum und sah, wie
der Runner schwankte und sich ungelenk auf den Ho-
senboden setzte. Ächzend kippte er um.

Nicht sie war Forbes' Ziel gewesen. Der Schuss war
dazu bestimmt gewesen, die Gefahr für den Hubschrauber auszuschalten, was dem Samurai auch gelungen
war.

Der Mil Mi-32 gewann an Höhe. Jones erkannte, dass
sein letzter Mann gefallen war, und zog die Flucht vor.

Jeroquee rannte zur Leiche des Scharfschützen. Hastig packte sie das Spezialgewehr und brachte sich in
eine günstige Schussposition. Sie legte den Lauf auf
einen Stein und umfasste den Griff. Die Smartverbindung sprang an. Die Seattlerin richtete die Mündung
auf das beschädigte Cockpitfenster, hielt die Luft an
und löste aus.

Unzählige Risse zogen sich wie feine Spinnweben
durch das Verbundglas, das dem Projektil Widerstand bot. Jeroquee feuerte noch einmal und schrie vor
Freude, als das Geschoss ein Loch in das Material
stanzte.

Der Brite bemerkte die Gefahr und drehte den Fracht-
helikopter so, dass er der Schützin nicht mehr die ver-
letzbare Breitseite darbot. Ihre letzte Chance führte nicht
zum Erfolg. Nach dem dritten Schuss, der das Fenster
ebenfalls durchschlug, setzte der Mil Mi-32 seinen Flug
fort.

»Fuck!«, schrie sie ihre Enttäuschung heraus. Ihr Ruf
wurde vom Lärmen der kreiselnden Rotorblätter ge-
schluckt. Die Seattlerin nahm das Steuergetriebe am

Heck des Helikopters unter Beschuss und hoffte, dass eine der Kugeln eine wichtige elektronische Leitung kappte und ihn zum Absturz brachte.

Ihr Wunsch erfüllte sich nicht. Frustriert warf sie das Gewehr weg und lief zu Ordog, dem Forbes ein Projektil genau ins Schlüsselbein gesetzt hatte.

»Halt durch, Chummer«, sagte sie beschwörend und langte nach ihrem Funkgerät.

Ein scharfes Zischen weckte ihre Aufmerksamkeit. In zwei Kilometer Entfernung hoben sich die plumpen Umrisse des Frachthubschraubers gegen die mondbeschienenen Berge ab.

Der Mil Mi-32 flog gerade an einer Steilwand vorbei, als das automatische Flugabwehrsystem Zozorias ansprang. Zwei Raketen stießen wie wütende Insekten aus ihren Abschussvorrichtungen und ritten auf gleißenden Strahlen dem Ziel entgegen.

Damit hatte Jones nicht gerechnet. Er kannte die Flugeigenschaften des schwerfälligen Helikopters nicht gut genug, um angemessen zu reagieren. Zwar begann er ein Ausweichmanöver, das die intelligenten Suchköpfe der Treibgeschosse jedoch nicht ansatzweise täuschte.

Eine Rakete folgte dem heißen Abgasstrahl und rauschte in den Motor, die zweite drang in den Rumpf. Die Sprengkraft zerriss den Mil Mi-32 in mehrere Teile. Brennend stürzte das Wrack auf den kahlen Felsen und loderte vor sich hin, da der restliche Treibstoff in Flammen aufging.

Voller Genugtuung betrachtete sie das Feuer. Dann aktivierte sie ihr Funkgerät und setzte Tattoo in Kenntnis.

Endlich fiel die Barriere um das Gästehaus. Daraufhin versuchte die Gruppe, die sich dort verschanzt hatte, sich zum Startplatz von Zozorias Gästehubschraubern durchzuschlagen.

»Es ist wieder Kriiiiieg!«, hörten sie das Signal One-shots. Die ungeduldigen Stadtkrieger schlugen los und begannen den Nahkampf mit den Söldnern.

Poolitzer drückte sich flach in seine kleine Erdkuhle und beschränkte sich darauf, die VX2200C über den Rand zu heben, während vor ihm geschossen, gehauen und gestochen wurde. In diesen Psychopathenpulk würde er sich mit Sicherheit nicht begeben, schließlich hing er an seinem Leben.

*Ich bin kein Kriegsberichterstatter. Wie konnte ich nur mitgehen?*, wunderte er sich über sich selbst. Die Schießereien in den Barrens unterschieden sich doch sehr von diesem Gefecht, in dem die Black Barons die Oberhand errangen.

Es wurde ruhiger. Vorsichtig linste er hinaus und entdeckte, dass eine kleine Gruppe, bestehend aus Tattoo, Xavier, Cauldron und Beckert sowie Dice und Schlagergott, sich an das Gästehaus anschlich, um die letzten Muskeln samt Zozoria zu schnappen.

»Und um Aeternitas zu sichern. Aber nur zusammen mit InfoNetworks und dem einmaligen Severin T. Gospini«, murmelte er. Ohne ihn wüssten die gar nicht, was sie da jagten. Er sprintete quer über die freie Fläche und hängte sich an sie dran.


Dice drehte sich um und zielte auf die Person, die zielstrebig auf sie zugerannt kam. »Der Reporter kommt«, meldete er Tattoo, die daraufhin fluchte. »Soll ich ihn anschießen, große Anführerin? Dann kann er uns nicht mehr auf die Nerven gehen. Ich wette, dass ich ihn ohne Smartverbindung in den kleinen Zeh treffe.«

»Topp«, stieg der Stürmer ein.

Die Elfin schlug ihnen an die Helme. »Ihr seid unmöglich, Jungs«, rügte sie die Stadtkrieger ernsthaft. »Konzentriert euch gefälligst.«

»Das sehe ich genauso«, bemerkte Cauldron unwirsch.

483

Ihrer Meinung nach stand ihnen der stärkste Gegner noch bevor, und da kam die Alberei der Männer unpassend, auch wenn das ihre Art war, den mentalen Druck abzubauen.

Poolitzer keuchte heran. »Hey! Ihr … habt … was … vergessen«, hechelte er sie an.

»Munition, Knarre, Kevlarweste«, tastete der Scout nacheinander die aufgezählten Gegenstände ab. »Nein, ich habe alles.«

»Mann, Dice. Er meinte sich«, grinste Schlagergott.

»Du bleibst mit deiner Kamera hinten, Snoop«, sagte die Magierin im Befehlston zu ihm. »Es geht um mehr als nur um eine Story.«

Ihr unnachgiebiger Blick warnte ihn davor, einen lockeren Spruch anzubringen und auch die Elfin sah alles andere als gut gelaunt aus. Es stand zu viel auf dem Spiel, als dass er eine dicke Lippe riskieren konnte.

»Wenn ihr mich sucht, ich bin hinten«, erklärte er griesgrämig. »Aber wartet wenigstens, wenn ihr den Showdown vorbereitet.«

Das Team stieg durchs Fenster ein. Den unerfahrenen Professor lotsten sie so, dass er sich nicht selbst in Gefahr brachte. Die Feinde konnten überall lauern.

Beckert und Cauldron benutzten Watcher als magische Aufklärer, die keinerlei Feinde entdeckten. Der Zauberspruch der Seattlerin, um Lebewesen aufzuspüren, brachte ihnen die Gewissheit, im ersten Stock alleine zu sein.

Sie entdeckten weitere Leichen in den Zimmern. Mitunter hatten sich die Besucher auf eine schnelle Abreise vorbereitet, Koffer lagen halb gepackt auf den Betten.

Teilweise waren es Lohnsamurais, die von den Kugeln des roten Teams niedergestreckt wurden, nachdem die Barriere fiel, teilweise handelte es sich um Magische, wie anhand der Kleidung zu vermuten war. Letztere starben an inneren Blutungen. Unter den ausgeschalteten Feinden fanden sie MacRay und Marble, die durch Xavier identifiziert wurden.

Dice zerrte an einer verrutschten Bodenplatte, die sich mit ein wenig Kraft zur Seite schieben ließ. Eine Stahltreppe führte nach unten. Die ausgeschickten Watcher kehrten zurück und meldeten eine weitere Barriere, die sie nicht durchdringen konnten.

Das Team stieg vorsichtig hinab. Cauldron entdeckte in dem kurzen Gang keinerlei Lebensformen, wieder fungierten ihre Elementare als Barrierebrecher.

Die Amerikanerin wurde sofort auf die kleine Gruppe von Leuten aufmerksam, die sich hinter der Tür befand. Sie wechselte auf die Astralebene und erkannte zwei Frauen sowie drei Männer. Die Frauen und ein Mann waren Magier, alle strahlten sehr mächtig. Mit zweien von ihnen war etwas faul, ihre Auren wirkten maskiert. Die anderen waren hochgradig vercybert.

Die Zauberer wurden auf sie aufmerksam und zogen eine neue Kuppel aus Energie um sich herum. Sie kehrte in ihren Körper zurück und erstattete Bericht.

Die Stadtkrieger und Xavier mussten Tattoo überreden, dass der Professor und Cauldron Barrieren schufen, in denen sie sich geschützt in den Raum begaben, um erst Verhandlungen zu führen. Die Elfin stimmte widerwillig zu. Auf den Schutz der verhassten Magie vertraute sie nur ungern.

Jeder ihrer Leute nahm Schockgranaten zur Hand, die ein probates Mittel darstellten, die zum Zaubern notwendige Konzentration zu stören. Gegen Projektile und Zaubersprüche gesichert, betraten sie den Raum.

Die leeren Halterungen verrieten, dass die Samurais hier Waffen und Munition lagerten. Xavier ärgerte sich, dass er und Jeroquee das Versteck nicht gefunden hatten.

Die fünf Frauen und Männer rechneten mit einem Angriff. Die Muskeln hatten die automatischen Waffen auf sie gerichtet, um sofort schießen zu können, falls ihre Barriere zerstört wurde.

»Wir suchen Zozoria. Sagt uns, wo er ist, oder wir putzen mit euch die Wände«, knurrte Tattoo wenig diplomatisch.

»Ich glaube nicht, dass sie in der Lage sind, Forderungen zu stellen«, meinte die Dunkelhaarige angespannt, aber keineswegs unsicher. »Wir haben mit Ihrer Angelegenheit nichts zu tun, also lassen Sie uns in Ruhe abziehen. Wir sterben nicht für Dinge, die uns nicht tangieren. Yakub wollte zum Hubschrauber.«

Die Blondine holte nervös Luft. »Scheren Sie sich raus und suchen sie den verdammten Andorraner draußen. Er möge in der Hölle schmoren!«

Die Dunkelhaarige warf ihr einen giftigen Blick zu. »Daran können Sie sehen, dass auch wir nicht die besten Freunde von Yakub sind. Nicht mehr.« Sie deutete auf die Tür. »Dürfte ich Sie bitten zu gehen und Ihre Nachforschungen am Hangar fortzusetzen? Wenn alles vorbei ist, kommen wir hinauf und lassen uns abholen. Wir bleiben nicht länger als notwendig.«

Schlagergott deutete auf die zweite Tür. »Wohin führt die?«

»Zum Hangar«, sagte die Blondine schnell. »Wenn Sie sich beeilen, erwischen Sie den Bastard noch! Er ist ein Feigling, dass er die Brüder und Schwestern seines Zirkels im Stich lässt. Ich wünsche Ihnen viel Erfolg.«

Poolitzer wollte etwas an seiner Kamera umstellen und schaltete aus Versehen in den Wärmebildmodus. Die Gestalt der Blondine strahlte enorme Hitze ab, vor allem die Gesichtspartie glühte. Er kannte das von Interviews mit zwielichtigen Informanten, bei denen er sicherheitshalber mit Hauttemperaturanalyse arbeitete. Jemand, der so leuchtete, sprach zweifellos die Unwahrheit. Zu gerne hätte er einen Stimmen-Stress-Analysator dazu geschaltet.

Daraus zog er seine Schlüsse, die er seinen Begleitern mitteilte. »Die blonde Tussi lügt«, sagte er laut. »Die will uns verarschen.«

Ohne es zu ahnen, stieß der Reporter mit seinen wenigen Worten die Pforten zu ihrer persönlichen Hölle auf.

Der Kampf im Freien neigte sich dem Ende entgegen. Die verbliebenen Lohnsamurais wurden hin und her gehetzt, bis sie vor Erschöpfung aufgaben oder bei einem Zweikampf unterlagen. Der Hangar mit den vier Hubschraubern wurde durch ein Team gesichert.

Die Sanis und einige der Alexandriner kümmerten sich um die verletzten Black Barons. Die verwundeten Gegner interessierten nicht weiter. Sie hatten einen Vertrag unterschrieben und kannten die Gefahren ihres Jobs.

Oneshot stellte ein Team aus frischen Mainzern und der Projektgruppe zusammen, das nach der Einnahme eines kleinen Cocktails aus Aufputschmitteln das Gästehaus stürmte, um nach den anderen zu sehen, die sich nicht mehr meldeten. Eine zweite Sani-Gruppe schickte er los, um Cybulski und Ordog abholen zu lassen, die sich offenbar mit dem Scharfschützen angelegt hatten.

Der Scout und seine Leute drangen in das grabesstille Gebäude ein. Sein Gefühl verhieß ihm nichts Gutes.

Kaum hatte Poolitzer seinen Verdacht geäußert, jagte die Dunkelhaarige mehrere Zaubersprüche gegen ihre Barrieren, die daraufhin zusammenbrachen.

Die Geschwindigkeit, mit der das geschah, übertraf alles, was der Reporter jemals gesehen hatte. Die Kamera hatte ihre Bewegungen wahrscheinlich nur als hektische Streifen aufgezeichnet. Was viel schwerer wog: Der magische Schutz um seine Gruppe war geplatzt!

Bei der nächsten unsichtbaren Attacke brachen Schlagergott und Dice zusammen, ohne reagieren zu können. Tattoo ging unter Krämpfen auf die Knie und hielt sich die Schläfen. Cauldron, Beckert und er standen noch, auch Xavier zeigte sich resistent gegen den Magieangriff, wenn er auch einen leichten Schwindel verspürte.

*Shit! Das sieht nicht gut aus.* Poolitzers Selbsterhaltungstrieb setzte sich durch. Der Reporter tat so, als sei er ebenfalls getroffen, und sank theatralisch zu Boden, damit auch jeder der Anwesenden mitbekam, dass er ohnmächtig war. Dabei warf er sich geschickt neben das Sturmgewehr Schlagergotts und bereitete sich darauf vor, es an sich zu reißen. Niemand sollte ihn vorerst zu den Aktiven in diesem Raum rechnen.

Die Söldner eröffneten das Feuer. Die Seattlerin schaffte es, den nächsten Schild hochzuziehen, während sich einer ihrer Elementare auf die Schützen warf und sie zu Asche verbrannte.

Die Blondine sprang auf den Ausgang zu. Cauldron befahl dem zweiten Elementar, die Flüchtende aufzuhalten.

»Nein!«, rief sie verzweifelt und attackierte den Geist mit Angriffszaubern. »Sie verstehen nicht! Lassen Sie mich gehen! Die Ewigkeit kann mir gestohlen bleiben!«

Ein heftiger Kampf entspann sich, in dem die bereits geschwächte Magierin unterlag. In einer Funken sprühenden Umarmung des Feuerwesens starb sie.

Der verbliebene gegnerische Zauberer stand mit erhobenen Händen in der hintersten Ecke und beschränkte sich darauf, eine Schutzsphäre um sich zu errichten. Seine Passivität machte deutlich, dass er sich an dem Kampf nicht beteiligen würde.

Somit kümmerten sie sich um die dunkelhaarige Frau. Auch Beckert mischte mit. Blitze flogen durch den Raum, Flammen loderten auf, doch keiner errang die Oberhand.

Der Negamagier nahm Schlagergotts Sturmgewehr, hinkte von Cauldron weg und schoss auf die Gegnerin. Dabei schritt er langsam, aber beständig auf sie zu. Seine scheinbar sinnlose Aktion diente einzig dazu, die Aufmerksamkeit auf sich anstatt auf seine Geliebte zu ziehen. Die Sprüche würden ihm nichts anhaben können, und Cauldron sowie Beckert erhielten Gelegenheit, sich in aller Ruhe auf einen konzertierten Gegenschlag vorzubereiten.

Die Dunkelhaarige bewies, dass auch Negamagier nicht mit allem fertig wurden. Eine der Söldnerleichen wurde emporgehoben und mit voller Wucht gegen den überraschten Xavier geschleudert, den es von den Beinen riss. Mühsam versuchte er, sich von seiner Last zu befreien. Seine Lähmung behinderte ihn sehr.

Die Tatsache, dass die Angreiferin darauf verzichtete, ihn magisch zu attackieren, irritierte Poolitzer. Die Schwarzhaarige wusste demnach, dass Xavier gegen direkte Sprüche immun war. Es wurde Zeit für ihn, den Joker. Die Hand des Reporters kroch millimeterweise auf die Schockgranate zu, mit der er mehr ausrichten würde. Eine vom Knall und Blitz überraschte Magierin würde kaum herumhexen.

Er hatte Glück. Niemand bemerkte, dass der vermeintlich Bewusstlose sehr rege war. Poolitzer schaffte es, an beide Granaten zu kommen, zog die Zünder und wartete kurz, um keine Zeit für eine Gegenreaktion zu lassen. Er stieß sie wie Eishockeypucks über den Boden. Die Sprengkörper schlitterten bis an die Barriere ihrer Kontrahentin. Den Bruchteil einer Sekunde darauf detonierten sie.

»Flashbang« nannte man die Eier in den Schatten Seattles, und ihrem Namen machten sie alle Ehre. Obwohl er die Augen geschlossen hielt und auf den Knall vorbereitet war, zuckte er heftig zusammen.

Sicher, eine solche Barriere schützte vor Splittern und

Kugeln, aber nicht vor Geräuschen und Licht. *So, Baby. Putzen wir dich von der Platte und machen mich zum Helden des Tages.*

Der Reporter packte den Griff der MP. Er öffnete die Augen und richtete die Maschinenpistole auf die Frau. *Liebes Aktions-Soft, lass mich dieses Mal treffen.*

Sein Finger hielt inne. Anstelle der erwarteten Frau stand jetzt ein Mann im Geschäftsanzug vor ihm, Mitte vierzig, mit schwarz-grauen Haaren.

»Was zum …?«

Neben Poolitzer röhrte ein CETME-Sturmgewehr los. Tattoo kümmerte sich nicht weiter um die veränderten Äußerlichkeiten. Vor Schreck zog Poolitzer ebenfalls den Abzug und pumpte mehrere Projektile in den Leib des Unbekannten, dessen Gesicht ihm vage bekannt vorkam.

*Zozoria!,* entsann er sich. Das Konterfei hatte ihm einer seiner Informanten zusammen mit den Infos über Antique Enterprises geschickt. Er ballerte gerade den Chef eines weltweit operierenden Unternehmens zusammen und filmte sich dabei. Das brachte ihn in die Zelle oder in den ewigen Schlaf. *Ach, ich behaupte einfach, es war Tattoo.*

Die Schockgranaten hatten nicht nur Zozoria, sondern auch Beckert und Cauldron sowie das passive Zirkelmitglied gelähmt. Sie erholten sich allmählich von dem Schreck.

Die Stadtkriegerin landete mit ihren präzisen Feuerstößen ausschließlich Treffer. Die Projektile des spanischen Automatikgewehrs verteilten sich in der ungeschützten Brust. Anzug und Hemd des Mannes färbten sich augenblicklich rot. Routiniert begann sie mit dem Wechsel des Magazins.

»Hilf mir«, stöhnte Zozoria zu seinem Zirkel-Bruder. Der Mann schüttelte nur den Kopf. Zozoria schwankte.

»Das ... wird ... euch ... nicht ... helfen.« Schwer atmend stützte er sich an der Wand ab. »Gleich ...« Der Andorraner legte den Kopf in den Nacken. Sein Körper zitterte unkontrolliert, als pulsierten elektrische Energien in ihm.

»Nein, bleib!«, raunte er flehend. »Verlass mich nicht! Du hast versprochen ...« Ein letzter Ruck folgte. Stocksteif stand er an der Wand, die toten, grausamen Augen hefteten sich flehentlich an die Decke. »Versprochen«, schrie er verzweifelt.

Zozoria wollte noch etwas sagen, da trafen ihn mehrere Kugeln in den Kopf. Tot stürzte er zu Boden, sein Blut rann an der Wand hinter ihm hinab.

Xavier, der noch immer auf der Erde lag, warf die rauchende MP mit ausdruckslosem Gesicht weg. Er hatte den verhassten Menschen erschossen. »Ich wollte nicht länger warten«, meinte er lakonisch.

»Oh, ich habe damit kein Problem. Es hätte dir sowieso zugestanden.« Poolitzer stemmte sich vom Boden hoch und half dem Negamagier auf die Beine. Das Blut an dem Deutschen stammte ausschließlich von dem Toten, mit dem Zozoria ihn beworfen hatte. »Alles in Ordnung?«

»Jetzt ja.« Xavier nickte und lächelte in Richtung Cauldron.

*Ja, so lieben das meine Zuschauer.* Der Reporter nahm sich die Zeit für eine Großaufnahme von den erleichterten Gesichtern der Liebenden. Große Gefühle und Happyend.

»Gute Idee, Linse, die Aktion mit den Granaten.« Tattoo kümmerte sich um ihre Stadtkriegerfreunde. Mehr Lob gab es aus ihrem Mund nicht für den Schnüffler. »Ich brauche einen Sani. Verdacht auf innere Verletzungen«, funkte sie. Oneshot antwortete, dass sie in wenigen Minuten bei ihnen seien.

Beckert machte sich an dem Toten zu schaffen. »Er hat das Buch nicht dabei«, meldete er den anderen. Sein Blick wandte sich dem letzten Überlebenden des Astra Argentum zu. »Wissen Sie, wo das Buch ist?«

»Und vor allem hätte ich gerne einen ausführlichen Bericht darüber, was so alles in den Bergen geschah«, rief Poolitzer ihm zu. »Wir beide machen einen Exklusivvertrag. Ich schlage vor, wir nehmen Sie mit und lassen Sie leben, wenn Sie mit der Wahrheit rausrücken, einverstanden? Und keine Tricks.«

Der Magier zeigte keinerlei Absicht, sich zu rühren. Seine Augen ruckten suchend hin und her. »Ist er weg?«

»Sind Sie blind?«, fragte der Reporter lachend. »Die Flashbang hat Ihnen die Netzhaut gegart, was? Klar ist er weg. Kopfschuss. Hier, der gelähmte Held, hat sich seine Rache genommen.«

Cauldron hob misstrauisch den Kopf. Wo waren ihre Elementare? »Flicker? Beacon?«, versuchte sie, die Geister herbeizurufen.

In der Mitte des Raums flimmerte die Luft. Ein Geist nahm seine manifeste Gestalt an.

»Siehst du? Da sind sie doch.« Poolitzer hielt das Objektiv darauf, um den Effekt für den Bericht aufzunehmen und an passender Stelle hineinzuschneiden. »Wahnsinn, wie gut man die Dinger sieht.«

Die Magierin erschrak, als sie das starke Flirren entdeckte. »Poolitzer, Xavier, kommt rüber zu mir«, ordnete sie ruhig an und bereitete sich darauf vor, eine Barriere hochzuziehen, sobald alle in ihrer Nähe waren. Sie stellte sich so, dass die Stadtkrieger ebenfalls geschützt würden. Beckert sollte für sich selbst sorgen.

Nun wusste sie die gestammelten Sätze Zozorias und die Aura des Andorraners zu deuten. Er hatte sich einem freien Elementar freiwillig als Wirt zur Verfügung gestellt!

Kurz vor dessen Tod zog es das Wesen vor, den ster-

492

benden Leib zu verlassen, um einer vorübergehenden Zerrüttung zu entgehen. Das erklärte, warum der Initiierte so verflucht schnell gewesen war. Schloss sie vom Schimmern auf die Stärke des Geists, wurde ihr vor Angst beinahe schlecht.

Poolitzer reagierte mit Unverständnis. »Wieso? Ist was nicht in Ordnung?«

»Ich biete unendliches Leben«, hörten sie die freundliche Stimme des Elementares, »und unendliche Reichtümer. Lass mich in dich.«

»Hey, Cauldron! Dein Elementar macht unmoralische Angebote!« Der Seattler schätzte die Situation falsch ein.

»Komm sofort her, Snoop!«, zischte sie. »Das ist keiner von meinen Geistern.«

Der Reporter wurde blass. Stumm rückte er an sie heran und verhielt sich mucksmäuschenstill.

»Nein«, wehrte der Zirkel-Magier entsetzt ab und bewegte sich auf den Ausgang zu. »Du hast sie alle umgebracht!«

»Nicht alle«, gluckste der Geist heiter. »Du lebst noch. Danke mir, indem du mich aufnimmst.« Das Flimmern näherte sich dem Mann. »Ich verspreche dir ewiges Leben. Sobald du mich an den Ort gebracht hast, an den ich möchte, und tust, was ich dir sage, mache ich dich zu meinem verborgenen Quell des Lebens.« Es hatte den Zauberer eingeholt. Die Barriere blitzte auf und erlosch. »Sträube dich nicht, Menschlicher. Wolltest du nicht ewiges Leben, wie all die anderen? Nun, greif zu! Das ist mein letztes Angebot.«

»Geh! Verschwinde!« Der Umworbene setzte zu einem Bannspruch an. »Vade retro ...«

Der freie Elementar gab ein tosendes Heulen von sich und umschloss den Mann. Der Magier röchelte, griff sich an den Hals und brach zusammen. Ohne Eile bewegte sich das Schimmern auf die Gruppe zu.

»Ich biete unendliches Leben«, sagte es dieses Mal

einnehmend zu Cauldron, »und unendliche Reichtümer. Lass mich in dich.«

Tattoos Sporne schnellten hervor, und früher, als sie jemand zurückhalten konnte, attackierte sie den Geist, begleitet von einem rasenden Kampfschrei.

Obwohl sie keinerlei Ahnung hatte, machte es die Stadtkriegerin instinktiv richtig und griff das Wesen aus Quecksilber und Schatten in seiner manifesten Form direkt an.

Der Geist unternahm nichts, um den funkelnden Spornen auszuweichen. Offenbar rechnete er nicht damit, von einem schwachen fleischlichen Wesen auf diese Weise herausgefordert zu werden.

Sie traf. Zu ihrer eigenen Verwunderung spürte sie Widerstand. Im nächsten Moment glaubte sie, mitten in einem tobenden Orkan zu stehen. Starker Wind erfasste sie und trug sie davon. Allen anderen Menschen und losen Einrichtungsgegenständen erging es wie ihr. Der Elfin gelang es gerade noch einem Regal auszuweichen, das über sie hinwegtrudelte. Der von ihr gereizte Elementar erzeugte eine Windhose im Zimmer und wirbelte alles durcheinander, was nicht festgenagelt war. Nur der Professor, Cauldron und Xavier, der sich an ein im Boden verschraubtes Gestell klammerte, wurden nicht erfasst.

Die ungewollte Karussellfahrt führte die Elfin am Ausgang vorbei. Sie sah die ausgestreckte Hand Oneshots und griff sofort zu. Mit vereinten Kräften zogen sie die Stadtkriegerin aus dem Luftwirbel, während Schlagergott und Dice wie Gliederpuppen umherkreiselten. Immer wieder schlugen ihre Körper gegen die Wände. Lange würden sie den Ritt nicht durchstehen. Poolitzer hatte sich zu einer Kugel zusammengerollt und machte sich ganz klein.

*Scheiß Magie.* Tattoos stählerne Finger ballten sich. Eine hilflose Geste der zur Untätigkeit Verdammten.

Xavier stand neben seiner Geliebten und verstand, dass ihre Antwort über ihr Leben entschied. Er ließ nicht zu, dass ihr etwas geschah.

Als sich ihre Lippen öffneten und dem Elementar ein »Niemals« entgegnen wollten, tat er das, was in der Vergangenheit stets gewirkt hatte.

Der Negamagier breitete die Arme aus und sprang, so weit es ihm seine Behinderung ermöglichte, in das Flimmern.

Poolitzer schrammte an der Wand entlang und prallte wie ein Gummiball ab. Schreiend segelte er auf die Reste eines umgestürzten Gestells zu. Eine Querstrebe reckte sich ihm wie eine Speerspitze entgegen und würde ihn in wenigen Sekunden aufspießen.

*Das war's.* Er wollte der Nachwelt ein Zeugnis seiner Qual hinterlassen und richtete die Linse der Fuchi auf sein Gesicht. »Verehrte Zuschauer, ich verabschiede mich nun«, brüllte er gegen das Toben des Sturms an. »Danke fürs …«

Abrupt riss der Wind ab. Millimeter vor dem zackigen Strahlende zog ihn die Schwerkraft dem Boden entgegen. Anstatt die Weste und seine Eingeweide zu durchbohren, schlitzte die Kante im Abtauchen nur seinen Oberarm auf. Der Schmerz ließ ihn inbrünstig aufstöhnen.

Er überschlug sich mehrmals, ehe er an Schwung verlor und sich sofort aufraffte, um auf die Suche nach Motiven zu gehen. InfoNetworks war wieder dabei. Aus der Deckung eines Tischs heraus filmte er die Szene, die sich ihm bot.

Das Flimmern und damit der Elementar war verschwunden. Oneshot und Tattoo betraten den Raum und schauten nach den Verletzten. Anubis und ein weiterer Sani rannten zu Schlagergott, der auf einem Regal lag. Dice rappelte sich stöhnend auf. Beckert stand etwas ratlos in dem ganzen Chaos.

495

Cauldron beugte sich gerade über den Negamagier. Ihre Hand ruhte auf seiner Brust. Panisch rief sie nach einem der Stadtkrieg-Ärzte.

Anubis kam sofort zu ihr. Während er Xavier eine Injektion verpasste, gab er Anweisungen an einen der Stadtkrieger, der ihm einen zweiten Koffer reichte. Der Sani klappte die Abdeckung zurück und legte ein paar Schalter um. Das lang gezogene und langsam anschwellende Fiepen eines aufladenden Akkus erklang. Obwohl es sehr hektisch zuging und viele Menschen durcheinander sprachen, hörte Poolitzer diesen Ton sehr genau.

Anubis nahm zwei handflächengroße Kontakte, an denen Kabel hingen, an den isolierten Griffen. Erfahren wie er war, setzte er sie auf dem Oberkörper an und löste den Elektroschlag des Defibrillators aus.

Tausend Volt schossen durch den Körper des Negamagiers, die Muskeln kontrahierten und brachten ihn zum Hüpfen. Die Kontaktflächen hinterließen rote Brandmale.

Der Akku sammelte neuerliche Energie. Der Sani wartete und kontrollierte gespannt die Herztätigkeit. Eine weitere Injektion und ein weiterer Wiederbelebungsversuch erfolgten.

Dieses Mal schaffte Anubis es. Xavier öffnete verstört die Augen.

Poolitzer wagte sich hinter seiner Deckung hervor und näherte sich dem Paar. »Mann, der arme Kerl. Die wievielte erfolgreiche Wiederbelebung ist das?« Die Magierin warf ihm einen tödlichen Blick zu.

Er schwieg lieber und filmte. Anubis schaute kurz nach der Wunde und wandte sich stattdessen Dice zu. »Hey! Ist das vielleicht nichts?«, rebellierte er gegen die Nichtbeachtung.

Tattoo zeigte die Zähne. »Komm her. Ich näh's dir zu, Linse.«

»Ah, nein, danke. Ich warte auf fachkundiges Personal«, lehnte er rasch ab. Die Psychopathin ließ er nicht an sich ran.

Xaviers rechte Hand umfasste die Finger seiner Geliebten. Cauldrons Gesicht drückte Verwunderung aus. Sie schloss die Augen.

»Ist was?« Der junge Reporter war aufmerksam geworden und schwenkte die Fuchi herum. Die verbrannten Stellen auf Xaviers Brust färbten sich zu Zartrosa und nahmen schließlich die Blässe der unversehrten Hautpartien an.

*Er hat sich geheilt?* Poolitzer betrachtete die konzentrierte Magierin. *Nein, sie hat ihn geheilt!* »Verehrte Zuschauer, wir erleben eine magische Anomalie«, kommentierte er das Geschehen.

Cauldrons Lider hoben sich, und in der nächsten Sekunde gab sie dem Negamagier einen innigen Kuss. Er erwiderte die Zärtlichkeit und richtete sich mit ihrer Hilfe behutsam auf.

»Ihr knutscht?«, brach es aus Poolitzer hervor. »Hey, nicht dass ich was gegen das Glück anderer Leute hätte, aber war da nicht was? Magie und Antimagie? Wie Feuer und Wasser?«

»Wie Intelligenz und du?«, setzte sie seine Vergleiche spöttisch fort. »Später«, wehrte die Hermetische entschieden ab und gesellte sich zu den anderen, um ihre Hilfe bei magischen Heilungen anzubieten.

»Meine Zuschauer hätten gerne eine Erklärung!« Den Beleidigten mimend, zog sich der InfoNetworks-Mitarbeiter zurück und tauschte die bespielte CD seiner VX 2200C gegen eine neue aus. Dann eben nicht. Es gab einiges zu drehen. Neugierig schlenderte er los. Vielleicht entdeckte er Aeternitas.

# XIV.

*Andorra, Andorra la Vella, 03. 07. 2058 AD, 16:01 Uhr*

Die Black Barons versorgten ihre Verletzten, unter denen sich einige Wackelkandidaten befanden, was den zukünftigen Einsatz in der Liga anging. Etliche von ihnen waren nur unter größten Vorsichtsmaßnahmen transportfähig. Dice würde aufgrund seiner Wirbelsäulenverletzung, die ihm die Windattacke des Elementars beschert hatte, nie mehr auf dem Spielfeld stehen können.

Sie hatten ihre Verwundeten im Untergeschoss des Haupthauses einquartiert und die Nacht dort verbracht. Die Stadtkrieger benötigten nach dem Gefecht eine Auszeit und schliefen bis in den späten Nachmittag hinein.

Den einzigen Toten in ihren Reihen hatte es beim Kampf um den Hubschrauber gegeben, mit dem Jones in den Tod geflogen war. Schibulskis Körper blieb gegen das Projektil des Scharfschützengewehrs chancenlos, der Ork erlag noch auf der Wiese seiner schweren Kopfverletzung. Sein Tod berührte Ordog und Michels mehr, als sie zugeben wollten.

Gegen Mittag begann das große Suchen nach Aeternitas, jedoch entdeckte niemand das Original des verhängnisvollen Buches. Dafür fanden sie die sechs Imitate im Haupthaus des Antiquitätenhändlers. Die Alexandriner nahmen sie an sich, um sie in Weimar auszuwerten. Die Buchexperten verbrachten zudem Stunden in Zozorias Bibliothek und überprüften die Bestände. Sie entdeckten einige wertvolle Druckwerke, die sie für ihre Projektgruppe beschlagnahmten. Des Weiteren nahmen sie alle Datenträger mit, auf denen sich etwas über Zauberei befand.

Die Stadtkrieger filzten das Haus von oben bis unten und brachten alles ins Freie, was wertvoll war und man tragen konnte. Die Koffer der Toten wurden ausgeleert und zu Schatzkisten umfunktioniert. Außer Bargeld lagen am späten Nachmittag Fokusse und Fetische, Credsticks, Anhänger und Schmuck in den Behältern. Ordog wies sie an, auch Computer abzumontieren und Laptops mitzunehmen. Sie könnten Passwörter zu Konten von Antique Enterprises enthalten, mit denen ein Decker an das wirklich große Geld gelangte. Danach brachte Michels Sprengsätze in den Häusern an, um nichts übrig zu lassen, was der Astrum Argentum jemals wieder für Beschwörungsversuche dienen konnte.

Welche magische Katastrophe sich auf dem Anwesen ereignete, blieb nicht lange im Dunkeln. Sie verhörten Rose Abongi im Wohnzimmer des Haupthauses ein weiteres Mal, die bei ihrer Version blieb, was sie von Beckert, der sie dabei mental sondierte, bestätigt bekam.

Immerhin erfuhren sie, dass Zozoria einundzwanzig hochrangige Mitglieder des Astrum Argentum eingeladen hatte, um mit ihnen die Rituale von Aeternitas zu praktizieren. Die Afrikanerin selbst gehörte zu den Anfängern des Geheimbundes und durfte den Beschwörungszeremonien nur zu Beginn beiwohnen.

Jedenfalls sei Zozoria plötzlich sehr aufgeregt zu ihr gekommen und habe sie gebeten, im Schlafzimmer zu bleiben, bis sich der Dschinn beruhigte habe. Er sei nach langer Verbannung zurück auf die reale Ebene gekommen und müsse sich erst orientieren, ähnlich wie ein langsam erwachendes wildes Tier. In diesem unsteten Zustand sei er unberechenbar.

Cauldron konnte sich denken, was passiert war. Freie Geister lebten vom gespendeten Karma, der Energie, der Erfahrung eines Menschen. Mit Sicherheit war der Elementar nicht zufrieden mit der Gabe, die man ihm anbot. Die Geheimbündler hatten den Geist sträflich unterschätzt.

Die Angaben eines schwer verletzten Söldners brachten noch mehr Licht in die Angelegenheit. Seiner Erzählung nach lief Zozoria zwischenzeitlich Amok gegen seine eigenen Mitbrüder und -schwestern. Angeblich lähmte der Geist Männer und Frauen, der Andorraner führte eine Art Kurzritual oder Zauberspruch durch, den er aus Aeternitas vorlas. Nach einigen Minuten seien die Betroffenen tot umgefallen.

*Bei allen Kräften! Karmaübertragung wider Willen,* vermutete die Seattlerin. *Er hat den Elementar mit der Energie der anderen gefüttert! Was für ein Scheusal!*

Nach dem Verschwinden von einigen Geheimbündlern erahnten die Restlichen, was Zozoria tat, und verbündeten sich gegen den Andorraner. Es kam zum magischen Gefecht, bei dem die Gäste nach und nach fielen. Der Samurai selbst verlor irgendwann das Bewusstsein, als sich einer der Zauberer um ihn kümmerte. Als er im Haupthaus erwachte, wurde der nächste Alarm ausgelöst, weil die Stadtkrieger anrückten. Mit den Magiern, die ihr Boss zur Mitarbeit überredet hatte, habe er sich ins Nebenhaus zurückgezogen, wo ihn ein paar Kugeln erwischten.

»Schnitt«, meinte Poolitzer. »Okay, wir wissen jetzt, was geschehen ist, aber wo ist der freie Geist abgeblieben?«

»Xaviers Berührung muss ihn vertrieben haben. Vermutlich ist er noch niemals mit so etwas wie Negamagie in Kontakt geraten«, versuchte sich die Rothaarige an einer Erklärung. »Entweder zog er sich in den Astralraum zurück, oder die Kräfte meines Schatzes reichten aus, den Elementar vorübergehend zu zerreißen. Ehe er sich wieder gesammelt hat, werden einige Tage vergehen.«

»Es war ... wie ... wenn man versucht, eine Dampfwalze aufzuhalten«, versuchte Xavier seine Empfindungen zu erklären. Eine glühend heiße Dampfwalze. Er schaute zärtlich zu der Magierin und nahm ihre Hand. Seitdem sie keine Schmerzen mehr dabei verspürte, würde er sie am liebsten gar nicht mehr loslassen. »Sie ist wohl über mich gefahren und hat mich zerquetscht, bevor sie ausriss. Ich hatte Glück, dass Anubis und ihr da wart.«

»Ich schätze, dass ohne dich keiner von uns mehr hier sitzen würde«, schwächte sie seinen Dank ab. »Wir hätten dem Dschinn nichts entgegensetzen können.«

»Also ist er nicht vernichtet?«, hakte der Reporter beunruhigt ein.

»Er war ein Elementar der großen Kategorie, wenn ich es richtig beurteile. Die sind nicht so leicht auszulöschen, schon gar nicht, wenn es sich um freie handelt«, antwortete sie ihm aufrichtig. »Aber bis er sich erholt hat, sind wir weg. Sei locker, Snoop«, versuchte sie ihn aufzumuntern.

»Das will ich doch sehr hoffen«, murmelte er. »Wie geht es weiter?«, richtete er sich an Oneshot.

»Wir haben Russian Icarus über den Verlust informiert«, meinte der Kapitän langsam. »Sie schicken einen Ersatzhubschrauber und vier Piloten, damit sie die anderen Helikopter als Entschädigung mitnehmen können. Vor den Raketenabschussanlagen dürften sie sicher sein. Wir haben die Zentrale gefunden und abgeschaltet.« Er hob seinen Arm mit dem Kom-Gerät und schaute auf die Zeitanzeige. »Sie kommen in einer Viertelstunde. Ein Krankenhaus für unsere härtesten Fälle ist organisiert. Die Matadores werden bei Rückfragen der Ärzte behaupten, die Wunden stammten aus einem Trainingsspiel.« Er wies Beckert an, den Alexandrinern Bescheid zu sagen, die im Stockwerk über ihnen Bücher wälzten, und ihnen zu helfen. Der Professor verschwand. »Heute Abend sind wir zu Hause, Team.«

501

»Du siehst nicht glücklich aus«, meinte Tattoo, die zusammen mit Ordog aufmerksam gelauscht hatte.

Der Elf schaute stumm zu dem mit einem Tuch bedeckten Leichnam von Schibulski. »Ich habe jemanden aus dem Team verloren«, entgegnete er leise. »Es hätte niemand von uns dabei draufgehen sollen. Das war der Plan.«

Ordog schwieg. Nicht dass er den Ork gut gekannt hätte. Aber da sie den Bombenhagel durch die SOX und die Flucht aus der Zone überstanden hatten, ging ihm der unspektakuläre Tod des Runnerkollegen in den Bergen Andorras besonders nahe.

Eine einzige Kugel richtete mehr aus als Kon-Gardisten, Punks, Ghule, Schamanen, Drohnen, der Todesstreifen oder Bomben. Es machte ihn traurig, und die Verletzung steuerte nicht gerade dazu bei, dass er sich besser fühlte.

»Er wusste, was er tat«, meinte er nach einer Weile. »Und er wusste, was passieren kann.« Der Straßensamurai zuckte mit den Achseln und versuchte, gleichgültig zu wirken. »Runnerschicksal.«

»Er bekommt eine Abschiedsparty«, versprach Oneshot. »Wo er starb, macht für mich keinen Unterschied. Er starb für die Black Barons, und das macht ihn letztendlich zu einem von uns.« Seufzend erhob er sich, die anderen folgten seinem Beispiel. »Fertig machen. Der Krieg ist vorbei.«


Beckert übermittelte die Nachricht des Kapitäns an die Büchertruppe der Alexandriner. Sie delegierten gleich die Arbeit an ihn weiter und teilten ihn zum Schleppen der Folianten ein.

Da er keine besondere Lust hatte, sich die Hände schmutzig zu machen, nutzte er einen Telekinesespruch, um einen ganzen Stapel auf einmal in die Luft steigen zu lassen. Leise summend stieg er die Stufen hinunter, der Packen Wälzer schwebte vor ihm her. Beim Hören der Töne fiel ihm auf, dass er unbewusst die Ode »An die Freude« brummte. Es passte zu seiner Stimmung.

Der Professor, der in wenigen Wochen seine neue Stelle beim Bundesinnenministerium antreten würde, atmete auf, einige Minuten abseits von den Alexandrinern und Stadtkriegern, vor allem von diesem aufdringlichen Reporter zu sein.

Keiner hatte im Keller bemerkt, wie Aeternitas den Besitzer wechselte. Zozoria trug es in seinem Rucksack, wo der Professor es fand. Er nahm es an sich und schob das verhängnisvolle Werk hastig unter seine Panzerung. Dort befand es sich immer noch. Der fremde Magier, der ihn dabei mit riesigen Augen beobachtete, wurde praktischerweise von dem freien Geist beseitigt. Sandmann würde sich sehr über sein Mitbringsel freuen.

Das gefährliche Beschwörungsbuch, das hinter staatliche Schloss und Riegel gehörte, wäre nicht das Einzige, was er mit auf seine neue Stelle nahm. Leider gestalteten sich die Umstände seines Ausscheidens aus dem Amt als Präsident der Universität nicht sehr erbaulich. Eine Feier wäre ihm lieber gewesen.

In Gedanken versunken, achtete er nicht auf die Stufen und übersah ein quer verlaufendes Kabel, das zu einem der Sprengstoffpakete führte. Der kurze Widerstand reichte aus, um ihn ins Straucheln zu bringen und die nächste Stufe verfehlen zu lassen. Seine Konzentration erlosch schlagartig. Seine Hand griff vergebens nach dem Halt bietenden Geländer.

Zusammen mit den Büchern polterte Beckert die Treppe hinunter. Schon hörte er auf dem Absatz über sich die ersten Rufe. Fußschritte näherten sich, Menschen kamen, um nach ihm zu sehen.

Sein Blick war von der Wirkung des Aufpralls getrübt und klärte sich nur langsam. Intuitiv fasste er unter seine Kevlarweste. Aeternitas fehlte! Hastig wühlte er im Durcheinander aus Folianten, bis er das vermisste Buch fand.

Er wollte es gerade erleichtert hinter seine Panzerung schieben, als er einen identischen Einband zwischen zwei Wälzern entdeckte. Und noch einen. Und noch einen. Und …

Die Hitze der Aufregung schoss ihm in den Kopf. Es blieb ihm keine Zeit mehr, lange nachzudenken. Die ersten Tritte kamen die Stiegen hinunter.

Wahllos griff er sich eines von den insgesamt sieben zur Auswahl stehenden Exemplaren und steckte es ein.

Hände packten ihn und stellten ihn auf die Beine. »Alles in Ordnung, Herr Professor?«, erkundigte sich einer der Magier der Projektgruppe.

Schnell wandte sich Beckert ab, damit niemand in seine Augen schauen konnte. Wie gesagt, seine Schauspielkunst war miserabel. »Ja, ja, nichts passiert.«

Zu allem Elend wich der Alexandriner nicht mehr von seiner Seite und bestand darauf, ihm zu helfen. »Sie gehen nach oben und nehmen sich den nächsten Stapel. Ich mache das lieber, ehe Sie die gedruckten Schätze ein weiteres Mal fallen lassen.«

Er nahm die Bücher, packte sie in einen Alukoffer und verschwand mit seiner Last hinaus, wo der Transporthubschrauber gerade landete. Damit ergab sich keine Gelegenheit mehr, die Bücher zu überprüfen.

Nachdenklich legte der einstige Präsident der Jenenser Universität die Hand auf die Weste.

Je mehr er darüber nachdachte, desto sicherer war er sich, das Original gegriffen zu haben.

Zuerst starteten die von der Russian Icarus-Fluggesellschaft beschlagnahmten Privathubschrauber, danach hob sich der Transporthelikopter schwerfällig in die Luft. Die Flugmaschinen nahmen eine lockere Formation ein und orientierten sich zur spanischen Grenze hin. Leiser und leiser wurde das Donnern der Rotoren, bis die Berge nur noch das Echo zur Hochwiese trugen.

Rose Abongi stand in einem der Gärten und blickte den im Licht der untergehenden Sonne blinkenden Hubschrauberrümpfen nach.

Die Stadtkrieger hatten beschlossen, sie wie alle anderen Söldner und Verletzten der Gegenseite auf dem Plateau zurückzulassen. Es war ihrer Ansicht nach auf alle Fälle besser, als eine Kugel zwischen die Augen zu bekommen.

Für die Black Barons war die Angelegenheit mit dem Tod Zozorias erledigt. Nicht so für die Afrikanerin. Ihre Stunde brach mit dem Tod des »Männchens« erst an. Ein neues Rudel sollte entstehen.

Gerade als es still wurde, detonierten die ersten Sprengladungen. Nacheinander zerriss es die luxuriös eingerichteten Bauten, die Zozoria einst ein Vermögen gekostet hatten. Hunderttausende Nuyen vergingen in Explosionen und Flammenbällen. Schwere Rauchwolken stiegen in den Abendhimmel. Trümmerstücke hagelten in ihrer unmittelbaren Nähe nieder.

Die Frau drehte sich um. Regungslos betrachtete sie das Inferno, das durch das rücksichtslose Streben nach unendlichem Leben, nach der menschlichen Unendlichkeit ausgelöst worden war. Das war der Fehler, den Yakub begangen hatte. Die Rücksichtslosigkeit brachte seinen Plan zum Scheitern. Ihr würde das nicht passieren.

Direkt zu ihren Füßen schlug der schwarze Rest eines Holzstücks auf und bohrte sich mit der spitzen Seite in die Wiese. Rose erkannte ihren Irrtum. Vor ihr steckte Zozorias Gehstock, den die Explosion aus seinem Versteck zu ihr trug. Sie verstand es als Zeichen. Behutsam legte sie die Finger um den Totenschädelknauf. Damit hatte sie seine Nachfolge als Führerin des Rudels und des Reiches, das er einst beherrschte, akzeptiert.

Da hier nichts mehr zu retten war, würde sie sich auf den Weg nach Andorra la Vella machen und von der Katastrophe berichten, die sich ereignet hatte. Unterwegs würde sie sich eine Geschichte von Attentätern oder Räubern ausdenken oder von Runnern, die ein neidischer Konkurrent gegen ihren einstigen Geliebten aussandte. Die Stadtkrieger wollte sie aus der Sache raushalten. Die Wogen mussten sich nach dem Tod Zozorias erst glätten. Vor dem Entfachen eines neuen Sturms galt es, das Imperium des »Männchens« an sich zu reißen und zu sichern. Es würden genügend Hyänen und Schakale auftauchen. Ein starkes Rudel neu aufzubauen wäre umso wichtiger.

Alles andere hatte Zeit. Schließlich beabsichtigte sie, ewig zu bestehen. Gab es eine bessere Demütigung für die persönlichen Feinde, als sie schlicht zu überleben und auf ihren Gräbern zu tanzen? *Nein.*

Ihr Magen knurrte laut und erinnerte sie daran, dass sie seit mehr als vierundzwanzig Stunden nichts mehr gegessen hatte. Die Vorräte brannten munter vor sich hin. Somit suchte sie sich etwas anderes. Etwas Proteinreiches.

Der verletzte Samurai, der in letzter Sekunde vor den Detonationen geflüchtet war, winkte ihr von etwas oberhalb. »Señora Abongi, was machen wir? Wie kommen wir von hier weg?«

Sie begann zu seinem Erstaunen, ihre Kleider nach und nach abzulegen. Sogar ihre Unterwäsche zog sie aus und bot dem Mann einen Ausblick auf ihren nackten Körper.

»Ich laufe nach Andorra la Vella«, erklärte sie ihm, während sie die Sachen säuberlich zusammenlegte und mit einem Schnürsenkel verschnürte. Aus der zweiten dünnen Leine knotete sie eine Schlinge.

»Das schaffen Sie … niemals«, stotterte die Messerklaue. »Was machen Sie da?«

Sie erhob sich und kam auf ihn zu. »Ich habe mich vorbereitet. Aber bevor ich aufbreche, muss ich mich stärken.« Für einen Moment geriet sie außerhalb seines Sichtfelds.

»Señora?« Plötzlich sprang eine schwarze Löwin geschmeidig vor ihm auf den Felsen. »Todos santos! Que es ...« Ohne Vorwarnung griff sie den Samurai an.

Eine Viertelstunde später war der Hunger der Raubkatze gestillt. Sie leckte sich die Pfoten und die Schnauze sauber und strich anmutig zu der Stelle, an der die Kleider von Rose lagen. Geschickt schlüpfte die Löwin mit dem Kopf durch die Schlaufe des Bündels.

Die schwarz gefärbte Raubkatze schenkte dem brennenden Anwesen noch einen letzten Blick aus den gelben Pupillen. Sie nahm den Gehstock behutsam zwischen die Kiefer, sprang davon und wurde eins mit der Dunkelheit.


*ADL, Groß-Frankfurt, MaWie, 06. 07. 2058 AD, 20:21 Uhr*

Drei Tage lang hatte sich Poolitzer mit seiner Ausrüstung von den Black Barons abgesetzt und werkelte wie ein Besessener an den Beiträgen über Aeternitas sowie über Zozorias Verstrickung in die Überfälle herum, bis er sich endlich zufrieden vom Computer erhob und das Ergebnis seiner Arbeit an den Sender überspielte.

Die Stadtkrieger genossen die Stille. Oneshot hielt zusammen mit der Mannschaft die Trauerfeier für Schibulski ab, die in ihrem Stadion stattfand. Die Pressestelle erklärte das Ableben des Brechers durch einen tragischen Unfall bei einem Training. Insgeheim informierten sie den Fanclub über den wahren Hintergrund. Die treuen Anhänger sollten wissen, dass die Black Barons den Überfall in Moskau weder vergessen noch vergeben hatten.

Weitere Erklärungen würden die Berichte des Seattler Reporters liefern. InfoNetworks hatte die letzten beiden Tage mit »exklusivem Material« geworben, das ein »weltweites Unternehmen zu Fall bringen würde«. Die Mainzer öffneten an diesem Abend ihr Stadion, um die Beiträge auf der Großbildleinwand zu übertragen.

Cauldron und Xavier erschienen ebenfalls in Mainz und wurden von den Stadtkriegern mit Handschlag begrüßt. Die Wiedersehensfreude war aufrichtig. Sogar Tattoo reichte der Magierin die Hand.

»Schade, dass Poolitzer nicht da ist«, kommentierte Xavier amüsiert. »Ein historischer Moment – und keine Kamera weit und breit.«

Der Elfin war es nicht recht, dass sie auf die Schippe genommen wurde. »Es ändert nichts an der Tatsache, dass ich Magie grässlich finde«, knurrte sie.

»Was hast du eigentlich gegen Magie?«, erkundigte sich Cauldron.

»Sie ist … unfair«, beharrte die Aufklärerin auf ihrem Standpunkt. »Weil sie Menschen besser macht als andere, ohne dass sie etwas dafür geleistet haben.«

»Okay. Dann muss ich es so akzeptieren«, entscheid die Rothaarige diplomatisch und gab Xavier einen schnellen Kuss.

Tattoo wurde von den Fans gebeten, Autogramme zu schreiben, und so tauchte sie in der Menge unter.

Xavier zog Cauldron etwas weg vom Eingang. In einer schattigen Ecke vor neugierigen Blicken verborgen, fasste er die Magierin an der Taille. Es fiel ihm schwer, die Finger von ihr zu lassen. Sie genossen die körperliche Zweisamkeit, da ihre Gefühle doch schon seit langem in Einklang waren. Er drückte ihr einen innigen Kuss auf den Mund. Ihre Lippen öffneten sich leicht.

»Das Tolle an Restlichtverstärkern ist, dass man mit ihnen selbst in den schummrigsten Ecken taghelle Aufnahmen machen kann«, hörten sie Poolitzer hämisch sagen.

Cauldron stieß die Luft aus. »Es wäre auch zu schön gewesen«, stöhnte sie entnervt. Die erotische Spannung war wie weggewischt. Eine kalte Dusche wirkte nicht weniger ernüchternd.

»Was Neid aus Menschen macht«, sagte Xavier nur. »Die Missgunst bringt sie dazu, glückliche Paare zu belauern.«

Der Reporter schaltete die Fuchi ab. »Unsinn, ihr versteht mich falsch«, klärte er sie auf. »Ich bastle an einem herzergreifenden Schluss, und ihr standet gerade so verliebt herum, dass ich euch unbedingt filmen musste. Im Anschluss an die Übertragung gibt es noch eine Fan-Vorführung mit dem Material, das ich für die Beiträge nicht benutzt habe. Es wird eine Hommage an die Stadtkrieger und an Schibulski.« Er klopfte auf seinen gepanzerten Rucksack. »Ihr werdet Augen machen, was ich alles dabei habe.«

Ein großer Tumult am Eingang machte sie auf den Einzug eines altbekannten Stadtkriegers aufmerksam. Andex schritt wie ein Triumphator durch die Menge und schüttelte Hände.

»Freigang!«, lautete seine gerufene Erklärung an die Menge. »Ich muss aber um Mitternacht wieder ins Bett. Weint nicht um mich, bei der nächsten Meisterschaft bin ich wieder dabei.« Er grüßte Poolitzer und hob die goldene Kühlerfigur, die von dem Transporter stammte, der ihn überfahren hatte. Der Reporter winkte zurück.

Nach und nach füllte sich das Stadion, auch wenn sich nur der harte Kern von rund sechstausend Menschen einfand. Tattoo wühlte sich durch die Menge und stellte sich neben den Rollstuhl, in dem Dice saß. Der Scout schenkte ihr ein gezwungenes Lächeln.

Selbst Tattoo spürte die enorme Traurigkeit, die von ihm ausging, wofür sie vollstes Verständnis hatte. Der Elf lebte für den Stadtkrieg und würde sein restliches Leben in einem Rollstuhl verbringen. Sie ging zu ihm und klopfte ihm an den Kopf, als habe er eine Dummheit begangen. »Na?«

»Selber na«, erwiderte er lahm. »Ich bin mal gespannt, was die Linse zusammengeschnitten hat. Wenn ich nicht heldenhaft aussehe, überfahre ich ihn mit meinem Rollstuhl.« Seine Finger trommelten demonstrativ gegen die Armlehnen. »Wir beide freunden uns gerade an«, erklärte er ihr. »Ich hasse ihn zwar, aber vorerst habe ich keine Wahl. Ein Eingriff wäre möglich, ist aber riskant …« Dices Haupt senkte sich. »Scheiße, machen wir uns nichts vor. Ich werde nie wieder spielen können, Tattoo. Ihr könnt mich als Ersatzteillager benutzen, wenn ihr wollt.«

Sie ging in die Hocke. *Toll. Ausgerechnet ich als Seelentrösterin.* »Hey, Dice. Willst du, dass ich mich aufrege? Du weißt, was dann los ist«, warnte sie. »Das Adrenalin zündet mich wie eine Rakete, ich flippe aus, schlage die ganze Bude zusammen, und die Fans verklagen mich. Also, erzähl gefälligst keine Scheiße. Karajan hat dir eine Stelle als zweiter Coach angeboten, und die …«

Erstaunt hob er den Kopf. »Woher …«

Sie packte ihn drohend an der Jacke. »… und die wirst du gefälligst annehmen, verstanden, Spitzohr? Dann müsste ich auf dich hören, ist das nichts?« Tattoos Finger lösten sich. »Bleib dem Stadtkrieg treu, Dice. Die Barons brauchen dich. Du musst die Neuen auf Vordermann bringen«, bat sie ihn und hielt ihm die Hand hin.

Nun musste der gelähmte Scout doch grinsen. »Scheiße, du kannst auch ohne die Stahlbeißer überzeugend sein, Tattoo.« Er schlug ein. »Wen meinst du mit den Neuen? Ordog und Michels müssen kaum was lernen.«

»Taktik, Spitzohr«, erinnerte ihn die Elfin. »Die können vielleicht gut ballern, und der Albino trifft respektabel. Aber von Taktik und Teamplay wissen sie noch nicht viel. Das wirst du ihnen beibringen.« Sie klopfte ihm gegen den Schädel, wie sie es immer tat, und wanderte weiter, um Andex mit einer Dose Starkbier zu begrüßen.

Der große Filmabend im Black Barons-Stadion begann mit einer Übertragung der InfoNetworks-Reportage über Aeternitas, und im Anschluss daran wurden die Verstrickungen von Antique Enterprises in die Diebstähle und Überfälle auf Museen und Sammlungen dokumentiert. Dabei wurde auch das Massaker in Moskau erwähnt, was bei den Fans und den Stadtkriegern unangenehme Erinnerungen wachrief. Zum Abschluss wurde gezeigt, wie unbekannte Söldner das Anwesen in Andorra stürmten.

Jeroquee, durch Computertechnik stimmlich und äußerlich verfremdet, bekam noch einen langen Auftritt, bei dem sie erzählte, wie Zozorias Unternehmen illegal magische Artefakte zum Weiterverkauf besorgte oder geschützte Pflanzen stahl.

Am Ende sah man eine breit lächelnde Professorin Vrenschel und eine etwas gequält strahlende Dr. Otte, wie sie die sechs Ausgaben von Aeternitas in einer Vitrine drapierten.

Fortan würden die entzauberten Fälschungen in der Universalbibliothek zu Weimar öffentlich zu bewundern sein. Dabei machte die Leiterin der Büchersammlung mehrmals deutlich, dass es sich um Fälschungen handelte. Das Original sei leider zerstört worden. Otte nickte heftig und pflichtete ihrer Vorgesetzten bei, wie es abgesprochen war. Niemand sollte auf die Idee kommen, dass Aeternitas noch existierte.

InfoNetworks schob hinterher, dass die Ermittlungsbehörden die Untersuchungen gegen Antique Enterprises aufgenommen hätten.

Unter dem Johlen der Menge legte Poolitzer die Scheiben mit dem unzensierten Material ein. Nun sah man die Black Barons und die Alexandriner beim Einsatz gegen die Messerklauen und Magier Zozorias, was zu atemloser Stille im Stadion führte. Vor allem die Sequenzen im Keller unter dem Gästehaus sorgten für fassungsloses Staunen. So etwas hatten die Mainzer Fans höchstens als gut gemachtes Trid oder BTL gesehen, aber niemals hätten sie es für möglich gehalten, dass so etwas geschehen könnte. Nach einer Stunde, die auch Einblicke in die Recherchen des Reporters gab, brandete Applaus auf. Poolitzer verließ den Regieraum und stellte sich dem Beifall des Publikums.

Als er auf der kleinen Bühne vor der Leinwand ankam, entdeckte der Hausmeister eine Scheibe, die der junge Mann vergessen hatte, in das Datenlesegerät zu schieben. Dachte er zumindest.

So war Poolitzers Verwunderung groß, als die Leinwand plötzlich mit neuen Szenen erhellt wurde. Da er mitten im Licht des Projektors stand und geblendet war, erkannte er die Sequenzen nicht, die auf die Leinwand geworfen wurden.

Am plötzlichen Schweigen der Masse erkannte er, dass es nichts war, was den Menschen gefiel. Die Boxen lieferten eine schräge Gesangseinlage von ihm. Er machte einen Schritt rückwärts, um das Geschehen besser zu verfolgen.

Man sah das Heck eines VW Sandstorm, der ruckartig auf den Bürgersteig abbog und anhielt. Eine Bierbüchse flog aus dem Fenster auf die Fahrbahn. Andex stieg unvermittelt aus dem Buggy und hob die Dose auf, während der Sandstorm mit qualmenden Reifen in die Straße einscherte.

Die Kamera, die in einem nachfolgenden Auto installiert sein musste, war jetzt ganz dicht am Rücken des Orks, lautes Hupen dröhnte aus den Stadionlautsprechern. »Aus dem Weg, du Arschloch!«, rief Poolitzers Stimme panisch aus dem Off. »Nein, nein, nein! Fuck!« Im nächsten Moment flog der Stadtkrieger über die Motorhaube. Dann endete die Aufzeichnung.

Die Flutlichtanlage des Stadions erwachte zum Leben. Der Reporter stand auf der Bühne wie ein erschrockenes Reh im Rampenlicht. Verkrampft lachte er.

»Gute Retuschierung, was? Sieht aus wie echt. Ist es aber nicht. Ehrlich«, scherzte Poolitzer. Ein Plastikbecher mit Bier flog heran und verfehlte ihn knapp. »Moment, Moment«, versuchte er die Lawine zu stoppen. Zu spät. Es hagelte Plastikgeschosse, bald war der Reporter klatschnass.

Andex hatte sich erhoben. In seiner Hand wog er die Kühlerfigur. »Dreimal darfst du raten, wo du die gleich hinbekommst«, meinte er voller boshafter Vorfreude.

Der junge Mann schaute auf seine Uhr. »Oh, sorry, ich muss noch woanders hin. InfoNetworks möchte mich sehen.« Er drehte sich um und lief langsam los. Ohne dass er es wollte, beschleunigten sich seine Schritte. Schweigend schritt er an den Fans entlang.

»Schnappt ihn!«, gab Andex das Signal. Die Fans sprangen von den Sesseln auf und rannten los. Der Seattler verfiel in einen rekordverdächtigen Sprint.

Tattoo, Cauldron, Jeroquee und die anderen Stadtkrieger schütteten sich aus vor Lachen. Sie wünschten dem Snoop, dass er es bis zum nächsten Taxi schaffte. Sonst würde sein guter Riecher garantiert leiden müssen.


*ADL, Hannover, 26. 07. 2058 AD, 10:21 Uhr*

Beckert stellte die beiden Koffer auf den Tisch von Staatssekretär Rüdiger Sandmann. »Bitte sehr. Abschriften aller Berichte zu magischen Forschungsprojekten, die in meiner Amtszeit in Jena durchgeführt wurden«, erklärte er dem Bundesbeamten die Datenmenge. »Es sind teilweise Ausdrucke, weil ich an die eigentlichen Dateien wegen der Sicherung nicht mehr kam.« Der ehemalige Präsident der Universität legte zwei Boxen mit CDs darauf. Zweifel, das Richtige getan zu haben, befielen ihn nicht. Die Ereignisse um das Buch bestärkten ihn in seiner Ansicht, dass Magische in der ADL besser kontrolliert werden sollten. »Und das sind noch mehr Berichte von der Doktor-Faustus-Verbindung. Ich hoffe, Sie können etwas damit anfangen.«

Beeindruckt schaute Sandmann auf das Mitbringsel des Mannes, den er dazu gebracht hatte, die Seiten zu wechseln. »Sehr interessant, Professor. Ich lasse es gleich erfassen.«

»Lassen Sie das sofort wegsperren«, fügte Beckert hinzu. Er legte ein Buch auf die graue Arbeitsplatte. »Das ist Aeternitas. Das Original.«

Der Bundesbeamte streckte die Hand aus, um es durchzublättern. »Ach? Wurde nicht erst vor kurzem gemeldet, das Original sei zerstört worden?«

Beckert schüttelte lächelnd den Kopf. »Es ist zu gefährlich, um es Runnern und Alexandrinern zu überlassen. Da requirierte ich es, wie wir es vereinbart hatten. Haben Sie eine adäquate Aufbewahrungsstätte, Herr Sandmann?«

Der Staatssekretär strahlte. »Sie sind ein Glücksfall für uns, Professor.« Die Tür öffnete sich, und zwei Sicherheitsbeamte traten ein. Wortlos nahmen sie das Buch sowie die Datenträger an sich und verschwanden wieder. »Wir haben einen Tresor unter dem Gebäude, der magisch gesichert ist. Dort bringen die netten Herren Ihre Informationen und Aeternitas vorerst in Sicherheit, bis wir nächstes Jahr voll in Aktion treten dürfen. Bis dahin beschränken wir uns aufs Sammeln.« Er blickte auf seine Uhr. »Oh. Entschuldigen Sie mich bitte, Professor. Ich muss zu einer Besprechung. Die leidige Routine.« Sandmann erhob sich und begleitete Beckert zur Tür. »Sie können sich nicht vorstellen, wie sehr ich darauf warte, dass wir das Bundesamt für Hermetik und Hexerei offiziell eröffnen.« Er winkte eine schwarzhaarige Frau heran. »Das ist meine Referentin Monika.

Sie wird Ihnen Ihr Büro zeigen. Sie nehmen Ihre Ausdrucke mit und schreiben Sie in aller Ruhe ab. Niemand soll Einblick erhalten, daher ist das eine vertrauensvolle Aufgabe für Sie. Morgen gehen wir zusammen Kaffee trinken und bereden alles Weitere.«

Ehe der Akademiker etwas zu sagen vermochte, schloss sich die Tür. Die Koffer mit den Unterlagen standen rechts und links neben ihm.

Charmant lächelnd und Hüften schwingend, lotste ihn die Dame in einen steril eingerichteten Raum am Ende des Ganges, in dem sich nichts außer einem Schreibtisch, einem Stuhl und einem Computer befand. Monika ging wieder.

Verloren nahm Beckert auf der Sitzgelegenheit Platz. Er wühlte in den Blättern und entdeckte den zweiten, überarbeiteten Aufsatz von Dr. Scutek, in dem der Thaumaturge eine abenteuerliche Theorie über Rodin aufstellte und darum bat, sie veröffentlichen zu dürfen.

Scuteks Ansicht nach war Rodin eine magische Mutation. Seine Veranlagung konterte jede Konfrontation mit Magie reflexhaft mit einer genauso intensiven Gegenwelle. Dabei zapfte er unbewusst die benötigte astrale Energie über den gegen ihn gerichteten Spruch aus dem Astralraum und brachte den Zauber somit zum Zusammenbrechen.

»Interessant. Aber nicht mehr von Relevanz, Herr Kollege«, diagnostizierte der Professor halblaut. Rodin hatte seinen Wert verloren. Offenbar kämpfte er mit den gleichen Nebenwirkungen, unter denen ein Magischer litt, wenn er schwere Verletzungen davontrug und von steriler Schulmedizin behandelt wurde. Je mehr technische Apparate man zum Einsatz brachte, desto mehr verflüchtigte sich die Gabe, mit Magie zu hantieren.

Er steckte den Aufsatz zurück in den Koffer. Mit dem Lesen hatte er gerade einmal zehn Minuten verbracht.

Der Computer war nicht angeschlossen, wie er feststellte. Zur Untätigkeit verurteilt, starrte er auf die weiße Wand. So hatte er sich seine Aufgabe nicht vorgestellt.

*Russland, St. Petersburg, 07. 08. 2058 AD, 10:21 Uhr*

»Und somit vermache ich alle meine Besitztümer und Unternehmen Ignazio Galoña«, verlas der russische Notar in schlechtem Englisch. »Sollte Ignazio Galoña zu diesem Zeitpunkt nicht mehr leben, geht mein Besitz an Rose Abongi über. St. Petersburg, 20. Juni 2054«, beendete der Mann seine Vorlesestunde. »Wenn Sie das Erbe antreten möchten, unterschreiben Sie bitte hier.« Er schob der Afrikanerin das Formular und einen Stift hin.

Rose nahm den Stift in die Hand. Sie zögerte und dachte an die Schwierigkeiten, die ihr mit der Unterschrift blühten.

Die Polizeibehörden verschiedener Länder, die Steuerfahndung und andere Institutionen stürzten sich seit der Berichterstattung wie die Geier auf Antique Enterprises und die Fitting Company. Etliche Konten waren eingefroren, das Geld wurde knapp.

Schakale und Hyänen witterten ihre Chance, nachdem der Löwe gestorben war. Verschiedene Vorstandsmitglieder erklärten, dass sie der Nachfolger von Yakub Estefan Zozoria seien, woanders brannten ranghohe Angestellte mit dem Inhalt des Safes durch.

Sie selbst war in den letzten zwei Monaten kaum zur Ruhe gekommen. Sie reiste von Niederlassung zu Niederlassung, um die Gemüter der Angestellten und Kunden zu beruhigen, und präsentierte sich als Erbin, ohne von den meisten wirklich ernst genommen zu werden. Viele betrachteten sie als die »schwarze Perle«, die Yakubs Autos fahren durfte und sich von ihm flachlegen ließ.

Sie täuschten sich. Sie täuschten sich alle. Den Beweis wollte sie bald erbringen. Sobald ihr neues Rudel entstand, würde keiner der schwarzen Löwin ihren Anspruch mehr streitig machen. Schwungvoll setzte sie ihren Namen auf die Linie.

»Vielen Dank.« Der Notar schüttelte ihre Hand und siegelte das Dokument. »Ich lasse Ihnen beglaubigte Kopien ausstellen, schriftliche und elektronische, damit Sie keine Schwierigkeiten haben.«

»Ich habe zu danken«, erwiderte sie höflich. »Sie kennen die Adresse, wohin Sie die Unterlagen bringen lassen.« Rose nahm ihren beigefarbenen Sommermantel und warf ihn über ihr hautenges champagnerfarbenes Kleid. »Auf Wiedersehen.«

Der Notar hielt ihr die Tür auf und deutete eine Verbeugung an.

Mit dem geschätzten Bentley ging es nach Hause, nur mit dem Unterschied, dass sie sich fahren ließ.

Bis Ende des Jahres würde sie die Geschäfte des kränkelnden Imperiums von Russland aus führen. Die Behörden waren für Zuwendungen empfänglicher als in den UCAS, und somit hielt sie sich eventuelle Bluthunde vom Hals, bis sie die internen Dinge geregelt hatte. Einige der Stärkeren standen in der Vorauswahl, sich ihrem Rudel anschließen zu dürfen. Fähige Weibchen gab es genug, nur gute Männchen waren selten.

St. Petersburg war ein Traum. Kein Albtraum, sondern ein Sommernachtstraum, der ihr beim Abschalten half. Rose würde zwei Tage nichts tun, außer Kraft zu tanken. Die Häuserzeilen der ehrwürdigen Stadt flogen an den Scheiben der Limousine vorüber. Sie dirigierte den Fahrer an der Peter-und-Pauls-Festung, am Menschikow-Palast und am Winterpalast sowie der Isaaks-Kathedrale vorbei, um sich an den Prachtbauten zu erfreuen.

Nach einem hervorragenden Essen im *Zar Peter* kehrte sie in das Appartement zurück, in dem sie und Yakub einige sehr schöne Stunden verbracht hatten.

Sie vermisste ihn, als Liebhaber und als Mentor. Die Afrikanerin öffnete die Fenster zur Dachterrasse und ließ die Sommerluft ins Innere strömen. Die Gardinen wehten sachte im lauen Wind.

*Ein wenig ausspannen, bevor ich um mein Reich, mein Territorium kämpfe,* dachte sie eindösend. *Nur ein wenig schlafen.*

Wie lange sie schlummerte, konnte sie bei ihrem Erwachen nicht einschätzen. Draußen senkte sich die Sonne dem Horizont entgegen und tauchte den Himmel in dunkles Rot. Gähnend stand sie auf, um das Fenster zu schließen. Es wurde empfindlich kalt, sobald die wärmenden Strahlen fehlten.

*Ich werde mir noch etwas zu essen machen und dann zu Bett gehen,* beschloss sie. Ihre Augen bewunderten die Altstadt von St. Petersburg. Es war einfach schön. Fröstelnd legte sie die Arme um ihren Körper. *Aber es ist definitiv zu kalt für eine Löwin.*

Rose wandte sich um und erstarrte. Zwei Meter vor ihr flirrte die Luft äußerst intensiv.

»Ich biete unendliches Leben«, hörte sie die freundliche Stimme des Elementars, »und unendliche Reichtümer. Lass mich in dich …«

Das Flimmern kam näher.

# LESEPROBE

*Möchten Sie mehr von
Markus Heitz lesen?*

Hier ein Auszug aus dem Roman

## Schatten über Ulldart,

dem Auftakt zum
großen Fantasy-Zyklus

DIE DUNKLE ZEIT

## Ulsar, Hauptstadt des Königreichs Tarpol,
## Spätherbst 441 n. S.

Wie immer ging der Trompeter bei Sonnenaufgang auf den Kasernenhof, setzte die Fanfare an die Lippen und schmetterte das morgendliche Wecksignal.

Laut und deutlich drangen die Töne durch die Räume und ließen die Kaserne mit ihren fünfhundert Soldaten zum Leben erwachen.

Die Sergeanten brüllten kurz darauf auch die letzten verschlafenen Mannschaftsdienstgrade aus den harten Betten.

Die Schornsteine der Küche spien dicke Rauchwolken in den zartrosafarbenen Himmel, der unbeliebte Brei aus Hafer, getrockneten Früchten, Milch und viel Wasser köchelte bereits seit einer halben Stunde in den riesigen Kesseln.

Das übliche geschäftige Treiben setzte ein. Überall rasselten Wehrgehänge, schwere Stiefel trampelten über den Hof, denn keiner der Soldaten wollte zu spät zum Antreten erscheinen.

Einzig in einem Zimmer der Kaserne blieb alles still.

Unter einem Berg aus Kissen, Decken und Federbetten drangen gleichmäßige Schnarcher hervor, ein Schmatzen ertönte hin und wieder, wenn der Lärm auf dem Hof vor dem Fenster zu laut wurde und der Schläfer sich gestört fühlte.

Auch das sanfte Klopfen an der Tür bewirkte nichts, und selbst als das leise Pochen zu einem trommelwirbelgleichen Hämmern wurde, bewegte sich der Kissenberg kaum merklich.

Stoiko stand vor der Tür seines Herrn, in der einen Hand das überladene Tablett mit Brot, Keksen, Käse, Wurst, Honig und vielem mehr, die andere schmerzte inzwischen vom unentwegten Anklopfen. Schließlich betrat er das Schlafzimmer, wobei er darauf achtete, dass die Tür sehr laut ins Schloss fiel.

Sachte wehten die schweren, dunklen Gardinen hin und her, die jeden Sonnenstrahl mühelos schluckten, aber der Kissenberg schnarchte weiter.

Der Diener, zugleich Vertrauter und Erzieher, stellte das Tablett vorsichtig auf den Nachttisch, riss die Vorhänge zur Seite, ließ Licht und kühle Morgenluft in den Raum.

Der unsichtbare Schläfer grummelte etwas und kroch tiefer unter die Decken.

»Guten Morgen, Herr«, sagte Stoiko honigsüß und lupfte einen Zipfel des Federbettes, »Ihr müsst aufstehen.«

»Ich bin der Tadc, niemand befiehlt mir«, kam es undeutlich aus dem weichen Berg. »Ich kann schlafen so lange ich will und wie ich will.«

»Sicher, Herr.« Der langjährige Diener und Vertraute des Thronfolgers seufzte leise, zu bekannt waren ihm die morgendlichen Rituale. »Aber Ihr habt um zehn Uhr ein Treffen mit den Obersteuerbeamten, dann müsst Ihr mit Eurer Leibgarde exerzieren. Nach dem Mittagessen stehen Fechtunterricht und Reitstunden an.«

Die Decken zitterten, der Unsichtbare darunter rutschte noch ein Stück tiefer in Richtung Fußende. »Ich will nicht. Geh weg. Sag ihnen, ich sei krank oder sonst was.«

»Das geht nicht, Herr.« Stoiko grinste und goss heiße Milch in den Silberbecher. »Außerdem will Euch Euer Vater sehen. Ihr wisst doch hoffentlich noch, dass er der Kabcar von Tarpol ist und sehr gereizt reagiert, wenn man seinen Aufforderungen nicht nachkommt?«

Der Diener strich sich die schulterlangen, braunen Haare aus dem Gesicht und klemmte aufsässige Strähnen hinter dem Ohr fest. Der Schalk glänzte wie immer in seinen Augen. »Herr, die Kekse sind noch warm, und die Milch schmeckt mit einem Löffel Honig besonders

gut. Ich habe sie mit einer Prise Zimt verfeinert, mmh.«
Er schnupperte geräuschvoll, wobei der mächtige
Schnauzer ein bisschen vibrierte, und ahmte ein lautes
Schlürfen nach.

Der Kissenberg explodiert förmlich. Der Tadc von
Tarpol, ein Jüngling mit reichlich Übergewicht, blass-
blondem, dünnem Haar und einem breiten Pfannku-
chengesicht, tauchte aus seinem Lager auf wie ein Wal
aus dem Meer.

»Finger weg von meinem Frühstück, Stoiko!« Die un-
sympathisch hohe Stimme des Thronfolgers schnitt
schmerzhaft in das Gehör des Dieners, der den Mund
verzog. »Du hast bestimmt schon gegessen.«

»Vor drei Stunden, Herr«, sagte der Mann mit dem
mächtigen Schnauzbart, zufrieden, dass seine List funktioniert hatte.

»Wie kannst du nur so früh aufstehen. Da ist die Welt
draußen doch noch dunkel.« Gierig stopfte er sich zwei
Kekse in den Mund und kippte einen Schluck Milch
hinterher.

»Ich lasse Euch dann in Ruhe frühstücken«, Stoiko
verneigte sich, »klingelt, wenn Ihr fertig seid und ange-
zogen werden wollt.« Der Tadc winkte huldvoll und
verbiss sich in einem Stück Dauerwurst.

»Irgendjemand sollte dem kleinen Prinzen den Hintern versohlen«, murmelte der Vertraute zwischen den
Zähnen hindurch, als er draußen vor der Tür stand.

Seit der Geburt des Tadc vor fünfzehn Jahren, der
mehr oder weniger gut auf den Namen Lodrik hörte,
musste er sich mit dem Thronfolger auseinander setzen.
Er hatte ihm die Windeln gewechselt, ihm Gehen und
Sprechen beigebracht, aber niemand wusste so genau,
warum der Junge aus der Art schlug.

Seine Vorfahren entstammten einer stolzen Reihe von
Soldaten und Heerführern, was ihn offensichtlich überhaupt nicht interessierte.

Auf dem Pferd machte er eine so gute Figur wie ein Hund auf dem Eis, der Säbel war ihm zu schwer, und das Rechnen verstand er nur mit Mühe.

Vorsichtshalber hielt man ihn auch von Banketten, Bällen und Empfängen fern, und wenn er aus irgendeinem Grund anwesend war, dann wurde er weitab auf Logen oder Emporen untergebracht, um seinen Vater nicht zu blamieren.

Der Kabcar von Tarpol, ein alternder Haudegen und Kämpfer, war enttäuscht von seinem einzigen Sprössling und er machte aus diesem Umstand gewiss keinen Hehl. Das Volk nannte den dicken Jungen spöttisch »Tras Tadc« – Keksprinz.

Neulich wäre Lodrik sogar beinahe an einem seiner geliebten Lebkuchen erstickt, als er die Dekormandel unachtsamerweise ohne zu kauen mitgeschluckt hatte. Seitdem wurde auf Nüsse, Mandeln und ähnliche Verzierungen, die eine Gefahr für den prinzlichen Hals darstellen konnten, verzichtet.

Die letzte Hoffnung des Kabcars war die Unterbringung seines Sohnes in der Kaserne der Hauptstadt, um ihn entweder doch für das Militär zu begeistern oder ihm wenigstens so Disziplin beizubringen. Ein eher erfolgloses Unterfangen, wie Stoiko fürchtete.

Eine Viertelstunde später läutete die Klingel im Dienstbotenzimmer Sturm.

»Hörst du nicht? Der gnädige Herr ist fertig mit dem Essen«, sagte Drunja besorgt, die eigens zum Beköstigen des Thronfolgers eingestellt worden war, als sich Stoiko keinen Finger weit bewegte.

»Hoffentlich hat er das Tablett nicht für einen großen Kuchen gehalten und sich die Zähne ausgebissen«, hetzte Stallknecht Kalinin und rollte mit den Augen. »Wenn er noch mehr zunimmt, muss ich ihm einen Ackergaul kaufen, oder den Pferden bricht das Kreuz durch.«

»Halt dein Maul, oder ich lasse dich als Gaul satteln. Mal sehen, was du dann sagst.« Stoiko erhob sich langsam und fühlte sich bleischwer. »Ich denke, dass aus dem Jungen doch noch etwas werden kann, wenn nicht alle auf ihm herumhacken würden. Bereite ihm heute Mittag sein Lieblingsessen, Drunja. Nach dem Treffen mit den Obersteuerbeamten ist er immer gereizt, und das machen weder meine Nerven noch die des Reit- oder Fechtlehrers mit.« Die Köchin nickte und überprüfte die Vorratsregale.

»Was dem Jungen fehlt, ist eine ordentliche Tracht Prügel, wenn du mich fragst.« Kalinin schlug mit der flachen Hand auf den Tisch, dass ein paar Brotkrümel hoch in die Luft flogen. »Zack, zack, ein paar rechts, ein paar links, und er würde spuren.«

Stoiko ging zur Tür. »Das habe ich auch schon vorgeschlagen, aber der Kabcar hat es mir verboten. Und jetzt bedauert mich, ich muss ihm in die Kleider helfen.«

»Die gehen doch ohnehin nicht mehr zu«, feixte der Stallknecht und imitierte den watschelnden Gang des Thronfolgers. »Der Stoff ist eingelaufen, ruft den Schneider!«

Drunja prustete los, der Diener verschwand kopfschüttelnd.

Lodrik hatte bereits mit dem Ankleiden begonnen, als Stoiko das Zimmer betrat. Sein rechter Strumpf fehlte, das Hemd war schief zugeknöpft, und die Perücke rutschte auf dem Kopf hin und her.

»Wo warst du? Ich kann meinen anderen Strumpf nicht finden!«, jammerte der Tadc mit unglücklichem Gesicht, die blassblauen Schweinsäuglein blinzelten Mitleid erregend.

»Ach, Herr«, der Diener zog mit geübtem Griff das fehlende Stück unter dem unordentlichen Kleiderstapel hervor, »nehmt einfach den so lange.«

Bis der Rock, das Hemd, die Schuhe, das Gewand

und der Mantel korrekt auf den Leibesmassen Lodriks saßen, vergingen etliche Minuten.

Die Obersteuerbeamten empfingen die beiden Spätankömmlinge äußerst indigniert, als wären sie die Richter und hätten zwei abgehalfterte Landstreicher vor sich.

Ihre hohen, gepuderten Perücken rochen durchdringend nach Parfüm und Lavendel, um die Motten abzuwehren.

Stoiko entschuldigte wortreich die Verspätung und machte sich aus dem Staub, während sich der Thronfolger in sein mathematisches Schicksal ergab und die folgenden Stunden mit dem Versuch verbrachte, Zinsberechnungen anzustellen.

Nachdem Lodrik die Beamten zur Verzweiflung gebracht hatte, verwirrte er später mit Hilfe undeutlicher Befehle und unmöglicher Kommandos die fünfzig Mann seiner Leibgarde, die wie kopflose Hühner über den Exerzierplatz stolperten, weil sie versuchten, den Anordnungen ernsthaft nachzukommen.

Oberst Soltoi Mansk, der Kommandant der Hoheitlichen Leibwache und der Kaserne, stand am Fenster seiner Amtsstube und beobachtete die peinliche Szenerie mit wachsendem Entsetzen. Dem Jungen konnte er aber auch nicht in die Parade fahren, eine solche Demütigung des Tadc vor aller Augen hätte seine Degradierung bedeutet.

Als gleich drei Soldaten der Leibgarde zusammenstießen und einer dabei seine Hellebarde fallen ließ, über die ein Vierter stürzte, musste er handeln. Er pfiff auf die möglichen Konsequenzen.

»Sergeant, blase Er Alarm. Ich möchte eine Übung ansetzen, um die Schnelligkeit der Truppe zu überprüfen«, rief er dem grinsenden Fanfarenträger im Hof zu.

Der musikalische, vor unterdrückter Heiterkeit etwas zittrig geblasene Befehl unterbrach die zirkusreife Vorstellung auf dem Exerzierplatz. Die Leibgarde rannte als Schnellste von allen Einheiten auf ihren Posten.

Lodrik sah den vorbeihastenden Männern hinterher, ließ den Säbel sinken, zuckte mit den Achseln und ging in das Gebäude.

»Es wird Zeit, dass der Thronfolger von hier verschwindet.« Der Oberst besah sich die strahlenden Gesichter seiner Leute, die froh waren, den Fängen des Jünglings entkommen zu sein. »Bevor die Ersten an Desertion denken.«

»Mein Sohn ist ein Versager.« Unheilvoll schwebte der Satz im Teezimmer des Kabcar. Es roch nach Gewürzen und starkem Tabak, im Aschenbecher glühte die Pfeife des Regenten auf und erlosch.

Oberst Mansk rührte in seinem Getränk und zog es vor, auf den Boden der goldbemalten Tasse zu starren.

»Er ist zu nichts nütze, außer als keksfressende Spottfigur, über die sich nicht nur die Tarpoler amüsieren.« Grengor Bardri¢, Herrscher über Tarpol, Verwalter von neun Provinzen, Sieger in unzähligen Bauernerhebungen und Ausbilder von erfolgreichen Scharmützeleinheiten, ließ die Schultern sinken. »Die anderen Königshäuser lachen sich hinter vorgehaltener Hand schief, wenn er auf festlichen Banketts erscheint und sich die Backen voll stopft, anstatt Konversation zu betreiben.«

»Er hat bestimmt auch seine guten Seiten, Hoheit«, meinte der Oberst schwach und ohne den Blick zu heben.

»Nach allem, was ich gehört habe, hat er die vortrefflich verborgen«. Der Kabcar verschränkte die Arme hinter dem Rücken und sah aus dem Fenster.

Dunkle Regenwolken ballten sich am Horizont zusammen, ein kühler Wind pfiff durch die Ritzen der Fenster und brachte die Flammen der aufgestellten Leuchter zum Flackern. Das Land schien verschlafen, fast lethargisch auf den Wintereinbruch zu warten.

»Irgendwie muss ich den Bengel doch zu einem Mann erziehen. Wie, bei Ulldrael, soll er das Reich führen, wenn sein einziges Interesse beim Essen liegt? Ich fürchte, das tarpolische Reich wird mit mir sterben, Mansk.«

Der Offizier räusperte sich. »Nicht doch, Hoheit. Die Einheiten sind stark wie nie zuvor, die Provinzen einigermaßen ruhig, die Bevölkerung scheint zufrieden.« Der Oberst stellte die Tasse ab und sah den Herrscher an. »Gebt ihm noch etwas Zeit ...«

»Aber nicht in Eurer Kaserne, wie?!« Grengor riss sich vom Anblick der Wolken los und drehte sich auf den Absätzen herum. »Keiner erträgt ihn länger als einen Monat. Wo er ist, bringt er nur Ärger, die Beschwerden und Gerüchte häufen sich. Ich weiß ehrlich gesagt nicht, was ich noch mit ihm tun soll.«

Der Kabcar goss sich einen weiteren Tee ein und verfolgte den aufsteigenden Dampf mit den Augen. »Dazu kommt noch, dass irgendwelche Verrückte versuchen, ihn umzubringen, seit die Nachricht über die Vision dieses Mönchs aus den Mauern des Palastes gedrungen ist. Erst neulich erwischten die Wachen einen Tzulani, der sich mit einem Dolch einschleichen wollte. Vor drei Tagen gab ein Unbekannter einen vergifteten Kuchen für Lodrik ab, der einem Vorkoster das Leben nahm. Es ist zum Verzweifeln.«

Mansk hob die Tasse wieder an die Lippen und nahm einen Schluck von dem starken Schwarztee, in den er einen Löffel Kirschmarmelade versenkt hatte.

»Vielleicht fehlt ihm nur der Umgang mit der Verantwortung, Hoheit. Was tut er denn schon großartig hier? Er bekommt Hilfe bei allem, was er macht, selbst beim Ankleiden hilft Stoiko ihm. Wie soll er da jemals lernen? Es heißt, ein Mann wächst mit seinen Aufgaben.«

»Papperlapapp. Höchstens sein Bauch würde wachsen, weil er vor lauter Kummer noch mehr Kekse, Kuchen und Torten in sich hineinstopfte.« Grengor nahm eine Glaskaraffe aus dem kleinen Regal über dem Kamin und kippte sich einen Schnaps in den Tee. Nach kurzem Zögern schenkte er einen großzügigen Schluck nach. Dann schlürfte er andächtig. »Vielleicht käme es aber auf einen Versuch an.«

Außer dem Prasseln des Kaminfeuers war nun nichts zu hören, die dicken, dunkelblauen Teppiche an den Wänden dämpften alle störenden Geräusche ab – der Hauptgrund, weshalb der Kabcar den Raum so sehr liebte. Hier vergaß er für ein paar Stunden den Druck seiner Verantwortung, die Menschen und den Umstand, dass er der Herrscher Tarpols war. Ohne seinen stark mit Alkohol versetzten Tee konnte und wollte er nicht mehr arbeiten, geschweige denn Beschlüsse fassen.

Ein Jammer, dass seine Frau bei der Geburt Lodriks gestorben war, sie hatte die Geborgenheit des Zimmers immer sehr gemocht. Welche Ironie, dass sein nichtsnutziger Sohn ausgerechnet hier gezeugt worden war.

Leise klopfte es an die Tür, und sowohl Mansk als auch Grengor empfanden den Laut als Ungeheuerlichkeit.

»Was?!«, bellte der Kabcar, und ein Livrierter steckte vorsichtig den Kopf herein.

»Euer Sohn erwartet Euch im Audienzzimmer, Hoheit.«

»Sag ihm, ich komme gleich.« Der Bedienstete verschwand.

Grengor zog die dunkelgraue Uniform zurecht, entfernte ein paar Fussel von den Goldstickereien, nahm seinen Säbel, den er als Stock benutzte, und schritt zum Ausgang. »Ihr kommt mit mir, Oberst. Ich benötige unter Umständen Eure Hilfe.«

In einem Zug leerte Mansk die Tasse und sprang auf. »Wie Ihr befehlt, Hoheit.« Er eilte zur Tür und öffnete sie für den Kabcar. »Was habt Ihr vor? Sollte Euch vielleicht eine Idee gekommen sein?«

»Seid nicht so neugierig, Mann.« Grengor lächelte plötzlich und legte dem Offizier die Hand auf die Schulter. »Aber Ihr wart es, der mich auf die richtige Spur gebracht habt. Schlimmer als es ist, kann es ohnehin nicht mehr werden.«

»Es sei denn, dem Tadc würde ein Leid geschehen«, warf der Oberst ein, ließ Tarpols Herrscher den Vortritt und zog die Tür des Teezimmers zu.

»An manchen Tagen wäre für mich der Tausch, die Rückkehr der Dunklen Zeit gegen diesen Sohn, fast schon eine gewisse Erlösung, das könnt Ihr mir glauben, Mansk.«

Federnden Schrittes schlug Grengor den Weg zu den Audienzräumlichkeiten ein, während ein besorgter Oberst Mansk über die Worte des unvermittelt gut gelaunten Kabcar nachgrübelte.


Das Audienzzimmer, ein großer, heller Saal mit vielen goldenen Verzierungen, riesigen Bildern ehemaliger Herrscher und martialischen Säulen, war wie immer gefüllt mit Kanzlern, Beamten und Schreibern, und vor den Türen stand eine Schlange von Bittstellern.

Egal ob Kaufleute, Bürger, Bettler oder Bauern, jeden Tag kamen sie in Scharen zum Palast und wollten ihre Anliegen vorbringen, am besten dem Kabcar persönlich.

Als Oberst Mansk und Grengor die Leute passierten, sprachen einige Mutige den Herrscher an, verlangten weniger Steuern, beschwerten sich über ihren Großbauer oder »hätten eine gute Idee zur Aufbesserung der Staatskasse« – dubiose Lotterie-Ideen oder Pfandverschreibungen und dergleichen mehr.

Grengor Bardriç winkte ihnen allen majestätisch zu, schritt, den Säbel schwenkend, zügig aus und verschwand im Audienzzimmer, während Mansk mit ein paar Dienern die aufdringlichsten Schreihälse an die frische Luft beförderte.

Nach ein paar Minuten herrschte wieder Ruhe im Gang, der Offizier ordnete seine Kleidung und betrat den Raum.

Der Kabcar thronte erhöht auf dem riesigen, mit Schnitzereien verzierten Holzsessel, der mit Pelzen und weichen Stoffen ausgeschlagen war; um ihn herum wieselten Hofschranzen und Schreiber.

Der Ausrufer an der Tür stieß mit dem Meldestab dreimal auf den Boden. »Oberst Mansk, Befehlshaber des Ersten Regiments, Kommandant der Hoheitlichen Leibwache und …«

»Ja, ja. Das weiß ich, ich habe eben noch mit ihm Tee getrunken«, meinte Grengor unwirsch und bedeutete dem Offizier herzukommen. »Ihr stellt Euch hinter mich, damit ich den Rücken frei habe.« Ein Diener brachte dem Kabcar einen Becher, der verdächtig nach Grog roch. »Und jetzt schickt den Tadc herein. Ich sehne mich nach meinem Sohn.« Leises Gelächter quittierte die ironische Bemerkung des Herrschers.

Der Offizier biss sich auf die Unterlippe, um nicht laut loszulachen, als der Thronfolger das Audienzzimmer betrat. Eine zu offensichtliche Verletzung des Protokolls war nie gut, aber das Bild, das sich bot, war einfach zum Schreien.

Auf der Stirn des dicken Jünglings prangte eine stattliche Beule, den rechten Arm trug er in der Schlinge, die Hand war verbunden, und die Augen waren rot vom Weinen.

Einige der Beamten zückten blitzartig ihre Taschentücher, andere wandten sich mit bebenden Schultern ab. Ein heiteres Raunen ging durch den Raum, das sich verstärkte, als der Tadc, gestützt von seinem Vertrauten Stoiko, auf seinen Vater zuhinkte.

531

»Reitunterricht?«, fragte Grengor scheinbar belustigt, sein Sohn nickte stumm, um Fassung ringend.

»Ihr hättet ihn sehen sollen, wie er mit dem halbwilden Rappen umgesprungen ist, hoheitlicher Kabcar.« Stoiko verneigte sich und versuchte einmal mehr die Situation zu retten. »Wir haben ihm alle abgeraten, aber der Tadc war so mutig und hat ihn ohne Hilfe bestiegen. Das Biest hat sich gewehrt und ihn fünfmal abgeworfen, doch letztendlich hat der Tadc ihn besänftigt.«

Die Riege aus Kanzlern und Beamten klatschte höflich, die Schreiber senkten die Köpfe und kritzelten, um ein weiteres Abenteuer des Thronfolgers aufzunotieren.

Lodrik schniefte und lächelte unsicher. »Ja, so war es.«

»Es freut mich, dass mein Herr Sohn über Nacht zu einem tapferen Mann geworden ist.« Der Kabcar prostete ihm zu. »Vielleicht besteht noch Hoffnung für Ihn. Eines Tages.« Er deutete auf die verbundene Hand. »Gebrochen?«

Stoiko verneinte. »Ein kleiner Schnitt mit dem Säbel, als er ein besonders waghalsiges Manöver versuchen wollte und die Klinge des Lehrers mit der bloßen Hand abfing. Er ist recht geschickt, Hoheitlicher Kabcar.«

Wieder Applaus des Hofes, wieder tunkten die Schreiber die Federn in ihre Tintenfässer und kritzelten.

»Er reift von Tag zu Tag mehr, findet Ihr nicht auch, Oberst?« Lächelnd wandte sich Grengor zu dem Offizier, der seine Handschuhe vor den Mund hielt, um das breite Grinsen zu verbergen.

»O ja, gewiss, Hoheitlicher Kabcar.« Mansk hüstelte. »Das Kommandieren beherrscht er beinahe perfekt. Meine Männer sind ganz …, wie soll ich sagen, … aus dem Häuschen.«

Lodrik strahlte und reckte sich ein bisschen, nur um mit einem Schmerzenslaut wieder zusammenzusinken.

Der Kabcar stellte den Grog ab und klatschte in die

Hände. »Nun lasst uns alleine. Mein Sohn und ich haben etwas Familiäres zu bereden. Die Audienz ist für heute beendet.«

Grengor nickte dem Ausrufer zu, der die Botschaft nach draußen verkündete. Die Hofgesellschaft zog sich schnell aus dem Saal zurück.

Nach einer Weile waren der Offizier, Stoiko, Lodrik und der Herrscher Tarpols allein.

»Jetzt die Wahrheit, Stoiko. Die Schreiber und das neugierige Volk sind weg.« Die Miene des Kabcar vereiste. Langsam lehnte er sich in seinen Thron zurück und schlürfte am Becher.

Mansk wurde unwohl, weil er mit einem Wutausbruch des Regenten rechnete. Passenderweise kündigte fernes Grollen ein Gewitter an.

»Und trag das nächste Mal bei deinen Berichten nicht so dick auf. Dass du lügst, weiß jeder, aber muss es derart übertrieben sein?«

Der Vertraute des Tadc verzog die Mundwinkel und verneigte sich. »Entschuldigt, Hoheit, aber ich dachte mir, dass es ein besseres Licht auf den Thronfolger werfen würde. Immerhin wird es ja auch für die Nachwelt festgehalten. Und wenn Lodrik dann erwachsen und ein kräftiger Mann geworden ist, der Euer Reich wunderbar regiert, wie würde es klingen, wenn es hieße: Der Tadc fiel mit fünfzehn Jahren vom zahmsten Pferd im königlichen Stall, weil er den Steigbügel mit dem Fuß nicht richtig zu fassen bekam?«

»Nicht sehr gut«, pflichtete Grengor ihm bei, »keineswegs gut. Ich danke dir für deine große Zuversicht, was meinen Sohn angeht. Und was ist mit seiner Hand passiert? Wirklich ein waghalsiges Manöver?«

»Ich wollte …«, sagte Lodrik, aber der Kabcar schnitt ihm das Wort ab.

»Halte Er den Mund. Mit Ihm rede ich später. Und du, sprich.«

533

»Der Fechtmeister ist ganz aufgelöst, Hoheit.« Stoiko verneigte sich erneut, dem Tadc liefen die Tränen über die Wangen. »Lodrik sollte einen Ausfallschritt machen und dabei einen Schlag gegen seinen Kopf führen. Dabei geriet er ins Ungleichgewicht, als sein rechter Reitsporn den linken Zeh durchbohrte. Vor lauter Schreck ließ er den Säbel fallen, und als er ihn aufheben wollte, griff er wohl aus Versehen in die Klinge, Hoheit.«

»Es ist nicht die Schuld des Fechtmeisters, Herr Vater, bitte bestrafe Er ihn nicht«, Lodrik hatte seine Stimme erhoben.

Grengor sah ihn kühl an. »Wenn ich alle die mit dem Tode bestrafen lassen würde, bei deren Unterricht Er sich verletzt hat, wäre ich der letzte Mensch in Tarpol.« Der Herrscher wurde gegen Ende des Satzes immer lauter. »Vermutlich gäbe es dann auch keine Pferde mehr, keine Hunde, Raubvögel oder andere Tiere. Er lässt die Reitsporen zum Fechten an? Er humpelt, weil der Sporn Ihm den Zeh durchbohrt hat?«

Grengor beugte sich vor, die Hände umklammerten die Sessellehnen. Weiß traten die Knöchel hervor, die Arme zitterten, und die Halsadern des Regenten standen dick hervor. Mansk machte vorsichtshalber einen Schritt zurück.

»Wie soll mein Herr Sohn denn ein Reich regieren? Wie, frage ich Ihn?« Lodrik starrte seinen Vater an, das Kinn bewegte sich, und immer mehr Tränen quollen aus den Augenwinkeln. »Schau Er sich einmal an, mit dem Mondgesicht, dem Wampen und der Geschicklichkeit eines Fingerlosen. Er kann nicht reiten, nicht kämpfen oder kommandieren.« Grengor hämmerte mit der Faust auf den Sessel. »Und das Schlimmste ist, dass von einem solchen unförmigen Klotz die Zukunft Ulldarts abhängt! Ich habe Angst um den Kontinent, wenn Er nur aus dem Zimmer geht!« Der hohe Raum verstärkte die Lautstärke der Schreierei Grengors, der letzte Satz hallte noch immer zwischen den Wänden und Säulen hin und her.

Der Tadc weinte und wimmerte nun ungehemmt, was den Regenten aber nur zu neuen Tiraden anstachelte.

Der Offizier sah das Mitleid in den Augen Stoikos, und auch er fühlte so etwas wie Verständnis für den Jungen. Die anfängliche Schadenfreude war verschwunden.

»Er ist eine Blamage für uns, für Tarpol und vielleicht sogar für ganz Ulldart. Was hat Ulldrael der Weise sich dabei gedacht, als er diese Prophezeiung schickte?« Der Kabcar beruhigte sich allmählich wieder, suchte eine gemütliche Sitzposition und nahm den Grogbecher wieder in die Hand.

»Aber ich werde Ihm beibringen lassen, wie ein zukünftiger Regent zu sein hat. Und Oberst Mansk hat mich auf die Idee gebracht.« Der Offizier warf dem Herrscher einen erstaunten Blick zu. »Ihr sagtet zu mir, dass ein Mann an seinen Aufgaben wüchse, oder?«

Mansk nickte langsam und überlegte insgeheim, welches Schicksal er dem jungen Tadc mit seinen Worten eingehandelt hatte. Auch Stoiko machte ein fragendes Gesicht.

Lodrik schnüffelte bloß und zog ein Taschentuch aus dem Uniformärmel. Laut dröhnte das Schneuzen durch den Saal. Alle Ahnen und verblichenen Regenten schauten beinahe vorwurfsvoll aus ihren Gemälden auf den dicken Jungen herab.

»Ich habe in der Tat eine Aufgabe für meinen Herrn Sohn, die Ihn auf das Regieren und Herrschen vorbereiten wird.«

»Ich will nicht«, kam es bockig vom Tadc, der sich noch mal schnäuzte und seinen Vater anfunkelte.

»Doch, Er wird. Zuerst wollte ich Ihn zum Wohle Tarpols im tiefsten Keller des Palastes unterbringen, aber ich habe eine bessere Idee.« Grengor stand auf. »Niemand

535

wird einmal sagen sollen, die Linie der Bardri¢s hätte nach mir einen unfähigen Kabcar auf den Thron gesetzt.« Er schritt die Stufen hinab und stellte sich vor seinen übergewichtigen Sprössling. »Er reist morgen ab.«

Die Augen des Tadc weiteten sich. »Aber wohin? Ich will nicht weg. Der Winter kommt, und da ist das Reisen furchtbar anstrengend.«

»Höre Er auf zu jammern, oder ich schlage Ihm hier und jetzt eins mit dem Grogbecher aufs Dach, dass Seine Schindeln wackeln, Herr Sohn«, schrie der Kabcar unvermittelt und stieß mit dem Säbel auf den Marmorboden. Der Oberst und Stoiko bewegten sich keinen Finger breit, aber der Tadc zuckte zusammen, als ob der Blitz eingeschlagen hätte. »Er wird zusammen mit Stoiko, Seiner Leibwache und einem Berater in aller Frühe und Stille von hier verschwinden.«

Mansk verhielt sich mucksmäuschenstill, um nicht die Aufmerksamkeit des Regenten auf sich zu ziehen. Hatte er da etwas von einem Berater gesagt?

»Er wird in die Provinz Granburg reisen und dort den Gouverneur ablösen. Wasilji Jukolenko ist mir schon zu lange ein Dorn im Fleisch.«

Mansk fielen bei dieser Verfügung die Handschuhe zu Boden, der Diener zog beide Augenbrauen ungläubig nach oben, und Lodrik glotzte seinen Vater mit offenem Mund blöde an.

»Ja, aber wie … ich meine …«, stotterte der Tadc doch die gebieterisch erhobene Hand Grengors ließ ihn verstummen.

»Ich bin noch nicht fertig mit meinen Ausführungen, Herr Sohn. Er wird nicht als Tadc dort eintreffen, vielmehr wird Er sich als Sohn eines Hara¢ ausgeben, der sich das Amt erkauft hat. Niemand kennt meinen Herrn Sohn so hoch im Nordosten und abseits des Lebens, also braucht Er auch keine Angst vor möglichen Attentätern zu haben.« Der Regent stellte den leeren Becher ab und fixierte die blinzelnden Schweinsäuglein seines Thronfolgers. »Wenn ich Ihn zurückbeordere, erwarte ich, dass aus Ihm ein Mann geworden ist, der alles das kann, was ein zukünftiger Kabcar beherrschen muss. Stoiko sorgt mir dafür, dass es so geschieht.«

Grengor setzte sich wieder, Lodrik starrte auf seine Füße. Weit weg von den köstlichen Keksen, von warmer Milch und warmen Betten waren schlechte Aussichten.

»Hoheit, mit Verlaub, die Idee ist großartig.« Der Diener lächelte wieder. »Aber meint Ihr nicht auch, dass es vielleicht ein bisschen zu viel Verantwortung für den Anfang ist?«

»Wenn ich morgen stürbe, säße er auf dem Thron. Das wäre in meinen Augen zu viel Verantwortung für den Anfang«, antwortete Grengor. »Besteht Er den Probelauf in Granburg, schafft Er es auch, Tarpol würdig zu regieren. Gelingt es Ihm nicht, ist der Keller des Palastes immer noch frei, und ich setzte einen anderen ein, den ich mir notfalls von der Straße hole. Hat mein Herr Sohn das verstanden?«

Der Tadc schluckte geräuschvoll und nickte hastig.

»Wen geben wir ihm als persönlichen Leibwächter und Waffenlehrer mit, Oberst Mansk?«

Am Tonfall erkannte der Offizier, dass er nun an der Reihe war. Aber er hatte überhaupt keine Lust auf die kalten Winter im Nordosten, die einem den Atem zu Eis gefrieren ließen. Er beschloss, sich geschickt und mit Fingerspitzengefühl aus der Affäre zu ziehen.

»Hoheit, ich bin untröstlich, aber ich habe Verpflichtungen in der Hauptstadt.« Der Kabcar drehte bei den Worten verwundert den Kopf in seine Richtung. »Ich weiß jedoch jemanden, der bestens dafür geeignet ist«, beeilte sich Mansk zu sagen. »Da gibt es einen erfahrenen Recken aus einer Scharmützeleinheit, der bisher jeden Gegner vom Pferderücken geholt oder mit dem

Säbel ins Jenseits befördert hat. Er wäre genau der richtige Mann für diesen vertrauensvollen Posten.«

Stoiko schickte dem Offizier, der sich gerade um die Reise und den Aufenthalt von unbestimmter Dauer drückte, einen unverhohlenen Blick der Missgunst hinüber.

Grengor überlegte kurz. »Ihr verbürgt Euch für ihn?«

Mansk nickte. »Keiner könnte geeigneter sein, Hoheit.«

»Gut, ich verlasse mich auf Euch.« Der Kabcar erhob sich und ging zur Tür. »Sollte meinem Herrn Sohn etwas zustoßen, bedenkt das, bricht wahrscheinlich die Dunkle Zeit wieder an. Aber Euer Kopf wird, ganz egal was mit Ulldart geschieht, auf jeden Fall rollen. Ich hoffe für Euch, dass der Soldat etwas taugt.« Der Diener grinste den Offizier breit an und zwinkerte fröhlich. »Bis denn. Morgen möchte ich die Visage meines Herrn Sohnes nicht mehr in der Stadt sehen.« Ohne einen weiteren Gruß verschwand der Regent.

»Ihr seid ein Glückspilz«, sagte Stoiko zu dem Oberst, dessen Gesicht eine weißliche Färbung angenommen hatte. »Ihr sitzt hier im gemütlichen Zuhause, während der Tadc und ich uns in Granburg den Hintern abfrieren. Wer weiß, was dort oben alles passieren kann. Man hört viel über wilde Tiere.« Der Offizier wurde eine Spur weißer und griff gedankenverloren nach seinem Hals.

»Ist es wirklich so kalt in Granburg?«, fragte Lodrik und betastete seine verbundene Hand. »Dann will ich nicht. Außerdem tut mir bestimmt alles weh, wenn wir mit der Kutsche fahren.« Der Tadc berührte vorsichtig seinen Arm und verzog das Gesicht. »Wie weit ist es nach Granburg, Oberst?«

»Schätzungsweise vierhundert Warst.« Mansk überlegte, ob er nicht vielleicht doch selbst mitkommen sollte, dann könnte er sich wenigstens an Ort und Stelle umbringen, wenn der dicke, ungeschickte Junge vom Pferd fiel und sich den Hals brach. Andererseits schreckten ihn die Reise und die Gedanken an die Wintermonate ab. Er würde doch lieber Waljakov mitschicken.

»Was? So weit? Dann will ich nicht.« Lodrik zog eine Schnute und setzte in seinem runden Gesicht wenigstens so einen Akzent. »Wir könnten doch so tun, als ob wir abreisen und schleichen uns wieder her, Stoiko, oder?!«

Der Vertraute schüttelte den Kopf. »Ich will Euren Vater nicht verärgern. Er wird sicher Späher aussenden, um zu sehen, ob wir wirklich in Granburg ankommen. Er ist da ein sehr vorsichtiger Mann.«

»So ein Mist.« Der Thronfolger suchte mit seiner unverletzten Hand in seiner Bauchbinde und förderte einen verdrückten Keks hervor, den er sich mit einer schnellen Bewegung in den Mund schob.

Stoiko und der Oberst seufzten gleichzeitig, als sie dem hinauswatschelnden Lodrik nachschauten.

»Ich sehe meinen Kopf schon rollen«, murmelte der Offizier ahnungsvoll.

»Wer hatte denn die Idee, dass Aufgaben einen Mann ausmachen?«, warf der Diener des Tadc ein.

»Ich hatte es doch nicht so gemeint, wie es der Kabcar verstanden hat.« Mansk zog die Handschuhe über und wünschte sich, ein unbekannter Aspirant in einem Ulldraelkloster zu sein.

»Ihr bleibt hier, seht es so. Während ich erfriere. Auch kein schöner Tod, erzählt man sich.« Stoiko klapperte mit den Zähnen und schüttelte sich.

»Was tust du? Es ist nicht kalt hier drin.«

»Ich übe, Oberst. Ich übe.«


*Lesen Sie weiter in:*

Markus Heitz:
**Schatten über Ulldart – Die Dunkle Zeit 1**
Heyne Fantasy 06/9174

Von **SHADOWRUN**™ erschienen in der Reihe
HEYNE SCIENCE FICTION & FANTASY:

1. Jordan K. Weisman (Hrsg.): *Der Weg in die Schatten* · 06/4844

TRILOGIE GEHEIMNISSE DER MACHT
2. Robert N. Charrette: *Laß ab von Drachen* · 06/4845
3. Robert N. Charrette: *Wähl deine Feinde mit Bedacht* · 06/4846
4. Robert N. Charrette: *Such deine eigene Wahrheit* · 06/4847
5. Nigel Findley: *2 X S* · 06/4983
6. Chris Kubasik: *Der Wechselbalg* · 06/4984
7. Robert N. Charrette: *Trau keinem Elf* · 06/4985
8. Nigel Findley: *Schattenspiele* · 06/5068
9. Carl Sargent: *Blutige Straßen* · 06/5087

TRILOGIE DEUTSCHLAND IN DEN SCHATTEN
10. Hans Joachim Alpers: *Das zerrissene Land* · 06/5104
11. Hans Joachim Alpers: *Die Augen des Riggers* · 06/5105
12. Hans Joachim Alpers: *Die graue Eminenz* · 06/5106
13. Tom Dowd: *Spielball der Nacht* · 06/5186
14. Nyx Smith: *Die Attentäterin* · 06/5294
15. Nigel Findley: *Der Einzelgänger* · 06/5305
16. Nyx Smith: *In die Dunkelheit* · 06/5324
17. Carl Sargent/Marc Gascoigne: *Nosferatu 2055* · 06/5343
18. Tom Dowd: *Nuke City* · 06/5354
19. Nyx Smith: *Jäger und Gejagte* · 06/5384
20. Nigel Findley: *Haus der Sonne* · 06/5411

21. Caroline Spector: *Die endlosen Welten* · 06/5482
22. Robert N. Charrette: *Gerade noch ein Patt* · 06/5483
23. Carl Sargent/Marc Gascoigne: *Schwarze Madonna* · 06/5539
24. Mel Odom: *Auf Beutezug* · 06/5659
25. Jak Koke: *Funkstille* · 06/5667
26. Lisa Smedman: *Das Luzifer Deck* · 06/5889
27. Nyx Smith: *Stahlregen* · 06/6127
28. Nick Polotta: *Schattenboxer* · 06/6128
29. Jak Koke: *Fremde Seelen* · 06/6129
30. Mel Odom: *Kopfjäger* · 06/6130
31. Jak Koke: *Der Cyberzombie* · 06/6131
32. Lisa Smedman: *Blutige Jagd* · 06/6132
33. Jak Koke: *Bis zum bitteren Ende* · 06/6133
34. Stephen Kenson: *Technobabel* · 06/6134
35. Lisa Smedman: *Psychotrop* · 06/6135
36. Stephen Kenson: *Am Kreuzweg* · 06/6136
37. Michael Stackpole: *Wolf und Rabe* · 06/6137
38. Jonathan Bond/Jak Koke: *Das Terminus-Experiment* · 06/6138
39. Lisa Smedman: *Das neunte Leben* · 06/6139
40. Mel Odom: *Runner sterben schnell* · 06/6140
41. Leo Lukas: *Wiener Blei* · 06/6141
42. Stephen Kenson: *Ragnarock* · 06/6142
43. Lisa Smedman: *Kopf oder Zahl* · 06/6143
44. Stephen Kenson: *Zeit in Flammen* · 06/6144
45. Markus Heitz: *TAKC 3000* · 06/6145
46. Björn Lippold: *Nachtstreife* · 06/6146
47. Markus Heitz: *Gottes Engel* · 06/6147
48. Markus Heitz: *Aeternitas* · 06/6148

**HEYNE**

Markus Heitz

# DIE DUNKLE ZEIT

Die deutsche Antwort auf J.R.R. Tolkien und Robert Jordan!

»Markus Heitz hat eine große Zukunft vor sich.«
*Saarländischer Rundfunk*

**Schatten über Ulldart**
1. Roman
06/9174

**Der Order der Schwerter**
2. Roman
06/9175

**Das Zeichen des Dunklen Gottes**
3. Roman
06/9176

06/9174

Mehr zu dem farbenprächtigen neuen Fantasy-Zyklus unter
*www.ulldart.de*

## HEYNE-TASCHENBÜCHER

# FANPRO präsentiert
## SHADOWRUN
### Das Cyberpunk-Rollenspiel

**Shadowrun 3.01D**
Die Welt des Jahres 2060 –
wo Mensch und Maschine
verschmelzen ...
Dritte Edition des erfolgreichen
Cyberpunk-Rollenspiels.
Hardcover, 336 Seiten,
24 Farbtafeln.
**Nr. 10740 • € 35,20**

### Quellenbücher

**Arsenal 2060**
Das komplette Werk über Waffen
und entsprechendes Zubehör für
Shadowrun 3.01D. Mit neuen
Regeln und Ergänzungen.
Softcover, 160 Seiten.
**Nr. 10744 • € 23,01**

**Deutschland in den Schatten 2**
Wenn sie Shadowruns in der
ADL erleben wollen, brauchen sie
nur dieses Buch. Softcover,
344 Seiten + farbige ADL-Karte.
**Nr. 10753 • € 35,00**

### Abenteuer

**Renraku-Arkologie: Shutdown**
Szenarioband um hermetisch
abgeschlossenen Bereich in
Seattle. Softcover, 88 Seiten.
**Nr. 10745 • € 15,31**

**Brainscan**
Ein weiterer hochexplosiver
Abenteuerband.
Softcover, 152 Seiten.
**Nr. 10749 • € 20,43**

### Shadowrun-Romane

**ASH – Lara Möller**
**Nr. 10574 • € 9,00**

**Töne der Unendlichkeit –
Harri Aßmann**
**Nr. 10569 • € 9,00**

Besuchen Sie unsere
Homepage:
### www.fanpro.com

Sie erhalten alle Titel im
gutsortierten Fachhandel
oder direkt bei

**Fantastic Shop
Medienvertriebs GmbH
Ludenberger Straße 14
40699 Erkrath
www.f-shop.de**

## Die große Philip K. Dick-Edition

Philip K. Dick, Science-Fiction-Genie und Autor von *Blade Runner*, *Total Recall* sowie *Minority Report*, gilt heute als einer der größten Visionäre, die die Literatur des 20. Jahrhunderts hervorgebracht hat.

In vollständig überarbeiteter Neuausgabe:

**Marsianischer Zeitsturz**
(01/13651)

**Die Valis-Trilogie**
(01/13652)

**Blade Runner**
(01/13653)

**Die drei Stigmata des Palmer Eldritch**
(01/13654)

**Zeit aus den Fugen**
(01/13655)

**Der unmögliche Planet**
(01/13656)

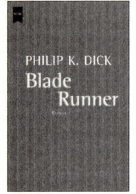

01/13653

# HEYNE-TASCHENBÜCHER